하늬바람 불어오면

하늬바람 불어오면

When the wind blows

김서연 장편 소설

◆

SCARLET ROMANCE STORY

집은 예상했던 그대로의 모습이었다.

곳곳이 부식된 지저분한 철문과 페인트칠을 새로 하지 않아 얼룩진 벽면 모두 그간 세월이 얼마나 흘렀는지 고스란히 드러내 보이고 있었다.

예전에 장난스레 새겨 두었던 글귀가 아직 남아 있는 마당 구석의 시멘트를 내려다보던 도훈은, 대문 밖으로 나가 좌측으로 돌았다. 그곳, 담벼락 아래에 자리한 자그마한 텃밭에는 갖가지 채소들이 자라고 있었다.

돌아가신 어머니께서 상추를 심을지 오이를 심을지 고민하시던 텃밭. 하지만 끝내 아무것도 심으실 수 없었던 그때의 기억이 아련하게 떠올랐다.

지금은 푸릇한 여름 채소들이 한가득 자라고 있었다.

여러 해 전 옆집의 아주머니께서 그 텃밭을 보시곤 노는 땅이면 자신이 일구어도 되겠냐 하셔서 그러시라 했더니, 이렇게나 풍성하게 가꾸어 놓으셨다.

도훈은 그저 바라보는 것만으로도 흐뭇해지는 텃밭을 뒤로하고 다시 마당으로 돌아와 좌측의 계단으로 걸음을 옮겼다. 계단 위에는 주택의 천장 위로 시멘트가 편평하게 깔린 옥상이 있었다.

계단 아래에 선 도훈이 속으로 중얼거렸다.

계단 턱이 이렇게 낮았었나?

어렸을 때만 해도 좁고 가파르게만 보이던 계단이 성인이 된 그에게는 수월하게 느껴졌다.

계단을 단숨에 걸어 오르자 옆에 나무 의자 하나가 놓여 있었다. 볕이 좋은 날, 어머니가 종종 앉으시곤 하던 의자다. 더는 이곳에 둘 필요가 없기에 도훈은 낡은 의자를 가지고 옥상을 내려왔다. 그리고 마당의 해가 잘 드는 자리에 두고 손바닥으로 먼지를 툭툭 털어 내 그 위에 앉았다.

가만히 앉아 따뜻한 볕을 쬐고 있으니 아라리조트에서의 지난 시간들이 떠올랐다.

아라리조트 서울 본사에서 관리 팀 막내로 일을 시작하고 약 3년쯤 되었을 때, 제주 지사의 지사장으로 발령을 받았다. 리조트 지사 중 가장 높은 실적을 내고 있던 제주 지사의 지사장으로 내정되었을 때 여기저기서 많은 수군거림이 있었다. 당연했다. 갓 서른을 넘긴 사내 녀석 하나가 뭘 안다고 한 지사를 책임지는 자리에 오른단 말인가.

그의 아버지이자 아라리조트 회장인 안민기는 불안함에 수군거리는 임원들을 모아 딱 잘라 말했다.

'제 몫은 충분히 해내고도 남을 녀석이니 1년만 지켜봐 주십시오. 만약 1년 후 지금보다 상황이 더 안 좋아지면 제 손으로 직접 해고하겠습니다.'

대체 그의 어떤 면을 보고 그렇게 믿으신 걸까?

도훈은 지금도 의문스러웠지만 다행히 그때 민기의 생각은 틀리지 않았다.

제주 지사는 도훈이 지사장 자리에 앉은 지 1년이 되기도 전 실적이 전년 대비 20% 상승했음은 물론, 3년째 되던 해에는 가장 실적이 우수했던 서울 본사를 뛰어넘었다. 그가 악착같이 업무에 매진한 결과였다.

도훈은 자신 때문에 아버지가 곤란해지시는 건 바라지 않았다. 제 몫을 해내지 못해 욕먹는 건 두렵지 않았다. 그러나 자신 때문에 아버지가 사람들에게 고개를 조아린다면…… 그건 견디기 어려울 것 같았다.

그러던 어느 날 아버지에게서 전화가 걸려 왔다.

'태안 서진리조트, 우리가 인수하기로 했다.'

서진리조트라면 태안에서도 꽤 오래된 리조트다.

태안의 작은 집 옥상에서 해변을 내려다볼 때면 언제나 시선 끝에 걸리던, 높이가 낮은 리조트.

이제 와 돌이켜 생각해 보면, 어쩌면 어머니는 바다가 아닌 그 리조트를 보려고 태안으로 이사하셨던 건지도 모른다.

부모님 두 분이 프런트 직원과 투숙객으로 처음 만나 사랑에 빠졌고, 그 결과물로 그를 세상에 나오게 해 주었던 그곳을 바라보며 추억을 되새기고 싶으셨던 건지도 말이다.

지어진 지 꽤 되어 낡아진 서진리조트는 예전에 한 번의 대대적인 보수 공사로 인해 크게 변모하였지만 두 분께 그것은 중요치 않았을 것이다. 그곳이 두 분께 의미하는 바가 더 컸기에 그 장소를 바라보는 것만으로도 위안을 얻었을지 모르겠다는 생각이 들었다.

어머니만큼이나 아버지께도 그 기억은 꽤 소중했던 모양이다.

아버지가 몇 번이나 서진리조트 체인의 사장을 따로 만나 태안 지사를 팔아 줄 것을 요청하였으나 그쪽에선 꿈쩍도 하지 않았다고 들었다.

돈을 더 얹어 준다고 해도, 기존의 직원들을 해고하지 않겠다는 조건을 내걸어도 절대 흔들리지 않으시던 분이 결국 마음을 돌리신 걸 보니 경영 악화로 사정이 좋지 않다던 소문이 사실이었던 모양이다.

안타까운 마음도 잠시, 전화기 너머 아버지의 들뜬 마음이 여기까지 전해져 오는 것 같다.

당연히 그럴 수밖에. 사정 모르는 이가 들었다면 분명 오래되어 낡아 빠진 건물 하나 산 게 뭐 그리 좋아 웃을 일이냐고 핀잔을 주었을지 모르지만, 아버지가 그 건물을 손에 넣기 위해 얼마나 애를 쓰셨는지 너무도 잘 알기 때문에 도훈은 이해할 수 있었다.

그가 말했다.

'잘되었군요.'

다소 건조한 도훈의 대답에 민기가 잠시 뜸을 들이더니 본론을 꺼냈다.

'그래서 말인데.'

'네.'

'네가 맡아서 운영해 보는 건 어떻겠니?'

'제가요?'

'그래. 리모델링부터 시작해 할 일이 꽤 많을 거야. 믿고 맡길 만한 사람을 몇 명 떠올려 봤는데 너만 한 사람이 없어.'

말도 안 되는 소리다. 이십여에 가까운 리조트 체인을 운영하는 그의 근처에 쓸 만한 인재가 정말 없겠는가. 민기는 아마도 그가 맡아 주길 바라는 마음을 돌려 표현한 것이리라.

하지만 도훈은 생각이 달랐다.

'저는 아직 제주에 더 있고 싶은데요.'

'거기서는 할 만큼 했다.'

'아버지.'

회장님이 아니라 아버지라고 불렀다.

도훈이 업무적인 통화 시에는 단 한 번도 부르지 않았던 호칭이다. 그에게 아직은 시간이 더 필요하다는 뜻을 알아들으셨길 바랐다. 눈치 빠르신 분이 모를 리 없다. 그럼에도 민기는 끝내 모른 체 제 할 말을 끝내 버린다.

'그렇게 알고 준비해라.'

태안의 서진리조트. 리조트 옆으로 길게 펼쳐진 푸른 바다.

그곳이 아버지와 어머니에게는 추억과 그리움의 장소겠지만 그에게는 아니었다.

돌아가실 날만 기다리고 있는 사람처럼 힘겹게 하루하루를 버텨 내시던 어머니. 그 곁에서 세상에 혼자 남을 것이 두려워 떨던 어린 열다섯 소년에게, 그때의 그 집은 그리움보다는 두려움의 기억으로 남았다. 그래서 다시 오고 싶지는 않았는데…….

"어이구. 그러다 귀한 피부 다 상할라."

갑자기 들려온 목소리에 도훈은 잠시 감았던 눈을 뜨고 주위를 두리번거렸다.

텃밭이 자리한 담장 위로 햇볕에 그을린 자그마한 얼굴 하나가 솟아 있었다.

어디서 본 것 같은데?

의자에서 천천히 일어나며 낯이 익은 얼굴의 주인이 누구인지 기억해 낸다. 비어 있던 텃밭을 가꿔도 되겠냐고 물었던 옆집 아주머니 문영이다.

도훈이 의자에서 일어나 그녀가 있는 곳으로 천천히 걸어가자, 담벼락 너머에 선 그녀가 물었다.

"전에 이 집 살던 소년 맞지?"

"네. 아주머니."

"세상에. 그새 아주 늠름한 총각이 되었네."

문영의 감탄에 도훈은 어색하고 쑥스러워 살짝 볼을 붉혔다.

"그런데 여기는 어쩐 일이야? 살러 온 것은 아닐 테고."

"앞으로 여기서 살려고요."

"정말?"

"네."

"잘 생각했어. 정말 잘 생각한 거야."

문영은 마치 자신의 일처럼 기뻐했다. 도훈은 그녀의 반응이 이해되지 않으면서도 한편으로는 감사했다. 누구든 자신을 반갑게 맞아 주는 이가 있으면 이런 기분이 드는 모양이었다.

"안 그래도 집이 비어 있는 게 영 허전했는데. 이러려고 집을 안 팔았던 거였네. 그지?"

문영의 물음에 도훈이 머쓱하게 웃었다.

그녀가 텃밭을 대신 일구어도 되겠냐고 물었던 그 즈음 혹시 집은 팔 생각이 없냐고 묻기도 했었다. 그때 단호하게 거절의 의사를 밝혀 그녀가 꽤 당혹스러운 표정을 지었던 기억이 난다.

만약 그때 집을 팔았다면 다시 여기로 오는 길이 가벼웠을까?

문영이 저가 더 뿌듯해하며 말했다.

"그래. 잘 살아야지. 총각 어머니 살아 계실 때 이 집을 얼마나 좋아했었어? 하늘에 계신 어머니가 아들이 이렇게 장성해 돌아온 것을 보면 아주 뿌듯해하시겠다."

"저희 어머니를 기억하세요?"

도훈이 의아하다는 듯 바라보자, 문영이 오히려 더 황당하다는 얼굴로 쳐다본다.

"기억 못 하는 게 더 이상한 것 아니야? 이 좁은 동네에 그만큼 고운 사람이 또 어디 있었다고."

도훈은 피식 웃었다.

"그래. 그렇게 웃으면서 살아야지. 참. 그럼 이 텃밭도 이번이 마지막이겠네. 앞으로는 총각 키우고 싶은 거 심어. 볕이 잘 드는 자리라 그런지 채소 키우기는 참 좋아."

"아닙니다. 아주머니가 계속 돌보셔도 돼요."

"정말?"

"네. 저는 직장 때문에 바쁠 것 같아서요."

"하긴. 젊은 사람이 일하기 바쁘지, 이런 거 할 시간이 어디 있겠어? 알았어. 그럼 내가 키울 테니 먹고 싶을 때 맘껏 따 먹어. 알았지?"

"아니요. 괜찮습니다."

"어허. 어른이 말씀하시면 따르는 시늉이라도 해야지."

문영이 짐짓 엄한 척 목소리를 굵게 하여 말하고는, 본인이 더 우스워 큭큭 웃는다.

도훈이 기분 좋게 따라 웃었다.

"무릎도 안 좋은데 저 먼 밭까지 안 가게 해 준 것만도 어디야? 아주 고맙게 생각하고 있어."

"아닙니다. 말 그대로 노는 땅인데요, 뭐."

"그런데 집수리는 좀 해야 하지 않아?"

"네. 곧 공사에 들어갈 것 같습니다. 한동안 시끄러울 것 같은데…… 어떡하죠?"

"그게 뭐 대수라고. 신경 쓰지 말고 해."

"고맙습니다."

그 후로도 잘됐다, 라는 말만 몇 번을 더 반복한 문영이 집으로 돌아간 후 도훈은 다시 의자에 앉았다. 한낮의 태양이 조금씩 시들어 아까보다는 눈부심이 덜해서 앉아 있기가 한결 수월해졌다.

그래. 생각해 보면 나쁜 기억만 남은 건 아니다. 컨디션이 좋았던 날은 유독 많이 웃는 어머니의 모습을 기분 좋게 바라봤던 기억도. 그리고 아까의 그 아주머니가 밭에서 유기농으로 키운 채소라며 가져다주신 오이의 우스꽝스러운 생김새를 보고 마주 웃었던 기억도. 또, 어느 날엔가 걸어서 10여 분 거리의 학교까지 배웅해 주셨던 어머니와의 행복한 순간도 여전히 기억 속에 남아 있다.

그러니 이곳에서 다시 시작된 앞으로의 삶이 불행만으로 가득하진 않을 것이다.

도훈은 그럴 거라 확신하며 의자에서 일어섰다.

집에서 리조트까지는 빠르게 걸으면 20여 분, 천천히 걸으면 약 30여 분이 걸리는 거리다. 운전하기를 즐기지 않는 도훈은 리조트까지 천천히 걸어가 보기로 하고 대문을 나섰다.

승용차 두 대가 아슬아슬하게 닿지 않고 지날 수 있을 정도의 길 옆으로 벼가 누렇게 익어 가는 논이 넓게 펼쳐져 있다.

이곳에서는 바쁘게 움직이던 제주도에서의 활기는 찾아볼 수 없지만, 대신 여유로움이 있었다. 누구의 방해도 받지 않고 오롯이 혼자일 수 있는 공간이 있다는 것도 마음에 들었다.

도훈은 빠른 걸음으로 약 10여 분을 걸어 주택가를 빠져나가서 큰길로 접어들었다. 큰 도로라 하여도 본격적인 휴가철이 시작되기 직전이라 그런지 도로는 한산했다.

도훈은 횡단보도 앞에서 신호등이 파란불로 바뀌길 느긋이 기다리다 문득 떠오르는 것이 있어 주머니에서 휴대폰을 꺼내 들었다. 여러 친구 녀석들의 번호 중 한 개를 골라 누르자 신호가 몇 번 가기도 전에 반가운 목소리가 들려온다.

— 태안엔? 도착했냐?

"어."

신호등 색이 바뀐다. 도훈은 좌우를 살피며 천천히 횡단보도를 건넜다.

— 집은 좀 어때? 엉망이지?

"워낙 오래 비워 뒀으니까."

— 집수리는 언제부터 할래?

"내가 묻고 싶은 말이다. 너 언제 올 수 있어?"

— 나야 네가 원하면 지금 당장에라도.

"이번 주까지는 바쁘다고 하지 않았어?"

— 큭큭. 그래. 요번 주는 안 돼, 인마. 대신 다음 주부터는 스케줄 쫙 빼 놨다.

"미안하다. 바쁠 텐데 여기까지 와 달라고 해서."

— 우리 사이에 그런 섭섭한 말은 접어 둬라.

고등학교 동창인 친구 민규는 현재 인테리어 디자인 업체를 운영 중이다. 소규모로 시작해 설계 및 시공까지 혼자 도맡아 하느라 힘들어 죽겠다던 게 엊그제 같은데, 지금은 지역 내에서도 꽤 유명할 정도로 번듯한 규모의 업체 사장님이 되어 있었다. 그래서 볼 때마다 뿌듯한 마음이 크다.

도훈이 말했다.

"한동안 리조트에서 지내면 되니까 너 편할 때 와 줘."

— 다음 주부터는 한가하다니깐? 어쨌든 알았어. 월요일 아침에 내려갈게. 그때 만나서 자세히 얘기하자.

"그렇게 해."

— 그런데 지금 어디 가는 길이야? 자동차 경적 소리 들리는 것 보니 밖인 것 같은데?

통화에 집중하느라 무의미하게 허공을 바라보던 그의 시선이 다시 한번 리조트 건물의 위치를 확인한다. 점차 건물이 가까워져 온다. 이 정도 거리라면 출퇴근은 걸어서 하면 되겠다고 생각하며 통화를 이어 갔다.

"집에 들렀다 리조트 가는 길."

— 걸어가?

"응. 산책 삼아 걸어 다닐까 해."

— 꽤 가까운가 보다?

"그럭저럭."

— 알았다. 그럼 다시 전화할 때까지 밥 잘 챙겨 먹고 있어라.

"그래."

민규와 통화를 끝내고 나니 어느덧 리조트 출입구 근처다.

해안 방면으로 정문을 둔 20층 높이의 연푸른색 직사각형 건물은 주변에 밀집된 낮은 건물의 펜션들 사이에 우뚝 서 있어 쉽게 눈에 띄었다. 그러나 리조트 내외부 리모델링 공사가 진행되면 외벽 페인트 작업을 가장 먼저 해야 할 것 같다는 생각이 들 만큼 외벽 색깔이 마음에 들지 않았다.

가장 무난한 흰색으로만 칠했어도 나아 보일 것 같은데 왜 하필 저런 색을 골랐을까? 서진리조트의 다른 지사들도 저런 색이었던가? 생각해 보아도 떠오르지 않는다.

오전 근무자와 교대한 유진은 리조트의 프런트 데스크에 서서 업무 일지를 확인 중이었다.

이전 근무자가 적어 둔 기록을 꼼꼼히 읽으며 참고할 상황을 확인 중이던 그때, 같은 데스크 담당이자 친구인 현아가 아주 작은 휘파람 소리를 내며 그녀의 주의를 끌었다.

그 소리는 가까이 선 유진만이 들을 수 있을 정도의 낮은 소리였는데, 가끔 잘생긴 남자 손님이 데스크를 방문할 때나 눈에 띄는 고객이 있을 때 현아가 자주 보였던 행동 중 하나였다.

몇 차례 있었던 일이라 유진은 이번에도 비슷한 경우겠지, 생각하며 일지를 내려놓고 고개를 들었다.

솔직히 말하면 고개를 들면서도 크게 기대하진 않았다. 현아가 좋아하는 스타일의 외모를 가진 남성이 유진의 눈에 차는 경우는 드물었기 때문이다. 그렇다고 그녀의 눈이 높아서는 절대 아니다. 단지 취향의 차이가 확실했기 때문이다. 딱히 어떤 스타일이 좋다, 하고 정해 둔 이상형은 없었지만, 현아가 좋아하는 화려한 외모의 남자에게는 어쩐지 호감이 생기질 않았다.

하지만 오늘, 그것도 지금 이 순간, 처음으로 현아와 자기 생각이 일치할 때도 있구나 하고 느낀다.

현아가 미리 신호를 주지 않았다면 저도 모르게 어머, 소리를 내었을지도 모르겠다는 생각이 들 정도로, 자신을 향해 다가오는 남자의 외모는 다른 사람들에 비해 확연히 눈에 띄었다.

남자는 적당히 마른 체구에 넓은 어깨를 부드럽게 감싸는 얇은 검정색 니트와 무릎이 훤히 드러나게 찢어진 데님 팬츠 차림이었다. 선글라스로 가려진 눈 아래 콧대는 도드라지게 날이 서 있었고, 부드럽게 말려 올라간 입꼬리는 호의적이면서도 단호해 보였다. 거기에 투명하다 싶을 정도로 하얀 피부는 처음 보는 사람도 호감을 느끼게 하기에 충분해 보였다.

서른은 넘었을까? 아니야. 그 정도는 아닌 것 같은데.

유진이 호기심 가득한 시선으로 바라보는 동안, 그가 천천히 그녀의 앞으로 다가왔다. 그리고 선글라스를 살짝 밀어 올리며 물었다.

"투숙하고 싶은데요. 빈 객실 있습니까?"

잘생긴 데다 목소리까지 좋다니. 이건 반칙이다.

하지만 유진은 나름 프로다. 아무리 매력적인 남성이라도 그녀에게는 수많은 고객 중 한 명일 뿐.

유진이 머릿속에 자리한 상대방의 손재를 그렇게 정리하며 자연스럽게 인사를 건넸다.

"반갑습니다. 고객님. 우선 몇 가지 여쭙겠습니다. 리조트 회원이십니까?"

"아닙니다."

"투숙하시는 분은 고객님 한 분이십니까?"

"네."

유진은 데스크 위에 놓인 고객용 모니터를 손짓으로 가리키며 말했다.

"여기에 보시는 대로 객실은 크게 패밀리, 스위트, 로얄 타입으로 나눕니다."

유진은 차분히 화면을 터치하여 넘겨 가며 각 객실 타입의 장점을 빠르고 정확하게 설명했다. 그러곤 진지하게 쳐다보고 있는 남자를 향해 물었다.

"이 중에서 원하시는 타입의 객실이 있으십니까?"

"음."

그가 잠시 고민하다 대답했다.

"스위트 타입이 좋겠군요."

"며칠이나 묵을 예정이십니까?"

"한 달 정도? 투숙 가능하죠?"

"잠시만요. 잔여 객실 확인부터 하겠습니다."

유진은 PC의 객실 관리 프로그램으로 스위트 타입의 객실 중 그가 묵을 만한 곳이 있는지 살피며 생각했다.

한 달이나 묵는다고?

그동안 장기 투숙객이 없었던 것은 아니다. 하지만 여행 온 것처럼 가벼운 차림치고는 숙박 기간이 꽤 길어 어딘가 석연찮게 느껴진다.

그렇지만 그녀가 상관할 일은 아니니까.

잔여 객실 수를 확인한 유진이 말했다.

"네. 한 달 투숙 가능합니다. 그리고 저희 리조트 내부 프로모션 중 장기 투숙객분들께 제공하는 혜택이 있습니다. 리조트 내 레스토랑의 조식을 무료로 제공하는 것인데요. 이용하시겠습니까?"

무료 아침 식사라. 그로서는 나쁠 게 없다는 생각에 고개를 끄덕였다.

"네, 그렇게 하죠."

"알겠습니다. 원활한 체크인 진행을 위해 신분증부터 확인하겠습니다."

"여기 있습니다."

안도훈.

신분증 위로 눈길을 내리던 유진은 내심 놀랐다.

자신과 비슷한 또래일 거라 생각했는데 그녀보다 나이가 여섯 살이나 많다. 동안은 저런 사람을 두고 하는 말이구나.

올해로 서른셋이 된 남자는 산 전망의 스위트룸에 30일 묵는 것으로 체크인을 마쳤다.

그녀는 그가 산과 바다 전망 중 당연히 바다를 택할 거라 예상했는데, 또 한 번 예상을 빗나간다.

유진이 예약을 마무리 지으며 더 필요한 것이 없냐고 묻자 그가 되물었다.

"주변 관광지 중 추천할 만한 곳이 있습니까?"

익숙한 질문이다. 유진은 고민할 것도 없다는 듯 곧장 팸플릿 하나를 꺼내 건네며 답했다.

"관광지 안내 팸플릿입니다. 주변의 주요 관광지가 모두 나와 있으니 도움이 될 거예요."

"직원분……"

뭔가 말을 꺼내려다 말끝을 흐린 도훈은 선글라스를 살짝 내려 유진의 이름이 적힌 명찰을 확인한다.

그의 시선이 어디로 향하는지 확인한 유진은 그가 자신의 이름을 들먹이며 뭔가를 묻지 않을까 짐작했는데 어쩐지 그에게서는 말이 없다.

잠시간의 정적.

곧 입을 열 것 같았던 도훈은 유진의 명찰을 한참 동안이나 바라보다 흠, 흠,

하는 그녀의 헛기침 소리를 듣고서야 정신을 가다듬는다.

선글라스를 고쳐 쓰는 그를 보며 유진은 생각했다. 조금 전 그의 얼굴에서 살짝 내려갔던 선글라스 너머의 깊게 구겨진 미간과 형언할 수 없는 눈빛을 보지 못했다면, 몹시도 기분 나빴을 것이라고 말이다.

도훈이 사과의 말을 건넸다.

"실례했습니다. 잠깐 딴생각을 하느라."

"아니에요. 괜찮습니다."

"그럼 마지막으로 한 가지만 묻죠. 이 팸플릿 속에서 반유진 씨가 추천하는 관광지는 어딥니까?"

도훈이 그녀의 명찰을 확인했던 것을 증명이라도 하듯 반유진이라는 이름을 자연스럽게 들먹이며 물었다. 유진은 당혹스러운 마음을 감추며 능숙하게 웃어 보였다.

"음. 제가 어디가 좋다, 라고 말씀드리는 것보다는 시간을 내어 팸플릿 속의 관광지 전부를 다 거닐어 보시기를 추천합니다. 사진으로 보시는 것과 직접 현장에서 느끼는 감상은 확연히 다르니까요. 또, 제가 느꼈던 감동을 고객님께서 느끼지 못하셨을 때의 실망감도 클지 모르니 어느 한 곳을 권해 드리지는 않겠습니다. 대신."

유진이 리조트 좌측의 유리 벽 밖으로 넓게 펼쳐진 바다를 흐뭇하게 바라보다 다시 눈길을 돌려 이어 말했다.

"해가 어스름한 새벽이나 저녁 시간에 리조트 앞에 펼쳐진 모래사장을 한 번쯤 맨발로 걸어 보시길 추천합니다."

"특별한 이유가 있습니까?"

"딱 잘라 어떤 이유가 있다고 말씀드리긴 어렵고요. 제 설명보다는 경험으로 느끼셨으면 합니다. 물론, 느낌에 개인차는 있을 테니 꼭 해 보시라고 권하지는 않습니다."

작고 보드라운 모래밭. 몹시도 우울하고 생각이 많아지는 날이면 유진은 모래밭을 걷는다. 그럼 발바닥에 닿는 보드라운 촉감만으로도 금세 기분이 나아졌다. 하지만 지금까지는 누구에게도 추천한 적이 없었다. 그런데 왜인지 모르게 이 남자에게는 한 번쯤 건널어 보라 말하고 싶었다.

선글라스로 가리어져 있던 눈망울이 어쩐지 서글퍼 보여서. 그래서 그를 채우고 있는 무거운 생각들에서 벗어나 보라고 말하고 싶었던 건지도 모르겠다.

도훈은 그녀의 대답이 흥미롭다는 듯 입꼬리를 올리며 잠시 바라보다 짧게 대답했다.

"꼭 한 번 해 보도록 하죠. 추천 감사합니다."

"네. 저희 리조트에서 편안한 시간 보내시길 바랍니다."

"네."

프런트 데스크를 벗어난 그가 엘리베이터에 올라타고 문이 닫히자 옆에서 상황을 지켜보던 현아가 유진에게 속삭였다.

"신은 역시 공평해."

"응?"

"저 사람 변태잖아?"

"변태?"

"그래. 변태. 아까 네 가슴 빤히 쳐다봤던 거 맞지?"

"아, 아니야. 그런 거."

유진이 작게 웃음을 터뜨렸다.

변태는 무슨. 가슴이 아니라 명찰을 빤히 쳐다보았을 뿐인데.

그녀에게는 다른 고객들과 다를 바 없는 투숙객 중 한 명일 뿐이었다. 하지만 현아는 그럴 리 없다는 듯 딱 잘라 말한다.

"아니긴 뭐가 아니야? 선글라스까지 내리고 한참을 쳐다보던데 뭘. 어휴. 오랜만에 한동안 눈 호강 하게 생겼다고 좋아했는데 이게 뭐야."

단단히 오해하고 중얼거리는 현아는 잠시 그대로 둬야겠다.

그가 변태 성향을 가진 남자건 아니건 그들과는 크게 상관없는 일이니 말이다.

그나저나 그는 아까 정말 왜 그랬던 걸까? 반유진이라는 이름이 흔하진 않

20

지만 그렇다고 이상하지도 않은 것 같은데. 갸우뚱한 표정으로 생각에 잠겨 있던 유진은 체크아웃을 위해 다가오는 투숙객을 발견한 뒤에야 그에 대한 생각을 떨쳐 낼 수 있었다.

묻어 둔 기억

　객실로 들어간 도훈은 침대 끄트머리에 툭, 하고 걸터앉았다. 새하얀 침대 시트에 앉아 청쾌한 객실 공기를 맡으니 어깨를 누르던 무겁고 눅진한 기운이 조금 가시는 것 같았다.

　서진리조트 직원들에게는 자신이 누구인지 알리지 않았다. 일부러 숨기려는 의도는 없지만 밝혀야 할 이유도 없다. 그러니 잠시라도 편하게 머무르며 내부 분위기를 파악하면 될 것이다.

　도훈은 침대에 앉은 자세 그대로 옆으로 스르륵 누웠다. 반쯤 닫힌 창문 너머로 산의 울창한 모습이 보였다. 아침 이슬을 머금은 탓에 짙어질 대로 짙어진 풀 냄새도 느릿한 바람을 타고 코끝으로 다가와 머무른다. 살며시 눈을 감자 아까의 그 이름이 떠올랐다.

　반유진.

　리조트 입구에 들어서면서부터 어딘지 모르게 낯이 익은 얼굴이라 생각했다.

눈꼬리가 살짝 치켜 올라간 고양이상의 얼굴을 가진 여자. 어디서든 한 번씩 볼 수 있는 흔한 외모는 아니었다.

그런데도 이상하게 낯이 익은 것 같아 선글라스 너머로 계속해서 빤히 쳐다봐도 알아내기가 어려웠다. 그래서 그냥 어쩌다 길에서 한 번 마주쳤던 사람이겠지. 그렇게 생각을 정리하며 기억해 내기를 포기하려던 찰나, 별스럽지 않게 마주한 명찰에서 그 이름을 발견했다.

반유진. 흔하지 않은 성씨, 어디선가 본 듯한 외모. 기억이 날 듯 말 듯 아슬아슬하던 그 경계에서 뇌리를 번뜩 스치고 지나가는 것이 있었다.

약 10여 년 전 그날의 기억.

어쩌다 여기서 만나게 되었을까? 왜 하필 여기서. 그러나 이내 찾아드는 감정은 다행스러움과 안도감이다.

그동안 잘 살아 내고 있었구나. 참 다행이다.

밤 열 시.

퇴근한 유진은 로비에 비치된 의자에 앉아 동료 직원 현아를 기다렸다.

오늘따라 유난히 피로함이 더해 마치자마자 곧장 집으로 가서 쉬고 싶었으나, 며칠 전부터 반복된 퇴근 후 술 한잔 하자는 현아의 제안을 또 거절하기가 미안해 오늘은 받아들이기로 했다.

유진은 자신이 퇴근하여 돌아오기를 기다렸다 주무시는 이모 문영이 생각나 집으로 전화를 걸었다.

― 유진이니?

"이모. 오늘 늦을 것 같아. 현아랑 맥주 마시고 들어갈게."

― 늦게까지 일했는데 피곤하지도 않아?

"괜찮아."

― 그래. 적당히 마시고 들어와. 너무 늦으면 전화해. 이모부더러 마중 가라

고 할게.

"제가 알아서 갈 테니 걱정하지 마시고 주무세요."

— 아니야. 많이 늦으면 꼭 전화해. 알겠지?

"괜찮다니까."

유진의 괜찮다는 말에도 그녀는 알겠다는 답을 들을 때까지 묻는다. 이모의 고집에 진 유진은 어쩔 수 없이 그러겠다고 답한 뒤 전화를 끊었다.

지금쯤이면 현아가 나올 때가 되었는데…… 생각하며 시선을 움직이다 엘리베이터에서 나오는 도훈을 발견했다.

그는 오후에 봤던 옷차림 그대로에서 선글라스만 벗은 상태였다. 이제야 제대로 보게 된 그의 얼굴이 새삼 낯설게 느껴졌다.

아깐 잘 몰랐는데 쌍꺼풀이 없는 작지도 크지도 않은 적당한 크기의 눈을 가졌구나. 저 눈으로 살짝 웃어 보이면 어떤 표정이 될까?

궁금해하는 유진을 발견하지 못한 채 로비를 가로질러 나가는 도훈의 두 눈동자는 고민에 깊이 잠긴 것처럼 단단하게 굳어 있었다.

어떤 일을 하는 사람일까? 보통의 직장인일까? 바쁘게 흘러가는 삶에 지쳐 잠시 쉬었다 가려 여행을 온 것일까?

유진은 도훈의 모습을 홀린 듯 바라보며 갖가지 생각에 빠져 있다 현아의 목소리에 현실을 자각하고 정신을 가다듬는다.

"누굴 그렇게 빤히 보고 있어?"

유진은 도훈의 모습이 사라진 것이 다행이라 생각하며 의자에서 일어섰다.

"아무것도 아니야. 그런데 왜 이렇게 늦었어?"

"어, 그게."

현아가 뒤를 돌아보았다. 유진의 시선이 그녀를 따라 움직였다. 거기엔 같은 조에서 근무 중인 배효연 주임이 걸어 나오는 모습이 보였다. 현아가 설명했다.

"언니도 같이 가겠다고 해서."

"배 주임님 약속 있다고 하지 않았어?"

"약속 취소됐대."

스물일곱 동갑내기 그녀들보다 세 살이 많은 효연과는 친자매처럼 가깝게 지내는 사이다. 어려서부터 한동네에서 나고 자란 효연과 현아가 친한 것은 말할 것도 없고, 유진도 현아 덕분에 금세 효연과 친해졌다. 그래서 늘 함께 움직였는데, 효연이 선약이 있다며 오늘 술자리엔 함께 가지 않겠다는 뜻을 전했었다. 그랬던 효연이 유진에게 다가와 팔에 매달리며 곰살궂게 굴었다.

"나 약속 취소됐어. 그러니 같이 껴서 놀아도 되지?"

"물론이죠."

유진이 뭐 그런 말을 하냐는 뉘앙스로 대답하며 현아를 바라본다. 그러자 현아가 로비 쪽으로 머릿짓 하며 "가자." 짧게 말했고 세 사람은 자연스럽게 근처의 호프집으로 장소를 옮겼다.

최근 들어 꽤 한산해진 호프집은 여러 개의 테이블 중 단 두 개의 테이블만이 손님들을 맞고 있었다.

유진 일행은 가끔 찾을 때마다 앉고는 하던 구석진 테이블에 앉으며 주위를 둘러보았다. 세 사람이 '손님이 너무 없는 것 아닌가?' 하는 비슷한 생각에 잠겨 있을 때, 젊은 사장 석준우가 직접 메뉴판을 가져오며 인사를 건넸다.

"이번 주는 오후 근무신가 봐요?"

"네. 그런데 오늘은 왜 혼자 계세요? 아르바이트 직원이 안 보이네요."

효연이 아는 체를 하며 묻자, 준우가 손을 들어 뒷머리를 긁적인다.

"개인적인 일이 있어 2주간 휴가예요."

"사장님 혼자 힘드시겠다."

"아니에요. 요즘 손님도 별로 없는데 잘됐죠, 뭐. 여름휴가 시즌 되면 바빠질 테니 그때부터 나오라고 했어요. 세 분은 오늘도 생맥주로 드릴까요?"

"네. 안주는 오징어랑 감자튀김이요."

현아가 늘 시키던 안주를 주문한다.

"곧 가져다드릴게요."

준우가 돌아가자 효연이 다시 입을 열었다.

"요즘 어딜 가나 어렵다는 사람들뿐이네."

"그나마 장사가 좀 된다는 우리 리조트도 매각되는 거 보면 말 다 했지, 뭐."

소꿉친구나 마찬가지인 효연과 현아는 리조트 밖에서는 편하게 반말로 대화했다. 효연이 유진에게도 언니처럼 생각하며 말을 놓으라 했지만, 아직은 좀 어려워 천천히 하겠다고 한 게 오래전인데도 아직 언니라는 말이 입에 붙질 않는다.

리조트 매각 이야기에 분위기가 천천히 가라앉았다. 효연이 유진에게 물었다.

"유진, 리조트 그만둘 생각 여전한 거야?"

"네."

"대체 왜 그만두려는 거야? 아라에서 기존 리조트 직원 그대로 다 안고 가겠다잖아? 특별히 더 달라질 것도 없어 보이는데, 나는 네가 왜 이렇게 고집을 피우는지 모르겠어."

현아가 불만을 토로하자 유진이 싱긋 웃는다. 나름 편하게 웃어 보려 했지만 입가에 걸리는 건 쓴웃음뿐이다.

현아의 말에 동의한 효연이 말했다.

"그리고 솔직히 말해 서진보다는 아라가 더 낫지 않아? 직원 복지 혜택도 그렇고. 지금도 대부분의 직원들은 차라리 잘됐다고 좋아들 하던데? 유진, 마음 바꾸면 안 돼?"

유진은 마땅히 대꾸할 말이 떠오르지 않아 희미하게 웃어 보일 뿐이다.

사실 서진리조트가 다른 리조트 체인에 인수됐다면 이런 결정을 하진 않았을 것이다.

하지만 아라리조트라면 상황이 다르다.

서진리조트 태안 지사가 아라리조트에 매각된다는 말이 돌 때부터 설마 했었다. 현아와 효연의 말처럼 언뜻 봐도 아라가 서진보다는 훨씬 낫다는 것을 인정하지 않을 수 없었다. 규모 면에서도 그랬고, 부수적인 점들을 고려해도 마찬가지였다.

하지만 그녀는 서진이기 때문에 근무했던 것이다. 다른 곳이면 몰라도 아라 리조트의 직원으로 일할 수는 없다. 그래서 매각된다는 말이 돌 때부터 그만둘 생각을 하다 결정이 되자마자 곧바로 사직서를 제출했었다.

그런데 최종 결재권자의 승인란이 공란으로 되돌아왔다. 다시 한 번 생각해 보라는 지사장의 메모가 적힌 포스트잇과 함께였다.

유진 자신만 생각하면 당장 내일부터라도 출근하지 않아도 된다. 하지만 그러고 싶지 않았다. 그녀가 앞으로도 리조트 체인에서 근무하지 않으리란 보장이 없고, 또 나름 유종의 미를 거두고 싶은 마음도 있기 때문이었다. 그러니 사직서는 차기 지사장이 오면 다시 제출할 것이다. 그때는 무리 없이 그만둘 수 있겠지.

유진이 생각에 잠겨 효연과 현아의 말을 흘려듣고 있던 그때 준우가 술과 안주를 내왔다. 그가 생맥주와 노릇하게 구운 반건조 오징어와 감자튀김, 그리고 소시지가 담긴 접시를 내려놓으며 말했다.

"소시지는 서비스입니다."

"어머. 이러지 않으셔도 되는데."

효연이 콧소리를 내며 예의상 사양하자 준우가 웃으며 답했다.

"단골 고객님들께 이 정도는 아무것도 아닙니다. 하하."

"고맙습니다."

유진이 살짝 목례하자 준우의 볼이 슬며시 붉어진다.

"그럼 맛있게 드세요."

짧은 인사를 남긴 그가 사라지자 현아가 득달같이 거리를 좁히며 소곤거렸다.

"저 봐. 저 사장님 너한테 관심 있다니까!"

"내가 그런 말 하지 말라고 했지?"

유진이 눈을 흘기자 효연이 자신의 의견을 보탰다.

"아니야. 내 눈에도 저 사람 너한테 관심 있는 것 같아. 다른 손님들과는 잘만 대화하면서 네가 무슨 말만 하면 얼굴이 붉어지는 게…… 분명 뭔가 있어."

유진은 몇 차례나 반복된 두 사람의 어림짐작을 여느 때처럼 웃어넘긴다. 그녀에게서 별 반응이 없자 금세 시큰둥해진 현아가 졸랐다.

"유진. 고집 그만 부리고 사직서 찢어 버리자. 응?"

"그래. 이렇게 마음 맞는 사람 만나서 일하는 게 쉬운 줄 알아? 물론 성격 파탄인 문 지배인 생각하면 붙잡기도 미안하지만."

효연이 문 지배인을 들먹이며 킥킥 웃는다. 덩달아 현아가 깔깔 웃자 효연이 신이 난 목소리로 물었다.

"그나저나 문 지배인 요즘따라 히스테리 더 심하지 않아? 중년 남성 갱년기야, 뭐야?"

"노총각 히스테리 아니었어?"

"노총각 히스테리인 줄만 알았는데 날이 갈수록 상태가 악화되니까 그러지."

"병원 가서 진료받아 봐야 해. 아주 심각하다니까? 심지어 어제는 자기가 잘못해서 고객 클레임 들어온 걸 내 탓을 하더라니깐? 성격 같아서는 다 뒤집고 한판 하고 싶은데, 그러지도 못하고. 어휴."

그 마음을 잘 아는 유진이 동의한다는 듯 웃으며 생맥주를 한 모금 들이켰다.

"새로 오는 지사장이 문 지배인 잘랐으면 좋겠는데 불가능한 일이겠지?"

효연이 새로 올 지사장 얘기로 대화 주제를 전환하자 귀가 쫑긋해진 현아가 오늘 낮 주워들은 얘기를 꺼냈다.

"새 지사장 자리에 아라 회장 아들이 온다는 얘기 들었어?"

"에이. 말도 안 돼."

효연이 그럴 리가 있냐는 듯 입술을 삐죽이자, 현아가 자신의 말을 증명이라도 하려는 것처럼 눈을 키우며 말했다.

"진짜야. 관리부 직원한테 들은 거라던데?"

"그 관리부 직원, 지난번에 회사 절대 매각될 리 없다고 했다던 그 사람 아니니? 그리고 상식적으로 회장 아들이 다른 지사 다 놔두고 이 코딱지만 한 곳에 올 이유가 뭐 있겠어."

"그건 그렇지."

현아가 기운 빠진 목소리로 중얼거렸다.

"그보다, 누가 온들 지금보다야 낫지 않겠어? 여직원을 무슨 술집 여종업원 정도로 취급하는 변태 새끼보다는 나을 거 아냐? 안 그래, 유진?"

효연이 유진을 끌어들이며 물었다. 유진은 생맥주잔의 손잡이를 만지작거리며 대답했다.

"아무래도 그렇겠죠?"

전 지사장이 회식 자리에서 여직원들의 어깨를 끌어안거나 손바닥으로 허벅지를 감싸는 등의 성추행을 저질렀다는 소문이 한두 차례 돌긴 돌았었다.

그 당시 해당 여직원이 직장 내 성추행으로 고발하겠다는 것을 전 지사장이 돈으로 무마했다는 소문도 있었고, 또 한 여직원은 직접 본사 윤리 위원회에 고발해 전 지사장이 회장에게 불려 가 혼쭐이 났다는 소문도 있었다.

암암리에 소문으로 번진 말들은 대부분 사실로 여겨질 법했지만 일개 프런트 직원이 확인할 길은 없어 그렇구나, 하고 생각할 뿐이었다.

"유진, 너 그만두면 다시 서울 갈 거야? 원래 서울 살았잖아."

현아의 질문에 유진이 천천히 고개를 끄덕였다.

"어차피 서진리조트로는 다시 들어가지 못할 텐데. 다른 직장 알아보려고?"

"그럴 생각이야."

"대체 왜 그렇게까지 하는 건지 나는 도통 모르겠다. 여기로 전근 올 때처럼 뭔가를 회피할 이유도 없을 텐데."

유진은 김빠진 생맥주를 한 모금 들이켜며 과거의 기억을 들추어 본다.

약 2년 전, 태안으로의 전근은 그녀에게도 지극히 갑작스러운 일이었다.

서울의 서진리조트 본사에 신입 사원으로 입사해 근무하던 중 자상한 성격의 동료 남자 직원에게 끌려 비밀 연애를 시작했었다. 약 1년간의 비밀 연애는 아무도 모르게 끝을 맺었으나, 헤어진 사람과 한 직장에서 계속 얼굴을 마주치는 일은 사람을 꽤 피곤하게 만들었다. 하지만 견디지 못할 정도는 아니었다.

그렇지만 그가 그녀와 함께 프런트 데스크에서 근무 중이던 동료 여직원과 결혼한다는 소식을 듣게 되었을 때는 상황이 달라졌다. 더는 그곳에 있고 싶은 생각이 들지 않았다.

유진과 그 남자 직원이 어떤 관계였는지 이미 다 알고 있다는 그녀와 계속해서 함께 근무할 수는 없었다. 그래서 타 지사로의 전근을 신청했다. 때마침 태안 지사에 공석이 있어 망설일 것도 없이 이곳으로 떠나왔다.

한편으로는 태안이라서 다행이라는 생각이 들었다. 엄마의 하나뿐인 동생인 이모가 마침 이곳에 사는 데다 집에서 리조트까지의 거리도 가까웠고, 리조트 정문을 열고 나서면 시원한 바다가 펼쳐진다는 것도 마음에 들었다.

그래서 가능한 여기서 오래 근무하고 싶었다. 동갑내기 현아와 친언니 같은 효연, 히스테리 덩어리 같지만 은근히 잔정이 많으신 문 지배인을 비롯한 동료 직원들. 약 2년 가까이 근무하는 동안 정도 많이 쌓였는데…….

그런데 이제는 돌아갈 곳이 없어졌다. 서진리조트는 본사와 영업 이익이 좋은 몇 개 지사를 제외한 나머지 지사들을 모조리 매각했다. 본사에서는 혼란스러워할 직원들을 위해 현재 근무 중인 직원들을 해고하지 않는다는 전제하에 매각에 합의했다고 했다. 따라서 유진 역시 이제 곧 아라리조트로 명칭을 바꿀 이곳의 직원이 되는 것이 당연해졌다. 하지만 그녀가 살아 있는 한. 아니, 10년 전의 그 일을 잊지 못하는 한 아라리조트에서는 근무할 수 없다. 그러니 자신이 그만두지 않기를 바라는 현아와 효연에게는 미안하단 말밖엔 할 수 있는 것이 없다.

유진이 옛 기억에 잠겨 있는 동안 새로운 지사장에 관해 떠들던 두 사람의 대화 주제는 곧 있을 여름휴가에 관한 것으로 바뀌어 있었다. 그들의 대화 내용에 크게 관심이 없는 유진은 3분의 1 정도 남아 있는 생맥주를 천천히 마셔 잔을 비웠다.

예전에는 맥주 한 병에도 쓰러지곤 하던 그녀에게 이제 생맥주 500ml 한 잔은 별것 아니게 되었다. 술이 점점 늘어 간다. 마시는 양이 느는 만큼 숙취도 늘지만 나쁘지 않다. 때로는 취기가 기억 속에서 지우고 싶은 순간을 잠시나마 지워 주니까. 이제는 잊고 싶어도 잊을 수 없게 되어 버린 10년 전의 그 일이 오늘 밤에는 부디 생각나지 않기를 바라며 유진은 생맥주 한 잔을 추가로 더 주문했다.

이튿날 오전 열 시 즈음에야 눈을 뜬 유진은 숙취로 불편해진 속을 달래려 방을 나섰다.

숙취 해소 음료라도 사 마시고 들어올걸. 늦은 후회가 들었지만 말 그대로 이미 늦어 버렸다. 마루로 나온 유진이 불편한 속을 달래기라도 하듯 손바닥으로 윗배를 쓰다듬자, 집과 분리된 주방을 빠져나오던 문영이 그 광경을 보며 혀를 끌끌 찼다.

"몇 시에 들어온 거야?"

"세 시쯤?"

"계집애가 겁도 없이."

혼을 내듯 말하지만, 손에 들린 것은 아마도 꿀물일 거다.

유진이 반가운 마음에 혀를 내밀고 헤에, 하고 웃으며 그녀의 손에 들린 대접에 시선을 고정하자, 가까이 다가온 문영이 대접을 들이밀며 소리쳤다.

"얼른 처마셔."

문영은 화가 났다는 티를 내고 싶으면 꼭 앞에 '처'라는 말을 붙이곤 하는데, 그 모습이 오늘따라 더 귀엽게 느껴져 웃음이 나온다. 유진이 대접을 받아 들고는 꼴깍거리며 마시는 것을 지켜보던 문영이 입술을 내밀며 툴툴거렸다.

"네가 이러고 다니는 걸 네 엄마도 알아야 할 텐데."

엄마 선영보다 네 살 어린 문영은 가끔 이런 말로 겁을 주려 하지만, 유진은 아무런 감흥도 느끼지 못한다. 어차피 이를 생각도 없으시리라는 걸 이미 잘 알고 있기 때문이다.

유진이 대접을 다 비우고 입으로 꺽, 하고 트림하는 흉내를 내고는 장난스럽게 웃었다. 그러자 문영이 철없는 딸을 혼내듯 손바닥으로 등을 툭 치고는 어이구, 한다. 그리고는 유진이 내민 대접을 마루 한쪽에 놓아두며 털썩 자리에 앉았다. 유진도 따라 옆에 앉았다.

문영이 대문 틈새로 보이는 먼 바다를 멀거니 바라보며 중얼거렸다.

"벌써 여름이네. 우리 마음 약한 언니 밤새 잠 못 들 여름이야."

유진은 말뜻을 알아들었지만 대꾸할 말을 찾지 못해 잠자코 듣기만 한다.

"고 계집애 떠난 지가 벌써 10년이라니. 세월 참 빠르기도 하다."

문영이 킁킁, 콧물을 삼키는 소리를 내고는 빠르게 눈가를 훔쳐 냈다. 유진은 일부러 못 본 척 발아래로 시선을 돌리며 슬리퍼 신은 두 발을 동동거렸다.

"옆집 공사 들어간대."

"옆집?"

문영의 말에 번쩍 고개를 든 유진은 우측 돌담을, 그 너머의 색 바랜 낡은 주택을 빤히 쳐다보았다.

"어제 저 집 살던 총각을 봤거든. 수리해서 들어와 살 거래."

"잘된 거지? 이모 만날 입버릇처럼 옆집 비어 있어서 싫다 그랬잖아?"

"응. 잘됐지. 집에 사람 냄새가 나야지, 너무 오래 비어 있었잖아."

"전에 듣기론 저 집 아주머니가 많이 아프셨다고 그랬던 것 같은데."

"그랬지. 무슨 암이랬더라? 오래되어 까마득하네. 하여튼 큰 병에 걸려서 요양하러 왔다더니 그렇게나 앓더라고. 그걸 옆에서 보는 심정은 오죽했을까."

옆집 얘기는 문영에게 종종 들었었다. 말기 암에 걸린 어머니와 그런 어머니를 지켜보던 어린 소년의 이야기. 들을 때마다 자신이 겪었던 일인 것처럼 마음이 아팠는데, 그 소년이 이제 다 자라 어엿한 성인이 되었다고 한다.

그 소년은 어떻게 자랐을까? 문득 궁금했다.

<u>3</u>
이 웃 사 촌

유진은 교대 근무자가 작성해 둔 업무 일지 노트를 펼쳤다. 시선이 일지의 하단에 멈춘다. 그곳에 적히는 글귀는 대부분 고객의 컴플레인 건이다. 컴플레인은 경중을 따지지 않고 세밀하게 적힌다. 그래야 불만을 제기한 고객 응대 시 같은 실수를 반복하지 않을 수 있고, 나아가 다른 고객에게서 발생할 잠재적 불만을 미리 대비할 수 있기 때문이었다.

"일지의 여백은 넓을수록 좋은데. 오늘따라 왜 이렇게 빡빡하냐?"

옆에 선 현아가 유진의 어깨에 슬며시 자신의 턱을 올려놓으며 중얼거렸다.

"그러게."

유진이 빼곡히 적힌 고객 불만 사항을 읽어 내리는 동안, 뭉친 어깨를 풀려고 스트레칭을 하던 현아의 눈에 낯익은 얼굴 하나가 들어왔다. 그녀가 목소리를 낮추어 물었다.

"저 사람은 휴가 중인 걸까?"

현아가 고갯짓한 곳을 따라가 보니 며칠 전부터 투숙 중인 도훈이 보였다.

처음 본 날부터 어딘지 모르게 사람의 시선을 잡아끄는 부분이 있다고 생각했다. 말간 피부에 베일 듯한 콧날을 가진 그가 또 뵙네요, 하고 또렷한 저음으로 인사를 건네고 지나가면 현아는 쓰러지는 시늉을 하기도 했었다. 변태 아니냐며 입술을 삐죽이던 그녀의 모습은 이미 사라진 지 오래다.

그런 그가 오늘은 로비의 커피숍 소파에 앉아 있다. 손에 든 노트에 열심히 뭔가를 끄적이는 모습이 왠지 비현실적으로 느껴져 자연스레 그에게로 시선이 멈춘다.

현아가 유진의 팔을 툭툭 쳤다. 유진이 정신을 가다듬으며 어, 하고 대답하자 현아가 알 만하다는 듯 중얼거렸다.

"너도 반했니?"

"반하긴."

"그럼 뭘 그렇게 넋을 놓고 쳐다봐?"

"신기하잖아."

"뭐가?"

"네 말대로 휴가 중인 것 같기는 한데 외출하는 모습을 못 본 것 같아서."

"그랬나?"

"그리고 저 노트에는 뭘 그렇게 열심히 적는 걸까?"

"일기라도 적는 건가?"

"설마."

유진이 싱겁게 웃으며 다시 일지로 눈길을 돌렸다. 덩달아 도훈에 관한 호기심이 잦아든 현아도 제자리로 돌아가 업무를 이어 갔다.

일지를 끝까지 한 번 더 정독한 유진은 노트를 덮어 두고 고개를 들었다. 무심결에 도훈이 앉은 곳을 바라보다, 로비 내부를 둘러보던 그와 눈이 마주쳤다. 당황한 유진은 얼른 시선을 돌리고 딴청을 부리느라, 도훈이 흥미로운 표정으로 싱긋 웃었다는 걸 알아차리지 못했다.

교대로 식사를 하는 점심시간. 유진은 빠르게 식사를 마친 후 식기를 반납하고 캐비닛이 있는 여직원 휴게실로 향했다. 양치질을 위해 칫솔과 치약을 챙겨 휴게실을 빠져나오니, 그 주변을 서성이는 이가 하나 있었다. 도훈이었다.

유진은 등 뒤로 살며시 문을 닫으며 그의 행동을 지켜보았다. 보통의 고객답지 않게 건물 내부를 천천히 돌며 뭔가를 꼼꼼히 체크하는 모양새가 어쩐지 수상쩍다. 암행이라도 나온 감사 팀 직원일까? 아니면 주변 지역의 타 리조트에서 벤치마킹의 목적으로 나온 것일까?

다양한 형태의 고객들을 응대해 왔지만 저렇게 대놓고 탐색하는 고객은 본 적이 없다. 그래선지 더더욱 이상하게 여기던 그 순간, 그가 불쑥 뒤를 돌아보았다. 눈이 마주치는 순간 그가 겸연쩍은 듯 웃더니 이내 평소의 담담한 표정으로 돌아오며 능란하게, 변명하듯 말했다.

"리조트 내부 인테리어가 궁금해서 돌아보던 중이었습니다."

"네, 그러셨군요."

유진의 입가에는 언제나처럼 자연스러운 미소가 스며들었지만, 머릿속은 여전히 의심으로 가득했다. 대체 뭐 하는 사람인 거지?

"안 그래도 묻고 싶은 게 있었는데."

도훈이 기다렸다는 듯, 마침 잘 만났다는 뉘앙스로 물었다.

"옥상으로 가려면 어디로 가야 하죠?"

"옥상에요?"

"네. 아까부터 계속 머리가 지끈거리고 가슴이 갑갑한데, 높은 곳에 올라가서 바람이라도 쐬면 좀 나아지지 않을까 해서요."

변명이 꽤 궁색했지만 도훈은 달리 생각나는 게 없었다. 유진의 의구심 가득한 눈을 보면 뭐라도 변명을 해야 할 것 같은데 마땅히 할 말은 없고. 그러니 지금으로서는 어떤 이유로든 이 자리를 빠져나가는 게 낫겠다 싶어 꺼낸 말이었다. 그렇다고 완전히 거짓말은 아니었다. 갑자기 속이 갑갑하고 답답한 느낌이 든 것은 사실이었으니 말이다.

하지만 유진은 그가 원하는 대답을 들려주지 않았다.

"현재 옥상은 일반인의 출입을 금하고 있습니다. 도움 못 드려 죄송합니다."

"이유를 물어봐도 되겠습니까?"

보통의 투숙객들은 이렇게만 말하면 알겠다고 넘어가는데 도훈은 달랐다. 유진은 사실대로 얘기해도 될까 잠시 망설였지만, 그는 포기하지 않을 사람인 것 같아 솔직히 답하기로 하고 입을 열었다.

"얼마 전 인근의 한 호텔에 묵었던 고객 한 분께서 옥상에서 투신하는 일이 있었습니다. 그 후 저희 리조트도 고객님들의 안전을 위해 추가로 보수가 필요하다고 판단되는 부분이 있어 당분간 일반인의 출입을 금하고 있습니다. 이용에 불편을 드려 죄송합니다."

"아닙니다. 그런 사정이 있었군요. 솔직히 말씀해 주셔서 고맙습니다."

"대신 리조트 외부 정원에도 편하게 휴식할 수 있는 공간이 충분히 있으니까요. 그곳을 활용하시는 것도 좋을 듯합니다."

"알겠습니다. 참고하죠."

도훈이 만족스럽게 웃으며 그녀의 명찰을 다시 확인했다. 반유진. 기억 속의 잔상 때문인지 그녀를 어리게만 생각했던 인식이 조금씩 달라진다. 예의 바르고 친절한 직원이라고만 생각했는데, 어쩌면 그가 생각하는 것보다 훨씬 유능한 직원일지도 모른다. 그런 생각이 들자 저도 모르게 흐뭇한 기분이 들었다. 처음 느끼는 색다른 감정이었다. 마치 어린 동생이 잘 자라 주어 고마움을 느끼는 오빠의 마음 같았다. 낯설지만 나쁘지 않은 느낌이라는 생각이 들었다.

도훈은 객실 내 거실 소파에 앉아 며칠간 리조트 내부를 살펴보며 메모한 것들을 정리하고 있었다. 여러 문제점 중 고객 불만에 대처하는 방식, 그리고 객실 청소 담당자 몇몇이 부주의한 탓에 같은 불만이 반복된다는 점 등을 어떻게 개선해야 할까 고민하던 중에 새어머니인 진아정에게서 걸려 온 전화를 확인했다.

받고 싶지 않아 망설였지만, 무시할 수만은 없다는 생각에 통화 버튼을 터치했다.

"네."

— 바쁘니?

"아닙니다."

— 타지에서 혼자 있으려니 힘들지?

"지낼 만합니다."

— 무리하지 말고 쉬어 가면서 일해라.

"네."

아주 짧은 대화. 그것을 끝으로 전화가 끊어졌다.

새어머니와 나눈 몇 마디의 말에 담긴 속뜻은 빤하다. 무리하면서까지 일해서 성과 내지 말고 적당히 하라는 뜻이다. 그사이 자기 아들이자 도훈의 이복동생인 도진이 본사에 들어가 자리를 잡으면 더할 나위 없이 기쁠 텐데. 그런 마음도 포함되어 있을 것이다.

새어머니와의 사이는 단순히 나쁘다. 로는 규정짓기 어려울 정도의 모호한 감정의 경계에 서 있다. 새어머니라는 호칭에 따르는 부정적인 이미지를 곧이 곧대로 흡수하고 있는 자신을 저지한 것은 돌아가신 어머니였다. 아버지와 어머니의 이혼에 새어머니가 원인이 된 것은 맞지만, 이혼의 결정적 이유가 그 사람인 것은 아니라고 했다. 이혼의 결정적 이유는 부부간의 신뢰가 훼손되었고, 그 상태로는 같이 살기 어렵다고 판단했기 때문이라고. 그리고 아버지는 여전히 그의 아버지니까 미워하지 말라는 말씀도 덧붙이셨다.

그럼에도 사람의 감정이라는 게 뜻대로 되진 않았다. 도훈은 새어머니와의 외도로 어머니를 혼자 남겨 둔 아버지가 미웠다. 남들처럼 가족이라는 울타리 안에서 살 수 없게 만든 아버지를 원망했다.

그러던 어느 날이었다. 그가 중학교 2학년, 곧 있을 신학기를 준비하던 때 아버지가 찾아오셨다. 부모님 두 분이 이혼하신 뒤, 그를 만나고자 하는 아버지와 간간이 따로 만나 식사를 하고 시간을 보냈지만 이렇게 집으로 직접 찾아오신 적은 단 한 번도 없었다.

그날은 일요일이었다. 침대에서 일어나기 싫어 뒹굴고 있을 때 집안일을 돕는 도우미 아주머니가 그의 방 문을 두드렸다. 잠시 내려오라는 말에 헝클어진 머리카락을 쓸어내려 정돈하며 1층으로 내려가니 아버지와 어머니가 거실 소파에 마주 앉아 있었다. 그날 세 사람은 약 8년 만에 처음으로 식탁에 모여 앉았다. 어쩐지 아버지는 살짝 들떠 보였고, 어머니는 연신 어색한 웃음을 흘리셨다. 서로 무슨 말을 했었는지는 기억나지 않는다. 단지 어머니를 바라보는 아버지의 표정이 꽤 다정했다는 것만이 남아 있을 뿐.

그런 일상이 몇 달간 반복되었다. 주말마다 아버지가 찾아오셨고, 어머니와 함께 셋이서 보통의 가족처럼 함께 시간을 보냈다. 동물원에 가서 동물 구경을 하기에 이미 많이 늦어 버린 나이였지만 동물원에도 함께 갔고, 도우미 아주머니가 싸 주신 도시락을 나눠 먹기도 했다. 어떤 주말엔 아버지가 직접 운전하시는 차를 타고 동해 여행을 한 적도 있었다.

그때만큼은 분명 가족이었다. 아버지를 신뢰할 수 없다던 어머니는 아버지를 다시 남편으로 받아들이시는 것처럼 보였고, 그 역시 늘 부정했지만 동경했던 가족이라는 이름을 다시 찾은 것만 같은 기쁨에 한껏 들떠 있었다. 그리고 서로에 대한 얘기만 했다. 아버지의 새 가족에 대해서도, 앞날에 대해서도 말하지 않았다. 단지 오늘, 내일, 그리고 다음 주말. 이렇게 직면한 날들에 관해서만 얘기했다. 누가 여기까지만 얘기하자고 한 것도 아니었는데, 마치 닥쳐올 미래를 알았던 것처럼 늘 현재에 관해서만 얘기했다.

그러던 어느 날 어머니가 쓰러지셨다. 어린 마음에 겁이 나 아버지에게 전화를 걸었다. 아버지는 잠깐만 있어 보라더니, 곧 사람을 보내셨다. 아버지의 건강 관리를 책임지고 있는 의사셨던 것으로 기억한다. 그때 그 의사는 꽤 심각한 표정으로 어머니의 상태를 살펴보았다. 곧이어 도착한 아버지가 어떠냐고 물으셨고, 의사는 고개를 가로저었다.

그날이 그의 인생에서 가장 끔찍한 날이었다. 멀쩡하던 어머니는 의식을 잃은 채 침대에 누워 계셨고, 당장에라도 어머니를 병원으로 데려갈 줄 알았던 아버지는 정원에서 담배만 연거푸 피워 대셨다. 도훈은 화가 나 어머니가 대체 왜 저런 거냐고 소리를 지르며 악을 썼다. 그런 그를 아버지는 품에 꼭 안은 채 흐느끼셨다. 분명 뭔가 잘못되어 가고 있었다. 고작 몇 달을 웃었을 뿐이다. 그것이 아주 큰 잘못이라는 것처럼, 신은 그에게 너무도 큰 형벌을 내렸다. 어머니의 병명은 대장암, 그것도 말기였다.

　어머니는 얼마 남지 않은 생애의 마지막 시간을 병원에서 보내길 바라지 않으셨다. 대신 고향인 태안으로 돌아가 남은 시간을 유용하게 쓰길 원하셨다. 하지만 아버지의 뜻은 달랐다. 끝까지 희망을 잃지 않기를 바랐다. 계속해서 치료를 받길 원하는 아버지와 인제 그만 포기하고 싶다는 어머니, 두 사람의 다툼이 있을 때마다 도훈은 피가 마르는 느낌이었다. 그렇게 다투던 두 사람 중 끝내 손을 든 것은 아버지셨다. 아버지는 어머니 앞에서는 언제나 약자였고, 어머니는 절대 고집을 꺾지 않으셨다.

　아버지는 어머니의 뜻에 따라 태안 바닷가의 작은 주택을 매입하셨다. 옥상에 올라가면 바다가 훤히 내다보이는 작은 집이었다. 어머니께 남겨진 얼마 되지 않는 시간, 도훈은 그곳에서 어머니가 행복하기만을 바랐다.

　하지만 신은 잔인했다. 한시도 어머니를 편히 두지 않았다. 어머니의 일상은 고통의 연속이었다. 통증은 수시로 찾아왔고, 병은 어머니의 눈에서 생기를 빼앗아 갔다. 텃밭에 씨를 뿌리고 채소를 수확하고 싶어 하시던 어머니는 바다가 내다보이는 옥상 계단을 오르는 것도 몹시 버거워하셔서 그가 업어서 올라가고 내려와야 했다. 어머니는 그나마 컨디션이 나은 날에는 옥상에서 시간을 보내셨지만, 나머지 일상은 대부분 방에서 혼자 앓으며 고통의 시간을 보내셨다.

　그곳에서 어머니는 자신이 바라던 대로 아무런 처치도 받지 않고 고통을 그대로 감내하시다 결국 눈을 감으셨다. 어머니가 돌아가신 뒤, 도훈은 좀처럼 눈물이 나지 않았다. 제발 그만 좀 터져 나왔으면 좋겠다고 간절히 바랄 정도로 어머니 앞에서는 아무 때나 툭툭 쏟아지곤 하던 눈물이 한 방울도 흘러내리지 않았다. 손끝이 떨리고 가슴은 아프도록 조여 오는데, 눈동자는 점점 건조해지기만 할 뿐 한 방울의 눈물도 떨궈 내지 않았다. 그렇게 메마른 모습으로 어머니의 장례를 치렀을 때, 새어머니는 그가 정나미도 없는 아이라며 치를 떨었고 아버지는 그저 괜찮다고만 말씀하셨다.

그때는 인정하지 못했지만, 아마도 조금쯤은 다행이라고 생각했던 것도 같다. 어머니의 마지막을 절대 바라지 않으면서도 새벽마다 통증에 끙끙거리시는 어머니를 볼 때면 차라리 기다리시는 그 날이 빨리 왔으면, 그래서 어머니가 얼른 편안해지셨으면, 하고 바란 적도 있었기 때문이다. 그때는 그런 감정을 인정하는 것조차 어려웠다. 그런 생각이 떠오를 때면 어린 마음에 못된 생각을 한 것 같아 한참 동안 속으로 자신을 꾸짖곤 했었다.

어머니가 돌아가신 뒤, 아버지는 도훈에게 함께 살길 원한다고 말씀하셨다. 어머니를 배신한 것을 한순간도 후회하지 않은 적 없었고, 자신의 모든 것을 내어 줘서라도 시간을 돌릴 수 있다면 다시는 그런 실수는 하지 않을 거라고 간절하게 털어놓으셨다. 진심을 읽었기에, 또 그가 아버지와 다시 가까워지길 바랐던 어머니의 진심을 알았기에, 도훈은 외할아버지가 내민 손을 잡지 않고 아버지의 집으로 들어갔다.

새어머니는 노련했다. 집 밖에서 자신을 대하는 모습과 집 안에서의 모습이 확연하게 달랐다. 집 밖에서는 좋은 새어머니인 것처럼, 그러나 집 안에서는 전혀 달갑지 않은 아이를 어쩔 수 없이 떠맡았다는 진심을 숨기지 않으면서, 그렇게 능숙하게.

그녀의 아들 도진은 어머니에 비해 꽤 허술했다. 어디에서나 그를 싫어하는 티를 냈다. 증오한다고 말하고 다니기도 했다. 마치 길에서 떨고 있던 불쌍한 거지 하나를 데려다 키우는 것처럼 위세를 떨었지만, 도훈은 신경 쓰지 않았다. 그 정도 가치도 없는 인간이라 여겼으니까.

학업을 끝마칠 즈음 아버지가 그에게 함께 일해 보지 않겠느냐고 물으셨다. 도훈은 고민 없이 알겠다고 대답했다. 아버지와 일상을 공유하게 된 뒤로 리조트라는 일터가 꽤 매력적이라 느꼈고, 한 번쯤 제대로 일해 보고 싶은 마음이 있었기 때문이다. 그래서 이듬해 아버지께서 운영 중인 리조트 체인의 서울 본사에서 진행하는 신입 사원 채용 시험에 응시했다. 만점에 가까운 성적을 낸 필기시험에서부터 심사 위원들의 만장일치를 이끌어 낸 최종 면접까지. 결과를 들은 아버지는 몹시도 흡족해하시며 그날 처음으로 도훈의 잔에 술을 채워 주셨다.

회장이라는 아버지의 직함이 입사 시험에 어떤 영향을 미쳤을지에 관해선 생각지 않기로 했다. 리조트에 근무하는 한 어차피 떼려야 뗄 수 없는 꼬리표일 것이다. 그러니 실력으로 보여 주면 될 거라 생각했다. 회장의 아들 안도훈이 아니라, 그냥 안도훈 그 자체를 보여 주면 될 거라 생각하며 성실히 직장 생활에 임했다. 덕분에 아직 젊은 나이임에도 벌써 두 번째로 지사장을 맡았다. 그렇지만 제주에서처럼 악착같이 일에만 매진하고 싶지는 않다. 실적도 중요하지만, 여유도 중요하다. 제주에서는 쉬지 않고 앞만 보며 달렸다. 성과를 내는 데에만 급급해 자신을 돌아보지 못했다. 하지만 이곳에서는 조금 다를 수도 있지 않을까?

도훈은 보고 있던 서류들에서 눈을 떼고 창 쪽으로 고개를 돌렸다. 어느덧 찾아든 저녁으로 인해 붉은 석양이 천천히 사라지고 있었다.

서울에서 민규가 동료 직원과 함께 내려왔다. 리조트로 찾아온 그들은 기다리고 있던 도훈을 태워 그의 집으로 향했다.

민규가 물었다.

"네 차는?"

"집 앞에 두고 걸어 다녀."

"안 더워? 남들은 5분 거리도 걷기 싫다며 차 끌고 다니는데."

"운동 겸 산책 삼아 걷는 게 좋아서."

"그래. 운동 좋지."

대담한 민규가 조수석 차창을 내리며 소리쳤다.

"여기 경치 하나는 끝내주는구나!"

"공기도 좋아. 와서 같이 살래?"

도훈의 제안에 민규가 고개를 저었다.

"됐다. 나는 번화가가 좋아."

"쳇."

도훈이 코웃음을 치며 따라서 창을 내렸다. 여름의 열기가 하루가 다르게 짙어지고 있었다. 그나마 오전 시간대는 참을 만했다. 하지만 오후에는 사정이 달라진다. 리조트를 포함한 대부분의 건물에서 에어컨 실외기 돌아가는 소리가 점점 커지고, 해수욕장에는 옷을 벗고 달려드는 이의 수가 점점 늘어나고 있었다.

본격적으로 여름이 시작되는 7월이다. 이런 시기에 집을 보수해 달라는 부탁을 한 것 자체가 미안하기만 한 그에 반해 친구 민규는 어쩐지 조금 들떠 보인다. 계속해서 휘파람을 불거나 콧노래를 흥얼거리는 친구의 모습을 보며 기분이 좋아진 도훈의 입가에 따뜻한 미소가 번졌다.

도훈의 집에 도착한 민규와 그의 부하 직원 성지훈 대리는 꼼꼼히 집 안을 둘러보았다. 시멘트로 덮인 앞마당과 좁은 뒷마당으로 둘러싸인 정사각형 모양의 단층으로 지어진 아담한 주택은 내부의 방 두 개와 분리된 주방, 그리고 문 없이 개방된 옛날식 마루로 이루어져 있었다.

주택의 내외부를 카메라로 꼼꼼히 촬영한 성 대리와 민규가 각자의 의견을 교환하며 노트에 무언가를 끄적이는 동안, 도훈은 동네 어귀의 작은 슈퍼로 나가 시원한 음료수를 사서 돌아왔다. 성 대리와 함께 마당에 서서 담배를 태우던 민규가 도훈을 발견하곤 물었다.

"어디 갔다 오냐?"

"슈퍼에."

도훈이 손에 들린 검정 비닐 봉투를 벌려서는 음료수를 꺼내 성 대리와 민규에게 차례로 건넸다.

"더운데 드시고 하세요."

"잘 마시겠습니다."

덩치가 크고 수더분한 인상의 성 대리가 사람 좋게 웃으며 말했다.

"네."

옆에서 도훈이 건넨 음료수 한 캔을 곧장 비운 민규가 집을 돌아보며 말했다.

"손볼 곳이 좀 많을 것 같다."

"어떤데?"

도훈이 그의 시선을 따라가며 물었다.

"네가 이 옛날식 구조를 선호하는 게 아니라면, 우선은 요 마루부터 없애고 현관문을 달 거야. 방 위치는 그대로 둘 거고, 집과 분리되어 있는 주방은 안으로 들여야겠지. 그리고 이 마루가 있던 공간은 거실로 활용하고."

툇마루를 없애면 앉아서 해를 볼 공간이 사라질 텐데. 마당에 놓은 의자에 앉으면 되기야 하지만 아쉽긴 하다. 그런 그의 마음을 읽은 것처럼 민규가 옥상 계단 근처를 가리켜 말했다.

"대신, 이쪽에 테라스 느낌의 낮은 원목 평상을 놓을 거야. 텃밭 근처보다 이쪽이 해가 덜 들어오고 그늘도 적당해서 여기 놓는 게 좋을 것 같아. 가끔 바람 선선하게 부는 날엔 잠시 누워 졸아도 좋을 것 같고. 어때?"

"괜찮을 것 같다."

"그리고 마당에는 잔디를 까는 게 어떨까 싶은데?"

"잔디? 내가 그거 관리할 여건이 될까?"

제주에서 근무할 때는 회사 사택에서 지냈는데, 그때는 주택을 관리해 주는 분이 따로 있었기에 마당에 잔디가 있건 수목이 넘쳐 나건 아무런 상관이 없었다. 하지만 여긴 오롯이 혼자 감당해야 하는데 자신이 할 수 있을까 걱정이 들었다.

"걱정 마. 덜 자라는 녀석들로 깔아 줄게."

"꼭 그렇게까지 해야 하나? 나는 그냥 사는 데 지장 없을 정도로만,"

"사는 데 지장 없게 만들어 줄 테니까 걱정 붙들어 매시라고, 이 갑갑한 친구님아."

옆에서 지켜보던 성 대리가 풉, 웃음을 터뜨린다.

도훈이 머쓱한 듯 웃으며 물었다.

"내일모레 올라갈 거라고 했지?"

"응. 장비 임대 업체도 알아봐야 하고, 또 자재도 그렇고."

"숙소는 내가 잡아 뒀다."

"어디? 너네 리조트?"

"아직 정식 발령도 안 났는데 무슨. 여기서 10분 거리에 괜찮은 호텔 하나 있어. 예약해 뒀어."

"짜식. 이런 건 또 안 시켜도 잘하네."

"손님 접대는 확실히 하라며?"

"내가 그랬나?"

민규가 머리를 긁적이며 장난스레 눈을 찡긋거렸다. 도훈이 성 대리를 보며 물었다.

"근처에 물회 잘하는 식당 있는데, 점심 식사로 어떠세요?"

"물회요? 좋죠. 없어서 못 먹습니다."

"그럼 남은 얘기는 거기로 옮겨서 하는 거로 하죠."

도훈의 제안에 민규와 성 대리가 흔쾌히 고개를 끄덕인다. 세 사람은 다시 민규의 차에 올랐다. 시계의 바늘이 정오를 향해 다가가고 있다. 점점 뜨거워지는 태양의 열기에 성 대리가 열려 있던 앞, 뒤 차창을 모두 닫고 에어컨을 켰다.

서진리조트의 프런트 데스크는 3교대 근무로 오전조, 오후조, 야간조로 나뉜다. 오전 6시부터 오후 2시까지를 오전조, 오후 2시부터 밤 10시까지를 오후조, 밤 10시부터 오전 6시까지를 야간조로 나뉘는데 유진의 이번 주 근무는 오전조였다.

근무를 마치고 퇴근하여 집으로 돌아오던 유진은 의외의 곳에서 예상치 못했던 사람을 발견했다. 리조트 고객 안도훈, 그를 그녀의 옆집 공사 현장에서 보게 된 것이다. 하얀 긴팔 셔츠에 반바지 차림으로 출입구에 서 있는 그는 손에 든 무언가에 신경을 집중하고 있었다.

유진은 천천히 걸었다. 조금씩 그와의 거리가 좁혀진다. 그러자 그의 손에 들린 것이 무엇인지 전보다 더 또렷이 보였다. 작은 액자다. 안에 든 사진이 무엇일까 궁금할 정도로, 그것을 보는 그의 표정이 꽤 어두워져 있다.

유진이 알은체하며 인사를 건네기도, 그렇다고 모르는 척 지나쳐 버리기도 어려워 잠깐 망설이며 걷는 사이, 발걸음 소리에 고개를 돌리던 그가 그녀를 발견하고는 먼저 알은체를 해 왔다.

"어? 반유진 씨?"

도훈은 꽤 놀란 듯 보였다. 두 눈이 휘둥그레져서는 여기엔 어쩐 일이냐는 표정을 짓고 있다. 유진이 나직하게 인사말을 건넨다.

"안녕하세요. 여기서 또 뵙네요."

오히려 유진이 그에게 여기서 무얼 하고 계신 거냐고 묻고 싶었다. 도훈이 액자를 든 손을 아래로 내리며 물었다.

"퇴근하는 길인가 봐요?"

"네. 그런데 여기서 뭐 하시는 건지?"

도훈이 민망한 듯 웃으며 손을 들어 뒷머리를 흐트러뜨린다. 그러곤 공사에 들어간 자신의 집을 돌아보며 말했다.

"앞으로 살 집 수리 중입니다."

"이 집이요? 안도훈 씨가 이 집 주인이세요?"

"네."

생각지도 못했던 대답이라 이번엔 유진의 눈이 동그래진다. 그녀의 놀란 기색에 도훈이 더 의아해져 물었다.

"왜 그렇게 놀라요?"

유진은 문영을 통해 이 집 주인에 관하여 들은 얘기가 있었던 터라 놀란 맘이 더 컸던 건데, 그 사실을 말할 수는 없다. 그냥 멋쩍은 듯 웃는 게 나을까? 고민하던 유진이 입을 열었다.

"아…… 저는 저 옆집에 살거든요. 이 집에 누군가 이사 온단 얘기를 듣긴 했는데 그분이 안도훈 씨일 줄은 몰라서 조금 놀랐어요."

"옆집? 그럼 저 텃밭 가꾸시는 아주머니가 어머님이세요?"

도훈이 집 옆의 텃밭을 가리키자 유진이 웃으며 고개를 저었다.

"아니요. 저희 이모세요."

"아! 그랬구나."

도훈은 며칠 전 집수리를 본격적으로 시작할 때 구경 삼아 나온 문영이 했던 말을 떠올렸다. 성인이 된 자녀들은 타 지역으로 떠났고, 노부부와 조카아이, 그리고 손주 하나. 이렇게 넷이서 살고 있다고 했었다. 그때는 다른 생각에 잠겨 있어 대충 흘려들었었는데 그 조카가 이 반유진인가 보다. 순간 10여 년 전 그때의 그 일만 아니었더라면 아마도 인연이라고 여겼을지도 모르겠다는 생각이 들었다. 그 정도로 뜻밖의 장소에서의 마주침이 잦았다.

생각지 못한 우연한 상황들에 도훈 역시 당황스럽긴 마찬가지였지만 왜인지 모르게 반가운 마음이 들었다. 그가 손을 내밀어 악수를 청했다.

"앞으로 더 자주 보겠군요. 잘 부탁합니다. 이웃사촌 반유진 씨."

유진이 당황한 기색만 내비칠 뿐 손을 내밀 의사가 없어 보이자 도훈이 손을 흔들어 보였다.

"인사, 안 받아 줄 겁니까?"

그제야 유진이 손을 내밀어 손을 맞잡자, 그가 살짝 흔들며 웃어 보였다. 따뜻한 손이었다.

그는 앞으로 더 자주 보게 될 거라는 말을 증명하듯 동네에 종종, 아니, 꽤 자주 모습을 드러냈다. 주택의 공사가 진행 중이니 당연한 일이었다. 그때마다 두 사람은 간단하게 눈인사를 나누거나 사소한 안부 한두 마디 정도를 나누었을 뿐, 더 친해지거나 하진 않았다. 그녀에게 그는 리조트의 고객일 뿐 그 이상도 이하도 아니었기 때문이다.

그러던 어느 날이었다. 유진은 근무를 마치고 집으로 돌아오다 재밌는 광경을 발견했다. 도훈이 그녀의 조카 승원이를 등 뒤에 두고 다른 이웃집 개와 정면으로 마주하고 있었던 것이다. 아니, 도훈의 비장한 표정에 비추어 보자면 대치하고 있다는 말이 더 잘 어울릴 것 같다는 생각이 들 정도였다.

어떻게 된 일일까? 궁금해하던 유진은 도훈의 뒤에 서서 왼쪽으로 고개를 비죽 내밀고 있는 승원을 발견하고는 피식 웃었다. 뭐야? 왜 저러고 있는 거지? 저렇게 숨어 있을 녀석이 아닌데?

그때 도훈이 아이를 달래는 목소리가 들렸다.

"걱정 마. 내가 저 개 돌려보낼게."

당당한 말투와 달리 어쩐지 저 자신이 더 두려워하는 것처럼 보인다. 유진은 새어 나오는 웃음을 가까스로 참으며 그들의 곁으로 다가갔다.

그가 소리쳤다.

"조심해요!"

"누구를요? 설마 이 녀석이요?"

유진이 아무렇지도 않게 개의 머리와 턱 아래를 쓰다듬으며 아는 체를 했다.

"노랑이 오랜만이네?"

개가 유진의 손바닥을 핥으며 꼬리를 흔들어 대며 반긴다. 그 광경을 빤히 쳐다보던 도훈이 서서히 경계를 풀며 물었다.

"노랑이?"

"원래 이름은 누렁이인데, 너무 촌스러운 것 같아서 후에 바꾼 거예요."

"잘 아는 갭니까?"

"가끔 봐요. 그런데 노랑이가 왜 여기 있지? 원래대로라면 분명 제집에 묶여 있어야 하는데……"

유진이 말끝을 흐리며 도훈의 뒤에 서 있는 승원을 향해 물었다.

"박승원! 네가 또 풀어 줬지?"

도훈이 천천히 뒤를 돌아보자 기가 죽은 아이가 유진을 향해 고개를 끄덕이고 있다.

"이모가 그러지 말라고 했잖아. 우리 승원이처럼 노랑이를 아끼고 사랑해 주는 사람도 많지만, 저 아저씨처럼 무서워하는 사람도 있다고. 그랬어? 안 그랬어?"

그러자 아이가 풀이 죽어 고개를 떨군다.

유진이 단호하게 명령했다.

"빨리 노랑이 집에 데려다주고 와. 할머니, 할아버지께도 배꼽 인사 꼭 드리고. 알았지?"

고개를 끄덕인 아이가 언제 숨어 있었냐는 듯 재빠르게 노랑이라 불린 개에게로 힘차게 뛰어갔다. 그러자, 도훈과 대치 중이던 개가 아이의 다리에 매달려 반가워 날뛰기 시작했다. 승원이 노랑이의 등을 두어 차례 쓰다듬은 뒤 발을 떼 내고 녀석의 집이 있는 길로 달리자, 노랑이가 옆에서 보조를 맞춰 뛰어가기 시작했다. 그 장면을 지켜보던 유진이 고개를 돌리니 도훈이 얼빠진 표정으로 승원이 달려가는 모습을 쳐다보고만 있다.

대체 이게 어떻게 된 거지? 내가 무슨 바보 같은 짓을 한 거야?

천천히 현실을 깨닫자 그제야 입가에 미소가 그려진다.

도훈이 고개를 돌렸다. 그러자 유진이 기다렸다는 듯 생긋 웃으며 사과의 뜻을 전해 온다.

"죄송해요. 제 조카가 저 개와 함께 놀고 싶어서 잠깐 풀어 준 것 같아요. 노랑이 데려다주고 오면 앞으로는 안 그러게 혼내 줄 테니 오늘만 봐주세요."

"그것보다."

"네?"

"아저씨? 내가 어딜 봐서 그렇게 보입니까?"

도훈의 황당한 질문에 유진이 다소 어색하게 웃으며 반문했다.

"다섯 살배기 아이한테는 갓 스무 살 정도의 청년도 아저씨로 보이지 않을까요?"

도훈은 '그런데 당신은 서른도 넘었잖아?' 라는 뜻의 시선을 보내는 유진을 빤히 쳐다보다 피식 웃음을 터뜨렸다. 문득 내가 지금 뭘 하는 거지 싶었다. 그때 유진이 다시 한 번 사과의 뜻을 전해 왔다.

"그리고 혹시 아까 제가 무서워한다고 말했던 부분에 대해서 언짢으셨다면."

도훈이 손을 저으며 말을 끊었다.

"그건 상관없습니다. 저 개 무서워하는 건 사실이거든요."

"아. 그러셨구나."

"네. 길 가다 개가 정말 예뻐서 어린 마음에 겁 없이 만졌다가 제대로 물렸던 적이 있어요. 그 뒤로는 개만 보면 저도 모르게 움찔거리게 되네요."

"아······."

"그런데 아이한테는 조금 창피하네요. 무서워할 줄 알았는데 오히려 제가 더 떨고 있었으니."

"그런 생각 안 하셔도 돼요. 아직 아이잖아요. 놀이의 일부라고 생각했을 수도 있어요."

별스러운 말이 아닌데도 위로가 된다. 호기로운 척했지만 사실 다 큰 성인인 그가 더 두려워했다는 사실이 부끄럽고 민망스러운데 유진은 전혀 개의치 않는 듯했다.

이 여자와 함께 있으면 이상하게도 따스한 기운이 느껴지는 것 같다. 나쁘지 않다. 아니, 오히려 기분이 좋아지는 것도 같다. 하지만 그녀에게서 이런 느낌을 받아서는 안 되겠지. 내가 무슨 자격으로.

도훈은 마음속에 스미는 훈훈함을 억지로 떨치며 당연한 질문을 건넸다.

"지금 퇴근하는 길이에요?"

"네."

"피곤할 텐데 오래 붙들고 있었군요."

"아니에요. 그리고 참고로 말씀드리면, 아까 그 개는 되게 온순한 성격이에요. 무서워서 조금 짖었던 모양인데, 계속 보시다 보면 '이 정도로 순한 놈이었나?' 하실 수도 있어요."

그러니 저 개는 더 이상 두려움의 대상으로 여기지 말라는 뜻이겠지.

그러나 유진은 곧 괜한 말을 했다 싶었는지 승원을 들먹인다.

"그런데도 개라서요. 아무리 순해도, 그래도 개라고 주인아주머니가 묶어 두시는데 승원이가 가서 놀다 풀어 줄 때가 몇 번 있어요. 그때마다 꾸짖는데도 말을 잘 안 들어요."

"아이가 개를 그 정도로 신뢰한다는 뜻이기도 하겠죠."

"네. 그런 것 같아요."

부드럽게 미소 지은 유진이 공사 중인 그의 집을 곁눈질하며 물었다.

"공사는 잘 되고 있나요?"

"네. 차근차근 진행 중입니다. 아마 2주 정도 후면 공사도 마무리에 접어들 것 같아요. 그렇게 되면 그 주의 주말이나, 아님 그다음 주 초쯤 이사할 수 있을 것 같아요."

"그땐 리조트 생활도 끝이겠네요?"

"아마도요?"

유진은 눈을 접으며 웃는 그를 홀린 듯 바라보며 옅은 두근거림을 느꼈다.

한 달 내로 공사를 마무리 짓겠다던 민규는 약속을 지키려는 것처럼 단 1분의 시간도 허투루 쓰지 않고 일에 매진했다. 그 덕에 리조트에 정식으로 출근할 즈음이면 입주도 가능할 것 같았다.

늦은 밤. 택시 뒷좌석에 오른 도훈이 따가운 느낌에 검지로 찢어진 입술 끝을 매만졌다. 룸 미러로 거듭 그의 모습을 살피던 운전기사가 궁금함을 참지 못하고 물었다.

"누구와 싸웠어요?"

도훈은 대답을 하기 위해 입술을 벌리다가 따가움을 느끼고 움직임을 멈췄다. 상처가 벌어지지 않도록 천천히, 최대한 짧게 대답했다.

"좀 맞았습니다."

"아휴, 어쩌다가? 말로 하면 될 것을 사람을 왜 때리고 그런답니까?"

그러게 말입니다.

자신이 하고픈 말이다.

초여름, 불볕더위에 땀을 뻘뻘 흘려 가며 열심히 일해 준 민규의 직원들이 고마워 회식 자리를 마련했다. 기분 좋은 밤이었다. 민규와도 오랜만에 마시는 술인 데다, 직원들 분위기도 좋았다. 그래선지 도훈은 같은 직원이 아님에도 불구하고 약하게나마 소속감을 느꼈다.

그렇게 부어라 마셔라, 신나게 시간을 보내고 있을 즈음이었다. 갑자기 옆 테이블에서 소란이 일었다. 연인인 것처럼 보이는 젊은 남녀가 마주 앉아 있었는데, 취한 듯 보이는 남자가 갑자기 들고 있던 맥주잔을 테이블에 쾅! 소리가 나게 내려놓더니 여자를 향해 욕지거리를 한 것이다. 식당 안의 시선들이 그들에게로 모여들었지만 남자는 개의치 않고 다시 한 번 욕설을 뱉었다. 그러곤 그것으로도 화가 안 풀렸는지 순간 맥주병으로 여자의 머리를 치려는 움직임을 보였다.

무조건 말려야 한다. 그 생각뿐이었다. 민규도 같은 생각이었는지 둘은 동시에 남자에게 달려들었다. 두 사람은 맥주병을 빼앗기지 않으려는 남자와 몸싸움을 벌였다. 남자의 아귀힘이 어찌나 세던지, 도훈의 친구 중 힘깨나 쓴다는 민규도 안간힘을 써서 겨우 술병을 빼앗았다.

거기서 상황이 끝났어야 했는데, 술병을 빼앗긴 남자가 분을 못 이기고 도훈의 얼굴에 주먹을 날렸다. 도훈이 재빠르게 알아채고 얼굴을 돌렸으나 조금 늦었다. 남자의 손등이 도훈의 입술 끝을 가격한 것이다. 그나마 조금이라도 피했기에 망정이지, 볼을 정면으로 맞았으면 충격이 꽤나 컸을 것이다.

금세 도훈의 입술 끝이 피로 물들었다. 그것을 본 민규가 참지 못하고 남자를 치려는 것을 직원들이 겨우 뜯어말려 싸움을 무마시켰다. 곧이어 횟집 주인의 신고로 경찰이 출동했고, 상대 남자의 일행과 도훈 일행은 경찰서에 가서 조서를 꾸미고 나왔다. 그 후 민규와 직원들은 숙소로 돌아갔고, 도훈은 리조트로 돌아오는 길이다.

호기심 많은 택시 기사는 도훈이 어떻게 하다 맞게 됐는지 궁금해했지만, 그는 아무 말도 하고 싶지 않아 묵묵히 자리만 지키다 택시에서 내렸다.

택시 기사에게서 잔돈을 받아 지갑에 챙겨 넣고 힘없이 돌아서니 눈앞에 리조트 입구의 출입문이 보였다. 도훈은 건물에서 몇 걸음 뒤떨어져 위를 올려다보았다. 늘 작게만 보이던 리조트의 모습이 오늘따라 유독 더 크게만 느껴졌다. 미약하게나마 남아 있는 취기 때문일까? 위압감마저 느껴졌다.

문득 걱정이 들었다. 내가 과연 잘할 수 있을까? 여기로 돌아오지 않았다면? 여전히 제주에 머무르고 있을까?

생각 끝에 한 사람이 새겨진다. 도훈은 출입구 옆의 유리 벽을 응시하며 중얼거렸다.

"그랬다면 여기서 저 여자를 만날 일도 없었겠지."

오늘따라 로비를 가로질러야 한다는 사실 자체가 끔찍하게 느껴졌다. 어떤 이유에선지는 모르겠지만 유진에게 이런 한심스러운 모습은 보여 주고 싶지 않다는 생각이 들었다. 그래서 누구도 보지 못하게 찢어진 입가를 손으로 가리며 리조트 안으로 들어섰지만, 어디선가 자신을 빤히 보는 뜨거운 시선이 느껴지는 것만 같다.

굳이 그쪽으로 돌아보지 않아도 누구인지 알 것 같다. 그래서 고개를 떨구고 엘리베이터 앞까지 최대한 빨리 걸었다. 지나던 사람들이 그의 얼굴 상처를 발견하고는 흠칫거렸지만 그건 아무래도 상관없었다.

도훈은 엘리베이터 버튼을 눌렀다. 빨리 문이 열리기만을 초조하게 기다리던 그는 문이 열리자마자 빠르게 안으로 들어갔다. 그러곤 문이 닫히기 직전 데스크로 슬쩍 시선을 돌리는데 이상한 광경이 눈에 들어왔다. 투숙객으로 보이는 남자가 그녀의 손목을 꽉 움켜쥐고 있는 것이었다. 곧이어 엘리베이터가 닫히고, 타자마자 눌러 두었던 층으로 움직이기 시작했다.

갑자기 마음이 초조해졌다. 치한일까? 술에 취해 주정을 부리는 깃일까? 이 늦은 시각에 왜 데스크에는 그녀뿐이고 남자 직원이 없을까? 온갖 생각을 하며 다급하게 눌렀던 버튼을 취소하고 다시 1층 버튼을 눌렀다. 엘리베이터가 하강하기 시작한다. 그가 도착할 때까지 아무 일도 없어야 할 텐데. 불안한 마음에 도훈이 저도 모르게 아랫입술을 꽉 물었다.

엘리베이터가 1층에 멈췄을 때, 문이 열리자마자 마주친 사람은 뜻밖에도 그가 걱정했던 데스크의 여직원, 반유진이었다. 그녀는 그를 보자마자 굳어져서는 한 발자국도 움직이지 못하고 서 있기만 하였다. 그 역시 마찬가지였다. 그녀가 걱정되어 내려왔는데, 의외로 그녀는 아무 일도 없었던 것처럼 그의 눈앞에 서 있다. 당황한 두 사람이 미처 대화를 나누기도 전에 성급한 엘리베이터가 문을 닫으려 하자, 도훈이 열림 버튼을 꾹 눌러 엘리베이터가 닫히는 것을 막으며 물었다.

"괜찮아요?"

도훈의 물음이 무엇을 뜻하는 것인지 잠시 생각하던 유진은 그가 아까의 장면을 보았던 게 아닐까 하고 생각했다. 그것 말고는 그가 이렇게 다시 내려올 일도, 또 그녀보다 더 안 좋은 얼굴로 상대를 걱정하며 물을 이유도 없을 테니까.

"괜찮습니다."

"다행이군요. 그럼."

도훈이 엘리베이터 열림 버튼을 놓으려 하자 그녀가 다급히 손에 들린 것을 내밀었다.

"구급상자예요."

유진이 건넨 구급상자를 멍하니 바라보던 도훈의 두 눈썹이 차오른다. 까만 눈동자 안에 이것을 왜 주느냐는 물음이 담겨 있는 것 같아, 유진이 자신의 검지를 들어 그의 입술 끝부분을 가렸다.

"다치셨잖아요."

아아. 그제야 알아차린 도훈이 쑥스러운 듯 입술 끝을 매만졌다. 일부러 보이지 않게 가릴 땐 언제고, 지금은 보란 듯이 훤히 드러내고 있었다. 민망하기 그지없었다.

유진이 당부하듯 말했다.

"꼭 소독부터 하고 약 바르세요."

"고마워요."

"네. 저는 그럼."

유진이 가볍게 묵례를 건넨 뒤 총총 걸어갔다. 도훈은 그녀가 데스크로 돌아가 대신 자리를 지키고 있던 다른 직원에게 감사의 인사를 건네는 것을 확인한 뒤 엘리베이터의 닫힘 버튼을 눌렀다.

도훈은 거울에 비친 자신의 얼굴을 살펴보았다. 부어올랐던 상처들이 며칠 새 많이 가라앉아 있었다. 찢어졌던 입가도 진정되어 상대방과 대화를 나누는 일에도 전혀 불편함이 없었다.

그는 유진이 건네주었던 구급상자를 돌려줘야겠다고 마음먹고 테이블 위에 아무렇게나 꺼내 두었던 약품들을 하나둘씩 그러모아 구급상자 안에 집어넣었다.

그녀의 이번 주 근무조는 오전조인 모양이었다. 어제 오전 아홉 시쯤 수영을 마치고 돌아 올 때 보니 프런트에서 투숙객 몇몇과 얘기를 나누는 모습이 보였다. 그러니 오늘도 그 시간에 있을 것이다.

도훈은 평소보다 조금 이르게 운동 갈 준비를 하여 객실에서 나왔다. 예상했던 대로 그녀가 로비에 있었다. 전부터 느낀 거지만, 네이비색 유니폼이 꽤 잘 어울리는 여자다. 거기다 긴 생머리를 깔끔하게 묶어 올린 것도 예뻐 보였다. 교육된 친절함일지는 모르나, 보는 것만으로도 상쾌해지게 하는 환한 웃음이 오늘따라 유난히 맑아 보이는 건 기분 탓이겠지?

도훈은 데스크 가까이 걸어갔다. 그는 유진이 응대 중인 고객 뒤에 서서 그녀의 모습을 물끄러미 바라보았다. 잠시 후 앞의 고객이 사라지고 도훈의 차례가 되었다. 그가 가볍게 인사말을 건넸다.

"좋은 아침입니다."

그녀와 이렇게 제대로 인사한 것은 처음이다. 밖에서 우연히 만났을 때와는 분위기부터가 달랐다. 그로서도 어색한 인사였지만 어떤 말이 좋을지 몰라 나름 신중히 고른 인사말이었다.

"네, 좋은 아침이네요."

유진이 활짝 웃으며 대답했다. 도훈은 손에 든 구급상자를 건네주었다.

"덕분에 잘 썼습니다."

유진이 그의 입 주변을 눈으로 확인한 후 대답했다.

"상처 부위가 많이 좋아지셨네요. 다행입니다."

"네. 덕분에요."

"아닙니다."

"혹시 실례가 안 된다면 오늘 오후에 시간 좀 내줄 수 있어요? 오후가 곤란하다면 주말도 괜찮아요."

"무슨 일 때문이신지?"

도훈이 눈앞에 있는 구급상자를 톡톡 두드리며 싱긋 웃었다.

"고마워서요. 약소하게나마 보답하고 싶은데, 시간 내줄 수 있죠?"

"아! 이것 때문이라면 괜찮습니다. 정말 괜찮아요."

유진이 난감한 기색으로 연신 사양하였다. 그녀는 정말 이런 것을 기대하고 한 행위가 아니었기에 그의 답례를 받을 필요가 없다고 생각했다.

"나 그렇게 이상한 사람 아닌데요? 잘 알지 않습니까?"

같은 동네 주민끼리 너무 내외하는 거 아니냐는 농담은 지나치게 가까운 것 같아 자제하기로 하고 돌려 물었음에도 유진은 난색을 표한다.

"네?"

"그냥 편안하게 밥 한 끼 하자는 것뿐이에요. 답례하겠다는 건 핑계고요. 계속해서 혼자서만 밥 먹는 것도 이젠 좀 지쳐서요. 그러니 반……"

도훈이 그녀의 이름을 채 부르지 않고 마른 입술을 혀로 쓸었다. 그러곤 다시 말을 잇는다.

"반유진 씨가 함께 먹어 줄래요?"

유진은 한 번도 고객과 따로 만나 식사를 한 적이 없었기에 과연 이래도 되는 건지 망설여졌다. 그와의 관계가 여타 투숙객과 다른 것임은 분명하지만, 그래도 지금은 직원과 고객일 뿐이다.

"혹시 직원은 고객과 밖에서 따로 만나면 안 된다는 규정이 있어서인가요?"

도훈이 그녀의 생각을 알아차린 것처럼 직설적으로 물었다. 유진이 당혹스러워하며 고개를 저었다.

"그럼 제 제안 받아들인 거로 알겠습니다. 퇴근이…… 오후 두 시 맞죠?"

"네."

"유진 씨 퇴근 시각에 맞춰 정원의 분수대 앞에서 기다리고 있을게요. 그럼, 나중에 봅시다."

도훈은 자신의 할 말만 끝내고 돌아섰다. 유진이 다소 얼떨떨한 표정으로 자신의 뒤통수를 보고 있으리라는 것은 안 봐도 알 것 같다. 그녀에게 식사를 제안한 일은 다소 충동적인 행동이었다. 구급상자를 건네주고 나중에 따로 감사의 뜻으로 자그마한 선물이나 할까 하였는데, 그것보다는 마주 앉아 밥 한 끼를 하는 게 더 낫지 않을까 하는 생각이 떠올라 급작스럽게 말을 꺼낸 것이었다.

다음 주로 첫 출근이 예정되어 있다. 리조트에 투숙객으로 묵으며 개선할 점과 칭찬할 점만 생각했지, 직원들과 가까워질 생각은 없었다. 하지만 반유진은 다르다. 그가 누구인지 알게 되었을 때 그녀의 반응이, 지금 그가 예상하는 것과는 달라져 있었으면 좋겠다. 그러려면 안도진의 형 안도훈이 아닌, 인간 안도훈을 먼저 보여 주는 것도 나쁘지 않을 것이라는 생각이 들었다.

4

우 리 가 함 께 한 바 다

유진은 퇴근 후 도훈이 말한 정원의 분수대로 향했다. 그는 분수대 난간에 엉덩이를 걸친 채 눈앞에 펼쳐진 바다를 응시하고 있었다. 심각해 보이는 표정에 유진은 고민하다 조심스레 말을 걸었다.

"저기요."

그러자 기다렸다는 듯 시선을 맞춰 온 그가 자리에서 벌떡 일어섰다. 그의 부드럽게 휘어진 입술 끝에 미세한 상처 자국이 남아 있다. 그것을 잠시 안타깝게 바라보던 유진은 도훈의 목소리에 눈길을 돌렸다.

"나 배고파요."

"네?"

유진이 다소 황당하다는 표정으로 쳐다보자, 도훈이 손바닥으로 배를 쓸며 말했다.

"제가 원래 끼니를 놓치면 못 견뎌 하는 타입이라서요. 유진 씨는 배 안 고파요?"

"저도 배고프긴 한데. 뭐 드시고 싶으세요?"

"집밥?"

예상치 못한 대답에 유진의 미간이 좁혀 든다.

"집밥 같은 식당 밥이요."

말해 놓고 저도 우스운지 도훈이 피식, 바람 빠진 웃음소리를 낸다. 자연스레 유진의 눈매도 곱게 휘어졌다.

"어디가 좋을까요?"

중얼거린 유진은 어떤 메뉴가 좋을지 고민하듯 허공에 시선을 두고 아랫입술을 살짝 베어 물며 생각에 잠긴다. 근처의 식당 중에 딱히 추천할 만한 곳이 떠오르지 않아 고민하다 무심결에 시선을 돌렸더니 그가 모호한 표정을 지으며 바라보고 있다.

왜 저렇게 바라보는 걸까?

그의 시선에서 불편함을 느낀 유진이 아무렇게나 물었다.

"계국지 드실래요?"

"계국지?"

도훈도 동네의 식당 두어 곳의 메뉴판에서 본 기억이 있다. 하지만 잘 알지 못하는 음식이라 주문할 생각도 해 보지 못했었다. 그의 입맛을 알 리가 없는 유진이 말을 덧붙였다.

"네. 계국지 백반 괜찮게 하는 집을 알거든요."

"그런데 그게 뭐예요? 계국지? 듣긴 들어 봤는데 먹어 본 적은 없어서요."

도훈이 쑥스러운 듯 웃으며 물었다. 유진이 이해한다는 뜻으로 고개를 끄덕이며 답했다.

"잘 모르시는 게 당연해요. 저도 엄마가 이곳 태생이 아니셨다면 잘 몰랐을 거예요."

"유진 씨 이모님뿐 아니라 어머님도 여기에서 사셨어요?"

"네. 이곳이 고향이시거든요."

"아!"

"그리고 요즘 대부분의 식당에서 파는 게국지는 전통적인 방식으로 조리하는 건 아니라고 들었어요. 게를 넣어서 찌개처럼 끓여 내는 것 같던데, 사실 진짜 게국지는 조금 다르다고 하더라고요. 같은 지역이라 해도 집마다 조리하는 방식은 조금씩 다른데요. 우리 엄마 어렸을 땐 제철 꽃게에 끓여서 식힌 소금물을 넣어서 일정 기간 간이 배게 됐대요. 그래서 간이 배면 그 국물에 배추 겉잎이나 늙은 호박을 넣어서 삭힌 뒤 찌개처럼 끓여 먹었는데 그게 옛날식 게국지라고 하더라고요."

"맛이 상상이 안 되네요."

"그렇죠? 그런데 요즘엔 그렇게 조리해서 팔면 특유의 맛 때문에 손님 중에 불편해하시는 분들도 계셔서 그렇게는 안 판다시더라고요."

"상당히 독특한 맛일 것 같네요."

"별로시면 다른 메뉴로 바꿔도……."

"아니요. 먹어 봅시다. 유진 씨가 못 먹을 거 추천하진 않을 거 아녜요?"

"그래도 특유의 시큼한 맛도 좀 나긴 하고…… 또……."

"추천해 놓고 한 발 빼는 겁니까?"

"아니, 그게 아니라."

"우선 가요. 여기 더 있다가는 허기로 쓰러질 것 같으니까. 식당은 어디에 있어요? 여기서 먼가? 제가 차를 집 앞에 두고 와서요."

"걸어서 가긴 좀 그렇고…… 택시 괜찮으시죠?"

"그럼요."

두 사람은 리조트를 빠져나가 큰 도로에서 택시를 잡아탔다. 유진이 목적지인 식당 이름을 얘기하자, 기사는 곧바로 알겠다며 차를 출발시켰다. 식당 이름을 듣자마자 알아채는 것을 보면 꽤 유명한 곳인가? 궁금해진 도훈이 물어보려고 옆에 앉은 유진을 바라보자 그녀가 설명했다.

"근방에서 맛이 괜찮다고 유명한 집이에요. 다른 곳과 달리 오리지널 방식이라 사실 관광객분들보다 지역 주민들이 더 선호하는 식당이죠. 어려서부터 드시고 자랐던 분들이 찾고, 또 찾으시거든요."

"지역색이 뚜렷한 음식이란 말이군요."

"네."

유진이 짧게 답하고는 빠르게 덧붙였다.

"드시다 입에 안 맞으시면 수저 내려놓고 바로 나와도 되니까 부담은 갖지 마시고요."

"음식 잘 안 가리니까 걱정 마요."

"다행이네요."

두 사람이 식당에 도착했을 때 주방에서는 저녁 손님 맞을 준비로 분주했다. 유진과 도훈이 문을 밀고 들어가자 주방에 있던 주인아주머니가 인기척을 느끼곤 빠르게 모습을 드러냈다.

그러곤 문가에 선 유진을 발견하고 환히 웃으며 물었다.

"유진이 왔구나? 어쩐 일이야? 현아도 없이. 걘 저녁 약속 있다고 늦는다던데?"

묻고는, 그제야 뒤에 선 도훈을 발견한다.

"어머. 혼자가 아니었네?"

"네."

식당 주인은 유진과 함께 근무하는 현아의 어머니다. 유진은 현아 때문에 이 식당을 알게 되었다. 처음엔 부담스럽던 게국지의 맛이 이제는 입에도 맞아 적어도 일주일에 한 번씩은 꼭 들러 식사를 하곤 하였다. 그러니 현아의 어머니가 유진의 표정을 헤아리지 못할 리가 없다. 그녀의 눈에 유진은 함께 온 남자를 어떻게 설명해야 할지 몰라 머뭇거리는 듯 보였다. 눈치 빠른 현아의 어머니가 식당 내 중앙의 테이블을 가리켜 말했다.

"우선 여기 앉아요."

"네."

유진과 도훈이 자리에 앉자 현아 어머니가 유진을 보며 물었다.

"오늘도 게국지?"

"네."

"함께 오신 분도?"

현아 어머니가 도훈에게로 시선을 돌리며 묻자 그가 고개를 끄덕이며 네, 하고 답했다. 그러자 현아 어머니가 도훈을 흐뭇하게 바라보며 혼잣말하듯 말했다.

"뉘 댁 아드님인지는 몰라도 참말 잘생겼네."

그 말을 들은 유진은 당황했고, 도훈은 잠시 당혹스러운 표정을 짓더니 곧하하 웃음을 터뜨리곤 감사합니다, 하고 대답했다.

현아 어머니가 주방으로 사라진 뒤 도훈이 웃음이 가시지 않은 얼굴로 말했다.

"재미있는 분이신 것 같네요."

"미리 말씀 못 드려 죄송해요. 사실 여기 저희 리조트 직원의 어머님이 운영하시는 곳이에요."

"그래요?"

"네. 저와 함께 프런트 데스크에서 근무하는 직원이요."

"그래서 아까 그 아주머니께서 친근하게 대하신 거군요? 저는 유진 씨가 여기 자주 와서 가까워진 거라고만 생각했는데."

"그런 부분도 있죠. 일주일에 한 번 정도는 들르니까요."

도훈은 흥미로운 표정으로 고개를 끄덕이며 식당 내부를 둘러보았다. 유명 연예인 몇몇의 사인이 벽에 붙어 있었다. 미술 대회에서 수상한 상장 몇 개도 그 옆으로 나란히 이어져 있었다. 도훈이 색이 바랜 상장을 빤히 쳐다보며 물었다.

"박현아? 혹시 데스크에 근무한다는 직원이 박현아 씨 맞아요?"

"네. 상장 보고 물으시는 거죠?"

"네."

"현아가 받은 상장이에요. 그림을 꽤 잘 그리거든요. 그래서 화가가 되고 싶었대요. 그런데 슬럼프가 찾아오는 바람에…… 좀 쉬었다 하면 되겠지, 했는데 도저히 그려지지 않더래요. 그래서 그렇게 몇 년을 시간만 보내다가 안 되겠다고 생각하고 그 꿈을 접었대요. 그런데 신기하죠? 꿈을 접고 다른 길을 찾아 살다 보니 다시 붓을 쥐고 싶다는 생각이 들더래요. 그래서 요즘에도 틈나면 화실 가서 그림 그리고 그래요."

"화가의 꿈을 다시 꾸는 걸까요?"

"아마 그럴지도요?"

"유진 씨는 꿈이 뭐였어요?"

꿈? 정말 오랜만에 들어 보는 질문이라 그럴까? 갑자기 머릿속이 텅 빈 것처럼 멍해졌다.

"글쎄요. 워낙 오래돼서 기억이 안 나네요."

사실은 그게 아니면서. 유진은 입을 꾹 닫는다.

"꿈이라고 해서 뭐 거창할 필요 있나? 나는 선생님이 되고 싶었어요."

"선생님이요?"

선생님의 모습을 한 도훈이라. 어쩐지 전혀 어울리지 않을 것 같다는 생각이 들었다.

"네. 선생님이 되고 싶었어요. 이유가 뭔지 들으면 웃을 거예요."

"이유가 뭐였는데요?"

"칠판에 적히는 분필 소리가 좋아서, 그래서 선생님이 되고 싶었어요."

"네?"

유진이 어이없어하며 웃었다.

"어떤 사명감이나 뚜렷한 목적의식 없이 그냥 단순하게 그렇게 생각한 적이 있었다는 뜻이에요. 유진 씨는 어때요? 단순하게 어떤 사람이 되고 싶다, 이런 거 없었어요?"

꿈이 뭐냐는 질문에 군이 떠올리려 노력하지 않아도 끈질기게 따라붙는 기억들이 있다. 낡은 서랍장에 숨겨 둔 비밀 일기처럼, 아주 가끔 떠오를 때마다 꺼내 보곤 하는…… 열일곱 반유진의 꿈.

코흘리개 시절부터 배워 왔던 무용. 무용가의 꿈을 펼치려 일란성 쌍둥이 여동생 유리와 함께 진학했던 예고에서의 시간들. 서로 한 몸처럼 붙어 다니며 누가 더 잘 추나 내기라도 하듯 선의의 경쟁을 하던 나날들. 하지만 모든 것이 제자리에 멈춰 버렸다. 간절했던 유진의 꿈도. 자식들만 바라보고 살던 부모님의 웃음도. 그날 이후 유진은 꿈이라는 단어를 잊고 살았다.

도훈에게 그 얘기를 꺼내고 싶지 않았다. 지금의 이 가벼운 분위기를 어둡게 만들고 싶지 않아 유진이 다른 얘기를 꺼낸다.

"이런 질문 실례되지만, 하나 물어봐도 돼요?"

대답 대신 주어진 질문에 도훈은 그녀가 꿈에 관해 말하고 싶어 하지 않는다는 것을 알아차렸다. 궁금했지만 불편해하는 이야기를 억지로 꺼내게 하고 싶진 않아 그가 물었다.

"뭔데요?"

그가 몹시 궁금하다는 표정으로 테이블에 상체를 기대고는 얼굴을 가까이 들이대며 물었다. 유진은 부끄러워 몸을 살짝 뒤로 밀지만 도훈은 여전히 가까이 있다.

그녀가 대뜸 물었다.

"직장은 안 다니시는 거예요?"

백수냐는 물음이다. 도훈은 예상치 못했던 물음에 픕, 하고 웃어 버렸다.

"실례되는 질문이죠? 죄송해요. 처음에는 그냥 여행객이라고만 생각했는데 집수리하는 것 보니 그건 또 아닌 것 같아서. 언짢으셨다면 사과할게요."

"아니, 화나지 않았어요."

도훈이 웃음을 거두며 대답했다. 그러고 보니 그동안 자신의 눈에 비친 유진의 모습만 생각했지, 그녀의 눈에 비친 자신은 어떤 모습일지 상상조차 해 본 적 없었다. 그러니 이 질문이 당혹스러울 수밖에.

도훈이 물 한 모금을 마셨다. 그러다 또 웃음이 터져 나와 소리 내어 웃고는 유진의 눈치를 살폈다. 그녀는 자신이 되게 이상한 질문을 한 건가? 스스로에게 되묻듯 난해한 표정을 짓고 있었다. 도훈이 티슈를 뽑아 입가에 묻은 물기를 닦아 내고는 말했다.

"그렇지 않아도 유진 씨에게는 말하려던 중이었어요."

"뭘요?"

"나 곧 리조트로 출근해요."

"저희 리조트요?"

유진이 동그랗게 커진 눈으로 묻는다. 도훈은 고개를 끄덕이곤 물 한 모금을 더 마셨다.

"전근? 은 아닐 것 같고…… 입사하시는 거예요?"

"네. 입사하게 됐어요."

"몰랐어요."

"당연하죠. 내가 말을 안 했으니까요."

유진이 어떻게 그럴 수가 있느냐는 눈으로 도훈을 빤히 보고 있었다. 의문스러운 마음이 충분히 이해된다. 경영 상태가 어려워져 타사로 매각된 업체에서 신규 인원 충원이라니. 의아스럽기도 할 것이다. 그렇지만 자신이 새로 올 지사장이라는 얘기는 쉽게 나오질 않았다. 만약 유진이 안도진과 아라리조트를 기억하고 있다면…… 그가 아라리조트 회장의 아들이라는 것을 알게 된다면…… 지금의 이 편안한 분위기가 다시 이어지기는 힘들 것임을 확신할 수 있기 때문이었다. 그래서 전근이라고 솔직히 밝힐 수가 없었다.

아직은 아무것도 모르는 유진이 친근하게 웃으며 물었다.

"언제부터 출근하세요?"

"다음 주부터요."

"잘됐네요."

"뭐가요?"

"제가 이런 말씀 드리기는 좀 그렇지만…… 우리 리조트 직원들 다 좋으신 분들이거든요. 저도 서울에서 근무하다 온 지 2년 정도 됐는데, 직원분들이 다 좋아서 빨리 적응했어요. 다들 배려심도 많으시고, 힘든 일은 꼭 함께해 주시거든요. 안도훈 씨도 지내다 보면 분명 잘 왔다고 생각하시게 될 거예요."

"그럴까요?"

리조트에서 보낼 시간에 큰 기대감이 없던 그의 가슴에 약한 떨림이 이는 것 같다. 직장 생활은 어딜 가든 마찬가지일 것이라는 그의 생각을 비웃듯, 그녀는 분명 좋은 시간들이 될 것이라 장담하고 있었다. 그 때문일까? 무거운 책임감에 부담스럽던 마음이 기대감으로 살짝 들뜨는 것도 같다. 그녀 같은 동료와 함께 일한다면 힘겹게만 느껴지는 부담감에서도, 가슴을 에는 기억들에서도 조금은 자유로워질 수 있지 않을까?

깊은 생각에 잠긴 그를 깨우듯 곧이어 계국지라는 요리가 테이블에 올랐다. 냄새부터 고역스럽다고 느낀 도훈과 달리 유진은 보자마자 눈을 빛낸다.

"맛있겠다. 드셔 보세요."

"네."

억지로 몇 숟갈을 뜨는 도훈을 조심스레 지켜보던 유진이 위, 아래의 입술을 붙여 물며 슬그머니 웃음을 감춘다. 예상했던 반응인지라 놀랍진 않았지만, 내키지 않는 표정을 감추려 애쓰는 도훈을 보니 웃음을 터뜨리는 건 실례라는 생각이 들어서였다.

유진이 그의 눈치를 살피며 아주 작은 소리로 물었다.

"입에 안 맞으시죠?"

도훈도 여간해서는 그냥 먹겠는데 이건 정말 힘들겠다 싶어 어색하게 웃으며 동의를 표했다. 그러자 빙그레 웃은 유진이 다독이듯 말했다.

"괜찮아요. 처음부터 잘 드시는 분 거의 없으세요."

"그래도 몇 숟갈 만에 이러는 건 좀 예의가 아닌 것 같아서요."

"그럼 나머지도 다 드실래요?"

유진의 호기로운 물음에 도훈이 뜨악한 눈으로 쳐다보다 이내 장난임을 깨닫고는 피식 웃어 버렸다.

"잠깐만요."

유진이 그의 계국지가 담긴 대접을 들고는 사뿐사뿐 걸어 주방으로 들어갔다. 마치 제 주방에 들어가는 것처럼 한 걸음, 한 걸음이 자연스럽다.

잠시 뒤 주방을 빠져나온 유진이 그를 보더니 해사하게 웃었다. 그러곤 의자로 돌아와 앉으며 작게 소곤거렸다.

"황탯국은 괜찮으시죠?"

지금 상황에서 황탯국이라니. 더할 나위 없이 고마운 질문이었지만 가게 내부의 메뉴판을 아무리 샅샅이 훑어도 황탯국이라는 메뉴는 적혀 있지 않아 의아스러웠다.

유진이 설명했다.

"가게에서 판매하시는 메뉴는 아니에요. 아주머니께서 주방 식구분들과 드시려고 만드셨대요. 사실은 메뉴판에 있는 메뉴 중 하나로 부탁드렸는데 아주머니께서 황탯국이 너무 맛있게 됐다고 추천하시더라고요. 괜찮으신 거죠?"

"물론이죠. 괜히 죄송스럽네요."

도훈이 면구스러워하며 뒷머리를 긁적이자, 유진이 괜찮다는 뜻으로 웃어 보이며 덧붙였다.

"아니에요. 저도 이모 댁이 여기가 아니었더라면 잘 못 먹었을 거예요."

"전에는 몰랐는데 인제 보니 이모님과 눈매가 좀 닮은 것 같네요?"

"그래요?"

유진이 아이처럼 웃으며 마치 비밀 얘기라도 하는 것처럼 목소리를 낮추었다.

"저희 엄마 말씀으로는 외할머니 닮아서 그렇대요. 엄마도, 이모도, 그리고."

잠시 말을 멈춘 찰나의 순간, 유진의 얼굴에 씁쓸한 기색이 스친다. 도훈은 그녀의 말끝에 생략된 이가 누구인지 쉽게 짐작할 수 있었다.

유진이 씁쓸한 기색을 채 지우지 못하고는 낮은 목소리로 덧붙였다.

"제 동생도요."

"그렇군요."

뜻하지 않게 어색해진 분위기. 갑자기 무거워진 분위기를 전환하기 위해 도훈이 입을 열려던 순간, 현아의 어머니가 뜨거운 김이 모락모락 피어오르는 황탯국이 담긴 대접을 가지고 나왔다. 도훈이 죄송스러운 마음에 자리에서 일어나자 아주머니가 손을 들어 앉으라는 시늉을 하며 말했다.

"앉아요, 앉아."

"죄송합니다."

도훈의 사과에 아주머니가 푸근하게 웃으며 답했다.

"타지 사람이 여기 음식 잘 먹으면 그게 더 이상한 거지. 안 그래, 유진아?"

"네. 맞아요."

"그래도 우리한테는 이만한 것이 없으니 다음에 꼭 다시 와서 먹어 봐요. 한 번, 두 번 먹다 보면 이게 왜 맛있는지 알게 될 테니. 알았지요?"

"네. 꼭 그러겠습니다."

"대답도 아주 시원시원하네. 유진이 네 엄마는 참말 좋겠구나."

"네?"

유진이 자신의 이름을 들먹이는 아주머니를 쳐다보자, 그녀는 말 안 해도 다 안다는 듯 한쪽 눈을 찡그리며 은근하게 웃어 보이곤 곧장 돌아서 주방 안으로 모습을 감추었다.

뭐지? 유진이 황당해져 도훈을 쳐다보자 마찬가지로 그녀를 보고 있던 그가 무언가 깨달은 것처럼 픽 웃어 버리곤 황탯국을 한 숟갈 떠먹었다. 유진은 찝 찝해진 기분으로 게국지를 한 숟갈 뜨다가, 왜인지 모르게 이상한 느낌이 들어 주방을 쳐다보다 다시 국으로 눈길을 돌린다. 아주머니가 말한 게 그런 뜻은 아니겠지? 말도 안 돼. 그런 생각에 잠긴 그녀를 흘긋 바라본 도훈이 소리 없이 웃었다.

주인아주머니의 억지에 가까운 권유로 누룽지까지 먹고 나오느라 식당에서 꽤 오랜 시간을 보내고 나온 두 사람은 근처의 택시 정류장까지 함께 걸었다. 유진은 당연히 그는 리조트로, 자신은 집으로 돌아갈 거라 생각하며 걷는데 그가 뜻밖의 말을 꺼냈다.

"지난번에 유진 씨가 추천했던 거 말입니다."

"네?"

유진이 선뜻 생각나지 않아 되묻고는, 뒤늦게야 리조트 앞 해변을 거닐어 보라 했던 게 생각나 아! 하고 짧은 탄성을 질렀다.

"오늘 시간 괜찮으면 같이 걸을래요?"

"지금이요?"

"네."

도훈이 손목의 시계를 들어 시간을 확인했다.

"오후 다섯 시. 곧 해가 넘어가고 어스름해질 것 같은데. 유진 씨가 추천한 시간이 이즈음 아닙니까?"

유진은 자신이 추천한 시간이 아니라고 말하고 싶었다. 식사 정도야 가볍게 생각할 수 있지만, 해변을 함께 걷는 일은 다시 생각해도 아닌 것 같았다. 하지만 거절의 의사를 밝혔을 때 그의 표정이 어떨지 상상하자 자신의 부담감쯤이야 접어 둘 수도 있을 것 같다는 생각이 들었다.

"네. 맞아요."

"그럼 가 볼래요?"

"네."

두 사람은 정류장에 대기하고 있던 택시에 올랐다. 도훈이 목적지를 얘기하는 동안, 유진은 일이 왜 이렇게 되었을까 곰곰이 생각해 보았다. 구급상자를 빌려준 일이 이렇게까지 커질 줄은 몰랐는데. 해변을 거닐어 보라 추천한 것도 괜한 짓이 아니었을까? 하지만 귓가를 파고드는 도훈의 목소리는 그런 우려를 다 잠식시킬 만큼 부드럽다.

"유진 씨 피곤할 텐데 괜한 부탁을 한 건 아니겠죠?"

자신을 배려하는 마음이 따뜻한 사람이다. 유진은 고개를 저었다. 어두운 새벽에 눈을 떠 피곤할 만도 했으나 이상하게도 오늘은 피곤하다는 생각이 들지 않았다.

저녁의 해변엔 사람이 거의 없었다. 유진이 퇴근을 하던 낮 시간까지만 해도 해변에 돗자리를 펴고 앉은 가족, 혹은 연인들이 드문드문 보였는데 이제는 연인으로 보이는 두어 커플을 제외하고는 유진과 도훈뿐이었다.

도훈은 샌들을, 유진은 힐을 벗어 각자의 손에 쥐고 천천히 모래사장을 걷기 시작했다. 왜 이 길이 좋았는지, 어째서 추천을 한 것인지 설명해야 할 것 같아 유진이 입을 열었다.

"여길 추천한 데 큰 의미가 있었던 것은 아니에요. 가끔 우울하거나 허전한 기분이 들 때 이렇게 발이 푹푹 빠져 드는 부드러운 모래밭을 거닐고 있으면 이유 없이 기분이 좋아지더라고요. 그래서였어요."

"저도 그랬으면 좋겠네요."

도훈이 대답했다. 때로는 이유를 알 수 없는 우울감에 한없이 나락으로 떨어지는 기분을 느낄 때가 있었다. 그래도 나름 잘 살아가고 있다고 생각했는데, 가끔, 아주 가끔 뼛속까지 시릴 정도의 공허함을 느낄 때면 한숨도 자지 못한 채 뒤척이며 밤을 새워야 하기도 했다. 유진에게도 그런 시간이 있었던 걸까?

도훈이 천천히 걷다 문득 궁금해져 물었다.

"그런데 모래 속에 유리 조각 같은 거 있으면 어떡하죠?"

"어떡하긴요. 찔려야죠."

대수롭지 않게 답하곤 계속해서 걷던 유진이 이상한 기분에 뒤를 돌아보니, 함께 걷던 도훈이 제자리에 서서 황당하다는 눈빛으로 쳐다보며 서 있다. 저 남자는 정말 유리 조각에 찔리기라도 할까 두려운 것일까? 문득 얼마 전 동네 개 노랑이와 대치하고 있던 모습이 겹쳐 보여 웃음이 삐져나왔다.

유진이 웃음기 가득한 목소리로 그를 안심시키듯 말했다.

"걱정 마세요. 아직까진 한 번도 찔려 본 적 없어요."

유진의 안심하라는 말에 정말 안도한 것처럼, 도훈은 곧 표정을 풀고는 편안하게 걷기 시작했다. 한 걸음, 두 걸음 천천히 걷다 보니 유진이 왜 이곳을 추천했는지 조금은 알 것도 같았다.

발이 푹푹 잠기는 모래의 부드럽고도 따뜻한 촉감이 좋았다. 인적이 드문 해변을 유유히 거닌다는 행위에도 만족감이 느껴졌다. 그리고 무엇보다 가장 마음에 드는 것은 형용할 수 없을 정도로 찬란하게 붉은 석양의 색이 비친 바다였다. 뜨거운 태양이 내리쬐는 한낮의 바다도, 선박의 불빛이 야경이 되어 빛나는 어두운 바다도 지금처럼 아름답지는 않을 것이라는 생각이 들었다.

도훈은 옆에서 나란히 걷는 유진의 모습을 슬쩍 훔쳐보았다. 해안을 따라 걷는 그녀의 입술 끝이 위로 말려 올라가 있었다. 살며시 미소 짓는 것을 보니 뭔가 기분 좋은 일을 떠올리는 것 같기도 하다. 어떤 기억을 떠올리고 있는 것일까? 묻고 싶었지만 이렇게 나란히 걷는 순간, 이 분위기를 깨고 싶지 않아 도훈은 입술을 꾹 닫은 채 느릿느릿, 천천히 걸었다.

5

알았던, 그러나 알지 못했던

유진이 퇴근 시각을 30여 분 정도 남겨 놓고 있을 때, 20대 후반 정도로 보이는 젊은 남자 한 명이 데스크로 다가와 도훈을 찾았다.

"투숙객 중에 안도훈 씨라고 계실 텐데, 몇 호에 묵고 계신지 알 수 있을까요?"

남자가 묻고는 혼잣말로 '왜 전화를 안 받으시지?' 하고 중얼거렸다.

유진이 정중하게 대답했다.

"죄송합니다만 고객님의 정보는 동의 없이 알려 드릴 수가 없어서요. 객실로 문의 후 안내해 드릴 수 있을 것 같은데, 괜찮으시겠습니까?"

"물론이죠. 김용재라는 사람이 찾아왔다고 전해 주세요."

"알겠습니다. 잠시만 기다려 주세요."

유진은 인터폰으로 도훈이 묵고 있는 객실의 호수를 눌렀다. 몇 번의 연결음 끝에 도훈이 전화를 받았다.

— 네. 안도훈입니다.

"안녕하세요. 프런트 데스크의 반유진입니다."

— 유진 씨?

도훈이 반갑게 알은척을 해 왔다. 하지만 지금은 인사를 나누기보다 용건을 전하는 게 우선인 것 같아 유진은 통화의 목적을 상기시켜 말했다.

"지금 데스크에 손님이 찾아오셨는데요."

— 손님이요?

"네. 김용재라는 분인데 안도훈 씨가 묵고 계신 객실을 알려 달라고 하셔서요. 알려 드려도 되겠습니까?"

— 아!

잘 아는 사이인 듯 그가 탄성을 뱉고는 곧 대답을 건네 왔다.

— 같이 일하는 사람이에요. 제 객실로 올라오라고 좀 전해 주세요.

"알겠습니다. 그럼 편안한 시간 되십시오."

유진은 통화를 끝낸 후, 대답을 기다리며 서 있는 용재에게 도훈이 묵고 있는 객실과 엘리베이터의 위치를 알려 주었다. 용재가 듬직한 생김새만큼이나 큰 목소리로 '감사합니다!' 하고는 자리를 뜨자, 옆 데스크에서 고객 응대를 마친 현아가 슬며시 다가오며 작게 물었다.

"야! 너 진짜 아무 사이도 아닌 거야?"

"응?"

"그 투숙객 말야."

"안도훈 씨?"

"어."

"현아야."

"응?"

유진이 목소리를 낮추어 자신을 부르자, 뭔가 있긴 있나 보다 혼자 확신한 현아가 눈을 초롱초롱 빛내며 쳐다보았다.

유진이 물었다.

"나 많이 외로워 보여?"

"아니?"

"그런데 왜 이 남자, 저 남자 못 엮어서 안달이야?"

호프집 사장 석준우에 투숙객 안도훈까지. 이런 식으로 줄줄이 굴비 엮듯 하다 보면 주변 남자들 중 안 엮일 사람이 없을 것이다. 유진이 갑갑한 마음에 한숨을 내쉬자 현아 역시 마찬가지라는 듯 갑갑한 표정을 지으며 자신의 생각을 털어놓았다.

"내가 아무 이유도 없이 이러겠어? 석 사장님은 더 말할 필요도 없고, 그 투숙객은 울 엄마 눈에도 좀 다르게 보였다니까 이러는 거잖아? 고로 나는 지금 합리적인 의심을 하는 것뿐이라고."

"그 합리적인 의심인지 뭔지 한 번만 더 했다간 나 결혼 날짜까지 잡히겠다?"

킥킥거리는 현아를 보며 유진이 말할까 말까, 전부터 망설이던 것을 털어놓기로 했다.

"솔직히 말할게. 나중에 이 말 저 말 도는 것도 피곤하니까."

"뭔데, 뭔데?"

현아가 얼굴을 들이대며 호들갑스럽게 물었다.

"안도훈 씨 우리 이모 댁 옆집으로 이사 온대."

"히익."

현아가 망아지 울음소리를 닮은 요상한 소리를 내며 두 눈을 치켜떴다. 유진은 이런 반응을 예상했다는 듯 담담한 투로 말을 이었다.

"그래서 안면 트고 지내는 것뿐이야. 곧 동네 이웃 될 사람한테 굳이 딱딱하게 굴 필요 없잖아?"

"봐. 뭔가 있긴 있었잖아!"

"내가 말했지? 오해는 금물이라고. 거기까지가 다야."

"흐음."

"진짜야. 만약 네가 의심하는 그 무언가가 생긴다면 네게 제일 먼저 얘기할게."

"진짜지?"

"물론이지."

"그래. 알았어. 네 말이 맞겠지. 너 거짓말하는 거 싫어하잖아."

그걸 잘 알면서도 이러는 거니?

유진은 불쑥 튀어나오려는 속말을 꾹 참았다. 이 주제로 더 이상의 대화를 이어 나가고 싶지 않았기 때문이다. 정말 친한 친구지만 가끔 이렇게 자기 생각을 확신하며 몰아세울 때면 몹시도 피곤하게 느껴졌다. 도훈과의 사이는 정말 그녀가 말한 그 이상도, 그 이하도 아니었다. 단순한 이웃사촌일 뿐이었다. 그러니 현아가 이쯤에서 의심을 접어 주길 바랄밖에.

도훈과 함께 현아 어머니의 식당을 찾았던 날, 두 사람은 해변을 거닌 후 함께 집으로 돌아갔다. 유진은 이모 댁으로, 그는 공사 중인 자신의 집으로. 그것이 끝이었다. 그 후 리조트에서 도훈과 마주친 적도, 따로 만난 적도 없었다. 그런 상황에서 이런 오해를 받으니 억울하기만 했다.

똑똑.

노크 소리에 샤워 가운 차림의 도훈이 수건으로 머리를 말리다 말고 나가서 문을 열었다.

문 앞에 용재가 서 있었다. 한 손에는 슈트 케이스 몇 개를, 또 다른 한 손에는 구두가 담긴 백을 든 채로 말이다.

"왔어?"

도훈이 가볍게 인사하고는 안으로 들어가자, 뒤따라 들어온 용재가 현관 바닥에 구두를 꺼내 놓으며 툴툴거렸다.

"전화는 왜 안 받으셨어요?"

"씻고 있었어."

"어제 낮부터 씻고 계셨습니까?"

"미안. 부재중 전화 확인하고 연락한다는 게 깜빡했어."

"사장님께서 그 정도로 기억력이 나쁘셨던가요?"

대수롭지 않게 대꾸하며 머리카락을 말리던 도훈이 툴툴거림의 강도를 더해 가는 용재를 돌아보며 자못 심각하게 물었다.

"김 실장. 지금 나 취조해? 어디서 배워 먹은 버르장머리지? 부하 직원더러 상사 앞에서 그렇게 눈 똑바로 뜨고 대들라고 가르친 미친 녀석은 대체 누구야?"

이렇게 구중하듯 말하면 착한 용재는 언제나 죄송합니다, 하고 고개를 조아렸다. 도훈은 당연히 이번에도 그럴 거라 생각했는데 용재의 반응은 예상 밖이었다.

"그런 시시한 장난 제주에서나 통했지, 여기서는 안 통합니다."

"어? 안 놀라네? 그사이 뭘 잘못 먹은 거야?"

"그런 거 없거든요."

도훈이 머리를 닦던 수건을 빨래 바구니에 던져 넣으며 물었다.

"짐들은?"

"우선은 당장에 입으실 옷 몇 벌과 구두 한 켤레만 가져왔고요."

용재가 아까부터 손에 들려 있던 슈트 케이스를 열어 붙박이장 안에 슈트를 걸어 놓으며 말을 이었다.

"나머지 짐들은 집수리 끝나면 옮기려고요."

"너는? 그 오피스텔이면 되겠어?"

"저야 그 정도도 감지덕지죠. 솔직한 심정으로는 지사장님 댁에서 옆에 딱 붙어살며 일거수일투족을 감시하고 싶지만."

"야! 끔찍한 소리 하지도 마. 네 그 스토커 같은 집착은 회사 내에서만 허용 가능하다고 했지?"

"쳇. 어쨌든 고맙습니다. 제가 직접 구했어야 했는데. 그런데 보증금에 월세까지, 왜 그러셨어요?"

도훈은 리조트에 묵기로 한 다음 날 시내로 나가 용재가 지낼 만한 곳을 알아보았다. 그리고 부동산 중개인의 추천을 받아 몇 곳을 둘러보다 오피스텔 한 곳을 계약했다. 약 2년 전에 지어진 새 건물인 것도 마음에 들었고, 주거에 필요한 가전들이 비치되어 있는 것도 좋았다.

그날 곧바로 오피스텔 주인을 만나 월세 계약을 마쳤다. 자신을 따라 서울의 본사에서 제주로, 제주에서 태안으로. 계속해서 떠돌게만 만든 것이 미안해 월세보증금과 2년간의 월세를 선물로 지급했는데, 착한 용재는 고마운 마음을 툴툴거림으로 대신한다. 쑥스러움 많은 녀석이다.

도훈이 샤워 가운을 벗고 하얀 면 티셔츠를 목에 끼워 넣었다. 그리고 허벅지가 훤히 드러날 정도로 찢어진 블랙 진에 발을 끼워 넣으며 물었다.

"어제 내려온 거야?"

"네."

"그럼 서진 측 직원들은 아직 안 만나 봤겠네?"

"아니요. 어제 짐 풀고 만났습니다."

"벌써?"

"네. 그쪽에서도 인계 준비 거의 다 마쳤더라고요. 다음 주에 출근해 곧바로 인수 절차 밟으면 될 것 같아요."

"음."

외출 준비를 마친 도훈이 거실 소파에 앉은 용재 곁으로 다가왔다. 용재는 그의 차림이 불만이라는 듯 이맛살을 찌푸렸다.

"제주도에서 그 바지들을 모조리 불태웠어야 했는데."

아쉬운 표정의 용재는 평소 늘 말하곤 했다. 도훈이 서른셋의 남자답지 않게 입고 다니는 것이 불만이라고 말이다. 지사장이면 지사장답게 품위를 지켜야 한다고도 했다. 그래서 근무 중일 때는 슈트를 차려입는데 이 녀석은 대체 뭐가 이렇게 불만인 걸까? 도훈이 정장 차림의 용재에게 말했다.

"너야말로 쉬는 날엔 좀 편하게 입어. 덥지도 않냐? 내 옷 입을래? 저기 많은데."

"됐습니다. 지사장님 바지에 제 다리가 들어가기나 하겠어요?"

도훈이 마른 체구에 잔근육이 많은 타입이라면, 용재는 울퉁불퉁한 근육을 가진 우람한 체구였다. 그러니 사이즈가 맞을 리가 있나. 잘 알면서도 재미 삼아 말을 꺼낸 도훈이 자리에서 불쑥 일어서며 말했다.

"배고프다. 나가서 뭐라도 먹자."

"제 오피스텔 근처에 된장찌개 잘하는 집 있던데 가실래요?"

"된장찌개? 좋지."

도훈이 반갑게 대답하며 현관으로 나가 샌들에 발을 끼워 넣었다. 용재가 뒤따라 나오며 물었다.

"그동안 식사는 어떻게 하셨어요?"

"리조트 레스토랑에서 먹거나, 나가서 사 먹거나."

"입에 맞는 식당 찾으셨어요? 제주에서도 적응하실 때 먹거리 때문에 고생 많으셨잖아요."

유진과 식사할 때 아무거나 잘 먹는다고 했던 건 사실 거짓말이었다. 맛이 강한 젓갈을 사용한 음식이나 자극적인 음식은 썩 좋아하지 않는 편이기 때문이다. 그래서 계국지에 더 민감하게 반응했던 건지도 모른다. 하지만 황탯국은 달랐다. 시원한 맛이 아주 일품이었다. 그리고 함께 나온 밑반찬들도 다 맛있어서 평소보다 밥을 더 많이 먹기도 했었다.

도훈은 보통 사람들이 싱겁다 느낄 정도로만 간이 된 요리를 좋아했다. 그날 그날 기분에 따라 얼큰하고 매운 걸 찾을 때도 있지만, 대부분의 날들은 깔끔한 맛의 한정식으로 챙겨 먹었다.

그래서 입에 맞는 음식점을 찾기 위해 여러 곳의 음식점을 찾아다녔지만 아직 이곳이다! 라고 느껴지는 곳이 없다. 오늘 용재가 소개하는 곳은 입에 맞았으면 좋겠는데. 도훈은 기대감을 안고 용재와 함께 객실을 나섰다.

다시 월요일. 오후 출근인 유진과 현아는 탈의실에서 유니폼으로 갈아입던 중 다른 직원들로부터 경악할 얘기를 들었다.

"그 사람 혹시 우리 감시하고 있었던 거 아냐?"

"그렇게는 안 보이던걸요."

"왜, 심심하면 로비 커피숍에 앉아서 사람 구경했잖아? 다 이유가 있었던 거 아니겠어?"

"이럴 줄 알았으면 지나가다 눈 맞추고 인사라도 할 걸 그랬나 봐요."

"어떤 직원이 투숙객들과 일일이 눈 맞추고 인사하니? 너무 티 나게 그러면 오히려 더 이상하게 받아들였을지도 몰라."

"휴. 그렇겠죠?"

한숨을 내쉰 여직원이 금세 명랑해진 목소리로 물었다.

"그래도 꽤 잘생기긴 했어요. 맞죠?"

"이 와중에 그놈의 얼굴 타령이 하고 싶니?"

"왜요? 전에 윤 대리님도 잘생겼다고 그러셔 놓곤."

"그거야 농담처럼 던진 말이었고. 그나저나 나이가 몇이라고? 서른셋?"

"네. 관리부 김 대리님께 그렇게 들었어요."

"지사장이 너무 젊은 거 아닌가?"

"윤 대리님은 젊은 지사장님 싫으세요? 저는 좋은데. 생각해 보세요. 잘생겼지, 나이도 젊지, 또 미혼인 데다 회장 아들이라면서요? 거기다 성격만 좋으면 딱인데. 그죠?"

"아서라. 아무리 성격이 좋아도 우리 차지 될 남자도 아닌데 괜히 입맛 다셔서 좋을 게 뭐 있겠어? 안 그래?"

새로 온 지사장에 관한 이야기인가 보다 생각한 현아가 작게 소곤거렸다.

"새 지사장 얘기 같지?"

"응."

유진이 고개를 끄덕였다. 대화의 주인공인 두 직원들과 가까운 사이라면 가서 말을 섞으며 물을 텐데, 발이 넓은 현아도 그 직원들과는 안면만 텄을 뿐이라 가만히 듣고만 있었다.

조금 전의 그 직원들이 다시 입을 열었다.

"참. 이름이 뭐랬지? 그 사람?"

"누구요? 지사장님이요?"

"응."

"뭐랬더라? 안……도훈? 맞아요. 안도훈이라고 그랬어요."

대답과 동시에 유진의 손에 들려 있던 화이트 면 블라우스가 바닥으로 툭 떨어졌다. 재빨리 허리를 굽혀 다시 집어 들지만, 하얗게 질린 손끝은 눈에 보일 정도로 떨리고 있었다. 자신이 잘못 들은 것일까? 아니면 동명이인일까? 친구가 당혹스러워하는 이유를 알 리 없는 현아가 놀라며 물었다.

"안도훈? 그 안도훈? 저 사람들이 분명 안도훈이라 그랬지?"

유진은 최대한 침착해 보이려 노력하며 대답했다.

"응. 그렇게 들었어."

"세상에. 말도 안 돼. 유진, 너도 알았던 거야?"

"아니. 나도 처음 듣는 얘기야."

"왜, 너와 식사도 한 끼 했었잖아?"

"그때 말했듯 밥 한 끼 같이 먹은 게 다였으니까."

"와. 사람 그렇게 안 봤는데. 지금 이 기분 뭐지? 왜 꼭 속은 것만 같지? 그 사람이 지사장이라고 해서 뭐 특별히 달랐을 게 있겠냐만…… 그래도 이 찝찝한 기분은 뭐냐고."

유진은 현아의 중얼거림을 한 귀로 듣고 흘리며 벗은 옷가지를 정리하여 캐비닛에 넣었다. 누가 봐도 아무렇지 않아 보일 정도로 침착한 움직임이었지만 실상은 달랐다. 심장이 두근거리고 머리가 어지러웠다. 그리고 얼마 전 그가 곧 리조트로 출근한다며 웃었던 기억도 스치듯 지나갔다.

전근이 아니라 입사라던 그의 말을 그대로 믿었었는데. 게다가 자신이 속해 있는 객실부에는 인원 충원 예정이 없어 관리부나 조리부, 혹은 식음료부서로 입사하는 게 아닐까 싶어 묻기도 했었다. 그때 살포시 웃던 그의 미소를 보며 그렇다는 대답 대신이라 여겼었는데. 그런데 그가 지사장이라니. 뒤통수를 세게 한 대 맞기라도 한 것처럼 머릿속이 얼얼했다.

평소보다 느리게 유니폼을 갈아입은 유진이 프런트 데스크로 돌아왔다. 그러곤 습관처럼 교대 근무자가 작성해 놓은 일지를 읽으려 노트를 펼치지만 아무것도 눈에 들어오지가 않는다.

나를 속인 걸까? 대체 왜? 그게 아니라 하더라도 왜 하필 그 사람이 지사장인 걸까? 왜 하필 그 사람이 회장의 아들이냐는 말이다. 어처구니없는 현실에 명한 눈길로 일지의 한 페이지만 뚫어져라 쳐다보고 있는데 옆의 현아가 작게 소리쳤다.

"유진! 저기 봐."

현아의 시선을 따라 움직이던 유진의 눈동자에 당혹스러움이 번진다. 엘리베이터에서 내려 로비를 가로지르는 이들 중 도훈이 섞여 있었다. 그중엔 며칠 전 리조트로 찾아와 그가 묵고 있는 호실을 알려 달라던 남자도 섞여 있었다.

전 지사장 일행 및 새로운 얼굴들로 이루어진 무리 속에 섞인 도훈을 보는 유진의 몸이 뻣뻣하게 굳었다. 유진은 시선을 다시 노트로 옮겨 보지만, 방금 보았던 눈앞의 광경이 계속해서 머릿속을 맴돌고 있었다. 바다를 연상케 하는 푸른색의 슈트와 새하얀 와이셔츠를 입은 그는 그녀가 알아 왔던 그 사람이 아닌 것 같았다. 다 알면서도 사실이 아니라고, 잘못 본 것이라고 부정하고픈 마음도 들었다. 하지만 현실은 달라지지 않는다. 이렇게 피한다고 해서 그가, 그녀가 알던 그가 아닌 게 되지는 않을 것이다.

유진은 천천히 고개를 들었다. 데스크 앞을 지나는 그들을 멀거니 바라보다 갑자기 고개를 돌린 그와 시선이 맞닿았다. 그녀를 발견한 그는 반갑게 미소 지었지만 그녀는 웃어 줄 수가 없었다. 그래서 못 본 척 눈길을 돌려 버리는 것으로 답인사를 대신했다.

6

꽃이 지던 날

리조트 전 지사장 일행과의 식사를 마치고 돌아오는 길. 운전 중이던 용재가 깊은 고민이 있는 사람처럼 심각해 보이는 도훈의 모습을 이상하게 여기며 물었다.

"지사장님. 무슨 일 있으세요?"

조수석 뒷좌석에 앉은 도훈은 생각에 잠겨 답이 없다. 용재가 목소리를 높였다.

"지사장님!"

"어?"

그제야 도훈이 정신을 가다듬으며 룸 미러로 눈길을 돌린다.

"무슨 일 있으시냐고요."

"아니야. 아무것도. 왜?"

"표정이 어두워 보이셔서요. 제 기분 탓이겠죠?"

"그렇겠지."

도훈은 거짓말로 얼버무리며 다시 생각에 잠겼다. 아까 자신을 쳐다보던 유진의 표정이 식사 시간 내내, 아니, 지금까지도 지워지지가 않는다. 차라리 따져 묻고 싶은 표정이었다면 이렇게 갑갑하지도 않았을 텐데. 여러 감정이 혼재된 듯 복잡해진 눈길이 무엇을 얘기하고 싶은 건지 궁금했지만, 차갑게 시선을 돌리는 바람에 그마저도 바랄 수 없게 되었다.

차라리 몰라보기를 바랐다. 그랬으면 좋았을 텐데.

바보 같긴. 평생 숨길 수 있는 것도 아니면서 왜 끝까지 모르길 바라는 것일까?

약 10년 전. 도훈이 서울의 본가에서 아버지, 새어머니, 그리고 도진과 함께 살 때였다. 도훈이 스물셋, 도훈의 이복동생 도진이 열일곱이던 어느 여름밤, 그날 도훈은 군 입대를 앞둔 친구를 위로하려 모임에 참석했었다. 새벽까지 술을 마시고 돌아올 것이 뻔해 부러 차를 두고 나갔는데, 그것이 화근이었을까?

틈만 나면 도훈의 차에 눈독을 들이던 도진이 이때다 싶었는지 몰래 그의 차키를 훔쳐 집을 빠져나간 것이었다. 아직 미성년자인 데다 운전면허까지 없던 도진이라 아무리 그의 차가 탐이 나도 훔쳐 탈 거라고는 감히 상상조차 하지 못했었다.

그날 모임에서 술 마시기에만 열중하던 도훈이 아버지의 전화를 받은 것은 갓 자정을 넘긴 시각이었다. 친구를 군에 보내야 한다는 섭섭한 마음에 평소보다 많이 마셨고, 그 탓인지 아버지의 말씀을 듣고도 곧바로 상황을 알아차리지 못했다. 그러자 아버지가 소리를 버럭 지르셨다.

— 네 동생이 차로 사람을 치어 죽였다고!

"뭐라……고요?"

정신이 번쩍 들었다.

— 아직도 술이 안 깼니? 네 동생이,

"도진이가 교통사고를 냈다는 말씀이세요, 지금?"

— 그래.

"그게 무슨 말씀이세요? 도진이는 아직 면허도 없잖아요?"

되묻던 도훈이 아차 싶어 혼잣말하듯 중얼거렸다.

"무면허 운전을 한 거군요. 그래서 사람이 죽었고요."

— 그래.

듣고도 믿기 힘든 이야기에 멍해진 도훈이 손바닥으로 얼굴을 쓸어 올렸다. 대체 왜 이런 일이 벌어진 걸까? 도훈의 목소리가 거칠어졌다.

"도진이도 다쳤어요?"

— 안타깝게도…… 멀쩡하다.

차라리 도진이가 다쳤어야 했다. 제 인생이나 똑바로 살 것이지, 무슨 자격이 있다고 남의 인생을 엉망으로 만들었을까!

도훈은 몹시도 무겁게 가라앉은 아버지 민기의 목소리가 염려되어 물었다.

"아버진 괜찮으세요?"

— 모르겠어. 우선은 법무 팀에 연락해 뒀는데 나도 이런 일은 처음이라, 머리가 복잡하구나.

"피해자 가족은 만나 보셨고요?"

— 곧 찾아뵈어야지. 너한테 먼저 알려야 할 것 같아서 전화했다.

"도진이는 지금 어디에 있어요?"

— 병원에 있다.

"멀쩡하다면서요?"

— 가벼운 타박상인데, 도진 엄마가 호들갑을 떨어서 우선은 입원시켜 놨다.

"제가 병원으로 가 볼게요."

— 그럴래?

도훈은 친구들에게 양해를 구하고 곧바로 도진이 입원해 있다는 병원으로 향했다.

안내 데스크에서 VIP 병동에 입원 중인 것을 확인하고 급히 병실을 찾아가던 중, 복도를 지나는 두 남자와 마주쳤다. 실례의 뜻으로 목례하고 옆으로 비켜서다 우연찮게 그들의 얘기를 듣게 되었다.

"피해자가 몇 살이라고?"

"올해 고등학교 1학년이 된 여자아이라고 들었습니다."

"쓰레기 같은 새끼. 죽으려면 저나 죽지, 왜 엄한 여자애를 치어 죽게 만들어? 저런 새끼들은 죽을 때까지 감방에 처박아 둬야 하는데."

"그러게 말입니다. 그런데 경위님도 아시지 않습니까? 미성년자 무면허 운전 처벌이 얼마나 약해 빠졌는지. 게다가 아라리조트 체인 회장 아들이면 뭐. 더 말해 봤자 입만 아프죠."

아라리조트 체인. 그 단어 하나만으로도 그들이 지칭하는 이가 누군지 단번에 알 수 있었다. 분명 도진의 얘기일 테다. 아버지로부턴 도진이 피해자를 죽음에 이르게 했다는 말씀만 전해 들었을 뿐 그 대상이 누구인지는 듣지 못했는데, 열일곱의 여학생이란다. 사고 가해자 도진과 동갑내기다. 쓰레기 같은 새끼라는 두 형사의 말에 동감하지 않을 수 없었다. 속으로 미친놈 소리가 절로 나왔다.

도진이 예전부터 자잘한 사고를 곧잘 치긴 했었다. 그때마다 아버지께 혼이 나고서도 돌아서면 또 말썽을 부린 적도 여러 번이었다. 하지만 그건 남들보다 사춘기를 더 길게 겪는다고 생각할 수 있는 정도의 문제였다. 용서는 안 되지만 납득은 가능했던 일들이 대부분이었다. 그렇지만 이번엔 아니었다. 이건 어떤 변명으로도 납득되지 않을 것이고, 용서받을 수도 없는 일이었다.

도훈은 도진의 병실 문을 벌컥 열었다. 창가를 향해 앉은 그의 등이 굽어 있었다.

"안도진."

그는 도훈의 부름에 돌아보지도 않은 채 중얼거렸다.

"꺼져."

"네가 드디어 미쳤구나."

"꺼지라고."

들릴 듯 말 듯 작은 목소리로 욕지거리를 내뱉은 도진이 침대에서 일어나 도훈을 향해 몸을 돌렸다. 이마에 붙은 작은 밴드 하나를 제외하고는 다른 외상이 전혀 보이지 않았다. 오히려 너무 멀쩡해 보여 화가 날 지경이었다. 도훈이 등 뒤로 병실 문을 닫자 도진이 선수를 쳤다.

"잔소리라면 집어치워. 이미 아버지한테 귀가 찢어질 정도로 들었으니까."

"네가 지금 무슨 잘못을 했는지 모르겠어? 한 사람의 인생을 망쳤어!"

"누가 그러고 싶어서 그랬냐고!"

소리친 도진이 옆의 협탁 위에 놓인 꽃병을 집어 도훈에게로 던졌다. 얼른 피했기에 망정이지, 하마터면 도훈의 이마에 그대로 부딪쳤을 것이다. 격분한 도훈이 그에게로 달려들어 멱살을 거머쥐고 소리쳤다.

"이 자식이 진짜! 너 정신 안 차릴래? 네가 지금 이러고 있을 때야? 너 때문에 사람이 죽었어. 그것도 너와 동갑인 여자애라고. 알아?!"

"그게 왜? 뭐 어쩌라고! 그러게 누가 길가에 그렇게 서 있으래? 계집애가 학교 끝나면 집에나 처갈 것이지, 왜 거기 서 있다 치여서 남의 인생을 망쳐?"

"미친 새끼."

도훈이 멱살을 거머쥐었던 손을 풀어내 주먹으로 그의 얼굴을 가격했다. 악소리와 함께 바닥으로 쓰러진 도진이 맞은 곳을 손바닥으로 쓸며 거세게 소리쳤다.

"아!!"

도훈이 쓰러진 그의 위에 올라타 다시 한 번 멱살을 거머쥐며 말했다.

"네가 쓰레기인 줄은 진즉에 알았지만 이 정도일 줄은 몰랐다."

"쓰레기? 누가 누구더러 쓰레기래?"

"그래. 너 같은 새끼한테는 쓰레기라는 단어조차도 아까운데 내가 말실수했다. 잘 들어. 이번에도 네 엄마 치마 속에 숨어서 피해 갈 수 있을 거라고 생각했다면, 그 생각 당장 접어야 할 거야. 리조트 법무 팀이 나서서 일 처리는 하겠지만 너를 위해 적극적으로 변호하지는 않을 거라는 소리야. 무슨 뜻인지 알아? 이 기회에 네 썩어 빠진 정신머리를 아주 제대로 고쳐 주겠다고. 그러니 피해자를 욕하건 뭘 하건 맘껏 떠들어 봐. 머지않아 네가 무슨 짓을 벌였는지 알게 될 때쯤엔 이미 네 인생은 송두리째 바닥으로 떨어지고 있을 테니까."

도진의 얼굴에서 싸늘한 기운이 천천히 사라진다. 그리고 미약하게 흔들리는 동공이 지금의 심정을 고스란히 드러냈다. 그가 뭐라 떠들어 대건, 또 어떤 저주의 말을 퍼붓건 늘 무시하는 것으로 대응해 왔던 도훈이지만 한번 한다면 하는 성격임을 잘 안다. 그래서 더 아버지의 신임을 받는 것이 못마땅했는데 이번에도 이렇게 돼 버렸다.

도진은 분이 삭지 않았다.

"주제넘게 나서지 마. 네가 무슨 상관이야? 네가 뭐라고!"

"나라고 너 같은 새끼하고 엮이고 싶겠어? 지금껏 어떤 개소리를 해도 다 참아 넘겼던 건 네가 아직 미성년자니까, 라고 생각해서였어. 치기 어린 나이라 그럴 수 있다고 생각했었다고. 그런데 이번에 보니 아니었다. 내가 너를 과대평가했던 거야."

"미친 새끼."

"단 한 번도 잘못했다고는 안 하지."

"실수였어. 실수였다고!"

"실수? 다시 한 번 말해 봐. 실수라고?"

말로는 안 되겠다 싶어 도훈이 주먹을 날리려는데 등 뒤에서 갑자기 나타난 누군가가 그를 옆으로 확 밀쳐 버렸다. 엉겁결에 옆의 바닥으로 떠밀린 도훈이 당혹스러운 얼굴로 돌아보자, 새어머니 아정이 허겁지겁 자신의 아들 도진의 얼굴을 살피고 있었다.

아들의 벌겋게 부어오른 볼과 찢어진 입술을 보며 안타까워하는 모습을 보니 속이 울렁거렸다. 지금 어떤 이는 그 애지중지하는 아들 때문에 가족을 잃고 망연자실해 하고 있을 텐데. 자식을 키우는 엄마라면, 그리고 생각이 제대로 박힌 사람이라면 지금 이렇게 아들을 감싸고돌 게 아니라, 자신이 나서서라도 아들을 흠씬 두들겨 패야 하는 것이다. 하지만 아정은 그럴 사람이 아니었다.

그녀가 도진을 일으켜 세웠다. 그러곤 자리를 털고 일어서는 도훈을 돌아보며 서늘하게 물었다.

"네가 그랬니?"

"네."

"내가 분명 우리 도진이 몸에는 손끝 하나 대지 말라고 말했을 텐데."

몇 해 전, 도진이 도훈뿐 아니라 그의 친구에게까지 버릇없게 굴어 크게 혼을 낸 적이 있었다. 그날 아정이 그에게 말했었다. 내 아들 몸에 한 번만 더 손댔다가는 가만두지 않겠다고.

그녀가 경고랍시고 한 말에 주눅이 든 것은 아니었다. 단지 조금 서글펐다. 한집에 살면서도 철저히 남일 수밖에 없는 그의 현실이 언제까지고 끝없이 이어질 것만 같다는 생각에 말이다.

도훈이 냉랭한 눈길을 쏟아 내는 아정을 향해 말했다.

"그 자식 정신 차리게 하려면 아직 멀었으니까 비키세요."

"내 아들한테 손대지 마! 네가 뭔데 남의 아들을 때려? 무슨 자격으로!"

"나도 바라지 않는 자격, 당신이 만들었잖아! 내 인생 망쳐 가면서까지 원하지도 않은 동생 따위를 만들어 놨잖아. 그럼 적어도 저 자식 인간처럼 살게는 만들어야 할 거 아냐? 그러니까 그만 나오시라고요."

"너나 꺼져! 내가 네 인생을 망쳤다고? 웃기는 소리 하지 마. 평온하던 우리 가정을 깬 건 너야. 너 오고 나서 우리가 얼마나 불행해졌는지 모른다고 말하진 않겠지? 꺼져. 우리한테서 꺼지라고!"

그 역시 한 번도 가족이라고 생각한 적 없었지만 이렇게 눈앞에서 직접 들으니 생각보다 속이 더 많이 쓰리다. 뭘 기대했던 것도 아닌데. 그럼에도 기운이 빠지고 어깨가 축 처진다.

마음 같아서는 제 엄마 뒤에 숨어 자신을 노려보는 쓰레기만도 못한 새끼를 반 죽을 때까지 패 주고 싶지만, 지금으로서는 아무런 의욕이 들지 않았다.

그래. 가족도 아닌데, 내가 무슨 자격으로. 도훈은 울컥거리는 속을 달래며 엘리베이터로 향했다.

집으로 돌아와서는 내내 잠만 잤다. 시간이 어떻게 흐르는지도 모르고 계속해서 잠만 잤다. 그러다 깼을 땐 시간이 어느새 저녁 일곱 시를 훌쩍 넘긴 때였다. 배에서 꼬르륵 소리가 들렸다. 생각해 보니 새벽까지 술을 마신 것 말고는 아무것도 먹은 게 없었다. 주방으로 가서 뭐라도 먹어야겠다고 생각하며 2층 계단을 내려가는데, 거실에서 아버지와 새어머니가 싸우는 소리가 들렸다.

"그래서? 아직 피해자 빈소에도 안 가 봤다는 거야!"

"우리 도진이가 거길 왜 가요? 가 봤자 안 좋은 소리 들을 거 빤한데."

"당신 완전히 돌았군! 자식이 무슨 짓을 했는지 알면서도 지금 그런 말이 나 오나? 당신도 자식 키우는 부모면서 어쩜 그렇게 이기적일 수가 있지?"

"대신 신 변호사 보내서 뜻 전했잖아? 그럼 된 거 아냐?"

"당신을 믿고 맡겨 둔 내가 미친놈이지."

민기가 벗어 두었던 양복 상의를 집어 들자 아정이 다급하게 물었다.

"어디 가려고요?"

"어디긴. 빈소에 가 봐야지."

"도진이는 안 돼요."

"당신같이 말 안 통하는 사람하고는 한 마디도 더 섞기 싫으니까 비켜!"

"걔 지금 제정신 아냐. 거기서 어떤 수모를 당할지도 모르는데. 여보, 제 발. 도진이는 안 된다고요."

민기가 만류하는 아정을 밀치고 현관 밖으로 나갔다. 도훈은 다시 방으로 돌 아가 위에 걸칠 만한 재킷을 아무거나 하나 집어 들고 그를 따라 밖으로 나갔 다.

대문을 열고 나가자, 민기의 차가 차고를 빠져나오는 게 보였다. 도훈이 급 한 마음에 길을 막고 서자 차가 끽 소리를 내며 급작스럽게 정차했다.

곧이어 뒷좌석의 창문이 열렸다. 그 안에서 민기가 거칠게 소리쳤다.

"뭐 하는 거야? 사고라도 나면 어쩌려고!"

"아버지 지금 병원 가시는 거면 저도 같이 가려고요."

"네가?"

"네."

의아해하던 그가 다소 부드러워진 음성으로 짧게 말했다.

"타거라."

"네."

도훈은 조수석에 오르며 운전석의 정 기사에게 묵례로 인사를 건넸다. 그러자 수종이 인자하게 미소 지으며 고개를 끄덕인다. 마치 잘 생각했어, 라고 말하는 것처럼 느껴졌다.

병원 침대에 멍하니 누워 있던 도진은 민기를 보자마자 튕기듯이 일어났다. 그를 두려워하던 터라 당연한 반응이었지만, 피해자의 빈소에 가는 일에 관해서는 꽤나 고집스럽게 굴었다.

"아버지. 저 못 가요. 제가 거길 어떻게 가요? 네? 그쪽에서도 저 다쳤다고 알고 있을 테니 안 가도 이해할 거예요. 아버지. 제발."

도진이 무릎을 꿇은 채로 민기의 바짓가랑이를 잡고 애원했다. 거기 갔다가 무슨 꼴을 당할지 모르겠다는 두려움이 큰 모양이었다. 하지만 민기는 그 말을 들어줄 생각이 조금도 없었다.

"꼴사납게 굴지 말고 얼른 일어나!"

"아버지. 저 절대 못 가요. 차라리 저 창문으로 떨어져 죽었으면 죽었지, 안 간다니까요."

보다 못한 도훈이 멱살을 잡아 도진을 일으켜 세워서는 그대로 병실 밖으로 끌고 나갔다. 손아귀에 멱살 잡혀 질질 끌려가는 도진이 놓으라고 소리치며 악다구니를 썼지만 그는 꿈쩍도 하지 않았다.

도훈이 말했다.

"조용히 하고 따라와."

"알았어. 간다고. 갈 테니까 이것 좀 놔."

"안 믿어."

"목 졸려. 그러니까 제발 좀 놔줘. 내 발로 간다니까?"

그 말에 도훈이 엘리베이터 앞에서 도진의 멱을 쥔 손을 풀어냈다. 풀려난 도진이 손으로 목을 쓸며 중얼거렸다.

"죽을 뻔했네."

"겨우 이깟 걸로?"

도훈이 분노하자, 도진이 뒤를 스윽 바라보며 민기의 눈치를 살폈다. 민기는 그런 아들이 한심스럽다는 표정으로 쳐다보고 있었다. 도훈이 기가 꺾인 도진을 향해 말했다.

"가서 제대로 사과해."

도진은 입술만 잘근거릴 뿐 답이 없었다. 몰아세우면 어떻게든 답을 받아 낼 수야 있겠지만, 그런다고 진심 어린 사과가 나올 것 같지는 않아 도훈은 그냥 내버려 두기로 했다.

장례식장 앞에 도착한 민기가 자신의 뒤를 따르던 비서진에게 명했다.

"자네들은 밖에서 대기하게."

"회장님."

"안 됩니다. 안에서 어떤 일이 벌어질지도 모르잖습니까? 저희가 모시겠습니다."

비서진들이 누가 먼저랄 것도 없이 나서서 만류했지만 그는 고집을 꺾지 않았다.

"다 우리가 감당해야 할 일들이야. 그리고 나중에 지시할 일이 있을지 모르니 여기서 기다려."

"회장님."

"두말 말고 시키는 대로 해."

"알겠습니다."

그렇게 민기와 두 아들이 들어선 장례식장 안은 적막에 가까울 정도로 고요했다. 접객실에 조문객 몇 명이 있긴 했지만 그들은 각자 술잔만 기울일 뿐, 딱히 대화라는 것을 나누지는 않았다. 그들은 민기와 도훈, 그리고 도진을 잠깐 흘긋거리고는 다시 눈길을 돌려 하던 일을 계속했다.

민기는 빈소를 앞에 두고는 처음으로 망설였다. 차마 발이 떨어지지 않았다.

그런 그를 묵묵히 지켜보던 도훈이 낮게 아버지, 하고 부르자 그제야 다시 걸음을 떼었다.

도진은 더 엉망이었다. 저는 잘못한 게 없다며 당당하던 그도 막상 피해자 가족을 만날 생각에 두려움이 일었는지 연신 초조한 기색을 숨기지 못했다. 어디를 보고 있는 건지 눈동자의 초점은 흐릿했고 손끝은 떨리고 있었다. 몹시도 두렵거나 긴장될 때 손톱을 무는 습관이 다시 시작되려는지, 도진이 손가락 끝을 입술 가까이 들이댔다. 도훈이 그 손을 확 잡아 내리곤 작게 말했다.

"정신 차려."

도진이 떨리는 눈으로 도훈을 쳐다보았다.

"들어가서 네가 어떤 짓을 했는지 똑똑히 봐."

도진이 고개를 저으며 간절히 구원을 바라는 눈길을 보내왔다. 제발 여기서 내보내 달라고, 미쳐 버릴 것 같다고 애원하며 부르짖는 음성이 들리는 것 같았지만 도훈은 한 치의 망설임도 없이 그의 팔을 잡아당겼다.

민기가 먼저 피해자의 영정 사진이 놓인 빈소 안으로 들어갔다. 빈소에는 피해자의 부모로 보이는 중년의 부부가 지친 기색으로 바닥에 앉아 있다 그들을 발견하고는 엉거주춤 자리에서 일어섰다. 그들 중 아버지로 보이는 남자가 누군지 전혀 모르겠다는 표정을 지으며 중얼거리듯 말했다.

"어떻게 오셨는지."

그 곁에서 세 사람을 차례로 둘러보던 중년의 여성이 그들 중 제일 뒤에 있는 환자복 차림의 도진을 의문이 담긴 눈으로 바라보았다. 그리고 몇 초가 지났을까, 무표정하게 바라보던 얼굴에 점차 냉기가 흐르기 시작했다. 그녀는 가해자가 딸아이와 동갑이라는 것만 들었지 얼굴도 못 본 상태라 처음에는 그가 누군지 전혀 알아차리지 못했다. 하지만 어려 보이는 얼굴과 환자복 차림. 그것만으로도 짐작이 가는 이가 있었다.

불현듯 도진을 노려보는 눈매가 매섭게 변하기 시작했다. 그녀의 비틀어진 입매가 티 나게 부들거린다 싶더니, 이윽고 도진에게로 달려들어 환자복 상의를 쥐어뜯을 것처럼 거세게 움켜쥐고는 소리쳤다.

"니가, 니가 여길 어떻게 와! 무슨 자격으로 여길!"

"그, 그럼 설마 당신들이?"

여성의 남편으로 보이는 중년 남성이 기함하여 외치자, 민기가 곧바로 고개를 숙이며 사죄의 뜻을 전했다.

"정말 죄송합니다. 제가 아들을 잘못 키웠습니다. 그 어떤 말로도 용서가 안 되실 것을 알지만, 이렇게라도 사죄드리고 싶어서 찾아왔습니다."

동시에 도훈도 함께 고개를 숙이며 입을 열었다.

"죄송합니다."

"그따위 말 듣고 싶지도 않으니 그만 나가세요."

중년 남성이 냉정하게 말한 뒤, 도진에게 달라붙어 있는 아내를 힘겹게 떼어 내며 말했다.

"여보. 진정해. 당신 또 쓰러지겠다. 유진이도 지금 저러고 있는데 당신까지 쓰러지면 어쩌려고 그래?"

"놔! 나 절대로 용서 못 해. 내 자식 이렇게 만들어 놓고 넌 발 뻗고 잘 수 있을 것 같니?"

"여보."

"당신은 저 새끼 꼴을 보고도 아무렇지도 않아? 우리 딸은 몸이 갈가리 찢겨 죽었어. 그런데 쟨 왜 저렇게 멀쩡해? 우리 유리는 시신 상태가 너무 안 좋아서 가족들도 못 보게 하던데, 사고 낸 새끼는 어떻게 저렇게 멀쩡할 수가 있냐고! 어떻게 이럴 수가 있어! 어떻게!"

악쓰며 소리를 지르던 중년 여성이 바닥에 쓰러지듯 앉아 버렸다. 민기가 참담한 심정으로 다시 한 번 죄송하다는 말을 건네자, 그녀가 나직하게 물었다.

"사과요? 누구를 위한 사과요? 우리 딸은 이미 죽고 없는데, 대체 누구한테 사과하러 온 거냐고요. 네? 대답해 보세요."

"죄송합니다."

"여보. 너무 억울해 미치겠어. 우리 유리가 왜 이런 일을 당해야 해? 그 착하고 어린 것이, 대체 무슨 잘못을 했다고."

중년 여성이 가슴을 치며 통곡하자, 안쓰럽게 바라보던 남편의 눈에서도 눈물이 쏟아져 나왔다. 그가 아내를 꼭 끌어안으며 함께 울었다. 죄인이 된 심정으로 고개를 떨구고 있던 민기도, 또 죄스러움에 어깨가 더 움츠러든 도훈의 눈에서도 마찬가지로 눈물이 흘러내리기 시작했다. 그때 지금까지 아버지 뒤에 선 채 잔뜩 움츠려 있던 도진이 바닥에 털썩 무릎을 꿇고 앉으며 울먹였다.

"죄송합니다. 정말 죄송합니다. 제가, 제가 정말 잘못했어요. 제가 그러려고 그랬던 게 아니었는데. 정말 죄송합니다."

도진이 참고 있던 울음을 터뜨렸다. 그러곤 연신 사과를 거듭하며 고개를 조아렸다. 도훈도 그의 옆에 무릎을 굽혀 앉았다. 너무도 처참한 광경 앞에서 죄송하다는 말조차도 너무 이기적인 것 같아 고개만 숙일 뿐이다. 그 곁에서 바닥에 이마를 대고 꿇어앉은 도진은 계속해서 울고만 있었다.

도훈은 도진이 죽어도 빈소에는 못 가겠다고 버티던 이유를 이제야 조금 알 것 같았다. 그저 귀찮게 여기는 줄만 알았다. 너무도 당당한 태도에 자신이 정말 뭘 잘못한지 모르는 줄만 알았다. 하지만 그게 아니었던 것 같다. 귀찮아 피하려던 게 아니라 저도 두려웠다는 것을. 도진이 제아무리 이기적인 인간이라 하더라도, 아직 열일곱밖에 안 된 미성년자라는 것을. 그래서 그 큰 잘못 앞에서 어찌할 바를 모르고 안절부절못하고 있었다는 것을 이제야 조금은 알 것도 같다.

그렇다고 해서 도진을 옹호할 마음은 없다. 그는 분명히 큰 사고를 일으켰고, 감당해 내는 것 역시 그의 몫이었다.

이튿날. 새벽녘에 잠에서 깨 눈을 뜬 도훈은 다시 장례식장으로 향했다. 사고 피해자인 반유리 양의 발인이 예정되어 있었다. 먼 거리에서나마 한 번 더 사죄드리고 싶었다. 도진이 낸 사고였지만 자신에게도 책임이 있다는 생각이 들었다. 사고가 나던 날 그가 차를 가지고 나갔다면 이런 일은 없지 않았을까?

그렇게 생각하니 마음 편히 누워 있을 수만은 없었다.

장례식장 입구에 도착한 도훈은 주변의 큰 버드나무 아래에 서서 기다렸다. 곧 발인식이 끝날 텐데…… 하고 시계를 보며 시간을 가늠할 즈음 장례식장 입구에 피해자의 시신을 운반할 운구차가 세워졌다. 영정 사진이 실릴 선구차도 그 앞에 자리를 잡았다. 그리고 얼마 지나지 않아 영정 사진을 든 이가 걸어 나오는 모습이 보였다.

어머니 발인 때 자신이 영정 사진을 들었기에 당연히 남자일 줄 알았는데 그런데 여기선 달랐다. 피해자의 영정 사진을 든 이는 여자였다. 그보다 더 놀라웠던 건 사진을 든 이의 얼굴과 사진 속 얼굴이, 두 사람을 같은 사람이라 착각할 정도로 몹시도 흡사해 보인다는 것이었다. 다른 점이 있다면 사진 속 여자아이는 환히 웃고 있었고, 사진을 든 여자아이는 울음을 꾹 참느라 입매를 굳히고 있다는 것뿐이었다. 쌍둥이라고 해도 무방할 정도로 흡사한 생김새였다.

그 일이 있고 한참 후에 알았다. 그의 예상대로 둘은 자매이자 쌍둥이라는 사실을.

그날의 기억이 너무도 선명해서였을까? 아주 가끔 그 여자아이의 얼굴이 떠오르고는 하였다. 부러 뇌리에 새겨 둔 것도 아닌데 문득문득 떠올라 당혹스럽기도 했다. 한데 그 여자아이가 유리의 언니, 반유진이었다.

자신의 이복동생인 도진의 교통사고 피해자 반유리, 그녀의 일란성 쌍둥이 언니 반유진. 반씨라는 성이 독특해서, 또 영정 사진을 들고 힘겹게 발걸음을 내딛던 무거운 표정이 너무도 생생하게 기억에 남아 있어서 다시 보았을 때 알아보지 못한다는 가정 자체가 불가능하게만 느껴졌었다. 그리고 그 예감은 적중하여, 도훈은 오랜만에 마주친 그녀를 금방 알아볼 수 있었다.

7

이기적인 마음

"꼭 잔디를 깔았어야 했나?"

토요일 오후. 도훈이 공사가 끝난 자신의 집 마당에 깔린 잔디를 보며 불만을 토로했다. 다른 직원들을 먼저 올려 보내고 혼자 남은 민규는 너른 평상 위에 벌러덩 누우며 대답했다.

"주말에 할 일 없을 때 잔디라도 깎으면서 시간 때우라는 형님의 배려다, 인마."

"고마워서 눈물 날 것 같습니다. 형님?"

"알면 잘해라."

도훈이 졌다는 듯 고개를 절레절레 흔들며 민규 옆에 털썩 앉았다. 눈을 감고 콧노래를 흥얼거리던 민규가 갑자기 뭔가 떠오른 것처럼 튕기듯 일어나 앉으며 물었다.

"아! 돈이 많이 들어왔던데?"

"무슨?"

"공사비 말이야."

"아아! 잔금하고 나머진 회식비야."

"지난번에 회식 쏴 놓고 뭘 그러냐? 너 돈 많아?"

"몰랐냐? 가진 건 돈이랑 허세밖에 없다는 거."

"미친. 아주 돈지랄을 해라, 그냥."

민규가 다시 벌러덩 드러누우며 말을 이었다.

"저녁에 애들 오기로 했다."

"애들 다? 건오 시간 된대?"

"이 형님이 부르시는데 안 돼도 와야지. 안 그러냐?"

도훈과 중학교 동창인 건오는 그의 아버지가 운영하시는 건설 회사에서 근무 중이다. 도훈이 민규와 함께 살게 되면서 전학 간 학교에서 만나 지금까지 인연을 이어 오고 있는 가장 친한 친구이기도 하다.

지금 옆에 있는 민규, 그리고 서울의 한 고등학교에서 체육 교사로 근무 중인 남우는 도훈이 군 복무 시 인연을 맺은 사람들이다. 도훈이 제대 후 건오에게 두 사람을 소개했고, 그때부터 네 사람의 인연이 시작되었다.

처음 만났을 때만 해도 서로 어색하고 할 말이 없어 시선을 어디에 둬야 할지도 모르고 막막해하던 녀석들이, 지금은 피를 나눈 형제보다 더 가까운 사이가 되어 좋은 일이든 나쁜 일이든 함께 나누는 게 당연시되었다. 그들 중 누구도 도훈에게 따로 언질을 주지 않았을 뿐, 분명 그들끼리는 공사가 끝나면 여기서 한번 뭉치자는 얘기가 오갔을 게 뻔했다.

고마웠다. 각자 바쁠 텐데 시간을 빼서 그를 보러 와 준다는 게. 그리고 그것이 당연하다 여겨 주는 그 마음들이.

평상에서 일어선 도훈이 느긋한 민규를 재촉했다.

"일어나. 애들 오기 전에 장 봐 둬야지."

그러자 민규가 두 눈을 게슴츠레 뜨며 묻는다.

"형님 몹시 피곤한데 혼자 다녀오면 안 되겠냐?"

"알았어. 뭐 사 오면 돼?"

"여기서 고기 구워 먹게 삼겹살. 아니지. 너 돈 많다고 했으니까 쇠고기. 나는 살치살이 좋더라. 그거랑 상추, 깻잎, 음료수, 술. 참. 너희 집에 가스버너도 없지? 가스버너랑 또……"

사야 할 것을 나열하듯 중얼거린 민규가 자리에서 벌떡 일어나 앉더니 벗어 둔 신발에 발을 끼워 넣으며 말했다.

"아, 그냥 같이 가."

"왜? 혼자 다녀와도 되는데?"

도훈이 정말 궁금한 것처럼 물으며 그가 모르게 씩 웃는다. 꼼꼼한 성격의 민규가 그 많은 것들을 저 혼자 사 오게 하지는 않을 거라는 건 이미 알고 있었다. 그래서 나열하는 것을 대충 흘려들으며 서 있었는데, 아니나 다를까 민규가 예상했던 반응을 보이며 일어선 것이다.

"너 혼자 보내 놓고 걱정하느니 차라리 같이 가는 게 나아. 너, 차 있지?"

"어. 그런데 네 차는 어디 세워 둔 거야? 안 보이던데?"

"직원들 편에 올려 보냈어. 남우 자식 차 몰고 온다니까 그거 타고 가려고."

"건오는 남해에서 오는 거지?"

"응."

"거기서 여기까지 오려면 꽤 오래 걸릴 텐데."

남해에서 이곳까지 최소 네 시간은 걸릴 것이다. 도훈이 걱정하며 차에 오르자, 뒤이어 조수석에 오른 민규가 말했다.

"그 자식은 여기까지 오는 시간이 네 시간이 넘는다는 것보다, 지 여자 친구와 주말을 같이 못 보내는 게 더 힘들걸?"

"그래?"

"그래, 인마! 걔 새정 씨 만날 때만 해도 안 그러더니 요즘 대체 왜 그런다냐? 가끔 보면 아주 반푼이 같아."

"사실 나도 요즘 건오 보면 다른 사람 같다는 느낌이 들긴 해."

"그렇지? 연애가 그렇게 좋을까? 무뚝뚝하게 생긴 놈이 틈만 나면 실실거리는 거 보면 나도 저랬던 적이 있었나 싶기도 하고. 하여간 이상해, 아주."

"부럽네, 강건오."

"뭐가?"

"틈만 나면 실실거릴 수 있다는 거 말이야."

"너도 마음만 먹으면 못 할 거 없을 텐데? 네가 인물이 나빠? 아님 성격이 괴팍해? 게다가 네 말대로 지랄할 정도로 돈도 많은데. 야! 말이 나왔으니 말인데 나 용돈 좀 주라. 마누라가 안 주면 친구라도 줘야지. 안 그래?"

"그건 또 무슨 논리야? 말 안 되는 소리인 거 알지?"

"쳇. 흥이다."

도훈이 못 말린다는 듯 고개를 저으며 마트로 차를 몰았다.

도훈과 민규가 마트에서 장을 보고 돌아오니 남우가 집 앞에 도착해 있었다. 차에 무슨 문제라도 있는 건지 그는 운전석 문에 얼굴을 붙이다시피 한 채로 뭔가를 살피고 있었다.

빵빵.

도훈의 차 경적 소리에 남우가 재빠르게 고개를 돌렸다.

"여어! 왔냐?"

도훈의 차를 알아보고 반갑게 손을 흔드는 남우. 그런데 차림새가 조금 독특하다. 붉은색의 민소매 티와 파란색 반바지, 거기에 샌들까지. 누가 보면 동네 앞 마실 나온 게 아닐까 착각할 정도로 편안한 차림이었다. 민규가 미간을 찌푸리며 말했다.

"저 자식은 친구 집 집들이를 온 거냐? 아님 동네 마실 온 거냐?"

"왜? 편안해 보이고 좋은데."

도훈이 피식 웃으며 차를 세우고 내렸다. 뒤이어 조수석에서 내린 민규가 남우를 보며 못마땅하다는 듯 말했다.

"마트는 우리가 아니라 네가 가야겠다. 그 꼴이 뭐냐?"

그러자 남우가 자신의 행색을 살피며 대수롭지 않게 대꾸했다.

"이게 뭐? 내가 제일 좋아하는 옷들로 차려입었는데? 이상해?"

남우는 표정을 굳히고 선 민규 대신, 트렁크를 열고 사 온 것들을 챙기는 도훈을 향해 물었다.

"아니. 좋아 보이는데? 민규가 부러워서 그러나 보다."

"그런 거지?"

"와서 좀 들어."

도훈의 말에 민규와 남우가 서로 들겠다며 나섰다. 도훈은 음식물 등이 담긴 상자를 두 사람에게 하나씩 나눠 주었다.

그날 저녁. 도훈, 민규, 남우 세 사람이 마당의 평상에 고기 구울 준비를 마칠 즈음 건오가 도착했다.

그가 높이가 낮은 나무 문을 몸으로 살짝 밀며 안으로 들어왔다. 몸에 잘 맞는 스트라이프 셔츠와 반바지를 차려입었는데, 몇 달 전 보았을 때보다 살이 제법 올라 보기가 좋다.

그가 한 손에는 케이크 상자, 나머지 한 손에는 갈색의 크라프트지로 감싼 그림 한 점을 든 채 인사를 건네 왔다.

"다들 오랜만이다?"

도훈이 일어나 케이크를 받아 들며 물었다.

"연애하더니 로맨틱해졌네? 웬 케이크 상자?"

"그건 지원이가 준비한 거고 내 선물은 여기. 짜잔."

건오가 액자를 건네며 어울리지 않는 감탄사를 뱉었다. 그러자 민규는 저놈이 뭘 잘못 주워 먹었나 생각하며 미간을 좁혔고, 남우는 못 들을 말을 들은 것처럼 귀를 털어 내는 시늉을 하였다. 그러곤 불판에 고기를 올려놓으며 경고했다.

"강건오. 아무리 연애가 좋다 해도 본성은 잊지 말자. 어?"

"왜? 내가 뭐 잘못했어?"

건오는 자신의 행동에 친구들이 왜 이런 반응을 보이는지 빤히 알면서도 능청스럽게 굴었다.

"모른다는 게 더 충격이다, 새끼야."

타박한 민규가 얼른 앉기나 해, 하고 소리치자 건오가 머쓱한 듯 웃으며 빈 자리를 찾아 앉는다.

서로 말하지 않아도 자신의 역할이 무엇인지 잘 아는 네 친구들은 알아서 제 할 일을 찾아 하기 시작했다. 남우는 고기를 굽고, 민규는 그 옆에서 마늘을 굽는다. 도훈은 부족한 게 없는지 살피며 모자란 것을 채우고, 건오는 빈 술잔을 채우는 일에 집중했다.

열심히 고기를 굽던 남우가 건오에게 말했다.

"건오 너 아직 집 구경 안 했지? 먹고 들어가 봐. 민규 자식이 완전 새로 지어 놨어."

"정말?"

건오가 민규를 향해 묻자, 그가 몹시도 신중한 표정으로 마늘을 하나하나 뒤집으며 답했다.

"옛날식 주택이라 손을 안 댈 수가 없었어. 도훈이는 사는 데 크게 지장 없을 만큼만 해 달라고 했는데, 내 욕심이 커서 그렇게는 못 하겠더라고."

"도훈이 넌? 마음에 들어?"

건오의 물음에 도훈이 고개를 끄덕였다.

"싱크대, 냉장고, 식기세척기 같은 빌트인된 주방 가구 말고는 침대며 전자제품이며 아무것도 없어서 휑한데, 그래도 좋아. 여기다 뭐라도 들여놓으면 훨씬 좋을 것 같아."

"얘기가 나왔으니 말인데 집들이 선물로 우리가 하나씩 해 줄까 하는데. 괜찮지?"

"니들이?"

도훈이 세 사람을 번갈아 보며 묻자, 그새 상의가 끝났는지 민규가 맡은 품목을 하나씩 읊어 댔다.

"나는 에어컨, 남우는 텔레비전, 그리고 돈 많은 건오가 건조기하고 세탁기,

또 스타일러까지 하는 거로 우리끼리는 합의 봤다."

"참고로 나는 세탁기하고 건조기까지만 하겠다는 기 저 세끼들이 억지로 밀어붙인 거야."

"밀어붙이긴. 좋게 좋게 합의한 거지. 그러니까 사양하지 말고 다 받아. 알았지?"

툴툴거리는 건오의 말 따위는 관심도 없다는 듯, 고기 집게를 든 남우가 부리부리한 두 눈을 더 크게 뜨며 도훈에게 대답을 강요했다. 이러려고 가전, 가구를 아직 준비하지 않은 건 아니었는데. 어쨌든 간에 여러모로 잘됐다 싶어 도훈이 고마운 마음을 전했다.

"걱정 마. 사양 않고 다 받을 테니까. 고맙다, 다들. 부담 없이 받기만 할 테니까 기왕이면 좋은 거로 사서 보내라."

"저 봐. 내 저럴 줄 알았어. 은근히 뻔뻔한 구석이 있다니까."

민규의 말에 다들 약속이나 한 것처럼 웃음을 터뜨렸다.

떠들썩하던 집은 깊은 밤이 되어서야 조용해졌다.

술이 약한 남우가 화장실에 다녀온다던 이후로 소식이 없어 들어가 보니 거실 바닥에 널브러져 잠이 들어 있었다. 도훈은 민규와 마트에 갔을 때 사 왔던 이불을 꺼내 들고 나왔다. 그사이에 술상을 치운 민규는 입안이 텁텁하다며 씻으러 들어갔고, 마당의 평상엔 건오만이 남아 있었다.

무릎을 세우고 앉은 건오가 밤하늘에 밝게 빛나는 달을 쳐다보고 있었다. 도훈은 부쩍 서늘해진 밤공기에 반바지 차림의 건오가 걱정되어 물었다.

"안 춥냐?"

"쌀쌀하네."

"들어가."

"응."

대답은 그리 하면서도 건오는 움직일 생각이 없어 보였다. 도훈이 옆에 앉으며 물었다.

"지원 씨하고는 어때? 좋아?"

"응."

"같이 지내는 거야?"

"한집에서?"

"응."

"나야 그러고 싶지. 그런데 결혼 전에는 절대 안 된단다."

건오가 불만이라는 듯 말하자 도훈이 다소 의외라는 말투로 물었다.

"너, 결혼하려고?"

"어. 하려고. 아니. 하고 싶다."

건오가 다리를 길게 늘이곤 양팔을 뒤로 뻗어 아래의 평상을 짚었다. 전보다 편안해진 자세로 달을 쳐다보는 그의 얼굴이 오늘따라 유난히 평안해 보였다.

연애도 싫지만 결혼은 더 끔찍하다던 친구가, 이제는 저 스스로 결혼하고 싶다고 말한다. 도훈은 친구의 변화가 반가우면서 어쩐지 부럽기도 했다.

건오가 물었다.

"너 아직 만나는 사람 없어?"

"있으면 너네랑 이러고 있겠냐?"

"하긴. 나도 너네 같은 수컷들보단 우리 지원이하고 붙어 있고 싶으니까."

"변하는 것도 정도껏이다, 강건오. 간지러워 죽을 것 같은 소리는 여자 친구와 있을 때만 해."

"쳇. 다들 못 잡아먹어서 안달이네. 난 우리 지원이하고 통화나 해야겠다."

건오가 휴대폰을 들어 번호를 누르며 콧노래를 흥얼거렸다. 꼴 뵈기 싫어 아예 대문 밖으로 나온 도훈은 담배 한 개비를 꺼내려다 골목 어귀를 돌아 걸어오는 형체를 보고는 멈칫했다.

무릎 언저리에서 찰랑거리는 시폰 원피스 차림의 유진이 지친 듯 무거운 발걸음을 힘겹게 옮기고 있었다. 도훈은 피우려던 담배를 다시 집어넣고 그녀가 오는 방향을 향해 빠르게 걸어갔다. 그녀와의 거리를 몇 발자국 정도만을 남겨 놓았을 즈음, 바닥만 보며 걷던 그녀가 인기척을 느끼고 고개를 들었다. 무감하던 얼굴이 그를 발견하고는 빠르게 굳는다. 그러나 도훈은 아무것도 못 본 사람처럼 말을 걸었다.

"지금 퇴근합니까?"

"네."

"피곤하죠?"

"괜찮습니다."

유진은 그와 더 얘기를 나누고 싶지 않아 그의 곁을 지나쳐 걸었다. 도훈은 걸음이 빨라진 그녀를 따라 걸으며 어떤 변명으로도 그녀의 단단히 굳은 마음을 풀어 내긴 어려울 거라고 생각했다. 이럴 땐 어떻게 해야 할까? 차라리 뻔뻔하리만큼 솔직하게 구는 게 더 나을까? 고민하던 그가 천천히 입을 열었다.

"화났습니까?"

"제가 왜요?"

되묻는 유진의 목소리에 한기가 가득 차 있었다.

도훈이 말했다.

"속이려고 한 건 아니었는데, 속인 꼴이 돼 버렸네요."

"신경 쓰지 않으셔도 돼요."

"그래요? 화나지도 않았다. 그러니 신경 쓰지 말라. 그런 사람이 왜 이렇게 쌀쌀하게 대해요? 한여름에 얼어 죽겠다."

그의 황당하리만큼 뻔뻔한 말에 유진은 기가 막혀 걸음을 멈췄지만 돌아볼 용기가 나지 않았다. 그래서 다시 걸으려는데 그가 덧붙여 말했다.

"유진 씨를 언짢게 하려는 의도는 아니었어요. 그렇지만 화나게 만든 것 같군요. 미안합니다."

유진이 천천히 몸을 돌려 도훈을 응시했다. 도훈은 수심이 가득한 눈길로 가만히 쳐다만 보는 그녀를 보며 제발 어떤 말이라도 먼저 꺼내 달라고 눈빛으로 애원했다. 도훈이 초조하게 기다리고 있는 가운데 유진이 입을 열었다.

"거짓말했어요. 화난 거 맞아요. 리조트에 출근하신다는 말에 당연히 동료 직원일 거라고만 생각했으니 놀라고 황당하고 또 살짝 화가 난 것도 맞아요.

인정해요. 그런데 신경 쓰지 않으셔도 된다는 말은 진심이에요. 그러니 그렇게 해 주세요."

"난 그러고 싶지 않은데요."

"안도훈 씨."

"조금 전 그 말, 단순히 유진 씨의 언짢은 지금 감정을 신경 쓰지 말라는 뜻입니까? 그뿐이에요?"

유진에게서 답이 없자 그가 재차 물었다.

"아니면, 앞으로는 반유진이라는 사람에 관한 신경을 아예 끊어 달라는 뜻입니까?"

유진은 이번에도 답이 없다. 도훈이 자조 섞인 말투로 중얼거렸다.

"내 귀는 두 번째라고 말하는 것 같은데."

"……맞아요."

"왜죠?"

도훈은 지치지도 않고 계속해서 왜냐고 묻는다. 그녀의 부탁에 그냥 그러겠다, 하고 지나쳐 주면 될 것을 계속해서 하고 싶지 않은 말을 하게 만든다.

"안도훈 씨는 더 이상 제가 알던 안도훈 씨가 아니니까요."

"왜요? 내가 리조트 지사장이라서?"

리조트 지사장이기 전에 안도진 씨의 형이니까요.

유진은 그의 질문을 부정하지 않는 것으로 대답을 대신했다. 그가 질문한 그 생각 그대로 믿기를 바랐다. 그래서 그 이외의 다른 이유들을 찾지 않기를 바랐다. 하지만 도훈은 예기치 않은 질문으로 그녀를 당황스럽게 만들었다.

"아니면 안도진이라는 인간의 형이라서입니까?"

유진의 두 눈이 충격으로 얼룩진다. 금세 울음이라도 터뜨릴 것 같은 표정에 도훈은 괜히 말을 꺼냈나, 후회감이 들었지만 때는 이미 늦었다.

유진이 처절해진 목소리로 물었다.

"알고 계셨어요?"

초조하게 떨리는 그녀의 음성에 마음이 착잡해진 도훈이 무겁게 가라앉은 목소리로 말했다.

"네."

"언제부터요?"

"처음부터. 유진 씨 처음 봤을 때부터요."

유진의 얼굴이 차갑게 식어 갔다. 그가 자신이 누구인지 알게 되기를 바라지 않았다. 그 끔찍한 기억을 다시 한 번 되새기는 건 그에게도 좋은 경험은 아닐 것이었다. 하지만 그는 처음부터 모든 걸 알았다고 말하고 있다. 유진은 울컥한 마음을 애써 삭이며 최대한 담담하게 자신의 마음을 전했다.

"그럼 더 설명하지 않아도 되겠네요. 제가 왜 이러는지 충분히 이해하실 테니까요."

"네. 이해해요. 하지만 제 생각은 조금 다릅니다."

도훈이 그녀에게 한 발짝 다가서며 둘 사이의 간격을 좁혀 왔다. 유진은 그에게서 아까부터 풍기던 미약한 술 냄새가 보다 더 진하게 전해지는 것을 느꼈지만 이상하게 거부감이 들지는 않았다.

한결 가까워진 도훈이 진지하게 말했다.

"이런 말 이기적으로 들리겠지만, 나는 도진이 일로 반유진 씨와 멀어지고 싶지 않습니다."

"어떻게 그런 말씀을."

"도진이와는 상관없이 이웃사촌, 혹은 직장 동료로 봐 주면 안 되겠습니까?"

유진이 기가 막혀 말했다.

"말씀처럼 정말 이기적이시네요. 그게 가능할 거라 보시는 건 아니죠?"

"누가 봐도 불가능한 것을 가능하게 만들 수 있다고 믿는 낙천주의자는 아니에요. 그런데 이번만은 그렇게 믿고 싶네요."

"왜요?"

"내게 반유진 씨는 반유리의 언니가 아니라, 그냥 반유진이니까. 당신이 누구인지보다, 어떤 사람인지가 더 중요하니까요."

"죄송하지만 제게 안도훈 씨는 안도진 씨의 형, 그 이상도 이하도 아니에요."

유진이 차갑게 내뱉고는 등을 돌렸다.

도훈은 그녀가 자신에게서 거리를 두는 것이 왜 이렇게 아픈지 모르겠다고 생각했다. 깊이 사랑한 사람에게서 배신당한 것도 아닌데 왜 이런 감정이 드는 것일까? 차라리 욕이라도 퍼부어 준다면 속이 시원할 것 같은데, 그녀는 그런 말조차 아까운 사람처럼 빠르게 자리를 떠 버렸다.

도훈은 달아나듯 빠르게 걷는 유진의 등을 멍하니 바라보았다. 그녀가 왜 그러는지도 충분히 알겠고, 이대로 둬야 하는 게 맞다는 것도 잘 알고 있었다. 하지만 어떤 이유에선지 마음이 고집을 부린다. 참아야 했지만 참지 못한 그는 기어코 쫓아가 이제 막 집 앞에 다다르려 하는 그녀를 붙잡아 세우고야 말았다.

그가 그녀의 커진 두 눈을 똑바로 응시하며 말했다.

"좋습니다. 유진 씨가 날 어떻게 대하든 다 받아들일게요. 하지만 그 감정 나한테는 강요하지 말아요. 내게 유진 씨는 함께 밥 먹고 같이 걸었던 그날의 유진 씨 그대로니까."

"안…… 하아. 아니, 지사장님."

유진은 안도훈 씨라고 부르려던 생각을 접고 힘겹게 지사장님이라는 호칭을 칭하며 둘 사이의 관계를 정의하려 했지만 도훈은 그럴 생각이 전혀 없었다. 그가 입가를 부드럽게 늘이며 다정하게 말했다.

"그럼 잘 자요."

마음을 온통 혼란스럽게 만들고 돌아선 그가 사라질 때까지 멍하니 서 있던 유진은 한참 후에야 뒤돌아 그의 집 앞을 쳐다보았다. 당연히 집 안으로 들어갔을 줄 알았던 그가 담벼락에 기대서서 담배 한 개비를 꺼내 무는 모습이 보였다.

따뜻한 마음 한 그릇

　도훈이 유진과의 짧은 만남 후 담배 한 개비를 태우고 집으로 들어가자 건오
가 아까의 그 평상에 앉아 그를 기다리고 있었다. 그가 당연히 집 안으로 들어
갔을 거라 생각했던 도훈이 당혹스러움을 감추며 물었다.

　"아직 안 들어갔어?"

　건오가 휴대폰을 들어 흔들어 보였다.

　"지원이한테 전화할 거라고 했잖아."

　"아."

　그랬었지.

　자리에서 일어선 건오가 아까의 기억을 상기시키는 도훈과 시선을 맞추곤
은근하게 웃었다.

　"예쁘더라?"

　"무슨 말이야?"

　도훈이 짐짓 아무렇지 않은 척 굴어 보지만 건오의 눈을 속일 수는 없다.

"애들은 아직 모르는 거 보면 본격적인 연애는 아닌 것 같고, 썸?"

"썸 같은 소리 한다."

"정말 아무 사이도 아니야?"

"아니야."

"그래? 내 눈에는 분명 네가 쫓아다니는 거로 보였는데?"

"허튼소리 말고 들어가서 잠이나 자."

"쑥스러워서 그러냐?"

도훈은 이 주제에 관한 대화를 여기서 끝내고 싶은데, 지독한 건오는 아직 할 말이 남은 것 같다. 도훈이 그만하라는 뜻을 담아 손바닥으로 건오의 어깨를 툭툭 치며 말했다.

"강건오 씨. 많이 피곤해 보이시는데 그만 들어가서 주무시죠?"

"알았다. 말 안 하고 싶은 것 같으니 그냥 넘어가 줄게."

시원스레 말한 건오가 집 안으로 들어가다 말고 다시 도훈을 돌아보며 짓궂게 웃었다.

"왜 웃어?"

"축하한다."

"취했냐? 오늘 많이 안 좋아 보여, 너."

"그래도 축하해."

"무슨 소리를 하는 건지."

중얼거린 도훈이 건오의 등을 떠밀어 집 안으로 들어가게 만들었다.

건오는 뒤늦게 취기가 오르는지 계속해서 축하한다는 말만 반복해 댔다. 도훈이 그런 건오를 골칫거리 보듯 바라보고 서 있으니, 방금 샤워를 끝내고 욕실에서 나온 민규가 물었다.

"건오 쟤 왜 저래?"

"취했어."

"안도훈. 정말 축하한다."

염불 외듯 축하한단 말만 반복하던 건오가 안방으로 들어가 아무것도 깔리지 않은 바닥에 드러누워 버렸다. 그러곤 기절하듯 잠 속으로 빠져들었다. 그 장면을 말없이 지켜보던 민규가 수건으로 머리카락의 물기를 털어 내며 물었다.

"네 집 수리된 게 저렇게 기쁠 일인가?"

"그러게."

도훈이 한숨을 쉬고는 건오의 몸에 이불을 덮어 주었다.

도훈과 친구들은 다음 날 오전 열한 시 즈음 잠에서 깨어났다.

제일 먼저 눈뜬 남우가 속이 안 좋다며 투덜거리자 민규가 그 소리를 듣고 눈을 떴다. 뒤이어 일어난 건오는 눈뜨자마자 화장실로 직행했고, 작은방 구석에 웅크린 채 잠이 들었던 도훈은 눈을 뜨고도 머리가 어지러워 누운 채로 천장만 바라보고 있었다.

작은방 창으로 들어온 해가 천장을 가로지르는 것을 물끄러미 쳐다보던 도훈의 뇌리에 어젯밤 유진과 만난 일이 그려졌다. 괜한 말을 한 것일까? 고민하다가 부정하듯 고개를 젓는 바람에 다시금 두통으로 이마가 지끈거려 미간을 찌푸렸다. 그때 창밖에서 누군가의 목소리가 들려왔다. 귀 기울여 들어 보니, 익숙한 소리다.

"아이쿠, 아까워라. 얼마 전까지만 해도 멀쩡하던 오이가 언제 이렇게 되었대?"

"아깝다."

"벌레가 먹어서 엉망이 됐네."

"전부 다 그래?"

"그런 건 아닌데."

"어디 봐."

옆집 문영과 유진의 목소리였다. 작은방 벽 너머 이어진 텃밭에서 나는 소리다. 도훈은 몸을 일으켜 창을 낸 벽에 등을 기대앉아 그들의 대화를 마저 들었다.

"이모, 여기 봐. 애들은 멀쩡하다. 그치?"

"그래? 그러면 그것들도 모조리 다 따 버려. 괜히 그대로 뒀다 또 상하면 안 되니까."

"알았어. 가지는?"

"가지는 그냥 뒤. 오이하고 깻잎만 뜯어. 이따 간자미랑 같이 무쳐 먹게."

"정말? 맛있겠다. 내 것도 남겨 뒤. 퇴근하고 와서 먹게. 알았지?"

유진이 자신의 몫을 꼭 챙겨 두라며 문영을 다그쳤다.

"알았어. 네 거 안 챙겼다 나중에 무슨 소릴 들으려고. 네 엄마도 간자미라면 환장을 했는데. 너는 어쩜 그렇게 네 엄마랑 입맛이 똑같니?"

"괜히 딸이겠어? 알았지? 내 것도 꼭 남겨 둬야 해?"

"알았어, 이것아."

유진의 신신당부에 문영이 뭐라고 혼을 내는 것처럼 구시렁거리는데 목소리가 작아 알아들을 수가 없다. 간자미? 들어 본 적은 있는 것 같은데 먹어 본 적은 없어 그 맛이 궁금해진다. 다음에 먹어 볼 기회가 있을까? 바라는 도훈의 입가에 부드러운 웃음이 걸려 내려가질 않는다. 둘의 대화를 듣는 것만으로도 기분이 좋아지는 야릇한 아침이었다.

그날 오후. 친구들이 각자의 집으로 떠나고 도훈은 다시 홀로 남았다.

그는 휑한 집 안을 둘러보다 갑자기 용재가 떠올라 전화를 걸었다.

— 네. 지사장님.

"집에 들일 가전, 가구 주문했어?"

— 아니요. 아직. 얼마 전에 민규 형님께 연락받았어요. 가전제품 중 일부를 선물하고 싶다 하셔서 고맙게 받겠다고 했습니다.

"연락받았구나."

— 네. 며칠 전에요. 지사장님께는 직접 말씀하신다 하셔서 따로 보고 안 드렸어요.

"잘했어."

— 친구분들이 선물해 주실 것들 빼고 나머지는 지사장님께 보고 후에 바로 주문 진행할 예정입니다. 곧 자료 정리해서 말씀드릴게요.

"내 취향 알잖아? 알아서 채워."

— 그래도 지사장님이 한 번 보셔야.

"귀찮아."

— 알겠습니다. 대신 뒤에 가서 흉보기 없깁니다?

"그런 걱정은 접어 둬. 밥은? 먹었어?"

— 점심은 대강 때웠는데 저녁은 뭘 먹어야 할지 고민입니다.

"나도 그런데."

— 그럼 제가 그쪽으로 갈 테니 같이 드실래요?

"그럴까?"

— 네. 나중에 전화드리고 갈게요.

"알았다. 끊어."

전 지사장과의 업무 인수인계가 마무리된 뒤 첫 출근한 도훈은 책상 위에 쌓아 올려진 서류 더미들을 보며 한숨을 푹 쉬었다. 제주 지사에서 지긋지긋하게 보던 것들을 다시 보게 되니, 출근했다는 것이 실감이 났다.

도훈은 슈트 재킷을 벗어 캐비닛에 넣고 의자에 앉았다. 여러 서류 중 제일 위의 것을 꺼내 펼치려는데 노크 소리가 들렸다. 뒤이어 문이 열리고 지난주 안면을 텄던 비서가 모습을 드러냈다.

깔끔한 단발머리에 큰 눈망울이 인상적인 윤 비서는 늘 웃는 인상이라 보기만 해도 기분이 좋아지는 사람이었다. 그녀가 오늘 역시 마찬가지로 밝게 웃으며 아침 인사를 건네 왔다.

"좋은 아침입니다. 지사장님."

"네. 반가워요. 윤 비서님. 그런데 혹시 이 서류들, 오늘 안으로 다 처리되어야 할 것들은 아니겠죠?"

"긴급하게 처리되어야 할 서류 순으로 올려 두었으니 차례로 확인하시면 무리 없으실 겁니다. 그리고 이것."

윤 비서가 색이 다른 결재판 하나를 도훈의 앞에 내려놓았다. 가벼운 마음으로 결재판을 열어 보던 도훈의 표정이 금세 차갑게 식는다.

그 이유를 전혀 알 리 없는 윤 비서는 문서 하나가 저렇게 당혹스러워할 일인가 속으로 생각하지만, 감정을 드러내진 않았다.

도훈은 반유진이라는 이름이 적힌 사직서를 잠시간 바라보다 고개를 들었다.

"직원들 입, 퇴사 최종 결정권은 누구에게 있습니까? 각 부서의 부서장? 아니면 인사 팀장?"

아라리조트에서도 중역들의 사직서를 제외하고는 부서장 전결로 처리했으니 여기도 마찬가지일까? 도훈의 질문에 윤 비서가 곧장 대답했다.

"반유진 씨 같은 부서 내 하급 직원들의 입, 퇴사 결정권은 부서장님에게 있습니다."

"그렇군요."

도훈은 사직서 내용 중 개인 사정이라는 글귀를 홀린 듯 바라보다 아차 싶어 윤 비서를 향해 말했다.

"그만 나가 봐요."

"네. 그리고 아침 식사 안 하셨으면 드실 것을 준비해 드릴까 하는데 어떠세요?"

"그건 됐고 물 한 잔 부탁할게요."

"알겠습니다."

윤 비서가 자리를 뜬 뒤 도훈은 다시 한 번 유진의 사직서를 찬찬히 읽어 보았다.

근무 시간대 중 그나마 한가한 아침 시간. 현아는 유진이 사직서를 냈고, 객실 부장과도 면담을 끝마쳤다는 얘기를 듣고 서운한 기색을 내비쳤다.

"나는 한동안 네가 너무 잠잠해서 마음을 접었다고 생각했는데 아니었구나? 서운하다."

"미안해. 그런데 어쩔 수가 없었어."

"진짜 이유는 아직도 말 안 해 줄 거야?"

"딱히 이유랄 것도 없는걸."

유진은 유리의 얘기를 입에 올리고 싶지 않아 어떻게든 둘러대고 싶은데 마땅한 핑곗거리가 없다. 말주변이 없는 탓에 서운한 현아의 마음을 어떻게 달래 줘야 할지도 모르겠어서 난처하기만 했다. 하지만 배려심 깊은 현아는 유진이 이렇게 행동하는 데도 이유가 있겠지, 생각하고는 금세 표정을 풀어 냈다.

"알았어. 말 못 하는 덴 그만한 이유가 있겠지. 대신 다음엔 꼭 얘기해 줘야 해. 알았지?"

"응."

"그러면 언제까지 일하는 거야?"

"후임 구해지면 인계해 주고 그만두기로 했어."

"참!"

현아가 문득 떠오른 게 있다는 듯 손뼉을 치며 얘기를 꺼냈다.

"너 그만두는 거 알면 호프집 사장님 엄청 실망하시겠다."

"뭐?"

"그 사장님 너 좋아하잖아?"

"소설은 그만 쓰라고 했지?"

"나만 그렇게 생각하는 거 아니거든?"

혀를 날름 내민 현아가 자리에도 없는 배 주임을 끌어들인다. 유진이 휴, 낮은 숨을 내뱉고 뭐라 말하려는데 갑자기 사내 인터폰이 울렸다. 유진은 수화기를 들었다.

"네. 반유진입니다."

— 유진 씨. 지금 바빠?

유진의 상사 문 지배인이다. 유진이 아니라고 대답하자 그가 말했다.

― 그럼 지금 지사장실로 가 봐. 호출이야.

"지사장실에서요?"

― 응. 아마 사직서 제출한 것 때문일 거야. 그거 말고 유진 씨를 따로 호출할 이유가 뭐가 있겠어? 안 그래?

"글쎄요."

― 어쨌든 올라가 봐.

"네, 지배인님."

유진은 현아에게 양해를 구한 뒤 지사장실로 향했다.

똑똑. 노크 소리와 함께 열릴 줄 알았던 문이 열리지 않는다. 도훈이 들어와요, 하고 말하자 그제야 문이 열리더니 기다리던 유진의 모습이 드러났다.

긴 머리카락을 한데 모아 깔끔하게 묶은 유진과 이렇게 마주하기는 지난번의 그 밤 이후 처음이었다. 미리 접객용 소파의 상석에 앉아 있던 도훈이 자신의 좌측 소파를 가리키며 앉기를 권했다.

"앉아요."

"네."

도훈은 유진의 사직서가 든 결재판을 유진의 앞에 살짝 내려놓았다.

"여기 적힌 개인 사유가 뭔지 물을 필요도 없겠죠. 제가 예상하는 이유가 맞습니까?"

자신의 앞에 놓인 결재판을 무심히 바라보던 유진의 시선이 그에게로 가닿는다. 도훈은 긴장된 숨을 삼키며 그녀의 대답을 기다렸다.

"맞습니다."

갑갑한 숨을 내뱉은 도훈이 시선을 돌린 유진의 옆모습을 빤히 응시하다 결심한 듯 말을 꺼냈다.

"좋습니다. 대신 퇴사 시기는 좀 늦추는 게 어떻겠습니까?"

"네?"

"반유진 씨도 알다시피 곧 본격적인 여름 휴가철이 시작됩니다. 우리 리조트에서는 가장 큰 수익을 낼 수 있는 성수기죠. 그러니 이 시기가 지난 후에 그만두는 게 어떻겠습니까?"

"아니요. 군이 제가 아니어도 일할 사람은 많습니다. 직원을 충원해 주시면 최선을 다해 업무 인계하고 그만두겠습니다."

"유진 씨가 아무리 최선을 다한다 해도 신입 직원이 숙련된 직원과 같을 순 없겠죠. 유진 씨의 마음을 이해 못하는 것은 아니지만 옛정을 생각해서라도 조금 더 함께 일해 달라고 부탁하고 싶은데. 안 되겠습니까?"

유진은 왜 군이 저여야 하냐고 묻고 싶었다. 자신이 말했듯 새로운 직원을 채용하는 게 어렵지는 않을 것이다. 게다가 새로 올 직원이 자신보다 업무 처리 능력이 나쁘리라는 보장도 없었다. 오히려 더 잘 해낼 수도 있을 것이다. 그런 생각에 유진이 다시 한 번 거절의 말을 꺼내려는데, 도훈이 조금 더 빨랐다.

"직원들에게는 따로 공지하겠지만 여름휴가 기간이 끝나면 리조트는 곧장 휴관에 들어갈 겁니다. 실내 수영장과 피트니스 클럽을 비롯해 전 객실까지 보수 공사를 실시할 예정이에요. 최소 4개월에서 6개월 정도 걸릴 거라 예상하고 있어요. 그 전까지만 함께 일하는 거예요. 더 이상은 요구하지 않을 테니 유진 씨도 한발 물러서 주는 건 어떻겠습니까?"

"지사장님. 저는."

"솔직히 말하면 나 지금 혼란스러워요. 아직 업무 파악도 제대로 안 됐고."

도훈이 고개를 돌려 서류들이 널려 있는 자신의 책상을 잠시간 응시했다. 유진의 고개도 자연스럽게 그를 따라 움직였다.

도훈이 다시 유진을 바라보며 말을 이었다.

"그러니 유진 씨가 도와줘요. 내가 불편해졌다는 거 잘 아는데, 그래도 이 정도 부탁은 들어줄 수 있는 사이 아니에요, 우리?"

유진은 결국 그의 제안을 거절하지 못하고 지사장실을 빠져나왔다. 뭐에 홀린 것처럼 거절의 말을 건네지 못한 자신이 뒤늦게야 한심스럽게 느껴졌다.

유진을 내보내고 홀로 남은 도훈은 책상 위에 두었던 담뱃갑과 라이터를 집어 들었다. 담배라도 한 대 피우며 지금의 이 언짢은 감정을 해소하고 싶었다. 그래서 밖으로 나갔는데 뜻하지 않은 광경이 눈에 들어왔다. 복도 끝 테라스 앞에 서 있는 그녀의 모습을 발견한 것이다.

도훈은 유진이 고민이 많아 보이는 듯해 다가가지 말아야겠다, 생각하면서도 이상하게 발길은 그녀에게로 향하고 있었다.

테라스 난간 앞에 서서 먼 바다를 바라보는 그녀의 뒷모습이 오늘따라 부쩍 더 처연해 보였다. 지사장 안도훈이 아니라, 그녀와 함께 웃었던 안도훈이 되어 시시한 농담이라도 건네고 싶은데, 욕심이겠지? 그가 주춤거리는 사이 유진이 근무지로 돌아가기 위해 몸을 돌리다 그를 발견하고는 흠칫 굳어 버린다. 그러곤 한 걸음 더 내디디려는 그의 욕심을 허용하지 않겠다는 듯 유진은 차갑게 그를 외면한 채 계단 아래로 모습을 감추어 버렸다.

그로부터 며칠이 지났다. 그날은 아침부터 억수 같은 비가 쏟아졌다. 도훈은 지사장실에서 김 실장, 그리고 윤 비서와 함께 일정 등에 관해 논의 중이었다.

"윤 비서님 생각은 어때요?"

"네. 저는…… 어머!"

윤 비서가 비명을 꽥 질렀다. 그녀가 자신의 앞에 놓인 서류 하나를 들어 도훈에게 건네려다 실수로 커피 잔을 넘어뜨려 도훈의 슈트 하의를 버려 놓았기 때문이다.

놀란 그녀가 황급히 티슈를 찾으며 말했다.

"죄송합니다. 지사장님."

"괜찮아요."

"아니에요. 오후에 미팅 있으신데 제가 이런 결례를."

"괜찮다니까요."

도훈이 가볍게 웃으며 윤 비서가 건넨 티슈로 무릎 부위의 커피 흔적을 닦아냈다. 집이 가까워 여벌의 슈트는 회사에 가져다 두지 않았기 때문에 집에 다녀와야만 하는 상황이었다.

난처한 기색의 윤 비서가 말했다.

"제가 지사장님 댁에 다녀오겠습니다."

"아니요. 제가 다녀올게요."

도훈은 서로 가겠다 나서는 윤 비서와 용재에게 앉으라는 손짓을 하며 말했다.

"내가 다녀올 테니 두 사람 다 하던 일 마무리해요."

"지사장님."

"아까부터 머리가 지끈거려 잠시 쉬자고 하려던 참이에요. 그러니 너무 염려 말아요."

도훈은 난처한 기색의 윤 비서를 다독인 후 밖으로 나왔다. 윤 비서에게 했던 말은 다 사실이었다. 안 그래도 머리가 지끈거려 나가서 차가운 공기를 맡고 싶다는 생각도 있었다.

도훈은 리조트를 나와 우산을 펴 들었다. 집으로 가는 길은 이제 너무도 익숙해져 눈 감고도 찾아갈 수 있을 정도가 되었다.

리조트 앞의 한산한 정원의 분수대를 지나 횡단보도를 건너면 베이커리가 자리해 있다. 거기서 좌측의 평지를 길 따라 걷다 보면 우측으로 한 블록 안에 상점 몇 개가 이어진다. 지금은 낡고 촌스럽지만 처음 설치되었을 때만 해도 꽤 고급스럽다며 주위 사람들의 호응을 끌어냈을 법한 미용실의 강렬한 원색 간판을 지나치면, 선풍기가 덜덜거리며 뿜어내는 바람을 쐬고 있는 과일 가게 여주인의 옆모습이 흘긋 보인다. 그리고 슈퍼를 지나 우측의 길로 접어들어 걷다 보면 저 멀리 도훈의 집이 희미하게 모습을 드러낸다.

이젠 너무도 익숙해진 거리를 편안한 마음으로 걷고 있을 때였다.

빵빵하는 경적 소리에 돌아보니 어린아이들을 태운 어린이집 차량이 그 때문에 앞으로 나가지 못하고 서 있었다. 갓길로 비켜 달라는 뜻인 것 같아 물러서자, 차가 다시 달리기 시작했다.

그리고 멀지 않은 곳에 가서 정차하는 노란색 어린이집 봉고차. 그 안에서 내린 아이가 마중 나와 있던 어느 중년 아주머니의 우산 속으로 총총총 뛰어가는 모습이 눈에 들어왔다.

유심히 지켜보니 문영과, 유진의 조카 승원이다. 도훈이 반가워 저도 모르게 소리쳤다.

"꼬마야!"

그러자 승원과 함께 문영이 고개를 돌렸다. 문영이 반가운 내색을 하였다.

"옆집 총각?"

"네."

그들에게로 바짝 다가간 도훈이 허리를 굽혀 승원과 눈을 맞추었다. 문영의 손을 꼭 잡은 승원은 부끄럽다는 듯 웃으며 할머니의 등 뒤에 숨었다 나왔다 하기를 반복했다.

문영이 우산을 들지 않은 손으로 승원의 머리를 쓰다듬으며 도훈에게 물었다.

"벌써 퇴근했어?"

"아니요. 잠깐 옷 갈아입으러 들르는 길입니다."

"왜? 옷이 젖었어?"

"커피를 쏟아서요."

도훈이 커피 물이 배인 부분을 가리키며 싱긋 웃었다.

문영이 쯧쯧, 혀를 차며 말했다.

"아유. 그랬구먼."

"네."

"그런데 우리 승원이랑은 어떻게 알어? 따로 본 적이라도 있나?"

"얼마 전에 길에서 우연히. 하하."

도훈은 그때의 기억이 떠올라 겸연쩍게 웃으며 뒷머리를 긁적였다. 그러자 문영이 승원의 손을 살짝 당기며 말했다.

"승원이, 아저씨한테 인사해야지."

그러자 승원이 양손으로 배꼽 위를 감싸며 꾸벅 고개를 숙였다. 명랑한 목소리로 '안녕하세요!' 할 줄 알았는데, 고개를 깊게 숙인 게 다였다.

"그래. 착하네. 우리 승원이."

문영이 뒷머리를 쓰다듬어 주자 승원이 기분 좋은 듯 방실거렸다.

도훈이 승원의 앞에 허리를 숙여 얼굴을 가까이 대며 물었다.

"어린이집 다녀오는 길이야?"

그러자 승원이 그렇다는 뜻으로 고개를 끄덕거렸다.

"점심은 먹었고?"

승원은 이번에도 고개만 끄덕거렸다. 옆에서 둘의 대화를 지켜보던 문영이 허리를 숙여 승원과 눈을 맞추며 다정스럽게 물었다.

"승원이 배고프지?"

승원이 고개를 끄덕이자, 문영은 승원이의 볼을 한 번 쓰다듬어 주곤 집으로 가라는 손짓을 하며 말했다.

"우리 승원이 좋아하는 노란 옥수수 쪄 놨으니까 얼른 가서 먹어."

그러자 승원이 정말이냐는 듯 동그래진 눈으로 쳐다본다. 문영이 웃으며 재차 말했다.

"그래. 진짜야. 자, 이것 쓰고 가."

문영이 승원의 손에 작은 우산을 펴서 들려 주었다. 그러자 쏜살같이 뛰어가는 승원의 뒷모습을 문영이 아련하게 바라보며 말했다.

"우리 손주가 남들보다 말이 늦돼."

"아……."

도훈이 말을 잇지 못하자 그녀가 먼저 천천히 걸으며 덧붙여 설명했다.

"처음엔 조금 늦는 거라고만 생각했었어. 다급해하는 승원 어미에게 곧 나아진다, 나아진다 했는데 나아질 기미가 안 보이는 거야. 그러다 어린이집 선생님이 진지하게 말을 꺼내더라구. 병원에 한번 데려가 보는 게 어떻겠냐구. 그제야 아차 싶었지."

"그럼 승원인 지금 치료 중인 겁니까?"

"으응. 일주일에 한 번씩 꼬박꼬박, 거 뭐더라? 무슨 센터라는 델 가서 상담하고 해. 지 이모 시간 날 땐 이모가 가고, 안 그럼 지 어미가 가고. 또 둘 다 안 되면 내가 가기도 하는데, 나야 뭐, 들어도 잘 모르니."

도훈은 아이가 말수가 적나 보다고만 생각했던 터라 상당히 놀랐다. 승원의 얼굴을 가만히 보고 있으면 어떤 말을 꺼내려는 것처럼 입술을 달싹이다가도 곧 다무는 것을 본 적이 있었기에 낯가림이 심하다고, 또 부끄러움이 많나 보다고만 생각했을 뿐이었다. 그런데 그게 아니었던 것이다.

사랑하는 사람이 아픈 것만큼 슬픈 일은 없다. 더군다나 그 대상이 아주 어린 아이라면 더 그럴 것이다. 도훈은 마음이 무거워져 아무 말도 꺼낼 수가 없었다.

문영은 그런 도훈의 마음을 잘 아는 것처럼 배려하듯 다른 질문을 꺼냈다.

"요즘도 만날 늦게 퇴근해?"

"아니요. 오늘은 일찍 퇴근해서 쉬려고요."

최근 들어 피로감이 늘어 가는 도훈이 목뒤를 쓰다듬으며 대답했다. 그녀가 고개를 끄덕이며 물었다.

"으응. 밭에 오이는? 따 먹어 봤어?"

"아직 안 먹어 봤어요."

텃밭에는 상추, 깻잎을 비롯해 잎사귀가 넓게 퍼진 머위와 진한 자주색의 가지, 그리고 오이 등이 많이 달려 있었다. 친구들이 집에 왔다가 돌아가던 날 아침 텃밭의 오이는 유진이 다 따 버린 줄 알았는데, 그 후에도 꽤나 많이 달려 있던 걸 본 기억이 뇌리에 남아 있었다.

문영이 타박하듯 말했다.

"말도 참 안 들어. 그 맛있는 걸 왜 그렇게 그냥 두어? 뜯어서 된장에 푹 찍어 먹으면 얼마나 맛있는데. 무쳐 먹는 것보다 그게 훨씬 맛있다니까. 꼭 떼다 먹어. 알았지?"

도훈이 쑥스러워 웃어 보이자, 문영이 나무라듯 말했다.

"우리 유진이처럼 대답만 잘하는 건 아니겠지?"

"하하. 아닙니다."

"된장은? 있어?"

도훈이 이번에도 대답을 하지 못하고 빙그레 웃기만 하자, 그녀가 안타까운 표정을 지으며 물었다.

"된장 없어?"

"네."

"그럼 밥은?"

도훈은 또 없다는 말을 하기가 민망해 아무 말도 하지 않았다. 집에 있는 거라곤 냉장고에 든 생수와 맥주뿐이다. 아마도 문영이 그의 냉장고를 보았다면 기겁을 하며 등짝을 때렸을지도 모르겠다는 생각이 들었다.

"총각 혼자 산다고 그렇게 대충 먹고 그러면 안 돼. 건강 상하면 어쩌려고 그래?"

"잘 챙겨 먹겠습니다."

"이것 봐. 또 대답만 번지르르하지?"

"하하."

"안 되겠어. 오늘 저녁은 우리 집에 와서 먹어."

"네?"

"마치고 집으로 오라고."

"저기, 제가 오늘은 바빠서."

"총각. 아까 오늘은 빨리 마치고 좀 쉴 거라 하지 않았어? 내 귀로 똑똑히 들은 것 같은데?"

"하하."

도훈이 민망해하며 웃었다.

"와서 같이 먹어. 우린 여섯 시쯤 먹을 거니 맞춰서 와."

"저, 아주머니. 저는 그냥,"

"아유. 무슨 예의를 차린다고 그래. 그냥 오늘은 우리 집에서 먹어. 찬이 입에 안 맞아도 그런가 보다 하고. 알았지?"

그녀는 계속해서 사양의 뜻을 전하는 그에게서 알겠다는 대답을 듣고서야 승원이 있는 집으로 돌아갔다. 더 고집부리면 문영도 고집을 꺾었겠지만 베풀어 주시려는 마음을 칼같이 자르는 것도 예의가 아닌 것 같아 도훈은 더 거절치 못했다. 하지만, 과연 그래도 될까? 유진을 생각하니 마음이 무거워졌다.

도훈은 문영의 말대로 퇴근 후 옆집으로 향했다. 초인종을 누르려 했으나 대문이 열려 있어 그냥 들어가다 뜻하지 않게 유진과 불쑥 마주치고야 말았다.

"이모! 상은 다 차렸……"

주택과 분리된 주방에서 뭔가를 들고 나오던 유진은 그를 발견하자마자 티나게 굳어 버렸다. '대체 이게 뭐지? 당신이 왜 여기에?' 라고 묻듯 빤히 쳐다보던 그녀가 문영의 말에 정신을 가다듬었다.

"총각 왔구먼. 유진이 상 다 차렸지? 밥 한 공기하고 대접 한 개 더 가지고 와."

"어, 어떻게 된 거야?"

"뭘 어떻게 돼? 내가 우리 집에서 밥 먹자고 했어. 참. 내 정신 좀 봐. 총각. 총각은 저기 마루에 앉아 있어. 오이 씻어 올 테니까."

"아닙니다. 제가 하겠습니다."

"손님이 뭘 하겠다고 그래? 그냥 얌전히 앉아 있어요. 유진아. 이모부는?"

"으응. 이모부는 잠깐 방에."

"나는 왜 찾어?"

방에서 러닝셔츠에 반바지 차림으로 나오던 이모부 한수가 도훈을 발견하고는 화들짝 놀라 다시 방에 들어가서는 반팔 셔츠를 팔에 끼우고 나왔다. 이래저래 난처해진 도훈이 마루에 앉지 못하고 어정쩡하게 서 있자 한수가 앉으라는 손짓을 했다.

"앉아요, 앉아."

"네."

도훈이 엉거주춤한 자세로 마루 끝에 엉덩이를 걸쳐 앉자, 한수가 탐탁잖아 하며 말했다.

"누가 잡아먹기라도 하나? 올라와서 편하게 앉아요."

"알겠습니다."

도훈이 한수의 옆에 자리를 잡으며 말했다.

"저, 인사가 늦었습니다. 안도훈입니다."

"자네도 많이 바쁘다면서? 아, 내 정신 좀 봐. 말 놔도 되겠지?"

"물론입니다."

"그래. 우리 집사람에게 들으니 매일같이 퇴근이 늦다며?"

"네. 일이 좀 많아서요."

"요즘같이 어려울 때 일이 많은 건 분명 좋은 일이긴 한데 너무 무리하지는 말게."

"네."

"그나저나 담 너머로 보니 집을 아주 말끔하게 지어 놨구먼? 완전 새 집이야, 새 집."

"손을 좀 봤습니다."

"그간 불 꺼진 집만 보다 켜진 것을 보니 기분이 이상해."

"혹시 불편하신 부분이라도 있으십니까?"

"아니. 그런 뜻이 아니라. 그냥. 좋다고. 집에는 사람 냄새가 나야지. 비어만 있는 게 영 눈에 거슬렸는데. 돌아오길 잘했구먼."

"그렇게 생각해 주셔서 감사합니다."

"아유. 피곤한 사람 붙잡고 무슨 말을 그리 시켜요?"

문영이 씻어서 자른 오이와 재래식 된장을 내어 왔다. 뒤이어 유진이 작은 쟁반에 밥공기와 빈 대접, 그리고 수저 한 벌을 챙겨 나왔다.

도훈은 유진의 모습을 보며 몰래 미소 지었다. 오늘따라 그녀의 모습이 어딘지 모르게 많이 달라 보인다 싶더니, 머리띠를 착용하고 있었다. 게다가 자세히 보니 앞머리에 가려져 있던 이마가 동그라니 솟아올라 문득 귀엽게도 느껴졌다.

그런 그의 생각을 알 리 없는 유진이 도훈의 앞에 공기와 대접, 수저를 차례로 내려놓았다. 조심스러운 손끝이 미세하게 떨려 도훈의 마음도 미약하게 두근거렸다.

유진은 문영과 한수 사이에 앉길 원했으나 문영이 먼저 자리를 선점하는 바람에 어쩔 수 없이 도훈의 옆자리에 앉게 되었다. 식사가 시작된 후 어색하고 불편하여 수저를 움직이는 것도 조심스러운 유진에 반해, 도훈은 자연스럽게 식사를 시작했다.

문영이 도훈의 잘 먹는 모습을 흐뭇하게 바라보며 물었다.

"입에 맞아?"

도훈이 엄지로 입술 끝을 훔쳐 내며 대답했다.

"네. 맛있습니다."

"싱겁지 않아? 유진이 요것은 싱겁다고 투정도 많이 했는데."

"아니요. 딱 좋습니다."

대답한 도훈의 시선이 자연스럽게 유진에게로 향했다. 꽃게탕 국물을 들이켜던 유진은 갑자기 들려온 자신의 이름에 사레가 들려 헛기침을 했다. 도훈이 빠르게 물잔을 건네주었다.

"마셔요."

"고맙습니다."

"그러고 보니 두 사람은 서로 초면이지? 아닌가?"

한수가 뒤늦은 질문을 건넸다. 도훈이 초면이 아니라고 고개를 저으며 대답을 하려는데, 유진이 다급하게 입을 열어 말했다.

"우리 리조트 직원이세요!"

"그래? 어떻게 그런 일이? 총각, 리조트에서 근무해?"

문영의 물음에 도훈이 어설프게 웃으며 고개를 끄덕였다.

"네."

"세상 참 좁구먼. 그런데 유진이 너는 왜 옆집 총각 얘기만 나오면 먼 산 보 듯 한 거야?"

"내, 내가 언제?"

"언제기는. 며칠 전에도 같이 얘기해 놓고선. 나는 네가 암 대답도 없기에 전혀 모르는 사람이라 그런가 보다 했는데, 앙큼한 구석이 있었구먼?"

"이모도 참. 내가 뭐가 앙큼하다는 거야? 국 다 식겠어. 식사부터 하세요."

유진이 당혹스러워하며 아무 말이나 쏟아 냈다. 도훈은 문영과 유진이 어떤 대화를 나눴는지 궁금해 옆을 쳐다보다 그녀의 살짝 붉어진 볼을 보고는 싱긋 웃었다. 부끄러워 붉어졌을 게 빤한 볼이 귀여워 웃음이 새어 나왔지만 계속해 서 바라봤다간 그녀를 더 당황하게 할 것이 분명했다. 도훈이 주위를 두리번거 리며 물었다.

"그런데 승원이가 안 보이네요?"

문영이 대답했다.

"응. 어린이집에서 낮잠을 안 잤는지 지금 자고 있어. 저러다 밤에 또 안 자 면 큰일인데."

"만약에 그럼 내가 데리고 잘게."

"그럴래? 하긴. 승원이 저것이 내 옆에서는 잠을 안 자도 네 옆에선 잘 자니 까."

옆에서 아내와 유진의 얘기를 가만히 듣기만 하던 한수가 끼어들어 말했다.

"거 피곤한데 그럴 거 없다. 우리가 데리고 자면 돼."

"아니에요, 이모부."

"그나저나 얼른 말을 해야 할 텐데. 뭐가 문제인지."

문영이 속상한 숨을 쉬자 한수가 노하여 말했다.

"어허. 거 사람 참. 때 되면 나을 것을 웬 한숨이야?"

"걱정돼서 그래요, 걱정돼서."

"곧 나아질 테니 마음 편히 먹어. 당신이 이러는 거 알아 봐. 준희 마음이 어떻겠어? 우리라도 덤덤하게 굴어야지."

"그래야지요. 다 아는데, 그런데도 어렵네."

문영의 나직한 한숨 소리에 공감한 유진의 마음이, 또 곁에서 지켜보는 것밖에 할 수 없는 도훈의 마음이 무겁게 가라앉았다.

9
욕심

7월 막바지로 접어들었다. 그것은 극성수기라 불리는 휴가철로 들어섰다는 뜻이기도 했다. 덕분에 리조트를 찾는 고객들로 로비는 늘 번잡스럽게 붐볐고, 다양한 형태의 투숙객들 때문에 골머리를 앓는 직원들이 늘어났다.

서진리조트라는 상호는 여전히 그대로다. 서진리조트일 때 예약한 고객들에게 혼란을 주지 않기 위해서이기도 하지만, 아직 정리되지 않은 부분도 있어서였다.

그러던 어느 날, 도훈이 외근을 나갔다 돌아오는 차 안에서 코피를 쏟았다. 메일로 온 자료를 태블릿으로 살피던 도훈은 코에서 흘러내린 붉은 피가 하얀 셔츠를 발갛게 적시고 나서야 그 사실을 알아차리고 얼른 고개를 들어 시선을 자동차 천장으로 옮겼다.

그러곤 차분한 목소리로 용재를 불렀다.

"김 실장."

"네."

가볍게 대답하며 룸 미러로 스치듯 도훈을 보던 용재가 깜짝 놀라 차를 세웠다. 그러곤 급하게 차에서 내려 뒷좌석 문을 열었다.

"괜찮으세요?"

"티슈 좀 줄래?"

여전히 고개를 젖히고 있는 도훈이 한 손으로는 피가 흐르는 코를 막고, 남은 손으로는 티슈를 달라며 흔들어 댔다. 용재가 얼른 티슈 몇 장을 뽑아 도훈의 손에 쥐어 주었다. 받아 든 도훈이 코를 잡고 있던 손을 떼고 휴지로 피를 닦았다.

용재가 붉게 물든 하얀 와이셔츠를 보며 미간을 찌푸렸다.

"대체 피를 얼마나 흘리신 겁니까? 셔츠가 아주 엉망이 됐습니다."

"상관없어."

코피를 닦은 도훈이 고개를 천천히 바로 세우자 용재가 기다렸다는 듯 잔소리를 해 대기 시작했다.

"이럴 줄 알았습니다. 퇴근 시각을 조금만이라도 당기시라 몇 번이나 말씀드렸는데 귓등으로도 안 들으시더니."

"혼내지 마. 머리가 지끈거린단 말이야."

"오늘은 곧바로 댁으로 모시겠습니다. 어차피 퇴근 시간도 지났으니 문제될 거 없잖아요."

"그래도 아직 할 일이 있잖아."

"안 됩니다. 무리하지 마시고 쉬십시오. 그래야 내일 또 출근해서 일하시죠."

도훈은 작정한 듯 말하는 용재를 말리려 몇 차례 시도하다 끝내는 그의 말에 백기를 들고야 말았다.

사실 조금 쉬고 싶기도 했다. 매일같이 자정이 되어서야 퇴근하고, 다음 날이면 또 새벽같이 출근하는 일상에 몸이 지치는 건 어쩌면 당연한 거였다. 몸을 너무 혹사시켰다. 이럴 땐 용재의 말대로 조금 쉬어 가는 것도 나쁘지 않겠다 싶어 그의 조언을 받아들이기로 했다.

"알았어. 그렇게 해."

"네. 비서실엔 제가 연락하겠습니다."

"응."

차에서 내릴 즈음엔 코피가 멎어 있었다. 도훈은 코에 볼썽사납게 꽂혀 있던 휴지를 꺼내 차량 내 휴지통에 버렸다. 그러곤 집 앞까지 바래다드리겠다는 용재의 고집을 꺾고 동네 어귀의 작은 슈퍼 앞에서 내렸다.

차에서 내린 그가 용재에게 그만 가 보라고 손짓했지만 차는 움직이지 않았다. 도훈이 조수석의 열린 창문 너머의 용재를 바라보며 물었다.

"왜?"

"올라가시는 거 보고 가려고요."

"그러지 말고 그냥 가."

그래도 용재가 움직일 생각이 없어 보이자 도훈이 나직하게 경고했다.

"얼른."

"알겠습니다. 내일 뵐게요."

"그래. 수고했다."

사실 용재를 먼저 보낸 건 슈퍼 옆 과일 가게에 들를 생각에서였다. 옆집 저녁 식사 자리에 초대받은 일에 대한 보답으로 약소하나마 수박이라도 한 통 선물하고 싶었다. 그래서 며칠 전부터 들러야지, 들러야지 생각했지만 시간이 나질 않아 오늘까지 미뤄진 것이다.

용재를 돌려보낸 도훈이 곧장 과일 가게로 가 가게 앞에 진열된 수박을 보며 주인에게 물었다.

"어떤 게 맛있을까요?"

"그거야 먹어 봐야 알지."

연세가 많아 보이는 아저씨께서 툭 내뱉으시고는 직접 나서서 수박 한 통을 골라 주었다.

"이거로 가져가요."

"이거요?"

의아해하는 도훈을 보며 아저씨가 실실거렸다.

"나 사실 옆 슈퍼 주인인데 여긴 잠깐 봐 달래서 보고 있는 거여."

"아. 그러셨군요."

슈퍼 주인아저씨가 조금 전 골라 준 수박을 한 번 더 건드리며 말했다.

"이걸로 가져가. 방금 전에 어떤 젊은 아가씨가 수박을 한 덩이 사 갔는데, 꼭 요놈같이 생긴 놈을 골라서 가져가더라고. 내 보기에 그 아가씨가 뭘 좀 아는 것 같더구먼. 통통 두드리면서 뭘 확인하는 것 같던데, 나야 그것까지는 모르겠고."

도훈은 아저씨의 추천을 받아 그 수박을 구입했다. 가벼운 마음으로 수박을 감싼 노끈을 들어 올리다 무게에 놀라 입을 쩍 벌리자, 아저씨가 재미있다는 듯 킥킥거렸다. 도훈이 멋쩍은 듯 웃으며 인사를 건넨 뒤 걸음을 옮겼다.

도훈이 한 손에는 수박이 담긴 노끈을, 한 손에는 서류 가방을 잡고 골목 어귀를 돌아서자 저 멀리 앞서 걷는 사람의 뒷모습이 보였다. 어디서 본 뒷모습이다 싶어 유심히 바라보니 유진이었다.

헐렁한 티셔츠와 짧은 팬츠 차림인 그녀의 품 안에 수박 한 덩이가 안겨 있었다. 낑낑대며 걷는 모습이 꽤 무거워 보였다. 문득 과일 가게 아저씨의 말이 생각나 피식 웃음이 나왔다. 통통 두드려도 봤다는 젊은 아가씨는 아무래도 유진이었던 모양이다.

도훈은 조금 빠르게 걸었다. 그러자 느리게 걷던 그녀와 금세 가까워졌다. 무거운 수박 탓인지 그의 인기척을 느끼지 못한 그녀가 혼잣말로 구시렁거리는 게 들려왔다.

"뭐가 이렇게 무거워."

"줘 봐요."

도훈의 목소리에 흠칫 놀란 유진이 빠르게 돌아보았다. 돌아선 자리에 도훈이 자신의 것과 크기가 비슷한 수박을 들고 서 있었다. 유진이 손에 들린 노끈 망 속 수박과 그를 느릿하게 번갈아 보자, 도훈이 기다리기 지친다는 듯 먼저 입을 열었다.

"나와 바꿔 들어요."

도훈이 자신의 서류 가방을 내밀지만, 유진의 눈길은 다른 곳을 향한다.

"어? 피가……."

유진은 도훈의 셔츠를 벌겋게 물들인 핏자국을 걱정스럽게 바라보고 있었다.

도훈이 대수롭지 않게 여기며 대답했다.

"아, 이거? 코피를 좀 쏟았어요."

"괜찮으신 거예요?"

"그럼요."

유진이 살짝 붉어진 그의 코를 안쓰럽게 바라보았다. 그게 도훈은 나쁘지 않았다. 그를 불편해하며 멀리하는 것보다는 차라리 지금처럼 염려스럽게 봐 주는 게 훨씬 낫다는 생각이 들었다.

도훈이 말했다.

"수박은 내가 들 테니,"

"어머! 잠깐만요!"

화들짝 놀란 유진이 자신의 수박을 내팽개치듯 바닥에 내려 두고 도훈에게로 달려들었다.

"얼른 고개 젖히세요. 피 나와요, 피!"

유진의 다급한 손길에 도훈은 어떻게 된 상황인지 생각할 겨를도 없이 고개가 뒤로 젖혀졌다. 그의 고개를 한껏 젖히게 한 그녀가 재촉하듯 물었다.

"가방에 손수건 있죠? 아니면 티슈라도."

"있어요."

"불편해도 움직이시면 안 돼요. 꼭이에요."

단단히 이른 유진이 그의 손에서 가방을 빼앗아 안을 뒤졌다. 도훈이 그녀의 행동을 미루어 짐작해 말했다.

"앞에 지퍼 열어 봐요."

"지퍼요?"

도훈의 말을 따라 지퍼를 연 그녀가 그 안에서 손수건과 휴대용 티슈를 찾아 냈다. 짧은 순간 그가 보기보다 훨씬 더 세심하고 꼼꼼한 구석이 있는 남자다 싶었지만, 지금은 그런 걸 생각하고 있을 여유가 없었다.

유진이 한 손은 그의 뒷머리에, 남은 한 손은 뒤로 젖혀진 그의 코에 갖다 대 며 말했다.

"자. 천천히 고개를 세워 봐요."

도훈은 그녀의 지시에 따라 목을 움직였다. 코 안에 고여 있던 피가 유진이 손에 들고 있는 손수건 안으로 울컥 쏟아졌다.

"피가 엄청나게 쏟아졌어요."

"그래요?"

"네. 그런데 다행히도 이제 멎은 것 같아요."

유진이 그의 코에서 손수건을 살며시 떼 냈다. 그녀의 말대로 코피는 더 쏟 아지지 않았다.

"다행이다."

중얼거린 유진이 혹시나 코피가 더 쏟아질까 염려되어 다시 손수건을 코에 갖다 대며 도훈에게 말했다.

"고개 젖히고 잠깐만 그대로 계세요."

도훈은 다 끝난 거 아닌가 의아해하면서도 그녀가 시키는 대로 손수건으로 코를 막은 상태로 고개를 살짝 뒤로 젖혔다. 그녀가 뭘 하려는지 궁금해 고개 를 옆으로 슬며시 비틀어 보니 유진이 티슈 한 장을 꺼내 콧구멍에 끼울 만한 사이즈로 돌돌 말고 있었다.

"유진 씨, 굳이 그건 안 해도 될 것 같은데."

도훈이 미간을 찌푸렸다. 이걸 또 끼워야 하는 순간이 온 것이 마뜩지 않았 다. 그의 마음을 알아차린 것처럼 유진이 말했다.

"불편하시겠지만 이거 꽂아야 해요."

"꼭 해야 합니까?"

"안 그럼 또 쏟아질지도 몰라요. 자. 손수건 살짝 떼 봐요."

도훈이 고개를 비스듬히 세우고 조심스레 코에서 손수건을 떼자 유진이 피가 더 흐르지는 않는지 확인한 후 콧구멍에 티슈를 사정없이 밀어 넣었다. 용재가 이랬다면 당장에 그만두라고 소리를 질렀을 텐데. 도훈은 상대가 유진이라 꼼짝 못 하고 가만히 서 있기만 하였다.

유진이 그의 코를 살피며 말했다.

"다행히 피는 멎은 것 같긴 한데, 또 이렇게 쏟아지면 병원에 꼭 가 보세요."

"곧 괜찮아지겠죠. 고마워요."

"아니에요."

코피 때문에 놀라서 달려들 땐 언제고 금세 어색해진 유진은 무심코 바닥을 내려다보다 잊고 있었던 수박을 발견하고는 얼른 손을 뻗었다. 하지만 도훈의 손길이 더 빨랐다. 그가 유진보다 빠르게 수박을 감싼 노끈을 잡아 올리자, 유진이 달라는 뜻으로 손을 내밀며 말했다.

"주세요."

"대신 유진 씨가 내 가방 들어 줘요."

"아니요. 그냥 제가 들게요."

도훈은 고집스럽게 구는 유진이 마음에 들지 않았다. 그래서 이러면 안 된다는 걸 잘 알면서도 저도 모르게 목소리가 거칠어졌다.

"나를 좀 편하게 대해 주면 안 되겠습니까?"

딱딱하게 굳은 그의 목소리. 유진은 달라진 분위기에 당혹스러워하며 얼굴을 붉혔다.

도훈이 말했다.

"내가 싫어졌을 수도 있다는 거 압니다. 내게 도진인 같은 피가 흐르는 사람일 뿐이라고, 그러니 다르게 봐 달라고 변명한다 해도 달라지는 것은 없을 거라는 것도 잘 알아요. 그런데…… 안 그랬으면 좋겠어요. 많은 걸 욕심내는 게 아니에요. 우리가 함께하는 동안만이라도 서로 편하게 지냈으면 좋겠어요. 미안해요. 이렇게 이기적인 인간이라."

"안도훈 씨가, 아니, 지사장님이 싫어진 건 아니에요."

바닥을 보던 유진의 눈이 아주 천천히 그의 얼굴로 향했다. 그러곤 눈을 맞추고 침착하게 말을 잇는다.

"하지만 편하게 대하기가 어려워요. 이해해 주세요."

"그래요. 당연하겠죠. 내가 성급했어요. 미안합니다."

너무 제 생각만 했다. 그를 보면서 도진을 떠올릴 그녀를 미처 배려하지 못한 미성숙한 행동이었다. 그러지 말아야 한다는 걸 알면서도 이상하게 그녀 앞에서는 모든 게 서투르고 어렵다.

도훈이 말했다.

"대신 수박은 내가 들게 해 줘요. 그 정도는 허락해 줄 수 있죠?"

"아니요. 제가 들게요. 몸도 안 좋으신데 또 무리하시면 안 될 것 같아서 그래요. 정말이에요."

유진이 진심임을 증명하기라도 하려는 듯 꽤 진지한 어투로 얘기했다. 도훈은 그런 그녀가 귀여워 속으로 피식 웃었지만 티 내지는 않았다.

"그 정도로 몸이 안 좋은 건 아니니까 염려 말아요."

"그래도."

"동네 오빠 정도면 어떨까요?"

"네?"

"오다가다 부딪쳐서 안면은 있지만 친하지는 않은 그런 관계 말이에요. 우리 고작 여섯 살 차이잖아요. 그 정도면 오빠라고 부르기에 무리 없는 거 아닌가?"

도훈이 눈썹을 세우며 싱긋 웃었다.

유진은 그의 얼굴에서 언뜻 장난기 많은 아이의 순진무구한 모습을 본 것만 같은 착각이 들었다. 두근. 또 두근. 갑자기 빨라진 심장 박동 소리가 그의 귀에 들릴까 두려울 정도로 커져 가고 있었다.

그에게 화가 난 줄 알았다. 다 알면서도 그녀에게 사실대로 말하지 않은 건 의도가 있어서 그런 거라고, 그리 생각하면 그를 미워하기가 좀 더 수월했다.

인정하고 싶지 않았지만 머리로는 이미 알고 있었다. 그가 잘못한 것은 아무것도 없다는 것을. 그가 왜 굳이 먼저 알은체하지 않았는지도, 말하지 않았지만 충분히 이해할 수 있었다. 그런 그가 맑게 웃으며 우리 잘 지내보자고 말한다. 동네 오빠라는 황당무계한 제안을 건네 놓고도 그게 뭐 대수냐는 얼굴로 환히 웃고만 있었다.

유진이 속으로 중얼거렸다.

'그렇게 웃지 마세요. 제가 아는 동네 오빠는 그렇게 사랑스러운 눈길로 동생을 바라보지 않는다고요.'

유진은 대체 왜 이 남자 앞에서만은 자신의 마음이 맘대로 되지 않는지 이제야 조금 알 것 같았다. 저 눈웃음이 문제다. 뚜렷한 곡선을 그리고 있는 저 입꼬리도 크게 한몫했다. 거기다 눈에 띄게 잘생긴 외모도 문제였다. 그러나 그보다 더 큰 문제는, 다정한 말투와 배려 깊은 마음이었다.

그를 지사장이라는 존재로 처음 알았다면 차라리 나았을 것이다. 그가 어떤 상처를 가지고 있는지, 어떤 생각을 가진 사람인지를 모르던 때였다면 그를 냉정히 대하는 마음이 조금 더 편했을 것이다. 하지만 그에 관해 아는 것이 늘어갈수록 그를 멀리하는 것이 더 어려워진다.

떠난 유리를 생각하면 이래서는 안 되는 건데. 그래서 더 가까워지고 싶지 않은데. 그는 이만큼, 단지 이만큼일 뿐이라며 한 발자국씩 가까이 다가오기를 서슴지 않았다. 그러곤 부러질 것처럼 딱딱하게 날이 선 그녀가 조금이나마 틈을 보여 주길 원했다. 왜 조금이라도 곁을 내어 주지 않느냐 물었다.

갑갑하기도 하겠지. 그녀처럼 그를 박대하는 이도 없었겠지. 하지만 아닌 건 아닌 거잖아.

유진은 생각에 잠겨 자신이 그의 가방을 꼭 끌어안고 있다는 것도 모른 채 무심코 바닥만 보며 걷다 도훈의 말에 걸음을 멈추었다.

"그렇게 꼭 끌어안을 정도로 소중한 물건이 든 것은 아닌데. 오늘처럼 가방이 부러워 보이긴 또 처음이네요."

"어머."

유진은 얼른 가방을 내려서 손잡이를 쥐었다. 그사이 빠르게 옆으로 다가온 도훈이 한결 밝아진 목소리로 그녀의 일상에 관해 물었다.

"이번 주는 야간조 근무죠?"

"네."

"괴롭히는 투숙객은 없어요?"

"네."

"있으면 꼭 알려 줘요. 내가 가서 혼쭐을 내 줄 테니까."

대답 없는 유진을 보며 도훈은 성급하게 굴지 않기로 하고 다른 화제를 꺼냈다.

"다음 주는 오전조겠네요?"

"네."

"다음 주쯤? 객실부 직원들과 다 같이 회식할까 하는데 어때요?"

"객실부 전 직원이요?"

"아니요. 리조트를 완전히 비울 수는 없으니까 교대하고 퇴근하는 직원들로 만요. 객실부도 전체 인원이 꽤 많죠?"

"네."

"뭐 먹고 싶어요?"

"글쎄요."

"유진 씨 먹고 싶은 거 먹으러 가요."

"메뉴를 그렇게 제 마음대로 정해도 돼요?"

"아니요."

유진이 황당해하며 바라보자 도훈이 쾌활하게 웃고는 말했다.

"메뉴는 직원들 중 다수가 좋아하는 것으로 고르는 게 맞겠죠. 그래도 유진 씨가 먹고 싶은 게 있으면 말해 봐요. 직원들에게는 내가 골랐다고 말할게요. 설마 지사장이 먹고 싶다는데 반대할 직원이 있을까요?"

"권한을 그런 식으로 악용하시는 분인 줄 몰랐네요."

"하하하."

"왜 웃으세요?"

"기분 좋아서요."

"뭐가요?"

"그런 게 있어요."

도훈은 그녀가 다른 사람들처럼 그를 지사장으로만 대하지 않아서, 그를 불편하게 여기면서도 늘 상대해 주는 착한 사람이라서, 그런 당신이라는 사람을 알게 되어서 기분 좋다는 말은 군이 하지 않기로 했다. 그녀처럼 생각이 깊은 사람에게 그런 말은 더 부담스럽게 받아들여질 게 빤했기 때문이다.

유진은 도훈의 속을 알다가도 모르겠다고 생각하며 자신의 생각을 말했다.

"회식 장소는 직원들 의견 물어보고 결정하시는 게 좋을 것 같아요."

"알았어요. 유진 씨 뜻대로 해요. 아! 그런데 혹시 수박 좋아해요?"

유진은 그가 이 무거운 수박을 낑낑거리며 사 와서 먹고 싶을 정도로 좋아하느냐고 묻는 건가 싶어 변명하듯 대답했다.

"네. 그런데 그건 제가 먹을 게 아니라 손님 몫이에요. 오늘 이모부 지인분들께서 집에 오시거든요. 그때 후식으로 내놓으려고 사 온 거예요."

"그래요? 다행이다."

"왜요?"

"얘도 유진 씨네 갈 녀석이거든요."

도훈이 자신이 구입한 수박을 살짝 들어 보였다.

"무슨 말씀이세요?"

"전에 식사 대접해 주셨던 게 고마워서 사 오던 길이에요."

"아녜요. 저희는 한 덩이면 충분해요."

"됐다 먹어요. 수박이 빨리 상하는 과일은 아니잖아요. 맞죠?"

"그렇긴 해도 그 정도로 잘 대접해 드린 것도 아닌데요. 그냥 지사장님 드세요."

"저 혼자 이 큰 수박을? 제가 먹을 거였으면 안 샀어요. 그리고 유진 씨 혼자 먹으라는 거 아니에요. 이모님, 이모부님과 함께 먹어요. 아! 승원이도 함께요."

그가 일부러 생각해서 사 왔다는 것을 거절할 수는 없었다. 유진은 감사의 인사를 전했다.

"잘 먹을게요."

어느덧 유진의 집 앞까지 다다른 두 사람. 유진이 그의 가방을 건네주며 말했다.

"수박은 제가 가지고 들어갈게요."

"무거울 텐데 괜찮겠어요?"

"네. 집 앞인걸요."

"그럼 여기."

도훈이 수박을 유진에게 건네주었다. 무거울 텐데도 고집스럽게 안아 드는 그녀를 물끄러미 바라보자 부담을 느낀 그녀가 흠, 하고 헛기침을 한 뒤 인사를 건넸다.

"들어갈게요."

"네."

도훈은 그녀가 집 안으로 들어가 모습을 감출 때까지 멀거니 서서 바라보다 천천히 몸을 돌렸다.

집으로 돌아온 도훈은 씻으러 욕실에 들어갔다 거울에 비친 자신의 모습을 보고 경악했다. 아까 유진이 콧구멍에 끼워 준 티슈가 그대로 있었기 때문이다.

이 꼴로 유진을 보며 동네 오빠니 뭐니 하며 실실거렸으니 얼마나 웃겼을까?

그렇지만 왜인지 당장에 빼고 싶다는 생각은 들지 않았다. 도훈은 손을 들어 유진의 손길이 닿았던 콧날을 살며시 만져 보았다. 아까의 보드랍고 기분 좋은 감촉이 되살아나는 느낌이었다.

아까 차에서만 해도 코피를 쏟았다는 사실에 언짢은 마음이 우선이었는데 이상하게도 지금은 차라리 다행이라는 생각이 들었다. 그녀와의 불편하고 어색한 감정을 정리하는 데 그의 피가 필요하다면 얼마든지 더 쏟을 수도 있겠다는 생각마저 들었다. 그가 거울 속 자신을 보며 중얼거렸다.

"미친놈. 거기까지만 해."

그녀를 볼 때마다 느끼는 이 두근거림의 정체가 그가 생각하는 그것은 아니길 바랐다. 또 그래서도 안 되었다. 그러니 이런 시시껄렁한 감정 따위에 흔들려서도 안 될 것이다.

도훈은 콧구멍에서 휴지를 빼 쓰레기통에 던져 넣었다.

1o
둘만의 회식

샤워를 끝낸 유진이 마루로 나오니 문영이 수박 접시를 앞에 놓고 텔레비전을 보고 있었다.

유진은 덜 마른 머리카락을 수건으로 닦으며 그녀 옆에 앉았다. 그러자 문영이 리모컨을 들어 텔레비전 전원을 끄고는 수박 한 쪽을 집어 들며 말했다.

"먹어 봐. 잘생긴 총각이 사다 준 거라 그런지 맛이 아주 끝내줘."

유진이 문영의 표현을 재미있어하며 씩 웃으니 그녀가 수박씨를 뱉으며 무덤덤하게 말했다.

"엄마한테 전화 왔었어."

"서울에서?"

수박 한 쪽을 집어 들던 유진이 눈을 치켜뜨며 물었다.

"응. 이유는 나도 모르니까 네가 연락해 봐."

"알았어."

유진은 수박을 내려 두고 방으로 들어가 휴대폰을 가지고 나왔다. 문영의 말처럼 엄마 선영에게서 부재중 전화 메시지가 남겨져 있었다. 유진은 곧장 전화를 길었다. 신호가 디섯 번쯤 울렸을 때 전화를 받은 선영이 숨을 헉헉대며 물었다.

— 유진이니?

"엄마 어디야? 왜 이렇게 숨차해?"

— 마당 청소하다 뛰어와서 그래.

"아유. 우리 선영 씨. 기다릴 테니까 잠시 숨 좀 고르고 말씀하세요."

— 아냐. 이제 괜찮아.

"정말?"

— 정말.

"전화했었지? 나 씻느라 이제 확인했어."

— 응. 그게. 아유, 참. 여보! 그건 그냥 두라니까.

유진에게 전화를 걸었던 이유를 말하려던 선영이 남편에게 뭔가 불만스럽게 투덜대더니, 다시 돌아왔다.

— 네 아빠 말이다. 무슨 청개구리도 아니고. 이렇게 하란 건 않고, 꼭 시키지 않은 것만 골라 하고 있어.

"왜? 무슨 일인데?"

유진은 종종 툭툭대는 두 분 사이를 떠올리며 입가에 미소를 그렸다.

— 이번에 항아리 몇 개를 샀거든.

"장 담그시게?"

— 그것도 그렇구. 이것저것 하면 좋을 것 같아서. 그래서 항아리 놓을 곳 만드는 중인데, 루피너스 화분들만 옮기라고 했더니, 그 옆의 다른 화분들까지 죄다 옮기고 있잖아.

"그래서 화나셨어?"

— 화는 무슨. 그냥 좀 갑갑해서 그러지.

"그런데 왜 전화했어?"

— 어머. 내 정신 좀 봐. 우리 다음 주말에 내려갈 건데 너 뭐 필요한 거 없나

해서.

"다음 주말에? 무슨 날이야?"

— 리조트 많이 바쁘니?

"응? 갑자기 그건 왜 묻는데?"

— 네가 네 생일도 모르는 것 같아서 그러지!

"아! 내 생일이구나. 그러네. 내 생일이었어."

동시에 유리의 생일이기도 하다. 유진은 가라앉으려는 스스로를 애써 일으켜 세우려 입가에 억지 미소를 만들어 냈다. 여기서 기운 빠진 티를 내서 엄마의 마음을 아프게 하고 싶지 않았다.

"그럼 나 갈비찜 만들어 줘!"

"쳇. 누가 들으면 내가 갈비찜도 안 해 먹는 줄 알겠네."

옆에서 문영이 툴툴거렸다. 그녀의 목소리가 휴대폰 너머로도 전해졌는지, 선영이 웃으며 물었다.

— 네 이모 지금 뭐라니?

"누가 들으면 갈비찜 안 해 먹는 줄 알겠다고 투덜거리셔. 지난달에 해 주셨거든."

— 지난달? 우리 귀한 딸을 데리고 있으면 일주일에 한 번은 해 줘야지. 지난달이 뭐야?

유진이 키득대며 문영의 눈치를 살폈다. 그녀는 선영의 말을 듣지는 못했으나 분명 자신의 뒷담화를 했다는 것을 느끼고 소리를 꽥 질렀다.

"시끄러!"

— 어이쿠. 저 계집애. 나이 먹어도 목청은 여전하네.

"엄마. 갈비찜. 알았지?"

— 알았어. 다른 건?

"다른 거?"

유진이 물으며 문영을 쳐다보자, 그녀가 입 모양으로 '팥죽' 하고 소곤거렸다.

유진의 외할머니, 외할아버지가 젊은 나이에 세상을 뜨는 바람에, 문영에게
도 언니인 선영은 엄마나 마찬가지였다. 그런 선영이 한 음식 중 문영이 특히
좋아하는 것이 팥죽이었다. 유진은 팥죽을 썩 좋아하진 않았지만 문영을 생각
해 대신 말해 주기로 했다.

　"음…… 팥죽."

　— 날 더운데 팥죽은 무슨 팥죽이니? 가만, 너 팥죽 안 좋아하잖아? 네 이모
가 또 시켰지?

　"아, 아니야! 내가 먹고 싶어서 그래."

　— 다 알지만 이번 한 번만 속아 넘어가 준다고 전해.

　"응."

　— 그럼 다음 주에 내려갈게. 그때 봐.

　선영이 전화를 끊으려 한다. 유진이 아쉬운 마음에 그녀를 붙잡았다.

　"엄마!"

　— 왜, 할 말 남았어?

　"엄마, 아빠 두 분 다 건강은 괜찮으신 거지?"

　— 얘가 낯간지럽게 무슨 그런 걸 물어.

　"걱정돼서 그래."

　— 우린 말짱하니까 네 건강이나 잘 챙기세요. 이모, 이모부도 잘 모시고.
참. 승원인 잘 있지?

　"그럼."

　— 그래. 끊자. 나는 네 아빠가 더 큰 사고 치기 전에 나가 봐야겠어.

　"알았어요. 다음 주에 봐요."

　— 그래.

　전화를 끊자마자 문영이 득달같이 물어 왔다.

　"팥죽 해 온다지?"

　"어. 이모 생각해서 맛있게 끓여 오신대."

　"하여간 눈치는 빠르다니까."

문영이 끄응 앓는 소리를 내며 자리에서 일어섰다. 유진은 아까 집으려다 놓았던 수박 한 조각을 집어 들어 한 입 베어 물었다. 문영의 말처럼 잘생긴 총각이 고른 거라 그런가? 유독 더 강한 단맛이 느껴져 평소보다 몇 조각이나 더 먹어 버렸다.

다음 날. 유진이 퇴사를 잠시 미루기로 했다는 소식에 현아가 기념으로 한잔하자며 졸라 댔다. 유진은 이깟 게 무슨 기념할 일이냐 하면서도 시원한 생맥주를 생각하자 내심 기분이 좋아졌다.

날이 한층 더워져 요즘엔 걸어서 20여 분 거리의 집까지 가는 것도 고역이었다. 이마를 비롯해 목이며, 등이며, 땀으로 젖지 않는 곳이 없었다. 그래서 나름 가볍고 시원한 소재의 옷을 챙겨 입어도 집에 도착할 즈음이면 지친 기색이 역력해지곤 하였다. 그러던 와중에 시원한 생맥주라니. 반갑지 않을 리가 없었다. 유진은 벌써부터 퇴근길이 기다려졌다.

퇴근 후 단골인 호프집에 방문한 유진과 현아, 효연 세 사람은 여느 때처럼 맥주와 마른안주를 주문했다. 본래 대부분의 술집이 다섯 시를 넘어서야 문을 열지만 요즘은 달랐다. 휴가를 맞아 해수욕장을 찾는 인구가 늘어나면서 주변의 식당들도 오픈 시간을 앞당겼기 때문이다.

그래서인지 사정이 있어 잠깐 아르바이트를 쉬던 직원도 다시 나와 일하고 있었다. 다행이라며 대화를 주고받던 유진의 일행 중 효연이 계속해서 카운터 뒤의 주방 쪽을 흘깃거리며 중얼거렸다.

"사장님은 바쁘신가?"

"사장님은 왜요?"

유진이 따라서 시선을 옮기자, 현아가 팔꿈치로 그녀의 옆구리를 쿡 치며 말했다.

"왜긴 왜야? 사장님께서 흠모하시는 손님이 와 계신데 나와 보지도 않으시니 그런 거지."

유진은 또 시작이다 싶어 한숨을 푹 내쉬었다. 이 사람들의 착각은 대체 언제쯤 끝을 맺을 건가 골머리가 아파졌다. 게다가 당사자인 석준우가 이런 헛소리를 듣기라도 하면 어떡하나 생각하자 눈앞이 다 아찔해졌다. 유진은 그들이 우스개로 몇 마디 더 주고받는 것을 들으며 기본 안줏거리로 나온 과자만 야금야금 집어 먹었다.

곧 있을 회식 얘기로 대화 주제가 전환될 즈음 사장 준우가 술과 안주를 내왔다. 유진은 그가 사라지면 또 시답잖은 얘기들로 자신을 놀려 댈 두 사람 생각에 머리가 지끈거렸다. 그런데 어쩐 일인지 두 사람은 대화 주제를 바꾸지 않고 계속해서 이야기를 이어 나갔다.

현아가 말했다.

"그럼 객실부 직원들만 참석하는 거야?"

"응. 교대하고 퇴근하는 직원들만."

"장소는 어디래?"

"장어구이 집이라던데?"

"진짜?"

"왜 이렇게 좋아해? 장어구이 처음 먹어?"

"에이. 잘 알면서 왜 이러실까? 그동안 회식하면 만날 가는 횟집이랑 삼겹살집, 아주 지긋지긋했잖아?"

현아가 생각만 해도 몸서리가 쳐진다는 듯 어깨를 부르르 떨자, 효연이 끅끅 소리를 내며 웃었다. 유진도 동의하는 부분이라 절로 고개가 끄덕여졌다.

"그런데 유진, 너는 회식이라 해도 별다른 느낌은 없겠다?"

"그게 무슨 말이야?"

현아의 이해할 수 없는 말에 유진이 되묻자 그녀가 말했다.

"지사장님하고는 거의 매일같이 마주치지 않아?"

"맞다. 유진, 지사장님과 이웃사촌이라고 했지?"

"이웃사촌은. 그냥 같은 동네 주민일 뿐이에요."

유진이 어설프게 웃으며 중얼거렸다.

"그럼 마주쳐도 인사도 안 해?"

효연이 진지하게 물어 오자 현아도 눈을 빛내며 답을 기다렸다. 유진은 피해 가고 싶은 주제였지만 쉽지 않을 것 같았다.

"인사야 하죠. 그냥 그 정도예요."

"세상에 어쩜 그런 인연이 다 있니? 옆집 이웃이 지사장님이라니. 게다가 막말로 촌구석이잖아? 집 앞뒤로 다 논밭이고, 밤낮으로 비료 냄새 쩌는 곳에 그런 젊고 잘생긴 남자가 살고 있다니. 상상이 안 돼. 너무 비현실적이잖아? 안 그래?"

"그러게. 야, 너는 신께 감사해야 해. 집 주변을 암만 둘러봐라. 어디서 그런 비주얼이 짠! 하고 튀어나오겠어?"

유진이 효연과 현아의 말에 시큰둥하게 대꾸했다.

"텔레비전만 틀어도 많이 나오던데?"

"얘는, 얘는. 텔레비전이랑 실물이랑 같아?"

유진의 말에 효연이 혀를 찼다.

"하긴. 차라리 유진 너처럼 현실을 직시하는 게 나을지도 몰라."

"그게 무슨 뜻이야?"

현아의 미묘한 말에 뭔가 있다고 생각한 효연이 득달같이 물었다.

"못 들었어? 지사장님 애인 있다던데?"

"진짜? 어디서 들은 거야? 누군데? 우리 리조트 직원이래?"

"식음료 팀 직원 중 한 명이 며칠 전에 시내에서 지사장님과 어떤 여자가 함께 있는 걸 봤대. 겉으로 딱 보기에도 둘이 보통 사이가 아닌 것처럼 보였다더라고."

"어머. 어머. 웬일이야."

동네에 꼭 한 명씩 있는 수다스러운 아낙처럼 효연이 손바닥까지 마주쳐 가며 이야기에 열을 올렸다. 그러자 신이 난 현아가 두 팔을 엮어 팔짱을 끼며 말을 이어 갔다.

"하긴. 그 정도 외모에, 또 그 정도 재력에, 여자가 없다는 게 말이 안 되긴 하지. 그런데 리조트 여직원들 어쩌냐? 헛물켜는 애들 많은 것 같던데?"

"맞아. 지사장님한테 잘 보이려고 드러내 놓고 티 내는 여직원들 몇 있던데. 쌤통이다, 아주."

유진은 두 사람의 대화를 흘려들으며 그럴 리가 없다고 생각했다. 그와 몇 번이나 마주쳤고, 또 대화를 나누었지만 누군가를 만나는 기색은 전혀 없었다. 또 여자 친구가 있다면 자신에게 그렇게 적극적으로 친해지자고 굴 수 있었을까? 물론 도훈이 이성으로서의 발전을 원했던 건 아니라 생각하지만, 여자 친구가 있는 사람이 그렇게 행동하기란 쉽지 않을 거라는 생각이 들었다.

하지만 분명 본 직원이 있다 하지 않는가. 유진은 이상하게 씁쓸한 마음이 들어 맥주를 한 모금을 들이켰다. 그리고 생각했다.

여자 친구가 있건 없건 나와 무슨 상관이야?

그렇게 몇 번을 되뇌어도 어딘지 모르게 씁쓸해진 마음은 나아질 기미가 보이질 않았다.

객실부 회식 당일. 탈의실에서 유니폼을 벗고 사복으로 갈아입던 유진은 자신을 찾아온 교대 근무자의 말에 움직임을 멈췄다.

"유진 씨. 갑자기 이런 부탁 해서 미안한데 몇 시간만 더 근무해 주면 안 될까요?"

"무슨 일 있어요?"

유진은 자신보다 나이는 많지만 입사가 늦다는 이유로 꼬박꼬박 존대하는 교대 근무자 권혜진을 걱정스럽게 바라보며 물었다.

"방금 새언니한테서 전화가 왔는데, 엄마가 갑자기 쓰러지셨다고……."

"그럼 얼른 가 봐요. 이러고 있을 시간 없잖아요."

"미안해요. 유진 씨."

"지금 그게 중요한 게 아니잖아요. 얼른 가 보세요."

"병원 가서 상황 보고 연락할게요."

"네. 그리고 많이 안 좋으시면 오늘 하루는 제가 대체 근무 할 테니까 부담 갖지 말고 일 보세요."

"이른 시간부터 나와서 일하느라 힘들었을 텐데 어떻게 그래요."

"아녜요. 어머님이 편찮으신데 그것보다 더 중요한 게 어디 있어요. 그러니까 빨리 가 봐요."

"고마워요. 전화할게요."

"네."

유진은 다시 유니폼을 입고 데스크로 나갔다. 퇴근 준비를 끝내고 자신의 교대 근무자와 몇 마디 나누며 서 있던 현아가 유진의 옷차림을 보고는 의아함에 물었다.

"퇴근 안 해?"

"혜진 씨 집에 일이 생겨서 내가 더 근무하기로 했어."

"안 좋은 일이야?"

"나도 자세히는 몰라."

유진은 아무리 가까운 사이라 해도 다른 사람의 개인사를 쉽게 흘리는 건 예의가 아닌 것 같아 자세한 얘기는 함구하기로 했다. 현아가 안타깝게 바라보며 말했다.

"유진, 피곤하겠다."

"괜찮아. 너 먼저 퇴근해."

"응. 저녁에 회식 자리에서는 볼 수 있는 거지?"

"혜진 씨 다시 나오면 갈 수 있겠지."

"알았어. 나중에 봐."

"응. 수고했어."

현아가 자리를 뜨고, 뒤이어 사복으로 갈아입은 혜진이 급하게 뛰어나가는 모습이 보였다. 유진은 제발 별일 아니기를 마음속으로 빌었다.

그날 다섯 시 30분.

용재가 지사장실로 들어와 도훈의 퇴근을 종용했다.

"회식 장소로 가실 시간입니다."

"벌써?"

도훈이 손목의 시계를 확인하며 벌써 시간이 이렇게나 흘렀나 생각했다.

"지금 출발하실 거죠?"

"응. 윤 비서는?"

"준비가 잘 되었는지 확인할 겸 먼저 회식 장소로 출발했습니다."

"음."

도훈이 캐비닛을 열어 슈트 재킷을 꺼내 입었다. 얼마 전 아버지가 용재 편에 들려 보내 주신 거다.

학업을 마쳤을 때. 아라리조트에 입사했을 때. 제주 지사장으로 발령 났을 때. 그리고 태안으로 발령받은 후. 이렇듯 네 번째로 받는 슈트 선물이었다. 아버지가 직접 매장으로 데려가 주시는 유일한 선물이기도 하다. 매번 사이즈를 다시 쟀으나 이번에는 시간이 없어 제주에서 입었던 것과 같은 사이즈로 제작했는데, 전보다 살이 빠졌는지 살짝 헐거운 느낌이다. 그렇지만 불편하지는 않아 손보지 않고 그대로 입기로 했다.

첫 출근 하던 날, 도훈은 아버지께 전화를 드려 짧게나마 이곳의 상황에 대해 보고드렸다. 들으신 후 필요한 건 다 요청하라는 아버지의 말씀에, 대대적인 리모델링 공사를 하겠다고 말씀드렸다. 노후된 건물이니만큼 본인도 그러는 게 당연하다고 생각하신다며 적극적으로 후원하겠다는 말씀을 남기셨다.

아버지와의 사이는 아주 가까운 것 같지만 사실은 가장 먼 사이가 아닐까 싶다. 어머니가 돌아가신 후부터 제주도로 내려가기까지 계속 함께 살았지만 둘은 전보다 더 가까워지거나 하진 않았다. 그에게 더 가까이 다가오고 싶어 하는 마음은 잘 알았지만, 이상하게도 마음의 문이 잘 열리지 않았다. 걸어 둔 빗장을 뽑아 낸 것은 분명했음에도 한 번 닫힌 문은 쉽사리 열리지가 않았다. 그렇게 한 해, 한 해 시간을 흘려보내면서 둘은 약속이나 한 것처럼 각자가 정한 위치에서 서로를 바라보았다. 아버지는 아버지의 세상에서. 그리고 도훈은 그의 세상에서. 그들은 함께이면서, 동시에 각자 따로였다.

가끔 친구 남우가 아버지를 모시고 낚시 다녀왔다는 얘기를 들을 때나, 민규가 아버지 생신이라 모시고 나들이 간다는 얘기를 들으면 마음 한편이 서늘해지는 기분이 들곤 했다. 자신의 인생에서는 기대할 수 없는 것들이기에, 친구들이 귀찮아하는 가족 간의 모임에도 부러운 마음이 드는 것은 어쩔 수가 없었다. 시간이 좀 흘렀을 때는 그런 얘길 들어도 그냥 그런가 보다 하게 됐는데, 때때로 참을 수 없을 정도의 외로움이 밀려 올라올 때가 있었다. 그럴 때면 어떻게든 그 감정을 지워 버리고 싶어 비슷한 처지의 친구 건오와 만나 술잔을 기울이곤 했다.

그런 일상의 소소한 감정들은 왜 유독 지나간 사랑의 감정처럼 지워지지가 않는 건지.

그날, 아버지가 통화 끝에 물으셨다.

'그 집에서 지내는 건…… 괜찮니?'

그제야 도훈은 자신이 어머니가 고통스러워하시던 방에서 잠을 자고, 거실에서 텔레비전을 보고, 평상에 앉아 맥주를 마시는 일상들에 아무런 감정도 느끼지 않는다는 걸 깨달았다.

집수리가 시작되었을 무렵, 짐 정리를 하다 어머니와 함께 찍은 사진을 바라보던 그날까지도 걱정스럽던 것들이 지금은 아무렇지도 않다는 게 이상하게 느껴졌다.

아버지와 통화를 끝낸 뒤 곰곰이 생각했다. 왜였을까? 대체 그 집의 무엇이 그의 마음을 변화시켰을까? 집수리라는 단순한 이유로는 설명이 되질 않는다.

마당에는 어머니가 자주 앉으시던 나무 의자가 여전히 자리하고 있고, 거실의 테이블에는 어머니와 함께 찍은 사진이 자리하고 있다. 잔디를 심은 마당 구석에는 시멘트가 마르지 않을 때 그가 적어 놓은 낙서가 그대로 있으며,

간혹 날이 좋을 때 옥상에 빨래를 널다 보면 오래전 그때처럼 리조트와 넓게 펼쳐진 푸른 바다가 한눈에 들어왔다. 전과 달라진 추억은 딱히 없었다.

생각에 생각을 거듭하던 도훈은 아마도 그것이 유진 때문은 아닐까, 라는 결론을 내리기에 이르렀다. 틈만 나면 유진의 얼굴이 곧잘 머릿속을 파고드는 것이 그 이유였다.

그녀를 좋아하는 것일까? 하지만 곧장 고개를 흔들어 버렸다. 말도 안 되는 상상이고, 일어나서도 안 될 일이었다. 그가 그녀에게 바랐던 대로 그는 그녀에게 동네 오빠, 혹은 이웃사촌. 딱 그 정도의 사람이기만을 원했다. 그 거리에서 그녀가 힘들거나 지칠 때 위로해 줄 수 있는, 그런 존재가 되고 싶었다. 아픔을 감춘 채 살아가는 일이 얼마나 힘이 들까 생각하니 마음이 아리고 가슴이 시려서. 그래서 그녀에게 힘이 되는 존재가 되고 싶다고 생각했는데…….

반유진은 대체 나에게 어떤 의미인 걸까? 최근 들어 반복되는 질문을 또 한 번 던지는 동안, 기다림에 지친 용재가 다시 한 번 그를 채근했다.

"이제 정말 출발하셔야 해요."

도훈은 입매를 굳히며 고개를 끄덕였다.

객실부 직원의 안내로 테이블의 중간 지점에 자리를 잡고 앉은 도훈의 눈길이 마치 당연한 일인 것처럼 자연스럽게 유진의 모습을 찾는다. 길게 이어 붙인 테이블 양쪽을 가득 메운 직원들의 얼굴을 마주하며 눈에 익은 모습을 찾지만, 그녀는 모습을 드러내지 않는다. 무슨 일일까? 대놓고 물을 수는 없어 물수건으로 손을 닦으며 둘러 물었다.

"참석하기로 했던 인원 중에 빠진 직원은 없죠?"

"그게, 데스크 직원 중 한 명이 집에 급한 일이 생겨 퇴근하는 바람에 그 전 타임 근무자가 대체 근무를 하게 됐습니다. 그 직원 말고는 전원 참석했습니다."

데스크 직원인 문 지배인이 나서서 말했다. 그럼 유진이 지금 대체 근무 중이란 말인 걸까?

이른 시각에 출근해서 밤늦은 시각까지 꼬박 열여섯 시간을 쉬지도 않고 근무해야 하다니. 괜찮을까? 걱정스러운 마음에 미간이 좁아진다. 허나 그런 지사장의 마음을 알 리 없는 직원들은 도훈에게 술잔을 권하며 회식 분위기를 고조시킨다. 어쩔 수 없지. 이것도 업무의 연장인데. 도훈은 그렇게 생각하며 빈 잔을 들어 술을 받았다.

유진에게 교대 근무를 부탁했던 혜진은 그날 퇴근 시각까지 돌아오지 못했다. 쓰러지신 어머님의 상태가 더 악화되었다며 휴대폰 너머로 목소리가 무겁던 혜진을 생각하자, 유진의 마음도 편치 않았다.

퇴근 후 유진은 유니폼을 벗고 사복으로 갈아입었다.

야간조 근무자와 짧은 인사를 나누고 리조트를 나와 집으로 돌아가는 길. 유진은 걱정되는 마음에 혜진에게 전화를 걸어 볼까 말까 망설이며 정원의 분수대 옆을 돌아가다 하마터면 꽥 하고 비명을 지를 뻔했다. 가로등이 없는 그늘진 벽 아래, 폭이 좁고 가로로 긴 형태의 경계석 위에 엉덩이를 살짝 걸친 채 도훈이 그녀를 올려다보고 있었다. 그가 그녀를 발견하자마자 기다렸다는 듯이 벌떡 일어났다. 그는 언뜻 보기에도 많이 취한 것 같았다. 계속해서 그녀를 보며 실실거리며 웃는 게 가장 큰 이유였다.

유진이 물었다.

"지사장님. 여기서 뭐 하세요?"

"뭐 하긴요. 회식에 빠진 직원 기다리고 있었죠."

그러더니 갑자기 두 손바닥으로 양팔을 쓸어내리며 중얼거렸다.

"그런데 여름이라 해도 밤에는 꽤 쌀쌀하네요? 유진 씬 괜찮아요?"

"네."

그는 회식 자리에서 곧바로 온 것인지 근무 중에 봤을 때와 같은 차림이었다. 춥다니 혹시 감기 기운이 있는 걸까? 얼마 전에 코피를 쏟았던 일도 떠올라 염려되는 마음에 물으려는데 그가 먼저 물었다.

"퇴근하는 거죠?"

"네."

"같이 가요."

"오늘 회식 아니었어요?"

"맞아요."

"벌써 끝난 거예요?"

"벌써라니. 아주 무서운 사람이네, 반유진 씨?"

유진이 의미를 묻는 표정으로 바라보자 도훈이 설명했다.

"내일 아침 일찍 출근해야 할 직원들도 있는데 어떻게 늦게까지 술을 마셔요."

그런데 지사장님은 왜 이렇게 취하신 건데요?

묻지도 못하면서 그에 관한 궁금증이 늘어 간다. 어쩌면 사소하고, 또 어쩌면 친밀하게도 느껴지는 호기심들을 생각나는 대로 툭툭 뱉어 버릴까 봐, 그래서 그에 관해 더 깊이 알게 될까 봐 불안한 마음에 그를 볼 때마다 입을 꾹 다무는 것이 습관처럼 되어 버렸다.

도훈이 집이 있는 방향으로 고갯짓을 하며 말했다.

"이제 그만 가죠?"

유진이 물었다.

"그런데 정말 리조트엔 어쩐 일이세요?"

설마 진짜 저를 기다리고 계셨던 건 아니죠?

유진은 뒷말을 속으로 삼키며 그가 아니라고 대답해 주길 바랐다.

"오늘 회식 자리에 참석 못 한 직원과 일대일 회식하려고요."

그녀의 바람과는 다른 말을 건넨 도훈이 싱긋 뜻 모를 웃음을 짓더니 경계석 위에 엊어 두었던 캔 맥주 두 개를 양손에 들고 흔들어 보였다.

"짠."

"그게 뭐예요?"

"캔 맥주 몰라요?"

"아니요, 그런 뜻이 아니라요."

"말했잖아요. 일대일 회식."

"지사장님 많이 취하신 것 같은데. 괜찮으신 거 맞아요?"

유진이 진심으로 걱정되어 물었다. 회식이 끝났으면 집에 가서 쉬실 것이지, 왜 굳이 여기까지 오는지. 도훈의 행동 어느 것 하나 이해되는 것이 없었다.

"아니요. 사실은 나 많이 취한 것 같아요."

도훈이 지끈거리는 이마를 짚으며 취한 숨을 내뱉었다. 역시나였다. 유진은 지금 그의 행동을 이성적으로 판단하고 이끄는 것보다는, 그를 더 취하지 않게 만드는 것이 우선이라는 생각이 들었다.

그녀가 물었다.

"회식이라고 하셨죠? 그럼 그 술은 제가 다 마실게요."

"그런 게 어디 있어요? 술은 나눠 마셔야죠."

"지사장님 더 드셨다간 제가 업고 가야 할 것 같아 보여서 그래요."

유진의 대답에 머쓱해진 도훈이 뒷머리를 긁적이며 웃었다.

"그리고 많이 추워 보이세요. 저는 지금 되게 덥거든요. 그 두 캔 다 마시면 더위가 가실 것 같기도 한데…… 지사장님께서 양보해 주시면 안 돼요?"

도훈이 머뭇거리더니 캔 두 개를 유진에게 건네준 뒤, 빈 두 손을 보며 멋쩍은 듯 웃었다.

잠시 후 두 사람은 리조트를 벗어나 집까지 함께 걸었다. 인적이 드문 밤거리를 걸으며 유진은 맥주를 홀짝였고, 도훈은 말없이 걷기만 하였다. 회식이 이렇게 고요해도 되나? 유진이 두 사람 사이의 어색함을 없애고 싶어 시시한 얘기라도 꺼내려 입을 달싹일 즈음이었다.

"회식 시간이 너무 짧은 것 같은데."

도훈이 중얼거리며 주위를 두리번댔다. 주변에는 드문드문 서 있는 주택과 밖뿐, 마땅히 앉을 만한 곳이 없어 보였다. 그러던 차에 눈에 들어오는 곳이 있었다.

도훈이 물었다.

"아직 술 남았죠?"

갑작스레 자리에 멈춰서 주변을 둘러보는 도훈의 행동을 이상하게 여기던 유진이 그의 물음에 손에 든 캔을 살짝 움직여 보았다. 첫 번째 캔은 이미 완전히 비워진 상태였고, 두 번째로 뚜껑을 딴 캔은 3분의 2 이상이 남아 있었다.

"네."

"그 캔이 다 비우면 회식을 끝내는 거로 하고 잠깐 앉죠."

"어디에요?"

"여기."

도훈이 바로 옆 주택의 대문 앞 계단을 가리키며 말했다. 그는 주머니에서 꺼낸 손수건을 펼쳐 유진이 앉을 곳을 만들었다.

"앉아요."

유진이 망설이는 사이 도훈은 그 옆에 아무렇게나 엉덩이를 걸쳐 앉아 버렸다. 그러곤 손을 들어 얼른 앉으라는 시늉을 해 보였다. 유진은 엉거주춤한 자세로 손수건 위에 앉으면서도 이래도 되나 생각했지만 별달리 방법이 없었다.

도훈이 물었다.

"지금 유진 씨 생각 말해 볼까요?"

"제 생각이요?"

"와, 이 인간 진상 고객과 다를 게 뭐야? 피곤해 죽겠는데 집에도 못 가게 하고. 짜증 나는데 지사장 말이라 거절할 수도 없고. 귀찮아 죽겠네. 이렇게 생각하고 있죠?"

"아니요."

"아니긴. 표정이 딱 그런데."

"지사장님. 일은 잘하실지 몰라도 남의 마음을 읽는 덴 젬병이신가 보네요."

"정말 아닙니까?"

"네. 지금 제 생각은 지사장님 빨리 댁으로 들어가셔서 좀 주무셔야 할 것 같은데. 이거거든요."

"지금 나보다 잠이 필요한 건 유진 씨 아닌가?"

다른 직원을 대신해 근무까지 했는데 당연히 자신보다 더 피곤하지 않느냐고 그가 물었다. 하지만 유진은 그 역시 그녀와 비슷한 시각에 출근했다는 것을 잘 알고 있었다. 그래서 그가 더 염려되었다.

"지사장님 출근 시각도 저와 비슷하지 않으세요?"

"어? 나 일찍 출근하는 거 알고 있었어요?"

들키고 싶지 않은 부분을 들킨 것마냥 그녀의 얼굴이 불그레하게 달아올랐다. 그가 출근 시각보다 일찍 나와 수영을 한 뒤 업무를 시작한다는 건 전부터 알고 있었기에 무심코 나온 말이었는데, 오해를 살까 걱정스러웠다. 그를 대하는 것에 겉으로는 불편하다 하면서, 속으로는 일거수일투족을 감시하는 사람인 것처럼 느껴지지 않을까 싶었다. 하지만 도훈은 그 말에 큰 의미를 부여하지 않았는지 곧장 다른 얘기를 꺼냈다.

"며칠 전 투숙객이 언성을 높이는 것 같던데 왜 그랬는지 물어봐도 됩니까?"

지사장이 직원에게 사내에서 일어난 일에 관해 묻는 게 이렇게도 조심스러울 수 있을까?

아마 도훈은 모를 거다. 이런 소소한 행동들 때문에 그를 상사가 아니라 이성으로 바라보는 여직원들이 얼마나 많은지. 그리고 그녀 역시 그들과 비슷한 감정이라는 것을 말이다.

유진은 그가 말한 며칠 전의 그 시각이 언제인지 정확히 기억하고 있었다. 언성을 높이는 투숙객들은 한두 명이 아니지만 그런 상황에 그와 눈이 마주친 것은 그날이 유일했기 때문이다.

유진이 답했다.

"룸이 마음에 안 드신다고 불만이 접수됐었어요. 객실 에어컨에서 계속 소음이 들린다 하셔서 마침 비어 있던 객실과 바꿔 드렸는데 또 같은 말씀을 하시더라고요. 시설 팀 직원이 두 룸 다 꼼꼼히 확인 후 문제가 없다고 말씀드리고 확인시켜 드렸거든요. 그 순간에는 괜찮다고 하시더니, 시설 팀 직원 돌아간 후에 또 내려오셔서 같은 불만을 제기하시는 바람에 조금 소란스러웠는데, 많이 놀라셨나요?"

"아니요. 그래서 후엔 어떻게 됐습니까?"

"같은 평형의 객실이 없어서, 매니저님과 상의해서 그 객실보다 높은 가격대의 룸으로 업그레이드해 드렸어요."

"그랬더니 불만이 없으시던가요?"

"네."

"종종 있는 일이죠?"

유진이 한숨을 쉬며 고개를 끄덕였다. 도훈이 말을 이었다.

"제주에서도 비슷한 일이 많았어요. 대부분 객실을 바꿔 드리거나 업그레이드해 드리면 문제가 해결이 되곤 했는데, 딱 한 번 그 어떤 방법으로도 불만이 해결되지 않은 고객분이 있었어요."

"어떤 분이셨는데요?"

"해외에서 무역업을 하신다던 중년 남성분이셨어요. 그날 일이 많아서 야근 중에 머리라도 식힐 겸 밖으로 나가다가 프런트 데스크에서 항의 중이신 걸 봤어요. 보통은 그냥 못 본 체하고 지나치는데 그분은 목소리가 너무 커서 저절로 귀가 쏠리더라고요. 그분 불만은 자신이 호실까지 직접 지정해 예약을 했는데 왜 그 룸에 다른 투숙객이 묵고 있냐는 거였어요. 직원 실수였죠. 다른 때라면 룸 투숙객께 사정을 설명하고 룸을 바꿔 달라 말씀드리기가 쉬웠을 텐데, 그때는 자정이 가까워져 가는 시각이라 도저히 사정을 설명하러 갈 수가 없었죠. 그러니 프런트 데스크에서는 더 좋은 객실로 업그레이드해 드리겠다며 사정을 했지만, 그분은 고집을 꺾지 않으시더라고요. 결국 프런트 매니저가 더 늦어진 시각에 객실로 찾아가 양해 말씀을 드렸고, 다행히도 투숙객께서 룸을 변경해 주셨어요. 상황을 지켜보던 저는 객실 정리를 하는 동안 그 중년 남성분과 바에서 가볍게 한잔했어요. 우리 측 실수가 명백했으니 사과도 드릴 겸, 또 흥분된 마음을 좀 진정시켜 드려야 할 것 같아서."

도훈은 말을 끊고 잠시 허공을 응시했다. 유진은 조용히 그의 다음 얘기를 기다렸다.

"남자분이 그러시더라고요. 이제는 추억이 되어 버린 그 기억 때문에 일부러 이 리조트 호수까지 예약해서 찾아왔는데, 거기서 묵지 않으면 무슨 의미가 있겠느냐고요. 남들에게는 뭐 이렇게까지 유난을 떠나 싶은 일이겠지만 그 룸이 자신에게는 의미가 다른 곳이라고 하더군요."

"남들에게는 평범한 객실일 뿐일지 모르겠지만 그분께는 평생 지우지 못할 인생의 한 페이지였을 수도 있으니까요. 이해할 수 있을 것 같아요."

"아마 나도 돌아가신 어머니가 아니었다면 그분을 완전하게 이해하긴 어려웠을 것 같아요."

도훈이 부쩍 낮아진 목소리로 물었다.

"젊은 날, 짧았던 행복의 기억이 그 사람의 인생에 어떤 영향을 미치는지, 또 그 기억을 안고 영원히 잠들길 바라는 마음은 어떤 것일지 생각해 본 적 있습니까?"

"아니요."

"내 어머니와 아버지가 처음 만나 사랑에 빠진 곳이 바로 서진리조트예요. 지금 우리가 함께 일하는 그곳이요."

놀란 유진이 도훈을 물끄러미 바라보았다. 그는 여전히 정면만 바라보며 말을 이었다.

"어머니가 돌아가시기 전 남은 시간을 여기서 보내길 원했던 건 그때의 기억 때문이 아닐까 생각해요. 돌아가실 때까지 어머닌 한 번도 리조트에서의 일들을, 또 여기 태안에서의 추억들을 말씀하지 않으셨지만 느낄 수 있었어요. 어머니가 매일같이 옥상 의자에 앉아 저 먼 바다를, 아니, 리조트를 바라보았던 이유가 무엇이었는지. 그렇게 고통스러워하시다가도 아버지가 온다는 소식에는 곱게 화장하고 마당에 앉아 기다리셨던 이유가 무엇이었는지."

"아버님을, 또 아버님과의 추억을 그리셨던 거군요."

"네. 그 중년 남성분도 우리가 알지 못하는 애틋한 그리움을 안고 리조트를 찾지 않았을까요? 그때의 경험으로 미뤄 짐작했었죠."

어려운 얘기를 꺼내 놓는 도훈의 옆모습이 처연해 보여 못내 가슴이 아렸던 유진은 그의 앞에 캔 맥주를 내밀었다.

"입 댄 거라도 상관없으면 한 모금 하실래요?"

도훈은 거리낌 없이 받아 들어 목을 축였다. 그러곤 오른쪽으로 시선을 돌려 한동안 가만히 한 곳만을 응시하였다. 보이는 것이라고는 드문드문 켜진 인가의 불빛과 가로등 불빛밖에 없는데 그는 뭘 보고 있는 것일까? 유진은 호기심에 그에 관해 궁금해하지 말아야 한다는 자신과의 약속을 깨 버리고 말았다.

"뭘 그렇게 빤히 보세요?"

"저기 저 공원이요."

"공원이요?"

그가 손을 뻗어 가리킨 지점에는 공원을 조성해 둔 곳이 있었다. 외지인의 발길이 거의 닿지 않고, 마을 주민들만이 간간이 들러 운동도 하고 잠깐 쉬어 가기도 하는 곳이었다.

"저긴 왜요?"

유진의 물음에 도훈이 망설이다 말했다.

"공원 옆으로 좁은 산길이 있을 거예요. 그 길로 올라가면 야트막한 언덕이 하나 있고요."

그랬나? 몇 차례 공원에 들른 적은 있지만 산길을 본 기억은 없었던 것 같은데. 오래전의 기억을 헤집는 유진의 귀에 그의 아련한 목소리가 들려왔다.

"저길 한번 가 보고 싶은데 도저히 혼자서는 엄두가 안 나네요."

차로 움직이면 몇 분 안에 도착할 정도의 가까운 위치인데 뭣 때문에 망설이는 걸까?

"왜요? 설마. 우리 승원이처럼 겁이 많아서는 아니죠?"

도훈이 긴 숨을 삼키며 잠깐의 시간을 흘려보내고서야 네, 하고 낮게 대답했다.

저 공원은 사람들이 잘 찾지 않는 곳이라 가로등도 빨리 소등했다. 그래서 유진은 그에게 어두운 길이 무서울 것 같으냐고 물은 것뿐이었다. 유진은 일부러 무거워진 분위기를 환기시키려 장난스럽게 물었을 뿐인데 그는 전혀 웃지 못했다. 오히려 미세하게 흔들리는 동공과 살짝 떨리던 입술을 보았을 때, 유진은 하지 말아야 할 말을 한 것 같아 후회감마저 들었다.

유진이 말했다.

"지사장님. 제 말뜻은 그런 게 아니라요."

"정말 혼자 가긴 두려워서 그래요. 여기 오고서부터 한번 가야지, 가 봐야지 했는데 도무지 발걸음이 안 떨어지더라고요."

혹시 저 언덕도 그의 인생에 기억된 한 페이지일까? 아무 의미도 없는 곳이라면 그가 저렇게 허망한 표정으로 바라보고 있지는 않았겠지.

유진이 조심스레 물었다.

"함께 가 드릴까요?"

"유진 씨가요?"

"네. 혹시 제가 불편하시면 대신 승원이를 데리고 가셔도 되는데."

"하하. 승원이와는 다음에 함께 갈게요. 이번엔 유진 씨가 같이 가 줘요."

유진은 그러겠다고 대답했다. 그에게 마음을 주지 않으려 냉정하게 대해도 봤고, 또 관심 없는 사람처럼 무감하게 굴려고도 애써 봤지만 이미 흘려 버린 마음은 잡을 수 없을 만큼 제멋대로 흔들거렸다.

지금까지 잘 참아 왔는데.

아마도 술 때문일 것이다. 이렇게 무방비하게 흐트러진 것도, 또 그에게 함께 언덕을 오르자 한 것도 모두가 이 술기운이 가져다준 무모한 용기 때문일 것이다. 그게 옳았고, 또 그래야만 했다.

먼저 자리에서 일어선 도훈이 혼란으로 얼룩진 유진의 얼굴을 내려다보며 말했다.

"그럼 이만 회식을 끝마치도록 할까요?"

그녀의 손에 들린 맥주 캔은 비어 버린 지 이미 오래다. 몇 시간 후면 잠에서 깨어 다시 바쁜 하루를 시작해야 한다는 것에도 부담감이 일었다. 그럼에도 회식에 마침표를 찍는 그의 말이 아쉽게 느껴지는 건 무엇 때문일까?

도훈이 여전히 앉은 채로 생각이 깊어지는 그녀를 향해 손을 내밀었다. 유진은 그의 손과 얼굴을 번갈아 보았다. 도훈이 쓸쓸하게 웃으며 기다리고 있었다. 유진은 천천히 손을 내밀어 그의 손을 살짝 잡았다. 그러자 그가 살짝 힘을 주어 일어나게끔 도와준 뒤 바닥의 손수건을 집어 들었다.

도훈은 자신의 집에서 몇십 초도 걸리지 않을 정도로 가까운 거리인 유진의 집 앞까지 그녀를 바래다주었다. 그러고서는 작별 인사를 건네려는 유진에게 말했다.

"오늘 회식 즐거웠습니다."

"저도요, 지사장님."

"들어가 봐요."

"그럼."

"아!"

도훈이 인사를 건네고 돌아서려던 유진을 돌려 세워 손에 들린 빈 캔 두 개를 빼앗아 가며 말했다.

"이건 내가 가지고 갈게요."

"왜요?"

그가 궁금해하는 그녀에게 작게 소곤거렸다.

"유진 씨 길에서 술 마시고 다니는 거 이모님이 아시면 꾸중하실 것 같아서요."

"어떻게 알았어요? 우리 이모 잔소리 심하신 거."

"그건 비밀."

도훈은 문영의 잔소리가 가끔은 담을 타고 넘어온다는 말은 하지 않기로 했다.

도훈이 빈 캔 두 개를 흔들어 보이며 인사를 건넸다.

"굿나잇."

짧은 인사를 남기고 사라진 그의 뒷모습을 보며 유진이 혼잣말로 소곤거렸다.

"잘 자요. 안도훈 씨."

인정과 부정 그 경계에서

토요일. 약속했던 유진의 휴무일이다. 프런트 근무자의 휴무일은 같은 조 근무자들과의 상의 끝에 결정된다. 리조트 업무 특성상 일반 직장과 달리 주말에 쉴 수 있는 경우는 드물었다. 대체로 2개월간의 휴무 일정을 미리 상의해서 결정한 후 쉬는 편인데, 해당 월의 공휴일에 토, 일요일의 개수를 포함한 숫자만큼 쉬었다. 도훈은 어제 통화에서 유진이 이번에 운 좋게도 토, 일요일을 연달아 쉬게 되었다며 즐거워하던 모습을 떠올렸다. 그 당시 신이 난 그녀의 목소리에 그마저 덩달아 기분이 좋아져 소리 없이 웃기도 했다.

오전에 잠깐 리조트에 다녀온 도훈은 샤워를 끝내고 세탁기를 돌리던 중 뜻밖의 손님을 맞이했다. 그의 아버지, 안민기 회장이었다. 그가 연락도 없이 태안까지 내려와 도훈의 집을 찾은 것이다.

민기는 오랜 동료이자 친구인 권기훈 비서실장, 그리고 정수종 운전기사와 함께였다. 그들은 밖에서 기다리겠다며 집을 나갔고, 마당에 남은 건 도훈과 민기 둘뿐이다.

도훈이 물었다.

"연락도 없이 어떻게 오셨어요?"

"왜? 오면 안 되니?"

"아뇨. 갑작스러워서 그러죠."

"진즉 와 본다는 게 바빠서 신경을 못 썼구나."

"괜찮습니다."

"뭐 하던 중이었어?"

"세탁기에 빨래 넣던 중이에요."

"네가 직접?"

민기가 왜 사람을 쓰지 않는지 궁금해 물었다. 도훈이 대답했다.

"네. 제가 하고 싶어서요."

사실은 그것보다 이 집에 누군지 잘 알지도 못하는 사람이 들락거리는 게 싫을 뿐이다. 그래서 귀찮음도 감수하고 직접 빨래도 하고, 세탁소에 옷을 맡기기도 한다. 가끔 비단결 같은 마음씨를 가진 용재가 천사처럼 나타나 대신 요리도 하고 뒷정리를 돕기도 하지만 대부분은 자신이 맡아서 하고 있다. 시간을 내어 냉장고를 채우고, 먹고 난 빈 그릇은 식기세척기에 넣고 잠시간 여유를 부리는데, 그 시간이 그렇게 평온할 수가 없다. 전에는 알지 못했던 느낌들이다.

"회사 일만으로도 바쁠 텐데 고생이구나."

"제가 좋아서 하는 건데요, 뭐. 덥지 않으세요? 안으로 들어가세요."

"아니. 오늘은 바람이 좋아서 여기 있고 싶다."

도훈이 집 안으로 안내하려 하자 민기가 고개를 저으며 마당의 평상에 앉았다. 그러곤 도훈이 자주 그러는 것처럼 고개를 들어 하늘을 올려다보았다.

"마실 거 드릴까요?"

"물이 좋겠다."

"가지고 나올게요."

도훈은 집 안으로 들어가 민기가 마실 물, 그리고 권 실장과 정 기사가 마실

음료를 챙겨 밖으로 나왔다. 그는 민기에게 물잔을 건넨 뒤, 밖에서 기다리는 두 사람에게도 음료를 건네고 돌아왔다. 그런데 평상에 앉아 있을 줄 알았던 안 회장의 모습이 보이질 않았다. 주위를 두리번거리던 도훈은 혹시나 하는 생각에 옥상으로 가 보았다. 그의 예상대로 민기는 옥상 난간에 기대서 리조트를 바라보고 있었다. 도훈이 옆으로 가서 나란히 서자, 그가 말했다.

"여기도 참 오랜만이구나. 감회가 새로워."

"늦었지만 리조트 인수하게 되신 것 축하드려요, 아버지."

"고맙다. 그런데 이상하지? 그토록 간절히 바라 놓고도 마침내 손에 들어오니 실감이 나질 않아. 내가 정말 저 건물을 인수하기를 오랫동안 바라 왔던 사람이 맞나? 싶은 생각이 들기도 하고 말이다."

"후회하세요?"

"후회?"

흐음, 하며 긴 숨을 내쉬는 민기의 얼굴에 그늘이 드리워진다. 한동안 생각에 잠겨 입매를 굳히고 있던 그가 도훈을 돌아보며 물었다.

"너는 누군가를 사랑해 본 적이 있니?"

"글쎄요."

"다시 물으마. 내 모든 걸 걸어서라도 갖고 싶은 여자를 만난 적 있어?"

문득 머릿속에 한 여자가 떠올랐다. 아니라고 지우려 해도 계속해서 그 자리에 맴도는 사람. 그 여자가 내가 가진 모든 걸 버리고서라도 갖고 싶은 여자일까?

민기가 말했다.

"후회하냐고 물었지? 아니. 그럴 리가 있겠니? 내가 가진 모든 걸 버려서라도 다시 찾고 싶은 사람을 만난 곳인데. 오히려 그때로 돌아갈 수만 있다면, 하고 바랄 때가 더 많아."

"아버지."

"도훈아."

민기가 두툼한 양손으로 도훈의 넓은 두 어깨를 살며시 감싸 쥐며 다정하게 말했다.

"사랑하면서 살거라. 내가 모두 사라져 재가 되어 버린다 해도 상관없다 여겨질 만큼 귀한 사람 만나서 웃으면서 살아. 인생은 생각보다 짧아."

도훈은 자신의 어깨를 힘 있게 쥐었다 놓은 민기가 흐뭇하게 웃으며 옥상 계단을 내려가는 모습을 빤히 쳐다보았다. 늘 일이 우선이라 여기던 그가 아까운 시간을 놓치지 말고 사랑하며 살라고 말한다. 사랑을 잃은 자의 안타까움이 고스란히 느껴져 마음이 절로 무겁다.

도훈은 아버지 민기와 권 실장, 그리고 정 기사와 함께 태안 시내의 한식당에서 점심 식사를 했다. 식사 자리가 끝나 갈 무렵 권 실장과 정 비서는 담배를 태우겠다고 먼저 일어서고, 남은 두 사람 중 도훈이 먼저 식사를 마치고 수저를 내려놓으려 할 즈음 민기가 입을 열었다.

"도진이 곧 한국에 들어올 거다."

동생 도진은 현재 미국에서 거주 중이다. 두 해 전 아라리조트의 지사 중 한 곳에 입사해 근무하다 직원들과의 마찰이 심해 타 지사로 옮겨 갔는데, 그곳에서도 문제를 일으켜 아버지에 의해 해고됐었다. 그 후 쫓겨나다시피 미국으로 가 공부를 한다고 들었던 게 벌써 두 해가 다 되어 가고 있었다.

민기가 물었다.

"네가 데리고 가르쳐 보는 게 어떻겠니?"

"제가요? 도진이를 이곳으로 보내시겠단 말씀이세요?"

"그래."

도훈은 한 치의 망설임도 없이 답했다.

"싫습니다."

기분이 상한 도훈이 갑갑한지 와이셔츠 단추를 하나 더 풀며 미간을 좁히자, 민기가 다 이해한다는 뜻으로 고개를 주억거렸다.

"못 들은 거로 할게요. 먼저 일어나겠습니다."

도훈이 자리를 박차고 나가려는데 민기의 말이 발목을 붙들었다.

"도진이 그 못된 성미를 나라고 왜 모르겠니? 그렇지만 네게도 동생 아니야? 이번 한 번뿐이다. 네 새어머니가 처음이자 마지막이라며 부탁하더구나. 네 밑에서도 제대로 못 해내면 그 아이, 리조트에 입사시키는 일 포기하겠다고 말이다."

도훈은 자신이 가족도, 그 무엇도 아니라던 그 사람들을 위해 뭔가를 하고 싶지 않았다. 그래서 새어머니의 부탁 따위 들어줄 생각도 없었다. 무엇보다 도진이 여기로 온다면……

도훈은 유진이 그와 마주치는 일은 없도록 하고 싶었다. 자신의 존재만으로도 버거워하는 그녀가 도진을 보게 되는 일만은 막고 싶었다. 도훈은 마음을 굳게 먹고 말했다.

"죄송합니다."

"도훈아!"

"먼저 일어나겠습니다."

도훈은 재차 자신의 이름을 부르는 민기를 홀로 남겨 두고 음식점을 빠져나왔다. 그러고는 먼저 나온 자신을 의아하게 바라보는 권 실장과 정 기사에게 아버지를 잘 모시고 가 달라는 양해의 말을 남긴 뒤, 차를 몰고 집으로 향했다. 집으로 가는 내내 속이 울렁거렸다. 먹었던 음식 중 역한 것이 있었나? 싶을 정도로 속이 불편했다. 그러다 갑자기 구토가 나오려고 해 도훈은 급히 차를 세우고 밖으로 나왔다. 다급한 마음에 길가의 가로수를 붙잡고 고개를 떨구었지만 속에선 아무것도 쏟아져 나오지 않았다.

도훈의 집 텃밭 앞에 쪼그리고 앉아 구경 중이던 유진은 조금씩 가까워져 오는 자동차 소리에 모퉁이 너머로 고개를 비죽 내밀었다. 눈에 익은 차가 길 끝에서 열심히 달려오고 있었다.

유진은 구부렸던 무릎을 펴고 모퉁이를 돌아 나가 섰다. 사실 아까부터 기다리고 있었다. 어젯밤 도훈이 문자 메시지로 내일 오후에 함께 언덕에 오르자 해서 그러겠다고 했는데, 막상 날이 밝자 그에게선 정오가 지날 때까지 아무런 연락이 없어 의아해하던 참이었다. 그래서 궁금한 마음에 슬쩍 지나가는 척하며 도훈의 집 담 너머를 훔쳐보았는데 아무런 인기척이 느껴지지 않았다. 그러고 보니 늘 집 앞에 주차되어 있던 차도 보이질 않아 외출한 건 아닐까 짐작만 하고 있던 차였다.

잠깐만 기다려 볼까? 약속을 어길 사람도 아닐 텐데…… 싶어서 기다리던 게 지금까지 왔다. 혹여 안 좋은 일이라도 생겨 연락을 못 하는 건 아닐까 걱정했는데 그건 아닌 모양이다.

유진은 가벼워진 마음으로 그의 차가 멈추길 기다렸다. 곧 차가 정차했고, 그에게 어떤 말로 인사를 건네야 할까 고민하던 그녀는 차에서 내리는 그의 얼굴을 확인하고서는 지금껏 고민한 게 무색할 정도로 어떤 인사말도 건넬 수가 없었다. 유진이 걱정되어 물었다.

"어디 편찮으세요?"

도훈의 안색이 썩 좋지 않았다. 몸살을 앓은 사람처럼 기운이 없어 보였고 낯빛이 어두웠다.

"아니에요. 아까 뭘 잘못 먹었는지 살짝 속이 안 좋긴 했는데, 지금은 많이 나아졌어요. 그런데 유진 씨. 왜 나와 있어요? 설마 여기서 계속 기다리고 있었던 거예요?"

지금 누가 누굴 걱정하는 건지. 유진이 그를 안심시키려 거짓을 말했다.

"아니요. 저도 방금 나오던 길이에요."

"점심은요? 먹었어요?"

"네."

"그럼 여기서 잠시만 기다려 줄래요? 집에 잠깐 들어갔다 나와야 할 것 같은데."

"전 괜찮으니까 천천히 다녀오세요."

"곧 나올게요."

도훈이 집 안으로 모습을 감춘 뒤 유진은 자신의 집으로 들어가 문영에게 나갔다 오겠다는 인사를 남기고 다시 원래의 자리로 돌아왔다.

도훈은 공원 입구의 주차장에 차를 세웠다. 집에 들어가 양치질을 하고 나니 울렁거리던 속이 점차 나아져 컨디션도 많이 좋아졌다.

유진을 태워 공원까지 오는 동안 민기에게서 계속 전화가 걸려 왔지만 받지 않았다. 좀처럼 부탁이라는 것을 할 줄 모르시는 분이 이렇게까지 하시는 건 그만큼 간절하다는 뜻일 터였다. 하지만 자신 역시 이번만큼은 물러설 생각이 없었다.

차에서 내린 유진이 사람이 한 명도 없는 공원을 둘러보았다. 구경할 사람 없는 허전한 연못에 무지개를 띤 분수가 화려하게 치솟고 있었다. 연못 주위를 둘러싸듯 심어진 색색의 수생 식물들도 선명한 색을 띠며 올망졸망 모여 있는 게 보기가 좋아 구경하는 이가 없다는 게 아쉬울 정도였다.

도훈이 분수가 치솟는 연못을 멀거니 바라보며 중얼거렸다.

"전에는 없었던 것 같은데."

"공원 말이죠? 이모께 듣기론 몇 년 전에 지어졌대요. 그 전에는 낡은 운동 기구 몇 개뿐인 작은 공터나 마찬가지였다고 하시더라고요."

"그랬었나? 기억이 잘 나질 않네요."

"지사장님은 여기 여러 차례 와 보셨던 것 아니에요?"

"아니요. 여기 온 건 이번이 두 번째예요."

그런데 왜 그렇게 허망하게 바라보셨어요?

유진이 며칠 전의 밤을 떠올리며 속으로 물었지만 그는 알 리가 없다. 도훈이 공원에서 조금 떨어진 작은 숲길을 가리키며 말했다.

"언덕으로 가려면 저쪽으로 올라가야 할 것 같아요."

도훈이 가리킨 좁은 길 옆 무성하게 자란 잡풀들 사이로 붉은색의 양귀비 몇 송이가 제 모습을 뽐내듯 화사하게 피어올라 있었다. 유진은 오래전 엄마를 따라 지인의 집에 들렀다 관상용 양귀비를 본 적이 있었다. 그때 좋아하시던 엄마의 모습이 떠올라 저도 모르게 입가에 미소가 그려졌다.

이제 가자고 말하려 돌아보던 도훈이 그녀의 미소에 따라 웃음 지으며 물었다.

"뭐 재미난 거라도 생각났어요?"

"아니요. 아무것도 아니에요."

"뭔지 듣고 싶은데."

"그게, 엄마 생각 나서요."

"유진 씨 어머님이요?"

도훈은 유리의 빈소에서 가슴을 치며 울던 그녀의 어머니를 떠올리며 얼굴이 굳었다. 하지만 유진은 다른 기억을 떠올린 건지 평소보다 더 밝게 웃으며 말했다.

"정말 별건 아니고요. 엄마가 화초 가꾸는 걸 좋아하세요. 그래서 전에 같은 취미를 가진 지인분 댁에 가신 적이 있었거든요."

"유진 씨도 함께요?"

"네. 그 집 마당이 정말 넓었던 기억이 나요. 거기서 관상용 양귀비를 처음 보기도 했었고요."

앞서 걷던 도훈의 눈에 잡풀들 사이로 삐죽삐죽 모습을 드러낸 양귀비가 들어왔다. 따라 걷던 유진이 이어서 말했다.

"그때 생각이 나서요. 우리 엄마 다른 건 몰라도 화초 욕심은 정말 많으시거든요. 그때 양귀비를 보고 홀딱 반하셔서 지인을 졸라 몇 송이를 뽑아 집으로 가져왔었어요. 지사장님, 혹시 양귀비 뿌리에서 나는 냄새 맡아 본 적 있으세요?"

"아니요."

"상상해 보세요. 어떨 것 같아요?"

"글쎄. 아무래도 꽃이니까 나쁜 향이 날 것 같진 않은데."

유진이 목소리를 높였다.

"엄청 고약해요. 말로는 표현하기 어려운데요. 차에 싣고 오는 내내 그 냄새 때문에 에어컨도 못 켜고 창문 다 열고 돌아왔던 기억이 나요. 그래서 양귀비를 보면 자연스럽게 엄마가 떠올라요."

"그래서 웃은 거군요."

"네. 엄마가 차에서 내리자마자 다 갖다 버리겠다며 소리를 지르셨던 게 생각나서요."

도훈이 흐뭇하게 웃으며 안내하듯 먼저 걸어갔다. 도훈이 수풀을 헤쳐 준 덕분에 유진은 편하게 길을 오를 수 있었다.

유진은 언덕이라고 해서 뭐 거창한 것을 기대한 것은 아니었다. 그저 흙으로 단단히 다져진 바닥에 벤치 하나 있으면 감사하겠다, 그런 생각으로 길을 오르는데 앞서 걷던 도훈이 갑자기 걸음을 멈추었다. 하마터면 그의 등에 머리를 부딪칠 뻔한 유진이 그의 옆으로 천천히 비켜섰다.

그들이 올랐던 좁은 길에서 산으로 연결되는 길옆으로 자그마한 공간이 아늑하게 자리하고 있었다. 그곳에 수령이 꽤 오래된 데다 허리까지 굽은 소나무가 한 그루 있었는데, 나무의 큰 가지들이 작은 벤치 하나를 감싸듯이 길게 뻗어 있었다.

"벤치다."

작게 중얼거린 유진이 만족스러운 미소를 지었다.

도훈은 벤치 아래로 이어진 얕은 내리막길을 천천히 걸어 내려갔다. 약 20년 만에 찾은 곳이라 많이 변해 있을 줄 알았다. 하지만 변한 건 그때에는 없던 벤치가 생긴 것과, 절벽 아래로 추락하는 것을 방지하기 위해 펜스를 길게 이어 둔 것뿐이었다.

펜스에 양팔을 얹어 상체를 굽힌 도훈이 정면의 바다를 응시하고 있을 때, 곁으로 다가온 유진이 같은 곳을 바라보며 말했다.

"지사장님이 왜 같이 오자고 했는지 알 것 같아요."

도훈이 흥미로운 표정으로 그녀를 돌아보았다.

"여기 경치는 정말 좋은데 혼자 오면 무서울 것 같거든요."

유진이 드물게 환히 웃었다. 기분 탓인지 오늘따라 그녀가 더 예뻐 보였다. 그런데 올라오느라 많이 힘들었는지 그녀의 이마에 작은 땀방울이 맺혀 있는 게 눈에 들어왔다. 도훈이 손을 뻗어 땀방울을 닦아 주자 유진이 흠칫 몸을 떨었다. 도훈은 예상했다는 듯 별 반응을 보이지 않은 채 다시 몸을 돌려 정면을 응시했다.

그가 말했다.

"약 20여 년 전에 처음 와 보고 두 번째 온 거예요. 그땐 이 펜스도, 저기 저 벤치도 없었던 것 같은데. 참 신기하죠? 잊고 살았으면 하고 바라는 건 잊어지지가 않고, 기억되었으면 하는 것들은 흔적도 없이 사라져서 어느 시점이면 그 순간을 완전히 잊어버리게 되는 것 같아요."

"잊고 싶으신 일 있으세요?"

"네. 열다섯의 부족했던 나. 안도훈이요."

도훈이 쓸쓸하게 웃으며 뒤의 벤치 부근을 쳐다보았다.

"어머니가 이곳에서 제 어깨에 기대 눈을 감으셨어요. 바로 저 벤치 아래 바닥에서요."

"아…… 그래서 혼자 못 오겠다고 하신 거였군요."

"네. 그때의 나와 마주하는 게 두려웠거든요."

잠시 생각에 잠기던 그가 아차 하며 물었다.

"내 얘기, 이모님께 들은 적 있어요?"

"어떤?"

"그냥 아무거나. 내가 여기서 지냈던 일들이나, 아니면 우리 어머니에 관해서요."

"어머님께서 많이 아프셨다는 얘긴 들었어요."

"맞아요. 많이 힘들어하셨었죠."

유진은 그가 왜 이런 얘길 꺼낸 것인지에 관해서는 생각하지 않기로 했다. 그에게도 털어놓을 곳이 필요했는지 모른다. 그녀도 간혹 아무 상관도 없는 사람에게 가슴에 묻어 둔 상처들을 속 시원히 얘기하고 떨쳐 내고 싶은 날이 있고는 했는데, 그에게도 오늘이 그런 날인 것인지도 몰랐다. 유진은 오늘만큼은 마음을 짓누르는 것들은 잊고 그의 얘기를 듣고 싶었다. 그래서 물었다.

"어머니는 어떤 분이셨어요?"

"아름다우신 분이요. 곁을 지나는 누구나 한 번쯤은 뒤돌아볼 만큼 미모가 뛰어나신 분이었죠. 미모에 반해 쫓아다니신 분들도 많았다고 들었고요."

"지사장님이 잘생기신 데엔 다 이유가 있었던 거군요."

"내가 잘생겼습니까?"

"네."

"어디가요?"

예상치 못한 질문에 당황한 유진이 낯을 붉히며 말했다.

"글쎄요. 거기까지는 생각해 보지 않아서요."

"그럼 한번 생각해 봐요. 어디가 얼마나 잘생겼는지."

도훈이 당장 대답하라며 조를 기세로 얼굴을 가까이 들이밀었다. 유진은 부담스러워 얼굴을 피했지만 도훈의 손이 그녀의 턱을 살며시 잡아 다시 돌려놓았다. 숨소리가 고스란히 느껴질 정도로 가까운 거리다. 유진은 두근거리는 자신의 심장 소리를 들킬 것만 같은 불안함에 아랫입술을 살며시 물었다. 도훈이 짓궂다 싶을 정도로 빤히 쳐다보며 말했다.

"나 그런 말 들어 본 적 별로 없어서 실감이 안 나서 그래요."

유진은 자신의 표정을 뚫어져라 살펴보는 도훈의 시선이 부담스러워 다시 고개를 돌렸다. 도훈은 이번엔 붙잡지 않았다. 대신, 새침해진 그녀의 옆모습을 보며 싱그럽게 웃었다.

그가 자신의 이야기를 이어 갔다.

"어머니를 떠올릴 때면 가장 먼저 떠오르는 기억은 웃는 모습도, 화난 모습도 아닌 아픈 모습이에요. 태안으로 이사 온 후 약 2주 정도의 시간을 제외하면 온통 그런 기억밖에 없어요. 울며 쏟아 내시던 신음 소리 하며 통곡에 가깝던 기침 소리들. 나는 그게 그렇게 무섭더라고요. 처음엔 어머니가 돌아가실까 봐. 그래서 혼자 남을까 봐. 그런데 그게 나중엔 어떻게 변했는지 알아요? 계속 저렇게 고통스러워할 바엔 차라리 편하게 보내 드리고 싶다. 그게 더 낫지 않을까? 그런 생각까지 하게 되더라고요. 참 못됐죠?"

유진은 도훈의 입가에 그려진 쓸쓸한 웃음에 마음이 저려 왔다. 그녀가 대답했다.

"아니요."

"못됐다고 해도 괜찮아요. 다시 돌아간다고 해도 그때의 내가 달라질 것 같진 않거든요."

"이해할 수 있을 것 같아요. 저라도 그랬을 거예요."

"어째서요?"

"우리가 그렇게 떠나고 난 후 엄마가 심하게 몸살을 앓으셨는데 옆에서 그저 지켜볼 수밖에 없었어요. 내가 할 수 있는 게 아무것도 없다는 것. 그게 얼마나 힘든 일인지 겪어 보지 않으면 모르는 거잖아요. 그런데 열다섯의 어렸던 지사장님은 어머님이 고통스러워하시는 모습을 오랫동안 지켜봐야만 했잖아요. 그 상황을 안다면 누구도 쉽게 못됐다고는 말 못 할 거예요."

"음. 저기."

유진은 도훈이 자신의 어머니 얘기에 민감하게 반응한다는 것을 느꼈다. 아까 양귀비에 관해서 얘기할 때도 그랬고, 지금도 마찬가지였다. 아마 어떤 말로 대답해야 할지 망설이는 중일 것이다.

유진이 그런 그를 향해 너그럽게 웃으며 말했다.

"지사장님이 그러셨잖아요. 편하게 대해 달라고요. 그러니 지사장님도 우리 가족 얘기 부담 없이 들어 주시면 안 돼요?"

할 말을 찾지 못해 허공을 바라보던 도훈이 고개를 돌려 자신을 염려스럽게 보고 있는 유진을 그윽하게 바라보았다. 아버지의 사랑하며 살라는 말씀에 왜 불쑥 이 여자의 얼굴이 떠올랐는지 이제 확실히 알 것 같았다. 조금만 짓궂게 굴면 금세 수줍어하는 그녀의 얼굴을 자주 보고 싶던 이유에도 확신이 생긴다.

그러면 안 된다는 것을 잘 알면서도 그녀를 마음에 담았기 때문이었다. 갑자기 속에서 무언가가 끓어오르는 느낌이 들었다. 벅차오른다는 감정이 이런 느낌일까? 손끝에 옅은 진동이 느껴지고 심장이 두근거렸다. 이 떨리는 마음이 밖으로 새어 나갈까 두려울 정도로 심장이 요동치고 있었다. 그런 그의 심정이 표정으로 드러난 걸까? 자신을 걱정스럽게 바라보던 유진이 맞물려 있던 시선을 급히 떼어 내고선 어설프게 주위를 두리번거리며 아무 말이나 꺼내 놓았다.

"갑자기 공기가 서늘해진 것 같지 않아요? 그만 내려가는 게 어떨까요?"

도훈은 잠자코 그녀를 바라보았다. 지금 당장 그녀를 끌어안고 입을 맞춰도 전혀 이상하지 않을 정도로 감정이 격해져 있는 그에 반해, 그녀는 두려운 시선으로 말끝을 흐리고 있다. 그녀를 겁에 질리게 하고 싶지 않았다. 자신마저도 혼란스럽게 하는 이 무모한 감정의 실체를 그녀가 알게 하고 싶진 않았다. 그녀가 이만큼의 거리를 허락한 것만으로도 감사한 일이었다.

도훈이 시선을 바닥으로 떨군 채 아랫입술만 연거푸 베어 무는 그녀에게 한결 가벼워진 목소리로 말했다.

"저녁부터 비 소식 있다던데. 그래서 하늘이 흐린가 봐요."

"그래요?"

유진이 아까보다 어두워진 하늘을 올려다보았다.

도훈은 아무 말이나 꺼낸다고 무심코 한 말이었는데 정말로 날씨가 서늘해지고 있었다.

그가 말했다.

"그만 내려가죠. 오늘 함께 와 줘서 고마워요."

"아니에요. 저는 이런 곳이 있는 줄도 몰랐는데 알려 줘서 고마워요."

도훈이 유진을 앞세우고 뒤에 서서 걸으며 물었다.

"내일은 뭐 합니까?"

"약속이 있어요. 현아와 만나서 밥 먹기로 했거든요."

"박현아 씨 말입니까?"

"네."

"전부터 느꼈던 건데, 많이 가까운 사이인가 봐요?"

"여기 와서 처음 사귄 친구예요. 이모 댁 말곤 아무 연고도 없는 곳이라 적응이 어려울 줄 알았는데 현아가 많이 도와줬어요. 그래서 더 친해지게 됐고요."

도훈은 내려가는 동안 유진이 편안해할 만한 주제들을 화두 삼아 대화를 나눴다. 현아에게는 만나는 사람이 없는지, 그리고 늘 날이 서 있는 것처럼 예민해 보이는 문 지배인은 어떤 사람인지도 물었다. 그리고 이제는 옥상에 올라가 봐도 되지 않느냐는 도훈의 물음에 유진은 그와 탈의실 앞에서 마주쳤던 상황을 떠올리며 소리 내어 웃기도 했다. 그러다 사내 연애라는 주제가 화두에 오르자, 유진이 황당한 질문을 건네 왔다.

"지사장님 만나시는 분 있으세요?"

"그게 무슨 말입니까?"

무슨 말도 안 되는 소리냐는 뜻으로 말한다는 게 목청이 살짝 커진 모양이다. 유진이 당황하여 움찔하는 게 느껴졌다. 도훈이 사과했다.

"미안해요. 너무 황당해서. 그런데 정말 무슨 말이에요? 내가 만나는 사람이 있다니?"

"직원들은 그렇게 알고 있던데요?"

도훈은 대수롭지 않게 대답하며 차로 향하는 유진을 잡아 돌려 세우곤 물었다.

"누가 그런 헛소문을 퍼트리고 다니는 거죠?"

"아니세요?"

"물론이죠."

"그게, 뭐라 그랬더라."

유진이 기억을 더듬으며 말을 이었다.

"전에 시내에서 어떤 여자분과 다정히 계신 모습을 누가 봤다고 했던 것 같은데."

"시내?"

단번에 떠오르는 이가 있었다.

"하민주 씨 말하는 겁니까?"

"글쎄요. 제가 그분 성함은 잘 몰라서요."

"아마도 민주 씨가 맞을 것 같네요. 내가 여기 와서 유진 씨 말고 따로 만난 여자라고는, 특히 시내에서 만났다는 여자는 민주 씨가 전부거든요."

도훈의 상기된 표정이 점차 차분하게 가라앉았다. 다른 사람도 아닌 유진이 그 질문을 꺼냈을 땐 어처구니가 없어 흥분하였는데, 이유를 알고 보니 별거 아니다 싶어 마음이 풀어졌기 때문이다. 그런데 왜 이 여자는 그런 얘기를 꺼내면서도 아무런 표정의 변화가 없을까? 만약 상황이 반대가 된다면 그는 이렇게 담담하지 못할 것 같은데 말이다.

유진이 말했다.

"사귀는 분 아니시구나. 소문의 내용이 너무 구체적이고 명확해서 저는 진짜인 줄 알았거든요. 오해했다면 죄송해요."

"아니. 사과까지 할 필요는 없고. 대신 그 구체적이고 명확한 내용이 대체 뭔지 어디 한번 들어나 봅시다."

도훈이 두 팔을 겹쳐 팔짱을 낀 채로 고개를 옆으로 비틀며 유진을 내려다보았다. 유진은 자신이 낸 소문도 아닌데 이렇게 취조받는 듯한 분위기가 형성되는 게 마음이 들지 않아 고개를 저었다.

"어차피 사실도 아니라면서요?"

"사실이 아니래도 궁금하잖아요? 사내에 내 얘기가 어떻게 전해졌는지, 또 얼마나 왜곡되고 편집되어서 떠돌고 있는지. 유진 씨라면 궁금하지 않겠어요? 생각해 봐요. 이렇게까지 된 마당에 내가 직원들 한 명씩 다 붙들고 그 소문 거짓이라고 말하는 것도 우습잖아요. 그러니 어떤 소문이 돌고 있는지 유진 씨가 말해 줘요."

"말 못 하겠어요."

"왜죠?"

"지사장님께서 이렇게 집요한 분이실 줄 몰랐거든요. 만약에 저 때문에 피해를 입는 직원이 있으면 어떡해요?"

"그런 일 없을 겁니다."

"그걸 어떻게 믿어요?"

"계속 이런 식으로 나올 겁니까? 진짜 말 안 할 거예요?"

"아니요. 안 하는 게 아니라 못 하는 거예요."

유진은 억울한 마음에 시선을 떨어뜨리고 입술을 삐죽 내밀었다. 고집을 부리는 유진이 귀여워 그녀를 내려다보며 기분 좋게 웃던 도훈이 갑자기 미간을 좁히며 물었다.

"그런데 왜 나는 그 소문보다 이게 더 기분이 나쁠까요?"

호기심에 고개를 든 유진이 눈을 키우며 물었다.

"뭐가요?"

"왜 안 묻습니까?"

"뭘 말이에요?"

"그 여자가 누구인지, 또 나와는 어떤 관계인지. 유진 씨는 정말 하나도 안 궁금해요?"

궁금하긴 하지만…….

사실 한편으로는 그 소문이 사실이길 바라는 마음도 있었다. 그에게 사랑하는 여자가 있다면 그를 향해 달려가고 있는 이 말도 안 되는 감정을 붙잡을 수 있지 않을까 하는 바람에서였다. 하지만 거짓 소문인 게 밝혀져 버린 지금은 묻고 싶어도 물을 수가 없었다.

도훈은 이번에도 입을 꾹 닫아 버린 그녀를 보며 속으로 한숨을 삼켰다. 이런 악연으로 만나지 않았더라면, 그럼 이렇게 멍청하게 바라보고만 있지는 않았을 텐데.

계속해서 욕심이 난다. 만지고 싶고 안고 싶다. 지금껏 자신은 나름 이성적이고 합리적인 인간이라 생각했었다. 그래서 어떤 상황에서도 본능적으로 행동하기보다는 이성적으로 생각할 줄 아는 인간이라고 믿었는데, 자만이었던 것 같다.

도훈이 들뜬 감정을 힘겹게 가라앉히며 덤덤하게 말했다.

"하민주 씨, 비서실장 김용재 씨 여자 친굽니다."

"정말이요?"

"네. 두 사람, 제주 지사에서 사내 연애 했었어요. 지금은 나 때문에 장거리 연애가 됐지만. 얼마 전에 용재 통해서 민주 씨가 제주에서 왔다는 소식을 들었어요. 가까운 거리도 아니고, 또 다음에 언제 만나게 될지 몰라 얼굴이라도 보러 나갔던 건데 직원들 중 누군가가 봤나 보군요."

"그랬군요."

"네. 그런 소문이 돌았는지는 몰랐는데. 말해 줘서 고마워요."

"아니에요. 저야말로 감사해요."

"뭐가요?"

"그냥, 다요."

유진은 궁금해하며 바라보는 도훈을 두고 돌아서며 속으로 중얼거렸다.

오늘 당신이 힘겹게 꺼낸 얘기들. 꺼내기 힘든 말들이었을 게 분명한데 나한테는 아무렇지 않게 말해 줘서 고맙다고요. 안도훈 씨.

12
오해

일요일. 현아와 통화 중인 유진의 얼굴에 의문이 가득하다.

"계국지 먹자는 거 아니었어?"

— 야! 너는 그딴 계국지 지긋지긋하지도 않냐? 우리 엄마 딸인 나도 질려 죽겠는데 넌 어쩜 입맛이 그렇게 촌스럽니? 어머, 아얏!

통화 중이던 현아가 갑자기 비명을 질렀다.

— 아! 아파! 엄마. 나 애랑 통화 끝내고 마저 맞을게. 어?

현아의 어머니가 그녀를 혼내는 목소리가 수화기 너머로 들려와 유진은 소리 없이 웃었다.

— 알았어. 항복! 계국지가 최고야. 됐지?

수화기 너머에서 아주머니와 실랑이를 벌이는 현아가 다시 말을 꺼낼 때까지 느긋하게 기다리며 유진은 머리카락을 빗었다. 얼마 지나지 않아 아주머니와 실랑이를 끝낸 현아가 다시 통화로 돌아와 한숨을 푹 쉬었다.

— 휴. 질린다는 말 한마디 했다가 황천길 갈 뻔했네.

"그러게. 아주머니가 항상 입조심하라 하시는데 넌 왜 그렇게 말을 안 듣니?"

— 됐거든? 참. 너 오늘 예쁘게 입고 나와. 알았지?

"예쁘게라니? 나 어디 선보러 가?"

— 선볼 때만 예쁘게 꾸미라는 법 없거든?

"귀찮은데. 안 꾸며도 그럭저럭 봐 줄 만은 하잖아? 안 그래?"

— 아무리 착각은 자유라지만 아닌 건 아닌 거라고.

"흥."

유진이 삐진 척 코웃음도 쳐 보지만 현아는 신경도 쓰지 않은 채 제 할 말만 하고 전화를 끊어 버린다.

— 난 분명 얘기했다! 예쁘게 하고 나와야 해? 꼭!

"야! 박현아!"

황당한 표정으로 휴대폰을 내려놓은 유진이 혼잣말로 구시렁거렸다.

"내가 평소에 그렇게 이상하게 입고 다녔나? 오늘따라 왜 옷차림 가지고 난리들이지?"

사실 옷차림에 관해 지적한 건 현아만이 아니었다. 현아와 통화하기 전 효연에게서 먼저 전화가 걸려 왔던 것이다. 그동안 너무 성의 없게 입고 다녔던 것도 아닌데 꼭 그렇게 보였던 것 같아 기분이 좋질 않았다.

게다가 오늘 세 사람이 회사 밖에서 따로 만날 때 종종 가곤 했던 현아네 식당에 갈 줄 알았다. 그런데 아니란다. 효연의 사촌 오빠가 새로 오픈한 레스토랑에서 식사를 하기로 둘은 이미 말을 맞추었단다. 대체 어떤 곳이기에 이렇게나 차림을 강조하는 것일까? 문자 메시지로 주소와 상호명을 전달받았지만, 새로 오픈한 가게라 알 수 있는 게 아무것도 없었다.

유진은 입으려고 꺼내 두었던 가벼운 셔츠와 팬츠를 다시 넣고 화려한 다홍색의 원피스를 꺼내 들었다. 마음에 들어서 샀던 옷은 아니다. 작년 여름의 끝즈음에 현아를 따라 들렀던 숍에서 직원의 추천을 받은 옷이었는데, 구매한 뒤 딱 한 번 입었다. 그녀를 본 사람들이 하나같이 잘 어울린다고 말했지만, 유진은 어쩐지 자신의 것이 아닌 것 같은 느낌에 손이 잘 가지 않아 그냥 넣어 두기만 했던 것이었다. 그런데 왠지 모르게 오늘은 이 옷이 눈에 들어온다.

너무 화려한가? 고민하던 유진은 고개를 저었다. 늘 수수하게 입었다고 해서 오늘도 그래야만 할 이유는 없다. 그래. 오늘은 너야. 결정한 유진이 빠르게 옷을 갈아입었다.

약속 장소에 도착한 유진은 웨이트리스의 안내를 받아 창 쪽 좌석에 앉아서는 두 사람을 기다렸다. 곧 오겠지? 생각하며 느긋하게 기다렸지만 두 사람이 생각보다 많이 늦다. 준비하는 데 시간이 많이 걸리는 현아가 약속 시간을 어기는 일은 종종 있었지만 효연은 한 번도 그런 적이 없었다. 게다가 그녀의 사촌 오빠가 새로 오픈한 레스토랑이니 더 빨리 나올 줄 알았는데 그녀 또한 나타날 기미를 보이지 않았다. 유진이 의아해하며 휴대폰을 손에 쥘 즈음, 뜻밖의 사람이 알은체를 해 왔다.

"어? 서진리조트 반유진 씨 아니세요?"

먼저 알은체를 해 온 이는 효연, 현아와 즐겨 찾던 호프집의 젊은 사장 석준우였다. 그는 평소와는 완전히 다른 차림이었다. 커트를 했는지 어중간하던 길이의 머리는 짧게 정돈되어 있었고, 옷차림은 한 번도 본 적 없던 연그레이 색상의 슈트 차림이었다.

유진이 자리에서 일어서며 답인사를 건넸다.

"어머. 사장님도 여기서 약속이 있으신 거예요?"

"아, 저기, 저는……."

준우는 어떻게 답해야 할지 모르겠다는 얼굴로 말끝을 흐렸다. 유진은 말하기 어려운 상대인가 보다 생각하며 자신의 얘기를 꺼냈다.

"저는 현아와 배 주임님 만나서 밥 먹기로 했거든요. 아시죠? 호프집 갈 때마다 늘 같이 가던 두 사람 말이에요."

"박현아 씨요?"

"네."

"어? 저는 오늘 박현아 씨 만나러 나온 건데요?"

"네?"

두 사람 다 이게 뭔 상황인지 몰라 어리둥절해 있던 그때, 유진에게 현아의 문자 메시지가 도착했다.

[석 사장님 오셨지? 두 사람 좋은 시간 보내.]

유진이 허탈한 표정으로 문자 메시지를 다시 한 번 더 읽어 보려 할 즈음, 석준우에게도 메시지가 도착했다.

[석 사장님이 말했던 사람이 반유진 씨 맞죠? 오늘 우리는 빠져 줄 테니 두 사람 좋은 시간 보내요.]

메시지를 확인한 준우가 유진에게 물었다.

"혹시 그 메시지, 누가 보낸 건지 물어봐도 되겠습니까?"

"현아요. 저, 혹시 석 사장님께도?"

준우가 자신의 휴대폰을 내밀어 메시지 내용을 확인시켜 주었다. 잠자코 읽던 유진의 머릿속에 좀 전에 그가 했던 말이 떠올랐다.

'어? 저는 오늘 박현아 씨 만나러 나온 건데요?'

유진이 조심스레 물었다.

"오늘 만나기로 한 사람이 현아라고 하셨죠?"

"네."

"그런데 왜 이렇게 된 걸까요? 저는 분명 세 명이서 밥 먹기로 해서 나온 거거든요."

난감해하는 유진을 보며 준우가 씩 웃었다.

"정말 어떻게 된 건지 모르시겠어요? 저는 뭔가 알 것 같기도 한데요?"

의문스러운 눈길로 준우를 바라보던 유진이 뒤늦게야 뭔가를 알아차린 표정을 지으며 고개를 떨어뜨렸다.

"내가 미쳐. 정말."

이 상황이 황당하면서도 즐거웠는지 준우가 웃음을 터뜨렸다. 고개를 든 유진이 물었다.

"사장님. 정말 실례되는 질문인데요."

"네."

"오늘 현아에게 따로 하실 말씀이 있으셨던 거죠?"

"고백하려고 했습니다."

그의 진지한 대답에 유진이 하아, 숨을 뱉으며 고개를 저었다.

일이 어쩌다 이렇게 되었을까?

"며칠 전 효연 씨가 지인분들과 가게에 오셨었어요. 그날 계산하고 나가시다 말고 다시 돌아와서는 대뜸 묻더군요. 자신이 늘 함께 오는 일행 중에 마음에 둔 사람이 있는 거 아니냐고요. 솔직히 그렇다고 했습니다. 고백할 타이밍을 찾고 있던 참이라고요. 그래서 자리 좀 만들어 주십사 부탁드렸는데 일이 이렇게 돼 버렸네요? 하하."

이제야 이 상황의 전모를 알게 된 유진이 제대로 사과했다.

"정말 죄송합니다. 뭔가 착오가 있었던 것 같아요."

"괜찮아요. 유진 씨도 모르고 나온 거잖아요."

미안함에 어쩔 줄 몰라 하는 유진에게 준우가 제안했다.

"이렇게 만난 것도 인연인데 식사는 하고 헤어지는 게 어떻겠습니까?"

"지금이라도 현아를 부르는 게 낫지 않을까요?"

"그러고 보니 지금 박현아 씨는 제가 반유진 씨에게 호감이 있다고 생각하고 있겠네요?"

"네. 분명히요."

"하하. 상황이 뭔가 재미있어졌네요."

"죄송해요."

"아닙니다. 그리고 직원분도 우리 때문에 많이 난처해진 것 같은데 우선 앉는 게 어떨까요?"

유진은 그제야 서 있는 두 사람을 유심히 보고 있는 직원들, 그리고 그들을 흘긋거리는 손님 몇몇을 발견하고 민망함을 느꼈다.

"그러는 게 좋겠어요."

두 사람이 자리에 앉자 아까 안내를 해 주었던 웨이트리스가 다가와 메뉴판을 내밀었다. 준우가 상냥하게 웃으며 물었다.

"주문은 천천히 해도 되겠죠?"

"물론입니다. 메뉴가 정해지면 불러 주세요."

"고마워요."

웨이트리스가 돌아간 뒤, 준우가 여전히 난처한 표정을 지우지 못한 유진에게 말했다.

"왜 이런 오해가 생겼는지 모르겠지만 오늘이 고백할 타이밍은 아니었나 봅니다. 그러니 괜찮으시면 저와 식사하고 나가시죠. 오늘 식사는 제가 대접하겠습니다."

유진이 손을 저으며 사양했다.

"아니에요. 저희가 사장님께 큰 실례를 범했어요. 제가 사게 해 주세요."

"아니요. 제가 살 테니 대신,"

"대신?"

"유진 씨가 박현아 씨에게 제 얘기 좀 잘 해 주세요. 두 분 굉장히 가까운 친구 사이시잖아요. 맞죠?"

"네. 걱정 마세요. 제가 꼭 잘 얘기할게요."

"고맙습니다."

두 사람은 식사를 함께 하면서 즐거운 시간을 보냈다. 현아에 관해 궁금한 것이 많았던 준우가 주로 묻는 식이었고, 유진은 신중하게 답을 골라 대답했다. 대화 중 알게 된 새로운 사실 중 하나는 준우가 의외로 쑥스러움이 많다는 것이었다. 그래서 현아와 눈이라도 마주치면 심장이 두근대는 바람에 그녀 대신 유진을 종종 바라보았던 건데, 유진의 일행은 이를 잘못 이해하고 그의 마음을 오해한 것이었다.

비록 호프집 사장과 손님이라는 입장으로 만난 사이일 뿐이지만, 그간 서로

가 쌓아 온 신뢰는 무시할 만한 것이 아니었다.

그동안 그의 여러 모습을 보아 왔다. 손님을 대할 때의 진중한 태도, 그리고 만취한 손님의 객기에 어떻게 대응하는지 등 여러 상황에서 본 그의 모습은 꽤 괜찮은 사람이라는 평가가 아깝지 않을 정도였다. 그래서 현아와 효연이 두 사람을 엮어 가며 놀릴 때도 그다지 기분 나쁜 건 없었다. 함께 놀림의 대상이 된 사람의 성향이 난폭하거나 거칠었다면 그런 장난들에도 몹시 기분이 상했을 것이다.

현아 역시 마찬가지였다. 술자리에서는 놀리듯 말했지만, 어떤 땐 꽤 진지한 표정으로 준우를 남자로 만나 보는 게 어떠냐는 제안을 하기도 했었다. 외모, 성품 등을 다 따져 봤을 때 그만한 남자가 있겠냐는 말도 건넸었기에 유진은 자연스럽게 두 사람의 긍정적인 미래를 머릿속에 떠올릴 수 있었다.

진심으로 두 사람이 잘되었으면 좋겠다. 그래서 오늘의 이 해프닝이 두 사람의 미래에 즐거운 추억 중 하나가 되기를 간절히 바랐다.

오전 열한 시까지 늦잠을 잔 도훈이 부스스한 상태로 거실로 나오니 용재가 사 온 것들을 주방으로 옮기고 있었다.

"뭐 하는 거야?"

"지사장님 냉장고가 비어서요. 식량 배달 중입니다. 세탁소에 맡겨야 할 것들도 챙길 겸 잠깐 들렀어요."

"나 때문에 네가 고생이다."

"저 이렇게 고생하는 거 싫으시면 도우미를 쓰시든가요."

"그게. 아직은 좀 그래."

머리를 긁적인 도훈이 크게 하품하며 주방으로 들어갔다. 셔츠 소매를 팔꿈치까지 접어 올린 용재가 사 온 것들을 상자에서 꺼내 냉장고에 차곡차곡 넣고 있었다. 노곤한 표정으로 상자 속을 살피던 도훈의 눈이 반짝였다. 평소 간식 삼아 즐겨 먹던 소시지 상자를 발견한 것이다. 도훈이 소시지를 꺼내 비닐을 뜯으며 물었다.

"너 리조트 내에 떠도는 소문 들었어?"

용재가 냉장고 상단의 야채 칸을 다 채운 후 닫으며 무덤덤하게 물었다.

"무슨 소문 말입니까?"

"나에게 사귀는 사람이 있대."

"지사장님께요?"

"응."

"그게 누군데요?"

"하민주 씨."

"뭐라고요!"

용재가 버럭 소리를 지르며 돌아보았다. 도훈은 그럴 줄 알았다는 듯이 놀라지도 않고 자연스럽게 소시지 한 개를 더 꺼내 비닐을 뜯었다.

"누가 그런 헛소문을 낸 겁니까? 대체 누가 그런 말도 안 되는 소리를."

도훈이 유독 더 세게 흥분하는 용재를 황당하다는 듯 쳐다보며 물었다.

"그런데 너 좀 웃긴다? 내가 소문이라고 했지, 사실이라고 한 적도 없는데 뭘 그렇게 흥분해?"

"생각하기도 싫은 끔찍한 일이니까 그러는 겁니다. 그 상대가 지사장님이라 해도 어쩔 수 없는 문제거든요, 이건."

"너도 화나지?"

"네!"

"해명하고 싶지?"

"물론입니다!"

"그럼 조만간 민주 씨 한번 초대해서 우리 리조트에 묵게 해."

"제 오피스텔 놔두고 왜요?"

"너는 출근하지 않을 때 뇌를 집에 두고 오니? 당연히 사람들 눈에 띄게 해서 민주 씨가 네 애인이다, 못 박으려고 그러는 거잖아?"

"아!"

"아버지께서 우리 똑똑한 용재는 잘 있느냐고 물으시던데. 정정해 드려야겠어."

"회장님과 통화하셨습니까?"

"어제 다녀가셨어."

"어제요? 왜 저한테 말씀 안 하셨어요?"

"너 서울 본가에 간다고 했었잖아?"

"그런데 어떻게 미리 연락도 없이 오셨답니까?"

용재는 도훈이 계속해서 먹어 치우는 소시지 상자를 빼앗아 냉장고에 집어 넣는 것으로 정리를 마무리했다. 도훈이 아쉬운 표정을 여실히 드러낸 채 식탁 의자에 풀썩 앉으며 대답했다.

"도진이 때문에."

"안도진 씨 말입니까?"

용재가 따라서 맞은쪽 의자에 앉으며 묻자, 도훈이 고개를 끄덕였다.

"지사장님과 안도진 씨가 무슨 상관이 있습니까?"

"너도 그렇게 생각하지?"

"네."

"근데 아버지는 아니신가 봐. 도진이도, 새어머니도 다 그렇게 생각할 텐데. 아버진 그래도 동생 아니냐고 물으시더라. 참. 혹시 물도 사 왔어? 다 떨어진 것 같던데."

재빠르게 의자에서 일어선 용재가 냉장고를 열어 작은 생수병 하나를 건네주며 물었다.

"이참에 정수기를 들여놓는 게 어떠시겠어요?"

"정수기 물맛 싫어하는 거 알잖아."

도훈이 뚜껑을 열어 한 모금 마신 뒤 이어 말했다.

"여기서 일 배우게 하는 건 어떻겠냐고 물으셨어."

"지사장님 밑에서요?"

"응."

"안도진 씨가 그렇게 한답니까?"

"거기까진 안 물어봤어."

"그럴 사람이 아니지 않습니까?"

"새어머니 때문이겠지. 리조트 경영에 개입하고 싶어 하시잖아? 본인으로서는 한계가 있으니 아들 도진이라도 대신 밀어 넣으시려는 것 같은데, 걔가 사고 친 전적도 몇 번이나 있고. 쉽지 않은가 봐."

"그래서 지사장님 밑에 두면 뭐요? 뭐가 달라지기라도 한답니까? 괜히 데리고 있다 지사장님까지 피해 봅니다."

"그럴까?"

"가는 지사마다 사고 치던 사람이에요. 몇 년 지났다고 그 성질머리 어디 갔겠습니까? 내가 회장 아들이네, 하고 입으로만 일하려 하는데 누가 좋아하겠냐고요? 그런 사람을 지사장님 밑에 둔다고 뭐가 크게 달라지겠어요? 괜히 지사장님만 골머리 앓으시지."

"내 걱정 해 주는 거야?"

"꼭 그렇지만도 않아요. 제 걱정이기도 합니다."

다시 의자에 앉은 용재가 어깨를 으쓱이곤 입술을 비죽거렸다.

"같이 있어서 좋을 게 없는 사람이잖아요. 한 번씩 생각해요. 지사장님이나 안도진 씨나, 두 사람 다 회장님 핏줄 이어받은 건 마찬가진데 어쩜 저렇게 다를까? 그런 거요."

"나를 미워하는 마음을 이해 못하는 건 아니야. 아버지와 부적절한 관계를 가진 건 새어머니지, 도진이는 아니니까. 아무것도 몰랐던 그 애에겐 아버지와 새어머니만이 가족이었어. 그 테두리 안에 존재하는지도 몰랐던 형이라는 사람이 불쑥 나타났을 때의 기분이 어땠을까? 그렇게 생각하면 그 애를 완전히 비난할 수도 없어."

"지사장님의 가족이라는 울타리를 깨어 버린 건 작은 사모님이 먼저였습니다."

용재는 도훈의 어머니를 큰 사모님, 도진의 어머니인 진아정을 작은 사모님이라 칭했다. 그래서 아정에게서 더 큰 미움을 사지만 그는 전혀 상관치 않는 것처럼 보였다.

도훈이 끄덕였다.

"그래. 맞아. 그랬었어. 그런데 이상하지? 나는 분명 정상적인 부부 사이에서 태어나고 자랐는데도 가끔은 내가 부정한 존재인 것처럼 느껴져. 마치 내가 평화롭던 남의 가정을 깨어 버린 것처럼, 그렇게."

"지사장님."

"알아. 바보 같은 생각이라는 거. 그런데도 가끔은 그런 생각이 들어. 아마도 그 집에서 지내면서 세뇌가 된 모양이지."

"어울리지 않게 왜 그런 말씀을 하세요."

"휴. 우리 이제 이런 재미없는 얘기는 그만하자."

"그럼 재미있는 얘기로 주제를 전환해 보죠."

"응?"

"궁금한 게 있는데, 직설적으로 물을까요? 아니면 두루뭉술하게 돌려서 물을까요?"

"둘의 차이가 뭔데?"

도훈이 흥미로워하며 웃어 보이자 용재가 설명했다.

"전자를 선택하시면 대번에 지사장님께서 얼굴을 붉히게 만들 수 있겠죠."

"후자를 선택한다면?"

"음. 별 차이는 없어 보이네요. 워낙에 눈치가 빠르신 분이니."

"이러나저러나 별 차이가 없다면 굳이 뭐 하러 돌아가?"

"그럼 솔직하게 여쭐게요. 반유진 씨와는 어떤 관계세요?"

또 분명 시답잖은 질문일 거라 여겼던 도훈은 의자에 느긋하게 기댄 자세로 생수를 마시다 하마터면 뿜어 버릴 뻔했다. 도훈이 입가의 물기를 닦으며 물었다.

"무슨 질문이 그래?"

"썸입니까? 아니면 짝사랑?"

"도통 무슨 말을 하는 건지 모르겠다."

"강 실장님도 똑같은 대답을 들으셨다고 하더군요."

"건오와 통화했어?"

"네. 지사장님 식사 잘 챙기라고 당부하셨어요."

"제 몸이나 잘 챙기지, 오지랖은."

도훈이 은근슬쩍 대화 주제를 벗어나려 하자 용재가 채근하며 물었다.

"말씀해 보세요. 반유진 씨하고는 무슨 관계세요?"

"취조하니?"

"비서실장으로서가 아니라 친한 동생 용재로서 묻는 겁니다."

"좋아해."

"그럴 줄 알았습니다."

"나 혼자."

"하아. 역시."

용재가 무슨 큰일이라도 난 것처럼 꽤 심각한 표정으로 한숨을 쉬었다.

"어떻게 알았어?"

"지사장님이 많이 달라지셨으니까요."

"내가?"

"네. 제주에서는 지겹도록 리조트에 박혀 일만 하시던 분이 최근 들어 휴무 꼬박꼬박 다 챙겨 쉬시는데 이상하지 않겠습니까?"

"그야."

"여기보다 제주가 바빴다, 이런 시답잖은 변명은 마십시오. 다른 시기라면 몰라도 휴가철만큼은 거기나 여기나 비슷한 상황이니까요."

"너 어디서 말 잘하는 기술 배워 왔어?"

"어디 그뿐입니까? 데스크에 반유진 씨 근무하는 날이면 수시로 오르내리시 잖아요."

"내가?"

"조금 더 보태서 반유진 씨 근무 스케줄, 본인보다 더 잘 알고 계실 것 같은데. 아닙니까?"

"너 나 스토킹해?"

"다행히 직원들은 전혀 의심하지 않는 눈칩니다. 지사장하고 말단 직원이 그런 사이가 되긴 어렵다는 관념 때문인지, 아니면 다들 바빠서 그런 건지. 가끔 직원들이 저들끼리 쉬쉬하며 하는 얘기 중에도 지사장님과 반유진 씨는 없으니 다행이죠, 뭐. 안 그랬다가는, 어휴."

도훈은 상상만 해도 끔찍하다는 표정의 용재를 보면서 기분 좋게 생글거렸다.

뭐가 저렇게나 좋을까? 용재가 꼴사납다는 듯 쳐다보며 말했다.

"들키지 마십시오. 혹 차이기라도 하면 부끄러움은 지사장님만의 몫이 아니니까."

"그럼 누구 몫인데?"

"제 몫도 있단 말입니다. 생각해 보세요. 여러모로 빠질 것 없어 보이는 지사장님이 여직원에게 차이면 뒷말이 얼마나 많겠습니까?"

"그게 걱정돼서 감정을 숨기고 싶진 않아."

"쳇."

"그런데 걱정 마라. 그러고 싶어도 못 그러니까."

"왜요?"

제 욕심 차리자고 이 감정을 드러낼 수는 없을 테니까. 한 번이라도 드러냈다간 들불처럼 번져 걷잡을 수 없이 커져 버릴 것을 너무도 잘 알아서 꽁꽁 숨겨야만 한다는 것을 누구보다 더 잘 아니까.

잠시 후 의자에서 일어선 도훈이 울적한 마음을 지우려 일부러 밝은 목소리로 말을 꺼냈다.

"배고프다. 점심 뭐 먹을까?"

"주말 점심은 비빔면이죠. 계세요. 제가 맛있게 끓여 드릴게요."

"오이도 넣을까?"

"찾으실 줄 알고 제가 다 사 왔습니다."

"역시. 난 너 없으면 안 돼."

"그럼 저도 이 집에 들어와서 함께 살까요?"

용재가 은근히 묻는 말에 도훈이 경악하며 고개를 저었다.

"아니! 아니야. 그건 아니다, 용재야."

"왜요? 제가 있어야 한다면서요?"

"나는 좋아하는 사람과 함께 있고 싶은 거지, 스토커와 같이 살 생각은 추호도 없다. 그러니 꿈 깨."

"쳇. 저도 싫습니다. 우리 민주랑 단둘이 알콩달콩 살고 싶지, 서른 넘은 노친네와 살고 싶겠습니까?"

"노, 노친네?"

"그럼 물 끓이겠습니다."

돌아선 용재의 뒷머리가 뜨끔거렸다. 아무래도 노친네라는 단어에 충격을 받은 도훈이 자신의 뒷머리를 뚫어져라 노려보고 있는 모양이었다.

레스토랑에서 식사를 마친 뒤, 준우는 유진을 집 앞까지 바래다주겠다고 나섰다. 유진은 괜찮다며 극구 사양했지만 준우 역시 물러서지 않아 어쩔 수 없이 함께 그녀의 집으로 돌아왔다.

유진은 집으로 가려면 도훈의 집을 지나쳐야 한다는 것이 마음에 걸렸지만 더 깊이는 생각하지 않기로 했다.

유진을 집 앞까지 바래다준 준우가 말했다.

"오늘 고마웠습니다. 덕분에 현아 씨에 관해 더 많이 알게 됐어요."

"아니에요. 저희 측 실수로 귀한 시간만 뺏은 것 같아 죄송해요. 정말."

"그런 생각 하지 마시라니까요."

남자답게 시원스레 웃던 준우의 웃음이 빠르게 잦아들었다. 따라 웃던 유진이 의아한 눈길로 바라보자, 그가 그녀의 뒤를 빤히 쳐다보며 작게 물었다.

"저분 아는 분이세요?"

"누구요?"

유진이 몸을 돌려 바라본 곳에 도훈이 서 있었다. 그는 서늘한 시선으로 그녀와 준우를 번갈아 쳐다보다 이내 몸을 돌려 집 안으로 모습을 감추었다. 아주 짧은 순간이었지만 그에게서 형언할 수 없는 분노의 감정을 느낀 유진의 심장이 미친 듯이 쿵쾅거렸다. 분명 자신이 잘못한 건 아무것도 없었음에도 불구하고 까닭 모를 죄의식이 들었다. 그 탓에 유진은 정식으로 마지막 인사를 건네는 준우에게 실례되는 줄 알면서도 생각나는 대로 아무렇게나 답하고는 도망치듯 집으로 들어와 버렸다.

때마침 마당을 청소하던 문영이 길에서 호랑이라도 만난 사람처럼 허옇게 질려 들어오는 유진을 발견하고는 놀라서 물었다.

"너 얼굴이 왜 그래? 어디 아파?"

"아, 아니야!"

"정말 괜찮아?"

"괜찮다니깐."

문영은 샌들을 내팽개치듯 벗어 던진 유진이 다급하게 방 안으로 들어가는 모습을 보며 중얼거렸다.

"오랜만에 예쁘게 차려입고 나간다 했더니 뭔 일이래?"

문영의 물음에 대충 얼버무리고 방으로 들어온 유진은 벽에 등을 기대고 섰다. 조금 전 보았던 도훈의 표정이 뇌리에 박혀 사라지지 않는다.

왜 그렇게 보았을까? 꼭 화가 난 것처럼 보였는데. 그래서 어떤 변명이라도 해야 할 것 같은 기분마저 들었는데.

유진의 몸이 벽을 타고 스르르 바닥으로 무너져 내렸다. 그가 왜 그렇게 바라보았었는지 알 것 같지만 믿고 싶지 않았다. 자신이 느낀 감정이 틀렸기를 바랐다. 그런데 왜 이렇게 가슴이 따끔거릴까? 꼭 날카로운 무언가에 찔리기라도 한 것처럼 통증이 느껴져 잠시간 아무것도 할 수가 없었다.

194

13

원한다, 원하지 않는다

화난 표정의 도훈을 보았던 일요일이 지나고, 한 주가 흘러 다시 토요일이 왔다.

야간조라 아침에 퇴근한 유진은 정오 가까운 시간 즈음 알람 소리를 듣고 잠에서 깨어 욕실로 향했다.

잠시 후면 그녀의 생일을 축하해 주기 위해 부모님이 도착할 것이다. 오랜만에 뵐 부모님 생각에 설레어도 모자랄 판에 가라앉은 마음은 나아질 기미가 보이지 않았다. 아마도 마음 한구석에 자리한 그 사람 생각 때문일 것이다.

유진의 예상대로 그녀의 부모님은 정오를 넘긴 지 얼마 되지 않아 태안의 이모 댁에 도착했다. 샤워를 마친 후 옷을 갈아입고 나오던 유진은 집으로 들어오는 부모님을 발견하고는 꺅 소리를 질렀다.

"엄마! 아빠!"

소리를 지른 유진이 마당으로 나가 선영, 영우와 차례로 포옹을 나누었다.

아빠를 꼭 끌어안은 유진이 아이처럼 울먹였다.

195

"보고 싶었어, 아빠."

"나도 우리 딸 보고 싶어서 아주 혼났다."

선영이 꼭 끌어안은 두 부녀의 모습을 흐뭇하게 바라보는데, 동생 문영이 차에서 꺼낸 짐을 가지고 들어오며 말했다.

"언니. 뭘 이렇게 많이 싸 왔어? 아주 바리바리도 싸 왔네."

"별거 아니야. 유진이 먹고 싶다던 갈비찜이랑 잡채, 또 나물 몇 가지하고, 네가 좋아하는 팥죽 끓여 온 게 다야. 아! 유진이 이모부 잘 드시던 과실주도 몇 병 가져왔어."

"내가 언제 팥죽을 찾았다고 그래?"

선영이 능청스럽게 묻는 문영을 향해 슬그머니 눈을 흘겼다.

"그럼 이 더운 날 새알 들어간 팥죽 좋아하는 사람이 너 말고 여기 어딨니? 그리고 유진이는 팥 별로 안 좋아한단다."

"그랬었나? 흐음."

문영이 전혀 기억나는 게 없다는 듯 뻔뻔스레 굴며 부엌으로 들어가자, 선영이 중얼거렸다.

"아유, 저 앙큼한 것."

문영을 따라 짐을 옮기던 한수가 끼어들어 물었다.

"능구렁이가 따로 없지요?"

"네. 제부. 속에 뭐가 들었는지 모르겠어요."

"제가 저런 여자하고 삽니다."

"고생이 많으셔요."

"하하. 좀 그렇지요?"

한수의 농담에 선영이 소리를 내어 웃었다.

"자, 자. 다들 여기서 이러지 말고 안으로 들어가세요. 저 능구렁이 같은 안사람이 두 분 오신다고 오늘 특별히 더 맛있는 점심을 준비해 뒀거든요."

"오랜만에 처제가 솜씨를 부린 모양이구먼."

영우는 마침 허기가 지던 터라 반가운 기색을 내비치며 한수를 따라 마루 위로 올라섰다.

유진은 선영의 팔에 살갑게 매달리며 그녀를 이끌었다.

"엄마. 우리도 들어가자."

"그래."

잠시 후 마루에 유진의 생일상이 차려졌다. 상에는 문영이 만든 미역국과 생선구이, 잡채 등 다양한 음식들과 더불어 선영이 만들어 온 갈비찜과 나물도 올라 있었다. 케이크는 준비하지 않았다. 유진이 부담스러워했기 때문이다. 축하 노래를 부르지도 않았다. 그저 밥 한 끼 함께 하는 것으로 생일을 축하하고 기념했다.

사실 몇 년 전까지만 해도 유진이 생일상을 받는다는 건 꿈만 같은 일이었다. 동생 유리가 사고로 떠난 이후 선영은 한동안 넋이 나간 사람처럼 지냈고, 영우 역시 직장 생활이 아니었다면 버틸 수 없었을 정도로 위태로운 시간들을 보냈었다. 유진에게는 학교생활이 그 버팀목이 되었다. 가장 평온해야 할 곳인 집 안에서 세 사람은 지독히도 끔찍한 시간들을 보냈고, 그나마 밖에 나가서야 숨이 트이는 일상을 반복했었다. 그러다 유진이 대학을 졸업할 무렵 즈음이 되어서야 집 안의 분위기가 차츰 변화하기 시작했다.

마치 흐르는 시간이 약이었던 것처럼 선영은 느리지만 조금씩 원래의 모습으로 돌아오고 있었고, 영우도 차츰 활력을 되찾기 시작했다. 유진 역시 첫 직장이었던 서진리조트에 입사해 새로운 경험들이 늘어 갈수록 한 걸음, 두 걸음 천천히 과거의 슬픔에서 빠져나올 수 있었다.

그리고 몇 달쯤 지났을 때 유진의 부모님이 아주 오래간만에 그녀의 생일상을 차려 주었다. 생일 그거 뭐 별거라고. 대수롭지 않게 여기던 유진도 그날만은 참을 수 없어 선영을 안고 엉엉 울었다.

그렇게 그들은 넷에서 셋이 된 삶을 조금씩 받아들여 갔다. 가끔 유리 얘기도 나눴지만 그 횟수는 몇 차례 되지 않았다. 잊은 게 아니었다. 그들 각자의 가슴속에 묻어 두었을 뿐.

얼마 지나지 않아 세 사람은 자연스럽게 예전의 일상으로 돌아갔고, 이제는 유리의 얘기를 꺼내도 눈물부터 흐르지는 않게 되었다.

유진은 선영이 만들어 온 갈비찜을 들어 한 입 베어 물었다. 자신이 좋아하는 단맛과 짠맛이 조화롭게 어울려 맛이 아주 일품이었다. 유진이 맛있게 먹는 모습을 흐뭇하게 바라보던 선영이 동생 문영에게 말했다.

"갈비찜 남은 건 냉장고에 넣어 뒀어. 양이 많아서 두 번 정도는 더 먹을 수 있을 거야."

"덕분에 우리가 호강하네."

"호강은 무슨. 유진이 챙기느라 고생이 많지?"

선영이 미안한 마음에 다정하게 묻자, 문영은 고개를 저었다.

"늙은이들하고 같이 사느라 저가 더 갑갑하지, 무얼. 참. 준희네는 승원이 데리고 사돈댁 갔어. 내일 저녁에나 온다는데 보고 가기는 힘들겠지?"

"시간이 그렇게는 안 될 것 같은데."

영우가 아쉬워하며 말을 이었다.

"그 코딱지만 하던 녀석도 많이 컸지?"

"그럼요, 형님. 클수록 제 아비를 꼭 닮아요. 옛말에 소 도둑질은 해도 피 도둑질은 못 한다더니, 그 말이 딱 맞아요."

한수의 대답에 영우가 껄껄 웃었다.

"맞아. 우리 유진이도 봐. 제 엄마를 쏙 뺐잖아."

"그래서 말인데요. 형님."

한수가 은근하게 영우를 불렀다.

"응?"

"우리 동사무소에 괜찮은 직원이 한 명 있는데 유진이 짝으로 다리를 한번 놔 보면 어떨까 싶어서요. 형님 생각은 어떠세요?"

"아. 그거야 유진이 생각이 먼저 아닌가?"

한수와 영우, 두 사람이 동시에 유진을 돌아보았다. 유진이 난처한 기색을 드러냈다.

"이모부. 저는 아직 누굴 만날 생각이 없어요."

"왜? 이모부가 저렇게 말씀하실 정도면 꽤 괜찮은 사람 같은데 한번 만나라도 보지 그러니?"

선영이 혹하여 물었지만 유진은 딱 잘라 관심이 없다고 말했다.

더 황당한 건 이런 상황에 뜬금없이 떠오르는 도훈의 얼굴이었다. 그는 여전히 화나 있을까? 아니야. 착각한 거겠지. 그가 그럴 리가 없잖아. 유진은 스스로를 타이르며 다시 대화로 돌아왔다. 유진이 한수에게 말했다.

"죄송해요. 이모부."

"아니다. 네가 싫다면 어쩔 수 없지."

한발 물러서는 한수의 얼굴에 아쉬운 기색이 가득했지만 유진으로서는 어쩔 도리가 없었다.

"그래. 아직 젊은데 벌써부터 뭐 하러 서두르겠어? 밥이나 먹어."

문영이 유진의 앞으로 반찬 접시를 밀어 주며 말했다. 그러다 갑자기 무언가 깨달은 얼굴을 하고선 대뜸 물었다.

"너 따로 만나는 사람 있는 건 아니지?"

"이모도 참. 그런 사람 없어."

"저 옆집 총각하고 뭔 사이 아닌 건 확실하지?"

"갑자기 그 사람 얘기가 여기서 왜 나와?"

"옆집 총각? 그이가 누군데?"

호기심 많은 선영이 문영을 향해 물었다. 그러자 문영이 신이 나서 설명했다.

"으응. 얼마 전부터 저기 옆집에 젊고 잘생긴 총각 한 사람이 들어와 살기 시작했거든. 그 총각이 유진이하고 곧잘 붙어 다니기에 혹시나 해서 물어본 거야."

"이모! 곧잘이라니? 모르는 사람이 들으면 정말 무슨 사이라도 된 줄 알겠다."

유진이 당혹스러움에 목소리를 높이자, 선영이 은근하게 웃으며 물어 왔다.

"너하고 친한 사람이니?"

"직장 동료라 오고 가면서 인사하는 게 전부야."

"저 계집애 거짓부리 하는 것 좀 봐. 얼마 전에는 같이 차 타고 어디도 댕겨 오더니만?"

"그땐 그 사람이 부탁한 게 있어서 잠깐 같이 다녀온 거라고 했잖아?"

"그랬었나?"

요상한 분위기를 만들어 놓은 문영이 이제 와 능글맞게 딴청을 부렸다. 유진은 의아해하는 영우와 선영에게 다시 한 번 제대로 설명했다.

"같은 리조트 직원이고, 또 이웃사촌이라 가끔 도울 일 있으면 돕고 하는 것 뿐이야. 그러니 오해하지 마세요, 두 분. 아셨죠?"

"그래. 네가 아니라면 아닌 거겠지."

유진의 당부를 담백하게 받아들인 영우와 달리 선영은 여전히 의구심 가득한 눈길을 쏘아 댄다. 유진은 더 설명해 봤자 변명으로만 들릴 것 같아 짐짓 아무렇지 않은 척 굴며 식사를 이어 갔다.

선영은 도훈에 관해 더 궁금한 눈치였지만 한수가 요즘 야생 동물 때문에 농작물 피해가 많다는 얘기를 꺼내 대화 주제가 바뀌는 바람에 더 물어볼 수도 없었다. 유진은 다행이라 생각하며 편하게 식사하다 갑작스레 튀어나오는 문영의 말에 또 한 번 기함하고 말았다.

"마침 잘됐다, 유진아."

"뭐가?"

"밥 먹고 옆 총각네 좀 다녀와."

"갑자기 거긴 또 왜?"

"총각 혼자 지내면서 뭘 제대로 챙겨 먹기나 하겠어? 좋은 게 좋은 거라고, 이럴 때 나눠 먹어야지. 네 엄마가 싸 온 것들하고 몇 가지 챙겨 줄 테니 가져다주고 와."

"그 집에 그 사람 혼자 살아?"

선영이 눈을 키우며 묻자 문영이 크게 고개를 끄덕였다.

"으응. 혼자 살아."

"나이는 몇인데?"

"우리 유진이보다 몇 살 많지, 아마? 게다가 인물도 어찌나 훤칠한지. 내가 20년만 젊었어도 어떻게 한번 해 보고 싶을 정도라니까?"

"이봐, 문영 씨. 꿈 깨. 당신이 20년이 아니라 30년이 젊어도 그 총각은 절대 안 되니까."

남편 한수의 말에 문영이 버럭 성을 냈다.

"아니, 왜? 내가 어디가 어때서?"

"거울 좀 보게, 이 사람아. 내가 당신 젊을 때를 모른다면 모를까. 빤히 아는데 어디 그런 촌스러운 얼굴로 옆집 총각을 넘봐? 넘보긴."

한수의 직설적인 말에 유진의 부모님이 키득거렸다. 유진은 차마 대놓고 웃진 못하고 입술만 씰룩였다.

"이 사람이 지금 뭐라는 거야? 내가 어디가 촌스럽게 생겼다고? 언니! 언니도 그렇게 생각해?"

애꿎은 선영에게로 화살이 날아왔다. 그녀는 제부의 말에 동의하면서도 동생의 감정이 상할 게 걱정돼 마음에도 없는 말을 꺼냈다.

"촌스럽기는. 제부! 오래되어서 잊었나 본데 그때 우리 동네에서 제일 예뻤던 애가 문영이었어요. 기억 안 나요?"

"아니요. 기억납니다. 기억나고말고요. 우리 집사람이 분명 그 동네에서는 제일 예뻤지요. 아무렴요. 그때 그 마을에서 시집 안 간 처녀라고는 이 사람밖에 없었으니까요."

한수의 장난 섞인 대답에 다들 참지 못하고 웃음을 터뜨려 버렸다. 늘 아내 바라기이자 애처가인 그도 아니다 싶은 건 잘라서 아니라고 못 박는 성격이라, 문영은 늘 그게 불만이라고 말해 왔다. 가족들도 그런 그의 성격을 잘 알아 이제는 그런가 보다 하는데, 유독 아내인 문영만은 분을 못 참아 씩씩대곤 하였다. 지금처럼 말이다.

"이 사람이 진짜! 말이면 단 줄 알아요?"

선영이 꽥 소리를 지르는 문영을 다독이며 말했다.

"제부 말 한 귀로 흘려들어. 웃자고 한 말에 그렇게 악다구니를 하면 제부 입장이 어떻게 되니?"

"언니는 지금 누구 편이야? 나야? 저 양반이야?"

"유치하게 내 편, 네 편이 어디 있어? 자, 자. 기분 풀고 밥 먹자."

"그래. 처제. 김 서방이 말은 저렇게 해도 처제 사랑은 아주 끔찍하잖아?"

"어휴. 이 집에 내 편이라고는 하나도 없어."

"그만하고 이따 해변에 바람이나 쐬러 가자. 오랜만에 왔는데 집에만 있기 갑갑하잖아. 당신도 괜찮지?"

선영의 제안에 영우가 시원하게 대답했다.

"나야 좋지."

"제부는 어때요?"

"저도 좋지요. 그리고 갈 때 과실주도 챙겨 갑시다. 바닷가에서 노을 지는 거 보면서 딱 한 잔 마시면 그 맛이 아주 끝내줄 것 같은데. 물론 우리 예쁜 문영 씨가 좋아하는 안주 챙겨서요."

한수가 옆에 앉은 아내의 어깨를 슬며시 끌어당기며 눈을 찡긋거렸다. 문영은 싫다고 손을 쳐 내지만 그새 기분이 나아진 듯 표정이 한결 부드럽다.

"그럼 저는 식사 마저 끝내고 정리하고 갈 테니 네 분 먼저 가 계세요."

유진이 뒷정리를 하겠다고 나서자, 문영이 당부했다.

"그래. 그리고 나올 때 옆 총각네 들러서 음식들 좀 가져다주고 와."

"꼭 그래야 해?"

"얘는. 아무 사이 아니라면서 뭘 그렇게 질색을 하고 그래? 너 계속 그러면 진짜로 의심할 거야."

"알았어. 간다고요."

유진은 네 사람이 해변으로 출발하고 난 뒤 혼자서 설거지를 마쳤다. 그냥 이대로 곧장 해변으로 가고 싶은 충동이 들었지만, 문영의 당부를 무시했다가는 더 큰 오해를 살 것 같아 마음대로 할 수도 없었다.

유진은 갈비찜과 잡채, 그리고 나물이 담긴 밀폐 용기와 미역국이 담긴 보온 죽통을 챙기며 부디 도훈이 집에 없기를 바라고 또 바랐다.

오후라 하여도 아직은 해가 중천에 떠 있다. 그런데 이 남자는 왜 하필 여기서 잠이 들었을까?

유진은 마당의 평상 위에 긴 다리를 쭉 뻗은 채 잠이 든 도훈의 모습을 안쓰럽게 내려다보았다.

그가 집에 없기를 바랐었다. 그래서 이 불편한 순간을 맞이하지 않기를 바랐다. 그런데 도훈은 마당의 평상에 떡하니 누워 잠이 들어 있었다. 그것도 해가 비스듬히 얼굴을 내리쬐고 있는 상태에서 말이다.

잠든 그의 모습을 무심히 내려다보던 유진이 조심스럽게 평상의 빈 부분, 그러니까 그의 허리 부근에 엉덩이를 내려놓았다. 음식이 담긴 용기를 넣은 장바구니는 평상의 그늘진 곳에 아무렇게나 두었다. 그러곤 햇볕이 닿아 뜨거울 얼굴 위로 두 손바닥을 펼쳐 손 그늘을 만들었다. 그러자 살짝 굳어 있던 그의 표정이 스르르 부드럽게 풀어진다.

잠든 그의 얼굴을 훔쳐보는 기분이 야릇했다. 늘 시선을 마주하기보다 피하기 바빴던 얼굴을 제대로 보고 있으니 가슴이 더 떨리는 느낌이었다. 할 수만 있다면 곱게 감긴 두 눈과 오똑한 코, 도톰한 입술을 손가락 끝으로 훑어 내려보고 싶었다. 어떤 느낌일까? 상상처럼 부드러울까?

얼마나 그러고 있었는지 모르겠다. 이 정도면 된 것 같다는 생각이 들었다. 더 있다간 그가 깰지도 모른다는 생각에 유진이 손 그늘을 걷으려는데, 갑자기 올라온 도훈의 손이 그녀의 팔목을 세게 끌어당겼다. 살짝 휘청이던 몸이 쓰러지듯 그에게로 끌려갔다. 어떻게 된 건지 상황을 판단할 겨를도 없었다. 순식간에 벌어진 상황에 어안이 벙벙해진 유진이 정신을 차렸을 때, 그녀는 몸을 일으켜 앉은 도훈의 품에 거의 안겨 있다시피 했다.

놀란 유진이 빠르게 상체를 세웠다. 하지만 도훈에게 붙잡힌 손목은 여전히 그에게 닿아 있었다. 유진이 떨리는 목소리로 말했다.

"놔주세요."

도훈은 당혹감을 감추지 못하는 유진을 지그시 응시했다. 평소처럼 부드럽게 웃지도, 그렇다고 화가 난 사람처럼 보고 있지도 않았다. 간절하고 은밀한, 그리고 의미가 분명한 그의 시선에 그녀의 얼굴이 화끈거렸다. 거기다 지금의 이런 느낌, 어쩐지 낯설지가 않았다. 왜일까? 생각하던 그녀의 뇌리에 언뜻 떠오르는 기억이 있었다. 얼마 전 도훈의 어머니가 돌아가셨다던 언덕에 올랐을 때 그가 보내온 은밀한 신호. 그때도 그는 그녀를 이렇게 바라봤었다. 유진은 어리지 않았고, 남자의 이런 눈빛이 뭘 의미하는지 모르지 않았다. 위험했다.

유진이 다시 한 번 부탁했다.

"손목 아파요."

도훈은 그제야 그녀의 손목을 천천히 놓아주었다. 하고 싶은 말과 해야 할 말의 경계에서 한참을 고민하던 그는 본능보다는 이성을 따르기로 결정하고 사과의 말을 건넸다.

"너무 놀라서 그랬어요. 미안합니다."

그의 건조한 말투에 머쓱해진 유진이 잡혔던 손목을 다른 손으로 쓰다듬며 대꾸했다.

"괜찮아요."

"그런데 우리 집까지 어쩐 일입니까?"

"드릴 게 있어서요."

유진이 자리에서 일어나 근처에 두었던 장바구니를 들어 그의 앞에 놓아 주었다. 도훈은 그녀와 장바구니를 연이어 바라본 뒤 의문스럽게 올려다보았다. 유진이 떨리는 목소리로 말을 이었다.

"서울에서 부모님이 오셨어요."

그녀를 올려다보는 도훈의 눈이 약하게 찌푸려졌다. 해를 등지고 선 유진의 얼굴이 역광에 가려져 갑갑했다. 그녀의 얼굴을 제대로 보고 싶었다. 그래서 자리에서 일어섰을 뿐인데 금세 후회가 들었다. 꽤 긴장한 그녀의 표정을 보는 순간, 도훈은 나락으로 떨어지는 기분이 들었다. 왜 자신은 그녀에게 두려움의 대상일 수밖에 없을까? 그녀와의 관계가 여기서 한 걸음도 더 나아갈 수 없다는 사실이 오늘따라 더 서글프게 느껴졌다.

할 수만 있다면, 그래도 된다면, 그녀를 붙잡고 소리쳤을 것이다. 지난 주말의 그 남자는 누구였고, 또 왜 거기서 그렇게 소리를 내며 웃고 있었는지. 현아 씨와 약속이 있다던 거짓말은 왜 했는지도 따져 묻고 싶었다. 하지만 안 되겠지.

체념한 도훈이 덤덤하게 대꾸했다.

"그래요?"

"네. 오랜만의 가족 모임이라 엄마와 이모 두 분 다 음식을 넉넉하게 하셨거든요. 그래서 나눠 드리려고 가져왔어요. 음. 또 이모가 지사장님 끼니 거르고 다닐까 봐 걱정 많이 하세요. 입에 안 맞으시더라도 잘 드셨으면 좋겠어요."

"고맙습니다."

"네. 저는 가 볼게요."

유진은 한시라도 빨리 이곳을 벗어나고 싶었다. 그와 있는 게 이렇게까지 어색했던 적은 없었기에 더더욱 그랬다. 하지만 그는 그녀를 쉽게 놓아주지 않을 건가 보다. 도훈이 그녀를 불렀다.

"유진 씨."

"네?"

분명 하고픈 말이 있는데. 도훈은 차마 꺼내지 못하고 머뭇거린다. 매번, 매 순간이 머뭇거림과 포기의 연속이었다. 그 틈에서 어떻게든 터져 나오려 기회만 엿보고 있는 이기적인 진심을 감추는 일은 이제 익숙해질 법도 한데 여전히 어렵기만 했다.

도훈이 힘겹게 예의 미소를 만들어 내며 말했다.

"아닙니다. 잘 먹을게요."

"네."

유진이 그의 집을 나선다. 그녀의 뒤로 살며시 닫히는 나무 문 소리에 그의 가슴이 미어진다.

사실 아까 잠결에 유진의 발걸음 소리를 들었다. 이 동네에서 이렇게 조심스럽게 다가올 사람은 그녀 말고는 없다. 게다가 그녀에게서 종종 느껴지던 익숙한 향기에 심장 박동 소리도 조금씩 커져 가고 있었다.

바보처럼 그저 좋았다. 지난 주말의 그 일 때문에 한껏 속이 상해 있었는데, 이렇게 다가와 곁에 앉는 그녀가 그저 좋아서 멍청하게도 웃음이 터져 나올 것만 같았다. 그녀가 언제쯤 말을 걸까? 먼저 눈을 뜨고 알은체하는 게 나을까? 고민하던 그때, 감은 두 눈을 채우던 밝은 빛이 사라졌다. 내리쬐던 뜨거운 태양도 더 이상 느껴지지가 않았다. 뭐지? 궁금했지만 지금 이대로도 좋아서 가만히 눈을 감고 그 순간의 행복을 만끽해 보기로 했다.

문득 이런 게 행복일까? 하는 생각이 들었다. 그저 누군가의 곁에 있는 그 자체로 안정감을 느끼고 마음이 편안해지는 이런 순간이 행복의 순간이라면, 제가 가진 그 어떤 것과 바꾸어도 아깝지가 않을 것 같다는 생각이 들었다. 그때 볼이 다시금 뜨거워지기 시작했다. 움직임이 없던 그녀에게서 바스락거림도 느껴져 마음이 급해졌다. 그래서 본능적으로 눈을 뜨고 손을 내밀어 그녀를 붙잡았다. 그것 말고는 할 수 있는 게 아무것도 없었다.

이 걷잡을 수 없는 감정의 달리기는 언제쯤 끝이 날까? 스스로의 감정 하나 제어하지 못할 정도로 이렇게 미련스러웠나? 부모님 때문에라도 질척거리는 사랑이라는 감정 따위에 흔들리는 인간이 되고 싶지는 않았는데.

절대 그렇게까지는 되지 않겠다고 다짐하며 돌아선 그의 눈에 그녀가 가져다 둔 장바구니가 보였다. 손잡이를 잡아 들었다. 그곳에서 그녀의 온기가 느껴지는 것 같은 착각이 일어 장바구니를 잡은 손끝에 더 큰 힘이 들어갔다.

그날 밤. 유진은 먼저 잠자리에 든 선영을 뒤로하고 영우와 함께 밤 나들이를 나섰다. 나들이라 하여도 특별할 것은 없었다. 집 주변으로 넓게 펼쳐진 논둑을 거닐며 이 얘기, 저 얘기 풀어놓고 마음을 나누는 것일 뿐.

유진이 잠자코 걷는 영우의 곁으로 다가가 손을 잡았다. 그러곤 아이처럼 웃음소리를 내었더니 그가 흐뭇하게 웃었다.

"네가 여기 온 지도 벌써 2년이 다 되어 가는구나."

"시간 참 빠르죠?"

"그래. 계속 여기에서만 지낼 생각인 거야?"

"아니. 그럴 생각 없어요."

"리조트 주인이 바뀌었더구나."

놀라 멈춰 선 유진이 잡았던 손을 천천히 놓았다. 어떻게 아셨을까?

영우가 당황스러워하는 딸을 안타깝게 바라보며 고개를 저었다.

"네 탓을 하는 게 아니다. 왜 아직도 여기에 있냐고 질책을 하려는 게 아니야."

"어떻게 알았어요?"

"얼마 전 신문 기사에서 봤다. 네 엄마는 걱정 마라. 아직 아무것도 모르니까. 그런데 리조트 상호가 아직 안 바뀌어서 조금 의아하기는 했어."

오늘 낮 점심 식사 후 해변 나들이를 가려던 부모님을 군이 말리지 않았던 이유이기도 했다. 리조트 상호명이 바뀌어 '아라'라는 이름이 붙어 있었다면 유진은 어떻게든 두 사람을 그곳에 가지 못하게 말렸을 것이다.

유진이 지금껏 속에만 담아 두었던 말을 꺼냈다.

"여름 시즌 끝나면 내외부 공사에 들어갈 거예요. 그때 상호명도 함께 바뀔 거고."

"그랬구나."

"미리 말씀 못 드려 죄송해요. 공사 전까지만 근무하기로 지사장님과 얘기 다 마친 상태라서. 그래서 군이 말씀드릴 필요 없다고 생각했어요."

"그만두겠다고?"

"응."

"혹시 유리 때문이니?"

"아빠."

"유리 때문에 네가 하고 싶은 일을 억지로 그만두려는 거라면. 나는 반대다. 너 리조트 일 시작하고 나서 많이 밝아졌어. 웃음도 늘었고. 힘들다, 힘들다 불평하면서도 네 일을 좋아하는 게 눈에 훤히 보였어. 그런 일을 유리 때문에 그만둔다는 건,"

영우가 말을 잠시 끊었다 이었다.

"물론 나도 저곳이 마음에 들지는 않아. 너도 근무하는 동안 계속해서 유리를 떠올릴 수도 있을 테고. 또 네 엄마가 알면 길길이 날뛸 수도 있겠지. 그렇지만 유진아."

영우가 유진의 손을 잡으며 눈을 맞춰 온다.

"그럼에도 네가 하고 싶은 일이라 하면 아빤 언제든 네 편이 되어 주마."

"아빠."

유진의 눈가에 눈물이 차올랐다. 유진은 글썽이는 눈물이 툭 떨어져 버리기 전에 발끝을 들어 그의 목을 꼭 끌어안았다. 그녀의 눈물이 자신의 어깨를 흠뻑 적실 때까지 영우는 아무 말 없이 그녀의 등을 부드럽게 토닥거려 주었다.

일요일 오후. 유진은 집 앞에서 부모님을 배웅했다. 가을 즈음해서 찾아뵙겠다는 말을 건네자, 선영은 갑자기 눈시울이 시큰해졌는지 콧물을 삼키고는 유진을 꼭 끌어안았다.

"우리 예쁜 내 새끼."

유진은 선영의 등 뒤에 선 영우에게 싱긋 웃어 보인 뒤 품에서 엄마를 떼어 냈다. 그러지 않으면 언제까지고 저를 끌어안고 떠나지 못할 게 분명했다.

뒤에서 모녀가 인사를 나누는 모습을 지켜보던 문영이 장난스럽게 비아냥거렸다.

"주책이야, 정말. 남들이 보면 흉봐. 어디 이산가족 상봉이라도 한 줄 알겠다고."

"내가 내 딸 안아 보겠다는데 남들 눈이 뭐 중요해."

목소리를 높인 선영이 앞으로 흘러내린 딸의 머리카락을 정돈해 주며 당부했다.

"밥 잘 챙겨 먹고. 전화도 자주 하고. 알았지?"

"응. 내 걱정 말고 얼른 출발해. 조금 있으면 차 막힐 시간이라니깐."

"쳇. 네 이모랑 살더니 구박하는 것만 늘었어."

"왜 가만있는 사람을 들먹이고 그럴까?"

두 팔을 엮어 팔짱을 낀 문영이 입술을 비죽거렸다.

선영이 문영에게 톡 쏘아 말했다.

"투덜이 너도 건강 잘 챙겨. 제부한테 툭툭거리지 좀 말고."

"뭐야?"

문영의 이마가 금세 구겨졌다.

선영은 나이 들어도 여전히 어리게만 보이는 동생의 손을 살며시 잡으며 말했다.

"또 올게."

"귀찮아. 오지 마."

문영은 마음에도 없는 말로 툴툴거렸다. 그녀를 사랑스럽게 바라보던 선영이 먼저 차에 올랐다. 뒤이어 유진을 가볍게 안았다 놓으며 짧은 인사를 마친 영우가 운전석에 앉아 반대편 차창을 내렸다. 그들 뒤에서 한 발 떨어져 있던 한수가 창 가까이로 모습을 드러내며 인사를 건넸다.

"두 분 다음에는 더 오래 지내다 가세요. 또 우리 승원이 큰 것도 보셔야 하는데."

"그러게 말이네. 아쉽구먼. 머지않아 자네 좋아하는 과실주 더 많이 챙겨서 내려오지."

"어이쿠. 듣던 중 가장 반가운 소리네요."

"제부, 우리 유진이 때문에 고생이 많으시죠? 늘 고마워요."

"우리 사이에 무슨 그런 낯간지러운 말씀이세요. 애들 다 독립하고 심심하던 차에 유진이가 와 줘서 우리가 더 고맙지요, 뭘."

"그렇게 생각해 주니 고맙네."

"네. 두 분 조심해서 올라가시고, 도착하시면 꼭 연락 주십시오."

"네."

"그래."

선영이 문영에게 마지막 인사를 건넸다.

"고마워. 내가 너 아니면 우리 유진이 뭘 믿고 여기에 보낼 수 있었겠어."

"그런 말 말고 얼른 출발들을 하셔."

"처제. 다음에 봐."

"네. 형부. 무리하게 운전하지 마시고 쉬엄쉬엄 가세요."

"그래."

이윽고 차가 출발했다. 멀어지는 차창 밖으로 선영이 몸을 내밀고 손을 흔드는 것이 보였다. 유진과 문영 내외도 대답하듯 크게 손을 흔들어 주었다.

냉장고를 열려던 도훈은 한참을 망설였다. 허기가 져 먹을 것을 찾는 마음이 간절했지만 차마 유진이 가져온 것들을 꺼낼 용기가 나지 않아 손이 움직이질 않았다.

유진이 다녀간 이후, 그녀가 가져온 먹거리들은 곧바로 냉장고로 옮겨 놓았다. 다음 날 아침나절 잠깐 들렀던 용재가 이게 웬 거냐며 호들갑을 떨었지만 절대 손대지 못하게 하였다. 먹을 것이건, 아니면 다른 무엇이건 용재에게는 하나 아까울 것이 없지만 이것만큼은 나누고 싶지 않았다.

도훈은 긴 망설임 끝에 냉장고를 열어 갈비찜과 잡채가 담긴 밀폐 용기를 꺼냈다. 포털 사이트에 검색한 대로 갈비찜은 냄비에, 잡채는 전자레인지에 넣어 각각 따로 데웠다.

두 가지를 각각의 접시에 담아낸 도훈이 젓가락을 챙겨 식탁 의자에 앉았다.

두 음식을 번갈아 내려다보는 눈가가 갑자기 시큰해졌다. 이상했다. 뭔가 가슴속에서 울컥 차오르는 느낌마저 들어 차마 젓가락을 움직이지 못하고 멍하니 내려다보기만 한다.

이걸 과연 먹어도 될까? 그럴 만한 자격이 있을까? 한참을 고민하다 천천히 갈비 하나를 집어 들어 살을 베어 물었다. 야들야들한 갈빗살을 씹는 기분이 야릇했다. 가득 찬 행복을 만끽하듯 벅차오르다가도 금세 싸늘히 식어 버리기를 반복한다. 뭐라 정의하기 어려운 여러 감정들이 소용돌이처럼 휘몰아쳐 머리까지 지끈거린다. 두통인가?

그때 바깥에서 사람들의 목소리가 들려왔다. 고마워. 조심해서 가. 다음에 봐. 주고받는 인사 속에 반가운 목소리가 섞여 있다. 응, 엄마. 전화할게. 유진의 목소리다. 도훈은 열린 주방 창을 통해 흘러 들어오는 그들의 인사를 엿들으며 쓸쓸하게 미소 지었다.

14
하얀 거짓말

직원 식당에서 점심 식사를 마친 유진은 데스크로 돌아오다 김용재 실장과 함께 밖으로 향하는 도훈의 뒷모습을 발견하고 걸음을 멈추었다. 언제부턴가 도훈을 보기 어려워졌다. 그는 꼬박꼬박 출근 도장을 찍다시피 하던 수영장에 발길을 끊었다. 그뿐 아니라 일부러 그녀를 피하기라도 하는 것처럼 리조트 내에서도 그와의 마주침이 현저히 줄어들었다.

다행이라고 생각해야 하는데 이상하리만치 마음이 씁쓸했다.

그에게서 관심을 접으려는 시도는 매일같이 반복됐지만 늘 실패로 끝이 났다. 그는 저 스스로 빛을 내는 사람 같았다. 그래서 습관처럼 눈길이 향하는데, 이상하게 요즘따라 그의 모습을 보기가 어렵다. 직장 내에서뿐만 아니라 동네에서도 마찬가지였다.

며칠 전 문영에게서 그가 빈 반찬 통을 들고 집을 찾아왔었다는 말을 들었다. 감사히 잘 먹었다는 인사로 조카 승원이의 선물을 사 가지고 왔었다고 했다. 보기보다 세심한 구석이 있는 남자라는 생각이 들었다. 그래서 그에 관한

212

감사 인사라도 하고 싶었는데 그는 이제야 모습을 드러낸다. 그것도 이렇게 멀어지는 뒷모습으로.

그녀도 잘 알고 있다. 이대로 다음을 기약하며 돌아서야 한다는 것을. 또 차라리 이렇게 어색하고 불편한 관계로 시간을 죽여 나가는 것이 서로에게 더 좋을 것이라는 것도. 그런데 왜 아쉬운 마음이 드는 것일까? 왜 나를 피하는 것처럼 느껴진다고 하소연하고 싶은 걸까? 대체 이 끊임없는 욕심은 언제쯤 사그라질까?

유진은 이기적인 자신을 탓하며 다시금 업무에 집중하려 애썼지만 머릿속은 온통 그에 대한 생각으로 가득 차 아무것도 할 수가 없었다. 고개를 들어 그가 있던 자리를 바라보았다. 문득 그의 웃는 얼굴이 보고 싶었다.

내일 아침 있을 본사의 월례 회의를 위해 차를 타고 서울로 향하던 도훈이 차창을 내렸다.

운전 중이던 용재가 물었다.

"머리 아프세요? 에어컨 잠깐 끌까요?"

"응."

용재가 에어컨의 작동을 멈추고 운전석과 조수석의 차창을 반쯤 내리며 물었다.

"본가에서 주무시는 거 불편하시면 호텔로 갈까요?"

"아니. 괜찮아."

용재는 몇 가지 더 묻고 싶었으나 도훈의 가라앉은 표정을 보고는 입을 다물었다. 최근 들어 계속된 도훈의 컨디션 저하에 점차 걱정이 커진다. 정시 퇴근이라는 단어는 잊은 사람처럼 일에 매여 있는 모습이 안쓰러울 정도다. 오늘도 퇴근 준비를 마치고 나오다 말고 영업 팀에 들르려는 것을 막아섰더니 언짢은 기색을 가득 내비쳐 어쩔 수 없이 비켜 줬었다. 그랬더니 퇴근하려던 직원을 붙잡아 앉히고는 한 시간이 넘는 시간 동안 회의를 진행했다.

그는 뭔가 마음에 들지 않거나 내키지 않을 때. 또 뜻하는 바가 해결이 되지 않을 때면 어떤 식으로든 화를 표출해야 했는데, 그 유일한 탈출구가 운동이었다. 그래서 수영과 헬스도 열심히 하던 사람이 최근에는 그것마저 끊어 버리고 온전히 일에만 집중했다. 멋모르는 직원들이나 그런 그의 모습을 멋있다 그러지, 용재의 눈에는 전혀 그래 보이지 않았다. 한껏 예민하고 까칠해진 직장 상사로만 보일 뿐이었다. 오히려 느긋하게 풀어질 때가 더 매력 있는 사람인데 요즘따라 왜 저렇게 저기압일까? 혹시 반유진 씨 때문일까? 용재가 은근히 얘기를 꺼내 볼까 싶어 사이드 미러로 그의 표정을 살피려는 순간, 도훈이 말했다.

"도착하면 깨워."

"네."

용재는 그 말을 끝으로 눈을 감은 도훈을 보며 한숨을 삼키고는 휴대폰의 벨소리를 진동으로 바꾸었다.

도훈의 차가 본가에 도착했다. 용재가 깨우기도 전에 눈을 뜬 도훈이 가라앉은 목소리로 말했다.

"너도 같이 저녁 먹고 가."

"아닙니다. 오랜만에 집에 가서 먹을게요."

"부모님 두 분 여행에서 돌아오셨어?"

"오늘 저녁 도착하신답니다."

"그럼 지금 가면 도착해 계시려나?"

"아니요. 오전에 통화했을 때 말씀하시길, 일러도 아홉 시는 되어야 도착할 것 같으시대요."

"그럼 들어가서 먹고 가지? 지금 가면 혼자 먹어야 할 거 아니야?"

"아니에요. 가서 장 보고 요리해야 해요. 내일 두 분 결혼기념일이거든요."

"아."

"들어가서 쉬십시오."

"그래."

도훈은 자신을 따라 차에서 내리려는 용재에게 말했다.

"내리지 마. 내일 회사에서 보자."

"모시러 올게요."

"아버지 차 타고 움직일 거야."

"그럼 본사로 바로 갈까요?"

"응."

"네. 알겠습니다."

차에서 내린 도훈은 용재가 탄 차가 사라져 가는 모습을 바라보다 천천히 몸을 돌렸다. 초인종을 누르고 안으로 들어가야 하는데 손이 움직이질 않았다. 들어가고 싶지 않았다. 용재의 말처럼 호텔로 갈 걸 그랬나? 후회가 들 즈음, 등 뒤에서 빵빵하는 클랙슨 소리가 들렸다. 자연스럽게 몸을 돌려 바라본 곳에 이제 막 차에서 내리는 도진의 모습이 보였다.

"여어. 안도훈 씨?"

"오랜만이다."

도훈의 건조한 인사에 도진이 입술을 비틀며 웃었다. 도훈이 물었다.

"저녁은?"

도진이 어깨를 으쓱거리고는 대답했다.

"그쪽 덕분에 아직?"

"나 때문에 불려 왔나 보구나?"

"우리 회장님께서 큰아들을 어찌나 애정하시는지. 오늘 식사 자리에 불참했다간 아주 혼쭐이 날 것 같아서 이렇게 부리나케 달려왔지, 뭐야."

"미안하다."

"미안? 진심이야?"

"나 때문에 네 시간을 방해받았으니까 미안하다고."

"그럼 부탁 하나 들어주라. 말 안 해도 잘 알지?"

"네가 말 안 하는 걸 내가 어떻게 알아?"

"우리 모친께서 바라시는 거 들어줘. 난 죽었다 깨어나도 리조트에서 일할 체질은 아닌 것 같은데 엄마는 아니라잖아? 태안 내려가라는 거 거절했더니 카드를 딱 끊어 버렸네? 제기랄."

"그런데 차는 어떻게 몰고 다녀?"

도진이 슈트 상의 안주머니에 든 지갑을 꺼냈다. 그러곤 안에 든 카드 하나를 꺼내 흔들어 보이며 말했다.

"친구 놈 거야. 그런데 한도가 개미 코딱지만 해서 얘도 곧 사망할 예정이거든."

"우린 너처럼 남의 필요 때문에 어쩔 수 없이 일하려는 직원은 필요 없어. 못 들은 거로 할게."

"그래, 이래야 안도훈 씨지."

"뭐?"

도진이 몇 걸음 다가와 거리를 좁혔다. 도훈은 그의 거친 숨소리와 냉랭한 눈빛에 담긴 응어리진 분노를 느꼈다. 도진이 화가 난 음성으로 쏟아 내기 시작했다.

"뭐가 불만이야, 대체? 나라고 이런 부탁 좋아서 하는 건 줄 알아? 너도 이 상황이 마음에 안 들겠지만, 나는 아주 끔찍해. 지긋지긋하다고. 매번 너와 비교하는 아버지에, 나만큼이나 너를 싫어하면서도 네 발끝이라도 쫓아가기를 바라는 엄마 사이에서 나라고 뭐 행복하기만 한 줄 알아?"

"그러게 누가 그렇게 살래?"

"야!"

"너는 항상 화나면 소리부터 지르지. 감정을 제어할 줄도 모르고 늘 상대방을 윽박지르는 데 익숙해져 있어. 어디 그뿐인가? 강자한테 약하게 굴고 약자한테 강하게 구는 인간은 그나마 눈치라도 있는데, 너는 그 정도 눈치도 없어서 늘 뒷수습은 엄한 사람이 하게 만들어. 네가 근무했던 지사의 지사장들이 하나같이 입을 모아 얘기해. 넌 직원으로서의 자질이 없다고. 그게 무슨 뜻인지 알아? 아. 모르겠지. 모를 거야. 그러니 여전히 이런 자세로 부탁이라는 걸 하고 있을 테니까 말이야."

도훈이 그의 슈트 어깨 부위에 묻은 먼지를 툭툭 털어 주며 말했다.

"부탁할 거면 제대로 해. 적어도 내가 너란 인간이 조금쯤은 변할 수도 있겠구나, 하고 옅은 희망이라도 걸어 볼 수 있게 하라고. 알았어?"

말을 마친 도훈이 망설임 없이 초인종을 눌렀다. 뒤에서 도진이 죽이기라도 할 기세로 노려보고 서 있다는 것을 느낄 수 있었지만 개의치 않았다.

그날 저녁 식사 시간. 일곱 시까지 돌아오겠다던 민기가 일이 생겨 늦을 것 같다며 소식을 알려 왔다. 그 탓에 도훈과 도진, 그리고 아정이 함께 한 식사 자리의 분위기는 평소보다 더 무겁게 가라앉아 있었다. 이런 어색하고 불편한 분위기는 음식을 아무리 천천히 오래 씹어도 꼭 체할 것만 같은 기분이 들게 만들었다. 도훈은 가능한 빨리 자리를 뜨고 싶어 평소보다 더 빨리 음식물을 씹어 삼켰다. 덕분에 가장 먼저 식사를 끝낸 도훈이 먼저 일어서려는데 아정이 말했다.

"바쁘지 않으면 잠깐 얘기 좀 하자꾸나."

"……네."

도훈은 거실의 소파에 앉아 아정을 기다렸다. 텔레비전을 켜 볼까 하다 마음을 바꿔 앞의 테이블 위에 얹힌 시사 잡지 한 권을 잡아 들려던 때 아정이 모습을 드러냈다. 그녀가 도훈과 마주한 소파에 앉으며 말했다.

"이 여사에게 차 준비시켰다. 너는 아무거나 괜찮지?"

"네."

아정은 마치 어려운 부탁이라도 하려는 것처럼 평소와 달리 부드러운 미소까지 지어 가며 입을 열었다.

"단도직입적으로 얘기하마. 네 아버지가 도진이를 미덥지 못하다고 생각하는 것 너도 잘 알 거야. 그래도 어미 된 도리로서 아들을 이렇게 방치할 수만은 없다고 생각해 다시 리조트에 입사시켜 주십사 말씀드렸더니, 네 얘기를 하시더구나."

"아버지께서요?"

"그래. 숨기고 말고 할 것도 없으니 솔직히 말하마. 도진이가 너만큼 해내기는 건 이미 포기했다고 하셨어."

때마침 거실로 향하던 도진이 그 얘기를 듣고는 걸음을 돌려 2층으로 재빠르게 올라가 버렸다. 찰나의 순간, 시선이 마주쳤을 때 그가 보인 침울한 표정에 도훈의 마음도 가볍지만은 않았다. 아정이 계속해서 말했다.

"네 아버지는 도진이가 너의 반의반만이라도 닮으면, 그땐 다시 생각해 보시겠다고 말씀하시더구나. 그러니 염치 불고하고 부탁할게. 우리 도진이, 네 밑에서 일 좀 가르쳐 줘."

"제 앞가림하기도 버거운 처지에 제가 누구를 가르치겠습니까? 그러니 못 들은 거로 하겠습니다."

"내가 이렇게 부탁하는데도 어렵겠니?"

지금껏 아정이 도훈에게 이렇게 부탁한 적이 한 번이라도 있었나? 돌이켜 생각해 봐도 그런 기억은 없었다. 그 때문인지 얼마나 다급하면 자신에게까지 손을 뻗치나 싶어 도훈은 안타까운 생각도 들었다.

"내가 그동안 너에게 모질게 굴었던 것 진심으로 사과하마."

도훈은 처음 보는 아정의 모습에 차마 말을 잇지 못하고 멀거니 바라보고만 있었다. 아정은 지금 나름의 최선을 다하고 있는 것이었다. 도훈을 가족으로 받아들이는 게 죽기보다 싫다던 사람이 지금은 진심을 다해 부탁이라는 것을 하고 있었다. 이 얼마나 당황스럽고 어이없는 상황인가? 그런데도 야무지지 못한 가슴은 '그냥 한 번쯤 못 이기는 척 넘어가 볼까?' 하고 미련스럽게 흔들린다. 바보같이.

"도훈아."

"저와 함께 일하는 건 도진이도 껄끄러울 겁니다. 다른 지사장님께 부탁드려 보겠습니다."

"너한테도 동생이잖니? 나야 어떻게 되어도 좋다. 그러니 한 번만이라도 마음을 넓게 써 줘."

도훈이 거절하려 입을 달싹이는데 언제 들어온 건지 민기가 거실 입구에 서서 둘을 내려다보고 있었다. 도훈이 먼저 알아채고 소파에서 일어서자, 아정이 분위기를 파악하고 따라 일어섰다. 그러곤 남편 가까이로 다가서며 물었다.

"오셨어요?"

"도훈이, 잠깐 서재로 따라오거라."

"네. 아버지."

"차 준비할까요?"

아정의 물음에 민기가 고개를 저었다.

민기를 따라 서재로 들어간 도훈은 천천히 내부를 둘러보았다. 꽉 차 있던 책장의 일부가 비어 있었다.

"책장 정리하셨어요?"

민기가 타이를 풀어내며 답했다.

"거기 있던 책들 중에 상태가 좋은 것들만 추려서 리조트 내 도서관에 기증했다. 일부 절판된 서적들도 포함되어 있어 아쉬운 마음이 없진 않았지만, 혼자보다는 여럿이 함께 읽는 것이 좋을 것 같아 기쁜 마음으로 정리했어."

"좋은 일 하셨네요."

"도진이는 만나 봤니?"

"네."

"여전하지?"

"많이 야위었던데요."

민기가 쓰게 웃으며 테이블 앞 의자에 앉았다.

"앉으렴."

"네."

도훈이 마주 앉자 그가 직설적으로 말했다.

"향후 리조트는 네가 맡아야 한다."

"아버지."

"아직은 아니야. 나 그 정도로 나약해지지 않았으니 벌써부터 그렇게 걱정하지 않아도 된다."

"그런 뜻이 아니라."

"그러니 이렇게 부탁하는 거다. 네가 이끌어 갈 회사에 도진이가 함께 갈 만한 사람인지, 아닌지는 다른 누구의 말도 듣지 말고 네가 직접 판단하고 결론 내려 줬으면 좋겠다. 내가 네게 바라는 것은 이것 하나뿐이다. 넌 싫어도 이 일을 하게 될 거야. 그러려면 잡음은 최소한으로 줄이는 게 좋겠지."

"그럼 후에 만약 제가 도진이는 절대 안 된다고 해도 받아들일 수 있으시겠습니까?"

"그래."

도훈에게서 이어지는 말이 없자 민기가 먼저 입을 열었다.

"네가 뭘 묻고 싶은지 잘 안다. 네게도 싫건 좋건 도진이가 동생이듯이, 내게도 아들인데 그렇게 냉정할 수 있겠냐고 묻고 싶은 거겠지?"

"맞습니다."

"넌 아직도 나를 잘 모르는구나. 일은 일일 뿐이다. 실력이 없으면 도태되는 것은 당연한 이치지. 그 아이가 내게 아무리 소중한 이라 할지라도, 지금껏 내가 이뤄 온 모든 것을 한순간에 물거품으로 만들지도 모를 불확실한 존재라면 언제든 가차 없이 내보낼 거다. 이 생각은 물론 너에게도 해당되는 거야."

"네."

"그리고 너희들 아비로서 한마디 해도 되겠니?"

"말씀하세요."

민기가 말을 멈추고 숨을 골랐다.

"도진이가 너를 많이 어려워해. 특히 10년 전 그 일 이후로 네가 자신을 경멸한다고 생각하고 있더구나."

그에게는 도진을 경멸할 자격이 없었다. 단지 그를 이해하기 어려울 뿐이었다. 설사 그때의 사고가 실수라 할지라도, 지난 10년간의 행적을 모두 실수라 볼 수는 없었다. 사고 이후의 삶이 조금쯤 나아졌다면 도진을 이렇게까지 멀리할 이유가 없었을 것이라는 생각은 몇 차례 해 본 적 있었다.

민기가 한탄을 내비치며 말했다.

"내 탓이 크다. 아비 잘못으로 자식들 마음만 다치게 했어."

"……아버지. 도진이는 1년만 데리고 있겠습니다."

"도훈아?"

도훈의 갑작스러운 결정에 놀란 민기가 눈을 휘둥그레 떴다.

"그렇다고 제가 뭘 더 하지는 않을 겁니다. 대신 지켜보겠습니다. 아버지가 평생을 몸 바쳐 일궈 온 일터에 보탬이 될 재목이 될지, 아닐지 말입니다. 그건 도진이가 해내야 할 몫이겠죠. 그리고 근무 시기는 아버지께서 정하시는 대로 따르겠습니다."

"정말 고맙구나."

"나가 보겠습니다."

"그래. 내일 아침 일찍부터 회의에 참석해야 할 테니 너도 가서 쉬어라."

"네."

서재에서 나온 도훈은 자신을 기다리고 있던 아정을 발견하고는 가볍게 묵례한 뒤 자리를 떴다. 지금의 이 결정을 과연 후회하지 않을 수 있을까? 당장에 유진만 생각하더라도 벌써부터 마음이 무거운데, 서재 문 앞에서 기대감을 안고 기다리는 아정을 보니 속이 뒤틀렸다. 이렇게 해 버려도 괜찮은 걸까? 유진이 곧 그만둔다고 해도 분명 몇 차례는 마주쳐야 할 텐데. 스스로 결정해 놓고서도 고민은 더 깊어지기만 했다.

도훈은 오랫동안 비어 있던 자신의 방 침대에 오랜만에 몸을 뉘었다. 열 손가락을 깍지 껴 베고는 가만히 눈을 감았다. 감은 눈가에 그녀의 모습이 아른거렸다. 귓가를 채우는 맑은 웃음소리가 오늘따라 특히 더 그립다.

그녀와는 거리를 두는 게 맞는 거라 생각했다. 계속해서 자라는 욕심을 지워 내려면 차라리 부딪치지 않는 게 상책이라고. 그녀 입장에서도 그의 이런 관심을 부담으로 여기고 있을 테니 그만 마음을 접으면 된다고, 그렇게 다짐했다. 그리고 이 알 수 없는 감정의 본질이 그 흔한 사랑이라는 거라면 그리 불안하지 않았다. 그 언젠가 그랬던 것처럼 바람에 흩날리듯 사라져 버릴 가벼운 감정일 테니까. 그러니 그녀를 상상하는 것만으로도 거세지는 이 가슴 떨림도 곧 사라지겠지. 그렇게 믿고 싶었다.

유진은 자신의 방에서 잠을 자다 깨서 계속 칭얼거리는 승원을 등에 업고 밖으로 나왔다. 자다 깬 것이 뭐가 그리 못마땅한지 아이는 유진의 등에 양 볼을 번갈아 문질러 가며 연신 뒤척였다. 유진이 아이를 달래며 말했다.

"잠이 안 오니? 벌써 열 시가 넘었어. 승원이 코 자야 내일 또 어린이집 가서 친구들이랑 블록 놀이 할 텐데. 이러다가 내일 늦잠 자서 어린이집 못 가면 어떡하나?"

그녀의 부러 겁을 주는 말에 승원은 정말 그렇게 될지도 모른다는 생각에 불안했는지 이번엔 한쪽 볼만 댄 채로 가만히 있었다.

유진은 승원을 업고 동네 한 바퀴를 천천히 돌았다. 엉덩이를 토닥여 주며, 귀에 익은 자장가를 불러 주며 걷고 있으니 작고 고운 숨소리가 새근새근 들려왔다.

이렇게 잘 잘 거면서 투정은 왜 부렸니? 속으로 물은 유진의 눈에 낯익은 차한 대가 들어왔다. 도훈이 업무용으로 사용하는 고급 승용차였다. 그가 차에서 내리며 운전석의 용재를 향해 말했다.

"고생했다. 너도 가서 쉬어."

그의 말이 끝나기 무섭게 차가 시골길을 빠르게 벗어났다.

한껏 지친 도훈은 한시라도 빨리 들어가 쉬고 싶었다. 그런데 등 뒤에서 누군가 자신을 보고 있는 듯한 느낌이 들었다. 돌아보니 조금 떨어진 가로등 아래에 선 유진이 그가 있는 쪽을 응시하고 있었다.

그 탓에 도훈과 시선이 엉킨 유진은 그제야 자신이 그를 뚫어져라 쳐다보고 있었다는 사실을 깨닫고 재빨리 정신을 가다듬었다.

그녀가 물었다.

"본사 다녀오시는 길이세요?"

유진은 어색한 분위기를 모면하려 오늘 낮 효연에게서 전해 들은 그의 출장 얘기를 꺼냈다.

그러자 도훈이 다소 굳은 표정으로 잘라 대답했다.

"네."

그의 냉랭한 반응에 무안해진 유진이 짧은 인사를 건넸다.

"그럼 쉬세요."

도훈이 그를 피해서 집으로 달아나려는 유진에게 대뜸 물었다.

"무겁지 않습니까?"

승원을 지칭하여 묻는 말에 유진이 대답했다.

"아니요. 아직 아이잖아요."

도훈이 가까이 다가와 말했다.

"내려 봐요. 내가 업을 테니까."

그러자 유진이 목소리를 낮춰 소곤거렸다.

"안 돼요. 지금 자고 있는데 깨면 곤란해요."

"누가 자고 있어요? 승원이요?"

"네."

"아닌데? 승원이 지금 눈 말똥말똥하게 뜨고 있는데?"

"정말요?"

유진이 놀라서 돌아보지만 승원의 얼굴을 볼 수는 없었다. 그녀가 당혹스러운 목소리로 승원에게 물었다.

"승원이 안 자?"

아이는 대답 대신 고개를 끄덕였다. 유진은 그녀의 등에다 볼을 비비는 승원을 느꼈다.

"너 이런 게 어디 있어? 지금껏 자는 척했던 거야?"

승원은 이모를 놀라게 했다는 사실이 만족스러웠는지 도훈을 보며 방긋 웃었다.

유진이 도훈을 향해 억울하다는 투로 말했다.

"진짜 자는 줄 알았어요."

그녀의 웅얼거리는 말이 도훈의 귓가를 간지럽혔다. 어쩔 수 없나 보다. 이 멍청한 가슴은 그녀를 보기만 해도 흥분하여 저 혼자 제멋대로 뛰어 버린다. 조금 전 차에서 내릴 때까지만 해도 정말 이대로 집에 들어가 쓰러지듯 잠이 들면 그것보다 좋을 건 없다고 생각했었다. 피곤에 절은 몸을 침대에 뉘는 것 말고는 아무 생각도 못 했었다. 그랬던 그가 1분이라도 더 그녀의 모습이 보고 싶어 이렇게 바보같이 서 있다. 과연 이 감정이 사라지는 바람처럼 가볍게 지워질 수 있을까?

도훈은 한 걸음, 두 걸음 천천히 걸어 그녀의 코앞까지 다가갔다. 여름이라 하더라도 밤공기가 서늘했다. 그 때문인지 유진의 사랑스러운 콧방울이 오늘따라 더 붉게 물들어 있었다.

"감기 걸리겠다."

유진을 걱정스럽게 바라보며 중얼거린 도훈이 따뜻한 눈길로 승원을 향해 물었다.

"승원이, 아저씨하고 갈까?"

승원이 고개를 끄덕거렸다. 도훈은 망설임 없이 유진의 등에 업힌 아이를 자신의 품으로 옮겨 안아 들었다. 그가 난처한 기색의 유진에게 말했다.

"가요."

"네."

유진은 승원을 안고 걷는 도훈에게서 몇 걸음 떨어져 걸었다. 앞서 걷던 그가 아이의 귓가에 대고 뭐라 소곤거렸는지 승원이 웅얼거리며 의사 표현을 하는 게 들렸다. 아직 제대로 된 말을 하지 못할 뿐, 의사 표현에는 문제가 없었다. 아이가 도훈의 품 안으로 더 깊이 파고들었다.

바보처럼 아이가 부러워져 유진이 입술을 비죽 내밀자, 때마침 돌아본 도훈이 그녀를 향해 싱긋 웃어 보였다. 그러곤 승원의 귀에 뭐라 중얼거리자, 아이가 키득거리는 웃음소리를 냈다. 마치 사이좋은 부자 사이에 낀 엄마 같은 느낌이 들었다. 이런 기분은 처음 느껴 보지만 썩 나쁘지 않았다.

호프집 사장 석준우와 유진의 친구 박현아는 연인이 되었다. 유진은 당연히 그렇게 될 거라 생각했기에 그다지 놀라지 않았지만, 효연은 눈에 띄게 놀라며 흥분했다.

"뭐? 호프집 사장님과 사귀기로 했다고?"

"쉿. 배 주임님. 리조트 직원들한테 광고 내실 생각은 아니시죠?"

현아가 검지로 입술을 가리며 주의를 주자, 효연이 따라서 자신의 검지로 입술을 가리며 고개를 끄덕였다. 효연이 소리를 낮추어 물었다.

"그분 유진이에게 관심 있었던 거 아니었어?"

"아니야. 우리가 착각한 거였어."

"세상에. 그럼 우리가 아주 큰 실수를 한 거잖아?"

"그래서 내가 제대로 사과했어. 준우 씨는 괜찮대. 아무렇지도 않대. 그래서 말인데."

현아가 데스크 주변을 둘러보며 다가오는 고객이 없는 걸 확인하고 효연에게 물었다.

"오늘 저녁에 시간 돼?"

"왜?"

"준우 씨가 밥 한 끼 사고 싶다고 해서."

"진짜? 유진은?"

효연이 유진을 쳐다보자, 현아가 대신 말했다.

"유진인 약속 없대. 언니만 괜찮으면 저녁에 같이 밥 먹자. 응?"

"나야 아무런 스케줄도 없지."

대답한 효연이 갑자기 궁금해져 물었다.

"그런데 저녁 장사는? 영업 안 해?"

"아, 그게. 오늘 가게 쉬는 날이거든."

"그래서 그랬구나?"

"뭐, 겸사겸사."

현아가 민망해하며 웃었다.

"어쨌든 축하해. 정말 잘됐다."

효연의 축하 인사에 둘의 대화를 듣고 있던 유진도 말을 보탰다.

"축하해. 부럽다."

"부러우면 너도 연애해."

"연애는 무슨. 그럴 사람도 없는데."

"저기 있잖아?"

현아의 말에 효연의 눈길이 바빠졌다.

"어디? 누구 말하는 거야?"

그들의 눈앞으로 도훈과 용재, 그리고 관리부 부장 및 직원 몇몇이 함께 지나가고 있었다. 도훈이 옆에서 함께 걷는 관리부장에게 몇 마디 건네자 연세 지긋한 부장이 알겠다는 뜻으로 고개를 끄덕거리는 것이 보였다.

효연이 관리부 직원 중 한 명을 예로 들어 물었다.

"박민우 씨?"

"아니. 저기, 제일 앞에 걷는 사람 있잖아?"

현아가 도훈을 가리켜 말했지만 효연은 다른 이를 보며 묻는다.

"김용재 실장? 저 사람 애인 있다고 하지 않았어?"

"아이, 참, 언니도. 그 사람보다 앞에서 걷는 사람."

"누구? 지사장님?"

"쉿. 들으시겠다."

현아가 목소리가 커진 효연의 옆구리를 쿡 찌르자, 효연이 믿기지 않는다는 투로 물었다.

"네가 말한 사람 지사장님이야?"

"응."

"얘는. 무슨 그런 말도 안 되는 말을."

"언니는 그렇게 눈치가 없어서 어떡할래? 지사장님이 얘한테 관심 있는 거 진짜 못 느끼겠어?"

"그런가?"

갸우뚱거리던 효연이 말했다.

"네가 착각한 거 아니야?"

"아니라니깐?"

"칫. 야! 그렇게 눈치 있는 애가 준우 씨 감정은 어떻게 그리 눈곱만큼도 못 알아차렸냐?"

"그거야,"

"됐어. 실없는 소리 그만하고 일이나 하자. 유진, 현아 얘기 사실 아니지?"

"당연하죠."

유진이 딱 잘라 말했다. 효연이 그것 봐, 하듯 현아를 향해 눈을 흘겼다. 현아는 아닌데, 하며 혼잣말로 중얼거렸지만 효연은 신경도 쓰지 않는 눈치였다.

유진도 잘 알고 있었다. 지사장과 말단 직원이 서로 이성적으로 호감을 느끼고 사랑에 빠지게 되는 경우는 아주 극소수일 뿐이라는 것을. 그러니 효연의 반응이 당연한 거다 싶으면서도 한편으로는 속이 상했다. 내가 왜? 그 사람에 비해 내가 뭐 얼마나 부족하다고?

속으로 투덜거리는 것도 잠시, 눈앞에 놓인 현실을 자각하면 또다시 우울감이 싹터 오른다.

차라리 그런 이유 때문에 그를 멀리해야 하는 거라면 좋겠다. 그랬다면 아마도 지금의 이 우울한 감정의 깊이는 지금보다 훨씬 얕아져 있지 않았을까?

여자 친구인 현아의 퇴근 시각에 맞춰 분수대 앞 벤치에서 기다리던 준우는 자신을 향해 걸어오는 유진을 발견하고는 자리에서 일어섰다.

그의 앞에까지 온 유진이 말했다.

"현아와 같이 나오려고 했는데 마무리 지어야 할 일이 있다고 먼저 나가 있으라고 해서요."

"네. 현아 씨에게서 메시지 받았어요."

"그랬구나. 현아가 준우 씨 심심할 테니 말동무해 주고 있으래요."

"그래요?"

"네. 그런데 잘 아시죠? 저 말주변 없는 거요."

"하하."

"그리고 이거요."

유진이 리조트 내 커피숍에서 테이크아웃하여 가져온 커피를 내밀었다.

"드세요."

"뭐 이런 것까지. 고맙습니다."

"사실 이것도 현아 부탁이에요."

"감사합니다. 그런데 효연 씨는 왜 같이 안 나왔어요? 그분도 늦으세요?"

"네. 주임님은 현아와 함께 올 거예요."

"그렇군요."

준우가 자신이 앉아 있던 벤치를 가리키며 말했다.

"우리 앉아서 기다릴까요?"

"네."

두 사람은 벤치에 약간의 간격을 두고 나란히 앉았다. 준우가 물었다.

"그때 그분 잘 아는 분이었어요?"

"누구요?"

유진이 대수롭지 않게 되묻자, 준우가 집 앞까지 바래다줬던 날 도훈의 화난 표정을 기억해 내고는 말했다.

"아. 그때 집 앞에서 본 분이요?"

"네."

유진은 그에 관해 말을 하는 게 나을지, 아니면 그냥 넘기는 게 나을지 고민하다 딱히 숨길 이유도 없다 싶어 솔직히 말하기로 했다.

"그분 우리 리조트 지사장님이세요."

"네?"

준우가 눈을 크게 키우며 물었다.

"놀라셨어요?"

"네. 지사장님께서 상당히 젊으시네요?"

"올해 서른셋이래요."

"그랬구나. 그런데 그분이 어떻게 거기에?"

"우리 동네 이웃이시거든요."

"와. 오늘 여러 번 놀라네요. 그럼 그때 그분은 왜 그런 표정으로 서 있었던 거지? 유진 씨도 기억하죠? 꼭 화난 사람처럼 보였잖아요."

"아! 저도 그런 줄 알았는데 우리가 착각한 거더라고요."

"그래요?"

"네."

유진 역시 그때 도훈의 표정이 화난 표정이 아니라 단정 지을 순 없었지만 지금으로서는 이게 최선이었다. 준우에게 제대로 설명하려면 그녀와 도훈의 관계에 관한 이야기를 모두 해야 할 텐데 그러고 싶지가 않았다.

"어? 저 남자? 누구지? 어디서 본 것 같은데."

차량의 뒷좌석에 앉아 있던 도훈이 용재의 혼잣말에 고개를 들어 창밖을 보았다. 분수대 옆 벤치에 얼마 전 유진의 집 앞에서 보았던 남자가 그녀와 나란히 앉아 대화를 나누고 있었다. 순간 걷잡을 수 없을 정도로 불쾌감이 일어 저도 모르게 그를 노려보고 있었나 보다. 룸 미러로 도훈을 살피던 용재가 직설적으로 물었다.

"많이 언짢으세요?"

"뭐가?"

"반유진 씨 때문에 많이 언짢으신 거 아닙니까?"

"내가?"

"네. 거울 한번 보시겠어요? 지사장님 지금 표정이 좀."

"내 표정이 왜? 어떤데?"

"솔직하게 말씀드려도 되죠?"

"그래."

"바람난 와이프 보는 눈빛이랄까?"

"뭐야!"

"요즘 반유진 씨에게 관심 끊으신 것 같아 보였는데, 아닌 모양입니다?"

"내 일 신경 쓰지 말고 운전이나 똑바로 하시죠, 김 실장님. 이러다 약속 시간에 늦겠습니다."

"주제넘은 참견은 그만하라는 말씀이시죠? 알겠습니다."

"약속 장소가 어디라고?"

"Y호텔 한식당입니다."

"지역 경제인 모임 이런 건 좀 안 하면 안 되나? 만나서 딱히 할 얘기도 없는데."

"일 때문인데 어쩔 수 없잖아요. 그리고 부탁 한 가지 드려도 돼요?"

"네가 언제 내 허락 받고 말했어? 뭔데?"

"리조트 생각하셔서라도 억지로라도 좀 웃어 달라고요. 지사장님은 연기력이 부족해서 어색하게 웃으면 딱 티가 나거든요."

도훈이 그런가 싶어 거울을 보며 억지로 웃음을 그려 보았다. 용재 말이 맞았다. 입꼬리만 올린다고 해서 웃는 게 아닌데.

도훈이 용재에게 물었다.

"곧 있을 교직원 단합 대회 준비는 잘 돼 가?"

"네. 주최 측과 상의해서 차질 없이 진행 중입니다. 행사 마지막에 행운권 추첨 이벤트를 진행할 예정이라 하셔서 저희 쪽에서 상품 일부를 협찬하기로 했습니다."

"다른 투숙객들 일정과 꼬이지 않게 해."

"네."

"내일 오전에 급한 일정 없으면 시설 관리 팀과 미팅 잡아 둬. 수영장 바닥 문제도 그렇고, 리모델링할 날만 기다리고 있어서 될 게 아닌 것 같아."

"알겠습니다."

"그리고."

"네."

"아까 그 남자 누구라고?"

"아까요?"

"그래. 아까. 기억 안 나? 분수대."

"아! 아까 분수대에서 반유진 씨와 꼭 붙어 있던 그 사람이요?"

도훈은 이를 악물었다.

"김 실장. 꼭 그렇게 집어 말하지 않아도 돼."

"하하. 죄송합니다. 그 남자 누구냐고 물으셨죠? 글쎄요. 저도 어디서 본 것 같은데 도통 기억이 안 나서요. 누구지? 어디서 분명 보긴 했던 것 같은데?"

"기억나면 보고해."

"보고하라고요?"

그게 보고할 거리가 되나? 용재가 말끝을 흐리며 룸 미러로 도훈의 눈치를 살폈다. 도훈이 룸 미러 속에서 용재를 노려보고 있었다.

"아, 알겠습니다. 그렇게 하겠습니다."

"그래."

지역 경제인 모임이 끝난 후 이어진 자리에서 술을 잔뜩 마신 도훈은 차로 집 앞까지 모시겠다는 용재의 말을 거절하고 동네 어귀의 슈퍼 앞에서 내렸다. 이대로 들어가서 누웠다간 천장이 빙글빙글 돌 것처럼 머리가 어지러웠다. 그래서 정신 좀 차리자는 생각에 천천히 걷는데 갑자기 미칠 듯이 속이 울렁거렸다. 제기랄. 술이 약한 게 이럴 때 꼭 발목을 붙잡는다.

도훈은 점점 거세지는 울렁거림에 더 이상 걷지 못하고 근처의 전신주에 쓰러지듯 잠깐 기대섰다. 적당히 마실걸. 주면 주는 대로 다 마신 건 본인이면서 이제 와 늦은 후회가 들었다.

그가 중얼거렸다.

"아! 머리 아파."

집까지 얼마 남지도 않았는데. 도훈은 손바닥의 찬기로 뜨거워진 이마를 식히며 집을 향해 다시 걷기 시작했다. 취한 탓에 비틀거리며 걷는 바람에 코앞에 집을 두고도 한참을 헤매고 있을 때였다. 누군가 도훈의 옆으로 다가와 그의 팔을 잡아 쥐며 물었다.

"괜찮으세요?"

유진이었다. 그녀가 도훈을 염려하며 바라보고 있었다.

도훈은 자신의 팔을 두 손으로 꽉 잡고 서 있는 유진을 꿈결처럼 멍하니 바라보았다. 그녀가 다시 물었다.

"술 드셨어요?"

"네."

현실을 자각한 도훈이 담담하게 대답하며 그녀의 손을 뿌리쳤다. 그래 놓고는 또 몇 걸음 제대로 걷지도 못하고 비틀거리자, 유진이 금세 다가와 다시 그의 팔을 부여잡았다.

"제가 집 앞까지 부축할게요."

"아니요. 괜찮아요."

"지사장님 지금 혼자 걷기 어려우실 것 같아 보여요. 정말 괜찮으시겠어요?"

"네."

유진은 냉랭한 그의 반응에 어쩔 수 없이 손을 떼고 물러났다. 그러자 그는 기다렸다는 듯 앞서 걷기 시작했다. 아까보다는 나아졌지만 여전히 비틀거리는 걸음에 유진은 마음이 쓰여 한 걸음도 나아가질 못했다. 그때, 그가 두통이 밀려오는지 갑자기 이마를 잡으며 자리에 멈춰 섰다. 가서 부축해 줘야 할 것 같았다. 그런데 저렇게까지 고집을 부리니 이도 저도 못하고 머뭇거리게만 된다. 그러다 도저히 안 되겠다는 생각이 들었다. 차라리 싫은 소리를 듣더라도 도와야겠다는 생각이 들어 곁으로 가서 섰다. 그랬더니 그가 들리지도 않을 작은 소리로 뭐라 중얼거렸다. 유진이 물었다.

"네?"

이번에도 혼자 중얼거리던 그가 유진의 어깨로 툭 고개를 떨구고 말았다.

"지사장님? 지사장님!"

"흐음."

그의 낮고 곤한 숨소리가 귓전을 파고들었다. 유진이 재차 그를 불렀다.

"지사장님!"

정말 당황스러웠고 또 믿기지 않았지만, 그는 그대로 잠이 든 것 같았다. 유진이 속으로 중얼거렸다. 여기서 이렇게 쓰러져 버리면 나더러 어떡하라는 거지?

어이가 없어진 유진은 정면의 가로등을 빤히 쳐다보다 슬쩍 옆으로 고개를 돌려 보았다. 그녀에게 기대선 그가 아이처럼 쌔근쌔근 숨소리를 내고 있었다.

잠에서 깬 도훈은 다시금 밀려오는 두통에 미간을 찌푸리며 눈을 떴다. 흐리멍덩한 두 눈으로 어슴푸레한 주위를 둘러보자 뜻밖에도 자신의 집 현관문이 가장 먼저 눈에 들어왔다.

놀라서 손을 더듬어 보니 맨들맨들하게 다듬어진 나무가 만져지며 자신이 마당의 평상에 누워 있는 것을 알 수 있었다.

어찌 된 일일까? 기억을 가다듬으려는데 닫혀 있던 현관문이 열리고 그 안에서 유진이 나오는 게 보였다.

그녀가 이제 막 정신을 차린 듯한 도훈을 향해 물었다.

"깨셨어요?"

도훈은 지끈거리는 이마를 짚으며 일어나 앉았다. 유진이 가지고 나온 유리잔을 그의 앞에 내밀며 말했다.

"실은 꿀물이라도 드릴까 해서 들어갔는데 보이지 않아서요. 생수예요. 드세요."

"어떻게 된 일입니까?"

"언짢으셨다면 죄송해요. 그런데 어쩔 수가 없었어요. 지사장님이 길에서 잠이 드시는 바람에."

"유진 씨가 나 데리고 온 거예요?"

"아니요. 거의 끌고 왔다는 게 더 맞을 거예요."

그녀가 난처한 기색으로 덧붙였다.

"죄송해요. 대문 열고 들어오다 제 실수로 벽에 부딪치시는 바람에 옷이 조금 상했을 거예요."

도훈이 그녀의 시선을 따라 자신의 슈트 상의 왼쪽 부위를 살펴보았다. 그녀의 말대로 그 부위가 벽에 쓸려 엉망이 되어 있었다. 유진이 다시 사과했다.

"죄송해요."

"아니요. 제 탓인데요."

"여기. 물 드세요. 참. 현관 도어 록 비밀번호는 지사장님께서 직접 알려 주셨어요. 잠드신 상태라 여쭤봐도 대답하지 않으실 줄 알았는데, 다행히 대답은 해 주시더라고요."

유진이 다시 유리잔을 내밀었다. 도훈은 그녀가 건넨 물잔을 천천히 비웠다. 어지러움도, 메스꺼움도 아까보다는 한결 나아진 느낌이 들었다.

유진이 가방을 챙겨 들며 인사를 건넸다.

"저는 그만 가 볼게요. 들어가서 주무세요."

따라 일어선 도훈이 대뜸 물었다.

"그 남자 누굽니까?"

"네?"

"아까 분수대에서 함께 있었던 그 남자. 얼마 전 유진 씨 집 앞에 있던 그 사람 말입니다."

"아."

유진은 그가 아직 준우를 기억하고 있다는 사실에 놀랐다. 특히 오늘 분수대에서는 준우와 약 20여 분을 함께 있었을 뿐인데, 그가 보았던 것일까?

도훈이 다소 날카로워진 목소리로 물었다.

"이런 질문, 실례되는 겁니까?"

유진은 현아의 애인이라고 말해야 한다고 생각했다. 하지만 곧 이대로 오해하게 두는 것도 나쁘지 않을 것 같다는 생각이 들었다. 그가 아니라 자신을 위해서. 이렇게 대책 없이 흔들리기만 하는 약해 빠진 자신을 위해서 말이다.

유진이 대답하지 않은 채 잠자코 있으니 도훈이 갑갑해하며 말했다.

"나도 알아요. 이래서는 안 된다는 거. 그런데 그게 잘 안 돼요."

도훈이 말을 끊어 가며 천천히 얘기했다.

"내가 내게 이러지 말라고 말하는데도 계속 당신이 신경 쓰여."

"지사장님."

"모른다고 하지 말아요. 당신은 진즉부터 내 마음 알고 있었어."

"그만하세요."

"내가 당신에게 아무런 감정도 없지 않다는 거 모르지 않잖아? 그러니까 얘기해요. 그때 그 남자는 누군지, 또 유진 씨는 왜 그런 옷차림으로 거기에 서 있었는지."

또 오늘은 왜 그렇게 예쁘게만 웃고 있었는지.

날이 갈수록 유치한 감정이 극에 달한다. 유진이 다른 이를 바라보며 웃었다는 사실 하나만으로도 화가 나 미칠 것 같아서 술을 주는 대로 다 받아 마셨다는 사실을 그녀는 절대 알 수 없겠지.

유진이 최대한 담담한 척 굴며 말했다.

"아무리 지사장님이라 하셔도 부하 직원의 사생활에 일일이 간섭하실 순 없어요."

"지금은 지사장이 아니라 그냥 안도훈입니다. 이웃 남자 안도훈일 뿐이에요."

"그 전에."

"알아요. 안도진의…… 형이죠."

도훈이 참담한 시선으로 유진을 바라보았다. 유진은 다가가서 그의 목을 끌어안고 싶었다. 당신이 그 사람의 형이라는 사실 때문에 죄책감을 느껴서는 안 된다고 말하고 싶었지만 차마 입술이 떨어지지 않았다. 유진은 안타까운 마음을 꾹 삼키며 겨우 입을 열었다.

"지사장님 감정에 관심 없습니다. 물론 있어서도 안 되고요."

도훈은 애써 거짓을 말하는 그녀의 눈에서 가만히 차오르는 슬픔을 느꼈다. 그와 완전히 같지는 않겠지만, 그녀도 그에게 느끼는 감정이 비슷하다는 것쯤은 진즉부터 느끼고 있었다. 그럼에도 불구하고 그를 밀어 낼 수밖에 없는 이유를 알기에 더 미칠 것만 같았다.

"당신이 이럴 수밖에 없다는 것을 알면서도 나는 왜 욕심이 날까?"

"지사장님."

"그거 압니까? 이 길이 아닌 걸 알면서도 그 길을 향해 가고 있는 나를 발견할 때보다, 당신이 이렇게 차갑게 돌아설 때 훨씬 더 비참해진다는 거."

"못 들은 거로 할게요."

"좋습니다. 그럼 유진 씨는 유진 씨 좋을 대로 해요. 그 남자가 누구인지, 어떤 관계인지 묻지 않을게요. 하지만 나도 어쩔 수 없는 내 감정에 관해선 뭐라 하지 말아요. 유진 씨 곁에 누가 있건 없건 상관없이 내 감정은 지금 이대로일 테니까. 그러다 만에 하나 조금이라도 흔들린다면, 잠시나마 나를 봐 줄 마음이 생긴다면, 그땐 흔히 말하는 세컨드? 그렇게라도 상관없으니 나 봐 줄래요? 물론 기분이 썩 좋을 리는 없겠지. 하지만 그 정도는 충분히 감수할 정도로 당신을 원하니까. 그렇게라도 해 줄래요?"

유진은 그를 모르던 때로 돌아가고 싶었다. 그의 아픔을 공유했던 언덕에서의 기억도, 함께 밥을 먹고 해변을 거닐었던 기억도 모조리 다 지우고 싶었다. 데스크에서 그를 처음 만났던 일을 비롯해 지난 두 달간의 일 모두를 없었던 일로 한다면 지금의 이런 슬픔은 느끼지 않아도 될 텐데. 그저 길을 지나며 스치는 사람으로라도 만나지 말았어야 할 사람을 사랑하게 된 지금의 현실을, 도무지 어떻게 해야 벗어날 수 있을지 모르겠다. 정말 아무것도 모르겠다.

참담해진 유진의 눈가가 점차 촉촉이 젖어 들었다.

그날 밤 도훈은 오랜만에 담배를 입에 물었다. 눈물을 닦아 주려는 자신의 손을 떨쳐 내고 집으로 돌아간 유진을 생각하니 마음이 무거웠다. 세상에 혼자인 것처럼 외롭게 자랐던 기억이 싫어 누군가와 사랑을 하고 결혼을 한다면 그땐 지금과 다르겠지, 라는 나름의 희망이 있었다. 큰 욕심은 없었다. 누군가와 평생을 기약하게 된다면 그저 그 하나만 바라봐 주는 사람과 함께이길 바랐을 뿐이었다. 그러기에 유진은 더없이 괜찮은 여자였다. 그녀 같은 성품의 사람과 함께하는 인생은 상상만으로도 풍요로울 것 같았다.

하지만 무슨 염치로 그녀를 붙잡을 것인가. 본인에게 희망이 되어 달라고 남의 희망을 꺾을 수는 없는 것 아닌가. 과연 자신이 진정 원하는 것은 무엇일까?

고민이 깊어지는 밤이다.

16

하늬바람 불어오면, 그때는 우리

집무실 회전의자에 앉은 도훈의 앞에 선 용재가 업무 보고 끝에 말했다.

"그리고 그 사람 누군지 기억났습니다."

도훈은 용재가 말하고자 하는 이가 얼마 전 유진과 함께 있던 남자라는 것을 곧바로 알아차렸다.

"그래?"

"네. 말씀드릴까요?"

"아니."

"그러십니까? 알겠습니다."

문득 지금에 와 그의 존재를 알아 봤자 뭐 하겠나 싶었다. 그가 자신이 짐작하는 것보다 유진과 더 가까운 관계라면 속만 쓰릴 텐데. 그런 생각에 듣기를 거절한 도훈이 곧 생각을 바꿔 집무실을 나서려는 용재를 붙잡았다.

"아니야. 들어야겠어. 말해 봐."

용재는 기다렸다는 듯이 그에 관한 정보를 쏟아 냈다.

"프런트 데스크 직원 박현아 씨 남자 친굽니다."

"뭐?"

도훈이 떨떠름한 표정으로 되물었다.

"확실합니다. 얼마 전 시내에서 박현아 씨를 만난 적이 있었는데 어디 가냐고 물었더니 남자 친구 만나러 간다고 하더라고요. 그런가 보다 하고 볼일 보고 돌아오던 길에 박현아 씨가 그 남자분과 함께 지나가는 걸 본 기억이 있습니다."

"확실해?"

"네."

일그러져 있던 도훈의 표정이 서서히 밝아졌다. 여우 같은 반유진. 아무 사이도 아니면서 일부러 거짓말했다 이거지?

할 말을 마친 용재가 말했다.

"나가 보겠습니다."

"그래."

도훈은 그녀가 그 남자와 아무 관계도 아닐 수 있을 거라 생각은 했지만 막상 제대로 확인하니 이보다 좋을 수가 없었다. 그 덕에 하루 종일 가벼운 마음으로 업무를 진행한 도훈은 퇴근길에 문영과 마주쳤다. 해가 길어 저녁까지 밝은 요즘이지만, 그래도 이미 아홉 시를 넘긴 늦은 시각이었다. 도훈이 문 앞을 서성이는 문영에게 다가가 물었다.

"왜 나와 계세요?"

"응. 유진이 기다리는 중이야."

"유진 씨는 왜요?"

그녀가 퇴근하려면 적어도 30분은 더 지나야 할 텐데.

문영이 대답했다.

"마루 천장 등에 전구가 나갔는데 유진이 말고는 바꿔 줄 사람이 없어서."

"아저씨는 어디 가셨어요?"

"상가에 간다고 나갔어. 일러도 내일 아침에나 올 텐데. 하필 마루에 있는 등이 나가니 온 집 안이 컴컴해져서 방에 들어앉아 있을 수가 있어야지. 그런데 오늘도 이렇게 늦게 마친 거야?"

"네. 그래도 오늘은 좀 빠른 편이에요."

싱긋 웃어 보인 도훈이 물었다.

"그런데 집에 남는 전구는 있습니까?"

"응. 유진이 이모부가 사다 둔 거 있어."

"그럼 주세요. 제가 해 볼게요."

"아니야. 유진이가 하면 되는데 뭘."

"유진 씨 퇴근하려면 아직 멀었는데 뭐 하러 그때까지 기다려요? 제가 할게요."

"정말? 그래 줄려?"

"네."

도훈은 화색하며 반기는 문영을 따라 집 안으로 들어가며 물었다.

"그런데 오늘은 승원이가 안 보이네요? 벌써 잠들었습니까?"

"오늘은 제 어미가 재운다고 데리고 갔어."

"그랬군요."

"어려서부터 내가 그렇게 끼고 키웠는데도 제 어미만 오면 좋아서 사족을 못 써."

"하하. 그래서 서운하셨어요?"

"암. 서운하지. 아니라면 거짓부리지."

문영이 미리 찾아 두었던 전구를 도훈에게 건네주었다.

"자. 이거야."

"집에 손전등은 없죠?"

"아, 왜 없어? 있지. 내가 비출 테니까 총각이 갈아 봐. 의자 필요하지?"

문영이 마루로 올라서는 도훈에게 물었다. 도훈은 손을 뻗어 천장에 닿는지 확인한 뒤 답했다.

"아니요. 없어도 될 것 같아요."

"어이쿠. 우리 집 양반은 의자 없으면 아무것도 못 하는데. 역시 키가 크니 좋구먼."

문영의 도움을 받아 전구를 교체한 도훈이 말했다.

"이제 한번 켜 보세요."

도훈의 말에 문영은 벽에 부착된 스위치를 눌렀다. 형광등이 반짝하고 켜졌다.

"됐네. 됐어."

문영이 기뻐하며 목소리를 높였다.

"고마워. 고생이 많았구먼."

"별것도 아닌데요."

"아니야. 옆집 총각이 안 해 줬으면 꼼짝없이 유진이만 기다리고 서 있었을 거야."

도훈이 마루 아래로 내려서서 신발에 발을 끼우며 물었다.

"왜 밖에서 기다리고 계셨어요? 방에도 등이 나갔어요?"

"그건 아니고, 내가 겁이 많아서."

문영이 민망해하며 웃었다. 도훈이 의아해하며 문영에게 시선을 돌렸다.

"겁이요?"

"남들이 들으면 웃겠지만 사실이 그래. 집에 혼자 있는 것도 무서운데 마루에 불까지 안 들어오니 심장이 두근거려서 가만히 있을 수가 있나? 그래서 나가 있었던 거야. 총각도 알다시피 근방에 집이 몇 채 없잖아. 그래서 내가 총각 이사 들어온다 했을 때 그렇게 기뻐했던 것도 있어."

문영이 쑥스럽게 웃는 도훈을 바라보다 아차 싶어 물었다.

"내 정신 좀 봐. 저녁은 먹었어? 안 먹었으면 한술 뜨고 가. 오늘 된장찌개가 아주 기가 막히게 됐어."

"아니요. 저 저녁 먹었어요."

"그랬구먼. 하긴, 여태 저녁도 안 먹고 일하지는 않았겠지. 그래. 그럼 가서 쉬어. 오늘 고마웠어."

"혼자 있을 수 있으시겠어요? 아니면 제가 유진 씨 올 때까지 함께 있을까요?"

"됐네, 이 사람아. 이젠 괜찮다니까."

아주머니가 장난스럽게 도훈의 팔을 살짝 잡았다 놓았다. 그래도 마음이 놓이지 않은 도훈이 덧붙여 말했다.

"제 전화번호 전에 알려 드렸죠? 혼자 계시기 좀 그러면 연락 주세요. 바로 올게요."

"아주 든든하구먼. 우리 신랑보다 훨씬 낫다."

"하하하."

웃음을 터뜨린 도훈이 인사를 남기고 집을 빠져나왔다. 하지만 그 웃음은 오래가지 못했다. 대문 앞에 유진이 어두운 표정으로 서 있었다.

도훈이 반가운 마음에 물었다.

"퇴근하고 오는 길입니까?"

"네."

그는 자신을 그냥 지나치려는 유진의 팔을 붙잡으며 물었다.

"식사는요?"

"아직요."

"나도 아직 식사 전인데 같이 먹을래요?"

사실 아까 문영에게는 그녀를 귀찮게 하지 않으려 거짓말을 했었지만, 유진에게는 그럴 이유가 없었다. 하지만 유진은 전에 없이 냉랭하기만 하다.

"들어가서 쉬고 싶어요."

"미안해요. 내 생각만 했군요. 들어가요. 자기 전에 뭐라도 챙겨 먹고요."

다정하게 웃은 도훈이 그녀를 놓아주고 자신의 집으로 돌아갔다. 유진은 돌아보고 싶은 마음을 꾹 참으며 대문 안으로 들어섰다.

하지만 미련스러운 마음은 그녀를 그냥 두지 않고 다시 걸음을 돌려 그의 뒷모습이라도 한 번 더 보고 돌아오라고 채근한다. 유진은 떨어지지 않는 발걸음을 힘겹게 옮겼다. 오늘따라 더 깊고 아늑해 보이던 그의 눈빛에 마음이 쓰렸다.

　집으로 돌아간 도훈이 씻고 나오니 외삼촌 진욱에게서 전화를 달라는 메시지가 남겨져 있었다. 10여 년 전 외할아버지가 돌아가신 후 독일로 거처를 옮긴 그는 업무차 1년에 한두 차례 한국에 들어오곤 했다. 그때마다 그는 도훈에게 미리 연락해 약속을 잡곤 했기에 이번에도 그런 연락일 거라는 생각이 들었다. 도훈은 반가운 마음에 곧바로 그에게 전화를 걸었다.

　― 도훈이니?

　"네. 삼촌."

　― 많이 바쁘냐? 요즘은 통 연락도 없고. 너 내게 너무 무심한 거 아니야?

　"죄송해요. 태안 지사로 발령받은 후 정신이 좀 없었어요."

　― 태안?

　"네. 서진리조트 태안 지사를 아버지가 인수하셨거든요."

　― 그래? 형님도 참…… 여전하신가 보구나.

　"그렇죠, 뭐."

　― 그럼 지금 태안에 있어?

　"네. 이번엔 언제 들어오세요?"

　― 원래는 다음 주 티켓을 구매해 뒀는데 갑자기 문제가 생겨서 늦어질 것 같다. 티켓 취소하려던 차에 네 생각이 나서 전화해 봤어.

　"아."

　― 잘됐다. 안 그래도 태안에 한번 갔어야 했는데 네가 대신 정리해 주면 되겠구나.

　"무슨 일인데요?"

　― 안면도에 외할아버지 별장 있는 것 알지?

　"네. 알고 있긴 한데, 거기 아직 정리 안 하셨어요?"

외할아버지 돌아가신 후에 부동산은 다 처분하고 이민 가신 줄 알았는데 뜻밖이었다.

— 얼마 전까진 네 외숙모 친정 조카가 잠시 머물면서 봐주고 있었는데 몇 달 전 타지로 발령이 나서 이사를 갔어.

"그랬군요."

— 음. 그래서 거길 어떻게 해야 하나 고민하고 있었거든.

"제가 뭘 하면 돼요?"

— 가서 보고 부동산에 좀 내줘. 예전에 우리 집 일 봐주던 분께 연락을 드려 봤더니 글쎄, 지난해에 심장 마비로 돌아가셨다더구나. 그 사람이 꼼꼼하게 신경 많이 써 줬었는데.

진욱이 안타까운 마음을 드러냈다. 도훈은 어려운 일도 아니라 가볍게 답했다.

"시간 내서 가 볼게요. 가 본 게 오래전이라 기억이 잘 안 나서 그런데 주소 알고 계시면 메시지로 남겨 주세요."

— 그래. 알았다.

전화를 끊은 도훈은 오래전 방문했던 할아버지의 안면도 별장을 떠올려 보았다. 바다와 인접한 2층 별장의 넓은 정원에서 사촌들과 뛰어놀다 넘어져 크게 다쳤던 기억, 그리고 그곳으로 향할 때마다 마주했던 모감주나무 군락에서의 기억들. 신기하게도 별장에서의 기억 대부분은 흑백 사진 속 이미지처럼 흐릿하기만 한데, 유독 어느 하루만은 또렷하고 또 선명하게 기억에 남아 있었다.

그날 도훈은 부모님과 함께 외할아버지의 별장을 향해 가고 있었다. 부모님 두 분은 이혼하신 상태였는데, 편찮으신 외할머니 걱정에 외가 쪽에는 두 분의 이혼 소식을 알리지 않았었다. 그래서 외가 쪽에 일이 있으면 가끔 아버지도 함께 동행하시곤 했는데, 그날은 외할머니의 생신을 축하하러 별장으로 가던 길이었다. 조수석에 앉아 있던 어머니가 차창을 내리고 얼굴을 반쯤 밖으로 내미셨다. 그러곤 작고 노란 앙증맞은 꽃잎들을 하염없이 사랑스럽게 바라보셨던 것 같다. 어머니를 위해 부러 천천히 달리던 아버지의 차가 잠시 정차했고, 기다렸다는 듯 차에서 내리신 어머니가 더 가까이서 모감주나무를 감상하시기 시작했다.

그렇게 꽃향기에 취해 있던 어머니가 갑자기 고개를 돌리곤 도훈을 바라보며 말씀하셨다.

'훈아. 나와 봐.'

어렸던 그는 어머니의 그 마음을 이해하지 못했다. 그저 그런 나무 중 하나일 뿐인데 저게 대체 뭐라고 저렇게 홀린 듯 바라보실까? 귀찮아하며 차에서 내렸을 때 어머니가 그의 손을 잡아 이끌며 말씀하셨다.

'청초하지 않니? 마치 너처럼.'

청초하다, 라는 말에 그가 낯간지럽다는 듯 미간을 찌푸리자 어머니가 환하게 웃으며 말씀하셨다.

'부끄러워하긴. 널 가졌을 때 이곳에서 꽤 머물렀었어. 이 꽃을 보면서 기도했지. 내 배 속의 아가도 이것처럼 깨끗하고 고왔으면 좋겠다고 말이야.'

'기도가 안 이뤄져서 어떡해? 나는 전혀 그렇지가 않잖아.'

'네가 얼마나 예쁜 아이인지 넌 아직 모를 거야.'

'그런 말 좀 하지 마. 내가 여자야? 예쁘게?'

어머니는 투덜거리는 그를 사랑스럽게 바라보다 아버지에게 부탁하셨다.

'여보. 훈이하고 나, 사진 찍어 줘요.'

'그럴까?'

'응.'

'알았어. 도훈이, 엄마 곁에 서 봐.'

'아. 찍기 싫은데.'

'웃기 싫으면 웃지 않아도 좋아. 대신 사진은 찍어야 해.'

사진 찍기 싫다는 도훈에게 딱 잘라 말한 어머니의 가늘고 긴 손가락이 그의 어깻죽지를 살며시 감싸 줬다. 예쁘다는 말이 싫었던 어린 그는 반항하듯 입술을 비죽 내밀고 불만스러운 표정으로 사진을 찍었다.

도훈은 거실 테이블에 세워 둔 작은 액자를 들어 보았다. 모감주나무 군락지 앞에서 환하게 웃고 있는 어머니와 불만투성이의 어린 도훈의 모습. 그 위로 따스한 햇볕이 내리쬐고 있었다.

휴무일인 일요일. 유진은 정오가 가까워져 올 때까지 푹 잤다. 조카 승원이 들락거리며 소란을 일으켰지만 그마저도 그녀의 잠을 깨우지는 못했다. 그렇게 늘어진 채로 푹 잠이 들어 있는데, 누군가 그녀의 다리를 툭툭 치며 깨우기 시작했다.

"일어나! 잠 못 자서 죽은 귀신이 붙었어? 언제까지 자기만 할 거야?"

그녀를 깨운 것은 이모 문영이었다. 게슴츠레하게 눈을 뜬 유진이 문영을 보며 투덜거렸다.

"더 잘 거야. 새벽에 잠들어서 몇 시간 못 잤단 말야."

"그러게. 누가 그렇게 늦게까지 놀다 자래?"

"놀긴 누가 놀았다고 그래?"

"얼른 일어나. 씻고 승원이 좀 집에 데려다주고 와."

다시 잠에 빠져들려던 유진의 두 눈이 번쩍 뜨였다.

"승원이? 준희 언니 안 와?"

"승원 아범 오늘도 출근해야 한대서 네가 데려다준다고 했어. 너도 알지? 준희 버스 타면 멀미 심하게 하는 거."

그러니 문영의 말뜻은, 자신의 딸이 멀미할까 걱정되니 네가 대신 안면도 창기리까지 승원을 데려다주고 오라는 뜻이었다. 악덕 이모가 따로 없었다.

문영이 다시 한 번 채근했다.

"얼른 안 일어나?"

"하아. 이모. 나 정말 피곤하다구."

유진이 일어나기 싫어 느릿느릿 몸을 움직이며 구시렁거렸지만 문영은 들은 척도 하지 않은 채 방 밖으로 나갔다.

"만날 나만 가지고 그래."

유진이 불만스럽게 투덜대자, 문영이 밖에서 크게 소리쳤다.

"승원이는 벌써 준비 다 끝났다!"

"알았어. 씻어. 씻는다고!"

유진은 툴툴거리며 욕실로 들어갔다.

문영이 도훈의 집 문 앞에 서서 사람 좋게 웃으며 말했다.

"고마워, 총각. 우리 딸이 버스 멀미만 안 하면 직접 올 텐데 애가 워낙 약해서 말이야."

"괜찮습니다. 승원이만 데려다주면 되는 거죠?"

"그래, 그래."

"그런데 유진 씨가 함께 가려고 하던가요?"

도훈이 믿기지 않아 묻자 문영이 당연하다는 듯 대답했다.

"그럼. 저야 거기까지 태워 준다면 고맙지. 우리 유진이도 자네한테 엄청 고마워해."

정말 그럴까? 도훈은 왜인지 확신이 들지 않았다. 그런 그에 반해 오늘따라 유난히 더 기분이 좋아 보이는 문영이 살짝 들뜬 목소리로 물었다.

"그리고 방포항 쪽으로 간다고 했지?"

"네."

"거기까지 가서 그냥 오면 서운하니까 대하도 먹고, 또 회도 먹고 그러고 와. 알았지?"

도훈이 쑥스러운 듯 웃자 문영이 은근슬쩍 덧붙였다.

"우리 유진이도 회라면 사족을 못 쓰는데."

"그래요?"

"그럼."

문영과 도훈이 대화를 나누는 사이, 외출 준비를 마친 유진이 마루 끝에 앉아 허공에 들린 발을 달랑거리고 있는 승원의 옆에 앉았다. 아이는 구겨진 색종이를 다시 폈다 또 접기를 반복하고 있었다. 유진이 승원의 외투 지퍼를 올려 주며 말했다.

"다 됐다. 이제 갈까?"

유진이 재빠르게 마루 아래로 내려서는 아이의 손에 들린 색종이를 보며 물었다.

"승원이 그거 가지고 갈 거야?"

"응."

말이 늦되던 아이에게 찾아온 긍정적인 변화다. 비록 길이가 짧은 단어 정도이긴 하지만, 또 웅얼거리는 수준이긴 했지만 전보다는 의사 표현이 훨씬 나아져 가족들 모두 반기고 있었다.

유진이 기분 좋게 말했다.

"그래. 가지고 가자."

그렇게 아이의 손을 잡고 집을 나서려는데, 나갔던 문영이 돌아와 대뜸 그녀를 혼냈다.

"왜 이렇게 꾸물거려?"

"이제 나가잖아."

"빨리 나가 봐. 옆집 총각이 아까부터 목 빠져라 기다리고 있어."

"그게 무슨 말이야?"

유진이 황당해하며 묻자, 문영이 소곤거리며 말했다.

"총각도 안면도에 볼일이 있다고 해서 가는 길에 너도 태워 가라고 했어."

"이모!"

"계집애, 귀청 떨어지겠다."

"왜 그런 부탁을 해? 누가 해 달래?"

"허 참. 데이트할 핑계를 만들어 줘도 난리야."

"그러니까. 누가 그런 거 해 달래? 왜 시키지도 않은 일을 해?"

"그건 다녀와서 따지고 얼른 나가 봐, 이것아."

"미쳐, 진짜."

문영에게 등 떠밀리듯 나간 유진은 도훈의 집 앞에 세워진 그의 차를 망연히 바라보았다.

밖에서 기다린다던 그는 집으로 들어갔는지 보이질 않았다.

차라리 안 볼 때 달아나 버릴까? 이모는 대체 왜 이런 상황을 만들었을까? 지난 며칠간 그녀를 은밀한 시선으로 쳐다보며 옆집 총각에 관해 늘어놓을 때부터 알아봤어야 했는데.

그렇게 유진이 문영의 의뭉스러운 행동 하나하나를 떠올리던 때였다. 승원이 생각에 잠긴 유진의 손을 잡아당겼다. 무심결에 내려다보니 승원이 맞은편을 보며 웃고 있었다. 도훈이었다.

집에 잠깐 들어갔다 나온 도훈이 그들 가까이로 와 승원을 들어 안았다. 너무도 자연스러운 행동에 당혹스러워하는 유진과 달리, 도훈은 자상한 아빠처럼 아이와 눈을 맞추며 웃었다.

"승원이 잘 잤어?"

"응."

몇 번이나 네, 라고 대답하라고 가르쳐도 승원은 응, 이라는 대답만 했다. 유진이 아이의 대답에 관해 변명하듯 덧붙였다.

"아직 네, 라는 말이 어려운지 꼭 응, 이라고 해요. 그러니까……."

"알아요. 오해하지 않으니 걱정 안 해도 됩니다."

승원을 대할 때와 달리 건조해진 그의 음성에 유진은 썩 기분이 좋지 않았지만 딱히 뭐라고 할 수도 없어 가만히 있었다. 도훈이 말했다.

"가요. 승원이 집은 유진 씨가 잘 알고 있죠?"

"네."

유진은 도훈이 승원을 뒷좌석에 앉히고 안전벨트를 매어 주는 모습을 가만히 지켜보았다. 아이가 실수로 가지고 놀던 색종이를 발밑에 떨어뜨리자 도훈이 아주 소중한 것을 주워 올리듯 하여 아이에게 건네주었다. 그러곤 금세 기분이 좋아져 방실거리는 아이의 볼을 살며시 잡았다 놓은 도훈이 뒷좌석 문을 닫는 모습을 지켜보며 유진은 생각했다. 그가 아빠가 된다면 어떨까? 지금껏 단 한 번도 아빠가 된 그의 모습을 상상한 적 없었지만, 한 가지는 확실히 알 수 있었다. 누구보다 좋은 아빠가 되리라는 것. 아이를 배려하는 자상한 마음과 사소한 것 하나까지 놓치지 않으려는 그의 모습에서 그런 확신이 생겼다. 하지만 그 아이의 엄마가 자신이 될 수는 없겠지.

유진이 울적해지려는 마음을 억지로 삼키며 조수석으로 향하려는데, 도훈이 조수석으로 빠르게 다가와 문을 열어 주었다.

"타요."

"네."

세 사람이 탄 차가 천천히 시골길을 벗어나기 시작했다. 유진은 도훈의 요청에 따라 승원이네 집 주소를 내비게이션에 입력했고, 도훈은 말없이 운전을 이어 갔다.

내비게이션의 안내 음성에 따라 도훈의 차가 주택가 앞에 멈춰 섰다. 뒷좌석에 앉은 승원은 아까부터 곯아떨어져 있었고, 약 10여 분 전 유진도 잠에 빠져들었다. 자동차의 시동을 끈 도훈이 우측으로 고개를 돌려 잠이 든 유진을 가만히 쳐다보았다. 예뻤다. 특별히 어디가 더 예쁘다 할 것 없이 하나같이 다 예뻤다. 이렇게 가만히 바라보는 것만으로도 가슴이 벅찬데 저 하얗고 가느다란 손가락에 손깍지를 낀다면, 또 저 생기 있게 반짝이는 붉은 입술에 키스를 한다면 어떤 기분이 들까? 상상하는 것만으로도 가슴이 뻐근해져 올 즈음 유진이 천천히 잠에서 깨어났다.

으음. 소리와 함께 감겨 있던 그녀의 두 눈이 천천히 열리자, 도훈이 낮게 깔린 음성으로 물었다.

"많이 피곤하죠?"

상황을 파악한 유진이 정신을 가다듬고는 더듬거리며 대답했다.

"아, 아니요. 죄송해요. 제가 깜빡 졸았나 봐요."

도훈이 당황하여 주위를 두리번거리는 유진에게 말했다.

"조금 전에 도착했어요."

"네. 아! 승원이!"

도훈이 빠르게 차에서 내리려 서두르는 유진의 팔을 살며시 잡았다.

"내가 할 테니 앉아 있어요. 그것보다 승원이네 집 여기가 맞아요?"

도훈의 물음에 유진이 창밖으로 주변을 확인하고는 대답했다.

"네. 저 앞에 보이는 하얀 벽돌집이에요."

"제대로 찾아와서 다행이네요."

먼저 내린 도훈이 뒷좌석의 아이를 살펴보니 아직 잠이 든 상태다. 그는 아이가 깨지 않게 천천히 안전벨트를 풀고 아이를 품에 안아 올렸다. 그러곤 따라 내린 유진에게 작게 말했다.

"가요."

"제가 안을게요."

유진이 손을 뻗자 도훈이 작게 말했다.

"아이가 깨지 않을까요?"

"미처 생각을 못 했네요. 그럼 집까지 부탁드릴게요."

"네."

두 사람은 느릿한 걸음으로 1분여 정도의 거리를 묵묵히 걸었다. 문 앞에 도착한 유진이 초인종을 누르자 안에서 반가운 목소리가 튀어나왔다.

"유진이니?"

"응."

곧이어 대문이 열리고, 준희는 급하게 튀어나왔다는 것을 증명이라도 하듯 앞치마를 두른 상태로 그들을 맞았다. 그녀의 눈길이 유진에게서 도훈에게로 이어지는가 싶더니, 곧 손으로 입술을 가리며 감탄사를 뱉기에 이르렀다.

"어머."

"안녕하세요. 안도훈이라고 합니다."

유진은 도훈을 홀린 듯 바라보는 준희의 표정을 보며 이 집안 유전자는 어째다 이 모양일까 하고 생각했다. 잘생긴 남자라면 끔뻑 넘어가는 사람은 자신뿐인 줄 알았는데 문영도, 또 그녀의 딸도 마찬가지였던 것이다. 하긴, 준희는 일일 드라마 남자 주인공이 조금만 잘생겨도 정신을 못 차리고 빠져드는 타입이었다. 가끔 그런 아내를 보며 남편 현욱이 혀를 찼지만 그녀는 일말의 죄책감도 없이 눈 호강에 빠져 지내곤 했었다. 그런 그녀였으니 그들보다 더 나았으면 나았지, 부족하지는 않은 도훈에게 호감을 표하는 것은 어찌 보면 당연한 것일지도 모른다.

준희가 호기심으로 눈을 빛내며 물었다.

"혹시 옆집에 사신다는 그분?"

"네. 맞습니다."

"엄마한테 말씀 많이 들었어요. 호호호."

준희의 어울리지 않는 콧소리에 민망해진 유진의 얼굴이 더 붉게 달아올랐다.

"아까 미리 전화받았어요. 바쁘실 텐데 우리 승원이 때문에 여기까지 들르시게 되었다고요."

"아닙니다. 저도 근처에 볼일이 있어 지나던 길에 들른 겁니다."

"언니. 승원이 받아야지."

준희는 유진의 말을 듣고서야 승원을 챙겼다.

"어머머. 내 정신 좀 봐. 우리 승원이 이리 주세요."

"네."

도훈이 아이를 엄마의 품으로 넘겨주었다. 승원이 잠결에 엄마의 품으로 파고들며 새근새근 숨소리를 냈다. 사랑스러운 모습에 세 사람은 약속이나 한 것처럼 아이의 얼굴을 바라보며 흐뭇하게 웃었다.

준희가 아이의 등을 부드럽게 토닥이며 말했다.

"그나저나 차라도 한잔 대접해야 하는데 제가 곧 나가 봐야 할 것 같아요. 죄송해서 어떡하죠?"

준희가 진심으로 안타까운 표정을 지으며 사과하자 도훈이 고개를 저었다.

"괜찮습니다. 저도 가 봐야 해서요."

"유진, 너도 바로 갈 거지?"

"응?"

유진은 준희네서 노닥거리다 저녁 즈음에 넘어가려던 차였기에, 갑작스런 물음에 당황스럽기만 했다.

"엄마께 못 들었어? 나 조금 이따 승원이 데리고 모임 나가 봐야 하는데?"

"그럼 나 이대로 가라고?"

유진이 황당함에 목소리를 낮추어 물었다.

"어!"

"어?"

도훈이 난감해하는 유진에게 조심스럽게 제안했다.

"그럼 나와 같이 움직일래요?"

"네?"

유진이 놀란 기색으로 돌아보자 도훈이 어깨를 으쓱이고는 답했다.

"시간이 조금 걸릴 것 같긴 한데 그래도 괜찮다면요."

"아유, 잘됐다. 유진아. 이왕 여기까지 온 거 돌아갈 때도 같이 가는 게 편하지. 어차피 집도 바로 옆이라며?"

유진은 밀어붙이는 준희를 보며 어설프게 웃었다.

"아하하. 아니야. 그냥 버스 타고 가지, 뭐."

"너 어차피 집에 가 봤자 약속도 없잖아? 젊은 애가 재미없게 방구석에만 처박혀 있지 말고 이번 기회에 드라이브나 하고 들어가."

"언니!"

하필 저런 말을 도훈의 앞에서 듣게 되다니. 부끄러워진 유진의 볼이 터질 듯 붉어졌다. 준희는 그런 그녀의 마음 따위야 안중에도 없다는 듯 도훈을 향해 살갑게 웃으며 말했다.

"그럼 우리 유진이 좀 부탁할게요."

"네."

유진은 몇 번이고 거절하고 싶었지만 준희의 입에서 어떤 말이 더 튀어나올지 몰라 입을 꾹 닫기로 했다. 그래. 볼일 있다는데 잠깐 같이 갔다가 돌아가지, 뭐. 그사이에 무슨 일이라도 있겠어? 무거워지는 마음을 애써 달래는데도 어쩐지 오늘 하루가 길 것 같다는 불길한 예감이 들었다.

도훈의 자동차가 모감주나무 군락을 스쳐 지나간다. 도훈이 옛 생각이 떠올라 속도를 늦추어 운행하였더니 유진이 차창을 내리곤 밖으로 얼굴을 내밀어 꽃향기를 감상하듯 가만히 눈을 감았다. 도훈은 짧게 스치듯 본 유진의 옆모습만으로도 그녀가 어떤 표정을 짓고 있는지 알 것 같았다. 아마도 오래전 그날의 엄마처럼 사랑스럽게 웃고 있을 테지. 그리 생각하자 갑자기 심장이 크게 두근거렸다.

그사이 유진은 다시 눈을 뜨고 시트에 제대로 기대앉았다. 그리고 준희의 집에서 출발한 뒤 처음으로 입을 열었다.

"미안해요."

"뭐가요?"

덤덤한 도훈의 대꾸에 유진이 그날 처음으로 피식 웃었다.

"우리 이모 말이에요."

유진의 사과에 어리둥절하던 도훈이 그제야 뜻을 알아차리고 씩 웃었다. 유진이 계속해서 말했다.

"사실은 이모가 며칠 전부터 우리 두 사람 무슨 사이 아니냐고 은근히 캐물으셨거든요."

"아주머니 눈은 못 속이겠군요."

"아마 준희 언니도 사실 다른 약속이 있는 건 아닐 거예요."

"그럼?"

"이모가 거기까지 미리 손을 써 두셨겠죠."

"하하."

도훈은 재미있어하며 웃었다. 문영이 그에게 호감이 있다는 것은 어느 정도 눈치채긴 했지만, 이렇게 행동력까지 겸비하고 있을 줄은 몰랐다. 새삼 그녀에게 고마운 마음이 들었다.

아까보다 좀 더 편안해진 분위기에 유진이 궁금했던 것을 물었다.

"그런데 어떤 볼일이 있으신 거예요?"

"아."

"혹시 말하기 곤란하신 거면 안 하셔도 돼요."

"별건 아니에요. 여기 돌아가신 외할아버지 별장이 있어요. 얼마 전 독일로 이민 간 외삼촌께 연락이 왔었는데, 이 별장이 비어 있은 지 좀 됐으니 대신 가서 상태를 보고 부동산에 매물로 내 달라고 하셔서요."

"그랬군요."

"외삼촌께서 독일로 이민 가실 때 다 정리하고 가신 줄 알았는데 아직 처분을 안 하셨더라고요."

"지사장님도 와 보신 적 있는 곳이에요?"

"네. 여러 번이요. 어머니 돌아가신 후로는 이쪽으로 발길을 두지 않았는데, 그 전엔 여러 번 왔었어요."

도훈의 차가 모감주나무 군락지를 벗어나 달리다 좌측 윗길로 커브를 돌아 올라갔다. 줄지어 선 주택들을 따라 한참을 달리던 차가 멈춰 선 곳은 길 끝, 외로이 홀로 서 있는 주택 앞이었다.

도훈이 안전벨트를 풀며 말했다.

"잠깐만 앉아 있어요."

차에서 내린 도훈이 철제 대문 아래의 빈틈으로 손을 넣어 더듬거리다 열쇠 하나를 찾아냈다. 그러곤 대문을 양쪽으로 활짝 열어 둔 뒤 다시 차에 올랐다.

유진이 물었다.

"차고가 따로 있나 봐요?"

"네. 그것보다 정원이 좀 넓어서요."

겸연쩍게 웃은 도훈이 차를 몰아 대문 안으로 들어갔다. 그는 자신의 말을 증명이라도 하듯 철제 대문을 벗어나고도 꽤 달린 후에야 차를 세웠다. 도훈이 차에서 내리며 말했다.

"차고는 저 뒤편에 있어요. 그런데 잘 안 써요."

"네."

도훈은 유진이 편히 내릴 수 있게 조수석 문을 열어 주었다. 유진이 눈인사로 고맙다는 뜻을 전한 뒤 차에서 내렸다.

바닥으로 내려선 유진의 입에서 감탄사가 터져 나왔다.

"와. 이런 곳이 있었군요."

유진이 신기해하며 정원을 둘러보았다. 멀리서 얼핏 봤을 땐 규모가 큰 별장 정도인 줄로만 알았는데 막상 도착해 보니 생각했던 것보다 훨씬 아름다웠다. 너른 정원을 채운 푸르른 잔디들은 밟을 때마다 기분 좋은 살랑임을 전해 주었고, 군데군데 오밀조밀하게 피어오른 다양한 종류의 야생화들은 뜨거운 여름의 태양과 소금 바람을 맞아 화려한 빛깔을 뽐내고 있었다. 특히나 차 문을 열고 내리자마자 느꼈던 코끝을 가득 채워 오는 진득한 풀 냄새는 복잡하던 머릿속을 기분 좋게 정화시켜 주는 것만 같았다.

도훈이 그녀의 상기된 표정을 보며 물었다.

"마음에 들어요?"

"네."

하고 대답한 유진이 빠르게 피어오르는 민망함에 입술을 붙여 물었다.

"같이 들어가 볼래요?"

"저도요?"

유진이 그래도 되냐고 묻듯 바라보자 도훈이 부드럽게 웃으며 대답했다.

"네."

"실례되지 않을까요?"

"빈집인데 누가 누구한테 실례를 한다는 거죠? 같이 가요."

"네."

두 사람은 건물 안으로 들어갔다. 넓은 정원에 비해 아담하게 지어진 2층 건물은 세월의 흐름을 그대로 받아들인 것처럼 보였다. 오랫동안 비어 있었던 건 아니라는 그의 말처럼 곳곳이 보수가 되고, 또 관리되어 있어 사람의 손이 닿은 흔적이 느껴졌지만 그래도 꽤 낡았다는 인상을 지울 순 없었다.

도훈은 소파를 가린 무채색의 천 위에 내려앉은 먼지 더미를 바라보며 잠시간 회상에 잠겼다. 휠체어에 앉은 외할아버지를 마지막으로 뵈었던 그날이 생생하게 떠올랐다.

'네 어미가 보고 싶구나.'

외할아버지는 도훈에게 그 짧은 한마디만을 남기고 돌아가셨다.

외할아버지는 그 뒤 어머니를 만나셨을까?

1층을 둘러보던 유진은 2층으로 이어지는 계단을 걸어 오르려다 거실 소파 앞에 서서 석상처럼 굳어 있는 도훈을 발견했다. 생각에 잠긴 그는 시선을 떨군 채 아무런 움직임이 없었다. 유진은 그에게로 다가갔다. 그는 지금 무슨 생각을 하고 있을까?

"지사장님."

그는 그녀의 부름을 알아차리지 못하고 멍하니 자신의 세계에만 빠져 있었다.

"지사장님. 괜찮으세요?"

도훈이 시선을 그대로 둔 채 낮게 말했다.

"외할아버지 생각을 하고 있었어요. 돌아가시면서 어머니를 보고 싶다 하셨는데 만나셨을까? 그런 생각이요. 딸이라고는 어머니밖에 없어서 늘 애지중지하셨거든요."

"아마도 만나시지 않았을까요?"

"그랬겠죠?"

혼자서 몹시도 외로웠을 어머니를 떠올리는 도훈의 표정이 오늘따라 유독 더 쓸쓸하게 느껴졌다. 무거워진 마음에 아래로 향하던 유진의 시선이 힘없이 떨어져 있는 그의 손에 가닿았다. 그의 손을 잡아 주고 싶었다. 어떤 말로도 그

258

를 위로할 수 없는 지금, 따뜻한 손길로나마 그를 위로하고 싶었다. 하지만 그래서는 안 되겠지. 유진은 또 한 번 자신의 처지를 떠올리며 그에게로 향하는 마음을 접고 있었다.

잠자코 있던 도훈이 그녀를 바라보며 말했다.

"소중한 사람을 잃는다는 게 어떤 의미인지 겪어 보지 않은 사람은 모르겠죠? 더군다나 그 사람이 내 인생에 더없이 큰 영향을 끼친 사람이라면."

더없이 큰 영향을 끼친 사람. 그녀에게는 유리일 테고, 그에게는 어머니겠지. 도훈이 생각에 잠긴 그녀의 얼굴에 불그스름하게 내려앉은 노을빛을 응시하며 말을 이었다.

"그래서 몇 번이고 마음을 고쳐먹으려고 했어요. 한낱 사랑이라는 감정 하나 다스리지 못해 이미 상처 입은 사람을 또 한 번 다치게 하고 싶지는 않았거든요. 그래서 한편으로는 다행이라고 생각했던 것도 같아요. 나를 끝없이 밀어내는 유진 씨를 볼 때마다 내 갈 길은 분명해 보여서. 그러니 이 흔들리는 마음만 잡으면 다 끝나겠지. 그땐 또 다른 누군가를 마음에 품을 수도 있겠지."

유진이 시선을 들어 그를 보았다. 그가 지금 무슨 말을 하려는지 알 것 같았다. 제발 아무 말도 하지 말아 주기를 바라는 불안한 마음과 동시에 피어오르는 이 옅은 떨림은 대체 어떻게 받아들여야 하는 것일까?

도훈이 그런 그녀의 혼란스러운 얼굴을 지그시 응시하며 말했다.

"그런데 더는 안 되겠어요. 당신이 어떤 말로 밀어내도 나는 이제 안 될 것 같아."

"지사장님."

"세컨드로라도 만족하겠다는 말, 취소예요. 나 그 정도에 만족할 수 있을 정도로 마음이 넓은 사람이 되진 못할 것 같아."

도훈이 촉촉하게 젖어 드는 유진의 눈을 바라보며 참고 참았던 고백을 시작했다.

"좋아합니다."

도훈은 곧 쏟아질 듯 그렁그렁 차오른 유진의 눈물마저 사랑스러워 보였다.

그녀를 울리고 싶지 않았지만 어쩔 수가 없었다. 그가 말했다.

"당신의 마음이 내 마음만큼 커지길 욕심내진 않을게요. 대신 우리 이제 서로에게 더 이상 거짓말은 하지 않기로 해요."

도훈이 힘겹게 고개를 젓는 유진을 향해 응어리진 마음을 토해 냈다.

"반유진, 당신의 모든 날을 달라는 소리가 아니야. 당신의 전부를 다 달라고도 조르지 않을게. 대신 우리가 함께할 얼마 남지 않은 여름은 온전히 우리 둘만의 것이었음 좋겠어. 그게 내 욕심이라 해도 어쩔 수 없어. 나는 이미 길을 잃은 것 같아."

"지사장님."

"이 정도도 안 됩니까? 유진 씨에게 안도훈이라는 남자는 그 정도도 욕심내지 못할 정도로 정말 아무것도 아니에요?"

유진은 차마 그렇다고 대답할 수 없었다. 이성은 계속해서 그를 거절하라 했지만 가슴은 이미 한계치에 다다라 있었다. 그녀 역시 그를 원했다. 어쩌면 그보다 그녀가 더 간절한 마음일지도 몰랐다. 계속해서 자신의 감정을 부인하고 부정해 오면서 다친 마음은 그 어떤 약으로도 아물지 않고 계속해서 덧나고만 있었다. 그런 그녀에게 그가 말하고 있었다. 이제 그만 힘겨워하고 내게 오라고, 짧은 시간만이라도 좋으니 이제는 우리 함께 웃어 보자고.

유진은 천천히 고개를 들어 떨리는 시선으로 그를 마주 보았다. 그가 긴장된 표정으로 그녀를 내려다보고 있었다. 더 이상 그를 기다리게 하고 싶지 않았다. 유진은 용기를 내 그에게 다가갔다. 그러곤 그의 목을 살며시 끌어안으며 그의 입술에 짧게 입을 맞추었다. 그러자 그가 기다렸다는 듯이 그녀의 허리를 감싸 안으며 진한 키스를 건네 왔다.

그의 입술에서 뜨거운 열기가 느껴졌다. 짙어질 대로 짙어진 여름의 열기를 닮은 그의 마음이 고스란히 느껴졌다. 유진은 문득 어쩌면 자신이 이 순간을 기다려 왔던 건지도 모르겠다고 생각했다. 연신 아니라 말해 왔으면서도 내심 그가 붙잡아 주기를. 이토록 겁이 많은 그녀를 먼저 보듬어 주기를. 그러기를 바랐는지도 모르겠다.

키스를 마친 도훈이 그윽한 눈길로 그녀를 바라보았다. 유진은 촉촉이 젖은 눈으로 그를 보며 은은하게 웃어 보였다. 도훈이 천천히 그녀를 끌어안았다. 유진의 귓가에 들리는 다소 나른해진 그의 숨소리에 크게 뛰던 그녀의 박동 소리도 조금씩 잦아들기 시작했다.

두 사람은 별장의 마당에 자리한 벤치에 앉아 밤이 오는 광경을 함께 지켜보았다.

유진은 아까보다 훨씬 편안해진 표정으로 하나둘 모습을 드러내는 별을 세며 말했다.

"우리 집보다 여기가 별이 더 많아 보여요."

"그래요?"

"네. 가끔 제가 마루에 앉아 하늘의 별을 세고 있으면 이모가 그러셨거든요. 여기만큼 별 많은 곳도 없다고. 크게 의미를 두진 않았었는데, 이렇게 보니 이모가 거짓말하신 거였네요."

도훈이 그녀의 무릎 위에 얹힌 자그마한 손에 자신의 손가락을 끼워 넣었다. 처음엔 흠칫했던 유진도 곧 그의 손을 맞잡아 온다.

도훈이 물었다.

"배고프지 않아요?"

"조금요?"

유진이 민망해하며 웃자 도훈이 따라 웃으며 말했다.

"누가 그러더군요. 반유진 씨가 특히 회를 좋아한다고."

"그것도 거짓말 잘하는 이모가 하신 말씀일 것 같은데. 맞죠?"

"아닙니까?"

"싫어하진 않지만 썩 좋아하지도 않아요."

"그럼 왜 그렇게 말씀하셨을까요?"

"여기 온 사람들이 많이들 찾는 음식이니까요."

"그러니 너희들도 남들처럼 데이트 코스는 차례로 밟고 돌아와라? 이 뜻일까요?"

유진은 아마 문영은 그 이상을 바라고 있을지도 모른다는 말은 하지 않기로 했다.

도훈이 그녀의 손을 잡은 손에 힘을 주며 먼저 일어섰다. 따라 일어선 유진이 의아하게 바라보자 그가 웃으며 말했다.

"이모님 말씀대로 해 보죠. 우선 밥부터 먹어요."

"그다음은요?"

"유진 씨 생각엔 뭘 상상하셨을 것 같아요?"

"근처 바닷가 방파제에라도 가서 손잡고 거닐길 바라고 있으실지도 모르겠네요."

"뭐, 그것도 나쁘지 않군요."

유진이 소리를 내어 웃었다. 도훈이 그런 그녀의 허리를 살짝 당겨 품에 안으며 중얼거렸다.

"그렇게 웃지 마요. 심장이 떨리다 못해 터져 버릴 것 같으니까."

유진은 도훈의 낯간지러운 말에 부끄러워하며 그의 어깨에 이마를 기댔다.

도훈은 연신 수줍어하며 시선을 피하는 그녀가 사랑스러워 미칠 것 같았다. 자신처럼 그녀 역시 지금의 이 벅찬 감정을 주체하지 못하는 건 아닐까 하고 생각하자, 그녀를 향해 뛰는 심장이 조금 더 요란한 소리를 내는 것도 같았다.

무턱대고 저질러 놓고 뒷수습이야 어떻게든 될 대로 되겠지, 하고 생각할 정도로 어린 나이도 아닌데. 그녀에게로 향하는 이 무모한 마음은 스스로도 어쩔 도리가 없었다. 꼭 바보가 되어 버린 기분이다. 친구들이 그랬으면 낯간지럽다고 소리를 쳤을 말들도 아무렇지 않게 내뱉어지는 걸 보면 어디가 고장이 나도 단단히 난 게 분명했다.

17
잃어버린 꿈

부지런한 태양이 서둘러 어두운 방을 밝히고, 지저귀는 새소리가 귓가에 정겹게 파고드는 아침. 도훈은 두런두런 얘기를 나누며 집 앞을 지나는 주민들의 목소리에 잠에서 깼다.

그가 하얀 이불을 머리끝까지 끌어 올리며 중얼거렸다.

"반유진. 벌써부터 보고 싶다."

안면도의 별장에 들렀다 집에 도착했을 땐 시간이 어느덧 새벽 1시를 넘어가 있었다. 두 사람은 문영의 바람대로 방포항의 횟집에 들러 식사를 하고, 근처의 방파제를 거닐었다. 그러고도 돌아오기가 아쉬워 머뭇거리는 그에게 유진이 근처의 카페에 들를 것을 제안했다. 다음 날 이른 시각에 출근해야 하는 그녀를 생각해 그건 아닌 것 같다고 하자, 그녀가 고집스럽게 가자고 졸라 못 이기는 척 함께 들어가 차를 마셨다. 그저 좋았다. 몇 시간 못 자고 출근해야 할 그녀 걱정에 미안한 마음이 들었지만, 조금 더, 조금이라도 더 함께 있고 싶었다. 계속해서 웃음이 났다. 유진도 마찬가지였는지 입가에서 미소가 지워지질 않았다. 덕분에 짧은 시간이었지만 정말 오랜만에 개운하게 잔 것 같다.

도훈은 다시금 행복감을 느끼며 환히 웃다 문득 떠오르는 생각에 얼굴을 덮은 이불을 끌어 내렸다. 이러고 있을 게 아니었다.

도훈은 옆의 탁상시계로 눈길을 돌려 시간을 확인했다. 지금쯤이면 유진이 출근하려 집 밖으로 나오거나, 아니면 이미 출발했을 시간이었다.

도훈은 침대에서 튕겨 나가듯이 일어나 잠옷을 벗었다. 그러고는 드레스 룸으로 가 가장 먼저 눈에 띈 티셔츠와 바지를 급하게 끼워 입었다. 화장실로 들어가 고양이 세수를 하고, 빠르게 가글을 하며 자신의 외모를 살펴보았다. 꼴이 엉망이지 않을까 걱정했는데 생각보다 나쁘진 않아 보였다.

간단히 외출 준비를 마친 도훈은 현관의 신발에 발을 욱여넣으며 제발 유진이 멀리 가지 않았기를 바랐다. 급하게 마당으로 뛰쳐나간 그가 대문을 열어 주위를 살폈다. 그러자 자신의 집에서 조금 떨어진 거리에서 걸어가고 있는 유진의 뒷모습이 보였다. 숱이 풍성한 긴 머리카락이 어깨 부근에서 찰랑거린다. 하늘거리는 원피스를 입은 유진의 뒷모습만으로도 어여뻐 보이는 것을 보면 자신은 미친 게 분명했다.

도훈은 그녀에게 들키지 않게 큰 보폭으로 조용조용 걸어가 허공에서 흔들리는 그녀의 손에 깍지를 끼웠다. 화들짝 놀란 유진이 그를 돌아보고는 안도의 한숨을 내쉬었다.

"놀랐잖아요!"

"잘 잤어요?"

"네."

유진이 수줍게 웃어 보인다. 집 주변이라 조심스러워하며 그의 손을 거부할지도 모르겠다고 생각했는데, 고민했던 게 무색할 정도로 유진은 자연스럽게 그가 깍지 긴 손을 맞잡아 왔다.

유진이 함께 걸으며 물었다.

"지사장님은 왜 이렇게 일찍 일어나셨어요?"

"아. 그게."

"수영 가시려고요?"

"아니요."

"그럼 왜요?"

"유진 씨랑 출근길 함께 하려고요."

"설마 회사 앞까지 가시려는 건 아니죠?"

"그럴 생각인데?"

도훈이 당연하지 않느냐는 표정을 지으며 그녀를 바라보았다. 유진이 난처한 기색으로 물었다.

"그건 좀 아닌 것 같지 않아요?"

"왜요?"

"회사 앞이면 보는 눈들도 많을 테고. 또."

"소문날까 봐 겁나요?"

"네."

"알았어요. 그럼 베이커리 앞 신호등까지만 함께 가요."

"아니요. 배웅은 여기까지만 받을게요."

유진이 골목이 끝나는 지점에 멈춰 섰다. 도훈은 더 고집을 부려 보고 싶었지만 단호한 그녀의 표정에 어쩔 수 없이 마음을 접기로 하였다.

"좋아요. 여기까지만 배웅할게요. 내일 아침에도."

유진은 내일 아침에도 그녀를 배웅하겠다는 그의 말에 놀라서 물었다.

"겨우 5분 거리를 함께 걸으려고 이 고생을 하시겠다고요?"

"고생이요? 유진 씨는 나와 이렇게 같이 있는 게 고생스러운가?"

"저 말고 지사장님이요. 그러지 마시고 5분이라도 더 주무세요."

"칫."

도훈이 도톰한 입술을 뾰로통하게 내밀었다. 자신의 감정을 절대 인정하지 않을 것 같던 고집스러운 유진이 여기까지 와 준 것만 해도 감사할 일인데, 욕심 많은 그는 조금만 더, 조금만 더, 하며 자꾸 더 큰 것을 바라고 있었다. 문득 이러다 또 그녀가 달아나 버리진 않을까 걱정이 된 도훈이 아이처럼 어리광을 피우려던 마음을 접으며 말했다.

"리조트에서 봐요."

"네."

도훈이 그녀의 이마에 짧은 입맞춤을 남기고 쥐었던 손을 천천히 놓아주었다.

그가 말했다.

"내가 먼저 갈게요. 유진 씨 뒷모습 보고 있다간 따라가고 싶은 마음을 멈출 수 없을 것 같거든."

"지사장님도 참."

유진은 그의 진심 섞인 말을 농담처럼 웃어넘겼다.

그가 되돌아서서 걷기 시작했다. 조금 전 헤어짐을 아쉬워하던 사람이 맞나 싶을 정도로 빠르게 걷던 그가 갑자기 획 몸을 돌려 그녀를 바라본다. 그러곤 이내 입술을 벌리고 해맑게 웃어 보였다. 바다를 닮은 그의 청량한 웃음에 그녀의 마음까지 밝아지는 것 같았다. 그녀를 향해 서 있던 도훈이 손을 들어 크게 흔들었다. 유진도 천천히 손을 들어 흔들어 주었다.

그를 마음에 담은 이후 줄곧 머릿속으로 그려 왔던 몇 가지 이미지들이 있었다. 그중 한 가지가 함께 하는 출, 퇴근길이었는데 직접 경험해 보니 확실히 알 것 같았다. 상상보다 현실이 훨씬 더 달콤하다는 것을. 그리고 이 행복감을 누리기 위해서라면 그 어떤 것도 포기할 수 있을 것 같다는 무모한 믿음이 지금보다 더 커질 수 있다는 것도.

8월 중순으로 접어들었다. 극성수기보단 덜한 편이긴 하지만 해변을 찾는 이는 여전히 많았다. 유진은 리조트 로비의 유리 벽 앞에 딱 붙어 서서 넓게 펼쳐진 바다를 바라보는 아이와, 곁에서 그런 아이를 흐뭇하게 바라보는 엄마를 보며 살며시 미소를 지었다.

"똑똑."

갑작스럽게 들려온 목소리에 유진이 곧바로 고개를 돌리자 눈앞에 낯이 익은 한 여자가 서 있다. 입으로 똑똑, 하고 말하며 데스크 위를 손가락으로 노크한 이는 고등학교 재학 시 함께 무용을 전공했던 친구 원시현이었다.

유진은 예고에서 일반고로 전학한 이후, 수시로 걸려 오는 친구들의 전화를 애써 외면했었다. 유리와 관련한 아픈 기억을 떠올리고 싶지 않아 선택한 방법이었는데 잘한 결정인지는 잘 모르겠다. 사실 한국 무용은 유리가 배우고 싶어 했던 것이었다. 유진은 그다지 관심이 없었지만, 배워서 나쁠 것도 없겠다 싶어 얼떨결에 따라 시작했었다. 하지만 본격적으로 배우고서부터는 마음가짐이 확연히 달라졌다. 힘들었지만 즐거웠고, 누구보다 뛰어난 무용수가 되고 싶었다. 그토록 소중했던 동생 유리에게도 지고 싶지 않아 무척이나 열정적으로 임했었다. 하지만 그 꿈은 결국 이뤄지지 못했고, 그녀는 한 번도 꿈꾼 적 없던 전혀 다른 삶 속에서 자신과 달리 그 꿈을 이룬 친구 시현과 마주 서 있었다.

국내 무대뿐 아니라 세계 무대에서도 인정받은 그녀의 소식은 인터넷, 혹은 신문에 나온 기사로 종종 접하긴 했었다. 그때마다 부러움과 후회스러운 마음을 동시에 느꼈지만 그것도 시간이 더 흐르면 곧 잊히곤 했었기에 문제 될 것은 없었다. 하지만 지금은 달랐다. 곧 있을 한국과 세계 무용수들의 합동 공연을 위해, 그 공연의 출연자 및 스탭들이 공연장과 가까운 여기 이 리조트에서 묵도록 예정되어 있었다. 2주 전, 유진은 단체 투숙객 리스트에서 그녀의 이름을 확인했었다. 동명이인이길 바랐지만 사실 같은 이름을 가진 유명 무용수는 없었다.

유진이 부러운 속내를 감추며 고객들을 대하는 예의 그 미소로 시현을 맞았다.

"시현이 맞지? 오랜만이다."

유진의 반가운 듯한 음성에 옆에 선 현아가 흘깃거렸다.

"반유진 맞지? 계집애! 조금 전까지만 해도 반신반의했었어. 그런데 명찰 보니까 네 이름이 맞는 거야. 얼마나 놀랐는지 아니?"

267

"그래? 잘 지냈지?"

"응. 나야 잘 지내지."

"그런데 왜 이렇게 일찍 왔어? 예약은 다음 주로 잡혀 있던데?"

"그게……"

시현이 쑥스러운 듯 웃으며 말을 늘였다.

"공연 준비 전에 며칠 공백이 있어서 남자 친구랑 관광도 할 겸 일찍 내려왔
어."

"그래? 그럼 숙소를 다시 배정해야겠다."

"아냐! 그럴 필요 없어. 내 남자 친구가 따로 예약했거든. 오늘 오전에 체크
인까지 다 마쳤대. 그래서 바로 객실로 가려다 마침 네가 보여서. 너무 반가워
서 와 본 거야."

"으응."

"너 여기로 이사 온 거야?"

"발령받아서."

"그랬구나. 너 퇴근은 언제 해?"

"그건 왜?"

"우리 오랜만에 만났잖아. 퇴근하고 밥이라도 함께 먹자. 너 그렇게 연락 끊
기고 나서 나도 그랬지만, 애들도 네 소식 엄청 궁금해했거든. 아마 네 소식 들
으면 다들 반가워할 거야."

"글쎄. 시간 내는 건 생각 좀 해 볼게."

유진이 거절의 뜻을 전하자 혼자 설레어 들떠 있던 시현의 표정이 차분하게
가라앉았다. 그녀가 물었다.

"설마 너 아직 유리 일 때문에……."

"미안한데, 급한 거 아니면 다음에 다시 얘기하자. 대기하고 있는 고객분들
이 계셔서 말이야."

"그래. 아직 시간 많으니까. 나중에 얘기하자."

"응. 반가웠어."

시현이 착잡한 표정을 지우지 못한 채 돌아섰다. 애써 아무렇지 않은 기색을 하며 다음 고객을 맞는 유진의 눈 안에 눈물방울이 맺힌다. 유진은 혼잣말로 '눈에 뭐가 들어갔나?' 중얼거리고는 손끝으로 눈물을 훔쳐 냈다.

그날 밤, 유진은 퇴근길에 로비 문을 열고 나오다 현수막 설치에 온 신경을 쏟고 있는 몇몇 남자를 발견했다. 그중엔 퇴근 준비를 마치고 나온 것처럼 보이는 도훈도 있었는데, 사람들이 모인 곳에서 조금 떨어진 곳에 서서 무심한 표정으로 현수막 설치를 지켜보다 옆으로 다가온 용재의 말에 귀를 기울이며 고개를 끄덕였다.

유진은 알은체를 하고 싶은 마음을 접고 가려던 길로 향했다. 도훈과 함께라면 시현 때문에 복잡해진 머릿속이 조금이나마 가벼워질 것 같아 함께 걷고 싶었지만, 겉으로 드러낼 수 있는 사이가 아니라 그럴 수 없다는 게 아쉬웠다.

집으로 향하는 골목 어귀의 슈퍼에 들러 맥주 네 캔을 구입한 유진은 이모에게 들키지 않으려 세 캔은 숄더백에 넣고, 나머지 한 캔의 뚜껑을 땄다. 오랜만에 만난 시현 때문에 잊고 지냈던 옛 기억들이 계속해서 머릿속에 피어올랐다. 즐거웠던 기억, 행복했던 기억보다는 후회와 아픔으로 남았던 시간들이 더 크게 다가와 계속해서 마음이 쓰렸다. 그렇게 골목을 하염없이 걸으며 캔을 반정도 비워 갈 즈음이었다. 익숙한 향기가 코끝을 채워 오는 것 같은 느낌에 '설마?' 하며 돌아보려던 그때, 누군가가 그녀의 손에 들려 있던 맥주 캔을 빼앗듯 가져가 버렸다. 역시나 도훈이었다. 그가 화난 음성으로 물었다.

"유진 씨 기다리고 있었는데 왜 그냥 갔습니까?"

"현수막 설치하는 거 보고 계셨던 거 아니에요?"

도훈이 그녀가 마시던 캔 맥주를 거리낌 없이 들이켜고는 어깨를 으쓱거렸다.

"현수막 한두 번 설치하는 것도 아닌데 굳이 왜 보고 있었겠어요?"

"저는 지사장님이 꽤 심각한 표정으로 보고 계셔서."

"심각했죠. 나와야 할 사람이 안 나오고 있었으니까."

도훈이 입술을 늘이며 싱그럽게 웃더니, 캔을 흔들어 보이며 물었다.

"더 없습니까?"

유진이 가방을 열어 캔을 꺼내 건네자 도훈이 헉, 하고 입을 벌렸다.

"음주를 즐기는 타입은 아니었던 것 같은데?"

미간을 좁힌 도훈이 느물거리며 물었다. 장난기 가득한 그의 목소리에 기분이 한결 나아진 유진이 따라 웃으며 대답했다.

"아니에요. 제가 술을 얼마나 좋아하는데요. 보실래요? 여기 두 캔이나 더 있는데."

"그것 참 듣기 좋은 대답이군요."

"그게 무슨 말이에요?"

"그 두 캔이 빌 때까지는 집에 들어가지 않겠다는 말 아닙니까?"

"그게 그렇게도 해석이 되나요? 저는 제 방에서 마실 생각으로 산 건데요?"

"혼자서?"

"네."

"그건 내가 용납이 안 되는데? 우리 집에서 마시는 건 어떻습니까?"

"이 시간에 외간 남자의 집에서 술을 마시자고요?"

"네."

유진이 주위를 살피며 조심스럽고 낮은 목소리로 말했다.

"동네 사람 누구라도 봤다간 이상한 소문 돌 텐데 괜찮으시겠어요?"

"어떤 소문이요?"

도훈이 흥미롭게 웃으며 물었다.

"다 큰 처녀가 혼자 사는 총각 집에 함부로 들락거린다는 그런 소문?"

"와. 듣기만 해도 설레는 소문인데요?"

"뭐라고요?"

"유진 씨가 우리 집을 수시로 들락거린다? 이후의 상상은 내 자유인 거죠?"

"어휴."

유진이 속으로 짐승, 이라는 단어를 뱉으며 눈을 흘겼다. 은근한 눈빛으로 장난스럽게 바라보던 도훈이 그녀의 어깨에서 살짝 내려가 있는 숄더백의 끈을 살며시 끌어 자신이 대신 들었다. 유진이 돌려 달라는 뜻으로 손을 내밀었다. 그러자 도훈이 자신의 손으로 그녀의 손가락에 깍지를 끼우고 걷기 시작했다. 얼떨결에 함께 걷게 된 유진이 말했다.

"오늘 오후에요. 고등학교 때 친구를 봤어요."

"어디? 리조트에서요?"

"네. 가끔 인터넷 뉴스나 신문 기사에서 본 적은 있었는데 실제로 마주하기는 약 10여 년 만이었어요."

"친구가 되게 유명한 사람인가 보다."

"네. 들어 본 적 있으실 거예요. 무용수 원시현."

"음…… 알 것 같아요. 몇 년 전에 공연도 한 번 봤었던 것 같은데?"

"저 사실, 부러웠어요. 많이."

도훈은 잠자코 그녀의 얘기를 들어 주었다.

"전에 꿈이 뭐였냐고 물었죠? 지금의 그 애처럼 되는 거였어요. 어려서부터 무용을 배웠거든요. 중간에 그만두긴 했지만. 제 생애에 그렇게 열정적인 순간들은 다시없을 것 같아요. 그 정도로 그 시간들이 행복했던 기억이 나요."

"혹시, 내가 생각하는 그 이유 때문에 그만둔 겁니까?"

"네."

차분하게 대답한 그녀가 자신의 얘기를 들려주었다.

"무용은 저뿐 아니라, 동생에게도 소중한 꿈이었어요. 그래서 더 할 수가 없었어요. 그땐 유리의 흔적을 지워 내는 것만이 제가 할 수 있는 최선이었거든요. 먼저 떠난 사람을 추억하고 그리워하는 일, 우리 가족에겐 사치였어요. 유리가 좀 더 나이를 먹은 뒤이거나, 혹은 병을 앓다가 눈을 감았다면 달랐을지 모르겠지만, 갑작스런 그 애의 사고는 우리 모두에게 충격으로 다가왔거든요. 이런 말, 실례될지 모르겠지만요. 저는 유리가 떠나기 전 시간이 조금만 더 있었더라면, 그래서 준비라도 할 수 있었더라면 하고 바란 적도 있었어요. 사고 후 그렇게 갑작스럽게 떠나는 것보다는 그편이 훨씬 나을 거라 생각했거든요. 그런데 지사장님 어머니 얘기 들으면서 알았어요. 세상의 그 어떤 죽음도 다른 죽음보다 나을 수는 없다는 걸."

유진이 걸음을 멈추곤 옆의 도훈을 올려다보았다. 동그랗고 맑은 눈망울이 촉촉이 젖어 있어 도훈은 가슴이 아렸다. 그녀가 말했다.

"고마워요."

그 힘들고 모질었던 시간들을 겪어 내고 내 곁에 와 줘서. 당신을 간절히 원하면서도 좋아한다는 말 한마디 제대로 못 하는 나를 탓하지 않고 그대로 받아들여 줘서. 정말 고마워요.

"뭐가요?"

유진이 다정하게 묻는 도훈의 목을 끌어안으며 대답했다.

"전부 다요."

"그 말은 내가 해야 하는 거 아닌가? 그보다 며칠 사이에 이렇게 적극적이기 있어요?"

"왜요? 싫으세요?"

"그럴 리가."

도훈이 손바닥으로 그녀의 머리카락을 쓸어내리며 소곤거렸다.

"방금 노랑이네 아주머님 지나가셨어요."

"네?"

놀란 유진이 그에게서 튕겨져 나왔다. 주위를 두리번거렸지만 눈에 보이는 이는 없었다. 그녀는 가끔 아이처럼 장난스럽게 구는 그가 이번에도 그런 것이었기를 바라며 물었다.

"거짓말이죠?"

"글쎄요?"

의뭉스럽게 대꾸한 도훈이 유진을 다시 끌어안으며 중얼거렸다.

"아. 좋다."

노랑이네 아주머님이 지나가면서 그를 향해 눈을 찡긋했다는 얘기는 굳이 할 필요 없겠지. 어차피 동네 주민 중 알 만한 사람들은 이미 다 눈치를 챈 것 같은데. 유진은 그렇지 않다고 믿고 싶어 하는 것 같으니, 그냥 이대로 두는 것도 나쁘진 않을 것이다. 도훈이 유진의 체취를 한껏 들이마시며 기분 좋게 미소 지었다.

무용단원들과 스탭들이 숙소에 묵게 된 첫날. 현아와 효연은 다른 용무로 자리를 비우고, 유진 혼자 데스크에서 근무 중일 때였다. 술이 거나하게 취한 시현이 그녀를 찾아왔다. 그녀는 취기가 가득한 얼굴로 데스크 앞에 딱 붙어 서서 말을 걸었다.

"반유진. 꽉 막힌 계집애. 넌 뭐가 그렇게 바쁘니?"

"많이 취한 것 같은데 숙소로 올라가서 쉬는 게 좋겠다."

유진이 주위의 시선을 살피며 조심스럽게 대답했다. 시현을 다시 만난 후 두어 차례 식사 제안을 받았지만 불편한 마음에 거절했는데 그게 기분을 상하게 했던 모양이다. 유진은 더 상대하고 싶은 마음이 없었지만 시현은 아직 할 말이 남은 것 같았다. 그녀가 소리를 높여 말했다.

"자그마치 10년이야. 10년. 그 정도면 잊고도 남을 시간인데 뭐가 그렇게 힘들어. 왜 아직도 그렇게 갇혀 사냐고, 이 계집애야."

"시현아. 얘기는 술 깨고 나서 그때 하자. 지금은 올라가서 쉬는 게."

"나 멀쩡해!"

시현이 유진의 말을 끊으며 버럭 소리를 질렀다.

"멀쩡하다고."

"알았어. 너 멀쩡한 거 알아. 그런데 나 지금 근무 중이니까 자세한 얘기는 다음에 다시 하자. 응?"

"나는 네가 적어도 이렇게는 살고 있지 않을 줄 알았어."

"뭐?"

"그 잘났던 반유진이 여기서 이렇게 썩고 있을 줄은 몰랐다고. 그래서 화가 나. 네가 이 꼴로 살고 있는 게 화가 나서 미쳐 버릴 것 같다고. 알아?"

유진은 명치를 찔린 것 같았다. 그녀의 입에서 나올 거라고는 꿈에도 생각 못 한 말이었기에 대답할 말도 떠오르지 않았다. 침착하자. 침착해야 해. 유진은 빠르게 뛰어 대는 심장을 진정시키며 시현이 했던 말을 다시 떠올렸다.

그녀의 말 중 화가 난다는 말은 충분히 이해할 수 있었다. 그 당시만 하더라도 그녀보다 실력이 나았던 유진이 무용을 포기하고 다른 삶을 산다는 게 안타까울 수 있었다. 하지만 이렇게 썩고 있다고 표현한 건 용납할 수가 없었다.

유진은 술이 깼는지 조금 전보다 더 또렷한 시선으로 자신을 보고 있는 시현에게 똑 부러지게 말했다.

"시현아. 내 걱정 해 주는 건 고마운데, 네게 내 삶에 관해 평가할 자격은 없어. 이렇게 살고 있는 게 뭐가 어때서? 나는 지금 내 삶에 충분히 만족해. 여기서 고객을 응대하는 일에 자부심을 느낀다고. 네가 믿을진 모르겠지만, 유리 떠나고 난 후 그나마 마음을 잡게 해 준 일이 바로 이 일이었어. 그러니까 나에 관해 아무것도 모르면서 함부로 말하지 마."

"유진아. 내 말은—"

"알아. 내가 무용 대신 이 길을 선택한 게 안타까워서 그랬겠지. 하지만 네가 동정할 정도로 나 가엾고 불쌍하게 살고 있지 않아. 무용을 포기한 것에 대해 아무렇지 않다고는 말 못 하지만, 지금의 이 일도 나에겐 충분히 가치 있는 일이고 감사한 일이야. 그러니까 이제 그때 그 일에 관해선 더 이상 얘기하지 말아 줬으면 좋겠다. 그만 가 줄래? 뒤에 다른 고객분께서 기다리고 계시거든."

데스크에 기대 있던 시현이 천천히 몸을 바로 세웠다. 뒤를 보니, 유진의 말처럼 한 남자가 차례를 기다리듯 서 있는 게 보였다.

"알았어. 일해."

힘없이 대답한 시현이 로비 입구에서 저를 발견하고 다가오는 단원들에게로 자연스레 합류하며 유진을 돌아보았다. 뭔가 할 말이 남은 것 같아 보였으나 유진은 듣고 싶지 않아 차례를 기다리고 서 있던 남자에게로 시선을 돌렸다.

도훈이 그녀의 마음을 이해하는 듯 따뜻한 눈길을 건넸다.

274

"다 들으셨어요?"

"네."

"죄송해요. 아무리 화가 나도 데스크에서 이렇게 대응해서는 안 되는 거였는데."

"아니요. 유진 씨가 그렇게 말하지 않았다면 제가 나설 생각이었습니다."

"지사장님께서 뭘 어떻게 하시려고요?"

"내가 좋아하는 여자의 인생에 관해 함부로 떠들지 말라고 말하려던 참이었습니다."

내가 좋아하는 여자. 도훈의 직설적인 표현에 유진의 가슴이 덜컥 내려앉는다. 이 남자는 늘 이렇다. 감정을 숨기기에 급급한 그녀에 반해, 그는 뻔뻔스러울 정도로 자신의 감정에 진술하다. 그런 말 한 마디 한 마디가 자신을 얼마나 설레게 하는지, 또 얼마나 두근거리게 하는지 그는 전혀 알지 못할 것이다.

유진은 누가 그의 말을 들었을지도 모른다는 생각에 얼른 주위를 둘러보았다. 로비를 오가는 고객들 외에도 직원이 몇몇 보이지만 자신의 일에 열중하고 있을 뿐, 그들에게 관심을 보이지는 않았다. 다행이었다. 그때 도훈이 물었다.

"유진 씨. 그런데 정말입니까?"

"뭐가요?"

"원시현 씨에게 했던 말 전부."

당신이 이 일에 자부심을 느낀다는 말. 그리고 충분히 가치 있고 감사하다는 그 말 말예요.

도훈이 속으로 생각했다.

"네. 사실이에요."

"하나도 빠짐없이?"

"네."

유진은 당연하다는 표정으로 고개를 끄덕였다. 그러자 도훈이 울컥한 감정을 애써 감추며 건조한 어투로 물었다.

"지금 유진 씨 손 잡고 싶은데 그럼 안 되겠죠?"

"지사장님!"

유진이 작게 소리치며 당혹스런 기색을 내비치자, 도훈이 활짝 웃었다.

"지금 당장 퇴근하라고 명령하고 함께 나가고 싶은데, 그것도 안 되겠죠?"

"왜 이러세요, 진짜?"

두려웠어요. 그녀가 말한 대로 당신이 무용을 포기하고 이 길로 들어선 것을 후회하고 있지는 않을지. 또 어쩔 수 없는 길에 이끌리듯 들어서서 그저 앞만 보고 가고 있었던 것은 아닌지.

그렇게 속으로 생각한 도훈이 먹먹한 얼굴로 그녀를 응시한다.

유진은 곧 눈물이라도 쏟을 것처럼 아슬아슬한 그의 표정이 염려스러워 물었다.

"무슨 안 좋은 일 있으세요?"

"그럴 리가요."

"안색이 안 좋으세요."

"당연하죠. 여자 친구만 두고 퇴근하려니 안색이 나쁠 수밖에요."

도훈은 그런 일 없다는 뜻으로 입매를 늘이며 웃음을 지어 보이지만 눈빛은 여전히 아련하게 떨리고 있었다. 유진은 계속 이러고 있다간 자칫 두 사람의 관계를 들킬 것 같아 힘겹게 그의 눈빛을 외면하며 말했다.

"장난하시는 것 보니 아무 일 없는 것 맞는 것 같네요. 그만 들어가시는 게 좋겠어요."

"전화할게요."

"업무 중에 사적인 통화는 어려워요."

그는 유진의 사무적인 태도에 투정이라도 부려 보고 싶었지만, 반대편에서 걸어오고 있는 현아와 효연을 발견하고는 입을 꾹 닫아 버렸다.

도훈이 아쉬운 마음을 접고 말투를 달리하여 말했다.

"그럼 수고하세요. 반유진 씨."

갑자기 돌변한 그의 태도에 의아해하며 주위를 둘러본 유진은 현아와 효연, 두 사람을 발견하고는 이유를 깨달았다. 그녀가 다소 딱딱해진 어투로 도훈에게 답했다.

"네. 지사장님."

데스크를 벗어난 도훈은 현아, 효연과 차례로 짧은 눈인사를 마친 후 자리를 떴다.

18

바다 안에서

객실 관리부 직원들의 휴가 계획표를 훑어보던 도훈은 그 속에서 가장 예쁜 이름 하나를 발견하고는 빙긋 웃었다. 반유진. 그녀의 휴가가 바로 코앞까지 다가와 있었다.

기간이 다음 주 목요일부터 월요일까지…… 그중 그가 쉬는 토요일, 일요일을 함께 보내면 좋을 텐데. 과연 가능할까?

도훈은 보던 서류를 내려놓고 의자에서 일어섰다. 습관적으로 문을 열고 윤 명은 비서를 부르려다 뒤늦게야 아차 하고 입을 다물었다. 개인 사정으로 내일까지 휴가를 낸 것을 잊고 무의식적으로 한 행동이었다.

대신, 윤 비서 옆자리의 용재가 일어서며 그에게 필요한 것이 있는지 물어왔다.

"지사장님. 필요한 거 있으세요?"

"아니야. 됐어."

"윤 비서님 휴가인 거 깜빡하신 거죠?"

"음."

짧게 답한 도훈이 집무실로 가려던 걸음을 멈추고 다시 돌아보았다.

"저기. 혹시."

"말씀하십시오."

"다음 주 금요일에 급한 일정 있나?"

용재가 늘 품에 지니고 다니는 수첩을 꺼내 그의 일정을 살핀 후 말했다.

"일전에 보고드렸던 지역 관광 활성화를 위한 포럼이 있습니다. 참석하시는 분 중에 지사장님 대학 은사님이 포함되어 계시다고 말씀드렸었는데. 기억나십니까?"

"참. 그랬지. 몇 시부터 진행하지?"

"오전 열 시입니다."

"오케이. 그건 됐고. 그럼 그 후엔? 오후에는 시간 뺄 수 있나?"

"오후엔 해양 페스티벌 후원과 관련해서 미팅에 참석하셔야 합니다."

"굳이 내가 참석해야 하는 자리는 아니었던 것 같은데?"

"네. 일정 잡기 전에 여쭤봤을 때 별다른 스케줄 없으면 참석하시겠다고 하셔서 계획해 두었던 겁니다."

"그럼 그건 빼도록 하지. 김 실장이 대신 참석한 후에 따로 보고해 줘."

"그날 무슨 날입니까?"

용재가 개인적인 호기심이 일어 물었다.

"금요일 오후부터 일요일까지 개인 일정이 있을 예정이라서 그래."

"안 좋은 일은 아니죠?"

"글쎄. 행복한 주말이 될지, 심심한 주말이 될지는 내가 결정하는 게 아니니까."

"호, 혹시?"

도훈이 따로 마음에 담아 둔 이라 용재 역시 유진의 근무 스케줄에는 늘 관심을 가지고 있었다.

반유진 사원의 휴가가 언제였더라? 그때쯤이었던 거 같은데? 용재가 머리를 굴리는 사이 도훈은 이미 집무실로 사라지고 없었다.

저녁 식사를 마치고 출근 준비까지 끝낸 유진은 이모를 도와 빨래를 개켰다. 문영이 승원의 바지를 개키며 구시렁거렸다.

"승원이 저 쪼끄만 게 빨랫감은 제일 많이 나와."

"그래?"

소리 내어 웃던 유진이 딩동, 하는 초인종 소리에 웃음을 멈추고 문영을 쳐다보았다.

"누구지?"

유진의 물음에 문영도 고개를 갸웃거리며 말했다.

"우리 집에 저러고 벨 누를 사람이 없는데? 동네 아주매들은 아닐 테고."

"내가 나가 볼게."

유진이 개키던 옷을 내려 두고 마루 아래로 내려섰다. 그러곤 낮은 굽의 샌들을 발에 꿰고 대문 쪽으로 걸으며 물었다.

"누구세요?"

"저 안도훈입니다. 옆집 총각이요."

"지사장님?"

낮게 중얼거린 유진이 의아해하며 문을 열었다.

"어? 유진 씨가 나왔네요?"

"네. 그런데 여긴 어쩐 일이세요?"

늘 전화나 메시지로 연락하던 도훈이 초인종을 눌렀다는 사실이 의아해 묻는 유진의 뒤로, 호기심을 참지 못한 문영이 모습을 드러냈다. 그녀가 도훈을 발견하고는 함박웃음을 지었다.

"옆집 총각 아니야?"

"네. 퇴근길에 잠깐 들렀습니다."

"이 시간에 여긴 웬일로?"

"오다 보니 정육점 앞에 오늘 소 잡는 날이라고 큰 현수막을 붙여 놨더라고요. 구워 드시면 좋을 것 같아 사 왔습니다."

도훈이 문영의 앞으로 네모난 스티로폼 박스를 내밀었다.

"어이쿠. 이 귀한 걸."

"그럼 저는 이만 가 보겠습니다."

"사람이 이렇게 얻어먹기만 하면 안 되지. 들어와서 저녁이라도 먹고 가."

"아, 아닙니다. 저 저녁 먹었어요."

"그래도 이렇게 보내면 안 되는데. 그럼 내일 저녁에 함께 구워 먹으랴?"

"아니요. 저는 정말 괜찮습니다. 회사 일 때문에 계속 늦을 예정이라 시간 맞추기도 어려울 것 같아요. 저 신경 쓰지 마시고 맛있게 드세요."

"그렇다고 이 귀한 걸 어떻게 덜렁 받기만 해?"

문영이 동의를 구하려 유진을 보았다.

그냥 넙죽 받아도 될까?

눈으로 묻는 말에 싱긋 웃은 유진이 도훈에게 감사의 말을 전했다.

"고마워요. 잘 먹을게요."

"네. 맛있게 먹어요."

도훈은 문영이 잠시 눈을 돌린 틈을 타 유진에게 살짝 윙크했다. 유진은 문영이 보진 않았을까 싶어 떨리는 마음으로 돌아보았지만, 그녀는 흡족한 표정으로 스티로폼 박스를 바라보고 있을 뿐이었다.

그날 유진은 평소보다 20분 정도 이른 시간에 집에서 나왔다. 도훈의 집에 들러 아까 제대로 하지 못한 감사 인사를 다시 해야겠다는 생각에서였다.

그의 집 앞에 선 유진이 벨을 눌렀다.

딩동.

철컥. 문이 열린다. 누군지 묻지도 않고 문을 열었다는 사실에 당황스러워하며 유진이 대문을 밀고 들어가자, 도훈이 현관문을 열고 나오는 게 보였다. 그는 아까와 같은 옷차림이었다. 달라진 것이 있다면 슈트 상의를 벗고, 셔츠의 소매 부분을 접어 올렸다는 것뿐.

도훈이 씩 웃으며 물었다.

"출근해요?"

"네."

"같이 나가자고 하면 또 혼낼 거면서 왜 왔습니까?"

툴툴거리듯 묻지만 입가에는 웃음이 가득하다. 도훈은 유진의 출근길에 늘 함께하고 싶었지만 극구 사양하는 그녀 때문에 그럴 수가 없었다. 그게 늘 불만이라 그렇게 물은 것인데, 그녀가 얄밉게 되묻는다.

"그럼 그냥 갈까요?"

"쳇."

"아깐 고마웠어요. 이모부도 고맙다고 꼭 전해 달라셨어요."

"별것도 아닌데요. 잠깐 차 한잔 마실 시간 있어요?"

"네."

"커피?"

"다른 건 없어요?"

"보이차. 물론 티백뿐이에요. 잎 넣고 우리는 건 귀찮아서 구비해 두질 않았거든."

"상관없어요. 아무거나 줘요."

"알았어요. 앉아서 기다려요."

도훈이 평상을 가리키고는 안으로 모습을 감춘다. 그는 언제나 그녀의 방문을 기다리지만, 안으로 들어오라는 말은 절대 꺼내지 않았다. 작은 동네에서 이상한 소문이라도 날까 두려워하는 그녀의 마음을 잘 알기 때문이었다.

유진은 그의 깊고 섬세한 배려심에 다시 한 번 고마움을 느끼며 평상에 앉았다. 평상 위에 그가 읽던 것으로 보이는 책 한 권이 보였다. 반쯤 읽었는지 책의 중간 페이지 상단이 살짝 접혀 있었다. 그 페이지를 펼쳐 몇 줄 정도를 읽었을 즈음 도훈이 안에서 나왔다.

"그 책 유진 씨 취향이면 가져가서 읽을래요?"

"지사장님 보시던 거 아니었어요?"

"볼 때마다 졸음이 쏟아져서 수면제 대신으로 쓰는 거예요."

도훈이 머그잔 두 개를 평상 위에 내려놓으며 그녀의 곁에 앉았다.

"그렇게 지루해 보이진 않는데."

유진이 책을 덮으며 중얼거렸다.

"나한테는 그렇다는 뜻이에요. 피곤해 죽겠는데 잠은 안 올 때 읽으면 딱 좋더라고요. 작가가 그걸 노린 거라면 성공한 거라고 봐야죠."

"세상에 그런 의도로 만들어진 책이 어디 있어요?"

"거기 있잖아요."

말도 안 돼, 하고 중얼거린 유진이 작게 소리 내어 웃었다. 그런 그녀를 사랑스럽게 바라보던 도훈이 머그잔을 들어 건네며 물었다.

"다음 주 목요일부터 휴가죠?"

"알고 계셨어요?"

"지사장이 직원 휴가도 모르면 되나?"

"다른 직원들 휴가 일정도 다 기억하고 계신다는 뜻이겠죠?"

할 말이 없어진 도훈이 피식 웃으며 대답을 피했다.

"지사장님은 휴가 계획 없으세요?"

"유진 씨가 허락해 주면 생길 것도 같은데. 휴가 계획 있습니까?"

"아니요. 마땅히 할 게 없어서 집에서 쉬려던 참이에요."

"서울 안 가요?"

"본가 말이죠? 안 가요. 부모님은 얼마 전에 뵙기도 했었고, 또 약속 잡힌 것도 있다고 하셔서요."

"잘됐군요. 그럼 내가 유진 씨의 휴가 계획이 되는 거로 하죠."

"지사장님이 어떻게요?"

"금요일 오전 일정 하나만 끝내면 일요일까지 자유예요."

"그렇게 자리를 비워도 괜찮으신 거예요?"

"그러니까 지사장이죠."

"지사장님이 이런 마인드면 문제 있는 거 아녜요?"

도훈이 하하, 크게 웃음을 터뜨렸다.

"일 걱정은 접어 두고 우리 얘기나 하죠. 그럼 유진 씬 내 말에 동의한 거죠?"

"저기, 그게."

"지금에 와서 안 된다, 선약 있다 이런 말 해 봤자 안 통해요."

유진이 잠시 고민하다 대답했다.

"네. 그렇게 해요."

"장소는 남해 어때요?"

"남해? 경상도의 그 남해요?"

"네. 친구가 거기 있어요. 유진 씨 소개해 주고 싶은데 부담스러우면 거절해도 괜찮아요."

"친한 친구분이신가 봐요?"

"네. 언제든 내 편이 되어 줄 거란 확신이 있는 녀석이죠."

도훈이 평상 위에 놓인 그녀의 손을 감싸 쥔다. 그의 마음만큼이나 따뜻한 기운이 가득한 손이다. 유진이 답했다.

"좋아요. 그렇게 해요."

"괜찮겠어요?"

"네. 그런데 혹시 차 가져가시는 거예요?"

"그건 왜요?"

"제가 운전을 못하거든요. 거기까지 지사장님 혼자 운전하시려면 힘드실 것 같은데, 괜찮으세요?"

"그럼요. 나 운전하는 거 좋아해요."

"그런 분이 매일같이 걸어서 출퇴근하세요?"

도훈이 머쓱해하며 피식 웃었다. 운전을 좋아하지는 않지만 유진과 함께하기 위해서라면 문제 될 것이 없었다.

유진이 다 마신 머그잔을 내려놓으며 일어섰다.

"저 이제 가 봐야 할 것 같아요."

"오늘도 배웅하면 안 돼요?"

"그럼 골목 끝 슈퍼 앞까지만요."

기대하지 않았던 그녀의 허락에 도훈은 주저 없이 자리에서 일어섰다. 그러곤 먼저 움직이려는 그녀의 손을 살짝 당겨 이마에 입술을 콕 하고 부딪치자 유진의 양 볼이 금세 붉게 물들었다. 사소한 스킨십에도 쉽게 얼굴을 붉히는 그녀를 보자 그의 속에서 더 짙은 욕망이 꿈틀거렸다. 그녀를 이대로 안아 들고 집 안으로 들어가고 싶었다. 그리고 밤새 한숨도 못 자게 만들고 싶은 못된 욕심이 지치지도 않고 끝없이 피어올랐다. 권태로운 일상들을 보내며 성욕 따위는 다 죽어 버린 줄 알았는데, 유진을 마음에 담고서는 스스로가 음흉하다고 느껴질 정도로 나날이 욕구가 강해진다.

낯을 붉혔던 유진이 그와 시선을 맞추며 순수하게 웃는다. 도훈은 그녀가 자신의 음흉한 속내만은 절대 알지 못하길 바라는 마음으로 부드럽게 따라 웃었다.

도훈은 내비게이션에 친구 건오가 보내 준 한식당의 주소를 입력하고 남해군까지 쭉 달렸다. 휴게소에 잠깐 들르는 게 어떨까 싶었지만, 잠이 든 유진이 깨지 않아 그대로 달렸다.

차를 식당의 전용 주차장에 세운 도훈이 핸들에 팔을 얹고 슬며시 기댔다. 오늘 낮, 문영의 감독하에 오랜만에 집 안 대청소 및 정리 정돈을 하였다며 차에 오르기도 전에 지친 표정을 보이던 유진은 여전히 잠 속에 빠져 있었다. 그래서 제대로 꾸미지도 못하고 나왔다며 속상해하던 그녀가 오늘따라 더 예뻐 보이는 건 왜일까? 신기해하며 상념에 잠겨 있던 그때, 누군가 차창을 짧게 두드렸다.

똑똑.

이 평화로운 시간을 깨트린 불청객은 다름 아닌 건오였다. 도훈은 그녀가 깨지 않기를 바라는 마음으로 조심스럽게 차에서 내렸다. 그러곤 뭐라 말을 꺼내기도 전에 입 앞에 검지를 세워 조용히 하라는 신호를 건네자, 건오가 볼썽사납다는 듯 훗, 코웃음을 쳤다.

"언제는 나보고 적당히 하라며?"

"쉿. 저쪽 가서 얘기하자."

차에서 약간 떨어진 곳으로 걷던 중 건오가 불만을 토로한다.

"20년 넘게 본 친구보다 만난 지 1년도 안 된 여친이 더 중요하다 이거지?"

"너는 안 그렇다고 자신할 수 있나?"

도훈이 지원을 암시하며 묻자 건오가 싱긋 웃는다. 부정할 수가 없는 모양이었다.

건오가 말했다.

"여자 친구 깨면 같이 들어와. 안에서 기다리고 있을게."

"지원 씨도 와 있어?"

"응. 오랜만에 너 본다고 기대하고 있어. 더 번듯한 남자 친구가 옆에 있는데 안중에도 없는지 계속해서 네 얘기만 재잘거리는 중이다."

"지원 씨가 보는 눈이 있는 거지."

"그럼. 그러니 나 같은 사람 만나고 있는 거 아니겠어?"

건오가 자신이 말하고도 민망했는지 닫힌 입술을 실룩거리며 터져 나오려는 웃음을 참고 있었다. 도훈이 미안한 마음에 말했다.

"곧 들어갈게. 미안하다."

"별걸 다 사과한다."

도훈의 어깨를 가볍게 툭툭 두드린 건오가 왔던 길로 되돌아가려는데, 잠에서 깬 유진이 차에서 내려 모습을 드러냈다. 그녀는 도훈의 옆에 선 건오를 발견하곤 그의 친구이겠구나, 짐작하며 짧게 묵례했다. 그러자 건오가 부드럽게 웃으며 말을 건넸다.

"일어나셨네요?"

"혹시 저 때문에 많이 기다리셨던 거예요?"

유진이 미안해하며 도훈을 쳐다보자, 그가 아니라는 뜻으로 고개를 저었다. 건오가 답했다.

"들어가시죠. 안에 제 여자 친구도 와 있습니다."

"네."

도훈과 유진은 건오를 따라 식당 안으로 들어갔다. 예약된 한실에 은은한 미소가 아름다운 젊은 여자 한 명이 그들이 오기를 기다리고 있었다. 도훈은 오랜만에 보는 지원에게 반가운 미소를 건넸다.

"오랜만이에요. 지원 씨. 이게 얼마 만이죠?"

"남해로 오기 전에 마지막으로 봤으니 시간이 꽤 흘렀네요. 그동안 잘 지냈어요?"

"그럼요. 지원 씨도 전보다 표정이 많이 좋아졌네요."

"아, 그래요?"

지원이 볼을 만지며 쑥스러워하자 도훈이 덧붙였다.

"보기 좋다는 뜻입니다. 참. 우선 소개부터 할게요. 여긴 제가 많이 좋아하는 사람인 유진 씨. 그리고 저 두 사람은 친구 건오와 여자 친구 지원 씨. 유진 씨, 내가 아까 오면서 말했던 두 사람이에요."

"안녕하세요. 반유진이라고 합니다."

"정식으로 다시 인사 나누죠. 강건오라고 합니다."

유진의 눈인사에 건오가 손을 내밀며 악수를 청했다. 유진은 천천히 그의 손을 잡았다 놓았다. 웃는 인상과 달리 꽤 서늘한 손이라 살짝 당황스러웠지만 겉으로 드러내진 않았다.

건오의 여자 친구인 지원이 스스로 유진에게 자신을 소개했다.

"저는 안지원이라고 해요. 건오 씨 통해서 얘기 많이 들었어요."

"네. 반유진이에요."

"건오가 무슨 얘기 했어요? 저 자식이 좋은 얘기를 했을 리는 없을 테고?"

도훈이 익살스러운 표정을 지으며 건오를 보자 그가 못 말린다는 듯 웃었다.

때마침 마실 거리를 내어 오던 직원이 문 앞에서 서성이는 모습을 발견한 건오가 세 사람에게 말했다.

"우선 앉자. 앉으세요, 유진 씨."

그들이 자리에 앉기를 기다렸다는 듯 준비된 음식이 차례로 상 위에 차려졌다. 먹음직스러운 음식을 보자 속이 헛헛했던 유진의 눈가에 생기가 돌기 시작했다. 도훈이 수저를 감싼 종이를 벗겨 내 그녀에게 건네주며 다정하게 물었다.

"배 많이 고프죠?"

"조금이요."

"얼른 먹어요."

둘이 소곤거리는 모습을 보던 건오의 입술이 자연스럽게 늘어졌다. 늘 어딘지 모르게 비어 보이던 친구의 눈에 미소가 끊이질 않는다. 지금껏 바랐던 모습을 실제로 보게 되자 기분이 좋아져 허기도 잊고 멍하니 있었더니, 곁의 지원이 테이블 아래에 놓인 그의 손을 슬며시 잡아 왔다. 고개를 돌려 바라보니 지원이 흐뭇하게 웃고 있었다. 건오 역시 다정하게 웃는 것으로 대답을 대신했다.

네 사람은 각자의 몫으로 주어진 음식을 부지런히 먹어 치웠다. 배가 고픈 건 먼 거리에서 달려온 도훈과 유진뿐 아니라, 친구 커플을 기다리느라 저녁이 늦어진 건오와 지원 역시 마찬가지였으니 말이다. 식사가 끝날 즈음 입가심용으로 나온 식혜를 나눠 마시며 건오가 제안했다.

"두 사람 괜찮으면 나가서 한잔 더 하는 거 어때?"

도훈이 의견을 묻듯 바라보자 유진이 고개를 끄덕였다.

"근처에 숙소 잡아 뒀어. 거기 라운지로 가자."

"방은 하나로 잡은 거지?"

도훈의 물음에 유진의 얼굴이 슬며시 붉어졌고, 건오가 웃으며 대꾸했다.

"누구 좋으라고? 바로 옆방이니까 정 만나고 싶으면 테라스에서 만나든지."

"농담이다, 인마."

지원이 슬며시 끼어들어 유진에게 물었다.

"유진 씨 혹시 호텔이 불편하면 우리 집에서 자도 돼요. 물론 호텔이 시설은 훨씬 좋겠지만 혼자 자는 게 익숙하지 않을 수도 있으니까. 생각 있으면 연락해요. 제가 데리러 갈게요."

"그래요. 어려워 말고 지원이에게 전화해요."

"네. 그럴게요. 고마워요."

"어어? 바로 옆이 내 방인데? 유진 씨. 멀리 갈 필요 없이 나한테 전화해요. 그럼 내가 곧장 달려갈게."

"네가 더 위험한 거 모르냐?"

"나 그렇게 이상한 사람 아니거든?"

"그렇다고 순수하지도 않잖아?"

"그만, 그만. 이제 이만 일어나죠? 당사자인 유진 씨는 아무 생각도 없는데 두 사람 너무 앞서가는 거 아녜요?"

"네. 그만 일어나요."

유진이 지원의 말에 호응하며 도훈의 팔을 슬며시 잡았다. 그러자 어느새 짓 궂은 표정을 지워 낸 도훈이 예의 그 부드러운 미소로 화답하며 자리에서 일어 섰다.

그날 밤 호텔 로비. 가볍게 한잔한다는 게 그만 기분이 좋아져 많이 마셔 버린 건오가 지원의 부축을 받아 택시에 올랐다. 옆에서 지켜보던 도훈이 지원에게 말했다.

"지원 씨. 건오는 내가 데려다줄 테니 지원 씨는 그냥 집으로 가요."

"아니요. 제가 가는 게 나아요."

"혼자 힘들 텐데요? 괜찮겠어요?"

"얼마 전 회식에서도 이런 적 있었어요. 걱정 마세요."

"건오, 요즘 술 많이 마십니까?"

"아니요. 그날도 오늘처럼 기분 좋아서 많이 마신 거예요. 지난 분기 실적이 많이 올라 분위기가 좋았거든요."

"그랬군요."

친구를 걱정하던 도훈의 얼굴이 편하게 풀어졌다. 지원이 그를 안심시키려 말했다.

"그러니 우리 걱정 말고 두 분 좋은 시간 보내세요. 이만 갈게요. 기사님 너무 오래 기다리시게 한 것 같아요."

"네. 그럼 건오 좀 부탁할게요."

"네."

건오와 지원을 태운 택시가 떠나고 도훈과 유진, 두 사람만이 자리에 남았다. 도훈이 묵묵히 기다려 준 유진에게 물었다.

"유진 씨 많이 피곤하죠?"

"아니요."

"피곤할 거예요. 나야 건오와 오랜만에 만나는 반가운 자리라 상관없었지만 유진 씨는 불편하고 어려웠을 텐데. 미안해요."

"저 정말 안 피곤해요. 오히려 좋았어요."

"좋았다고요?"

"네. 지사장님이 아끼는 분들이시잖아요."

그러니 제게도 소중한 분들이죠.

유진은 진심이 담긴 마지막 말은 입 안으로 삼켰다. 그러지 말아야지, 하면서도 언젠가는 끝일 거라 생각하기 때문인지 깊숙한 속내까지는 내비치기가 어려웠다. 그래서 미안한 마음이 가득인데, 도훈은 감동받은 얼굴로 바라보기만 하고 말을 잇지 못한다.

이 남자는 알고나 있을까? 그를 향한 진심이 얼마나 곧고 깊은지. 언젠든 구부러질 수 있는 얇은 마음이어야 하는데, 바람과 달리 그를 향한 간절한 마음은 너무도 단단하고 꼿꼿해서, 그래서 불안함도 더 커진다는 것을.

도훈이 천천히 다가와 소중한 무언가가 깨지지 않기를 바라는 것처럼 조심스럽게 그녀를 끌어안았다. 그녀의 귓가로 내려앉는 그의 편안한 숨소리에 담긴 마음이 고스란히 느껴졌다. 유진은 양팔로 그의 등을, 그의 마음을 깊숙이 끌어안았다.

새벽녘. 누군가 유진의 객실 문을 두드렸다. 도중에 잠에서 깨어 테라스 방향으로 모로 누운 채 아직 어둠이 가시지 않은 바깥 하늘을 바라보던 그녀가 의아해하며 등을 돌렸다. 다시 들려온 노크 소리. 다급한 느낌에 유진은 재빨리 일어나 슬리퍼에 발을 넣었다. 그러곤 이어지는 침묵. 그냥 가 버렸나? 도훈 말고는 이렇게 찾아와 두드릴 사람이 없는데? 조급한 마음에 빠르게 걸어가는데 문 너머에서 반가운 목소리가 들려왔다.

"유진 씨. 자요? 나예요. 안도훈."

기쁜 마음으로 문을 연 유진 앞에 이제 막 샤워를 마치고 나온 것처럼 청량한 모습의 도훈이 서 있었다.

"지사장님?"

"나 때문에 깼어요?"

"아니요. 아까부터 깨어 있었어요."

"그럼 아침 먹기 전에 같이 바람이나 쐴까요?"

"지금이요?"

"네."

새벽 다섯 시. 아직 어둡지만 해가 일찍 뜨는 여름이니 사방은 곧 훤해지겠지. 더군다나 그와 함께 하는 새벽의 산책이라니. 상상만으로도 마음이 들떠서 거절할 생각조차 할 수 없었다.

유진이 상기된 목소리로 말했다.

"잠깐만요. 옷 갈아입고 올게요."

"복도 끝에서 기다릴게요."

"네."

유진이 옷을 갈아입고 객실 밖으로 나왔을 때, 도훈은 복도 끝의 유리창 밖 풍경을 감상하고 있었다.

"지사장님."

"도훈 씨는 어떨까요?"

"네?"

도훈이 돌아보며 꺼낸 말에 유진이 눈을 키우며 되물었다.

"종종 그렇게 불렀었잖아요. 지사장님이라는 딱딱하고 재미없는 호칭보단 그게 더 나을 것 같은데. 별로예요?"

"……도훈 씨."

하고 부른 유진이 저가 더 민망해하며 웃음을 터뜨렸다. 분명 익숙한 말인데 오랜만에 꺼내려니 이상하게 어색함이 느껴졌다. 유진이 말했다.

"천천히요. 천천히 바꿀게요."

"아니면 오빠도 괜찮아요."

"있죠. 전부터 생각했었는데, 오빠라는 단어에 로망 같은 거 있는 건 아니 죠?"

"아마 이 세상에 그 단어에 관해 아무런 감정도 없는 남자는 없지 않을까 요?"

"저는 그 말도 해 본 적이 없어서 어색해요. 차라리 도훈 씨라고 할게요."

"알았어요. 대신 앞으로 지사장님이라는 단어는 금지예요. 여행이 끝나기 전까지. 아니, 업무 시간을 제외한 나머지 모든 시간에서 말입니다. 반유진 씨 에게 나는 지사장이 아니라 남자 안도훈인 거니까."

싱긋 웃은 도훈이 엘리베이터의 버튼을 눌렀다. 그러곤 멍하니 서서 그의 말 을 되새기는 그녀의 이마에 짧게 입을 맞추었다.

두 사람은 태안에서처럼 맨발로 모래사장을 걸었다. 그때와 달라진 점이 있다면 도훈의 오른손에 유진의 왼손이 잡혀 있다는 것뿐.

두 사람이 산책하는 동안 점점 시간이 흘러 태양이 천천히 모습을 드러낼 즈음, 해변의 텐트촌이 끝나는 지점에서 걸음을 멈춘 도훈이 잠시 앉을 것을 권해 두 사람은 깨끗한 모래 위에 앉았다.

유진은 서서히 밝아 오는 태양을 보다 무심결에 궁금해져 물었다.

"건오 씨하고 지원 씨는 어떻게 만나게 된 거예요?"

"사내 연애요."

"사내 연애?"

"네. 우리처럼."

도훈이 유진과 눈을 맞춰 오며 말했다. 유진은 문득 그의 표정이 이전보다 많이 부드러워졌다고 느꼈다.

"지사장님 그거 아세요?"

"또, 또."

"아! 도훈 씨 그거 알아요?"

"뭐요?"

"요즘 웃음이 많이 헤퍼졌어요."

"누가? 나요?"

"네."

"부정하지 않을게요. 용재도 제발 멍청하게 웃고 다니지 좀 말라고 하더라고요."

"정말요?"

도훈이 고개를 끄덕거렸다.

"도훈 씨."

"이름 불러 주니 좋네요. 왜요?"

"도훈 씨는 제 어디가 좋았어요?"

"알고 싶어요?"

"네."

유진은 그가 자신의 어떤 면에 처음 호감을 가졌는지 궁금했다. 대답을 들으면 그에게 속절없이 빠져 버린 자신의 마음도 어디서부터 시작됐던 건지 제대로 헤아릴 수 있을 것 같았다.

그런데 도훈은 예상치 못한 행동으로 그녀를 놀라게 했다.

쪽.

도훈의 입술이 그녀의 입술을 빠르게 훔치고는 달아났다. 순간 멍해진 유진이 정신을 가다듬을 즈음 그가 다시 얼굴을 가까이 대며 소곤거렸다.

"당신의 어떤 부분이 좋았는지 알 게 뭐야. 지금은 당신에게 미쳐서 아무것도 안 보이는데."

이해 못할 말을 남긴 그의 입술이 그녀의 입술 위에 부드럽게 내려앉았다. 그런 도훈의 행동을 미처 예상치 못한 유진이 저도 모르게 몸을 움찔거렸다. 그러자 그것을 달아나려는 행동으로 인식한 도훈이 단단한 팔로 그녀의 허리를 감아 힘 있게 끌어당기고는 다시금 입술과 입술이 맞부딪쳤다. 서로의 혀가 감기고 숨이 얽혔다. 유진은 닿는 곳곳에 뜨거운 불길을 일으킨 그의 키스가 세상 무엇보다도 달콤해 부끄러움도 잊고 화답하듯 그의 목을 세게 끌어안았다.

호텔에서 아침 식사를 끝낸 두 사람은 남해의 해안 도로를 따라 긴 시간 드라이브를 즐겼다. 별말을 나누지 않아도 좋았다. 두 사람이 함께 있다는 것이 중요했다. 서로가 누구인지 생각할 필요도 없고, 아득히 멀게만 느껴지는 지난 과거 따위는 기억 속에 묻어 버리고, 현재만 생각해도 된다는 사실이 무엇보다 좋았다.

유진은 달리는 차 안에서 창문을 열어 손을 내밀었다. 시원한 바닷바람이 손가락 사이사이로 빠져 달아났다. 유진은 될 리 없다는 것을 알면서도 손에 잡히지 않는 그것을 꼭 움켜쥐고 싶어 손을 폈다 접었다 해 보지만, 그 안에 남는 것은 아무것도 없었다.

피서를 떠나온 가족, 연인들이 물놀이를 즐기던 시간이 지나가고 저녁이 찾아왔다. 해수욕장의 중간 지점, 넓은 공터에 행사장이 마련되고 축제가 시작되었다. 이름만 들어도 알 만한 유명 가수들이 차례로 무대에 올라 관객들과 함께 어울리며 즐겼다. 그들 사이에서 함께 축제를 구경하던 도훈이 말했다.

"머지않아 우리 리조트 앞도 시끌시끌해지겠군요."

"해양 페스티벌 때문이죠?"

"네. 시에서 주관하는 행사인데, 올해는 규모를 예년보다 더 늘릴 계획이더라고요. 후원금 증액을 요구해서 그러겠다고 했어요."

"리조트에 부담되는 거 아녜요?"

"부담되더라도 할 건 해야죠. 매년 있던 행사인데. 게다가 유진 씨가 좋아한다던 그 밴드가 명단에 있어서."

"꺅!"

소리친 유진이 두 손으로 입술을 가리며 놀란 눈으로 그를 보았다. 정말이냐는 기대에 찬 눈빛에 도훈이 어처구니없어하며 말했다.

"너무 대놓고 좋아하는 거 아닙니까? 이러면 곤란한데?"

"정말이에요? 정말 그 밴드가 오는 거예요?"

"아니라고 대답하고 싶은데, 이미 계약이 되어 있어요."

도훈의 질투 어린 눈빛 속에는 그녀를 향한 애정이 가득하다. 그녀가 이렇게 기뻐할 줄 알았더라면 진즉 얘기해 줄 걸 싶었다. 유진이 들떠서 말했다.

"그날 저 휴가 낼 거예요. 공연 시간하고 근무 시간이 겹치면 안 되니까 미리 휴가계 제출해야겠어요."

"누가 승인해 준답니까?"

"제 휴가 결정 권한은 지사장님이 아니라 지배인님께 있거든요?"

"그럼 미리 지시해 둬야겠군요. 데스크 팀 휴가는 지배인이 아니라 지사장

권한으로 결정하겠다고 말입니다."

"그런 게 어디 있어요?"

"여기요."

"쳇. 치사하게."

"기대해요. 앞으로 치사한 모습 더 많이 보게 될 테니까."

"농담이죠? 에이. 설마."

"글쎄요?"

유진을 놀리며 웃던 도훈이 주머니에서 울리는 진동음을 느끼고 휴대폰을 꺼내 들었다. 건오의 전화였다.

"여보세요."

— 데이트는 즐겁냐?

"말해 봤자 입 아파."

— 저녁은? 먹었어?

도훈이 입 모양으로 건오예요, 하고 말하자, 고개를 끄덕인 유진이 무대 위로 다시 눈길을 돌렸다. 도훈은 공연을 감상하는 유진의 옆모습에 눈길을 둔채 통화를 이어 갔다.

"조금 전에 먹었어. 너는 아직도 회사야?"

— 어. 휴가 전에 처리해야 할 게 많아서.

"서울에 있으나 여기 있으나 일복은 여전하네, 강건오."

— 그 복 아주 지긋지긋하니까 네가 좀 가져가 줄래?

"됐다. 사양할게."

— 내일 저녁에 올라가지?

"응."

— 가기 전에 점심 같이 먹을래? 물론 유진 씨가 괜찮다면 말이야.

"물어보고 연락할게."

— 그래. 즐겁게 놀아.

통화는 거기서 끝났다. 휴대폰을 다시 주머니에 넣는 도훈을 보며 유진이 물었다.

"통화 끝났어요?"

"네."

"그럼 이만 갈까요?"

"그러죠."

두 사람은 몰려드는 사람들 속을 헤치며 해변을 빠져나왔다. 도로 위로 올라와 약속이나 한 것처럼 각자의 샌들을 벗어서 흙을 털어 내다 눈이 마주치자, 누가 먼저랄 것도 없이 웃음이 번진다. 바라만 봐도 즐겁다는 말은 이럴 때 쓰라고 만든 말인가 보다.

먼저 신발을 신은 도훈이 이제 막 신은 샌들의 벨크로를 붙이기 위해 허리를 숙이려는 유진의 앞에 쪼그려 앉았다. 유진은 됐다며 사양하려 했지만 그가 고집을 꺾지 않고 그녀의 샌들에 손을 가져다 댔다. 그사이 유진의 가늘고 긴 손가락이 그의 머리카락 사이로 파고들었다. 그가 고개를 들자, 그녀가 멋쩍은 듯 말했다.

"흐트러져 있어서요."

유진은 그의 머리카락을 단정하게 정돈해 주었다. 순간 도훈은 유진의 손길에서 오래전 어머니의 무릎을 베고 누웠을 때의 아늑하고 포근한 느낌을 받았다. 그 느낌이 너무도 좋아서 벗어나고 싶지 않았지만 그럴 만한 장소가 아니었다. 도훈이 아쉬운 마음을 꾹 참고 무릎을 세우며 일어섰다. 함께 가면 좋을 만한 장소가 떠올랐다. 자신의 머리카락을 쓰다듬던 손을 살며시 잡아 주며 말했다.

"가요."

"어딜요?"

"따라와 보면 알아요."

"걸어서 갈 수 있는 곳이에요?"

"네. 그런데 걱정 마요. 유진 씨 걷다 힘들어지면 내가 업어 줄게요."

유진은 도훈의 행동이 어딘가 미심쩍었지만 불평불만 하지 않고 따라 걸었다.

얼마나 걸었을까? 약 30여 분 가까이 걸은 것 같았다. 낮부터 꽤 많이 걸었던 터라 발이 피곤해 이만 걷고 싶다고 생각할 즈음이었다. 좁고 긴 골목을 벗어나자 눈앞에 너른 바다가 아득하게 펼쳐졌다. 이전까지 피서객들 틈에서 시끌벅적한 공연을 감상했기 때문일까? 불과 1시간도 채 지나기 전에 본 바다는 가볍고 들뜬 느낌이었는데, 어쩐지 이곳의 바다는 무겁고 망망하게 여겨졌다.

도훈이 깍지 낀 손에 힘을 주자 망연히 바다를 보던 유진이 흠칫 놀라 그를 쳐다보았다.

"조금 더 가야 해요."

두 사람은 좌측 길로 방향을 틀어 계속해서 걸었다. 주변은 몹시도 고요했다. 들리는 것이라고는 두 사람의 발소리와 얕은 파도가 밀려와 부둣가에 정박해 둔 배가 흔들릴 때 나던 정체를 알 수 없는 끼이익거리는 소음뿐. 대체 저 소음은 어디서 비롯된 걸까? 궁금해하며 배를 흘깃거리던 유진에게 그가 말했다.

"거의 다 왔어요."

"그래요?"

도훈이 정면의 우측에 자리한 직사각형의 건물 앞에서 걸음을 멈춘다.

"저 건물 뒤로 긴 방파제가 있어요."

"거기 가는 거예요?"

"아니. 우리는 여기."

도훈이 우측으로 방향을 바꾸어 알루미늄으로 된 무레일 대문 앞으로 그녀를 이끌었다. 무레일 대문은 양방향으로 활짝 열린 상태였다. 대문 옆에 위치한 불 꺼진 관리실은 자물쇠로 잠긴 상태로 외부인의 출입을 통제할 이는 아무도 없어 보였다.

도훈이 그들이 선 곳의 우측 석벽 아래로 곧바로 이어진 바다를 보며 말했다.

"이 건물은 수산물 위판장이에요. 이른 아침에 조업을 마친 배가 들어오면 경매가 시작되죠."

유신이 우측의 석벽에 정박해 있는 소형 어선 몇 척을 보며 물었다.

"저런 배들이 싣고 온 생선들을 경매한다는 거죠?"

"네. 아침 되면 엄청나게 북적거려요."

"여긴 어떻게 알게 된 곳이에요?"

"전에 건오와 왔던 곳이에요. 그 녀석 여기로 발령 난 뒤 같이 와서 술 한잔 마셨는데 분위기가 좋았어요. 그때 기억이 나서 와 보자고 한 거예요. 조금만 더 가면 돼요. 혹시 다리 아파요? 그럼 내 등에 업혀요."

도훈이 진심으로 걱정하며 쪼그려 앉으려 하자 유진이 그를 말렸다.

"아녜요. 괜찮아요."

"아휴. 다행이다."

"뭐가요?"

"유진 씨 업고 가다 무거워서 비틀대기라도 하면 큰일이잖아요? 바로 옆이 바다인데."

"뭐라고요?"

유진이 목소리를 높이자 도훈이 키득거렸다.

"저 놀리는 거 재밌으세요?"

"네."

"정말."

유진이 주먹을 쥐고 가볍게 그의 가슴을 치자, 그가 가슴을 부여잡고 아픈 시늉을 하며 소리쳤다.

"미안해요, 미안. 장난이었어요."

"됐어요. 얼른 가기나 해요."

유진의 채근에 도훈이 다시 걸었다. 우측으로 이어진 바다를 감상하며 직진하여 약 2분여를 더 걸어 길 끝에서 좌측의 건물 뒤로 접어드니 성인 서너 명이 나란히 설 수 있을 정도의 좁은 공간이 나타났다. 그곳에서 걸음을 멈춘 도훈이 눈앞에 펼쳐진 바다를 그리운 이 바라보듯 아득하게 바라보았다. 그의 시선을 따라간 유진의 눈동자에도 크게 일렁이는 바다가 담겼다. 그가 왜 그녀를 여기까지 데리고 왔는지 말하지 않아도 알 것 같았다. 바닷물은 이미 만조로 그들이 서 있는 석벽 아래까지 가득 차 있었고, 훤히 트인 바다는 밤을 밝히는 낚싯배들의 노란 조명 빛이 반사되어 은은하게 반짝이고 있었다. 가만히 바라보고만 있어도 마음이 차분해지고 평온해지는 느낌이었다.

"잠깐 빌려 쓰는 것은 괜찮겠죠?"

감상에 젖어 들던 유진이 도훈의 목소리에 고개를 돌렸다. 그들보다 먼저 경치를 구경하다 돌아간 이들이 두었는지 건물 벽에 접이식 간이 의자 2개가 기대 세워져 있었다.

도훈이 그중 한 개를 유진의 가까이에 가져다 놓으며 말했다.

"앉아요."

의자에 앉은 유진이 조금 더 가까워진 바다를 지그시 응시하며 말했다.

"물비린내가 많이 나네요."

"많이 불편하면 돌아가도 괜찮아요."

남은 간이 의자를 펴서 앉던 도훈이 다시 일어서려 하자 유진이 그의 팔을 잡아 도로 앉게 하였다.

"그런 뜻이 아니에요. 태안에서 맡았던 것과 비슷해서 그래요. 신기해서요."

"그래요?"

"서울에서만 지내다 태안으로 내려오고는 한동안 적응하기 어려웠어요. 낯선 환경에, 처음 만난 사람들. 또 한없이 멀게만 느껴지는 바다도. 모든 존재가 어색하고 어려웠거든요. 바다에서 풍기는 물비린내도 싫었고, 특히나 무겁게만 느껴지는 습도는 정말이지 익숙해지지 않더라고요. 그랬는데 시간이 저를 바꿔 놓았나 봐요. 지금은 그 모든 것들이 익숙해져서 이젠 태안이 제 고향처럼 느껴질 때도 있어요. 오늘도 그래요. 여기 도착했을 때만 해도 처음 태안에 내려올 때처럼 낯설었는데, 바다 근처로 오니 이렇듯 편안해지네요. 신기하다. 물비린내가 반갑게 느껴질 줄은 정말 몰랐는데."

"여기가 마음에 든다는 말로 이해해도 됩니까?"

"네. 몹시요."

"궁금한 거 있어요. 왜 태안으로 왔어요?"

유진은 스스럼없이 그때의 일을 얘기했다.

"사내 연애 했던 전 남자 친구가 저와 한 부서에 일하던 동료 직원과 결혼했거든요. 몰랐어요. 두 사람이 그런 관계로 발전할 줄은. 우리 셋 중 누구도 회사를 그만둘 생각이 없었고, 그렇다면 제가 떠나는 게 맞는 거라고 생각했어요. 그래서 태안 지사로 전근 신청 했어요."

"그렇게 떠나온 거, 후회한 적은 없어요?"

"전혀요. 전 꽉 막힌 사람이라 연애가 끝나면 관계도 끝이라 생각했거든요. 앞으로도 계속해서 얼굴 보면서 일해야 하는 사람들인데, 그런 관계에서 저는 그럴 수 없는 사람이니까요. 아마 거기서 더 근무했었다면 머지않아 사직서를 제출했을 거예요."

"가끔 궁금했어요. 그때 그 어렸던 여학생, 지금은 어떻게 살고 있을까?"

"저를 보신 적 있으세요?"

유진은 도훈이 자신을 알고 있었다고 말했을 때부터 궁금했었다. 자신이 그를 알아본 것은 아라리조트 회장의 아들이었기 때문인데, 그는 그녀를 어떻게 알아보았을까?

"장례식장에서 본 적 있어요. 동생 영정 사진 들고 나가는 거 봤거든요."

"아!"

유진이 망설이다 물었다.

"……동생분은 어떻게 지냈어요?"

"제멋대로 살았어요. 미성년자인 데다 영향력 있는 누군가의 한마디라면 죄에 대한 처벌은 한없이 가벼워질 수도 있다는 걸 그때 알았거든요."

유진은 참혹한 마음으로 입 속 살을 깨물었다.

"미안해요."

"도훈 씨가 왜요? 도훈 씨 잘못 아니었잖아요."

"도진이가 타고 나간 차, 내 차였거든요. 그날 밤 차를 놓고 나가지 말았어야 했다는 생각 때문에 많이 괴로웠어요."

"그러지 마요. 도훈 씨 차가 아닌 다른 차를 몰고 나갈 수도 있었잖아요."

"원망해도 괜찮아요."

"아니요. 그런 부질없는 생각들로 이 소중한 순간들을 놓치고 싶지 않아요. 동생에 관해 더 얘기해 줄래요?"

유진은 궁금했다. 어쩌면 그 역시 편하게만 살아오지 않았다는 대답을 듣고 싶었던 건지도 모른다.

도훈은 도진에 관해 솔직히 얘기해 주었다. 도훈의 가정을 망가트린 장본인인 새어머니와 도진에 관해. 그리고 그들과 함께 살았던 지난 10여 년의 시간에 관해서도.

긴 얘기를 마친 도훈이 미뤄 뒀던 얘기를 꺼냈다.

"나 지금부터 진짜 미안한 말 해야 해요. 그 전에 약속해 줘요. 이 일 때문에 날 떠나지는 않겠다고."

"무슨 얘기를 하려고 이렇게 거창하게 시작해요?"

유진이 대수롭지 않아 하며 물었다. 도훈이 조심스럽게 말을 꺼냈다.

"도진이 곧 우리 리조트로 출근해요. 앞으로 1년간 같이 근무하기로 했거든요."

"……그래요?"

유진의 표정이 굳어졌다.

"네. 어쩔 수가 없었다는 변명은 안 할게요. 아버지가 처음이자 마지막 부탁이라며 진지하게 말씀하셨고, 내가 받아들이기로 한 거니까. 미안해요. 유진 씨 생각하면 그러면 안 되는 건데."

"그렇게 생각하지 마세요. 도훈 씨에게도 그럴 만한 사정이 있었을 거라고 생각해요."

도훈은 그를 배려해 더 담담하게 말하려 노력하면서도 불안하게 떨리는 그녀의 시선에 가슴이 아렸다. 어쩔 수 없었다고 갖은 핑계를 대며 하는 변명에, 그녀가 이렇듯 다 이해하려는 모습을 보인다. 그러나 힘들지 않을 리가 없다. 이럴 줄 알면서도, 예상했으면서도 도진과 함께 일해 보겠다고 했던 그 순간의 자신을 한 대 쳐 버리고 싶었다.

"유진 씨."

도훈이 나지막이 이름을 부르자, 유진이 무거워진 분위기를 바꾸려 다른 주제를 꺼냈다.

"우리 그 얘기 그만해요. 그리고 나도 궁금한 거 있어요."

"뭔데요?"

"전에 그 별장이요. 부동산에 내놓았어요?"

"아니요."

도훈의 어린 시절 추억이 간직된 곳이기도 하고 그녀도 꽤 마음에 들었던 곳이라 더는 갈 수 없다는 것에 많이 아쉬웠던 그녀는, 생각지도 못한 대답에 놀라 눈이 커졌다.

"왜요? 부동산에서 제대로 된 값을 안 쳐주겠대요?"

"글쎄요."

유진은 아리송하게 답하는 도훈을 이해하기 어려웠다. 내놓기 전에 상태만 확인하러 들른 거라 했었는데. 일이 잘못됐나?

그때 도훈이 생각에 잠겨 있는 유진에게 소리쳤다.

"어? 불꽃이다!"

"어디요?"

"저기요!"

유진의 시선이 도훈의 손끝을 따라 움직였다.

"와. 진짜 불꽃이에요!"

유진이 감탄하여 소리쳤다. 불꽃은 아까의 그 해변 축제장 근처에서 터져 오른 것 같았다. 멀리 떨어져 있어 크고 선명하진 않았지만 이곳에 앉아서 감상하기엔 더없이 근사했다.

도훈은 계속해서 터져 오르는 색색의 불꽃을 홀린 듯 쳐다보는 유진의 옆모습을 바라보며, 얼마 전 외삼촌 진욱과의 통화를 떠올렸다.

'그 별장 제가 인수할게요.'

'도훈이 네가?'

'네. 시세는 제가 부동산 통해서 더 알아보고 연락드릴게요.'

'음.'

잠시 고민하던 진욱이 결심한 듯 말했다.

'그럴 필요 없다. 네가 가져. 서류 정리는 조만간 한국 들어갈 테니 그때 하는 거로 하자.'

'아니에요. 이렇게 그냥 받을 수는 없어요.'

'그 별장은 나보다 네 엄마가 더 좋아했어. 따져 보면 나보단 네게 더 의미 있는 곳일 테지.'

'외삼촌.'

'아버지가 직접 공들여 지은 집 남의 손에 넘기기 그랬는데 차라리 잘됐다.'

'고맙습니다. 뻔뻔하지만 그럼 그냥 받을게요.'

'녀석. 싱겁긴.'

유진이 곁을 떠나기 전에 한 번이라도 더 같이 갈 수 있었으면 좋겠다. 그렇다면 더 바랄 게 없을 텐데. 도훈이 간절한 바람을 마음속에 새기며 유진의 손가락에 자신의 손가락으로 깍지를 끼우자 그녀가 돌아보며 소곤거렸다.

"불꽃 정말 예쁘다. 도훈 씨도 좋죠?"

도훈은 그녀의 입술에 깊게 키스하는 것으로 대답을 대신했다.

19

세 사람

　남해에서 돌아온 후 일주일이 흘렀다. 도훈과 유진, 두 사람 다 업무에 복귀하여 보통의 일상을 보내던 어느 날이었다. 유진이 오후조 근무를 마치고 나와 집으로 향하는 길에 있는 슈퍼 옆의 골목으로 들어서자, 업무상 외부 미팅이 있다던 그가 편안한 차림으로 갈아입고 그녀를 마중 나와 있었다.

　"오늘 많이 늦으실 거라더니 벌써 끝났어요?"

　"모임에서 술 약한 사람은 필요 없다며 쫓겨났어요. 덕분에 유진 씨 얼굴도 보고. 잘됐죠, 뭐."

　도훈이 술이 약하다는 말에 동의한 유진이 해사하게 웃었다. 도훈이 자연스럽게 그녀의 손을 잡으며 물었다.

　"유진 씨한테 줄 거 있는데. 집에 잠깐 들렀다 가요."

　"지금이요?"

　"네."

　도훈이 망설이는 유진을 달래듯 말했다.

"걱정 마요. 동네 사람들 다 잠드신 것 같으니까."

그 생각까진 안 했는데. 유진은 그의 엉뚱함을 귀엽게 여기며 물었다.

"줄 게 뭔데요?"

"큰 기대는 말아요. 아주 소소한 거예요."

"그러니까 더 궁금해지는데요?"

"별거 아니라고요."

두 사람은 곧 도훈의 집 마당에 도착했다. 도훈은 그녀에게 줄 것을 가져오 겠다며 집 안으로 들어갔다. 피로가 쌓인 유진은 작게 하품하며 낮은 평상에 앉아 다리를 쭉 뻗었다. 발등은 물론이고 종아리까지 살짝 부어 있었다. 데스크 에 근무하면서 종일 서 있어야 하는 탓에 어쩔 수 없이 그리된 것인데, 오늘따 라 살짝 부은 종아리가 유난히 더 못생겨 보였다.

"부기야. 이제 그만 사라져 주는 게 어떻겠니?"

유진이 자신의 종아리를 손으로 주무르며 중얼거리고 있던 그때 가방 속의 휴대폰이 울렸다. 발신인을 확인했더니 엄마다. 유진은 도훈이 나오는 건 아닌 지 몸을 돌려 확인했다. 아직 그에게서는 기척이 없어 빨리 통화하고 끝내야 지, 하는 마음으로 통화 버튼을 터치했다.

"응. 엄마."

— 퇴근했니?

엄마의 목소리가 다른 때와 달리 까칠하게 느껴진다. 게다가 호흡이 옅게 떨 리는 것 같기도 해 불안한 마음으로 유진이 대답했다.

"지금 마치고 집에 가고 있어."

— 아버지께 들었다. 리조트 곧 그만두겠다고 했다면서?

묻는 게 아니라 사실이냐고 확인하는 어투다. 여전히 불안정한 목소리가 마 음에 걸리긴 하지만 유진은 짐짓 아무렇지 않은 척 대답했다.

"응. 그럴 생각이야."

— 그때가 언제라고?

유진은 도훈과 더 함께하고 싶은 마음을 억지로 누르며 다짐하듯 대답했다.

"다음 달 말까지. 그때까지만 일하기로 했어."

— 그래. 알았어.

"엄마? 무슨 일 있어? 목소리가 좀 안 좋으신 것 같은데."

— 아니야. 감기 기운이 있어서 그래.

"다른 일은 없는 거지?"

— 없어. 다른 일 있을 게 뭐가 있어.

"알았어. 늦었으니 주무세요. 날 밝으면 다시 전화할게."

— 그래. 끊을게.

"응."

집에 무슨 일이라도 있는 걸까? 걱정하던 유진은 도훈의 발걸음 소리에 고개를 돌렸다. 그가 현관을 빠져나오는 모습이 보였다.

도훈이 그녀의 옆에 와 앉는다. 그러곤 손에 들고 있던 작은 케이크 상자를 내려놓았다.

"별건 아니에요. 아까 갔던 음식점 옆에 새로 생긴 베이커리가 있더라고요. 유진 씨 생각나서 사 왔어요."

유진이 안의 내용물을 살펴보며 물었다.

"조각 케이크네요?"

"네. 전에 보니 케이크 좋아하는 것 같아서 종류별로 사 봤어요."

이 사람은 어디서든 나를 먼저 생각하는구나.

유진은 자신의 사소한 취향들까지도 세심하게 기억하는 도훈을 보며 자신은 그에 관해 얼마나 알고 있는지 모르겠다는 생각이 들었다. 그가 특히 좋아하는 음식은 무엇인지, 잠들기 전에는 또 무슨 생각을 하는지, 어두운 새벽녘 악몽에 시달린 적은 없는지. 그에 대한 사소한 것들까지도 모두 알고 싶었다. 그래서 물었다.

"도훈 씨. 이번 주말엔 뭐 해요?"

"데이트?"

"누구하고요?"

"반유진 씨."

"잘됐네요. 저도 안도훈 씨하고 데이트할 생각이었는데."

"어쩐 일로 이렇게 적극적입니까?"

"싫으세요?"

"아니. 전혀. 어디 생각해 둔 곳이라도 있어요?"

도훈이 데이트 장소로 생각한 곳이 있느냐고 묻자 유진이 고개를 끄덕였다.

"우리 태안 관광해요."

관광이라는 단어가 재밌었는지 도훈이 풉 웃음을 터뜨렸다. 유진이 말했다.

"사실 저도 이곳 잘 몰라요. 관광객들이 명소라고 찾는 곳들도 대부분 사진으로만 봤거든요."

"여기 온 지 몇 년 안 됐나? 그간 많이 바빴어요?"

"꼭 그렇지도 않았던 것 같은데. 마음에 여유가 없었던 것 같아요."

"좋아요. 대신 어디로 갈 건지는 유진 씨가 정해요."

"어렵게 고민 안 할래요. 우리에겐 리조트에 비치된 관광 책자가 있으니까."

그날 밤 유진이 집으로 돌아간 뒤 도훈은 냉장고에서 맥주를 꺼내 식탁 의자에 앉았다. 캔의 뚜껑을 따 한 모금 마시고 습관적으로 고개를 들어 정면의 창밖을 응시했다. 아까 본의 아니게 유진의 통화를 엿들었다. 케이크 상자를 들고 가벼운 마음으로 걸음을 옮기다 듣게 된 그녀의 목소리.

'다음 달 말까지. 그때까지만 일하기로 했어.'

여름이 끝나면 그녀는 리조트를 떠날 것이다. 마치 공식처럼, 또 당연한 수순인 것처럼. 다 알고 시작했는데도 왜 이렇게 속이 쓰린지 모르겠다. 그 이후 두 사람의 관계는 어떻게 되는 걸까? 도훈은 좌절감에 맥주 한 캔을 단숨에 비웠다. 이대로 쓰러져 잠이 들었으면 좋겠는데 의식은 그를 깨우고 또 괴롭혔다. 도훈은 맥주 한 캔을 더 비웠다. 고민해 봤자 달라질 것 없는 현실 앞에서 또 한 번 좌절한 그가 천천히 식탁에 엎드렸다. 갑작스럽게 피곤이 밀려왔다. 침실로 움직일 자그마한 힘조차 남아 있지 않아, 그는 그대로 잠이 들었다.

"많이 기다렸어요?"

대문 밖으로 나온 유진이 자신을 기다리고 있던 도훈에게 물었다. 그러자 그가 따스하게 미소 지으며 고개를 저었다.

하얀색 셔츠와 연한 바다색 데님 팬츠를 입은 유진은 오늘따라 더 생기로워 보였다. 거기다 동그랗게 올려 묶은 머리 때문인지 더 상큼하게 느껴졌다. 도훈이 조수석의 문을 열어 주며 타기를 권하려는데, 기다렸다는 듯 쪼르르 따라 나온 문영이 그들을 향해 물었다.

"이러고도 데이트 가는 게 아니야?"

차에 타려던 유진이 문영을 돌아보고는 난색을 표했다. 그러곤 목소리를 높여 변명했다.

"아이. 이모도 참. 그런 거 아니라니깐."

"속일 사람을 속여라."

슬쩍 눈을 흘기는 것처럼 보였지만 실상 입가에는 웃음이 가득 고여 있었다.

도훈이 고개를 짧게 숙여 인사를 건네자 문영이 흐뭇하게 웃으며 고개를 끄덕이고는 다시 집으로 들어갔다. 유진이 차에 오르자, 이어 운전석에 오른 도훈이 물었다.

"이모님이 뭐라 하셨어요?"

"요즘 뭐 하느라 그렇게 밖으로 나다녀? 정말 옆집 총각하고 만나기라도 하는 거야?"

유진이 문영의 말투를 그대로 따라 하고는 피식 웃으며 덧붙였다.

"동네 아주머니 한 분이 우리 두 사람 같이 있는 거 보시고 말씀 전하신 것 같아요. 계속해서 의심하시던 차였는데, 방에서 낮잠 주무시던 이모부가 문을 벌컥 열고는 '둘이 그렇고 그런 사이라니깐!' 하고 소리까지 지르셔서는."

"하하하."

도훈이 큰 소리로 웃어 댔다. 유진이 민망하여 입술을 붙여 물었다.

"내 뜻대로 됐네요."

"뭐가요?"

"나는 우리 사이가 동네에 소문 쫙 났으면 했거든."

"그래서 좋을 게 뭐 있다고요?"

"그럼 적어도 유진 씨가 사람들 눈치 보느라 내외하지는 않을 거 아녜요?"

"제가 언제 그랬다고."

유진이 작게 구시렁거렸다.

"그런데 왜 리조트에는 소문이 안 나는 걸까요?"

도훈의 물음에 유진은 안 그래도 현아와 효연이 눈에 불을 켜고 득달같이 달려들어 묻곤 한다는 얘긴 하지 않기로 했다. 근래 들어 유진이 이런저런 핑계를 대 가며 만남을 피하는 게 이상하다며, 따로 만나는 남자가 있는 건 아닌지 종종 묻곤 했었다. 하지만 아직까진 잘 피해 왔으니까. 또 두 사람의 관계가 알려지면 자신이야 둘째 치더라도 도훈에게 결코 득 될 리가 없을 테니 유진은 가능한 끝까지 숨길 생각이었다.

두 사람이 탄 차는 집에서 약 한 시간여 거리에 있는 천리포를 향해 달렸다. 천리포항 근처의 수목원에서 산책을 한 후 점심 식사를 하는 것이 오늘의 오전 일정이었다.

오후 일정에 관해 대화를 나누던 중 도훈의 휴대폰이 울리기 시작했다. 확인해 보니 용재였다. 아무래도 통화가 길어질 것 같아 도훈은 차를 세우고 잠시 밖으로 나갔다.

홀로 차 안에 앉은 유진은 관광지에 관해 더 검색하려 휴대폰을 꺼내다 문득 오늘 아침 있었던 아빠와의 짧은 통화를 떠올렸다.

영우는 침착한 목소리로 그간에 있었던 일을 전해 주었다.

'올 가을 즈음에 네 엄마가 속해 있는 모임에서 태안으로 여행을 가기로 한 모양이더구나. 그래서 숙소를 네가 근무 중인 리조트로 결정하고 어떤 룸으로 예약하는 게 좋을지 확인차 홈페이지에 들어갔다가, 곧 상호명이 변경된다는 공지를 본 모양이야. 너한테 당장 전화하려는 걸 내가 붙잡아 설명했다.'

'그래서 엄마가 그때 그렇게……'

며칠 전 도훈의 집 마당에서 엄마와 통화할 때 뭔가 서늘한 느낌이 들었었다. 그 이유가 이것 때문이었구나, 하고 유진이 선영의 마음을 헤아리고 있을 때 영우가 이어 말했다.

'그래. 그런데 유진아.'

'네.'

'그때 말했듯 아빠 생각은 여전해. 그곳이 어떤 이름을 가지고 있건 네가 행복하다면 거기서 계속 일해도 괜찮아.'

'아니. 그건 아니에요.'

'우리 일은…… 사고였잖니.'

그 사고에 우리 모두가 아팠고, 여전히 힘들잖아요.

유진은 영우에게 리조트에서 계속 근무할 마음은 없다고 말한 뒤 전화를 끊었다. 사실 그런 욕심이 없는 것은 아니었다. 그의 곁에서 딱 1년만, 아니, 반년만 더 함께한다면 원이 없을 것 같았다. 하지만 끝이 정해져 있는 관계다. 그렇게 시간을 늘리는 게 과연 무슨 의미가 있을까?

유진은 요즘따라 부쩍 감정이 널을 뛰는 느낌이 들었다. 그와 함께할 때면 그지없이 행복하다가도 혼자 있으면 생각이 많아졌다. 지금도 그랬다. 자신을 염려하는 부모님을 생각하면 마음을 단단히 먹어야 하는데, 도훈을 보면 웃음부터 새어 나왔다. 바보같이.

용재와의 통화를 마치고 돌아온 도훈이 심각한 표정으로 휴대폰을 쳐다보고 있는 유진에게 물었다.

"어디 아파요? 아까보다 표정이 많이 어두워 보여요."

"아니에요. 통화는 잘 하셨어요?"

"네. 용재가 내일 일정 때문에 확인할 게 있다고 해서요. 그런데 진짜 괜찮아요?"

그의 염려스러운 표정에 유진이 증명이라도 하듯 웃어 보이며 대답했다.

"네. 괜찮아요."

"피곤하면 잠깐 눈 좀 붙여요. 아직 30분은 더 가야 해요."

"아니요. 아침까지 늘어지게 자서 개운해요. 저보단 도훈 씨가 더 피곤한 거 아녜요? 어제 늦게 퇴근하셨잖아요."

"괜찮아요. 이 정도는."

"제주 지사에 있을 때도 많이 바쁘셨어요?"

"네."

"하긴. 여긴 그나마 비수기라도 있지, 제주는 네 계절 다 관광객들이 몰리니까. 많이 바빴겠어요."

"비슷해요. 그래도 여기보단 경쟁업체가 많으니 행사도 자주 바뀌고, 여러모로 신경 쓸 게 많긴 했어요."

"그런데 어쩌다 여기로 오게 되셨어요?"

"아버지 지시로요. 처음엔 안 오려고 했어요. 끝까지 안 오겠다며 고집부렸으면 그렇게 됐을 수도 있고요. 그런데 이상하게 마음이 쓰이더라고요."

어머니와 함께했던 시간들. 아직 정리되지 못한 어린 마음의 상처. 힘들면 잠시 앉아서 쉬어 가듯, 이곳에 머물며 마음을 정리하기로 했던 건 아닐까? 하고 유진은 생각했다.

"도훈 씨. 지금 가는 수목원 말예요."

"네."

"우리 엄마가 이곳 태안에서 제일 좋아하는 곳이에요."

"그래요?"

"네. 엄마는 여기서 나고 자라셨거든요. 엄마 젊으셨을 때 연애를 여러 번 하셨는데요. 만나는 사람마다 꼭 한 번씩 같이 가곤 하셨대요."

"아버님 들으시면 서운하시겠다."

"그래서 제 귀에만 살짝 말해 주신 거예요."

"그런데 이렇게 말해도 돼요?"

"세상에 완벽한 비밀은 없으니까요."

눈을 접으며 아이처럼 웃는 유진을 보자, 도훈은 가슴이 기분 좋게 간질거렸다. 그러다 문득 불안한 예감이 들어 물었다.

"어? 설마 유진 씨도?"

"네?"

"솔직하게 말해 봐요. 내가 이 수목원에 데리고 가는 몇 번째 남자예요?"

"진짜 궁금해요?"

"어어? 정말 다른 남자하고 같이 갔던 거예요?"

유진이 묻는 말에는 답하지 않고 휴대폰을 만지작거리자 도훈이 목소리를 높였다.

"말 안 할 거예요?"

"두 번째요. 안됐지만 첫 번째는 아니에요."

"휴우. 그나마 다행이군요."

"뭐가요?"

"내가 열 번째쯤 되면 말은 안 해도 정말 속상했을 거 같거든."

유진이 까르르 웃고는 말했다.

"승원이요. 작년에 승원이 데리고 왔었어요."

"유진 씨 조카 말하는 겁니까? 그 꼬맹이?"

"네."

"유진 씨도 은근히 장난기 많은 거 압니까?"

"원래 그런 사람은 아니었어요. 다 도훈 씨한테 배운 거라고요."

"그런 건 배우지 않아도 돼요."

두 사람이 여러 주제를 놓고 가벼운 대화를 주고받는 사이 차는 목적지에 다다라 있었다.

수목원 입구에는 매표소에서 티켓을 구매하고 있는 남자와 그의 뒷모습만 주시하고 있는 일행 몇몇을 제외하고는 아무도 없었다. 티켓을 구매해 나오던 남자가 일행들을 향해 티켓을 쥔 손을 들어 보이자, 일행들 중 누군가가 '빨리 와!' 하고 소리치는 게 들렸다.

그들에 이어 입장권을 구매한 도훈과 유진은 수목원 입구로 천천히 걸어 들어갔다.

여름의 끝자락이다. 게다가 여전히 뜨거운 태양이 내리쬐는 날씨 탓에 바깥 바람을 쐬러 나온 이들은 많지 않았다. 한가롭게 거닐고 싶었던 유진은 오늘의 장소 선택이 탁월했다는 생각을 하며 가벼운 마음으로 걸었다.

두 사람은 앞서 지나간 사람들의 신발 자국이 남아 있는 흙길을 따라 걸으며 다양한 종류의 식물들을 감상했다. 여름이 시작될 무렵 제 모습을 드러내기 시작했을 금계국 꽃 무리를 지나자, 화려한 수국들이 반갑게 그들을 맞았다. 수국의 종류가 이렇게 다양했었나? 놀라는 도훈에게 유진이 웃으며 자신도 그런 반응을 보인 적이 있었다고 말해 주었다. 수국들 사이로 줄지어 선 진한 보라색의 꼬리풀들을 보며 도훈이 귀엽다며 웃음을 터뜨리자 유진도 따라 웃었다.

유진이 독특한 모양의 나무들과 꽃 무리들을 눈으로만 담기는 아까워 휴대폰으로 촬영하려 하자, 도훈이 그러지 말고 그 옆에 앉으라며 자리를 마련해 주었다. 그러곤 전문 사진작가처럼 꽤 심오한 표정을 지으며 그녀와 배경을 렌즈 안에 담았다.

사진 촬영을 마친 두 사람은 수줍은 분홍빛의 상사화 무리를 지나 어느덧 연못 앞에 다다라 있었다. 도훈은 연못 속 넓은 연잎들 사이로 고아한 자태를 한껏 뽐내는 진분홍 수련에게서 눈을 떼지 못하는 유진을 사랑스럽게 보며 속으로 중얼거렸다.

당신과 나, 우리의 여름이 끝나지 않았으면 좋겠다고.

그날 저녁, 데이트를 마친 도훈이 집으로 돌아오자 용재가 기다리고 있었다. 소파에 느른하게 앉아 텔레비전을 보던 그가 도훈을 발견하고는 벌떡 일어섰다.

도훈이 물었다.

"언제 왔어?"

"30분쯤 전에요."

"오늘 늦을지도 모른다고 했잖아. 무슨 급한 일이기에 여기까지 왔어?"

"급한 일은 아닙니다. 그냥 지나가다 잠깐 들렀습니다."

"언제는 휴가 없다고 툴툴대더니. 막상 쉬라니까 쉬기 싫어졌어? 청개구리야?"

도훈이 미간을 좁히며 바라보자 용재가 어깨를 으쓱거리고는 묻는다.

"지사장님? 밖에서 기분 안 좋은 일 있으셨어요?"

"아!"

뭔가를 깨달은 듯 잠시간 멍해졌던 도훈이 작은 목소리로 되묻는다.

"내가 또 예민하게 굴었구나? 그렇지?"

"아니요. 그 정도까지는 아닙니다."

시간이 흐를수록 깊어지는 불안한 감정을 주체 못하고 이렇게 흘리고 다니는 자신이 한심하고 불만스럽다. 티 내지 않으려 하는데도 뜻대로 되질 않았다.

도훈이 씁쓰레하게 웃으며 중얼거렸다.

"나이 서른 넘어서 제 감정 하나 주체하지 못하고 신경질이나 내는 꼴이라니."

자조하는 말투에 용재가 호기심 가득한 눈길을 건네 왔다. 숨겨 봤자 숨겨질 감정도 아니고, 다른 사람도 아닌 용재 녀석에게는 말해도 될 것 같아 도훈은 속내를 털어놓았다.

"직원이 제출한 사직서를 수리하지 않으면 어떻게 되는 거지?"

"사직서에 승인 처리를 하지 않는다고 해서 그걸로 발목을 잡을 수 있다고 생각하는 건 아니시겠죠?"

"안 될까?"

"사람 마음을 움직이는 여러 방법 중에 가장 효과적인 게 뭐라고 생각하십니까? 진심입니다. 지사장님께서 진심으로 대하셨는데도 안 되는 인연이면 그뿐인 거겠죠."

"인연이라."

"네. 인연."

우리는 인연이라기보단 악연에 가깝겠지. 도훈이 곰곰이 되뇌다 대뜸 물었다.

"너 전에 보니 비빔면 잘 끓이더라?"

"제가 잘하는 게 어디 그거뿐이겠습니까?"

"그 거만함도 이번만은 용납해 주지. 씻고 나올 테니까 만들어 놔."

"배고프세요?"

"아니. 꼭 그런 건 아닌데 어딘지 모르게 허기진 느낌이라서."

"배는 안 고픈데 허기가 진다고요? 그럴 수도 있습니까?"

"난 두 개 먹을 거야."

"알겠습니다."

도훈이 샤워를 마치고 나오자 마침 용재가 대접에 옮겨 담은 비빔면 위에 계란 고명을 얹고 있었다.

"오오. 보기엔 그럴싸한데?"

"맛은 더 끝내줍니다."

도훈이 머리카락의 물기를 닦은 수건을 빨래 바구니에 넣고 식탁 의자에 앉자 용재가 짜자잔! 하고 감탄사를 내뱉으며 그의 앞에 대접을 내려놓았다.

"너는?"

도훈의 것보다 큰 대접을 식탁 위로 옮긴 용재가 의자를 당겨 앉으며 말했다.

"제 건 여기 있습니다."

용재의 대접 크기에 한 번 놀라고, 그 안에 담긴 비빔면 양에 두 번 놀란 도훈이 입을 쩍 벌리고 쳐다보다 물었다.

"넌 대체 몇 개를 끓인 거야? 이게 두 개인데, 네 건 족히 다섯 개는 되어 보인다?"

"하하. 눈썰미는 여전하시네요. 정확히 맞추셨습니다. 제 건 다섯 개, 지사장님 건 두 개 끓였어요."

"어휴. 짐승 같은 놈."

"비빔면은 최소 세 개 이상이 기본입니다. 지사장님이 소식하는 거죠."

"그래. 그렇다고 치자."

"그럼 맛있게 먹겠습니다."

크게 말한 용재가 한 젓가락을 뜨고는 세상 가장 행복한 표정을 지었다. 아이처럼 천진한 그의 표정에 도훈은 졌다는 듯 고개를 저은 뒤 젓가락을 움직였다.

오후조 근무인 유진이 리조트의 정문을 밀고 들어설 무렵 누군가 등 뒤로 가까이 다가서는 게 느껴졌다. 그저 뒤이어 들어오려는 고객이겠거니 생각하며 걷는데, 등 뒤의 상대방에게서 물씬 풍기는 술 냄새가 상당했다. 그가 숨을 쉴 때마다 미간이 찌푸려질 정도였다.

그런 그가 갑자기 그녀를 밀치고 앞으로 나아갔다. 술에 취해 누구를 밀쳤는지도 모르는 것 같아 보였다. 유진은 화를 내는 것보다 잊어버리는 게 정신 건강에 더 좋을 거라 생각하며 탈의실로 향하다 버럭 지르는 소리에 놀라 고개를 돌렸다. 조금 전의 그 남자가 데스크의 직원에게 크게 소리치고 있었다.

"내가 안도훈 동생 안도진이라고! 도대체 몇 번을 얘기해야 해?"

안도진? 도훈의 동생이라던 그 남자? 유진은 걸음을 멈추고 그의 행동을 지켜보았다. 데스크의 직원이 인터폰으로 도진의 방문이 약속된 것인지 확인하고는 곧 전화를 끊었다. 그러곤 말했다.

"죄송합니다. 간혹 선약도 없이 찾아오셔서는 무턱대고 지사장님을 찾으시는 분들이 있어 제가 착각했습니다. 가시죠. 지사장실로 안내하겠습니다."

"흐음."

남자가 직원을 따라 도훈의 집무실로 향했다. 그의 행동을 가만히 지켜보던 유진은 탈의실로 걸음을 옮겼다. 도훈이 남해에서 곧 같이 일하게 될 거라 말했을 때는 당장에 닥친 일이 아니라선지 와닿는 게 없었는데, 막상 마주하니 기분이 별로였다. 그나마 다행인 건 자신처럼 그 역시 그녀를 알아보지 못했다는 것이다. 차라리 이편이 나았다. 그에게는 까마득해졌을 옛 기억을 상기시켜 서로 얼굴 붉히는 것보다, 서로 모르는 사람인 채로 지내는 게 나을 것이다.

지사장실로 들어간 도진이 소파에 털썩 앉자, 도훈이 다가와 옆의 소파에 앉았다. 그에게 큰 기대는 없었지만 시작부터 이럴 줄은 몰랐다. 도훈이 그를 한심하게 쳐다보며 물었다.

"술 마셨니?"

"어. 한동안 이 촌구석에 틀어박힐 생각하니 맨정신으로는 잠이 안 와서."

대답한 도진이 대뜸 집무실 내부를 두리번거렸다. 그러곤 땅이 꺼져라 깊은 한숨을 내쉬고 중얼거렸다.

"내 이럴 줄 알았어. 예상했던 것보다 훨씬 더 구리네."

"여기서 지내려면 그런 건방진 말버릇은 고쳐 두는 게 좋을 거야."

"왜? 맘에 안 들면 아버지한테 이르게?"

"못할 것도 없지."

"그러기만 해 봐."

"그러니까 잘하라고. 적어도 형한테까지 쫓겨났다는 소리는 듣지 말아야 하잖아? 안 그래?"

도훈의 비아냥거림에 도진의 얼굴이 홧홧해졌다. 형이고 뭐고 당장에라도 때려눕히고 싶은 마음이 가득한데 그랬다간 빼앗긴 카드를 돌려받지 못하는 선으로 마무리되지 않을 것이 분명했다.

도훈이 냉랭한 어투로 말했다.

"마음에도 없는 반갑다는 인사는 접을게."

"그래. 뭐, 바라지도 않았어."

소파에 느긋하게 기댄 도진이 비틀린 입매로 거만하게 웃으며 어깨를 으쓱였다.

"객실 관리부에 자리 마련해 놨어. 열심히 해 봐."

"객실 관리부? 거기가 뭐 하는 덴데?"

"팀 막내가 뭐부터 하겠어? 제일 허드렛일부터 하는 거지."

도훈이 인터폰을 눌러 윤 비서에게 물었다.

"윤 비서님. 서 반장님 아직이십니까?"

— 곧 도착하실 겁니다.

"도착하면 바로 들어오시라고 해요."

— 알겠습니다.

도훈이 고개를 돌리자 도진이 험상궂게 노려보고 있었다.

"왜?"

"설마 뭐, 청소나 이런 거야?"

"잘 아네."

"정말 그 일을 시키겠다는 건 아니지?"

"나 바쁜 사람이야. 너하고 이렇게 앉아 있는 시간조차 아까운데 뭐 때문에 마음에도 없는 말로 시간을 허비하겠어?"

"형!"

"불리할 때만 형이라고 하는 습관은 고쳐야겠다."

도진이 화가 나 더 쏘아붙이려는데 문을 두드리는 노크 소리가 들렸다. 도훈이 말했다.

"들어오세요."

집무실로 들어온 이는 도훈의 예상대로 객실 관리 A팀 서영민 반장이었다. 40대 후반의 서 반장은 리조트에서 근무한 기간은 짧지만 업무 처리가 능숙하고 동료 직원들의 평이 좋아 도훈이 눈여겨보고 있는 직원 중 하나였다.

"오셨습니까?"

도훈이 서 반장을 반기며 자리에서 일어섰다. 여전히 거만한 자세로 소파에 앉은 도진을 슬며시 노려보자, 그가 못마땅한 표정을 지으며 따라 일어섰다.

도훈은 서 반장에게 도진을 소개했다.

"반장님. 내일부터 객실 관리 A팀에서 막내로 근무하게 될 안도진 씨입니다. 제 동생이에요. 낙하산 인사라 사실 조금 민망하긴 하지만 잘 부탁드립니다."

"네. 지사장님."

도훈이 도진을 향해 지시했다.

"안도진 씨. 인사드려요. 앞으로 안도진 씨에게 일을 가르쳐 주실 서영민 반장님이십니다."

도진은 못마땅한 기색을 고스란히 드러내며 가벼운 목례를 건넸다. 인사라고 말할 수도 없을 정도로 예의 없는 행동이었다. 도훈이 언짢은 기색을 숨기지 않은 채 솔직하게 말했다.

"그렇게밖에 못합니까? 제대로 인사 안 드려요?"

"괘, 괜찮습니다. 지사장님."

서 반장이 만류했지만 도훈은 도진을 노려보며 다시 인사하라는 뜻을 전했다. 도진이 이를 앙다물며 이번엔 고개를 깊숙이 숙여 제대로 인사를 건넸다.

"처음 뵙겠습니다. 안도진입니다."

그러자 난감해진 서 반장이 도리어 더 깊이 고개를 숙이며 답인사를 건넸다.

"네. 저는 서영민입니다."

"반장님. 안도진 씨, 아무것도 모르는 막내 직원입니다. 그러니 그렇게 깍듯하게 대하실 필요 없습니다. 마음 가는 대로 편하게 대하십시오. 그리고 안도진 씨는 제가 특별히 더 신경 쓰는 직원이니까 조금이라도 말썽을 일으키면 즉각 보고 부탁드립니다."

"알겠습니다. 지사장님."

"지사장 동생이라고 다르게 대해 주시면 저 화낼 겁니다. 잘하면 칭찬해 주시고, 못하면 두 배로 혼내서라도 제대로 가르쳐 주십시오."

"아니, 그래도 어떻게 지사장님 동생분을."

"지금부터는 제 동생이 아니라 직원 안도진일 뿐입니다. 잘 부탁드립니다."

"노력해 보겠습니다."

"노력은 안도진 씨가 해야 하는 거죠. 그럼 그만 나가 보십시오."

"네."

몇 번이나 등허리를 굽힌 서 반장이 먼저 집무실을 나섰다. 도훈은 도진을 향해 따라 나가라는 뜻의 고갯짓을 하며 물었다.

"안 나가?"

"나 진짜 저기서 일하라고?"

"귀먹었어? 왜 계속 같은 말 반복하게 해?"

"하아. 진짜."

"얼른 나가."

"두고 봐. 언젠가 꼭 갚아 줄 테니까."

이를 악문 도진이 그제야 서 반장의 뒤를 따라 나갔다. 도훈은 앞으로도 쉽지 않을 것 같아 벌써부터 머리가 지끈거렸다.

그날 저녁 여섯 시. 평소보다 일찍 퇴근한 도훈이 무거운 마음에 발끝만 보며 길을 걷는데 무언가가 신발 앞에 와서 탁 하고 부딪쳤다. 공이었다. 얇은 재질의 작은 농구공 하나가 발끝에 와 닿은 것이었다. 도훈은 공을 주워 들었다. 누구의 것일까? 궁금해하며 고개를 들어 보니 눈앞에 반가운 얼굴 하나가 그를 쳐다보며 서 있었다. 유진의 조카 승원이었다. 도훈은 손바닥으로 바닥에 공을 튕기며 승원에게로 다가갔다. 아이는 부끄러운 듯 연신 손톱을 깨물며 그의 눈치를 살피고만 있었다. 도훈이 아이의 눈높이에 맞춰 허리를 굽히며 물었다.

"이 공, 네 거야?"

"응."

승원에게 공을 건네준 도훈이 머리카락을 쓰다듬어 준 뒤 물었다.

"저녁은 먹었니?"

승원은 또 '응!' 하고 대답했다.

"혼자서 공놀이하고 있었어?"

"응."

"혼자서 하는 것보단 둘이서 하는 게 더 재미있을 것 같은데? 아저씨랑 같이 할래?"

심심하던 차였는지 승원이 활짝 웃으며 고개를 끄덕였다. 그러곤 손안의 공을 슬그머니 내밀어 보인다. 승원의 마음을 알아차린 도훈이 싱긋 웃으며 물었다.

"뭐? 나부터 시작하라고?"

승원의 끄덕임에 도훈이 환하게 웃으며 주위를 두리번거렸다.

"보자. 여긴 사람뿐 아니라 차들도 다니는 길목이니까 저쪽 공터에 가서 하자. 그 전에 할머니께는 따로 말씀드려야겠지?"

"응."

승원이 작게 고갯짓하는 것을 흐뭇하게 바라본 도훈은 곧바로 문영에게 전화를 걸었다. 승원은 문영과 통화하는 도훈을 기대 어린 얼굴로 물끄러미 바라보고 있었다.

"네. 제가 잘 데리고 가겠습니다."

문영의 허락을 받아 낸 도훈이 승원을 향해 싱긋 웃어 보였다.

"좋았어! 그럼 같이 놀아 볼까?"

도훈이 신이 난 목소리로 분위기를 고조시키자 덩달아 신이 난 아이가 웃으며 먼저 공터로 내달렸다. 아이의 걸음이 빨라 봤자 얼마나 빠르겠냐고 생각하며 느릿하게 따라 걷던 도훈은 점점 사이가 벌어지자 마음이 급해져 걸음의 속도를 높였다. 그러자 신나게 달리던 아이가 뒤돌아보곤 그를 향해 손을 흔들었다.

"빨리 오라고?"

아이가 고개를 크게 끄덕였다.

"알았어!"

도훈이 크게 외치고는 아이를 향해 빠르게 걸었다.

그로부터 약 40여 분 뒤. 와이셔츠 소매를 걷어 올린 상태의 도훈이 지친 기색 따위는 찾아볼 수 없을 정도로 해맑게 웃고 있는 승원에게 항복의 의미로 손을 들어 올렸다.

"아저씨가 졌다. 졌어. 너 왜 이렇게 잘 뛰니?"

승원이 씨익 웃었다.

"좋아. 아저씨가 졌으니까 승원이가 원하는 선물 사 줄게. 우리 승원인 뭐가 갖고 싶을까?"

대답이 어려울 것을 알기에 서글픈 질문이지만, 답하는 방법에는 목소리만 있는 게 아니니까. 도훈이 긍정적으로 생각하며 말을 이었다.

"지금 말하기 어려우면 곰곰이 생각했다가 대답해도 돼. 음…… 승원이가 아직 한글은 다 못 뗐을 테니까…… 그럼 어때니? 그림으로 알려 주는 거야. 승원이가 갖고 싶은 선물."

그러자 아이가 환하게 웃었다.

"알아들었지? 그럼 집에 가서 잘 생각해 보고 다음에 아저씨 만나면 대답해 주기다?"

"응."

"그럼 이제 그만 집으로 돌아갈까? 할머니, 할아버지 기다리시겠다."

도훈은 알겠다는 뜻으로 고개를 끄덕인 아이와 함께 집으로 향했다. 함께 걸으며 이장 아저씨도 만나고, 대추나무집 점순이 아주머니도 만나 인사를 나누었다. 짧은 기간 동안 참 여러 분들과 안면을 텄다 싶어 감회에 잠기는데, 갑자기 승원이 앞으로 달려 나가려는 것이 보여 얼른 붙잡았다.

"승원아? 왜? 쉬 마려워?"

고개를 저은 승원이 정면을 응시하고 있었다. 그들과 조금 떨어진 곳에 앞서 걷는 사람이 보였다. 뒷모습만으로도 꽤 젊은 여자라는 걸 알 수 있었다. 승원은 그 여자를 뚫어져라 쳐다보고 있었던 것이다. 도훈은 그제야 승원이 그녀를 유진으로 착각했음을 알아차렸다. 얼핏 보면 비슷한 부분이 없는 것은 아니었다. 길게 찰랑거리는 머릿결도 그렇지만 키와 몸매가 유진과 흡사했다. 하지만 유진은 아니었다.

승원을 돌려 세운 도훈이 허리를 살짝 굽혀 시선을 맞추며 물었다.

"승원이 저 사람이 이모인 줄 알았구나?"

"응."

"아니야. 이모는 아직 회사에서 일하고 있잖아. 거기다 어딜 봐서 저 사람이 이모야? 이모가 열 배, 아니, 백배는 더 예쁘겠다."

승원이 이해하기 어렵다는 눈으로 바라보자 민망해진 도훈이 피식 웃었다.

"왜? 아저씨 말이 틀렸어?"

그러자 승원이 부정의 뜻으로 고개를 저었다. 그 모습을 본 도훈이 속으로 '녀석, 보는 눈은 있구나?' 하며 몰래 웃던 그때, 승원을 찾으러 나왔던 문영이 그들을 발견하고는 소리쳤다.

"여기서 뭐 하고 있어?"

도훈이 굽혔던 허리를 세우며 문영을 반겼다.

"나오셨어요?"

"우리 승원이가 총각 귀찮게 하는 거 아닌가 해서 나와 봤어."

"아닙니다. 승원이 덕분에 제가 더 즐거웠어요."

"그렇담 다행이고. 아까 전화해서 같이 놀겠다고 할 땐 이게 무슨 뚱딴지같은 소린가 했는데 재밌게 논 모양이구먼?"

"네."

"고마워. 애들이랑 놀아 주는 게 쉬운 일이 아니잖아."

"아닙니다."

문영이 승원에게 물었다.

"승원이, 아저씨랑 재밌게 놀았냐?"

승원이 문영의 품으로 뛰어가 폭 안겼다. 문영은 자신의 품에서 아이를 떼어 내 얼굴을 살피다 이마에 잔뜩 배인 땀을 보며 흐뭇하게 웃었다.

"아주 신이 나게 논 모양이구먼. 이마에 땀 좀 봐. 아까 씻었는데 또 씻어야 겠어."

"그럼 저는 이만 들어가 보겠습니다."

"그래. 그나저나 오후부터 온다던 비는 어째 소식이 없네."

"그러게요."

"내 정신 좀 봐. 들어간다는 사람 붙잡고 뭐 하는 짓일까. 어여 들어가 봐."

"네. 그럼 들어가십시오."

"응. 승원이도 인사해야지?"

문영의 말에 승원이 두 손을 배꼽 근처에 얹고는 공손하게 인사를 해 왔다. 도훈은 그런 승원의 모습이 귀여워 저도 모르게 큰 소리로 웃음을 터뜨리고 말 았다.

도진이 리조트에 정식 출근한 지 며칠이 지난 어느 날이었다. 그가 급작스럽 게 지사장실을 찾았다. 윤 비서의 제지에도 불구, 노크도 없이 지사장실로 들어 온 그가 다짜고짜 도훈에게 소리쳤다.

"미쳤어?"

적잖이 놀란 도훈이 자신보다 더 당혹스러운 낯빛의 윤 비서에게 양해를 구 했다.

"윤 비서님. 잠깐 자리 좀 피해 주시죠."

"알겠습니다."

윤 비서가 비서실 밖으로 나가는 것까지 확인한 도훈이 접객용 소파로 옮겨 앉으며 도진에게 말했다.

"무슨 일인지 모르겠지만 처음이니까 봐주는 거야. 앉아. 앉아서 얘기해."

그의 말을 무시한 도진이 선 채로 소리를 질러 댔다.

"너 미쳤어? 어디 직원이 없어서 저런 여잘!"

"너야말로 제정신이야? 지금 나이가 몇인데 이런 행동을 해? 그리고 무턱대고 저런 여자라니? 누굴 말하는 거야, 대체?"

"반유진."

도훈의 눈이 충격으로 커졌다. 도진이 그녀를 기억할 줄은 몰랐는데 어떻게 알았을까?

도진이 낮게 깔린 목소리로 물었다.

"너는 다 알고 있었지?"

도훈은 그의 물음에 답하지 않았다. 그러자 도진이 더 세게 흥분하여 소리쳤다.

"알면서도 채용한 거야? 도대체 무슨 생각이야? 내가 쟤 보고 미쳐 돌아가는 꼴 보려고 일부러 그런 거냐고!"

도훈이 침착한 음성으로 대답했다.

"의외구나. 난 네가 왜 이렇게 흥분하는지 모르겠어."

"내가 못 알아볼 거라 생각했어?"

"어. 당연한 거 아냐?"

그러자 도진이 도훈과 마주 앉으며 화를 쏟아 냈다.

"내가 쟤를 어떻게 몰라봐? 저 얼굴을 어떻게 잊느냐고!"

"그런 인간이 지금껏 그따위로 살았어? 이해가 안 된다. 무엇보다 지금 난 반유진 씨의 존재가 네게 어떤 영향이라도 끼친다는 사실 자체가 더 놀라워."

도훈의 직설적인 물음에 도진은 말문이 막혔다.

"너 때문에 반유진 씨 가정이 어떻게 됐는지 한 번이라도 생각해 봤다면, 지금 내게 와 이렇게 화낼 일도 없었겠지."

"네가 뭘 안다고 함부로 지껄여? 나도 힘들었어! 나도 고통스러웠다고!"

"그래서 네가 한 게 뭔데? 술 마시고 친구들이랑 어울렸던 거? 그러면서 말썽이란 말썽은 다 일으켜서 집안 어지럽혔던 거? 고작 그 정도 가지고 너도 힘들었다는 말 하는 거 부끄럽지도 않니?"

"야!"

악에 받쳐 소리를 지른 도진이 건조한 시선으로 자신을 보고 있는 도훈에게 물었다.

"쟤 정말 저대로 둘 거야? 아니지?"

"너 아직도 뭐가 우선인지 모르겠어? 네가 정말 그때의 일을 후회하고 죄스럽게 생각한다면, 지금 해야 할 일은 이렇게 미친놈처럼 날뛰는 게 아니라 너만큼 불편할 반유진 씨를 모르는 척해 주는 거야."

"말이 되는 소리를 해. 쟤 볼 때마다 내 심정이 어떤지 알아? 머리칼이 쭈뼛거려. 피가 바짝바짝 마르는 것 같다고. 게다가 재수 없게 쌍둥이라니."

"안도진!"

도훈이 있는 힘껏 소리쳤다. 도진은 지금 선을 넘었다. 10년 전, 유진의 부모님 앞에 무릎 꿇고 울부짖었던 그이기에 그나마 최소한의 양심은 있을 줄 알았는데 아니었다. 그는 역시나 구제 불능이었다.

도진은 화가 잔뜩 난 도훈을 보고는 입을 다물었다. 도훈은 화를 잘 내는 편이 아니었다. 자제력이 보통 사람들의 몇 배는 되는 것처럼 늘 참는 게 익숙하고 자연스러워 보이는 사람이었다. 그런 그가 화가 나 소리치고 죽일 듯이 노려보고 있었다. 여기서 도훈을 더 자극해서 좋을 것은 없었다.

도진이 더는 자극하는 말을 않자 얼굴에 구멍이라도 뚫을 것처럼 사납게 노려보던 도훈이 천천히 표정을 지워 냈다. 그러곤 목구멍에 꽉 막힌 말을 끄집어내기라도 하는 것처럼 힘겹게 입을 열었다.

"네가 조금이라도 나아진 줄 알았다. 나가."

도진이 못 참고 철없는 아이처럼 입술을 비죽거리며 말했다.

"내가 틀린 말 한 건 아니잖아."

"못 알아들었어? 죽고 싶지 않으면 내 눈앞에서 당장 꺼져."

도진은 억울했지만 자리에서 일어서야 했다. 여기서 한 마디라도 더 붙였다간 도훈의 화를 감당할 수 없을 거라는 걸 누구보다 잘 알기 때문이었다. 아버지는 도훈의 이런 면 때문에 그를 믿고 존중하면서도 염려하셨다. 집안 말고는 기댈 곳이 없는 도진과 달리 도훈은 언제든 날아갈 준비가 된 것처럼 보였으니 말이다. 그래서 도진은 그가 더 싫었다. 자신의 부족함을 더 부각시키는 그라서, 모든 면에서 언제든 자신만만한 그라서, 도진은 안도훈이 미치도록 싫었다.

20
우리라는 이름

요 며칠 장대비가 계속되고 있었다. 올해 여름 태안에는 한 개의 태풍만이 조용히 스치듯 지나갔고, 뉴스에서는 눈앞으로 다가온 다음 태풍의 위력에 관해 쉴 새 없이 떠들어 대고 있었다.

오전조 근무를 마치고 돌아온 유진이 대문 안으로 들어서며 우산을 접었다.

"나 왔어."

"뭔 비가 이렇게 무섭게 내리는지."

한숨처럼 말을 내뱉는 문영의 옆에 어린 승원이 앉아 있었다. 오늘은 상담 치료가 있는 날이라 특별히 어린이집에서 일찍 돌아와 그녀를 기다리고 있던 차였다.

유진이 승원에게 물었다.

"승원이 밥 먹었어?"

승원이 웃으며 고개를 끄덕였다. 문영이 염려되어 물었다.

"날이 이리 험한데 병원은 갈 수 있겠나?"

329

"그래도 다녀와야지. 선생님 다음 주 휴가시라는데."

"다른 선생님께 치료받으면 안 돼?"

유진이 승원의 눈치를 살피며 작게 말했다.

"승원이가 다른 선생님을 불편해서."

"그래도 날이 이런데."

"슈퍼 앞 골목까지만 가면 택시 많이 다니니까 얼른 타고 다녀올게요."

"그래. 갈 건 가야지, 워쩌겠어. 승원이, 이모랑 병원 가야지?"

문영이 걱정되는 마음을 삼키며 아이를 챙기다 대뜸 유진을 향해 물었다.

"너는? 그러고 가려고?"

많이 젖었는데 옷이라도 갈아입으라는 뜻이었다.

"어차피 나가면 또 젖어. 겉에만 살짝 젖었으니까 너무 염려 마세요."

"하긴. 그것도 그러네."

문영이 승원을 한 번 더 살펴본 뒤 준비가 끝났다는 뜻의 눈길을 보내왔다. 그때까지 잠자코 기다리던 유진은 승원의 손에 작은 우산을 들려 주었다. 제 우산이 생긴 뒤로는 따로 쓰겠다며 칭얼거리는 탓에 오늘은 묻지도 않고 손에 쥐여 주었더니 승원은 신이 나 뛰쳐나갔다. 유진이 '조심해야지!' 하고 소리를 지르자 흠칫 돌아보긴 하였으나 곧 웃으며 다시 달려 나간다. 아이에게는 쏟아지는 비도 놀이의 일종인 모양이었다.

유진이 문영에게 인사했다.

"다녀올게."

"그래. 조심하고."

"걱정 말고 계세요."

문영을 한 번 더 안심시키고 집 밖으로 나온 유진은 승원이 제대로 가고 있는지 유심히 살피며 도훈의 집 담 너머를 흘긋거렸다. 어젯밤 그가 말하길, 오늘 일찍 마치고 올 테니 저녁에 데이트하자고 하였었다. '비가 이렇게나 쏟아지는데 데이트는 무슨.' 하며 속으로 중얼거리면서도 어쩐지 들뜨는 기분이었다.

몇 시간 뒤, 태안 시내의 병원.

사람 일은 참 알 수 없구나. 한 치 앞을 모른다는 게 이럴 때 쓰는 말이라고 생각 중인 유진의 눈두덩이 벌겋게 부어올라 있었다. 겨우 눈물은 멈췄지만 아직도 머릿속이 멍하고 정신이 없었다. 그런 그녀와 달리 환자용 침대에 누운 도훈의 표정은 다친 사람 같지 않게 너무도 평온하기만 했다. 어디 그뿐일까? 미안함에 고개를 떨어뜨린 그녀를 놀리기까지 한다.

"유진 씨 얼굴 되게 못생겨졌다."

그가 농담으로 던진 한마디에 유진의 입술이 삐죽거렸다. 도훈은 다친 자신보다 그녀가 더 걱정되어 말했다.

"왜 그렇게 넋을 놓고 서 있어요? 여기 와서 좀 앉아요."

도훈이 침대 위 빈 공간을 가리켰지만 유진은 고개를 저었다.

"미안해요."

"또 그 소리. 그 말 말고는 할 말 없어요?"

무슨 말을 하겠어요?

유진은 속으로 한탄을 삼켰다.

약 두 시간 전, 유진은 조카 승원과 함께 택시를 타려 정류장에서 기다리고 있었다. 때마침 외근에서 돌아오던 도훈의 차가 그들을 발견하고 근처에 정차했다. 차창을 내린 도훈이 병원까지 태워다 주겠다며 권유했지만, 유진은 바쁠 그를 배려해 제안을 거절했다. 몇 번의 실랑이가 오갔고, 갑갑해진 도훈이 직접 그들을 차에 태우려 뒷좌석에서 문을 열고 나오던 순간 사고가 발생했다. 좌측 골목에서 코너를 따라 돌며 내려오던 자전거가 빗길에 미끄러진 것이었다. 핸들을 놓아 버린 운전자는 바닥으로 굴렀고, 넘어진 자전거는 유진의 일행을 위협하듯 미끄러져 왔다. 상황을 확인한 도훈이 다급히 유진과 승원을 끌어당겨 안아 두 사람은 피해를 입지 않았지만 문제는 도훈이었다. 그들을 안아 보호하려다 주변의 전신주에 팔을, 멈춰 선 자전거 손잡이에 허벅지를 부딪쳤다. 도훈의 악 하는 비명 소리에 놀란 승원이 울음을 터뜨렸다. 목소리를 크게 내지는 못하지만 작게 웅얼거리는 정도는 하던 아이였기에 울음소리도 웅얼거림처럼 터져 나왔다. 도훈이 아픈 팔을 부여잡으며 승원부터 챙기고 나섰다.

"승원아? 괜찮아?"

"지사장님!"

차 안에서 전후 사정을 모두 지켜보던 용재가 다급히 뛰어나왔다.

하얗게 질린 유진이 멍하니 도훈을 바라보다 가까스로 정신을 차렸다. 통증에 고통스러워하는 게 빤히 보이는데도 시선은 줄곧 아이에게로 닿아 있는 그를 보니 화가 나 미칠 것 같았다. 유진이 내리는 비 따위는 아랑곳하지 않은 채 도훈의 몸을 살폈다.

"도훈 씨. 괜찮아요? 어디 봐요. 많이 다쳤죠?"

"지사장님. 괜찮으세요?"

용재가 끼어들어 도훈의 상태를 살폈다.

"나는 괜찮은데 승원이가……."

"승원인 괜찮을 거예요. 도훈 씨가 막아 줬잖아요."

유진이 도훈의 품속에서 덜덜 떨고 있는 아이를 가까이 당겨 상태를 확인했다.

"승원이 놀랐지?"

그러자 아이가 울먹이며 고개를 주억거렸다.

"어디 아픈 덴 없어?"

"응."

"아저씨가 승원이하고 이모 구해 주셔서 그래. 그런데 아저씨가 우리 때문에 다치셨나 봐. 이모가 아저씨 괜찮으신지 좀 봐야 하니까 승원인 잠깐 차에 가 있을래?"

유진이 도훈의 상태를 살피고 있는 용재에게 물었다.

"아이는 잠깐 차에 태워 둘게요."

"네! 그러세요."

차에 승원을 데려다 놓은 유진이 돌아와서 말했다.

"도훈 씨 병원부터 가야 할 것 같은데."

"나는 괜찮으니까 우선 저분부터."

도훈이 자전거 운전자가 나뒹군 지점으로 검지를 길게 뻗었다.

"지사장님이 지금 다른 사람 신경 쓰실 땝니까?"

용재가 버럭 화를 내었지만 도훈은 고개를 저었다.

"용재 네가 가 봐. 봐서 119에 신고라도 해야 할 거 아니야?"

"그놈의 오지랖은 정말."

용재가 씩씩대며 자전거 운전자를 챙기러 간 사이, 유진이 도훈을 챙겼다.

"어디를 다치신 거예요? 오른쪽 팔? 다리?"

"모르겠어요. 지금 오른쪽 팔이 너무 아파서."

"그럼 우선 왼쪽 팔로 저를 꼭 안으세요."

"안으라고?"

도훈이 짓궂게 바라보자 유진이 소리쳐 혼을 냈다.

"지금 그런 표정으로 바라보실 때가 아니라고요! 차에 타려면 저한테 기대셔야 할 거 아니에요?"

"용재야! 그 사람은 괜찮아?"

"그건 제가 알아볼 테니까 어서요!"

유진의 큰소리에 도훈이 다치지 않은 왼쪽 팔로 그녀의 어깨를 끌어안으며 몸을 기댔다. 유진이 말했다.

"이제 차로 갈 거예요."

"알았어요."

"조심조심. 조심해요."

유진은 도훈을 승용차 뒷좌석, 승원의 옆에 앉힌 뒤 용재가 있는 곳을 향해 뛰어갔다. 쏟아지는 빗줄기에 몸이 흠뻑 젖었지만 지금은 거기에 신경 쓸 여유가 없었다. 다행히 자전거 운전자는 크게 다치진 않은 상태였으나 도훈과 마찬가지로 부축이 필요했다. 용재가 부축하여 일으켜 세우자 그가 말했다.

"죄송해요. 빗물에 손이 미끄러지는 바람에."

"지금 그게 중요한 게 아닙니다. 바로 병원부터 가셔야죠. 유진 씨. 같이 부축해야 할 것 같은데 좀 도와줄래요?"

"네. 그럴게요."

두 사람은 고등학생 정도로 보이는 자전거 운전자를 부축해 조수석에 앉혔다. 유진은 뒷좌석 승원의 옆에 올라탔다. 그러자 승원이 이모의 배를 끌어안으며 안겨 왔다. 옆 좌석에서 그 장면을 지켜보던 도훈이 작게 중얼거렸다.

"자식. 부럽다."

유진이 지금 그런 장난을 할 때냐는 눈으로 그를 노려보았지만 도훈은 아랑곳하지 않고 마주 보며 웃는다. 그러곤 용재를 향해 지시했다.

"용재야. 자전거는?"

"지사장님! 지금 자전거가 중요합니까?"

"용재야."

"걱정 마십시오. 제가 방금 트렁크에 실었으니까요."

"저 때문에…… 죄송합니다."

조수석에 앉은 자전거 운전자가 풀 죽은 목소리로 사과했다. 그러자 도훈이 안심하라는 뜻으로 부드럽게 대답했다.

"옆에 앉은 녀석 말은 신경 쓰지 말아요. 빗길에 일부러 미끄러진 것도 아닐 텐데 그렇게 미안해할 필요 없습니다."

"그래도 다치셨잖아요."

"저야 뭐. 승원이와 우리 유진 씨가 안 다쳤으니 그걸로 됐습니다."

도훈이 유진을 바라보며 한쪽 눈을 찡긋거렸다. 유진은 그가 자신을 편하게 해 주려 그런다는 것을 알면서도 화가 났다. 지금 자신이 가장 많이 다쳤는데 어디서 남 걱정을 하고 있는 건가 싶었다. 그래서 그의 마음을 잘 알면서도 끝내 웃어 줄 수가 없었다.

안전벨트를 착용한 용재가 룸 미러로 도훈을 살피며 말했다.

"병원으로 출발하겠습니다."

"그래. 빨리 가자. 아파서 죽을 것 같아."

"말씀하시는 걸로 봐선 멀쩡해 보입니다만, 그래도 다치셨으니 규정 속도 내에서 최대한 빨리 달려 보도록 하겠습니다."

병원 휴게실.

유진은 자판기에서 캔 음료 한 개를 뽑아 와 도훈의 옆 좌석에 앉았다. 그러곤 가져온 캔 음료 한 개의 마개를 열어 도훈의 앞 간이 테이블에 놓아 주었다. 기다렸다는 듯 빠르게 한 모금을 마신 그가 유진을 향해 싱긋 웃어 보였다. 하지만 그녀는 깁스를 한 그의 팔을 보자 걱정이 되어 따라 웃을 수가 없었다. 도훈이 심각한 표정의 그녀를 향해 낮게 소곤거렸다.

"좀 웃어 봐요."

"웃음이 안 나와요."

"어떻게 하면 웃을 거예요? 나 여기서 춤이라도 출까?"

"됐어요."

"내가 못할까 봐 그래요? 나 할 수 있다니까? 유진 씨 웃게 하려면 내가 뭐든—"

유진은 정말 춤이라도 춰 보일 기세로 의자에서 일어서려는 도훈의 옷자락을 붙잡았다.

"알았어요. 그만해요."

못 말린다는 듯 피식 웃어 버린 그녀가 말했다.

"내 도움 필요하면 언제든지 전화해요. 알았죠?"

"알았다니까."

도훈이 여전히 걱정스러운 그녀의 표정을 안타깝게 바라보며 말했다.

"내 여자 친구는 웃을 때가 훨씬 예쁜데."

내 여자 친구라는 표현에 기분이 좋아진 그녀가 진심으로 입술을 늘이며 환히 웃었다. 그러자 그가 따라 웃으며 소곤거렸다.

"거봐. 이렇게 예쁘다니까."

유진의 입술을 빠르게 훔치고 달아난 그가 돌처럼 굳어 있는 그녀를 사랑스럽게 바라보며 물었다.

"그만 일어날까요?"

잠시 후 두 사람이 휴게실에서 돌아오니 용재가 퇴원 수속을 마무리하고 병실에 와 있었다. 도훈이 물었다.

"계산은 끝난 거야?"

"네."

도훈이 침대 위에 살짝 걸터앉으려다 간이 테이블에 얹힌 한약 상자를 발견하고는 물었다.

"저건 뭐야?"

"조금 전에 성진 학생 부모님께서 다녀가셨어요."

"그 자전거 운전한 학생 부모님?"

사고가 있던 날. 얼핏 보아도 어려 보이던 자전거 운전자는 실제로도 아직 고등학교에 재학 중인 학생이었다. 그 학생의 부모님이 사고 직후 도훈의 병실을 한 번 찾았었고, 오늘이 두 번째였다.

용재가 대답했다.

"네. 지사장님 오시면 만나고 가시는 게 어떻겠냐고 말씀드렸는데, 그냥 저것만 전해 주고 가겠다고 하셔서 그러시라고 했습니다."

"나 먹으라고 한약을 지어 오신 거야?"

"네. 골절과 찰과상, 그리고 타박상에 좋은 약이니 빼먹지 말고 꼭 챙겨 드시랍니다."

"언제 다녀가셨는데? 오래됐어?"

도훈이 지금이라도 내려가 뵐 생각으로 일어서려 하자 용재가 말리며 말했다.

"지금 내려가도 못 만나세요. 아마 지금쯤이면 그분들 차가 병원 앞 삼거리에서 우회전 신호 받고 있을걸요."

"흐음."

"전 그럼 먼저 가 볼게요."

유진이 병실 내 소파에 두었던 핸드백을 챙겨 들자 도훈이 언짢은 기색으로 물었다.

"환자 두고 어딜 가요?"

"회사 가야죠."

"오늘 근무예요? 그런 말 없었잖아?"

"지난 며칠간 휴가 썼으니 이제 출근해야죠."

"왜 미리 말 안 했어요? 이럴 줄 알았으면 병원에 오란 소리 안 했을 텐데. 저녁에 근무하려면 피곤해서 어떡해?"

옆에서 유진을 걱정하는 도훈을 보던 용재가 입술을 삐죽이곤 말했다.

"지사장님께서 이렇게 오매불망 반유진 씨만 목 빼고 기다리시는데 어떻게 그럴 수 있겠어요?"

용재가 투정이 늘어난 도훈을 슬며시 흘겨보자, 민망해진 유진이 흠, 흠, 헛기침 소리를 내고는 말을 돌렸다.

"그럼 실장님. 지사장님 좀 부탁드릴게요."

"그러지 말고 내 차 타고 가요. 어차피 가는 방향이잖아?"

도훈이 함께 움직이자는 뜻을 비쳤지만 유진은 딱 잘라 거절했다.

"저는 그냥 버스 타는 게 좋을 것 같아요."

"왜 이렇게 튕기는 거지? 아픈 사람한테 좀 져 주면 안 되나?"

"죄송해요. 오늘은 진짜 먼저 가 봐야 할 것 같아요. 나중에 연락할게요."

유진은 용재에게 눈인사를 남기고 급히 병실을 빠져나갔다. 아쉬운 마음에 유진이 나간 자리를 빤히 쳐다보는 도훈을 못마땅하게 바라보며 용재가 물었다.

"지사장님. 회사에 두 분 사이 소문 다 난 거 모르시죠?"

"소문?"

도훈이 뜬금없어하자, 용재가 그의 소지품을 가방에 넣으며 말했다.

"퇴근하던 직원 몇몇이 리조트 근처에서 난 자전거 사고를 눈으로 목격했다더라. 길가에 서 있던 어떤 젊은 여자와 아이가 미끄러지는 자전거에 다칠 뻔했는데, 옆에 있던 젊은 남자가 보호해 줘 괜찮았다더라. 그런데 그 남자가 아라리조트 지사장인가 보더라. 그뿐이냐? 여자도 리조트 직원인데, 다친 남자를 보던 눈빛이 직장 상사를 보는 것 같지는 않더라. 뭐 이런?"

"고로 그 남자와 여자가 심상치 않은 관계 같더라. 이 말이야?"

"네. 아주 시끌시끌해요."

"긍정적? 부정적? 어느 쪽 비중이 높은 것 같아?"

"그야 당연히."

용재가 갑작스레 하려던 말을 멈추자 도훈이 어깨를 으쓱였다.

"뭐든 좋으니까 얘기해 봐."

"부정적이죠."

"왜지?"

"몰라서 묻습니까? 사내에 지사장님께 흑심 품은 여직원들이 어디 한둘인 줄 아세요?"

"그뿐이야?"

"그뿐이면 다행이게요. 저도 이번에 안 사실인데 남자 직원들 사이에서 유진 씨 평판이 엄청 좋던데요? 아깝다, 그리고 왜 하필 지사장이냐? 설마 둘이 잘되겠냐? 등등?"

"그래서 결론은? 우리 둘이 잘못되면 좋아할 사람들밖에 없다는 뜻이네?"

"아마도 그렇겠죠?"

"그 사람들 좋을 일은 안 하고 싶은데."

"지금 분위기로 봐서는 그런 일 절대 없을 것 같은데요?"

용재가 자신의 장난스러운 질문에도 대답이 없는 도훈을 이상하게 여겨 물었다.

"괜찮으세요?"

"뭐가?"

"표정이 안 좋으셔서요. 그러게. 제가 말씀드렸지 않습니까? 사내 연애, 만만치 않다고. 특히나 지사장님과 반유진 씨라면 오죽 말이 많겠냐고요⋯⋯."

도훈이 말끝을 흐리는 용재를 따스하게 바라보며 물었다.

"걱정해 주는 거야?"

"아닙니다. 우리 사이에 무슨."

"쑥스러워하긴."

피식 웃던 도훈의 표정이 점차 어둡게 가라앉았다. 침대 옆의 캐비닛을 열어 세면도구들을 챙기던 용재는 수심에 찬 그의 표정을 의아하게 생각했지만 이유를 알아차릴 수 없어 갑갑할 뿐이었다. 도훈이 침울해진 목소리로 중얼거렸다.

"이런 기분이구나."

"네?"

"이런 기분이었어."

"무슨 말씀이세요?"

용재가 하던 일을 멈추고 뒤돌아섰다. 침대 끄트머리에 걸터앉은 도훈이 발끝을 내려다보며 쓸쓸하게 중얼거리고 있었다.

"궁금했거든. 내가 그 여자의 남자라는 걸 인정받는 느낌은 어떤 것일까?"

"좋으신 거 아닙니까? 제가 보기에 지사장님은 그다지 숨기고 싶지 않아 하셨던 것 같은데. 아니에요?"

"좋아."

"그런데 왜 그런 표정을 지으세요?"

기쁘다고 하면서도 곧 울음을 터뜨릴 것 같은 그의 표정에 용재가 혼란스러워져 물었다.

"그 여자. 나 없이도 괜찮을까?"

"아까부터 무슨 뚱딴지같은 소리만 하세요?"

"아니. 내가 그 여자 없이 살 수 있을까?"

"지사장님?"

"도진이 10년 전 사고, 기억해?"

"갑자기 그 얘기를 왜. 그걸 어떻게 잊겠습니까?"

용재는 그때의 기억을 떠올리는 게 달갑지 않은 듯 언짢은 기색을 내비쳤다. 그런 용재에게 도훈이 처음으로 유진에 관해 제대로 말하기 시작했다.

"반유진. 그 여자가 사고 피해자 언니야."

"뭐라고요?"

무슨 그런 말도 안 되는 소리를 하냐며 미간을 찌푸리던 용재가 도훈의 심각한 표정을 확인하고는 떨리는 목소리로 재차 확인하듯 물었다.

"지, 진짭니까?"

"나도 거짓말이었으면 좋겠다."

"말이 안 되지 않습니까? 아니, 어떻게 반유진 씨가."

이 사실을 받아들이기 힘든 건 용재도 마찬가지였는지 도훈에게 농담이 아니냐고 몇 차례나 물었지만, 돌아오는 말은 없었다. 용재가 진지하게 물었다.

"혹시 지사장님. 처음부터 다 알고 만나신 겁니까?"

이번에도 도훈에게서는 대답이 없었다.

"다 알고도 만나신 거냐고요? 네?"

"……응."

"지사장님 제정신이세요? 그걸 알고도 어떻게. 어떻게 그러실 수가."

용재가 버럭 화를 내며 큰 손바닥으로 자신의 머리카락을 마구 흐트러뜨렸다. 그러다 문득 떠올랐다는 듯 눈을 동그랗게 키우며 경악에 찬 목소리로 물었다.

"반유진 씨는요? 유진 씨도 알아요? 두 사람 관계. 둘이 그런 사이라는 거 다 아냐고요."

"알아."

"와, 진짜! 둘 다 미쳐도 단단히 미친 거 아닙니까?"

"그래 보여?"

"네. 그래 보입니다. 어쩌시려고 그래요? 끝이 어떨지는 빤하잖아요? 누구보다 두 사람이 더 잘 알잖아요!"

"왜 그렇게 화를 내? 내가 그렇게 잘못한 거야?"

"네! 잘못했어요, 아주!"

용재가 목소리를 키워 말을 이어 갔다.

"이런 상황에 이 말을 하게 될 줄은 몰랐지만, 저 지사장님 좋아합니다."

"갑자기 고백이라도 하는 거야? 내 취향은 그쪽이 아닌데?"

용재는 도훈이 농담처럼 넘기려는 것을 그냥 두지 않았다.

"지사장님이 어떤 환경에서 자랐고, 어떻게 여기까지 왔는지 제일 가까운 곳에서 지켜본 사람이 저예요. 최근 몇 년간 너무 일에만 매여 있는 모습이 안쓰러워서 연애도 좀 하라는 제 말에 지사장님 뭐라고 하셨어요? 몇 번 해 봤는데 별로였다고. 또 그따위 감정에 소비할 여력 없다고 그러셨잖아요. 그 이유, 제가 모를 거라 생각하셨어요?"

폭발한 듯 쏟아지는 용재의 말을 도훈은 잠자코 듣고만 있었다. 용재 또한 대답을 바라고 한 물음은 아니었기에, 쉬지 않고 속내를 털어놓았다.

"지사장님 부모님 때문이잖아요. 두 분이 지사장님 마음에 그런 생채기 남겨 놓아서, 그래서 누구를 만나도 깊이 마음 주지 못한다는 거 잘 알고 있습니다. 또 사랑이란 감정 자체에도 부정적이셨죠. 그래서 항상 속으로 바랐어요. 제발 그 마음 녹여 줄 좋은 사람 만나게 해 달라고요. 그래서 지사장님이 반유진 씨 좋아한다 하셨을 때, 겉으로는 아닌 척했지만 속으론 정말 기뻤습니다. 제게 누군가가 좋아졌다고 말한 건 처음이었으니까요. 그런데 이게 뭡니까? 끝이 안 좋을 게 뻔한 길로 왜 들어선 거냐고요? 지사장님 그 정도로 사리 분별 안 되는 분 아니지 않습니까?"

"용재야."

"네!"

"고맙다."

"지금, 지금 그런 말을 하실 게 아니라."

"진심이야. 지금까지는 막연하게 생각하고 있었거든. 이 길의 끝이 어디일지 알면서도 애써 외면해 왔어. 그런데 네 말 들으니 실감이 난다. 내가 무슨 짓을 하고 있는지."

"지사장님. 반유진 씨 좋은 사람인 건 맞지만 지사장님과는……."

도훈이 침대에서 일어서 앞에 선 용재의 어깨를 손바닥으로 위로하듯 두드리고는 말했다.

"그쯤 하면 됐어."

"아니요. 저는 아직—"

"이제 뭘 해야 할지 확실히 알겠어."

"어떻게 하실 생각이신데요?"

"사랑해야지. 이 감정이 모두 소진될 정도로 열렬하게. 그리고 뜨겁게."

우리에게 남은 시간이 헛되지 않게, 몹시도 뜨겁고 애틋하게. 다짐한 도훈이 용재가 이제껏 본 중 가장 환히 웃었다. 더 이상의 어떤 말도 그에게 아무런 의미가 되지 못함을 깨달은 용재가 고개를 떨구었다. 도훈은 그런 그의 어깨를 살며시 힘을 주어 잡았다 놓은 뒤 퇴원하기 위해 환자복을 벗기 시작했다.

리조트에 출근한 유진은 유니폼으로 갈아입기 위해 탈의실로 들어갔다. 그러자 여기저기서 웅성대던 목소리들이 약속이라도 한 듯 일시에 멈췄다. 유진은 지금껏 한 번도 겪어 보지 못한 일이라 당황스러웠지만 내색할 수도 없었다. 그때 그녀를 뒤따라 들어오던 현아가 부러 큰 소리로 말을 꺼내기 시작했다.

"생각해 보니 이상하긴 했어."

"뭐가?"

영문을 알 리 없는 유진이 의아해하며 묻자 현아가 자신의 캐비닛을 열며 대답했다.

"지사장님 말야. 종종 데스크에 들러 시시한 농담 던지셨던 것도 다 너한테 마음이 있어서 그랬던 거잖아? 그렇지?"

"야!"

누가 듣기라도 하면 어쩌나 걱정된 유진이 낮게 소리쳤지만 현아는 오히려 다 들으라는 듯 더 큰 소리로 물었다.

"그때부터 널 좋아하신 걸까?"

"왜 그래, 진짜?"

"아니다. 그 전에, 리조트 지사장직 맡기 전부터 너한테 밥 한 끼 먹자니 어쩌니 하면서 막 그랬었던 것도 다 너한테 호감 있어서 그랬던 거 아니야? 지사장님, 보기보다 음흉한 구석이 있었잖아?"

"쉿. 조용히 좀 하라고."

그러자 현아가 유진만 들을 수 있을 정도의 목소리로 소곤거렸다.

"계집애야. 이래야 네가 꼬리 쳤니 어쩌니 하는 개소리가 조금이나마 줄어들 거 아니야?"

"그런 거 상관없어."

"상관없긴. 얼굴이 허옇게 질려서 지금 그런 말이 나오니?"

퉁명스럽게 소곤거린 현아가 다시 목소리를 높였다.

"엄마 말 틀린 데 하나 없다."

"갑자기 무슨 소리야?"

"우리 엄마가 그랬거든. 식당에 둘이 와서 밥 먹던 날, 지사장님이 널 홀린 듯이 쳐다보더란다."

"없는 말 지어내지 마."

"사실이야. 궁금하면 가서 여쭤보든지. 궁금한 건 직접 물어봐야 확실한 거잖아? 누구처럼 뒤에서 구시렁댈 게 아니라. 안 그래?"

현아가 다 들으라는 듯 말하자, 다시금 소곤거리던 목소리가 일시에 잦아들었다. 유진이야 얼굴이 벌겋게 달아오르건 말건, 현아는 속이 시원하다는 표정이었다.

사실 현아는 도훈이 다쳐 입원한 후로 며칠째 뒤에서 수군대던 목소리들 때문에 화가 폭발할 지경이었다. 효연이 유진 몰래 나서 사람 사이의 감정 가지고 뒤에서 수군대는 거 아니라고 일침을 놓자 잠시 사그라드는 것 같더니, 다시 또 시작이었다. 물론 이런다고 해서 조용히 입 닫을 사람들이 아니라는 것을 잘 알지만 현아 입장에서는 이렇게라도 해야 속이 시원할 것 같았다.

그날 퇴근 후, 유진은 아이스크림 가게에 들렀다. 얼마 전 승원이 먹던 아이스크림을 한 입 얻어먹으며 즐거워하던 도훈의 모습이 기억나서였다. 그곳에서 그가 좋아할 법한 몇 가지 맛의 아이스크림을 사고, 베이커리에 들러 그가 내일 출근 전에 먹기 좋을 만한 샌드위치도 구입했다.

퇴원 후 며칠 더 쉬면 좋으련만. 지사장이라는 직책은 그를 편하게 놔둘 생각이 없는 모양이다. 덕분에 그는 내일 아침부터 정상 출근을 해야 했고, 모레부터 이틀간은 타지방으로 출장 계획도 잡혀 있었다. 그런 사람을 다치게 했으니 미안한 마음이 나날이 늘어만 간다.

유진의 걱정과는 달리 도훈은 깁스를 한 팔을 제외하고는 멀쩡해 보였다.

화장실에서 나오던 그가 집 안으로 들어오는 유진을 발견하고는 눈이 휘게 웃었다.

"와. 이젠 벨도 안 누르고 들어오네요? 자기 집인 것처럼?"

"현관문이 열려 있어서요."

"밖에 아직도 비 많이 와요?"

도훈이 다치지 않은 손을 들어 그녀의 머리카락에 튄 빗방울을 살며시 털어내며 물었다.

"조금이요. 팔은 어때요? 많이 불편하죠?"

"깁스는 이번이 처음인데, 생각보다 불편한 점이 많긴 하네요."

"그래요? 어떡해요?"

"어떡하긴 뭘. 유진 씨가 도와주면 되잖아요."

"그래요, 그럼. 저희 때문에 다치셨으니. 아! 가서 승원이도 데리고 올까요? 저보다는 승원이가 더 큰 도움을 받은 것 같은데."

유진의 농담에 도훈이 그것만은 사양한다는 뜻으로 손을 저었다.

"아니요. 나는 유진 씨만으로 충분합니다."

"저녁은 먹었어요?"

"용재가 챙겨 주고 갔어요. 팔 하나 다친 것뿐이니 신경 쓰지 말라는데도 기어코 나가서 도시락을 사 가지고 왔더라고요."

팔 하나 다친 것뿐이라니. 그런 사람이 입원까지 한단 말인가. 일부러 가볍게 말하는 도훈을 나무라듯 새침한 얼굴을 해 보인 유진은 타이르듯 말하였다.

"비서실장님께 투덜대지 좀 마요. 그분만큼 도훈 씨 잘 알고 챙겨 주는 분도 없잖아요."

"알아요. 그렇지만 적정선이 있어야 해요. 안 그랬다간 당장에 짐 싸서 쳐들어올 녀석이거든."

"혼자보단 둘이 낫지 않아요?"

"둘이 낫겠죠. 그렇지만 내가 함께 살고 싶은 사람은 용재가 아니니까."

지그시 바라보는 도훈의 눈 속에 함께하고 싶은 이가 고이 담겨 있었다. 그가 지칭하는 사람이 자신이라는 것을 모를 리 없는 유진이 민망하여 다른 얘기로 화제를 돌렸다.

"아이스크림 다 녹겠다. 지금 드실래요?"

"아이스크림 샀어요?"

"네."

"안 그래도 입이 심심하던 차인데. 잘됐네요."

두 사람은 거실 소파에 나란히 앉았다. 유진이 일회용 스푼을 뜯어 건네주려 하자 도훈이 다소 황당하다는 표정으로 바라보며 물었다.

"나보고 직접 떠먹으라고?"

"그럼요?"

잠시 빤히 쳐다보던 유진이 경악한 표정을 지으며 물었다.

"지금 다친 팔 때문에 남은 손으로 숟가락질도 못한다고 하시려는 건 아니죠?"

"맞아요. 나 오른손잡이인데 지금 오른손 다쳐서 숟가락 못 들잖아요."

"남은 왼손은 뭘 하는데요?"

"걔야 자기 맡은 일 하겠죠."

"지금은 딱히 맡은 일이 없어 보이는데. 숟가락 정도는 들 수 있겠죠?"

그러자 도훈이 왼손을 뻗어 유진의 허리를 품 안으로 당겨 안으며 말했다.

"자. 이제 남은 손 없어요. 봐요."

"와. 어이없어. 이런 억지가 어디 있어요?"

"빨리 아이스크림이나 줘요. 다 녹아서 흐물흐물한 거 딱 질색이란 말야."

유진이 그래, 이번만 봐준다는 심정으로 아이스크림을 떠먹여 주었다.

"어때요? 맛있어요?"

"네. 유진 씨도 먹을래요?"

"당연하죠. 저도 아이스크림 좋아하거……"

유진의 말이 채 끝나기도 전에 도훈이 그녀를 더 가까이 당기더니 진하게 입을 맞추었다. 그의 입 안에서 녹은 아이스크림의 맛이 유진의 입 안으로 고스란히 전해져 왔다.

잠시 후 입맞춤을 끝낸 도훈이 촉촉한 혀로 그녀의 입술을 슥 핥고는 아이처럼 장난스럽게 웃었다. 그의 갑작스러운 행동에 당황했던 유진이 참았던 숨을 내쉬며 슬며시 노려보았지만 그는 오히려 보란 듯이 다시 입을 벌린다.

"아! 아이스크림 줘요."

"안 줄래요."

"유진 씨가 먹고 나눠 줘도 좋은데."

"음흉해!"

"그걸 이제 알았나?"

유진은 입을 벌리고 기다리는 도훈을 어이없이 보다 끝내 웃어 버리고야 말았다.

　도훈이 업무에 복귀한 첫날. 윤 비서는 그간에 있었던 중요한 몇몇 사안을 보고한 끝에 도진에 관한 이야기를 전해 왔다. 예상대로 듣기 불편한 내용들이었다.

　도진이 함께 일하는 동료 직원의 나이가 많건 적건 하대하며 대하는 일이 잦았고, 출퇴근 시간은 제대로 지키지만 맡은 바 일은 건성으로 하는 바람에 동료들 사이에서 불만이 많다는 내용이었다.

　얼마 전 도훈이 자전거 사고로 며칠간 병원에 입원했을 때 도진이 잠깐 병문안을 왔었다. 아버지 성화에 어쩔 수 없이 왔다며 툴툴거렸지만 그래도 와 준 게 어딘가 싶었다. 그래서 조금쯤은 달라졌기를 기대했던 모양이다. 실망감에 씁쓸함이 커진다. 도훈이 아직 앞에 서 있는 윤 비서에게 물었다.

　"안도진 씨 지금 출근해 있습니까?"

　"네. 이번 주는 오전조 근무라 이미 출근했습니다."

　"세탁실 근무라고 했나요?"

　"그렇습니다."

　도훈이 의자에서 일어서자 윤 비서가 눈을 키우며 물었다.

　"직접 가 보시게요?"

　"네. 식음료 팀 회의는 20분만 늦춰 줘요."

　"알겠습니다."

　도훈은 벗어 두었던 슈트 재킷을 어깨에 걸치고 집무실을 나섰다.

　도진은 세탁실 밖의 구석진 공터 벽에 기대서서 담배를 피우고 있었다. 직원들 오가는 곳에 서서 담배를 물고 있는 꼬락서니라니. 객실 관리 팀의 어느 직원도 저 정도로 건방지게 굴지는 않을 것이라는 생각에 도훈이 기가 막혀 빤히 쳐다보고 있으니, 도진이 그를 발견하고는 입매를 비틀었다. 그러곤 손에 든 담배를 바닥에 던지더니 신발 바닥으로 꾹꾹 비벼서 껐다. 그가 도훈을 향해 비아냥거렸다.

"바쁘신 지사장님께서 이 누추한 곳까지 어쩐 일이십니까?"

도진의 앞으로 다가선 도훈이 그의 주머니를 뒤져 담뱃갑을 빼냈다. 그러자 당황한 도진이 버럭 소리를 질렀다.

"지금 뭐 하는 거야!"

"고객께서 사용할 세탁물을 취급한다는 녀석이 아주 잘하는 짓이구나."

"어휴. 아버지나 너나, 된 사람인 척하는 거 아주 지긋지긋하다 진짜."

"칭찬하러 왔어."

"뭐래?"

"출퇴근 시각 안 어기고 잘 지키고 있다면서? 대견해."

"지금 그따위 표정에 그 말이 어울린다고 생각하냐?"

도진이 마땅찮은 표정으로 자신을 칭찬하는 도훈을 보며 미간을 찌푸렸다.

"아니. 아무리 안 그러려고 해도 속마음이 튀어나오는 건 숨길 수가 없나 봐."

"쳇. 미친."

"나는 네가 이틀도 안 돼서 뛰쳐나갈 줄 알았는데 보기보단 끈기가 있는 것 같아서. 잘하고 있는 건 칭찬해 줘야지."

"그럼 내가 못하고 있는 건?"

"내 입으로 직접 말해 주지 않아도 잘 알지 않나?"

도진은 자신의 눈을 끊임없이 응시하는 도훈이 부담스러워 고개를 돌리며 헛기침을 했다.

도훈이 단호하게 말했다.

"내가 다시 여기 내려오는 날은, 네가 서울로 올라가는 날이 될 거다."

"그럼 그렇지. 차라리 욕을 하지 그래? 소리를 지르라고! 아무렇지 않은 표정으로 그런 말 하는 게 얼마나 꼴같잖은지 너는 모르지?"

"일해라."

"그렇게나 일, 일 하시는 분께서 어쩌다 직원하고 그렇고 그런 사이가 되셨을까? 그것도 하필 그 여자애하고 말이야."

도진이 유진과의 소문을 비꼬아 언급했다. 도훈은 반응하고 싶지 않아 무감하게 대꾸했다.

"네 입에서 그 얘기 듣고 싶지 않으니까 그만해라."

도진이 벽에서 등을 떼고 바로 서며 물었다.

"왜? 네 마음대로 지껄이는 건 상관없고, 내가 네 소문에 관해 말하면 잘못된 거야? 말해 봐. 진짜 그렇고 그런 사이야?"

"그만해."

도진이 도훈의 코앞까지 다가와 얼굴을 들이밀었다.

"너 돌아도 단단히 돌았지? 어쩐지 이상하다 생각했어. 네가 왜 그렇게 그 여자 편을 드는지 이해가 안 됐는데, 이제 확실히 알겠어."

"내가 유진 씨와의 관계 때문에 너에게 화를 냈다고 생각하니?"

"그럼? 아니라고? 아니라면 변명이라도 해 봐."

"그 일과 이 상황을 그렇게 결부해서 해석하면 네 마음이 좀 편해지나? 죄책감이 덜어져? 그렇다면 계속 그렇게 생각하든지."

"야!"

도진이 발끈하여 목청을 키우자, 도훈이 화를 참으며 낮게 깔린 목소리로 말했다.

"한 가지만 해. 네 기분 내키는 대로 아무렇게나 부르지 말고. 한 번 더 제대로 된 호칭 안 쓰면 그땐 네 상황이 어떻게 될지, 굳이 입 아프게 말하진 않을게."

"지금 협박하냐? 치사하게?"

"글쎄? 네가 하루라도 빨리 내 눈앞에서 사라지길 바라는 마음에 한 소린데. 뭐, 협박처럼 느껴졌다 해도 어쩔 수 없고."

"대체 무슨 생각이야? 진짜 걔랑 끝까지 갈 거 아니지? 그랬다간 봐! 그땐 이렇게 안 참아!"

끝이라는 단어에 도훈의 눈동자가 흔들린다. 그 끝이 뭔데? 대체 그 끝에 뭐가 있는 건데? 도훈은 녀석의 멱을 쥐고 소리치고 싶었지만 그래 봤자 달라지는 것은 아무것도 없을 것이다.

녀석이 행복해할 말 따위는 해 주고 싶지 않았다. 네가 원하지 않아도 네가 바라는 결론으로 나아갈 수밖에 없다는 말 따위는 죽어도 하고 싶지가 않았다.

그 탓에 마음이 착잡해진 도훈은 악다구니를 쓰며 노려보는 도진을 그대로 내버려 둔 채 자리를 떴다.

늦은 밤. 문영은 대청마루에 앉아 처마 밑으로 떨어지는 빗줄기를 보고 있었다. 오늘따라 유독 어둡고 쌀쌀한 날씨에 여름날 같지가 않다며 중얼거리는데, 대문이 끼익 하고 열리는 소리가 들렸다. 유진이었다.

퇴근하고 돌아온 그녀가 우산을 접으며 물었다.

"왜 아직 안 주무셔?"

"식구가 둘이나 안 왔는데 잠이 오겠냐?"

"이모부 아직 안 들어오셨어?"

"그래. 뭔 비가 이리 지겹도록 오냐? 지긋지긋해지려고 그러네."

"뉴스 보니까 내일 오후쯤 그칠 거라던데?"

유진이 문영의 옆에 앉으며 핸드백을 내려놓았다.

"너는 왜 그러고 앉아? 들어가서 자."

"조금 앉았다 들어갈게."

"피곤하지도 않냐?"

"괜찮아. 승원인?"

"고놈이야 꿈나라 간 지 오래지. 아까 옆집 총각이 거 뭐더라? 무슨 로봇 같은 걸 사 줘 가지고 실컷 갖고 놀다가 좀 전에 잠들었어."

"도훈 씨가?"

"그래. 돈이 넘쳐 나는지 수시로 선물을 사다 안겨서 못 살겠어. 요즘엔 승원이 저것도 옆집 아저씨 왔다 하면 자다가도 벌떡 일어난다니까?"

"그래?"

유진이 소리 없이 웃었다.

"정이 넘치는 건지, 돈이 넘쳐 나는 건지."

"그런데 이모부는 왜 이렇게 늦으시는 거야? 야근하신대?"

"야근은 무슨. 회식이래, 회식. 그 회사는 만날 회식이다, 만날. 또 왜 하필 비 오는 날 잡아선."

"이렇게 갑자기 쏟아질 줄 모르고 잡았겠지."

"너도 직장인이다, 이거냐?"

"칫. 별걸 다 트집이야."

"그나저나 옆집 총각은 좀 괜찮대? 물어도 웃기만 하니 알 수가 있나? 우리 식구 때문에 다친 것도 미안한데 승원이 장난감까지 사 가지고 와서는. 에이 쿠. 내가 참 면구스러워서."

"그래서 내가 요즘 가서 시중들어 주잖아?"

유진이 시중이라 말해 놓곤 저가 더 재밌어하며 웃었다.

"실없는 년. 그리 좋아?"

"이모는. 그런 거 아니라니까."

문영은 짐짓 아무 사이도 아닌 척하는 유진의 옆모습을 은근히 흘겨보았다. 의뭉스런 계집애 같으니라고. 되지도 않는 거짓부리 하니 좋냐, 이것아?

그러면서도 겉으로는 유진의 말을 믿어 주는 척 말을 꺼낸다.

"그래. 아니라면 아니겠지. 믿기지는 않지만. 참. 아까 네 엄마한테 전화 왔었다."

"엄마?"

"응. 너하고는 통화했다면서?"

"아…… 아까 근무할 때 전화 오긴 했는데 바빠서 오래 통화 못 했어."

"곧 내려온단다."

"왜? 무슨 일 있으시대?"

"무슨 일은. 너 보고 싶어서 그런 게지."

"곧 갈 텐데."

"부모 마음은 안 그래. 가만히 있다가도 문뜩문뜩 보고 싶고, 그립고, 그렇지."

문영의 말을 들으니 도훈과 연애하느라 부모님께 참 무심했구나 싶었다. 실없는 년이라는 이모의 말에 공감이 가는 순간이었다.

그때 문영이 불쑥 말했다.

"그런데 옆집 총각이나 너나 사람들이 정말 왜 그러냐? 준희가 승원이 일로 고맙다고 밥 한 끼 사고 싶다는데 왜 계속 싫다고만 해?"

"다 지나간 일을 또 왜 꺼내고 그래."

"너는 괜찮을지 몰라도 준희 마음도 그렇겠어? 지 새끼 구해 주고 다쳤는데 그 마음이 오죽하겠냐 말이야."

"그래도 당사자가 됐다는데 뭘 더 어쩌라고."

"어휴. 남들은 받을 줄만 알아서 문제라는데, 저 총각은 어째 줄 생각만 하는지, 원."

언뜻 들으면 문영이 그를 탓하는 것처럼 들리지만 사실은 아니었다. 그의 넓은 마음 씀씀이가 고마운 것을 저렇게 둘러 표현하시는 것일 뿐. 그런 그녀의 성격을 잘 아는 유진은 몰래 슬며시 웃다 문득 궁금한 것이 떠올라 물었다.

"이모."

"왜?"

문영이 후드득 떨어지는 빗물에 손바닥을 적시며 심드렁하게 대꾸했다.

"도훈 씨 어머닌 어떤 분이셨어?"

353

"뜬금없이 무슨 질문이 그래?"

"궁금하잖아."

"싱겁긴. 어떤 사람일 게 뭐 있어? 그저 어여쁜 사람이었지."

유진은 보다 편한 자세로 얘기를 듣고 싶어 마루 위로 올라가 앉았다. 그러곤 세운 무릎 위에 얼굴을 얹고 양팔로 종아리를 감싸 안으며 몸을 둥그렇게 말았다. 말없이 문영을 향해 시선을 움직이자 그녀가 평소와 달리 나긋한 목소리로 도훈의 어머니 얘기를 꺼내 놓는다.

"곱다는 말이 잘 어울리는 사람이었어. 옆집 총각처럼 하얀 피부에 눈은 또 얼마나 초롱초롱한지. 너무 고와서 처음 봤을 땐 텔레비전에 나오는 탤런트인가 생각도 했었지. 그렇게 허무하게 가 버리긴 아까운 사람이었는데."

"왜? 얼굴이 예뻐서?"

"얼굴도 예뻤지만 목소리가 꾀꼬리처럼 맑아서 동네 아낙들이 다 흉을 보았더랬어."

"왜 흉을 봐?"

"부러워서 그러지, 왜 그랬겠어. 살아 보니 그래. 내가 못 가진 걸 남이 가지고 있으면 부럽고, 그게 지나치면 샘이 나. 그래서 시기를 하는 거고. 여기 사람들 죄다 식구들 뒤치다꺼리에, 밭일에. 성격 거센 아낙들이 대부분인데 그이는 안 그랬으니 시샘이 날 수밖에."

"이모도 그랬어?"

"부럽지 않았다면 거짓부리지. 그치만 아픈 사람을 두고 어떻게 그런 마음을 가지겠어."

푹 한숨을 쉰 문영이 말을 이었다.

"언젠가 하루는 저 집 총각이, 아니, 그때는 키만 이렇게 컸지 아직 애였을 때였는데, 새벽에 울면서 울 집을 찾아왔었어."

"여길?"

"응. 와서는 말도 못 하고 서서 울기만 하는 거야. 그래서 뭔 일이 났나 보다 싶어서 애를 데리고 그 집으로 가 보니, 어휴. 그이가 방구석에서 아주 데굴데

굴 구르고 난리가 났더라고."

　도훈의 어린 시절이 자연스레 상상이 되어 떠올랐다. 어린 마음에 얼마나 슬펐을까? 또 얼마나 두려웠을까? 유진은 저가 꼭 그 아이가 된 것처럼 마음이 울컥거렸다.

　문영이 말했다.

　"어쩌겠어. 아픈 엄마 앞에서 벌벌 떨고 있는 애는 네 이모부한테 맡기고, 내가 들어가서 진통제 찾아 먹이고 잠들 때까지 옆에 있었지. 그런데 그 순간에도 자식을 챙기더라. 자기도 그렇게 힘들면서 아들 걱정을 하기에 오늘은 우리가 데리고 가서 재우겠다고 했지. 그랬더니 고맙다면서 울던 게 아직 눈에 선해."

　"그 아주머니는 왜 치료받지 않으셨을까?"

　"끝이 보였으니 그랬겠지."

　"끝?"

　"그 일 있고 며칠 뒤였나? 하루는 마늘이며 양파며 좀 나눠 주러 갔더니 혼자 멍하니 마당에 나와 앉아 있는 거야. 그래서 아들은 어딜 갔냐 물었지. 학교에 보냈다더구먼. 그리고 자기는 볕이 좋아 나와 있다면서 웃어. 그 참에 옆에 앉아서 이런저런 얘기 하다 보니 그 얘기까지 하더라고. 의사한테 자기 상태가 어떤지 솔직히 말해 달라고 했는데 얼마 남지 않았다고 했던 모양이야. 그래서 하던 치료 다 중단하고 여기로 왔다는데 그 마음이 오죽했을까."

　"여기가 그분 고향이래."

　"들었어. 그래서 원래 살던 동네로 가려고 했는데 그쪽은 재개발이 되는 바람에 가질 못하고 이쪽으로 왔다고."

　"도훈 씨 말야. 그때 많이 무서웠대."

　"무서워? 총각이 그런 말을 했어?"

　"응. 엄마가 아팠잖아. 그래서 마음이 너무 슬픈데 또 너무 무섭게 느껴졌대. 나중에는 편히 보내 드리고 싶기도 했고. 그랬던 게 죄책감이 느껴진다고 그러더라."

유진의 대답을 들은 문영이 흥분하여 말했다.

"무슨 그런 말 같지도 않은 말을 한다냐? 아무리 어미라 해도 그렇게 보일 꼴, 안 보일 꼴을 다 보였는데 어떻게 안 무서울 수가 있었겠어? 나라도 그랬겠구먼. 게다가 그 어린것이 저 공원 위에서부터 죽은 지 엄마를 업고 집까지 걸어왔어. 그 속을 누가 알아? 아무도 모르는 거야."

문영이 착잡한 목소리로 한탄하여 말했다.

"나라도 무서웠을 거야. 암. 그렇고말고."

그때 갑자기 대문이 벌컥 열리더니, 조용하던 마당이 부쩍 소란스러워졌다.

"어이쿠, 다 젖었네. 다 젖었어."

마당으로 들어오던 한수가 자신의 바지 자락이 흠뻑 젖은 것을 보며 쯧쯧거렸다.

"지금이 몇 신데 인자 들어와?"

문영이 빽 소리를 지르며 일어서자, 한수가 더 놀라서 물었다.

"여태껏 안 자고 뭐 했어? 아니, 유진이 너는 또 왜 그러고 앉아 있어? 잠이 안 와?"

"아! 저도 조금 전에 퇴근해서 왔어요."

"참. 오후조 근무였지."

"조카랑 몇 년을 살았는데 근무 시간도 몰라?"

문영은 괜히 유진을 핑계 삼아 한수를 타박했다. 그러곤 밉살맞게 흘겨보며 수건을 건네자, 우산을 접은 한수가 냉큼 받아서 젖은 얼굴부터 닦으며 중얼거렸다.

"동네에 누가 잠 안 오는 약이라도 쳤나? 왜 이렇게 나와 있어들?"

"왜? 우리 말고 잠 안 자는 이가 또 있어?"

"옆집 총각 말이야. 잠도 안 자고 밖에 나와서 담배를 물고 있더라고. 나는 처음에 귀신인 줄 알고 뒤로 나자빠질 뻔했지 뭐야. 무슨 장승처럼 커다란 사람이 시커먼 옷을 입고 가만히 서 있어서 어디 저승사자가 왔나 하고 보니까 옆집 총각이더라고."

"그 총각이 담배도 피우나?"

그런 모습을 본 적 없던 문영이 생소해하며 묻자 한수가 수건으로 옷의 빗물을 털며 말했다.

"나도 처음 봤으니 자주 하는 건 아니겠지."

"젊은 사람이 무슨 고민이라도 있나? 밤중에 청승맞게 대문 앞에서 무슨 담배여, 담배가."

"어디 늙은이만 세상살이가 고달프겠어? 젊은이도 나름의 고민이 있겠지. 승원이는? 자?"

"아주 쿨쿨 자고 있어."

"저 들어가서 좀 씻을게요."

"그래. 피곤할 텐데 얼른 씻고 자라."

"네, 이모부."

유진은 방으로 들어가 씻을 것을 챙기며 한수의 말을 되새겼다. 오늘은 그녀보다 자신이 더 늦게 마칠 것 같다고 해 잠깐 통화를 한 게 마지막 연락이었는데, 그사이 무슨 일이라도 있었던 걸까? 아니야. 별일 아니겠지. 그저 담배 한 대 피우고 싶어서였을 수도 있잖아. 그런데 팔도 다친 사람이 담배는 또 무슨 담배람? 요즘 거의 안 하는 것처럼 보이는 데다 잔소리처럼 들릴까 싶어 말하지 않았는데, 오늘은 한마디 해야겠다 싶었다. 그보다 무슨 고민이 있는 건 아니겠지?

유진은 씻으려던 생각을 접었다. 그러곤 우산을 챙기고 방에 들어가신 이모 내외가 듣지 못하게 살금살금 걸어 대문 밖으로 나갔다. 그가 아직 대문 앞에 있기를 바랐다. 그럼 야밤에 뭐 하냐고 웃으며 물을 수도 있을 것 같은데.

그러나 그는 그곳에 없었다. 집 앞까지 가 보았으나 집 안의 불도 꺼져 있었다. 우산을 쓴 유진이 문 앞에서 중얼거렸다.

"벌써 잠들었나?"

유진은 초인종을 누르고 싶은 간절한 마음을 꾹 참으며 집으로 다시 돌아왔다.

토요일 오후. 도훈은 어제 마무리하지 못했던 일을 처리하려 리조트로 출근하던 중, 안면이 있던 승원의 아빠와 마주쳤다. 지금까지는 지나가다 마주쳐 얼핏 보았던 게 전부라 이번에도 그럴 생각이었는데 그가 먼저 반가이 웃으며 말을 걸어왔다.

"안녕하세요. 우리 구면이죠? 저 승원이 아빠 박현욱입니다."

도훈이 당황스러운 마음을 숨기며 답인사를 건넸다.

"아, 안녕하세요. 안도훈입니다."

그러자 현욱이 도훈의 다친 팔로 시선을 옮기며 말했다.

"저희 아이 때문에 이렇게 다치셨다면서요? 정말 죄송합니다. 그때 인사를 드렸어야 했는데 제가 해외 출장에서 어제 돌아와서요. 인사가 늦었습니다."

"아닙니다. 승원이 어머님께서 병문안 오셔서 얘기 잘 나눴어요. 그리고 팔이 크게 다친 것도 아니니까 너무 염려하지 않으셔도 됩니다."

"그래도 제 입장에서는 그냥 넘기기가 그래서요. 게다가 장모님 말씀이, 평소에도 저희 승원이를 많이 예뻐해 주신다고."

"아닙니다. 제가 적적할 때 승원이가 놀아 주는 거예요. 오히려 제가 고마워해야죠."

도훈이 귀여운 승원을 떠올리며 흐뭇하게 웃었다.

"그래도 이렇게 말로만 넘기기가 좀 그래서요. 괜찮으시면 오늘 저녁 식사를 대접하고 싶은데, 시간 어떠세요?"

"저 정말 괜찮으니까 이렇게까지 신경 쓰지 않으셔도 됩니다."

도훈은 딱히 답례를 바라고 했던 일이 아니라 재차 사양했지만 현욱은 고집을 꺾을 생각이 없어 보였다.

"사실 승원이도 그렇지만 우리 유진 처제에 대해 어떻게 생각하는지 궁금하기도 해서요."

현욱이 멋쩍게 웃으며 말을 이었다.

"장모님께 들으니 단순한 친구 관계만은 아닌 것 같던데. 제가 잘못 들은 겁니까?"

도훈은 이렇게까지 들으니 더는 사양할 수가 없겠다는 생각이 들었다.

"알겠습니다. 오늘 저녁 시간 비워 놓겠습니다."

"네. 시간은 처제와 더 얘기해 본 후에 연락드릴게요."

"네. 그럼."

현욱과의 대화를 마친 도훈은 회사로 향했다. 승원이 일 때문이라면 끝까지 거절할 생각이었는데 유진의 이름이 나오니 이건 사양하고 말고의 문제가 아니라는 생각이 들었다. 그를 만난 이후 줄곧 흥미롭게 바라보는 현욱의 눈길이 의아스럽다 했더니, 유진과의 관계가 궁금한 게 더 커서 그런 게 아니었나 하는 생각도 들었다.

도훈은 이렇게 그녀의 가족들과 가까워져도 되나 염려스러웠지만 사실 바라기도 했던 일이라 그 편할 대로 생각하기로 했다. 한 번쯤인데 뭐 어떻겠어? 그리 생각하자 무겁던 마음이 조금 가벼워진 것도 같았다.

도훈과 유진, 그리고 유진의 사촌 언니인 준희와 현욱 부부는 시내의 유명 숯불 구이 집에서 저녁 식사를 함께 하기로 했다. 도훈이 퇴근 후 그곳에 도착했을 때 유진과 준희 부부는 먼저 자리를 잡고 앉아 이제 막 나온 고기를 불판 위에 올리고 있었다.

유진이 가게 입구에 들어선 도훈을 발견하고는 손을 흔들었다.

"도훈 씨. 여기요."

유진을 발견한 도훈이 짧게 눈인사를 건넸다. 그가 다가와 유진의 옆자리에 앉자, 준희가 반기며 물었다.

"다친 팔 때문에 많이 고생스러우시죠?"

미안한 마음이 가득 담긴 음성에 도훈이 아니라는 뜻으로 고개를 저었다.

"아니요. 괜찮습니다."

"괜찮긴. 하필 다치신 팔이 오른팔이라 미안한 마음이 여간 큰 게 아닙니다."

현욱의 말에 도훈이 웃으며 대답했다.

"정말입니다. 그리고 편한 점도 있어요. 깁스를 하고 있으니 제가 조금만 무거운 걸 들려고 해도 도와주려 나서는 사람들이 많더라고요. 그렇게까지 안 도와줘도 되는데 이거 빨리 안 풀었다간 전보다 더 게을러질 것 같다고 생각될 정도예요."

"어머. 정말요?"

준희의 물음에 도훈이 고개를 끄덕였다.

유진이 도훈의 앞에 수저를 놓아 주며 중얼거렸다.

"나한텐 불편해 죽겠다며 엄살 피워 놓고선."

"그래야 유진 씨가 나 더 봐 줄 거잖아요."

"뭐예요?"

작은 소리로 툭툭대는 두 사람을 예의 주시하고 있던 준희가 슬며시 웃으며 입을 열었다.

"두 사람 정말 사귀는 사이 맞죠?"

"네. 맞습니다."

도훈은 한 치의 망설임도 없이 대답했다. 유진은 아까부터 계속해서 캐물어 대던 준희에게 아무 사이도 아니라고 부정만 해 왔던 터라 부끄러운 마음이 들었다.

준희가 그럴 줄 알았다는 뉘앙스로 말을 이었다.

"유진이 쟤는 뭐가 그리 부끄러운지 계속 숨기려고만 해서요. 도훈 씨 얘기 들으니 확신이 서네요."

"언니도 참. 우리가 무슨 사이인 게 뭐가 그렇게 중요해?"

"내게 새 남자 친구가 생긴다면 너는 안 궁금하겠니?"

준희의 말에 고기를 굽던 현욱이 미간을 찌푸렸다.

"어어? 그건 좀 곤란한데? 당신, 잊지 마. 처제는 미혼이고 당신은 유부녀라고."

"누가 정말 남친을 만들기라도 하겠대? 말이 그렇다는 거잖아."

도훈은 정말 아내가 바람이라도 피울까 봐 걱정하는 현욱의 모습이 재미있어 몰래 씩 웃었다. 부부는 나이 들수록 더 친구 같아진다고 하던데. 준희 부부는 아직도 서로를 애틋하게 여기는 게 눈에 훤히 보였다. 나이 마흔을 코앞에 둔 부부에게 할 말은 아니지만 귀엽다는 생각도 들어 흐뭇하게 웃던 그가 조심스레 입을 열었다.

"제가 반유진 씨 좋아합니다."

그다지 갑작스러운 고백도 아닐 텐데. 놀란 유진의 얼굴이 빠르게 붉어졌다.

"제가 많이 좋아하고 있습니다. 유진 씨도 그랬으면 좋겠는데, 아직 그 정도는 아닌가 봐요."

자신을 향해 보란 듯이 환히 웃는 도훈 때문에 유진의 볼이 더 빨개졌지만, 그는 왠지 더 들뜬 표정이었다. 마치 처음 사랑을 시작한 열여덟의 사춘기 소년처럼 보이기도 했다.

준희가 이럴 줄 알았다며 소리쳤다.

"거봐. 내가 저럴 줄 알았다니깐?"

"역시! 내가 사람 볼 줄 안다니까. 내가 그랬지? 안도훈 씨, 괜찮은 사람 같다고. 아! 물론, 승원이 일 때문만은 아닙니다. 말 그대로 제가 사람을 좀 볼 줄 알거든요."

현욱의 능글거림에 도훈이 참지 못하고 웃음을 터뜨렸다.

"좋게 봐 주셔서 감사합니다."

"유진이 너도 그렇다, 애. 젊은 사람들이 연애할 수도 있고 그런 건데 뭘 계속 숨기니? 숨기긴."

"내가 뭘."

준희는 속이 깊고 마음이 넓은 편이었으나 집안의 소식통 역할도 겸하는지라, 자신과 도훈의 관계를 알게 되면 엄마 귀에까지 들어가는 건 시간문제라 그랬던 것인데. 오해하지 말았으면 하는 마음으로 도훈을 바라보자, 그는 한결 편안해진 표정으로 쏟아지는 현욱과 준희의 질문들에 능숙하게 대답하고 있었다.

잠시 뒤 식사가 끝나고 네 사람은 거리로 나왔다.

현욱이 요즘 2차로는 술 대신 커피가 대세 아니냐며 근처의 커피숍으로 이동해 대화를 더 나눌 것을 제안했다. 유진은 도훈이 피곤할 것 같아 거절하려 했지만 그가 먼저 나서서 좋다고 대답하는 바람에 이러지도 저러지도 못하고 그들과 함께 커피숍으로 향했다.

주문한 커피를 각자의 앞에 두고 여러 대화를 나누던 중 승원의 얘기가 화두에 올랐다. 아이 얘기만 나오면 기분이 가라앉는 준희를 보며 현욱이 부러 더 밝게 말했다.

"상담 선생님께서도 그러셨어요. 우리 승원이는 조금 늦는 것일 뿐이라고. 그러니 믿고 기다려 줘야죠."

도훈은 아이 걱정에 마음이 무거운 아내를 염려스럽게 바라보는 현욱에게 조심스럽게 말을 꺼냈다.

"만약에, 만약에 말입니다."

그가 어려운 얘기를 꺼내기 전 천천히 숨을 골랐다. 남은 세 사람은 그의 다음 말이 궁금해 눈을 키우고 기다렸다.

"만약에 승원이 차도를 보이지 않아 다른 대안이 필요할 때가 온다면, 제 친구를 소개해 드려도 되겠습니까?"

도훈의 갑작스러운 제안에 준희 부부가 의아한 시선을 교환했다. 도훈이 여전히 조심스러운 음성으로 말을 이었다.

"그쪽 분야에서 일하는 친구가 있어서요. 제 친구라서가 아니라 그 분야에서는 꽤 유명한 걸로 알고 있습니다. 대신 여기서는 안 되고요. 힘드시겠지만 서울을 오가셔야 해요. 그것만 괜찮으시다면 제가……."

"그분을 소개시켜 주겠단 말씀이신 거죠?"

준희가 반기는 목소리로 물었다.

"네."

"말씀만이라도 정말 감사합니다."

현욱이 감격하여 말했다.

"아닙니다. 승원이 가족분들 마음보다는 부족하겠지만 저도 아이가 걱정돼서 통화로 문의한 적이 있었거든요. 친구 의견은 우선 아이가 지금 상담 선생님과의 관계에서 충분히 유대감을 느끼고 있고 또 편하게 생각하고 있으니, 조금 더 지켜보는 것도 좋을 것 같다고 하더라고요. 대신 치료 기간이 너무 길어지면 안 되니까, 그땐 한번 만날 수 있게 해 달라고 당부하였습니다."

"고맙습니다. 승원이가 치료받은 지 벌써 1년이 가까이 되어 가는데 큰 차도가 없어 고민이었거든요. 그 선생님 말씀대로 지금 다니는 곳에서 좀 더 지켜보고, 도저히 안 되겠다고 판단되면 그때 부탁드릴게요. 그래도 되죠?"

"물론입니다. 승원이 아버님."

얘기를 듣던 준희의 눈가에 눈물이 차올랐다. 결혼 전에는 안 그랬는데, 요즘엔 심심하면 눈물 바람이었다. 준희가 민망하여 눈물을 훔치며 말했다.

"죄송해요. 제가 요즘 눈물이 많아져서."

"언니."

유진이 티슈를 들어 마주 앉은 준희의 눈가를 닦아 주었다.

"엄마는 계속 마음 편히 가지라는데 그게 잘 안 돼. 어떻게 그럴 수가 있겠어? 다른 애들처럼 빨리 글을 깨우치기를 바라는 것도 아니야. 그냥 제 마음을 얘기해 주기만 하면 좋겠는데."

"여보. 괜찮아. 우리 승원이 괜찮아질 거야."

자신도 힘들면서 아내를 더 위로하는 현욱을 보며 유진의 가슴도 덩달아 울컥거렸다. 형부도 분명 힘들 텐데. 아픈 아이를 생각하는 것만으로도 가슴이 미어질 텐데. 세상에 그렇지 않은 부모가 어디 있을까? 준희 부부를 바라보는 유진은 몹시도 마음이 아렸다. 이러다 눈물이 터질 것 같아, 그래선 분위기를 더 침울하게 만들 것 같아 눈물을 참으려 이를 악물었다. 그러자 옆에서 조용히 지켜보던 도훈이 그녀의 마음을 잘 안다는 듯 테이블 아래 놓인 손을 살며시 감싸 쥐었다.

커피숍에서 나온 네 사람은 두 사람씩 짝을 지어 앞뒤로 걸었다. 준희와 현욱이 다정하게 앞서 걷고, 유진과 도훈이 뒤따라 걸었다.

여름이 제 흔적 하나 남기지 않고 사라지려는 모양이다. 최근 들어 부쩍 서늘해진 날씨에 얇은 블라우스 차림의 유진이 어깨를 움츠리자 도훈이 벗어서 팔에 걸쳐 두었던 외투를 건넸다.

"입어요."

"괜찮아요."

유진이 사양하자 도훈이 다시 권했다.

"어깨에 둘러 주고 싶은데 보다시피 팔이 불편해서."

"이 정도는 참을 만해요."

"참지 말고 입으라니까. 계속 고집부릴 거예요?"

앞서 걷던 준희 부부는 뒤따르는 인기척이 느껴지지 않아 이상하게 여기며 돌아보았다. 멀지 않은 곳에서 도훈과 유진이 티격태격 중이었다. 도훈은 자신이 건넨 옷을 입어라 권하고 유진은 괜찮다며 사양하는 모습이 보기 좋으면서도 질투가 나 거친 말투가 튀어나왔다.

"계집애, 저렇게 좋아하면서 숨기긴. 도훈 씨도 너무한 거 아냐? 누가 보면 엄동설한이라도 된 줄 알겠어."

"왜? 당신 부러워서 그래? 내 점퍼 벗어 줄까?"

"됐거든요."

준희가 입술을 부루퉁하게 내밀자 현욱이 점퍼를 벗어 준희의 어깨에 걸쳐 주었다.

"자, 자. 우리 귀한 사모님 감기 걸리면 안 되니까."

"됐다구."

"어허. 어디서 아녀자가 큰소리를. 남편 말을 거역하려는 게요?"

현욱이 짐짓 사극에나 나올 법한 말투로 묻자, 준희가 황당함에 웃음을 터뜨리고는 되물었다.

"자기, 가끔 진짜 재미없는 거 알지?"

"이런 나라서 좋아하는 거 아니었어?"

"칫. 아니거든요."

현욱이 한결 표정이 밝아진 아내의 어깨를 감싸 안으며 말했다.

"처제 너무 부러워하지 마. 당신이 그러면 내가 너무 못하고 있는 것 같단 말이야."

"누가 그렇대? 나는 그냥 젊은 청춘이 부러워서. 그래서 그러는 거야."

"우리도 저런 때가 있었는데. 언제 이렇게 세월이 흘렀는지 모르겠다."

"그치?"

두 사람은 결국엔 고집을 꺾고 도훈의 외투를 받아 걸치는 유진을 바라보며 흐뭇하게 웃었다.

네 사람이 집 근처에 다다랐을 때 거리는 어느덧 어둠에 물들어 있었다. 유진은 줄지어 선 가로등 불빛에 자신의 그림자가 어른거리는 모습을 신기하게 바라보며 걷다 갑작스레 들려온 현욱과 준희의 말에 발걸음을 멈췄다. 일순간 소름이 쫙 돋는 것 같았다.

유진과 도훈보다 앞서 걷던 현욱이 말했다.

"여보. 저기 이모님하고 이모부님 아니셔?"

"어디? 어? 그러네? 유진아, 이모랑 이모부 내려오셨다. 너 알고 있었어?"

당혹스러운 건 도훈도 마찬가지였다. 언젠가 한 번은 뵐 수도 있을 거라 생각했지만 지금 이런 분위기에서일 거라고는 예상조차 하지 못했기 때문이다.

유진이 떨리는 마음을 애써 감추려 마른침을 삼킨 뒤 담담하게 답했다.

"다음 주쯤 오실 줄 알았는데 일찍 오셨네."

유진의 말이 끝나기 무섭게 준희가 반갑게 소리쳤다.

"이모!"

"그래! 준희구나?"

몇 걸음만 더 가면 곧 닿을 듯 가까이에 선 선영이 자신을 반기는 준희에게 '그래, 그래' 하듯 고갯짓으로 인사를 받았다. 이어서 오랜만에 뵙는다며 반가이 인사를 건네는 현욱을 보며 흐뭇하게 웃고는 뒤따라오는 유진, 그리고 도훈을 차례로 바라보았다.

유진의 부모님 앞에서 약속이라도 한 듯 걸음을 멈추는 네 사람. 유진은 당황스러움에 자신이 도훈의 외투를 걸치고 있다는 사실도 잊은 채 부모님 앞으로 나아갔다. 그녀가 물었다.

"연락도 없이 어떻게 된 거야?"

"너는 엄마가 반갑지도 않니? 어떻게 된 게 준희가 더 반가워해?"

"유진이보다 내가 이모를 더 좋아하니까 그렇지!"

준희가 해사하게 웃으며 선영의 팔에 매달렸다. 언제 봐도 사랑스럽고 애교 넘치는 준희도 어여쁘지만, 딸 얼굴보다 반가울 수는 없었다. 선영은 못 본 사이 유진이 어디 상하지는 않았는지 염려스러운 눈길로 얼굴을 살폈다. 그러다 문득 몇 걸음 떨어져 선 남자를 떠올리고는 얼른 시선을 움직였다.

도훈이 유진의 부모님을 향해 꾸벅 인사했다.

"처음 뵙겠습니다. 안도훈이라고 합니다."

유진은 늘 당당하고 자신만만하던 도훈이 그녀의 부모님 앞에서 처음으로 떨려 하는 것을 느꼈다. 낮게 떨리는 음성이, 확연하게 굳어진 표정이 그의 감정을 그대로 전달해 주었다.

하지만 그보다 더 일그러진 표정을 한 사람이 있었다. 바로 그녀의 아버지 영우였다. 그는 아까부터 낮이 익은 도훈을 미심쩍게 바라보다 그의 이름을 듣고서는 기함하여 입을 쩍 벌렸다.

반면에 선영은 영우와 마찬가지로 그가 어딘지 낯이 익다고 생각하면서도 쉽게 누군지 떠올리지 못했다. 그녀가 유진에게 조심스레 물었다.

"누구?"

유진이 머뭇거리자 현욱이 직접 도훈의 옆으로 가 그를 소개했다.

"이모님, 이모부님. 이 사람이 처제가 지금 만나는 사람이랍니다. 놀라셨죠?"

현욱이 영우의 놀란 표정을 보고는 히죽 웃었다. 그도 유진에게 남자 친구가 생겼다는 소식에 적잖이 놀란 모양이라고 생각했다. 현욱이 신이 난 목소리로 물었다.

"어떻습니까, 이모부님? 남자답게 아주 잘생겼죠?"

영우는 놀란 마음을 추스르지도 못하며 믿기지 않는다는 표정만 짓고 있었다. 다른 사람들은 몰라도 도훈만은 그 표정이 의미하는 바가 무엇인지 충분히 알아차릴 수 있었다. 자신을 알아본 것이다. 자신이 유진을 단번에 알아본 것처럼, 영우 역시 그를 한 번에 알아본 것이었다.

그에 반해 선영은 여전히 미심쩍은 표정으로 도훈을 살피다 유진을 향해 작게 물었다.

"유진아. 정말 네가 만나는 사람이니?"

유진이 미처 그렇다고 답을 못하고 망설이자 그녀의 어머니가 갸우뚱거렸다.

"그런데 이상하게 낯이 익네? 어두운 데서 봐서 그런가?"

"이모도 참. 잘생겨서 그런 거잖어."

준희가 소리 내어 웃으며 도훈에게서 느낀 장점들을 늘어놓았다.

"성격도 엄청 다정다감해. 유진이한테 얼마나 잘해 주는지, 나도 모르게 승원이 아빠한테 투덜거린 거 있지?"

"성격뿐 아니라 성품도 좋습니다. 이번에 우리 승원이하고 처제 다칠 뻔했던 거 막아 준 사람도 도훈 씨고요."

"그래요? 어머. 문영이가 말한 분이 이분이셨구나. 정말 고마워요."

자신의 딸과 승원을 구해 주었다는 말에 늦게나마 고마움을 전하려 선영이 밝게 웃으며 도훈에게 가까이 다가서던 순간이었다. 그 찰나의 순간, 믿기 어려운 기억 하나가 그녀의 뇌리를 강렬하게 스치고 지나갔다. 말도 안 돼. 속으로 중얼거린 선영이 도훈에게 물었다.

"저기, 그런데 혹시…… 우리 어디서 본 적 있어요?"

도훈이 미처 대답하기도 전에 선영이 다시 말했다.

"내 정신 좀 봐. 내가 지금 무슨 생각을 하고 있는 거야? 그럴 리가 없는데. 저기, 우리 오늘 초면이죠? 그렇죠?"

제발 자신의 기억이 틀렸기를. 기억 속에 남은 잔상이 잘못 그려진 것이기를. 간절히 바라는 선영의 목소리가 확연하게 떨려 나왔다. 엄마의 변화를 알아챈 유진이 그녀의 팔을 살며시 붙잡으며 엄마, 하고 낮게 불렀지만, 그녀는 꼼짝도 않은 채 코앞에 선 도훈을 빤히 쳐다보고만 있었다.

"아니겠지. 그래. 내가 착각한 걸 거야. 그 사람일 리 없잖아."

혼잣말처럼 중얼거리는 선영에게 도훈이 무겁게 입을 열었다.

"죄송합니다."

도훈의 사과에 거기 모인 사람들의 표정이 제각각으로 변했다. 경악을 금치 못한 선영이 손바닥으로 입을 가렸고, 영우는 허탈감에 한숨을 쉬며 고개를 돌렸다. 거기에 갑자기 무슨 사과인가 싶어 시선을 교환하는 준희 부부와, 곧 눈물이 터질 것처럼 눈가가 빨갛게 부어오르는 유진. 일렁이는 그녀의 두 눈동자가 허공을 헤매다 마치 죄인처럼 고개를 숙이고만 있는 그에게 가서 멈추었다. 유진은 도훈을 안타깝게 바라보며 속으로 중얼거렸다.

왜 그렇게 고개를 숙이고 있어요? 당신이 뭘 잘못했다고? 왜 당신이 죄인처럼 우리 부모님 앞에서 그렇게 절절매고만 있어요? 대체 왜.

유진은 소리치고 싶은 마음을 꾸역꾸역 참다 끝내 울음을 터뜨리고 말았다.

22

마음을 버리는 일

"어이쿠. 어딜 가야 편히 앉을까."

마루에 걸터앉아 있던 문영이 엉덩이를 떼고 일어서며 혼잣말로 내뱉었다. 대문 앞에서 담배 한 대를 피우고 들어온 한수는 아내를 한번 슥 보고는 유진의 방으로 시선을 옮겼다. 그리고 다시 아내를 바라보며 분위기는 어떠냐는 물음이 담긴 눈빛을 건넸다. 그러자 문영이 검지를 들어 입술을 가려 조용히 하라는 신호를 보냈다. 그러곤 한수의 곁을 지나며 아주 작게 소곤거렸다.

"나와요."

한수는 발소리를 죽여 아내를 따라 나갔다. 대문을 벗어난 문영은 입을 떼려다 도훈의 집이 보이자 다시 입을 다물었다. 그러고는 남편에게 뒤따라오라는 손짓을 한 뒤 동네 뒤편의 공터로 걸음을 옮겼다.

두 사람은 일전에 도훈과 승원이 함께 뛰어놀았던 공터 벤치에 나란히 앉았다. 새벽 시간이라 아무도 없는 것이 다행스럽다 생각한 문영이 아까부터 참았던 말을 쏟아 냈다.

"아니. 만나도 어쩜 저렇게 만나서는."

"흐음. 사람 마음이 어디 뜻대로만 되는 일인가?"

한수 역시 속상한 숨을 뱉는다. 문영이 말했다.

"유진이 여기 내려와서 요즘처럼 즐거워하는 거 본 적 있수? 젊은 게 그 흔한 연애 한번 할 사람이 없나? 어디 선 자리라도 마련해 줘야 되나 했던 게 고작 몇 달 전 아니었어요? 그러던 차에 옆집 총각이랑 그렇고 그렇다 해서 마음이 얼마나 좋았는데."

"쯧쯧."

"게다가 옆집 총각을 보슈. 어미 일찍 여읜 거 빼고는 모자란 데가 없잖아요. 뭐, 따지면 그것도 총각 잘못은 아니니 흠이라고 할 수도 없지만. 어쨌든 인물 훤하겠다, 성격도 다정스러워, 뭐 하나 빠지는 게 없어 이 늙은 나도 부러웠구먼."

"그러니 세상사 내 뜻대로 되는 게 없다는 거 아닌가, 이 사람아."

남편의 말을 들으며 한숨을 푹푹 쉬던 문영이 중얼거리듯 물었다.

"그냥 눈 딱 감고 만나게 해 주면 안 될까?"

"뭐어?"

"솔직한 말로 두 사람이 뭔 죄가 있겠어요. 잘못이라면 총각의 동생이라는 그놈이 문제지."

"이 사람아. 당신 말대로 만나는 것까지야 무슨 문제가 있겠어? 그런데 저러다 나중에 결혼이라도 한다고 나서면? 그땐 어쩔 거야? 결혼이 어디 두 사람 마음만 가지고 성사될 수 있는 일이라야 말이지."

"어이쿠."

문영이 풀이 죽어 고개를 떨어뜨리자, 남편이 손을 들어 그녀의 어깨를 토닥였다.

"어쩌겠어. 인연이 아닌 것을."

"지금 언니하고 형부 마음은 더하겠지?"

"말해 뭐 해."

"에휴."

"참. 그나저나 내일 승원이 어린이집은 어떡해?"

"승원 어미랑 통화했어요. 내일 박 서방이 데려다주고 출근한다고 했대요."

"시간이 된대?"

"어쩌겠어요? 상황이 이런데."

"걔들도 놀랐을 텐데."

"지금 준희네 놀란 게 대수예요? 언니가 유진이를 죽이니 살리니 하는 마당에. 그나저나 어떡한대요, 진짜. 속상해 죽겠네."

상심에 젖은 문영의 한숨이 점점 더 늘어만 갔다.

그 시각, 유진의 방은 쥐 죽은 듯이 고요했다. 유진은 눈이 부시도록 밝은 형광등이 내리비추어 생긴 그림자를 하염없이 바라보고만 있었다. 그런 그녀 앞에 선영이 넋이 나간 사람처럼 할 말을 잃고 멍하니 앉아 있었고, 그 곁의 영우는 숨이 막힐 것처럼 갑갑한 표정으로 옷가지를 개켜 넣어 놓은 5단 나무 서랍장의 모서리만 뚫어져라 쳐다보고 있었다.

얼마나 그러고 있었을까? 한참 만에야 선영이 먼저 입을 열었다. 속으로 몇 번을 되새기던 말을 겨우 꺼내는 목소리가 바람에 흔들리듯 약하게 떨려 나왔다.

"어떻게 된 건지 네가 말해 봐."

유진은 기다렸다는 듯 침착하게 답했다.

"죄송해요. 더 설명할 것도 없어. 두 분이 보신 그대로예요."

"누가 그런 대답이 듣고 싶대? 둘이 어쩌다 그렇게 된 건지 묻고 있잖아!"

선영의 목소리가 거칠어졌다. 유진은 모든 걸 체념한 목소리로 덤덤하게 대답했다.

"이보다 길고 자세하게 말한다고 해서 나와 도훈 씨의 관계가 달라질 수 있는 거 아니잖아? 알아서 정리할 테니 그냥 기다려 주세요."

"너 뭘 잘했다고 이렇게 당당해? 지금 네가 그렇게 꼿꼿한 말투로 다 알아서 하겠으니 입 다물어라 할 처지야? 그러고도 네가 유리 언니야?"

"여보!"

영우가 흥분한 아내를 말리려 소리를 질렀으나, 그녀는 어떤 소리도 듣지 못한 것처럼 딸에게 상처 줄 말들을 아무렇지도 않게 내뱉었다.

"아무리 이 세상에 없다 해도 유리는 네 하나뿐인 동생이야. 그 고운 아이를 상하게 한 놈이, 그놈의 그."

선영이 참담함에 차마 말을 더 잇지 못하고 울컥하자, 유진이 진심으로 용서를 빌었다.

"죄송해요."

유진의 고개가 더 떨어질 곳도 없는데 한없이 아래로 무너졌다. 영우는 한 맺힌 울음을 삼키려 안간힘 쓰는 아내도, 다 알면서도 제 마음을 어쩔 수 없었던 딸아이도 안쓰러워 속이 끓었다. 그런 그가 아내를 다독이려 입을 열었다.

"여보. 그만하자. 이런다고 뭐가 달라지겠어? 그리고 우리 유진이 아무 생각 없이 행동할 애 아니야. 그러니 저가 알아서 하게 지켜봅시다."

"지가 알아서 할 거였으면 일이 이렇게 되지도 않았을 거예요."

눈물을 삼킨 선영이 결연한 표정으로 유진에게 말했다.

"솔직히 너한테 실망이야."

"당신도 참. 왜 마음에도 없는 말로 애한테 상처를 주고 그래?"

"당신은 잠자코 있어요. 두 사람 다 서로가 어떤 관계인지 안다고 했지? 그랬으면 그때 멈췄어야지. 무슨 생각으로 일을 이 지경으로 만들었어? 그 사람도 그래. 어쩜 다 알면서도 이렇게 몰염치한 짓을 벌일 수가 있어?"

"그 사람 잘못 없어요."

유진이 도훈을 감싸는 모습을 보이자 선영의 표정이 단번에 일그러졌다. 기가 막힌 선영이 시선은 유진에게 그대로 둔 채 남편에게 말했다.

"어머. 어머. 애 좀 봐. 여보. 애 지금 그 남자 편드는 거지? 그렇지, 여보?"

"엄마. 내가 지금 도훈 씨 편을 드는 게 아니라."

유진이 하, 하고 갑갑한 숨을 쉰 뒤 말을 이었다.

"그 사람 잘못보다 내 잘못이 더 커서 그래."

"내 앞에서 그 남자 편들지 마. 듣기 싫어."

유진은 선영을 충분히 이해할 수 있었다. 지금은 참을 수 없이 화가 나 모진 말도 거침없이 내뱉지만, 실상 그 속에 감춰진 속마음은 누구보다 따뜻했다. 그래서 유진은 선영이 자신에게 어떤 말로 상처를 주어도 상관이 없었지만, 도훈을 그렇게 생각하는 것만은 참을 수가 없었다. 그가 어떤 사람인지도 잘 모르면서 섣불리 판단하는 건 받아들이기 어려웠다.

아까만 해도 그랬다. 도훈이 들어가서 다 설명드리겠다, 죄송하다 몇 번씩이나 고개를 숙였음에도 선영은 마치 그 끔찍한 일을 벌인 장본인을 대하듯 모질게 그를 뿌리쳤다.

유진과 도훈 두 사람 모두 자신들이 어떤 일을 저질렀고, 그로 인해 유진의 부모님께 어떤 상처를 드렸는지 너무도 잘 알기에 그녀도 딱히 할 말은 없었다. 하지만 딱 한 번만이라도 자신의 얘기를 들어 달라는 도훈의 말을 받아들여 줬다면 그에게 이렇게 미안하지만은 않았을 텐데.

유진은 부모님을 이해하면서도 한편으로는 원망스러운 마음을 어쩌지 못해 견딜 수가 없었다.

도훈은 거실 소파에 멍하니 앉아 있었다. 집에 들어온 지가 언젠데 외출 시 입었던 옷 그대로 못 박힌 것처럼 앉아만 있다. 머릿속이 복잡했다. 이제 되돌릴 수 없다는 것을 잘 알면서도 뇌리에선 조금 전 있었던 일을 복기하듯 계속해서 반복적인 영상을 틀어 대고 있었다.

자신이 누구인지 알아챈 선영의 눈빛을 잊을 수가 없었다. 10여 년 전 병원에서 도진을 붙잡고 울부짖던 모습과 흡사하여, 그제야 자신이 지은 죄가 얼마나 큰지 실감이 들었다.

어차피 끝이 빤한 연애, 몇 달간 즐기기만 하자는 가벼운 마음으로 시작한 것은 아니었지만, 돌이켜 보면 별반 다를 바가 없었다. 그래서 무릎 꿇고 사죄드리고 싶었다. 당신에게 그토록 소중한 딸아이를 사랑해서 죄송하다고. 하지만 결코 가벼운 마음은 아니었고, 또한 욕심이라 하더라도 붙잡을 수 있다면 그러고 싶다는 이기적인 마음이라도 전하고 싶었다. 하지만 선영은 다시는 볼 일 없을 거라는 잔인한 말을 남기고 등을 돌렸다. 영우 역시 말은 없었지만 참담한 눈에 담긴 심경은 별반 다르지 않은 것 같았다.

도훈은 소파 팔걸이를 베고 누워 양 손바닥으로 얼굴을 감쌌다. 자신에게서 달아나려던 유진을 억지로 돌려 안은 결과가 고작 이것이라니. 자신이 한심스럽고 멍청하여 얼굴을 들 수가 없을 것 같았다. 마음 같아서는 당장이라도 달려가 밤새 무릎이라도 꿇고 사죄하고 싶었다. 그리고 유진을 제게 달라 청하고 싶었다. 하지만 그런 그의 행동이 그들을 더 아프게 하진 않을까? 그분들 입장에서 그는 존재조차 잊어버리고 싶을 만큼 끔찍한 사람일 텐데. 어떻게 해야 할까? 막막하고 두려웠다.

다음 날 아직 날이 밝기 전. 유진은 부스럭거리는 소리에 잠에서 깨어났다. 소리의 근원지를 찾으려 두리번거리다 자신의 서랍장을 열어 옷가지를 챙기고 있는 선영을 발견한 유진이 화들짝 놀라 침대에서 튕기듯 내려갔다.

유진이 가방에 옷을 쑤셔 넣는 선영의 팔을 잡으며 소리쳤다.

"엄마! 뭐 하는 거야!"

그러자 선영이 그 손을 뿌리치며 단호하게 말했다.

"놔. 오늘 같이 서울 올라가."

"이러지 마. 하던 일은 정리하고 가야지."

"그럴 거 없다. 너 아니면 일할 사람이 없는 것도 아니잖아?"

"그래도 이건 아니야."

그러자 선영이 갑자기 움직임을 멈추고는 유진을 빤히 쳐다보았다. 밤새 울기라도 한 건지 선영의 두 눈이 퉁퉁 부어 있었다.

"유진아."

"응."

"너 내 딸 맞지?"

"그럼."

유진은 선영의 부어오른 눈을 보며 가슴이 저미는 듯했다. 자신이 선영에게 어떤 상처를 줬는지 또 한 번 실감하는 순간이었다.

선영이 차분하게 말했다.

"그래. 어제는 엄마가 심했어. 너 아플 거 생각 못 하고, 화나서 너무 마음대로 지껄였다."

"괜찮아. 엄마도 속상해서 그러신 거잖아."

"밤새 생각했어. 처음엔 말도 안 된다고만 생각했는데, 계속, 계속 생각해 보니 그래. 마음이 움직이는 건 어쩔 수 없었겠다 싶어. 그렇게 이해하기로 했다."

"엄마……."

"그런데 앞으로는 안 돼. 그 사람하고는 정리해야 해."

"……알아."

"그래? 그러면 됐어. 이렇게 정리하자."

"엄마. 그래도 이건 아니지. 나 이미 사직서 냈고 곧 퇴사할 거야. 그때까지만 기다려 줘."

"뭘 얼마나 더 기다려!"

애써 침착함을 유지하던 선영이 버럭 고함을 질렀다.

"너 한시도 여기에 더 못 둔다. 모르면 모를까, 그 자식이랑 1분이라도 더 붙어 있는 꼴, 내 눈으론 못 본다고!"

"그래서 그만둔다잖아? 엄마는 엄마 딸이 이렇게 책임감 없이 아무렇게나 관뒀으면 좋겠어?"

"책임감 없는 딸 바라는 부모 없어. 하지만 딸이 잘못된 길로 가는 걸 두고만 보는 부모는 더더욱 없을 거야."

"우리 그 길로 안 가, 엄마."

"유진아."

"엄마가 생각하는 것처럼 나 그렇게 착한 여자 아니야. 엄마 딸 반유진은 어떤 앤지 모르겠지만, 안도훈이라는 사람 눈에 비친 반유진은 단 한 번도 환하게 웃어 준 적 없는 모진 여자였어."

유진의 눈에서 눈물이 뚝뚝 떨어졌다. 그녀는 지금 자신이 꺼내는 말이 코맹맹이 소리로 애원하는 것처럼 들리길 바라지 않았다. 그래서 부러 더 딱딱한 음성으로 말했다.

"그런데도 내가 좋대. 나 얼마 후면 그만두고 떠나야 한대도 상관없대. 그냥 그만큼의 시간이라도 함께하자고 해서 그렇게 한 게 다야."

선영은 눈물로 지저분해진 얼굴을 하고선 꿋꿋이 할 말을 다 하는 딸이 안타까워 애가 닳았다. 유진이 말을 이었다.

"그래서 언제든 두고 떠나려고, 나 편하려고, 일부러 더 정 안 주려고 안간힘 쓰고 있었어. 그 사람은 내 하루, 아니, 한 시간이라도 함께하는 것에 행복해하고 최선을 다했는데 나는 그러질 못했어. 미안해. 엄마한테 이러면 안 되는 거 알아. 아는데, 계속해서 생각이 나. 엄마. 나도 알아. 그 사람 정리해야 하는 거 내가 더 잘 알아. 그러니까 이렇게 몰아붙이지 좀 마. 제발. 나 힘들어."

그 말을 끝으로 자리에서 불쑥 일어선 유진이 방 밖으로 뛰쳐나갔다. 손등으로 눈물을 훔치는 데 급급해 엉거주춤한 자세로 부엌 어귀에 선 문영을 알아채지도 못했다. 누구 건지 보지도 않고 아무 신이나 꿰어 신고 대문을 열고 나가서는 차마 도훈의 집 방향으로 향하지 못하고 반대 방향으로 발길 닿는 대로 걸었다. 어느덧 새벽녘이 트고 있었다.

유진이 나간 뒤 집 안에는 정적만이 가득했다.

방에서 묵묵히 딸아이의 옷가지를 챙기던 선영은 불쑥 쏟아지는 눈물을 참지 못하고 숨을 죽여 울었다. 다 커 버린 딸을 제 뜻대로 움직일 수 없다는 사실에 화가 나서가 아니었다. 큰딸 유진이 동생 유리가 떠난 공백을 메우려 얼마나 애를 써 왔는지, 부모의 바람에 어긋나지 않으려 얼마나 노력했는지 너무도 잘 알아서였다.

남편 말대로 그냥 두어야 했던 건지도 모른다. 살아오며 단 한 번도 자신들의 바람을 저버린 적 없던 딸이 그 길을 선택했다는 게 어떤 의미인지 헤아릴 생각조차 하지 않고, 자신의 생각만을 강요했다는 사실에 뒤늦게 후회가 밀려왔다. 하지만 알면서도 그럴 수밖에 없었다는 생각으로 이어지자 나오는 건 하염없는 눈물뿐이었다.

문가에 서서 지켜만 보던 영우가 다가와 온몸으로 울고 있는 그녀를 보듬어 주었다. 크고 두꺼운 손으로 등을 쓸어내려 주는 담담한 행동에 흔들리던 몸이 차츰 움직임을 멈추고 안정을 찾고 있었다.

그리고 잠시 뒤 도훈이 영우와 선영을 찾아왔다.

"이른 시간에 죄송합니다만, 유진 씨 부모님께 드릴 말씀이 있는데 안에 계십니까?"

"총각 마음은 알겠네만 지금은……."

문영이 그를 만류하며 돌려보내려는데, 유진의 방 문이 슬며시 열렸다. 그러곤 너무 울어 목이 멘 선영이 모습을 드러냈다.

"들어와요."

도훈은 선영이 있는 방으로 걸음을 옮겼다.

유진의 방에는 처음 들어와 본다. 언젠가 그녀가 말했듯 침대 우측으로 난 창문에 가장 먼저 시선이 닿았다. 그녀가 눈을 뜨면 가장 먼저 하는 행동 중 하나가 저 창문을 여는 것이라 했는데. 기회가 닿는다면 한 번쯤 제대로 보고 싶었던 그녀의 방 풍경을 이렇게 보게 되다니. 기분이 묘했다.

도훈은 씁쓰레한 마음을 삼키며 시선을 돌리다 반갑지 않은 광경을 발견했다. 바닥 한편으로 쓸어 모으듯이 밀어 둔 그녀의 옷가지들과 지퍼가 열린 캐리어 하나. 그가 오기 전 어떤 일이 있었는지를 가늠케 하는 것들이었다. 그가 그곳에 시선을 두고 있는 것을 알아차린 영우가 흠, 흠, 하며 주의를 끌었다.

그 소리에 정신을 가다듬은 도훈이 그들 부부 앞에 조심스레 무릎을 꿇고 앉았다.

"그러지 말고 편히 앉아요."

영우가 말했지만 그는 말을 듣지 않았다.

"아닙니다. 이대로 있겠습니다."

영우는 퀭한 눈의 도훈을 안쓰럽게 바라보았다. 이 사람도 잠시도 눈을 붙이지 못한 게지. 그 생각이 들자 가슴이 먹먹했다.

선영은 모르는 일이지만, 그가 도훈을 본 건 이번이 네 번째였다. 유리의 장례식장 안에서 그를 본 것이 처음이고, 그 이후로 유리의 발인이 있던 날 장례식장 근처의 큰 나무 아래에 선 그를 보았고, 유리의 유골이 안치된 공원에서 그를 한 번 더 본 기억이 있었다.

그는 자신의 동생을 대신해 사과라도 하려는 것처럼 눈을 감고 기도하듯 한참을 서 있었다. 그 기억이 아직도 눈에 선명하게 그려질 정도로 오래 남아 있어서인지 그에 대해서 큰 악감정은 없었다. 이번 일처럼 그의 가족과 다시 얽히지 않았다면, 한 번쯤 기억 속에서 떠올려 내 유리의 일은 잊고 잘 살길 바랄 수도 있었을 것이다.

하지만 인생사 제 뜻대로 되는 게 어디 하나라도 있던가. 그렇다고 하더라도 이건 너무 잔인하지 않느냐고 신께 따져 묻고 싶었다. 왜 하필 유진과 이 사람이었는지. 꼭 그렇게 만들었어야 했는지. 화가 나 누구라도 붙잡고 소리치고 싶었다.

그런 그의 마음을 전혀 알 리 없는 도훈이 천천히 입을 열었다.

"죄송합니다."

"그런 사과나 듣자고 들어오라고 한 게 아니에요."

단호하게 잘라 말한 그녀가 고개를 떨군 도훈을 차갑게 응시하며 물었다.

"다 알았다면서? 그랬다면서 왜 그랬어요? 우리 딸한테 무슨 억하심정이 있어서 그랬는지 어디 들어나 봅시다."

"믿기 어려우시겠지만 아무 이유도 없습니다."

"지금 나하고 장난하는 거예요?"

"그냥 유진 씨가 좋았습니다."

영우는 선영이 화가 나 소리치려는 것을 말리려 팔을 슬며시 잡아당겼다. 도훈이 편하게 말할 수 있는 기회를 줘야 할 것 같았다.

도훈이 계속해서 말했다.

"리조트 프런트에서 근무하는 유진 씨를 처음 본 순간, 그녀가 누구인지 알았습니다. 동생의 영정 사진을 들고 있던 모습이 뇌리에 선명하게 남아 있었거든요. 동생의 일로 많이 힘들었을 것 같아 제대로 사과하고 싶었지만, 그랬다가는 도리어 묻어 둔 상처를 헤집는 꼴이 될까 그냥 두었습니다. 그리고 생각했습니다. 유진 씨와 함께 일하는 동안은 곁에서 지켜 주는 존재가 되어 주고 싶다고요. 제 욕심 같지만, 고된 업무에 지칠 때면 조금이나마 위로가 되는 존재가 되었으면 좋겠다고 말입니다. 어떤 방식으로든 도움을 주고 싶었어요. 그런데 유진 씨는 제가 누구인지 알아채자마자 그만두겠다고 하더군요. 업무 성적이 좋고 평판이 좋은 직원이라 붙잡고 싶었지만, 그럴 자격이 없어 알겠다고 했습니다. 그걸로 끝이라 생각했습니다. 그 무거운 상처를 짊어지고도 이렇게 밝고 건강하게 자라 주었다는 것만으로도 고맙다고 생각했습니다."

도훈은 목이 메어 잠시 쉬었다 말을 이었다.

"그 후로도 유진 씨 생각이 여러 차례 떠올랐지만 그때마다 그렇게 생각했어요. 여동생 같은 존재라서, 어떤 상처를 가지고 있는지 너무도 잘 알아서 계속 걱정되는 마음이 드는 거라고. 그렇게 진심을 눌러 가며 마음을 접으려 했는데 실패했습니다. 결국 인정할 수밖에 없었습니다."

시선을 떨구었던 도훈이 조심스레 고개를 들어 유진의 부모님을 번갈아 쳐다보았다.

"제가 반유진 씨를 마음에 담았다는 사실을 말입니다."

"어, 어떻게."

놀란 선영이 손바닥으로 입을 가렸다. 영우가 그런 아내의 등을 다독이며 그녀를 진정시켰다.

"굳이 이유를 찾으라시면 어떻게든 찾아질지도 모르겠지만, 지금으로서는 그 어떤 말로도 이 마음을 설명드리긴 어려울 것 같습니다."

"알았어요. 무슨 말인지 알겠어요."

영우가 그만하면 됐다는 뜻으로 고개를 끄덕였다.

"유진이에게도 얘기 들었고. 젊고 현명한 사람들이니 알아서들 정리하겠지. 그렇죠?"

도훈은 차마 네, 라는 대답을 할 수가 없었다. 그녀를 포기하라는 말에 어떻게 바로 네, 하고 담담하게 답할 수 있을까?

대답이 없는 도훈을 의아하게 여긴 선영이 불안하게 떨리는 목소리로 확인차 물었다.

"왜 대답이 없어요? 우리 유진이하고 정리할 거죠?"

도훈에게서는 여전히 아무런 답이 없었다.

"이봐요!"

선영이 다시 한 번 소리를 질렀을 때 그가 아주 힘겹게 입을 열었다.

"저를 이기적인 놈이라 욕하셔도 좋습니다. 그 어떤 모진 말도 다 견디겠습니다. 화가 풀리실 때까지 때려야겠다고 하시면 다 맞겠습니다. 대신…… 유진 씨를 제 곁에 둘 수 있게 해 주실 순 없겠습니까?"

그러자 선영이 기함하여 이마를 부여잡았다. 당혹스럽긴 영우도 마찬가지라 그 역시 황당해하며 매섭게 쳐다보았지만 도훈의 표정은 여전히 진지했다.

"유진 씨가 두 분께 어떤 딸인지 잘 알고 있습니다. 그렇지만 제게도 정말 소중한 이라 이렇게 떠나보내고 싶지 않습니다. 동생의 일은 평생을 죄스럽게 여기며 살아가겠습니다. 그러니 유진 씨와의 관계, 다시 한 번 생각해 주실 수 없겠습니까?"

"여보. 지금 저 사람이 무슨 말을 하고 있는지 당신 알겠어요? 나 방금 진짜 말도 안 되는 얘길 들은 것 같아서 그래. 여보. 당신이 말해 봐요. 내가 잘못 들은 거죠?"

선영이 귀를 의심하며 남편에게 거듭 물었지만, 영우는 도훈을 차갑게 바라

볼 뿐 입을 열지 않았다. 잠시간 침묵이 흘렀다. 날이 밝아 오는 바깥의 기운과 다르게 방 안에는 냉기만이 가득했다. 한참 동안 쥐 죽은 듯 고요히던 방에서 가장 먼저 흘러나온 것은 영우의 냉랭한 음성이었다.

"안도훈 씨. 당신 정말 못된 사람이군요."

꿇어앉은 채 한쪽 무릎을 짚고 있던 도훈의 손등에 핏줄이 불거진다. 내내 흥분하여 소리친 선영과 달리 침착하던 영우가 꺼낸 한마디에, 미약하게나마 가졌던 희망이란 감정이 소리 없이 부서지는 느낌이었다.

영우가 더욱 서늘해진 목소리로 말했다.

"고작 그 사랑이라는 감정 때문에 우리 집을 이렇게 쑥대밭으로 만들어 놓고. 뭣이 어째요? 유진이를 달라고? 당신, 정말 양심이라는 게 있소?"

"죄송합니다."

"그런 흔해 빠진 사과 따위는 필요 없으니 다시는 그런 소리 하지 말아요."

"아버님."

"어디서 감히 아버님이야? 내가 당신한테 그런 소리를 듣고 싶을 것 같나? 철천지원수라는 말로도 부족할 사이에 어디서 감히! 당장 이 방에서 나가요. 꼴도 보기 싫으니."

하지만 도훈은 그대로 앉아만 있었다. 더한 말도 참을 수 있었다. 유진을 욕심내는 일이 쉬울 것이라고는 생각해 본 적 없었다.

"이 사람이 진짜!"

영우가 벌떡 일어나 그의 멱살을 잡아 쥐었다. 힘으로는 도훈이 압도적으로 우세했지만 영우를 이기려 들 수는 없는 노릇이어서 잡아끄는 대로 가만있으려는데 갑자기 유진이 들이닥쳤다.

"아빠!"

"유진이 너는 나가 있어. 지금 네가 끼어들 상황이 아니야."

유진이 영우의 팔을 잡으며 매달렸다.

"아빠. 말로 하세요. 이 사람 지금 아프잖아!"

유진이 아직 깁스를 하고 있는 그의 팔 상태를 들먹였지만, 영우에게는 먹히

지가 않았다.

"지금 이깟 팔 다친 게 문제냐? 이 사람이 지금 우리 앞에서 무슨 소리를 한 지나 알아?"

"그래도요. 아픈 사람한테 이러시는 게 어디 있냐고요!"

"유진이 너 정말!"

"차라리 저를 때리세요. 저를 욕하시라고요!"

"그만!"

부녀가 도훈을 놓고 실랑이를 벌이는 모습을 멍하니 쳐다보던 선영이 자리에서 일어서며 버럭 고함을 질렀다. 동시에 세 사람의 시선이 자신에게로 향하자 분개한 그녀가 소리쳤다.

"유진이 너, 엄마가 말했지? 내 앞에서 저 사람 편들지 말라고."

"엄마……."

"똑바로 말해. 너도 저 사람하고 같은 마음이야? 우리야 어떻든 말든, 너도 저 사람하고 같이 있고 싶어? 그러고 싶은 거야?"

유진은 순간 목구멍이 턱 막힌 것처럼 아무 말도 나오지 않았다. 그렇지 않다고, 곧 정리할 것이라고 모질게 단언해야 하는데. 그게 옳은 일일 텐데. 당황스러운 마음에 고개를 돌리자 계속 그녀를 향하고 있었던 듯, 침통한 표정의 도훈과 눈이 마주쳤다. 그의 눈을 바라본 찰나, 여태 몇 번이고 다짐해 왔던 것과는 다른 대답이 그녀의 마음에 자리 잡았다. 망설임 끝에 유진이 물었다.

"그러고 싶다면…… 허락해 주실래요?"

"어머. 세상에."

예상치 못한 대답에 허망한 눈길로 딸을 바라보던 그녀의 눈이 서서히 감기는가 싶더니, 곧 선영이 바닥으로 쓰러지고 만다.

"여보!"

"엄마!"

공포로 가득 찬 두 사람의 목소리가 방 안을 가득 메웠다.

"유진. 너무 아쉽다."

종종 즐겨 찾던 호프집의 구석진 테이블 앞에 앉은 현아가 입술을 부루퉁하게 내밀며 아쉬움을 표했다. 오늘을 마지막으로 현아와 효연은 몇 개월간의 휴가를 가지고, 유진은 서울로 돌아간다. 현아는 이 사실을 다른 직원들에게도 알리고자 했지만 유진이 만류했다. 가능한 조용히 떠나고 싶었다.

곁에서 맥주를 홀짝이던 효연이 물었다.

"리조트 관두는 건 둘째 치더라도 유진 요즘 많이 안 좋아 보여. 말해 봐. 지사장님하고 무슨 문제 있는 거지?"

"그래. 다퉜으면 그렇다고 말을 해, 계집애야. 우리가 사람들한테 소문낼 것도 아닌데."

유진은 그런 게 아니라고 말하려다 생각을 바꾸고 다른 말로 둘러대기로 했다. 전보다 도훈과 소원해진 것도 사실이었고, 눈치 빠른 현아와 효연을 계속해서 속이는 것도 어려울 것 같다는 생각에서였다.

"그냥 가볍게 말다툼했어요."

"그럼 그렇지. 어쩐지 지사장님도 표정이 뚱하더라니."

"계집애, 정말 연애를 하긴 하는구나? 누구하고도 싸우지 않을 것 같던 반유진이 지사장님하고 사랑싸움도 하고."

"그런데 뭐 때문에 다퉜어? 궁금하다. 어서 말해 봐."

"그래. 지사장님 때문에 네가 화난 거야? 아니면 너 때문에 지사장님이 화내신 거야? 응?"

두 사람이 번갈아 물어 대는 것을 유진은 노코멘트라는 한 마디로 정리했다. 빨리 다툼의 이유를 말하라는 두 사람의 성화에 유진은 결연한 표정으로 고개를 젓고는 맥주를 입 안 가득 들이켰다.

문영의 집에서 쓰러졌던 선영은 며칠간 병원 신세를 진 후 서울로 돌아갔다. 도훈은 그녀의 입원 당일부터 퇴원일까지 틈만 나면 병원을 찾았지만 선영은 단 한 번도 그를 병실로 들이지도, 얼굴을 마주하지도 않았다. 영우 역시 그에게 마음을 닫고 차갑게만 대하는 바람에 유진이 미안한 마음이 들어 이제 그만 오라고 해도 도훈은 고집을 꺾지 않았다.

그 후 선영이 퇴원하여 돌아간 지 약 2주일이 흘러 오늘이 되었다. 그동안 도훈과는 단 한 번도 따로 만나지 않았다. 요즘같이 힘들 때 더욱 그의 품이 간절했지만 아직까지 기운이 없는 선영을 생각하면 그마저도 제 욕심일 뿐이라는 생각이 들었다. 더더군다나 그와 함께하고 싶다는 말에 쓰러졌던 선영을 떠올리면 죄책감이 더 커졌다. 가벼운 기절이었으니 망정이지, 그때의 충격으로 선영이 잘못되기라도 했다면 그녀는 아마 제대로 살 수 없었을 것이다.

선영의 퇴원 이후 도훈 역시 그녀를 찾지 않았다. 유진은 그 역시 선영이 쓰러진 일로 충격이 클 거라 생각했다.

물론 그렇다고 선영과 영우에 대한 원망이 없는 것은 아니었다. 도훈이 일 마치는 대로, 또 틈날 때마다 그렇게 병원을 찾았는데 얼굴이라도 한번 봐 주지. 사람이 어쩜 그렇게 매몰찰 수 있을까, 하는 마음에 미안해서 그를 보기가 더 힘들었다.

그러던 차에 그가 아주 오랜만에 문자 메시지로 연락을 해 왔다.

[아까 보니 데스크 직원들과 같이 나가는 것 같던데. 함께 있는 거죠?]

[네.]

[끝나면 전화 줘요.]

[네.]

그의 짧은 문자 메시지에 눈물이 핑 돌았다. 여태껏 어찌 참았나 싶을 정도로 마음이 급해졌다. 유진은 두 사람의 다툼의 이유가 무엇인지 궁금해하는 그들에게 양해를 구하고 곧바로 자리에서 일어섰다.

유진의 전화를 받은 도훈은 어머니와 마지막으로 함께했던 언덕 아래 공원에서 그녀를 기다리고 있었다. 그녀와 함께 보았던 연못 앞에 선 그는 잠잠한 수면을 감흥 없이 바라보았다.

날씨가 부쩍 서늘해졌다. 여름이 지나간 지 얼마나 됐다고 벌써 겨울이 시작되려는 조짐이 보였다. 유진에게 이번 여름은 제게 달라 했을 때만 해도 그 기간이 이렇게 짧을 줄 몰랐었는데. 새삼 시간이 빠르게 흐른다는 게 실감이 났다.

오늘이 마지막일 거라는 예감이 느껴졌다. 아니, 확신이라는 단어가 더 잘 맞을 것이다.

그런 생각에 잠겨 유진이 도착한 것도 알아차리지 못한 모양이었다. 등 뒤까지 다가온 그녀가 떨리는 목소리로 입을 열었다.

"도훈 씨."

한숨처럼 내뱉은 유진이 도훈의 등 뒤에서 그의 허리를 꼭 끌어안았다.

그의 등에 기댄 그녀가 작게 속삭였다.

"보고 싶었어요."

도훈은 그녀의 얼굴이 보고 싶었다. 그래서 허리에서 그녀의 손을 풀어내고 곧바로 몸을 돌렸다. 도훈이 커다란 두 손으로 그녀의 양 볼을 부드럽게 감싸며 말했다.

"얼굴이 왜 이렇게 차가워요? 어디 아파요?"

"아니요."

유진의 눈에는 이미 눈물이 그득 괴어 있었다. 2주 전 병원에서 유진을 마지막으로 본 그날도 그랬는데 오늘도 변함이 없었다. 자신은 유진으로 인해 웃는 날이 늘었는데, 그녀는 자신 때문에 눈물 마를 일이 없는 것 같아 속이 상했다.

유진은 그런 착잡한 마음에 표정이 굳은 도훈을 오해하고 물었다.

"나 많이 원망했죠?"

"그런 적 없어요."

"미안해요."

"유진 씨가 뭘. 사과는 내 몫인데. 미안해요. 나 때문에 계속 힘든 일 겪게 해서."

"그런 말 하지 말아요."

유진이 도훈의 허리를 끌어안으며 그의 가슴에 기댔다.

도훈이 자조 섞인 목소리로 말했다.

"내가 너무 오만했어. 우리 가족 때문에 당신 가족이 얼마나 힘들었는지 다 안다고 섣불리 자신했던 것 같아. 그날 유진 씨 부모님 뵙고 나서야 내가 무슨 짓을 저질렀는지 제대로 알았어. 미안해. 그렇지만 후회하지 않아. 난 다시 같은 상황에 놓인다 하더라도 당신 사랑할 거야."

유진이 그의 품에서 얼굴을 떼고 그를 올려다보았다.

"도훈 씨."

"그러니까 우리 이제 그만 헤어지자."

도훈은 둘 중 누구라도 먼저 해야 할 말이라면, 그 말로 서로가 상처 입을 수밖에 없다면 그녀보다는 그가 하는 게 낫다고 생각했다. 떠날 수밖에 없는 유진의 발목을 옭아매고 있는 보이지 않는 끈은 자신이 풀어 주어야 했다.

"도훈 씨."

울먹이며 유진이 고개를 저었다. 헤어지고 싶지 않았다. 이대로 그를 두고 돌아서고 싶지 않았다. 또다시 이곳에 그를 혼자 남겨 둘 수는 없었다. 그녀 역시 오늘이 마지막일 거라는 예감으로 이곳에 오긴 했지만, 이런 기분이 들 줄은 몰랐다.

도훈은 계속해서 눈물만 주르륵 흘리는 그녀를 귀여운 아이 보듯 사랑스럽게 바라보았다. 이렇게 눈물로 얼룩진 얼굴마저 예뻐 보인다는 말을 입 밖으로 꺼낼 수 없는 현실이 안타까울 뿐이었다. 그가 그녀의 얼굴에 흐르는 눈물을 닦아 주며 웃었다.

"이제는 울지 마. 나 때문에 이만큼 울었으면 됐어. 나 당신 우는 거 더는 못 보겠다."

"그러지 말고 붙잡아요."

유진이 목이 메어 소리쳤다.

"나 붙잡아! 옆에 있으라고. 떠나지 말고 곁에 남으라고 하란 말이야."

도훈은 엉엉 소리 내며 울어 버리는 그녀를 안고 싶은 마음을 꾹꾹 눌러 참았다. 누구보다 그녀를 잡고 싶었다. 아버지와 어머니가 서로를 사랑하고 미워하며 보낸 시간 동안 옆에서 지켜보면서도 이해할 수 없었던 감정을 이제야 조금은 알 것도 같았다.

하지만 그녀를 보내야 한다. 그래서 그는 마음에도 없는 말로 진심을 숨겼다.

"됐어. 나는 반유진처럼 우는 게 안 예쁜 여자는 싫어."

도훈은 그럼에도 울음이 끊이질 않는 유진을 조심스럽게 품에 안았다. 그리고 처음이자 마지막으로 제대로 고백했다.

"사랑해, 반유진. 내 마음을 전부 가진 여자는 너뿐이었어."

도훈은 더는 하지 못할 말들을 속으로 되뇌었다. 유진아. 네 말대로 널 붙잡고 싶다. 무릎 꿇어 애원해 가질 수 있는 사람이라면, 평생을 그렇게 해서라도 갖고 싶을 만큼 난 여전히 당신을 원해. 절대 가질 수 없는 반유진이 욕심이 나 돌아 버릴 것 같아. 하지만 안 된다는 걸 알아. 그러니 우리는 여기서 그만 헤어지자. 차마 다른 사람과의 행복을 빌어 주진 못하겠다. 나, 그 정도로 마음이 넓진 못한가 봐. 아직까지는 당신이 나만 기억했으면 좋겠고, 나만 떠올리며 살아갔으면 좋겠어. 앞으로의 내가 그럴 것처럼 말이야.

23
아직 피어오르지 못한 봄

유진이 서울로 떠났다. 도훈은 그녀가 떠났다는 사실을 잊고자 리조트 리모델링 공사 현장을 이 잡듯 헤집고 다녔다. 공사가 시작된 후 용재에게도 1주간의 휴가가 주어졌다. 무더운 여름 대신 선선한 가을에 휴가를 떠나고 싶다는 그의 의견을 반영한 결과였다. 사실 업무는 눈코 뜰 새 없이 바빴지만, 도훈에게도 누구의 간섭 없이 혼자 있을 시간이 필요했기에 차라리 잘된 거라는 생각도 들었다.

그런 뜻에서 용재에게 여자 친구가 있는 제주에 가 함께 지내다 오라고 신신당부한 게 며칠 전인데 녀석은 아직도 상관의 옆에 껌딱지처럼 붙어 다니며 잔소리 중이다.

"이러지 말고 집에 가서 쉬시라니깐요. 설마 공사 기간 동안 매일같이 이러실 건 아니죠? 지사장님이 이렇게 다 챙기고 나서면 작업하시는 분들이 얼마나 힘드시겠어요? 네?"

도훈이 보고 있던 내부 설계 도면 파일을 내려놓고 돌아섰다.

"넌 왜 가라는 휴가는 안 가고 계속 참견이야? 휴가 가기 싫어? 데이트하기 싫으냐고."

"저도 데이트하고 싶죠! 그런데 지사장님이 이러시니 제가 어디 맘 편하게 떠날 수 있겠냐고요."

"그러니까. 왜 나 때문에 네 마음이 불편하냐고? 내가 너한테 휴가 가지 말라고 했어? 너야말로 왜 이렇게 귀찮게 구는 거야?"

"좋습니다. 한 가지만 여쭤보고 떠나겠습니다."

"여쭤보지 마."

"그럼 묻겠습니다."

"말장난해? 묻지도 마."

"그럼 제 마음대로 해석해도 되겠습니까?"

"그냥 아무것도 하지 말고 가, 어서."

"흐음."

"'흐음'은 무슨 '흐음'이야? 빨리 안 가?"

"지사장님."

"너 이러고 있는 거 보는 게 더 지친다. 네가 내 걱정해서 이러는 건 알겠는데. 용재야, 나도 이러고 싶어서 이러는 거 아니야. 가만히 있는 게 더 힘들어서 그래. 일하시는 분들 힘들지 않게 눈치껏 잘 움직일게. 그러니까 걱정 말고 가서 쉬다 와."

"휴우. 알겠습니다. 대신 식사는 꼭 챙기십시오."

"그래."

"수시로 전화드릴게요."

"내가 뭐랬어? 아무것도 하지 말랬지? 그냥 편하게 푹 쉬어. 오케이?"

용재가 떨떠름하게 대답했다.

"오케이."

"그래. 다녀와서 보자."

"네. 가 보겠습니다."

"음."

도훈은 리조트를 나서며 몇 차례나 뒤돌아보는 용재를 보며 피식거렸다. 저 자식은 알까? 자신이 얼마나 귀여운지. 언제부터였는지는 모르겠으나 도진보다는 용재가 더 친동생처럼 가까이 느껴졌다. 그가 아프다면 걱정이 되고, 좋은 일이 생기면 그보다 자신이 더 기쁜 마음이 되는, 이런 관계가 오히려 더 가족 같은 게 아닐까?

그런 용재에 비해 도진은 여전히 한결같았다. 도훈의 곁에서라면 조금이나마 더 나아지지 않을까 하고 바랐던 아버지의 기대가 무색할 정도로 건성건성에, 대충대충이었다. 평소 큰소리 한 번 제대로 내지 않는다는 작업반장이 그 때문에 몇 번이나 현장 분위기를 싸하게 만들었다는 것만 봐도 충분히 알 만했다.

때로는 불쑥불쑥 화가 치밀어 오르기도 했다. 저딴 자식 때문에 자신이 피해를 본다는 생각이 들 때면 기절할 때까지 때려 버리고 싶기도 했다. 잘못은 남이 했는데 왜 내가 피해를 봐야 해? 그런 생각이 들 때마다 도훈은 그걸 다 알면서도 시작한 스스로의 잘못이 더 크다는 생각으로 그 마음을 덮어 두고는 하였다.

하아. 이젠 어떻게 해야 할까? 고작 몇 달간의 짧고도 지독한 사랑이 끝이 났다. 그녀를 생각하며 설레던 밤들도, 다음 날 만날 생각에 빨리 잠자리에 들었던 날들도 이젠 안녕이었다. 앞으로 남은 길고 긴 고독과 허무의 밤들을 어떻게 보내야 할지 벌써부터 막막하게 느껴졌다.

영우가 거실 벽에 걸린 달력을 떼고 새 달력을 걸었다. 아직 올해가 하루 더 남았지만 생각난 김에 바꿔 두려는 것이었다.

지난 가을의 초입에 유진이 서울로 돌아왔다. 몇 년 전 태안으로 떠났을 때부터 비어 있던 방에 주인이 돌아왔지만 분위기는 예전 같지 않았다. 퇴직 후

390

집에서 가족들과 보내는 시간이 가장 즐거웠던 그는 지금의 무거운 분위기가 불편해 어디든 갈 곳을 만들어 외출하는 일이 잦아졌다.

아내 선영 역시 마찬가지였다. 정원의 화초들과 나무들을 가꾸는 것에 즐거움을 느꼈던 그녀는 이제 아무것도 돌보지 않았다. 그 탓에 정원의 화분들 중 죽은 것들도 더러 보였지만 집 안의 누구도 거기에 신경을 쏟지 않았다.

그리고 유진은 아침 일찍 집을 나가 밤이 늦어서야 돌아오는 일상을 반복하고만 있었다.

사실 유진이 처음부터 그랬던 것은 아니다. 어디든 취업하여 정신없이 일을 하겠다며 뛰어다니던 그녀가 어느 날 문득 생각이 바뀌었다며 영우와 선영에게 말했다.

'나 몇 달만 쉴게.'

'그래. 그렇게 해라. 너도 계속해서 일하느라 힘들었지? 살다 보면 가끔 쉬어 줘야 할 때도 있어.'

옆에서 부녀의 대화를 듣고 있던 선영이 대뜸 목소리를 높여 물었다.

'뭘 하면서 쉴 건데? 일 안 하고 멍하니 있으면 잡생각밖에 더 나겠니?'

'여보. 유진이가 쉬겠다잖아. 저 알아서 하게 놔둡시다.'

'엄마가 무슨 걱정 하시는지 다 알아. 걱정 마세요. 도서관 가서 못 읽었던 책들도 읽고, 친구들하고 시간도 보내려고. 그래서 그러는 거야.'

'정말이지?'

'그럼. 내가 달리 뭘 하겠어.'

'그래. 믿을게.'

그날 이후, 유진은 새벽이슬을 밟고 나가 밤이 깊어질 즈음 돌아왔다. 처음 며칠간은 친구 누구를 만났다느니, 도서관에 있다 보니 시간이 이렇게 된지도 몰랐다느니, 여러 이유를 들어 가며 부모를 안심시키더니 언젠가부터 집에 들어오면 말없이 방에 들어가 버리기 일쑤였다.

어디서 뭘 했냐는 물음에 비슷한 대답만이 흘러나오자 더 묻기가 어려워졌고, 유진 역시 굳이 말하지 않아도 될 것이라 판단했는지 날이 갈수록 말수가 줄었다. 그렇게 겉으로는 보통의 일상을 지내는 것처럼 보이지만 속은 곪아 들어가는 날들이 연일 이어지고 있었다.

그러던 어느 날 새벽. 평소보다 일찍 일어난 영우는 깨자마자 휴대폰의 화면을 터치해 현재 시간을 확인했다. 새벽 다섯 시가 조금 넘은 시각이었다. 부지런한 해도 아직 모습을 드러내지 않은 그 시각. 방문 밖에서 약한 소음이 들려왔다. 선영이 작게 중얼거렸다.

"지금 나가서 또 언제 들어오려고. 어휴."

"당신, 벌써 깼어?"

영우는 선영이 당연히 자고 있을 줄 알았기에 적잖이 놀랐다. 선영이 허망한 눈길로 천장을 응시하며 물었다.

"여보. 유진이 우리 딸 맞는 거지?"

"응?"

"요즘 들어 유진이가 더 멀게 느껴져. 우리와 같은 식탁에 마주 앉은 지가 언제였는지 기억나지도 않아."

그 역시도 마찬가지였다. 유진과 함께 했던 마지막 식사가 언제였는지 흐릿하기만 했다.

선영이 계속해서 말했다.

"어제 문득 유진이가 내게 처음으로 소리 지르면서 울부짖던 날이 떠오르는 거 있지."

"언제? 태안에서?"

"음."

복잡한 표정의 선영이 긴 숨을 내뱉고는 말했다.

"그때 깨달았어."

"무얼?"

"유리 그렇게 되고 나서 유진이가 한 번도 그렇게 울었던 적이 없다는 거."

"그랬었나?"

영우는 아내의 말을 곰곰이 되새겨 보았다. 그러고 보니 정말 유진이 울었던 기억이 없다. 가끔 학교생활이 힘들거나 직장 생활에서 고단함을 호소한 기억은 나도 눈물을 흘린 일은 기억나지 않았다.

선영이 말했다.

"혹시 말이야."

"응."

"유진이에게도 기댈 누군가가 필요하진 않았을까?"

선영의 말에 영우의 머릿속이 텅 빈 것처럼 멍해졌다.

"우리는 그래도 둘이었잖아. 나 힘들 때, 당신 힘들 때 서로 보듬어 주면서 버텨 냈지만 우리가 유진이를 제대로 안아 준 적이 한 번이라도 있었을까?"

선영의 말에 영우의 생각도 깊어진다. 언제나 어디서든 항상 웃으며 괜찮다고만 말하던 큰딸 유진이. 그런 유진이 감내해 냈어야 할 고통들에 관해 한 번이라도 제대로 생각이나 해 본 적이 있었나? 그들 부부가 유리를 떠나보낸 뒤의 상실감에서 벗어나는 데 어려움을 겪는 동안 유진은 그들의 눈길이 닿지 않는 곳에서 얼마나 울었을까? 미처 챙기지 못했던 딸아이의 진짜 모습은 어떤 것일까? 그 어떤 질문에도 확실한 대답을 꺼내 놓을 수 없었다. 갑자기 얼굴도 모르는 누군가에게 명치를 얻어맞은 것처럼 거센 통증이 느껴졌다. 차마 더 버티기가 힘들어진 영우가 침대에서 일어나 앉자, 선영이 의아해하며 물었다.

"왜? 좀 더 누워 있지?"

"잠깐 바람 좀 쐬고 올게."

"여보?"

영우는 의아해하는 선영을 두고 대문 밖으로 나왔다. 밖은 아직 어둑했다. 유진은 이 어둠을 뚫고 매일같이 어딜 그리 다니는 것일까? 생각에 잠긴 채 신발을 끌며 대문과 마주한 벽으로 가 등을 기댔다. 속상한 마음에 가지고 나온 담뱃갑을 열었지만 한 개비도 꺼내 들기가 어려웠다.

아내와 딸들의 권유로 끊었던 담배를 유리가 떠난 후 딱 한 번 손에 쥔 적이 있었다. 그때도 유리가 금연하라며 애교를 피워 대던 목소리가 떠올라 차마 태우지 못하고 버려 버렸는데. 이번에도 마음은 간절하기만 한데 흡연을 말리던 유진의 목소리가 너무도 생생히 떠올라 차마 불을 붙이지도 못하고 망설이기만 했다.

그때 눈에 익은 차 한 대가 우측의 골목길을 따라 올라와 정차하는 것이 보였다. 몇 주 전부터 간혹 모습을 드러내던 그 차다. 시간대는 들쑥날쑥했지만 늘 같은 자리에 정차해 있는 외제 차 한 대. 처음 봤을 땐 새로 이사 온 주민이 있나 생각했었다. 자그마한 동네라 어느 집 누가 외제 차를 샀다더라, 하면 금세 소문이 났을 텐데 들은 바가 없었기 때문이다. 그러나 아무리 시간이 흘러도 새로 이사 왔다는 이의 소식은 들을 수 없었다. 그래서 더 눈길이 갔는지 모른다.

그 차에서 오늘 처음으로 누군가가 내리려는 기색이 느껴졌다. 누구지? 아는 사람일까? 호기심이 일어 빤히 지켜보던 영우의 가슴이 철렁하고 내려앉았다.

어떻게 저 사람이?

운전석 문을 열고 내린 사람은 도훈이었다. 차에서 내린 그는 유진의 방이 자리한 주택의 2층 창문을 우두커니 바라보다 손안의 휴대폰으로 고개를 떨어뜨렸다. 전화를 할까 망설이는 것처럼 보였다. 그러곤 다시 얼굴을 들어 같은 곳을 바라보았다. 다행인지 불행인지 도훈은 그를 발견하지 못했다. 아직 어둠이 가시지 않았기 때문이기도 했고, 또 그가 지겹도록 한곳만 응시한 탓이기도 했다.

도훈의 망연자실한 표정을 훔쳐보는 영우의 마음이 한없이 무거워진다. 귀하고 어여쁜 딸아이는 사랑을 잃고 방황하고 있다. 그런 딸아이를 제게 주십사 무릎을 꿇었던 이는 고작 이러려고 그 먼 길을 한달음에 달려온다. 저 깊고 짙은 감정의 끝은 어디일까? 과연 우리가 선택한 이 길이 옳은 것일까? 누구도 답해 주지 않을 질문을 무수히 반복하던 영우는 도훈이 다시 차에 오르고서야 걸음을 옮길 수 있었다.

유진은 한참을 망설이다 공중전화 앞에 섰다. 동전을 넣고도 번호를 누르지 못하고 머뭇거렸다. 며칠 전부터 반복되고 있는 행동이다. 동전을 넣고, 머릿속에 각인되어 지워지지 않는 번호를 차마 누르지 못하고 돌아서기를 여러 번. 그 남자 목소리라도 한번 듣고 싶어서, 그러지 않으면 숨이 막혀 죽을 것 같으면서도 겨우겨우 안간힘을 쓰며 버텨 낸다. 그렇게 오늘도 그의 번호를 누르지 못한 채 공중전화 부스를 빠져나왔다. 그러곤 걸었다. 무작정 걸어서 집에서 차로 20여 분 거리에 있는 카페에 도착했다. 24시 상시 운영 중인 카페의 여주인에게 아메리카노 한 잔을 주문하는 게 하루의 시작이 된 지 오래다. 북 카페를 겸하는 그곳에서 아무 책이나 한 권 펼쳐 놓고 꾸역꾸역 읽었다. 책 속의 인물들이 깔깔대며 웃는 장면을 보면서도 웃지 못하고, 하염없이 우는 장면에서도 따라 울지 못하지만 지금은 할 수 있는 게 그것 말고는 아무것도 없었다.

유진의 집 앞을 빠져나온 도훈은 건오에게 전화를 걸었다.

— 이 시간에 어쩐 일이야? 무슨 일 생겼어?

건오는 도훈의 목소리도 듣기 전부터 걱정을 쏟아 냈다. 도훈이 피식 웃으며 입을 열었다.

"일은 무슨. 물어볼 게 있어서."

— 뭔데?

"서울 집 비밀번호 바꿨어?"

— 네 집?

"응."

— 아니. 네가 정했던 그대로야. 그런데 너 지금 어딘데? 서울이야?

"어."

― 지금 오려고?

"'오려고' 라니? 너 지금 남해에 있는 거 아니었어?"

― 그래. 본사에 일이 있어서 어젯밤에 올라왔어.

"언제 출근해?"

― 음. 두 시간 후쯤?

"지금 갈게. 집에서 보자."

― 알았다.

도훈은 지난밤 잠자리에 들어 한참을 뒤척이다 미친 사람처럼 차에 올랐다. 몇 시간이 걸리건 상관없었다. 이렇게라도 하지 않았다간 돌아 버릴 것 같았다.

이렇게 무작정 유진의 집 앞으로 달려온 게 오늘이 처음은 아니었다. 딱 한 번만, 그저 딱 한 번만이라도 좋으니 그녀의 모습을 보고 싶었다. 지나가는 뒷모습이라도 좋았다. 창문에 비친 옆얼굴이라도 상관없었다. 잘 지내고 있는지, 그처럼 아파하고 있진 않은지. 걱정이라는 이유를 핑계 삼아 이렇게 찾아왔지만 오늘도 끝내 그녀의 모습은 볼 수가 없었다.

도훈은 오늘따라 유난히 더 몸이 무겁고 힘들었다. 그래서 잠깐이나마 비워 둔 서울 집에서 쉬어 가려 건오에게 연락했던 건데, 운이 좋았던 건지 녀석이 와 있다고 했다. 도훈은 바쁜 건오가 그를 보기도 전에 나가 버리는 불상사는 막아야겠다고 생각하며 액셀러레이터를 힘껏 밟았다.

도훈이 성인이 되고 취업하여 돈을 번 이후 가장 먼저 한 일은 그의 이름으로 된 집을 마련하는 것이었다. 민기는 아들이 집을 얻자마자 나가 버릴 것이라 염려하였는지 몇 차례나 만류하였지만 결국 도훈의 고집을 꺾지는 못했다.

집수리는 도훈의 친구들이 적극적으로 나서서 진행했다. 건축업계에 몸담은 친구 녀석이 둘이나 있으니 염려할 게 없었다. 건오와 민규 두 사람이 자신의 일처럼 직접 나서 주었고, 덕분에 아주 만족스러운 결과물을 맞이한 지 몇 달도 채 되지 않을 때 제주로 발령이 났다. 도훈은 제주로 가야 한다는 부담감보다 이렇게 마음에 쏙 드는 집을 두고 가야 한다는 게 더 불만일 정도로 집에 관한 애착이 컸지만 다른 방도가 없었다.

그때부터 비어 있었던 집에 다시 온기를 불어넣은 건 건오였다. 해외에서의 근무를 마치고 돌아온 그가 한국에서 지낼 곳을 찾는다는 말에 곧바로 그 집을 권유했다. 건오는 절대 빈손으로는 들어오지 않겠다고 고집을 부렸고, 도훈은 혹여 그런 생각에 돈이라도 부쳤다가는 인연을 끊겠다는 말로 맞섰다. 어차피 비어 있는 집이었다. 누구라도 들어와 사는 게 비어 있는 것보다는 훨씬 가치가 있을 거라 생각했다. 게다가 다른 이도 아닌 건오였다. 아까울 게 없었다. 설전 끝에 항복한 건오가 그 집에서 서울 생활을 시작했지만 그 역시 지금은 남해로 옮겨 간 상태다.

다시 비어 버린 그 집을 아주 오랜만에 찾는다고 생각하니 어딘지 어색한 기분이 들었다. 제주에서 서울을 찾을 때만 해도 이렇진 않았는데. 그새 태안에서의 생활에 익숙해진 걸까?

잠시 후 도훈이 집에 도착했을 때 건오는 출근 준비를 거의 마친 상태였다.

지친 한숨과 함께 소파에 길게 드러누운 도훈이 기운 빠진 목소리로 말했다.

"오랜만이다. 강건오."

"왔어?"

넥타이를 손에 쥔 건오가 드레스 룸에서 나오며 그를 반겼다. 도훈이 습관대로 냉장고를 열어 물이라도 한 잔 마실 것이라 예상했는데, 어쩐 일인지 지친 기색으로 소파에 널브러져 있었다. 건오가 이상하다는 표정으로 그를 내려다보며 물었다.

"태안에서 온 거야?"

"어."

"오늘 출근 안 해?"

"해."

"그런데 이러고 있다고?"

"볼일이 있었어. 덕분에 밤새 한숨도 못 잤거든. 여기서 한두 시간만이라도 눈 좀 붙이려고 왔어."

"대체 무슨 일이야?"

넥타이 착용을 마친 건오가 어찌 된 사정인지 얘기라도 들어야겠다는 투로 소파에 앉았지만 도훈에게서 돌아오는 대답은 없었다.

가만히 도훈을 지켜보던 건오는 문득 떠오르는 바가 있어 물었다.

"유진 씨 문제야?"

이번에도 침묵을 지키는 도훈을 보며 지난번 남해에서 만난 유진 때문임을 확신했다. 그때는 분명 서로 죽고 못 사는 것처럼 보여서 잘 되었다고 생각했는데. 아무래도 모르는 사이에 무슨 일이 생긴 것이 분명했다. 도훈에 관해서는 누구보다 그가 제일 잘 알았다. 도훈은 기본적으로 됨됨이가 바른 사람이었다. 능력도 좋아 높이 평가받으면서도 젠체하지 않아 더 괜찮은 친구였다. 자신이 외로운 세상에서 홀로 견디고 있을 때 가장 먼저 손을 내민 이도 도훈이었다. 그런 그가 이토록 흐트러진 모습으로 스스로를 혹사시키고 있었다.

건오가 그를 진심으로 걱정하며 물었다.

"싸웠어?"

"헤어졌어."

"무슨 이유인지 물어도 돼?"

"안 돼."

"그럴 거면 티 내지나 말던가. 자식, 사람 속상하게."

건오가 갑갑해졌는지 신경 써 묶었던 넥타이를 당겨 풀며 슬며시 인상을 찌푸렸다. 그러곤 눈을 감은 채 미동도 없는 도훈을 안쓰럽게 쳐다보다 말했다.

"알겠다. 더 안 물을게."

"고맙다."

"참. 나중에 배고프면 식탁에 떡 있으니까 그거 먹어."

"웬 떡?"

"왜, 요 밑에 비어 있던 공터 있잖아? 거기에 이층집 한 채가 들어섰는데 그 집 부부가 어제저녁에 이사 떡 돌리러 왔었어."

"요즘도 그런 거 하나 봐?"

"응. 좋은 사람들인 것 같아. 남편은 좀 무뚝뚝한 편인 것 같은데, 아내 되는 사람은 상냥하고 친절하더라고."

"같이 얘기도 나눴어?"

"응. 딸을 데리고 왔더라고. 아이가 예뻐서 몇 마디 더 나눴었어."

"의원데? 강건오한테 그렇게 사교적인 면이 있었나?"

툭툭거리며 말한 도훈이 일어나 앉았다. 건오는 오랜만에 보는 친구의 신경질적인 모습에 걱정이 되어 물었다.

"너 괜찮냐?"

"뭐가?"

"어디 누구라도 하나 걸리기만 해 봐, 이러고 벼르고 있는 것 같잖아. 얼마 전에 용재한테 전화했었어. 너 잘 챙겨 먹이라고. 그때 그러더라. 너 요즘 많이 예민해져 있어서 농담 한마디 꺼내기도 어렵다고. 안도훈. 너, 많이 힘들구나? 그런 거지?"

그제야 자신의 상태를 알아차린 도훈이 일그러진 표정을 풀어 내며 한숨을 쉬었다. 몹시도 화가 나거나 기분이 나쁘면 저도 모르게 까칠해지고 상대방을 피곤하게 하는 성격이 나오는데, 또 그랬나 보다. 유진과 헤어진 후 한없이 나락으로 떨어지는 것만 같다.

건오가 진지하게 말했다.

"붙잡아."

"못 해."

"무릎 꿇고 매달리기라도 하라고. 기억 안 나? 네가 내게 했던 말이잖아?"

그랬었다. 세상에서 제일 똑똑한 척하던 녀석이 제 사랑 하나 제대로 알아보지 못하고 멍청하게 굴어서 그렇게 말했던 기억이 났다. 차라리 건오처럼 두 사람만의 문제였다면 그의 말대로 무릎이라도 꿇고 매달려 볼 수 있을 텐데. 이도 저도 할 수 없는 현실이 원망스러웠다.

"도훈아."

"그럴 수가 없어."

"왜? 뭐가 문젠데 그래?"

도훈은 이 상황 자체를 이해하기 어려워하는 건오에게 그가 이럴 수밖에 없는 이유를 설명하기 위해 천천히 입을 열었다.

추운 겨울이 지나고 봄이 왔다.

아라리조트 태안 지사는 리모델링 공사를 끝마치고 재오픈 준비에 들어갔다. 도훈은 오픈 기념행사 준비를 비롯해 여타 신경 쓸 일이 많아 하루하루 정신없는 나날들을 보내고 있었다.

그 와중에도 도진은 형이 잊을까 염려하는 것인지 부지런히 존재감을 드러냈다. 그는 객실 청소를 하던 중 함께 일하던 직원과 시비가 붙어 그를 때려눕히기도 했고, 상급 관리자의 멱살을 잡은 일도 있었다. 이에 객실 관리 A팀의 서 반장은 B팀과의 상의 끝에 도진을 그곳으로 부서 이동시켰으나 거기에서도 말썽은 끊이질 않았다. 그런 문제가 연달아 발생하자 도진과 같은 부서에서 일하던 직원들에게서 함께 근무하기 어렵겠다는 말이 심심치 않게 흘러나왔다. 그 모든 내용은 윤 비서를 통해 도훈에게 보고되었고, 도훈은 심사숙고 끝에 결론을 내리고 민기에게 전화를 걸었다.

— 도훈이냐?

"네."

삼척에 거주 중인 오랜 친구에게 축하할 일이 있어 방문했다는 민기의 목소리가 여느 때보다 밝고 또 힘에 차 있다. 그래서 도훈이 말을 꺼내길 망설이자, 민기가 조용한 곳으로 자리를 옮긴 후 진지하게 물어 왔다.

— 꺼내기 어려운 얘기를 하려는 게지?

"아버지."

— 말해.

"도진이 그만 올려 보내겠습니다."

— 흐음.

"죄송합니다."

— 약속한 기간까지는 아직 시간이 남았는데 도저히 안 되겠니?

"제 그릇이 이것밖에 안 되는 모양입니다."

— 못난 말 하지 마라. 네가 오죽했으면 이러겠어. 말해 보거라. 도진이에 대한 네 평가가 어떤지. 궁금하구나.

"솔직하게 말씀드리겠습니다."

민기는 아들이 어떤 얘길 꺼낼지 짐작하면서도 막상 들으려니 두려운 마음이 들었다.

"저희 일이 사람을 상대하는 업종이다 보니 무엇보다 상대를 먼저 생각하고 이해하려는 노력이 필요한데, 도진이에게서는 그런 부분을 찾아볼 수가 없었습니다. 품행이 방정맞은 것만이 문제가 되는 것이 아닙니다. 단순한 업무 숙지부터 고객을 대할 때의 기본자세 등 리조트 직원으로서 꼭 갖춰야 할 자질 중 그 어느 것 하나 제대로 된 것이 없습니다. 리조트에서 일하려면 상대방에 대한 이해가 가장 우선시되어야 한다고 몇 번이나 강조했음에도 불구하고 도진인 늘 자신이 우선이었어요. 저도 아버지와 약속한 게 있으니 적어도 1년 이상은 데리고 있어 보려고 했는데, 한계에 다다랐습니다. 다른 무엇보다도 저를 믿고 일해 주는 우리 직원들이 도진이 때문에 피해를 입거나 이탈하는 일은 없어야 할 것 같아 이런 결정을 내리게 됐습니다. 죄송합니다. 아버지."

— 그뿐이냐?

"조금 건방지게 들릴지도 모르겠지만 한 가지 더 말씀드리겠습니다. 제가 만약 아버지의 뒤를 이어 리조트를 경영하게 된다면 절대 도진인 채용하지 않을 생각입니다. 저런 마인드를 가진 사람이 추후 우리 리조트의 경영에 개입한다면, 미래는 불 보듯 훤하지 않겠습니까? 희망적인 미래를 꿈꾸긴 어렵다고 생각됩니다."

— 흐음.

"차라리 업무를 숙지하는 것에 어려움을 느끼는 거라면 시간을 두고 천천히 익혀 가면 되는 문제니 이렇게까지는 말씀드리지 않았을 겁니다. 하지만 기본 됨됨이가 되지 않은 사람을 동생이라는 이유로 안고 갈 수는 없다고 판단했습니다."

사실 민기도 알고 있었다. 사업을 시작한 지가 몇십 년인데 사람 보는 안목이 없으려야 없을 수도 없었다. 하지만 제 핏줄인지라 되도록 좋은 면만 보며 긍정적으로 생각하려 애썼다. 그럼에도 불구하고 확신이 들지 않아 도훈에게 보내 평가를 받아 보려 한 것인데, 자신을 많이 닮은 도훈은 딱 잘라 도진은 아니라 말하고 있었다. 그 역시 이제 더는 도진이를 봐줄 수가 없겠다는 확신이 들었다.

민기가 결의에 찬 목소리로 대답했다.

— 알겠다. 도진이 일은 내가 알아서 하마.

"네, 아버지."

— 그건 그렇고. 요즘 좀 바쁘지?

"네. 조금이 아니라 많이 바쁩니다."

— 하하. 일손이 부족하다는 뜻이냐? 도울 사람이라도 보내 주련?

"아뇨. 남의 손 빌릴 정도는 아닙니다."

— 도훈아.

"네."

— 바쁘더라도 시간 내서 올라와. 내가 가면 좋겠지만, 보다시피 아직까진 너보다는 내가 더 바쁘잖니?

"시간 내 보겠습니다."

— 요즘 부쩍 외롭다는 생각이 들어.

갑작스러운 민기의 고백에 멈칫한 도훈이 천천히 입을 열었다.

"새어머니, 계시잖아요."

— 그 사람에겐 미안한 말이지만 차라리 혼자가 나을 것 같아. 늦었지만 지금이라도 선택의 기회가 주어진다면, 더 외로워지더라도 혼자를 택하고 싶구나.

도훈은 차마 그런 생각 마시라는, 마음에도 없는 말은 할 수 없었다. 그래서 도진을 해고 처리하겠다는 말만 남기고 전화를 끊었다.

유진은 리조트에서 근무했던 경력을 인정받아 서울 외곽의 한 호텔에서 일하게 되었다. 아라리조트에 비해 규모도 작고 급여 등의 근무 조건에서도 차이가 있었지만 상관없었다. 하지만 부모님은 썩 내켜 하지 않으셨다. 집에서 자가용으로 빠르게 움직여도 한 시간은 달려야 하는 곳에 있다는 게 그 이유였다. 하지만 끝내 유진의 고집을 꺾을 순 없었다.

거실에 선 선영은 유진이 출근하며 마당을 가로지르는 모습을 창문 너머로 물끄러미 바라보고 있었다. 때마침 화장실에서 나오던 영우가 그녀를 향해 물었다.

"유진이 나갔어?"

"네."

아득한 눈길로 창밖을 응시하던 선영이 먼저 주방으로 움직이며 말했다.

"와서 식사해요."

아내를 따라 주방으로 들어선 영우는 유진이 먹다 남긴 밥을 발견하고는 발걸음을 멈칫했다. 밥이 반 공기 넘게 남아 있었다. 이러니 날이 갈수록 마르기만 하지. 하는 생각이 좀처럼 머리를 떠나지 않았다.

영우는 선영이 국을 데우려 전기 레인지를 작동시키는 동안 유진의 수저와 그릇을 개수대에 옮겨 놓았다. 국 냄비에 정신을 쏟고 있던 선영이 등 뒤에서 들려온 소리에 돌아보지도 않고 말했다.

"놔둬요. 내가 치울게."

"몇 개 안 되는데 뭐."

담담하게 대답한 영우는 유진이 앉았던 의자에 앉았다. 요즘 통 입맛이 없었다. 허기가 져 배를 채우는 것이지, 무언가 먹고 싶어 식탁에 앉는 일은 드물었다. 그런 데다 반도 채 비우지 않은 유진의 밥공기를 보고 나서는 조금이나마 남아 있던 식욕도 완전히 사라져 버렸다. 그래서 아침은 거르고 싶은데, 그랬다간 또 아내의 염려 섞인 잔소리를 들어야 할 것이었다. 영우는 유진 때문에 힘들어하는 선영을 더 괴롭힐 수가 없었다. 그래서 부러 더 밝은 어투로 말을 꺼냈다.

"선짓국이야? 냄새 좋은데?"

"당신 요즘 입맛 없어 보여서 끓여 봤어."

"역시. 내 생각 해 주는 건 당신뿐이야."

"그걸 이제 알았수?"

선영이 울적한 기분을 털어 내려는 듯 억지웃음을 지으며 목소리를 높였다.

잠시 뒤 선영이 끓인 국과 따뜻한 밥 한 공기가 식탁에 올랐다. 영우는 입맛이 없었지만 아내를 걱정시키고 싶지 않아 평소보다 더 과하게 밥과 국을 푹푹 떠먹었다. 이 집에서 깨작거리며 먹는 건 유진이 한 명으로 족했다.

선영이 진한 커피가 담긴 찻잔을 영우의 맞은편 식탁 위에 내려놓았다. 영우는 아내가 또 쓴 커피로 아침을 대신하려는 게 마음에 들지 않아 못마땅한 투로 물었다.

"당신 또 밥 안 먹어?"

"나 아까 유진이 먹을 때 먹었어."

거짓말이다. 분명 개수대에는 유진의 밥공기와 대접뿐이었다. 하지만 영우는 선영에게 굳이 왜 거짓말하느냐고 따지지 않기로 했다. 저 역시도 먹고 싶지 않은데 아내는 오죽할까 싶었다.

천천히 커피 향을 음미하던 선영이 신중하게 말을 꺼냈다.

"유진이 독립하겠대요."

"유진이가? 나가서 살겠대?"

"응. 그런다네."

"출퇴근이 힘들어서 그런 모양이구먼."

"그런가 봐."

읊조리듯 작게 대답한 선영이 영우를 불렀다.

"있지, 여보."

"응?"

"유진이 말이야. 요새 들어 부쩍 쟤가 내 딸이 맞나 싶은 게 도통 속내를 모르겠어. 가끔 전처럼 잘 웃고 하는 거 보면 이제 좀 마음을 잡은 것 같다가도, 돌아보면 또 아닌 것 같기도 하고."

"늦은 사춘기를 겪나? 허허."

영우는 마음에도 없는 웃음소리를 내며 분위기를 풀어 보려 했지만 달라지는 건 아무것도 없었다. 잠시간 혼자만의 생각에 잠겨 있던 선영이 불쑥 물었다.

"우리 유진이 괜찮겠죠?"

"그럼. 괜찮을 거야."

"이런 상황에 독립을 시켜도 될지 모르겠어."

"그렇다고 다 큰 자식을 우리 욕심에 묶어 둘 수는 없잖아?"

"그렇긴 하지만."

선영은 남편의 말을 되새기며 불안한 마음을 다독이려 했지만 생각처럼 쉽지가 않았다. 영우가 그런 아내의 마음을 편안히 풀어 주려 말했다.

"우리 유진이 강한 애야. 곧 괜찮아질 거야."

정말 우리 유진이가 괜찮아질 수 있을까?

제발 그래 주길 바라는 마음에 꺼낸 말이었을 뿐, 본인 역시 확신할 수는 없었다.

"투숙하시는 동안 불편하신 점은 없으셨습니까?"

"네. 다 좋았습니다."

"감사합니다. 즐거운 시간이 되셨길 바랍니다."

고객을 향해 밝게 웃은 유진은 데스크 아래에 둔 휴대폰이 진동하는 것을 슬쩍 보았다. 부동산 직원이 보내온 메시지였다. 유진은 고객의 체크아웃을 마친 뒤 휴대폰을 들어 내용을 확인해 보았다.

[미수부동산입니다. 지난번 말씀하신 조건에 부합하는 물건이 나와 알려 드립니다. 연락 기다리겠습니다.]

유진은 퇴근 후 연락드리겠다는 메시지를 남기고 휴대폰을 다시 내려놓았다.

지난주, 현재 근무 중인 호텔 인근의 부동산에 들러 독립해서 살 곳을 찾고 있으니 괜찮은 물건이 있으면 연락 달라고 했었다. 그녀가 요구했던 몇 가지 조건 중 가장 우선시하는 게 호텔과의 위치가 가까웠으면 하는 거였다. 그 조건만 만족스러우면 다른 건 크게 개의치 않고 계약해야겠다 싶었다.

유진은 퇴근 후 부동산업자가 메시지로 보내온 주소지로 향했다. 조금 전 부동산업자와의 통화에서 내부 구조에 관해서는 먼저 설명을 들은 터였다. 방 하나와 욕실 하나, 그리고 주방 겸 거실로 이루어져 있는 좁은 평형의 빌라라고 했다. 우선 호텔과의 거리가 가까웠고, 또한 큰 도로와 인접해 있다는 것이 특히 마음에 들었다.

빌라 앞에 도착한 유진은 엘리베이터의 버튼을 누르고 잠시 기다렸다. 곧 내려오겠지, 하는 예상과 달리 누군가 위에서 버튼을 누르고 있는지 엘리베이터는 한 층에서 움직일 생각이 없어 보였다. 차라리 걷는 게 더 빠르겠다 싶었다. 유진은 생각을 바꿔 계단을 걸어 오르기 시작했다.

목적지에 다다를 즈음 아까부터 희미하던 사람의 목소리가 점점 또렷하게 들려왔다.

"응. 엄마 일 마치고 갈 때 사 가지고 들어갈게. 매운 맛? 그건 안 돼. 엄마가 먹어도 엄청 매운데 네가 어떻게 먹으려고. 안 된다니깐. 아, 알았어. 그럼 순한 맛, 매운 맛 반반 섞어서 사 갈게. 그래. 응."

지금 막 통화를 마친 사람은 집 앞에서 기다리겠다던 부동산업자였다. 그녀는 약속 장소인 301호 현관문이 정면으로 내려다보이는 위층 계단에 앉아 통화 중이었는데, 유진을 발견하고는 자리에서 벌떡 일어섰다.

지난주 부동산에서 본 이후로 두 번째 만남이다. 그녀가 환한 미소로 유진을 반겼다.

"오셨어요?"

"네. 오래 기다리셨죠?"

유진은 약속 시간보다 10분 일찍 왔지만 예의를 차려 그렇게 물었다. 그러자 부동산업자가 고개를 마구 저으며 말했다.

"아니요. 저도 이제 막 도착했어요."

그러고서는 묻지도 않은 얘기를 주절대기 시작했다.

"나 통화하는 거 다 들었어요?"

"조금이요."

"아유, 민망해라. 아니, 글쎄. 우리 아들이 오늘 학교에서 무슨 상을 받았다네요? 그래서 축하한다, 그랬더니 말로는 모자라다면서 올 때 저가 좋아하는 닭강정을 꼭 사 오라고 신신당부를 하잖아요. 호호."

부동산업자는 저 혼자 신이 나 아들의 자랑을 늘어놓았다. 피로가 쌓인 유진은 어서 집이나 둘러보고 싶었다. 하지만 수다스러운 부동산업자는 오래전부터 최근까지 아들의 수상 이력을 고루 읊은 후에야 301호의 문을 열었다.

먼저 유진이 집 안으로 들어가자, 뒤따라 들어온 부동산업자가 호들갑스럽게 말을 꺼냈다.

"아유, 집 깨끗한 것 좀 봐. 이 빌라 주인이 70대 노부부시거든요. 두 분 따님이 여기서 지내다 결혼해서 나가고 그때부터는 비어 있었다네? 아가씨도 잘 알다시피 요즘 경기가 어렵잖아. 진즉부터 신문에 내봤는데 보러 오는 이가 너무 없어서 결국 부동산을 찾으셨더라고요."

집 내부를 꼼꼼히 둘러본 유진은 편의점 옆 골목 방향으로 난 거실 창문을 열었다. 열린 창문 밖에서 봄기운을 가득 담은 따스한 바람이 불어왔다.

"아가씨 들어오면 도배하고 장판은 당연히 새로 해 주신다고 했어요. 내가 저 수도꼭지하고 샤워 호스도 다 갈아 달라고 했고. 어때요? 집은 괜찮아 보이죠?"

"네. 나쁘지 않네요."

"나쁘지 않은 정도가 아니지. 이 정도 빌라에 이런 가격 흔치 않다니까?"

"그런가요?"

부동산업자는 유진의 시큰둥한 대꾸가 마음에 안 들었는지 시무룩한 목소리로 덧붙였다.

"뭐 정 마음에 안 들면 몇 곳 더 둘러봐도 되는데."

"아니요. 여기로 계약할게요. 주인분께 언제 입주 가능한지 여쭤봐 주세요."

"어머. 그래요. 생각 잘 했어. 아가씨가 보기보다 성격이 아주 시원시원하네."

시원시원해서라기보다는 얼른 지금 사는 집을 떠나고 싶은 마음이 더 커서였지만 굳이 부정할 필요까진 없겠지. 유진은 다시 한 번 내부를 돌아본 뒤 빌라를 빠져나왔다.

탕. 벌컥 열린 지사장실 문이 뒤의 벽에 부딪쳐 마찰음을 냈다.

도진은 자신을 막아서는 용재를 세게 밀치고 들어와 황당한 표정으로 그를 올려다보는 도훈을 있는 힘껏 노려보았다.

도훈은 도진의 뒤통수를 한 대 치기라도 할 것 같은 기세로 흘겨보고 있는 용재에게 지시했다.

"김 실장은 잠깐 나가 있어."

"네."

"그리고 안도진 씨는."

도훈은 한숨과 함께 도진을 올려다봤다. 진득하게 바라보는 시선 안에 여러 감정이 섞여 든다. 한심함과 짜증스러움, 그리고…… 억울함. 언제부터였을까? 도진을 보면 유진이 떠올랐다. 이별의 이유가 도진에게서 시작된 것은 맞지만 그렇다고 원망해선 안 된다는 것을 알면서도 마음은 그렇질 못했다. 제 감정을 쉽게 컨트롤할 수 없는 사춘기의 소년처럼 불쑥 화가 나기도 하고, 이가 갈리기도 하였다. 차라리 한 대 패 버리면 속이라도 시원할까 싶다가도, 그래 봤자 뭐가 달라질까 하는 생각이 들어 금세 힘이 빠져 버리고는 했다. 그래서 사실 더 빨리 눈앞에서 치워 버리고 싶었던 건지도 모른다.

도훈이 회전의자에 느긋하게 기대앉으며 양팔을 엮어 팔짱을 꼈다. 그러곤 아주 여유로운 모습으로 지치지도 않고 자신을 노려보는 도진을 흥미롭게 올려다보았다. 독기를 머금은 그의 두 눈동자를 뚫어져라 쳐다보고만 있으니, 참을성 없는 도진이 결국 먼저 입을 열었다.

"나를 해고했어?"

도진은 '감히 네가 나를 해고해?'라고 묻고 싶은 것 같았다. 도훈은 이미 이런 상황을 예상했던 터라 별로 놀랍지도 않아 대수롭지 않게 대답했다.

"그래. 왜? 그게 문제가 돼?"

"몰라서 물어?"

"정말 모르겠어서 그래. 그런데 얘기가 생각보다 빨리 전해졌네? 내가 분명 근무 시간 종료 후에 전달하라고 지시한 것 같은데."

"지금 그게 중요해? 대체 뭐 하자는 거야? 너 지금 이러는 거, 어떤 의미인지 정확히 알고는 있는 거지?"

"지사장이 문제 있는 직원을 해고하는데 대체 어떤 의미가 더 필요하지?"

"야!"

도훈이 자리에서 벌떡 일어섰다. 도진도 꽤 키가 크긴 하나 도훈보다는 몇 센티미터가 작았다. 게다가 도훈이 서늘한 눈길로 내려다볼 때면 꼭 아버지가 생각이 나 그는 오금이 저리곤 했었다. 지금 역시 마찬가지였다. 도진은 그의 기에 눌리지 않으려 부러 더 눈을 크게 뜨고 도훈을 노려보았다. 하지만 원하는 결과를 얻을 순 없었다.

도훈이 냉랭하게 말했다.

"네가 여기서 얼마나 불필요한 존재인지는 지금까지로도 충분히 증명했으니까 그만 돌아가. 왜 해고당했는지 궁금하다면 그 이유는 네가 직접 고민해 봐. 지금 내겐 그 이유들을 구구절절 설명하며 널 이해시킬 만큼의 애정이 눈곱만큼도 남아 있지 않으니까."

"후회할 거야."

"상관없어. 어떤 선택이든 후회는 남으니까."

"유치하게 걔랑 헤어진 거 땜에 나한테 이러는 건 아니겠지?"

"뭐?"

"그깟 계집애 하나 때문에 이런 결정을 한 거 아니냐고 묻잖아."

도훈은 유진을 그깟 계집애라고 칭한 도진에게 화가 치밀었지만 티 내지 않고 속으로 삼켰다. 저 녀석 머릿속에서나 나올 법한 수준의 질문이라 더 대꾸하는 것도 우습겠다는 생각이 들어서였다. 그가 차갑게 말했다.

"그만 나가. 너한테는 단 1분도 더 쓰고 싶지 않다."

말을 마친 도훈이 다시 자리로 돌아가 앉으며 모니터로 시선을 옮겼다. 그러곤 그를 이 자리에 없는 사람처럼 외면한 채 일에 집중했다. 그러자 자신을 노려보고 서 있던 도진이 천천히 몸을 돌려 나가는 게 느껴졌다. 그리고 약 30여 분 후 용재에게서 도진이 리조트를 빠져나갔다는 소식을 전해 들었다. 그의 해고를 결정하기까지는 고민이 깊었는데, 막상 이렇게 되어 버리고 나니 이상하게도 속이 후련했다.

그날 태안의 밤에는 비가 내렸다. 거실 소파에 길게 누운 도훈은 창밖으로 떨어지는 빗물을 하염없이 바라보다 옆의 테이블로 눈길을 돌렸다. 거기엔 작은 밀폐 용기 여러 개가 담긴 종이 가방 하나가 놓여 있었다.

유진과 헤어지고 몇 달 뒤, 문영이 그를 찾아왔었다. 겨울의 초입이었다. 그날따라 유독 산바람이 매섭게 불어 날씨가 꽤 싸늘했던 기억이 난다. 그날 그는 추위도 느끼지 못하는 사람처럼 얇은 옷차림에 양말도 신지 않은 채로 마당의 평상에 누워 있었다. 눈을 감자 유진이 갈비찜을 가지고 찾아왔던 날이 생각났다. 그날 유진은 떨리는 시선으로 그를 바라보고 있었다. 그처럼 진심을 감춘 채, 거짓을 말하면서. 그때 일을 떠올리자 가슴 한편이 뜨거워지는 게 느껴졌다. 돌이켜 보면 그나마 그때가 좀 더 행복했던 것 같기도 했다.

도훈이 그런 생각에 눈을 감고 있을 때 누군가 팔을 툭 하고 쳤다. 놀라서 눈을 뜨니 눈앞에 문영이 서 있었다.

"어이구, 세상에! 이 날씨에 이런 꼴로 누워 있다 감기라도 어쩌려고 그래?"

"어? 아주머니?"

도훈이 반가움에 자리에서 일어서자, 이번에는 손바닥으로 등을 치며 혼을 냈다.

"사람 걱정시키는 방법도 아주 가지가지야!"

도훈이 맞은 등에 손을 가져다 대며 씩 웃자, 문영이 입술을 부루퉁하게 내밀고는 투박하게 말했다.

"속상해서 원. 내가 이런 꼴 볼까 봐 안 오려고 했던 건데."

"저 괜찮아요."

"괜찮기는. 안 그래도 마른 사람이 살이 더 빠졌네. 정말 어쩌려고 이래?"

"다이어트도 되고 좋잖아요."

"그 몸에 빠질 살이 어디 있다고. 마음에도 없는 소리 말어."

"하하. 잠깐 들어가세요. 들어가셔서 따뜻한 차 한잔 하시고 가세요."

도훈이 신발을 꿰어 신으며 일어섰다. 그러자 문영이 그의 팔을 붙잡는다.

"됐어. 이것만 전해 주고 갈 거야."

도훈의 눈이 아주머니의 시선을 따라 움직였다. 몇 달 전 유진이 그랬던 것처럼, 문영도 장바구니에 밀폐 용기 여러 개를 꽉 채워 왔다. 그녀가 그의 손에 장바구니를 들려 주며 말했다.

"별건 아니야. 전에 유진, 흠, 그 애한테 들으니 이런 반찬들 좋아한다고 그래서 우리 것 만들면서 조금 더 했어. 밥하고 먹어."

"아주머니."

감격한 도훈의 입술이 살짝 벌어지자, 문영이 겸연쩍은지 아주 옅은 미소를 짓곤 말했다.

"마른 거 보기 싫으니까 잘 챙겨 먹어."

"네. 고맙습니다. 잘 먹을게요."

"그래. 잘 먹어야지."

도훈이 그 말을 끝으로 돌아서려는 문영을 급하게 불렀다.

"아주머니."

"응? 왜?"

"유진 씨는…… 잘 있죠?"

대뜸 물어 온 말에 당황한 문영이 눈을 깜빡이다 흠, 흠, 헛기침을 하고는 짧게 말했다.

"무소식이 희소식이라 생각하고 살어."

"네. 고맙습니다."

그 후 아주머니가 또 한 번 반찬을 가지고 그의 집을 방문했다. 밀폐 용기에 담긴 것은 단순히 밑반찬만은 아니었다. 자신을 염려하는 문영의 마음이 담겨 있는 것이었다.

소파에 가만히 누워 지난날 나눈 문영과의 대화를 떠올리는 도훈의 눈가가 촉촉하게 젖어 들었다.

유진아. 있잖아. 무소식이 희소식이란 말 나는 싫어. 차라리 안 좋은 소식이라도 들렸으면 좋겠어. 당신이 나처럼 아파했으면. 나만큼은 아니더라도, 조금이라도 안 좋다는 소식이 들렸으면. 그렇다면 그걸 핑계 삼아 달려갈 수도 있을 것 같은데. 반유진 넌 왜 조금의 틈도 안 주는지. 요즘따라 당신이 더 미워서, 그보다 더 그리워서 힘이 든다.

속으로 멀리 있는 유진에게 말한 도훈이 돌아누워 몸을 모로 세운 채 천천히 잠에 빠져들었다.

유진은 부모님과 함께 계약한 빌라로 향했다. 언제부턴가 셋이 모이면 자연스레 말수가 줄어들었다. 그럴 때마다 항상 영우가 먼저 나서서 아무 말이나 농담처럼 꺼내 분위기를 전환시키곤 했었다. 하지만 그것도 한두 번이지, 세 사람 사이에 묵직하게 자리한 이 어색하고도 불편한 침묵은 도무지 없애려야 없앨 수가 없었다. 오늘 역시 적막한 차 안에서 영우가 먼저 입술을 뗐다.

　"집수리가 빨리 끝났구나? 새로 도배한 벽지는 마음에 드니?"

　창밖을 응시하던 유진이 고개를 움직여 영우의 뒤통수를 보았다. 우리 아빠, 언제 이렇게 늙으셨지? 가끔 보이던 흰 머리카락이 제법 늘었다. 유진은 자신 때문에 그가 더 늙은 것 같아 속상한 마음에 속으로 한숨을 삼키고는 대답했다.

　"응. 마음에 들어. 다음 주 휴무일에 이사하려고."

　"좁고 후미진 그런 곳은 아니지?"

　선영의 물음에 유진이 목소리 톤을 높여 답했다.

　"엄마 나 겁 많은 거 알잖아? 대로변 끼고 있는 골목 입구 빌라야. 빌라 근처에 편의점도 있고, 동물 병원도 있어."

　"그래도 혼자 지내려면 무섭지 않겠니?"

　영우가 걱정하는 선영에게 말했다.

　"유진이가 알아서 잘 구했겠지. 우린 가서 보고 필요한 거 있으면 선물이나 해 주면 돼."

　"아니야, 아빠! 나 필요한 거 없어. 가구는 붙박이장 있어서 서랍장 한 개랑 침대만 사면 돼. 또 가전제품도 소형으로 살 거니까 돈도 크게 안 들어."

　"너 돈 있는 거 누가 모르니? 다 큰 딸이 독립한다니 마음이 쓰여 그렇지."

　선영의 퉁명한 말투에 유진이 조수석에 앉은 그녀의 어깨를 양손으로 주물거리며 애교를 피워 댔다.

　"우리 엄마 또 걱정하신다. 걱정 마세요. 잘 살게."

"너 이렇게 나가 사는 게 나 걱정시키는 거야. 계집애, 결혼할 때까지 집에서 같이 살면 좀 좋아?"

"결혼은 무슨 결혼이야. 아직 한참 멀었거든?"

딸이 늦게 결혼한다는 말이 반가웠는지 영우가 신이 난 목소리로 끼어들었다.

"그래. 결혼은 무슨 결혼이야. 늙어 죽을 때까지 우리 셋이 같이 살자. 어머니, 유진아?"

"응. 좋아. 평생 엄마, 아빠하고만 살게."

"너 나중에 딴소리하기 없기다?"

선영의 엄포에 유진이 소리 내어 웃었다.

"그럼. 내가 언제 약속 어기는 거 봤어?"

"그래. 우리 유진이처럼 착한 딸도 없지, 암."

착한 딸이라. 유진은 씁쓸한 속내를 웃음으로 감췄다. 거짓말이 늘어 간다. 억지웃음으로 상심한 마음을 감추고, 마음에도 없는 말로 스스로를 속이는 일이 일상이 되어 간다.

한겨울 동안 메말라 있던 나무에 새순이 싹 트는 이 계절이 오면 미련한 마음도 조금쯤은 추슬러질 줄 알았다. 그러나 잎이 나기도 전에 성급하게 피어 버리는 봄날의 꽃들처럼, 제멋대로 자라 버린 사랑이라는 감정은 날이 갈수록 짙어지기만 해 이제는 두려울 지경이었다. 그러니 이렇게 거짓으로라도 속내를 감출 수밖에 없다. 부모님을 덜 아프게만 할 수 있다면 생채기 난 가슴 따위야 영원히 낫지 않는다 해도 상관없었다.

유진이 본가에서 독립해 생활한 지 얼마 지나지 않았을 때 현아가 그녀의 빌라로 찾아왔다. 여러 해 전 암으로 수술하셨던 그녀의 어머니가 서울의 한 병원에서 정기 검진을 받기로 되어 있어 모셔 온 차에 유진을 만나러 온 것이다.

유진이 좁은 빌라 안을 꼼꼼히 둘러보는 현아에게 물었다.

"병원은 잘 다녀왔어? 병원에서는 뭐래?"

"뭐래긴. 늘 같은 소리지. 이제는 완치나 다름없다. 그렇지만 식습관 조절은 계속 하셔야 한다. 그리고 립서비스인지 뭔지 이런 말도 하더라? 어쩌면 갈수록 피부가 고와지느냐? 회춘하시는 것 같다. 뭐 그런 소리?"

"의사가 그런 말도 해?"

"웃기지? 나는 이번에 처음 들었는데 엄마는 벌써 몇 번이나 들은 말이래. 엄마도 처음엔 진짠 줄 알고 엄청 좋아하셨는데, 어쩌다 우연히 다른 환자한테도 그 말 하는 걸 들으신 후로는 되게 기분 나빠한다?"

현아가 키득거리며 침대 아래의 바닥에 앉았다. 유진이 물었다.

"커피 마실래?"

"좋지."

현아가 커피포트에 물을 붓는 유진에게 말했다.

"나 오늘 자고 가도 되지?"

"저녁에 내려가는 거 아니었어?"

"그러고 싶은데 엄마가 친구분 댁에서 하루 묵고 싶다 하셔서."

"나야 상관없지. 그럼 저녁에 가볍게 맥주 한잔 할까?"

유진이 눈을 빛내자 현아가 웬일이냐는 투로 물었다.

"반유진이 먼저 술 먹자는 말을 다 하네? 많이 변했다, 너?"

"변하긴 뭘. 오랜만에 너 보니까 기분 좋아서 그러지."

"그나저나 유진, 독립하니까 좋지? 부럽다. 나도 독립하고 싶은데."

"집에서 직장까지 엎어지면 코 닿을 거린데 독립이라니. 아주머니 들으면 서운해하시겠다."

"그러는 너야말로 집 근처에서 직장을 구하지, 왜 이렇게 먼 곳까지 와서 고생이니? 고생은."

"구하다 보니 이렇게 됐어. 요즘 어때? 효연 언니는 잘 지내?"

"그 언니야 언제나 해피해피 하잖아?"

"너는? 준우 씨하고는 잘 지내?"

"사실은 나……"

"응."

"프러포즈받았어."

자그마한 테이블에 커피 잔을 내려놓던 유진이 놀라워하며 물었다.

"정말?"

"이거 볼래? 짜잔."

현아가 왼손을 펴 네 번째 손가락에 낀 반지를 보여 주었다.

"우와! 진짜 예쁘다."

"그치? 예쁘지?"

"응. 축하해."

현아는 진심으로 축하해 주는 유진에게 조심스레 물었다.

"지사장님과는 완전히 헤어진 거야?"

"으응."

"이유는 노코멘트?"

"성격 차이지 뭐."

"혹시 지사장님 댁에서 알게 돼서 헤어지거나 한 건 아니지?"

"응?"

"그 집에서 둘 사이 반대해서 깨진 거 아니냐고."

"아아."

그 뜻으로 물은 거였구나 싶어 유진이 피식 웃고는 답했다.

"그런 거 아니고 정말 성격 차이로 헤어졌어."

"왜? 지사장님 성격이 고약해? 겉으로는 젠틀하고 배려심 많아 보이던데 보기와 달라?"

현아는 싱긋 웃을 뿐 이렇다 할 대답이 없는 유진이 갑갑해져 다시 물었다.

"아님 여자 문제야? 너 아닌 다른 여자들한테 너무 관대해서 스트레스 받게 하는 그런 거? 아! 보기랑 달리 찌질한 면이 있거나 그런 건가?"

유진은 그가 차라리 그런 단점투성이인 사람이었으면 좋겠다고 생각했다. 그랬다면 그를 좀 더 쉽게 잊을 수 있었을 텐데. 하지만 도훈은 그녀에게 과분할 정도로 좋은 사람일 뿐이었다. 유진은 그런 그가 가벼운 농담으로나마 나쁜 사람으로 비쳐지는 건 싫었다. 그래서 대답했다.

"지사장님 그런 사람 아니야."

"그럼 왜 헤어진 건데?"

"성격 차이라니깐?"

"아아!"

현아가 이제야 알겠다는 듯 손바닥을 마주치고는 은근한 목소리로 물었다.

"성. 격 차이?"

"뭐라고?"

유진이 기가 막혀 픔 웃음을 터뜨리자 현아가 목소리를 낮추어 은밀하게 물었다.

"성. 격 차 말이야. 성격 말고 성 격 차."

"말도 안 돼. 무슨 얘길 하려는 거야!"

"아니야?"

"그거야말로 노코멘트할게."

"칫."

유진이 입술을 뿌루퉁하게 내민 현아의 앞으로 찻잔을 밀어 주었다. 잔을 들어 한 모금 마신 현아가 리조트 소식을 몇 가지 전해 주었다. 그중엔 도진의 얘기도 포함되어 있었다.

"그리고 객실 관리 팀 안도진 씨 있지? 지사장님 동생."

"응."

"그 사람 그만뒀다?"

"그럼 리조트에 안 나와?"

"응. 일주일쯤 됐어."

"갑자기 왜?"

"지사장님이 해고했대. 지난주부터였나? 통 안 보이기에 나하고 효연 언니는 본사로 옮겨 갔나 보다 했었거든. 너도 알다시피 둘 사이가 썩 좋아 보이진 않았잖아? 게다가 최근에는 둘이 싸우는 걸 봤다는 직원도 더러 있었고. 그래서 조만간 무슨 일이 있긴 있을 것 같았는데 해고당할 거라곤 상상도 못 했거든. 생각해 봐. 아무리 배다른 동생이라 해도 동생인 건 사실이잖아? 그런데 그렇게 무 자르듯 잘라 버리다니. 지사장님 성품이 좋으셔서 어떻게든 안고 가시겠거니 했는데. 너도 놀랐지?"

"응. 그러네."

유진이 리조트에 근무 중이던 지난해 여름. 그러니까 도진이 내려오고 얼마 되지 않았을 때, 그녀는 우연찮게 문 지배인과 객실 관리 A팀 서 반장의 대화를 엿들은 적이 있었다. 두 사람은 고등학교 선후배 사이로 꽤 사이가 좋아 자주 붙어 다니곤 했었다. 그래서 그날도 유진은 두 분 대화 중이시구나 하고 지나치려 했었다. 하지만 대화의 내용 중 도훈이 포함되어 있어 그냥 지나칠 수가 없었다.

문 지배인이 물었다.

'지사장님 동생은 말 잘 듣냐?'

선배인 문 지배인이 놀리듯 묻자 서 반장이 짜증이 섞인 말을 내뱉었다.

'말도 마쇼. 말이 지사장님 동생이지, 닮은 구석이라고는 눈곱만큼도 없는 데다 성격은 또 얼마나 고약한지. 벌써부터 직원들한테서 같이 일 못 하겠다는 소리가 몇 차례나 나왔는지 아슈?'

'나도 전해 들은 건데 전에 지사에 있을 때도 성질머리가 아주 고약했다는 구먼.'

'내 지사장님 동생이니 이렇게 참는 거지, 내 동생 같았으면 벌써 대갈빡을 수십 대는 더 내려쳤을 거요.'

그러자 옆에서 문 지배인이 키득키득 웃었다. 서 반장이 물었다.

'그런데 참 이상하지 않아요?'

'뭐가?'

'거, 지사장님 말이요. 아무리 그래도 동생인데 좀 쉬엄쉬엄 일하게끔 뒤를 봐줄 법도 한데, 오히려 더 빡세게 돌리라고 하잖수. 내가 좀 봐줄까 싶다가도 지사장님이 자기 동생이라고 봐줬다가는 뒷일 장담 못 한다는 바람에 어쩔 수 없이 다른 직원들한테 하는 것처럼 하고는 있는데……'

'왜? 나중에 어찌 될까 겁나나?'

'그럼, 내 모가지가 달렸는데 겁 안 나는 게 이상한 거 아니우?'

'그런 걱정은 안 해도 될 거야. 우리 지사장님, 저래 봬도 회장님이 후계자로 콕 찍어 두셨다니, 자넨 시키는 대로만 잘하면 될 걸세.'

'정말이요?'

'본사에 내 친구가 근무 중이라고 했잖아? 그 친구가 그쪽으로는 아주 능통하거든? 정확한 소식통을 통해 들었다 하니 믿어도 될 거야.'

'허이고. 지사장님 나이 아직 마흔도 안 됐는데 대단하네요.'

'그만큼 일을 잘하니 딱히 반대하고 나서는 이도 없다더라고.'

'그나저나 지사장님도 참 희한하시지.'

'또 뭐가?'

'안도진 저 친구 말이요. 객실 관리 팀에서 어떤 잡무를 시켜도 좋으니 절대 프런트 쪽으로는 접근하지 못하게 하라던데 대체 왜 그러시는 건지 모르겠네.'

'그런 말씀도 하셨어?'

'아, 예. 형님도 이상하지요?'

'그렇긴 하구먼. 안도진 그 친구, 군이 따지고 보자면 허우대 멀쩡하고 번지르르하게 생겨서 사람들한테 혐오감을 줄 인상도 아닌데 왜 군이 그런 부탁을 하셨을까?'

'그 못된 성질머리 튀어나올까 봐 그러셨나?'

'하하. 그거 말 되는구먼?'

순간 유진은 제자리에서 꼼짝도 할 수가 없었다. 도진과 한 건물에서 일하면서도 그의 존재를 잊을 때가 가끔 있었는데 그게 도훈 덕분이었던 것이다. 전후 사정을 모르는 이들에게는 황당한 부탁이었겠지만, 그녀에게는 고맙다는 말로도 부족한 일이었다.

바쁜 와중에도 그녀의 일상에 꾸준히 관심을 가지며 불편해할 상황들을 줄여 줬던 사람. 매 순간 떠나는 날을 떠올리며 사랑을 아끼던 그녀와 달리, 언제까지고 곁에서 늘 함께해 줄 것처럼 하루하루 최선을 다해 그녀를 사랑했던 사람. 그가 차라리 매정한 말로 뿌리쳐 주었으면 이렇게 그리워하지도 않았을 텐데. 한없이 다정하기만 했던 그가 오늘따라 더 보고 싶었다.

다음 날. 태안으로 돌아갈 준비를 마친 현아가 따라나서려는 유진을 붙잡아 앉히며 물었다.

"너 잠 하나도 못 잤지?"

당황한 유진의 목소리가 떨려 나왔다.

"아니야. 잤어."

"거짓말하지 마. 새벽에 보니까 계속 뒤척이던데?"

"사실 나 불면증이 있어서."

"너 전에는 그런 거 없었잖아?"

"응. 잠자리가 바뀌어서 그런가 봐."

"그런 거면 다행인데."

"걱정 마. 괜찮아지겠지."

"유진."

"어?"

"나 터미널까지 바래다줄 거지?"

"그럼."

"어제 보니까 터미널 앞에 서점 있던데 거기 좀 들러."

"서점은 또 왜?"

"책 한 권 사라고."

"책?"

"그래. 아무거라도 좋으니까 엄청 두꺼운 거로 사. 무겁고 두꺼워서 첫 장을 여는 것부터가 괴로운 그런 책 있잖아. 그리고 글자는 작고 촘촘해서 보는 것만으로도 피로감이 느껴지는 그런 책 말이야."

"그걸 사서 어쩌라고?"

"그런 걸 읽어야 잠이 쏟아질 거 아니야? 나는 정말 잠이 안 와서 미치겠으면 엄마 방에 있는 불경? 그런 거 가져와서 읽어. 그럼 몇 페이지도 넘어가기 전에, 아니지. 몇 페이지가 뭐니? 한두 페이지 만에 그냥 곯아떨어져."

현아가 소리 내어 웃는 유진에게 다짐을 받으려 말했다.

"산다고 약속해."

"됐어. 무슨 약속까지 해?"

"내가 이런 말까진 안 하려고 했는데, 너 지금 어떤지 알아? 눈이 엄청 퀭해."

내가 그랬나? 싶어 유진이 눈 밑에 손가락을 가져다 댔다.

"며칠씩 잠도 못 자고, 제대로 먹지도 못한 사람처럼 엄청 피곤하고 힘들어 보여."

"나이 들어서 그런가 봐. 우리 한 살 더 먹었잖아."

"야! 나한테까지 안 그래도 돼. 너 지금 힘들잖아?"

"아니야."

"아니긴. 너나 지사장님이나 둘 다 이렇게 힘들어할 거면 왜 헤어졌는지 모르겠다."

그 사람도 많이 아프니?

유진은 목 끝까지 차오른 물음을 억지로 삼키며 어설프게 웃었다. 현아가 그녀의 마음을 알아채기라도 한 것처럼 말했다.

"지사장님 살 많이 빠지셨어. 너처럼 얼굴도 핼쑥해지셨고. 그리고 너 때문인지는 모르겠지만 심기가 되게 불편하고 예민해 보여서 직원들도 전보다 많이 어려워하고 있어."

"그랬구나."

"그래도 이미 헤어진 걸 어쩌겠어. 다시 잘 될 가능성은 없는 거지?"

"없어."

"조금의 여지도 없어?"

"응."

"독한 계집애."

안타깝게 바라보던 현아가 집을 나서려 핸드백을 챙겨 들며 말했다.

"내가 말한 책 꼭 사. 사서 잠이라도 푹 자. 알았지?"

"그럴게."

유진은 현아를 터미널까지 배웅하고 서점으로 향했다. 현아가 추천한 두껍고 글자 많은 책 한 권과 잠이 오지 않을 때 읽을 만한 소설책 몇 권을 살 예정이었다.

평일 낮의 서점은 한가롭고 여유로웠다. 유진은 지하 1층에서 지상 2층까지 이어진 꽤 큰 규모의 서점을 천천히 돌아보며 책들을 살피다 두께가 적당하고 흥미로워 보이는 소설책 한 권을 발견했다. 휴대폰을 들어 시간을 확인해 보니 출근 시각까지는 아직 여유가 있었다. 유진은 몇 페이지만 읽어 보고 구매해야겠다 싶어 앉을 만한 곳을 찾아 자리를 옮겼다.

칠흑같이 어두운 표지의 소설 내용은 꽤 흥미로웠다. 유진은 저자가 누구인지 궁금해 책의 앞면을 살피다 문득 이상한 기분이 느껴져 고개를 들었다. 조금 전 누군가 자신을 뚫어져라 쳐다보는 것 같았는데 착각이었을까? 그녀의 정면에는 철학 관련 서적들이 가득한 책장만이 자리하고 있었다. 왜 그런 느낌이 들었을까? 의아하다는 생각이 들었지만 주위를 오가는 사람은 아무도 없었다. 유진은 다시 책 속으로 눈길을 돌렸다.

― 지사장님. 말도 없이 또 어디 가셨어요?

"오늘 볼일 있어서 오후에 못 들어간다고 했잖아?"

— 컨디션이 안 좋아서 쉬시는 건 줄 알고 죽 사 가지고 왔단 말입니다.

"괜한 짓 했네. 너 지금 어딘데? 우리 집이야?"

— 네.

"잘됐다. 들어가서 네가 대신 먹고 가."

— 언제 오십니까?

"늦어."

전화기 너머로 용재의 한숨이 들려왔다. 요즘 녀석이 습관처럼 한숨을 뱉는다. 하고 싶은 말을 꾹 참는 것까진 좋은데 왜 상대방이 다 알게끔 티를 내는지. 도훈이 말했다.

"용재야."

— 네?

"할 말 있으면 참지 말고 해 봐."

— 그런 건 아닙니다. 단지 저는 지사장님이 걱정이 돼서요.

"나 남자가 스토킹하는 거 질색이라고 했던 거 기억하지?"

— 스토킹 아닙니다. 걱정입니다.

"용재야."

— 네?

"나 열 살 먹은 어린애야?"

— 네?

"돌아가신 우리 어머니도 너처럼은 걱정 안 하겠다고, 인마."

도훈이 피식 웃고는 말했다.

"네가 무슨 생각 하는지 알겠는데, 나 그 정도로 나약하지 않으니까 염려하지 마."

— 네. 그런데 진짜 궁금해서 그러는데요.

"응."

— 지금 어디세요?

"왜? 어딘 거 알면 쫓아오려고?"

— 네.

"이런 집착은 너 말고 다른 사람에게서 받고 싶은데."

도훈이 혼잣말처럼 중얼거렸다.

— 그런 섭섭한 말씀 마십시오. 저도 반유진 씨만큼이나 지사장님을 애정하고 있습니다.

용재가 아주 오랜만에 그녀의 이름을 입에 올렸다. 지금까지 도훈을 배려해 한 번도 꺼내지 않더니. 오늘따라 그가 더 걱정된 모양이었다.

용재가 말이 없는 도훈을 불렀다.

— 지사장님.

"또 왜?"

— 집 앞 우편함에 웬 편지가 한 통 들어 있어서 제가……

편지?

아무리 용재가 소중해도 그건 절대 건드려선 안 된다. 도훈이 마음이 급해져 소리쳤다.

"야, 너 그거 뜯지 마! 읽지 마! 벌써 뜯은 거 아니지?"

— 어휴. 뜯었다가는 주먹이라도 날릴 기세시네요?

"주먹으로 끝나면 다행이게? 그거 그대로 놔둬."

— 그런데 왜 우표가 없지?

"너 정말 말 안 들을래?"

— 아, 알았어요. 제가 식탁 위에 곱게 놔둘게요.

"그래."

— 내일은 정상적으로 출근하시는 거죠?

"그럼."

— 죽은 냉장고에 넣어 둘게요. 데워서 드세요.

"너 먹고 가라니까?"

— 제가 환자도 아니고 죽은 왜 먹습니까?

"그럼 나는 환자냐?"

— 하하. 그래도 지사장님 드리려고 사 온 거니까 두고 갈게요. 끊겠습니다.

"그래."

도훈은 통화가 끊어지기 직전 용재를 다시 불렀다.

"용재야!"

— 네?

"고맙다."

— 사내들끼리 낯간지럽게. 그런 말씀은 삼가 주십시오.

"뭐?"

황당해진 도훈이 어이없어하며 허무한 웃음을 터뜨렸다. 조금 전까지만 해도 자신의 애정이 누구보다 부족하지 않다고 말하던 그가 이렇게 뒤통수를 치다니. 도훈은 그런 용재가 재밌고 또 귀여워 소리를 내어 웃어 버렸다.

도훈의 차는 어둠이 깊어질 즈음 서산으로 들어섰다. 약 두 시간여를 쉬지 않고 달려오는 동안 머릿속은 아까 본 유진의 모습으로 가득 차 있었다.

지난해 겨울부터 지금까지. 적어도 일주일에 한 번은 그녀가 지내고 있는 서울로 향했다. 그녀의 뒷모습이라도 한번 볼 수 있기를 간절히 바라는 마음이었다. 단 두 차례, 운 좋게도 그녀의 뒷모습을 보게 된 적이 있었지만 선뜻 나설 순 없었다. 몹시도 지친 기색과 피폐해진 얼굴, 전보다 더 마른 상태의 그녀를 볼 때면 가슴이 아려 견딜 수가 없었다. 그래서 정말 딱 한 번, 참지 못하고 그녀의 부모님이 계신 댁의 초인종을 누른 적이 있었다. 인터폰에 비친 자신의 모습을 발견한 선영이 기함하여 소리쳤고 당연하게도 문은 열리지 않았다. 이대로 돌아갈 수밖에 없나? 하는 마음에 무거운 발걸음을 돌리려 할 즈음, 영우가 대문을 열고 나왔다.

그가 도훈을 낯선 이 보듯 쳐다보며 물었다.

'무슨 일입니까?'

도훈은 다짜고짜 무릎을 꿇었다. 그러자 당황한 영우가 그의 양팔을 잡아 올리며 소리쳤다.

'이게 무슨 짓입니까? 당장 일어나요!'

'아버님.'

평소 같았으면 어디서 아버님이라 부르냐고 혼쭐을 내도 모자랐을 텐데, 영우는 전보다 안색이 나빠진 도훈을 보고서는 차마 뭐라 할 수가 없었다. 도훈이 진지하게 물었다.

'제발 한 번만, 단 한 번만이라도 저를 안도진의 형이 아닌, 안도훈이라는 사람으로 봐 주시면 안 되겠습니까?'

'이봐요. 우선 일어나요. 일어나서 얘기해.'

영우는 간밤에 내린 비로 흥건히 젖은 바닥에 무릎을 꿇은 도훈이 안타까워 제발 일어나라 했지만 그는 꿈쩍도 하지 않았다. 몇 번을 일으켜 세우려 했지만 결국 실패한 영우가 푹 한숨을 내쉬며 도훈의 앞에 한쪽 무릎을 굽혀 앉았다.

'그쪽이 나쁜 사람이 아니라는 건 우리도 잘 알아요. 처제, 그러니까 유진이 이모네서 들은 것도 있고. 하지만 좀 더 살아 봐요. 그때 되면 알게 될 거야. 아무리 힘든 일도 시간이 지나면 옅어지기 마련이라는 걸. 그래요. 지금은 우리가 못 만나게 하니 더 힘들겠지. 사람이라는 게 원래 다 그렇잖아? 하지 말라면 더 하고 싶은 그런 마음이 들곤 하지. 그렇지만 견뎌야지, 어쩌겠어. 분명 나아질 거야. 감정이라는 게 그런 거니까.'

'아니요. 아버님, 저는……'

'유진이 엄마 또 쓰러지면 그땐 정말 그쪽 용서 못 해. 그러니 욕심 그만 부리고 일어나요.'

그 후 며칠 뒤 도훈은 현아를 통해 유진이 직장을 구했고 다시 일을 시작했다는 소식을 전해 들었다. 현아는 둘 사이가 끝난 것은 알지만 그래도 궁금하실지 몰라 알려 드린다며 유진의 근무지인 호텔의 이름과 주소를 적어 주었다.

하지만 도훈은 차라리 모르는 게 약일 것 같아 그 자리에서 종이를 구겨 쓰레기통에 넣어 버렸다. 그래 놓고선 1분도 채 지나지 않아 쓰레기통을 뒤지는 자신의 모습을 보며 스스로가 더 당혹스러웠다.

그렇게 참고, 또 참다가 이번이 정말 마지막이라 생각하고 유진을 찾아갔다. 우연한 마주침을 기대하며 서성이던 호텔 인근. 유진이 현아를 배웅한 터미널. 도훈은 그녀의 발길을 따라 거리를 두고 걸었다.

　　현아를 보낸 뒤 바로 집으로 향할 거라 생각했던 유진은 뜻밖에도 서점으로 들어갔다. 도훈은 그녀를 뒤따라 들어가 조심스레 훔쳐보았다. 계속해서 훔쳐보기만 하자니 답답했다. 그녀 앞에 나서고 싶은 욕심도 솟구쳤다. 은근슬쩍 자연스럽게 마주치고는 오랜만이다, 어떻게 여기서 다 보냐고 인사라도 해 볼까 몇 번이나 생각했지만 끝내 실행하지는 못했다. 만약 그랬다간 감정을 주체하지 못하고 안아 버릴 것 같아 꾹 참고 뒤돌아섰다.

　　그래. 됐다. 잘 지내고 있으니 그것으로 된 것이다. 도훈은 떨어지지 않는 발걸음을 억지로 움직여 서점을 나섰다.

24
환상

마당의 오래된 포도나무가 여름 맞을 준비를 시작했다. 앙상한 가지를 길게 뻗어 싱그러운 꽃망울을 맺기 시작한 것이다. 몽우리가 터져 열매를 맺을 즈음이면 영우와 선영은 포도나무 넝쿨이 자연스럽게 뻗어 나갈 수 있게 마당의 지주대를 정돈한다. 그것이 이들 가족이 맞는 여름의 시작이었다. 올해 역시 그래야겠다는 대화를 나누던 중 선영이 물었다.

"당신, 오늘 나갈 일 없지?"

"오후에 형식이네 기원에나 다녀오려는 참인데. 왜? 어디 가려고?"

형식은 동네 어귀에서 작은 기원을 운영하는 영우의 오랜 친구이다.

"유진이 집에 반찬 좀 넣어 두고 와야 하니까 같이 가."

"오늘? 유진이 바쁘다며? 그래서 못 온다고 한 거 아냐?"

"그러니 우리가 대신 가서 넣어 주고 오자는 거지."

"유진이 제 공간 멋대로 드나드는 거 싫어서 도어 록 비밀번호도 안 알려 줬는데 어떻게 들어가려고 그래?"

"물어봐야지."

"물어본다고 대답하겠어? 놔둬. 저 알아서 하겠지. 다 큰 애한테 부모가 이러는 것도 간섭이고 부담일 수 있어."

"얼마 전에 선본 그 남자하고는 어떻게 됐는지도 궁금해서 그래."

한 달 전, 유진의 고모가 괜찮은 사람이 있다며 유진에게 선을 볼 것을 제안했다. 선영은 싫다는 유진에게 하루라도 빨리 도훈을 잊으려면 다른 이를 만나는 것도 좋은 방법이라며 부추겨 맞선을 보게 했다. 그 뒤 어떻게 되었냐고 물었더니 유진은 잘 만나고 있다는 말뿐, 이렇다 저렇다 하는 얘기가 없어 궁금하던 차여서 반찬을 핑계 삼아 들러 볼 예정이었다.

잠시 후 두 사람은 유진의 집에 가져다 둘 것을 챙겨 차에 올랐다. 영우가 차를 출발시키며 물었다.

"전화 안 해?"

"지금 말하면 절대 안 알려 줄걸. 도착해서 물어봐야지."

"허, 참. 꼼수 부리는 것 좀 보게. 유진이가 이런 엄마를 안 닮아서 얼마나 다행인지 모르겠어."

"잔말 말고 운전이나 해요."

"네, 네. 그럽죠."

영우가 장난스럽게 비아냥거렸지만 선영은 신경 쓰지 않았다.

침대에 엎드린 채 잠이 들었던 유진은 끊임없이 울려 대는 전화벨 소리에 짜증 섞인 말투로 중얼거렸다.

"겨우 잠들었는데 누구야, 대체."

중얼거리며 휴대폰을 찾아 발신인을 확인해 보니 뜻밖에도 선영이었다.

유진은 통화 버튼을 터치했다.

"여보세요?"

— 응. 유진이니? 엄마야. 일하느라 바쁜데 전화했지?

"아니야. 괜찮으니까 말씀하세요."

유진이 몸을 일으켜 앉으며 통화를 이어 갔다.

— 있잖아. 나 지금 아빠하고 네 빌라 밑에 와 있어.

"뭐? 어디라고?"

— 네 집 밑이라고. 집 비밀번호 알려 주면 반찬만 넣어 주고 곧바로 갈 거야. 알려 줄 수 있지?

"저기, 엄마."

— 그래, 엄마도 알아. 네가 이런 거 싫어한다는 거. 그런데 2주 전에도 그렇고, 또 오늘도 그렇고. 네가 오죽 바쁘면 집에도 못 와 보겠나 싶어 걱정이 돼서 찾아왔어.

"엄마. 나 있지."

— 응.

"아니야. 올라오세요."

— 올라오라니? 어딜? 너 혹시 지금 집에 있어?

"네. 그러니까 올라와서 얘기해요."

— 알았다.

선영이 전화가 끊어진 휴대폰을 멍하니 쳐다보았다. 그사이 주차를 마치고 가지고 올라갈 것들을 챙겨 온 영우가 심상치 않은 아내의 표정을 보곤 지레짐작하여 물었다.

"거봐. 유진이 잔소리 많이 하지?"

"얘 지금 집에 있대."

"출근 안 했대?"

"그런가 봐."

오늘 출근하게 되어 못 온다던 아이가 집에 있는 이유는 뭘까? 혹시 2주 전에도 거짓으로 둘러대고 집을 찾지 않은 건 아닐까? 갖은 생각으로 일그러지는 선영의 표정을 보며 영우가 다독이듯 말했다.

"뭔가 사정이 있었을 거야."

"그래도 거짓말은 하지 말았어야지."

"할 만한 일이 있어 했을 테니 너무 몰아붙이지 맙시다."

"당신은 어쩜 그렇게 태평해? 지금까지 자라 오면서 거짓말이라고는 모르던 애가 갑자기 이러는데 걱정 안 돼? 아무렇지도 않아?"

"여보. 진정해. 이렇게 흥분한다고 뭐가 달라지나?"

"됐어요. 그만해. 당신과 더 얘기했다간 속에서 천불이 날 것 같아."

곧 두 사람을 태운 엘리베이터가 3층에 멈춰 섰다. 문이 열리자 그 앞에서 기다리던 유진이 벌 받을 차례를 기다리는 아이처럼 초조한 시선으로 선영과 영우를 바라봤다.

"오셨어요?"

유진은 선영이 불같이 화를 낼 줄 알았는데 오히려 그 반대였다. 선영은 수심이 가득한 얼굴로 그녀의 안색을 살폈다.

"너 얼굴이 왜 이러니? 잠 못 잤어?"

"어. 조금."

"회사에서 안 좋은 일 있었어? 아니면 친구와 다퉜니?"

"다투긴. 엄마도 참. 책 읽다 새벽에 잠들었어. 몇 시간 못 자서 그래."

"그뿐이야?"

"응. 아빠, 오셨어요?"

유진이 영우에게 시선을 돌리자, 그가 인자하게 웃으며 답했다.

"우리 여기서 이러지 말고 우선 안으로 들어가자. 네 아빠, 팔 빠지려고 해."

유진이 영우가 든 가방 중 하나를 받아 들며 말했다.

"네. 들어오세요."

세 사람은 집 안으로 들어갔다. 부모님의 방문은 이사하던 날 잠깐 다녀간 후로 이번이 두 번째다. 선영은 유진이 집에서도 단정하고 깔끔한 아이였으니 여기도 비슷하겠지 싶었는데 막상 들어와 보니 생각했던 것과 달라 눈이 휘둥그레졌다. 여기저기에 아무렇게나 널려 있는 책들 하며, 빨랫감이 가득 찬 바구니. 보기만 해도 눈살이 찌푸려졌다.

주방의 싱크대도 틀림없이 엉망이겠거니 하며 눈길을 돌려 보던 선영은 휴, 하고 안도의 한숨을 내쉬었다. 그나마 거기는 깨끗이 치워져 있었다. 선영은 안 그래야 한다는 걸 잘 알면서도 저도 모르게 승질을 부리고 말았다.

"집 꼴이 왜 이래? 아팠어?"

"아프긴. 혼자 사니까 편해서 그런가 봐."

"아무리 편해도 그렇지. 청소기 없니? 걸레 없어? 책은 또 저게 뭐야?"

"여보. 들어오자마자 왜 애를 잡고 그래?"

영우가 아내를 말리며 우선 앉기를 권했다. 유진은 내가 못 살아, 하고 작게 중얼거리는 선영의 말을 흘려들으며 널려 있는 책들을 모아 한곳에 쌓아 두었다.

유진이 물었다.

"두 분 다 커피 괜찮으세요?"

"응. 나는 설탕 많이."

"아빠 취향 여전하시구나? 엄마는 설탕 없이 블랙?"

"나는 생수나 한 잔 줘."

"응."

유진은 컵 두 개를 꺼내 하나에는 믹스커피를 붓고, 남은 하나에는 생수를 따랐다. 그사이 영우는 유진이 쌓아 둔 책들 중 한 권을 들어 펼쳐 보았다. 종이로 만들어진 책갈피를 보며 옛 향수를 떠올리던 것도 잠시, 유진이 펜으로 끄적인 것처럼 보이는 글귀 하나가 눈에 들어왔다. 책 속의 내용은 잠이 오지 않을 때는 이렇게 하라, 혹은 저렇게 하라는 등의 가벼운 조언이었는데, 그 밑에 낙서처럼 갈겨쓴 글의 내용은 읽는 이의 마음을 몹시도 무겁게 만들었다.

「깊고 편한 잠을 잤던 게 언제였는지 모르겠다. 지루한 책을 읽으면 잠이 쏟아진다던 그 사람의 말처럼 나도 편히 잠들고 싶다.」

갑자기 가슴이 두근거렸다. 자신이 글귀를 읽었다는 것을 딸아이가 알게 될까 싶어 얼른 원래 있던 자리로 다시 놓아두었지만, 이미 심장은 거칠게 뛰기 시작한 후였다. 다른 페이지도 읽어 보고 싶었다. 계속해서 눈길이 책 쪽으로 향하지만 차마 용기 내어 집을 수가 없었다.

영우가 가끔 전화를 걸어 '잘 지내지?' 하고 물으면 '응, 잘 지내. 아빠는?' 하고 되묻던 유진. 그 인사만으로 딸아이의 마음을 다 알 순 없을 거라 생각했지만, 그래도 어느 정도는 괜찮을 거라 여겼다. 하지만 실상은 전혀 예상치 못한 일로 그를 충격에 빠트렸다.

그렇게 영우가 혼란스러워하는 동안 바지런한 선영은 가져온 반찬 통을 넣으려 유진의 냉장고를 열었다. 그 속엔 전자레인지에 몇 분간 조리해서 바로 먹을 수 있는 간편식 몇 가지와 양이 거의 줄지 않은 김치 통이 들어 있었다.

지난번에 왔을 때 가져다 두었던 김치 통이 거의 그대로 있는 것을 이상히 여긴 선영이 물었다.

"회사에서 밥 먹고 와? 김치가 그대로야, 왜?"

"회사에서 먹을 때도 있고, 아닐 때도 있어. 그리고 다이어트 때문에 염분 많은 음식은 가급적 피하는 중이라 그래."

"그럼 있던 건 가져가고 새것만 두고 갈게."

"응."

"인스턴트 많이 먹지 마. 몸 상해."

"사 두기만 한 거야. 입에 안 맞아서 못 먹겠어."

"회사는? 다닐 만해?"

"괜찮아. 다들 잘해 주셔서."

"고모가 소개한 사람은 어떠니? 사람 좋아 보여?"

선영이 소소한 질문들 끝에 제일 궁금했던 것을 물었다.

유진은 고모의 소개로 만났던 세 살 연상의 맞선 상대를 떠올렸다. 이름만 대면 알 만한 대기업의 관리 부서에서 근무 중인 그는 호감형 외모에 다정다감한 성격을 가진 이상적인 남자였다. 단지 흠이라면 눈치가 없는 편이라는 것뿐.

그와는 소개받았던 그날 후로 두 차례를 더 만났다. 그를 처음 만난 날로부터 3주가 지났으니 일주일에 한 번씩은 만난 셈이다. 사실 그는 계속해서, 더 자주 그녀를 만나고 싶어 하는 것 같았지만 유진은 일주일에 한 차례 만나는 것도 버거워 겨우 해내고 있는 실정이었다.

만날 약속을 정하면 그때부터 고민이 시작됐다. 이렇게나 마음이 안 움직이는데, 함께 있는 것만으로도 숨이 막히고 갑갑한데 이게 과연 제대로 된 만남일까? 그런 생각이 들 때마다 이건 예의가 아니지 싶어 오늘까지만 보자고 해야지, 하면서 약속 장소에 나갔다. 그래 놓고선 또 망설였다. 이 사람한테는 미안하지만, 이렇게 계속 만나다 보면 어쩜 그를 잊을 수 있지 않을까? 그런 이기적인 욕심에 바짓가랑이라도 붙잡는 심정으로 함께 시간을 보내다가도, 저도 모르게 그에게서 도훈의 모습을 찾으려는 자신을 발견하고는 했다. 그러다 문득 현실을 깨닫고 느끼는 환멸감은 단지 얼굴이 붉어지는 것으로 끝나지 않았다. 끝이 보이지 않는 우물 속에 내던져진 듯 한없이 나락으로 떨어지는 기분이 들고야 말았다.

그래서 그녀는 요즘 더 혼란스럽기만 했다. 그녀가 걷고 있는 이 길이 제 길이 아닌 것 같아서. 그에게로 향할 수 없는 발걸음이 평생 갈 곳을 찾지 못하고 주춤거릴 것만 같아서.

"얘? 유진아?"

선영의 목소리에 생각에 잠겨 있던 유진이 천천히 현실로 돌아왔다.

냉장고에 반찬 통을 다 넣은 선영이 물이 끓는 전기 포트의 손잡이를 쥐고선 그녀를 빤히 쳐다보고 있었다.

"무슨 생각을 그렇게 해?"

"아니야. 아무것도."

"대답해 봐. 그 남자는 어때? 괜찮니?"

"응. 나쁘지 않아."

"나쁘지 않다니? 마음에 안 드니?"

"아니."

선영은 유진이 대답을 얼버무리며 상황을 벗어나려 하는 것을 그냥 두지 않

있다.

"유진아."

"엄마. 제발. 내가 알아서 할게."

유진은 참지 못하고 신경질적으로 뱉어 버렸다. 어떻게든 버텨 보려 꾸역꾸역 참고 있는데 계속해서 등을 떠미는 선영이 미웠다. 그녀의 마음을 모르는 것은 아니지만 마음이 어디 시키면 시키는 대로 움직여 주냐는 말이다.

선영은 딸의 처음 보는 모습에 놀란 마음을 감추고 애써 담담하게 말했다.

"그래. 엄마가 너무 몰아붙였어. 미안하다. 안 물을게."

"나 아직 그 사람에 관해 잘 모르겠어서 그래. 짜증 내려던 건 아니었는데. 미안해, 엄마."

유진은 물끄러미 자신을 응시하는 선영을 외면한 채 영우의 앞으로 다가갔다. 바닥에 깔린 카펫 위에 앉은 영우의 앞 미니 테이블에 커피 잔을 내려놓으니, 그가 웃으며 말했다.

"아빤 이제 이 커피 없으면 못 살 것 같다."

"그래도 적당히 드세요. 몸에 해로워요."

"그래. 그러마."

"엄마도 물 드세요."

"그래."

선영이 두 사람 사이의 빈 공간에 앉아 물 한 모금을 마셨다. 유진은 여간해서는 화내지 않는 딸이었던 터라 흠칫 놀랐었는데, 다행히 지금은 마음이 풀어진 것 같았다.

영우가 유진에게 물었다.

"나와서 사니 어때? 우리 간섭 없어서 좋아?"

"좋은 점도 있고, 아쉬운 점도 있고 그래."

"그래도 혼자가 좋지?"

"응. 아직은. 두 분은 어떠세요? 엄마는 아직 노래 교실 다녀?"

"다니다 뿐이냐? 거기 사람들과 어울린다고 난 쳐다보지도 않아요."

영우의 투정에 선영이 입술을 내밀었다.

"이이 좀 봐. 당신이 만날 기원에 틀어박혀 있으니 내가 심심해서 다니기 시작한 거잖아?"

"난 당신이 안 놀아 주니까 기원에 나갔던 건데?"

"당신 또 이러기야? 오랜만에 보는 유진이 앞에서 어디 또 한 번 다퉈 봐?"

"두 분 다 그만 좀 하세요. 둘만 있을 땐 그렇게 다정하신 분들이 어떻게 제 앞에선 만날 다투기만 한대?"

유진의 말에 영우와 선영은 서로를 슬며시 노려보다 누가 먼저랄 것도 없이 웃음을 터뜨렸다. 그런 두 사람을 바라보는 유진의 눈가가 부러움에 촉촉하게 젖어 들었다.

늘 바랐다. 언젠가 진정한 사랑을 찾으면 부모님처럼 알콩달콩, 티격태격 하며 살아가고 싶다고. 영우와 선영은 부부로 함께한 지 30여 년이 다 되어 가면서도 여전히 두 눈에 사랑이 가득했다. 가끔 영우가 지나가는 말로 당신도 나이 들었구나, 한마디라도 하면 금세 눈을 흘기는 선영은 그 순간만큼은 세상에서 가장 새침하고 사랑스러운 여자가 되었다.

영우의 눈에는 여전히 소녀처럼 보이고 싶고, 여자로 보이고 싶다던 선영. 그런 엄마를 바라보는 영우의 눈에 고스란히 담긴 사랑은, 단 한 번도 경험하지 못한 사람도 알아차릴 수 있을 정도로 깊고 진한 것이었다.

먼저 떠난 유리가 입버릇처럼 했던 말이 있다. 자신은 엄마 성격을 꼭 빼닮았으니 아빠 같은 사람 만나 두 분처럼 살고 싶다고. 그때마다 '나도!' 하고 소리치며 동의했던 유진은 이제 그런 생각을 떠올리면 쓸쓸한 마음이 먼저 들었다.

내 인생에 과연 그런 날이 오기는 할까? 또 한 번 무의미한 질문을 던져 보지만 희망적인 미래는 그려지질 않았다.

집으로 향하는 길. 영우가 도로를 메운 차들을 바라보며 선영에게 말했다.

"차가 많이 막히네. 당신 피곤할 텐데 눈 좀 붙여."

"아니야. 당신도 피곤할 텐데 내가 운전할까?"

"됐네, 이 사람아."

영우가 시름이 깊어 보이는 선영의 옆모습을 망연히 바라보았다. 혼자만의 생각에 잠겨 멍하니 바닥을 바라보던 그녀가 불쑥 물었다.

"쟤 많이 안 좋아 보이지?"

"음."

유진에 관한 물음이었다. 그도 줄곧 걱정하던 부분이라 대답이 곧바로 튀어나왔다.

선영이 떨리는 목소리로 말했다.

"불안해. 저러다 사고 칠까 봐."

"여보."

"당신 또 '놔둬, 저가 알아서 하게.' 이런 말 하려면 그냥 아무 말도 마. 들어 봤자 속만 더 상하니까."

"그냥 내버려 둘 걸 그랬나?"

"뭘 내버려 둬?"

"그냥. 그 사람하고 만나게 내버려 뒀으면 어떻게 됐을까 싶은 생각이 가끔 들어서."

그러자 선영이 눈에 불을 켜고 말했다.

"당신 미쳤어? 아니, 어떻게 그런 생각을 해?"

"유진이 꼴을 봐. 벌써 몇 달째 저러고 정신을 못 차리잖아."

"누구는 눈이 없어? 나도 미칠 것 같지만 어쩌겠어. 당신, 그 사람 사위로 받아들일 수 있어? 그리고 그 동생은? 사돈이라고 부를 수 있겠냐고?"

"휴."

"유진이가 날 지독한 어미라고 여기는 건 어쩔 수 없지만, 당신까지 이러면 어떡해? 당신도 살아 봐서 알잖아? 저런 감정, 시간 지나면 나아질 거야. 분명 괜찮아질 거야. 그때까지 시간이 좀 걸릴 뿐인 거야. 저쪽은 벌써 다 잊고 잘 살고 있을지도 모르잖아?"

"당신한테는 처음 얘기하는 건데."

"뭘?"

"유진이 그 사람 집 앞에 몇 차례나 찾아왔었어."

선영은 도훈이 초인종을 눌렀던 날을 상기시켜 물었다.

"지난겨울 그때 말고 또 왔었다는 소리야?"

"응. 그 전에도 몇 차례나 찾아왔었어."

"세상에."

선영은 차마 말을 잇지 못하고 눈만 끔뻑거렸다.

"그 사람도 내가 자기를 봤는지는 모를 거야. 본의 아니게 숨어서 본 꼴이
되었으니."

"유진이하고 만난 거 아닐까?"

"그건 아닌 것 같아. 그저 먼발치서 집만 바라보다가, 그러다 갔어."

"여보. 나 천벌 받겠지?"

선영의 물음에 영우가 기함하여 물었다.

"벌이라니? 당신답지 않게 그게 무슨 소리야?"

"벌 받을 거야. 분명 그럴 거야."

"여보."

"하지만 아닌 건 아닌 거야. 절대 아니야. 절대."

영우는 계속해서 혼잣말로 중얼거리는 선영을 먹먹하게 바라볼 뿐, 아무 말
도 할 수가 없었다.

열심히 울어 대던 휴대폰의 벨 소리가 사라졌다. 새어머니의 전화였다. 벌써
여러 통째였지만, 도훈은 단 한 번도 받지 않고 무시로 일관했다. 비서실에도
미리 일러 새어머니의 전화는 절대 연결하지 말라는 명까지 내려 놓았다. 통화

하고 싶지 않았다. 들어 봤자 빤한 얘기들일 것이다. 어차피 조만간 리조트 재오픈 행사가 열리면 보기 싫어도 보아야 한다. 들어야 할 말이 있다면 그때 들어도 늦지 않을 것이다.

화면에 뜬 부재중 전화 표시를 지운 도훈은 휴대폰을 내려놓고 가방을 열었다. 그 속에서 꺼낸 건 진한 파랑색의 편지 봉투 하나였다. 얼마 전 용재가 그의 집 식탁에 올려 두고 갔던 그것이다. 요즘처럼 무기력한 일상에서 그나마 그를 웃음 짓게 하는 편지 한 통. 그것은 바로 승원의 것이었다.

도훈은 파랑색 봉투를 열어 안의 종이를 꺼냈다. 편지지라고 말하기가 무색할 정도의 색종이 한 장일 뿐이지만 이것이 얼마나 사람을 들뜨게 하는지는 아무도 모를 것이다.

「아저씨. 고맙습니다. 사랑해요.」

편지지 속에는 아이가 글을 배우며 가장 먼저 배웠을 법한 말들이 위에서 아래로 나란히 적혀 있었다. 도훈은 그 짧은 글귀에서 감동을 느꼈다.

승원이와는 꾸준히 교감 중이다. 혹여 이 일을 유진의 부모님이 아시면 혼쭐이 날지도 모르지만 그에게 유일하게 웃어 주고 품을 내어 주는 이를 또 잃고 싶진 않아 욕심을 부렸다. 동네에서 만나 공놀이를 하기도, 또 가끔은 아이가 좋아하는 붕어빵을 사 나눠 먹기도 했다. 다행히 문영과 한수는 신경 쓰지 않는 눈치였다. 오히려 함께 놀아 주니 고마워하는 것도 같았다.

이렇게 편지가 온 것은 이번이 세 번째인데, 그가 아이에게 장난감을 선물하면 삐뚜름하고 큰 글자로 저렇게 적어 넣은 편지를 그의 집 우편함에 넣어 두고 가는 하였다. 아마도 문영이 도와주었을 것이다. 아직 말문이 확 트이지도 않은 데다 글자를 배운 지 얼마 되지 않은 아이가 저 말들을 어떻게 알았을까? 그렇게 생각하면서도, 한편으로는 승원에게 편지를 받았다는 생각에 이루 말할 수 없이 행복한 기분이 들었다.

승원인 조금씩 나아지고 있었다. 완벽하진 않지만 천천히 말을 배우기 시작하고 있었다. 얼마 전엔 띄엄띄엄한 말소리로 아저씨, 라고 해 그를 기함하게 만든 적도 있었다. 그때 그가 얼마나 기뻐했던지 누가 보면 애 아빠 줄 알겠다며 문영이 혼잣말로 중얼거리기도 했었다. 그날이 생각나자 다시금 입가에 함박웃음이 그려졌다.

도훈은 편지를 접어 다시 가방에 넣었다. 새어머니 때문에 엉망이 되었던 마음이 승원의 편지 한 통에 사르르 녹아내렸다. 덕분에 오늘은 어제보다 조금 더 웃을 수도 있을 것 같다는 예감이 들었다. '승원아, 고마워.' 하고 엉덩이를 토닥거려 주고 싶지만 옆에 없어 아쉬울 따름이다.

유진은 피로해진 눈을 비비며 읽던 책을 덮었다. 두꺼운 책을 읽어도 잠이 오기는커녕 오히려 책 속으로 빨려 들어갈 정도로 집중력이 강해지는 것만 같았다. 이대로 계속해서 읽다간 오늘도 밤을 새고야 말 것이 분명했다. 그건 안 될 일이었다.

딩동.

메신저 알림음이 들려 휴대폰을 확인해 보니 얼마 전의 그 맞선남이다. 며칠 전 그를 만나 미안하다는 말과 함께 그만 만나자는 말을 전했었다. 그는 당혹스러워하며 자신이 잘못한 게 있는지 물었고 그녀는 자신의 문제라고만 답했다. 그것이 그와의 끝이길 바랐는데, 미련이 남은 남자는 또 한 번 메시지를 남겼다.

[유진 씨. 아무리 생각해도 이건 아닌 것 같아요. 다시 한 번 만나서 제대로 대화해 봐요. 우리.]

[죄송합니다.]

짧은 메시지를 남긴 뒤 침대에 엎드려 누우니 서점에서 도훈을 보았던 날이 떠올랐다.

누군가 자신을 빤히 보고 있는 것 같았던 그날. 유진은 어떤 불확실한 예감에 읽던 책을 팽개치고 일어섰었다. 2층에서 책을 읽던 그녀는 1층으로 향하는 계단 위에 서서 다급하게 아래를 둘러보았다. 왜 그런 생각이 들었는지 모르겠다. 어쩌면 바람이었을지도 모른다. 그녀가 속으로 급하게 소리쳤다.

있어야 해. 그여야만 해.

제발 한 번만이라도 보고 싶은 마음에 간절한 마음으로 주위를 둘러보다 눈에 익은 뒷모습을 발견했다.

도훈이었다.

유진은 익숙한 패턴의 셔츠와 스키니한 팬츠를 입은 그의 뒷모습을 홀린 듯 바라보았다. 꿈인 걸까? 그가 여기에 있을 리가 없잖아? 그렇게 멀거니 그의 뒷모습을 바라보다 결국 그를 놓치고야 말았다. 그가 문을 나선 뒤 급하게 뒤따라 나가 봤지만 그를 찾을 수는 없었다.

환상일 거야. 너무 보고 싶어서 잘못 본 걸 거야.

그렇게 생각해야 했다. 그때의 그가 정말 도훈이라고 생각하면 견딜 수가 없을 것 같았다.

유진은 두 눈을 꼭 감았다. 그때의 그는 환상이었다고 가슴에, 또 뇌리에 여러 차례 되새긴 후에야 눈을 뜰 수 있었다.

그리고 옆을 보자 그날의 도훈이 그녀와 같은 자세로 옆에 엎드려 누워 있었다. 마주 보며 싱긋 웃어 보이기까지 했다. 급히 왔는지 늘 단정하던 머리카락도 흐트러져 있었다.

환상이야.

마음속 누군가가 계속해서 환상일 뿐이라 소리쳤지만 유진은 차마 시선을 돌릴 수가 없었다. 아무래도 좋았다. 이렇게라도 볼 수 있다면 그것만으로도 행복했다. 그래서 유진은 지금의 이 환상이 깨어질까 겁이 나 그의 흐트러진 머리카락을 바로 만져 주지도 못한 채 끊임없이 눈물만 흘렸다.

오랜만에 본가를 찾은 유진은 선영과 점심 식사를 함께 했다. 영우는 이웃 할머니 댁의 수도꼭지를 교체해 주러 나간 상태라 집에는 두 사람뿐이었다.

유진이 물었다.

“그래서 아빠는? 늦으신대?”

“많이 늦진 않으실 거야.”

“이 해물된장찌개 오랜만이다. 역시 엄마 솜씨는 최고야.”

“따로 담아 줄 테니 갈 때 가지고 가.”

“응.”

선영은 밥공기를 비우려 애쓰고 있는 유진을 안타깝게 바라보았다. 오늘 유진이 집에 온다는 소식에 딸이 특히 좋아하는 음식 중 한 가지인 해물된장찌개를 끓였다. 예전 같았으면 밥 한 공기는 순식간에 비웠을 텐데, 입맛이 없는지 한 공기를 비우는 것도 버거워 보였다.

그때 집 전화 벨 소리가 들렸다. 유진이 물었다.

“누구지?”

“글쎄.”

“내가 받을게. 엄마는 식사하세요.”

“됐으니까 너 마저 먹어.”

선영이 일어서려는 유진을 만류하고 거실로 나가 전화를 받았다. 유진은 전화가 놓인 테이블 앞에 쪼그려 앉는 선영의 얼굴에 따스하게 내리비치는 햇살을 가만히 바라보았다.

우리 엄마는 나이 들어도 여전히 예쁘시구나. 감상에 잠기려던 때 선영의 목소리가 평소보다 많이 커졌다.

“형님. 무슨 말을 그렇게 해요? 우리 유진이가 어디가 어때서?”

그러고서는 상대방이 뭐라고 했는지 흥분하여 대꾸하는 목소리가 더 커진다.

“그럼 우리 유진인 좋다, 싫다 말도 못 해요? 만나다 보니 별로여서 그만하자고 한 것 같은데 왜 형님이 나서서 이래요? 형님 눈에 우리 유진이가 얼마나 부족한 애로 보였는지 모르겠지만, 우리한테는 아주 금쪽같은 아이니까 앞으로 그런 말 할 거면 전화하지 말아요.”

딱 잘라 말한 선영이 전화기를 툭 소리가 나게 내려놓았다.

유진이 들고 있던 젓가락을 천천히 내려놓으며 물었다.

"고모야?"

선영은 화가 나 얼굴이 벌게졌으면서도 아무렇지도 않은 척 굴었다.

"아무것도 아니니까 밥 먹어."

"무슨 일인데 그래?"

"됐다니까."

"고모지? 나 그 사람하고 안 만나는 것 때문에 그러서?"

선영이 식탁 의자에 다시 와 앉으며 물었다.

"그 사람하고 정리했니?"

"선본 사람?"

"왜? 마음에 안 들던?"

유진은 망설이다 고개를 끄덕였다.

"그래. 그럴 수 있지."

"고모가 뭐라고 하셔?"

"놓치기 아까운 사람이라 그러지."

"그런 사람이라서 그만 만나자고 했어."

"뭐?"

선영의 황당한 표정을 보며 유진이 대수롭지 않다는 듯 말했다.

"나랑 만나긴 아까운 사람이니까."

"얘, 유진아. 네가 어디가 어때서 그래?"

"나 많이 부족하잖아."

허탈하게 웃은 유진이 마른 김 한 장을 집어 들었다. 선영이 기함하여 말했다.

"네가 뭐가 부족해? 예쁘지, 착하지, 성실하지. 어디 하나 빠지는 데가 없는데."

"왜 빠지는 곳이 없어? 제일 중요한 게 빠졌는데."

"얘가 무슨 말을 하는 거야? 네가 대체 뭐가 빠진다고 그래?"

"마음이 없잖아."

"뭐?"

괜찮다는 말로 자신을 숨기는 일도 이젠 지쳤다. 그래서 유진은 차라리 솔직하게 굴자 싶어 진심을 얘기했을 뿐인데, 선영은 아주 많이 놀란 눈치였다.

유진은 아차 싶어 애꿎은 영우를 들먹였다.

"아빠는? 언제 오셔? 곧 오시려나?"

하지만 선영은 절대 그냥 넘어갈 생각이 없는 듯했다.

"마음이 없다는 게 무슨 소리야?"

"말실수했어."

"반유진!"

선영이 정색하자 유진은 피할 수 없음을 인정하고 낮게 한숨을 쉰 뒤 말했다.

"엄마. 나, 선본 남자 만나면서 조금은 달라지길 바랐거든. 그런데 그게 잘 안 됐어. 만날수록 도훈 씨가 더 생각나더라고."

"애가 진짜."

"또 도훈 씨 생각하니 미안해서. 그래서 더는 못 하겠다 싶어서 내가 먼저 관두자고 했어."

"끝난 사이인데 미안하긴 뭐가 미안해? 그럼 평생 그러고 미안해하기만 할 거야? 네 인생은? 네 삶도 살아야지. 그 사람도 곧 좋은 여자 만날 텐데."

"그렇겠지?"

유진이 쓸쓸하게 웃으며 고개를 떨어뜨렸다.

"유진아."

"이런 모습 보여서 죄송해요. 나도 내가 이렇게 미련스러운지 몰랐어."

"그 사람 다시 만날래?"

"응?"

초점이 흐려지던 유진의 눈동자가 또렷하게 되살아났다. 선영을 보는 눈길에 기대감이 스며들었다.

"그렇게 좋으면 다시 만나."

"진짜? 그래도 돼?"

하지만 여전히 도훈을 받아들일 수 없는 선영은 차마 응, 하고 단번에 말하지 못하고 머뭇거렸다.

"네가 좋으면 어쩔 수 없잖아. 그렇지만 우리는 아직……."

뒷말을 잇지 못하는 선영을 보며 일순 벅차올랐던 유진의 기대감이 순식간에 사그라지고 말았다. 도훈을 원하지만 그 때문에 부모님을 저버릴 수는 없었다. 유리가 있었다면 달랐겠지만 자식이라곤 저 혼자 남은 두 분께 그런 몹쓸 짓은 할 수가 없었다.

속상한 마음을 감춘 유진이 부러 장난스럽게 웃으며 말했다.

"엄마. 그런 농담 하지 마. 나 정말 좋아할 뻔했잖아. 아빠 오실 때까지 기다리려고 했는데 안 되겠다. 오늘은 그만 갈게요."

유진이 식사를 멈추고 자리에서 일어났다. 선영이 따라 일어서며 말했다.

"더 있다가 아빠 보고 가."

"아니야. 내일 출근할 생각하니 갑자기 피곤해져서 더 못 있겠어."

"아빠한테 태워다 달라고 하면 되잖아?"

"괜히 나 때문에 아빠 피곤하시게 하고 싶지 않아서 그래. 엄마. 나 갈게."

"그럼 잠깐 기다려. 너 좋아하는 칠게무침이랑, 파김치 좀 싸 줄게. 된장찌개도 가져가야지."

"아냐. 다음에 가져갈게."

"얘는. 뭐가 급하다고 서두르고 난리야?"

"피곤해서 그래. 엄마, 나오지 마요. 그냥 갈게."

"유진아!"

유진이 급하게 외투와 가방을 챙겨 들고 집을 나섰다. 그녀는 선영에게 나오지 말라고 단단히 이른 뒤 빠르게 집을 빠져나갔다. 순식간에 벌어진 일에 선영은 딸의 뒷모습을 허망하게 지켜볼 수밖에 없었다.

그날 밤. 침대에 누워 팔등으로 눈을 가린 영우가 신중하게 입을 열었다.

"아까 유진이하고 아무 일 없었어?"

등을 돌리고 누워 있던 선영이 휙 돌아보며 되물었다.

"당신 아까도 그러더니 또 그러네? 별일 없었다니까. 왜? 유진이가 뭐래?"

"아니. 그런 건 아닌데."

"계집애. 아빠가 태워 준다는데도 왜 그냥 가? 당신, 그것 때문에 마음에 걸려서 그러는 거지?"

"울고 있었어."

"어?"

영우가 눈을 가린 팔을 내리며 말했다.

"아까 길에서 마주쳤다고 했지? 그때 보니까 울고 있더라고. 그래서 인사도 제대로 못 하고 보냈던 게 계속 생각이 나."

"그 얘기를 왜 이제 해?"

"당신 들어 봤자 속상할 것 같아 그랬지."

"그럼 끝까지 말을 말던지."

속상한 마음을 표현한 선영이 다시 등을 돌려 누웠다. 영우는 겉으론 아닌 척해도 속마음은 한없이 여린 아내가 혹시 우는 건 아닌지 걱정돼 말을 걸어 보려 했다. 그런데 그때 갑자기 선영이 자리를 박차고 일어나 앉으며 단호하게 말했다.

"여보. 우리 그냥 딸 하나 잃은 셈 칩시다. 이러다간 내가 먼저 죽을 것 같아. 그놈의 사랑인지 뭔지 아주 지긋지긋하니까 맘껏 하라고 보내 주는 게 낫겠어."

"여보?"

영우도 따라 일어나 앉았다.

"당신도 그런 줄 알아요."

선영의 반응은 뜻밖이었다. 그녀는 유진의 짝이 누가 되어도 좋으니, 도훈만은 죽어도 안 된다던 사람이었기에 더욱더 의문스러웠다. 영우가 물었다.

"그게 그렇게 쉽게 결정할 일은 아니잖아?"

"그럼 나보고 어쩌라고? 저 계집애 아까 나한테 와서 그 사람한테 미안해서 다른 남자도 못 만나겠대요. 완전히 미쳤다니까?"

"시간 지나면 괜찮아질 거랬잖아."

영우의 차분한 대답에 선영이 열불이 나 소리쳤다.

"그놈의 시간만 기다리다 내가 먼저 죽겠다고. 내일 당장에라도 그 사람 만나서 둘이 만나든지 말든지 알아서 하라고 해야겠어요. 문영이한테 들으니 그쪽도 비쩍 말라 사람 꼴이 아니라던데. 둘 다 아주 꼴값을 떨어, 정말."

"처제가 뭐라고 해?"

"그 계집애도 똑같아, 아주. 그냥 둘이 만나게 해 주면 안 되냐고 지가 더 난리야."

"전에 김 서방에게 들으니 그 사람 성품은 참 좋다고 하더라만."

"당연히 좋겠지. 우리 유진이가 아무리 생각이 없어도 이상한 놈 만났겠어요?"

이 상황에도 딸을 두둔하는 아내의 모습이 귀여워 영우가 저도 모르게 피식 웃음을 터뜨렸다. 그러자 선영이 열받아 하며 물었다.

"웃음이 나와요, 지금?"

"아니, 아니야. 여보. 실수야, 실수."

"내일 당장 가서 둘이 지지고 볶든 말든 알아서 하라고 하자고요."

"휴우."

"왜요? 영 안 내켜? 당신도 그간 고민 많이 하는 것 같던데 내가 잘못 본 거예요?"

"아니. 나야 진즉부터 그런 생각도 했었지. 전에 유진이도 그랬잖아. 그 사람, 우리 유리 사고 낸 동생하고는 아버지만 같을 뿐 거의 남 같은 관계라고. 친모도 오래전에 돌아가셨고, 또 처제 말대로 어려서 받은 상처도 큰 것 같은데. 그 사람이야말로 무슨 죄인가 싶어서. 그런데 또 우리 입장에서는 유리를 생각하지 않을 수가 없으니."

다시 정적이 흐른다. 잠시 후 긴 침묵을 깨고 영우가 입을 열었다.

"그렇게 합시다. 둘이 정 원한다면 만나게 하자고. 그리고 당신도 당신 편할 대로 해. 그 사람 좀 더 편해질 때 그때 받아들여도 되니까 무리하지는 마."

"그런 날이 오려나 모르겠네."

"내가 당신을 모르나? 이렇게 센 척해도 마음은 여려서 금방 돌아설 거면서."

"쳇."

"그래도 당신이 이런 결정 내릴 줄은 몰랐어."

"나라고 알았겠수? 저 미련하고 갑갑한 계집애 때문에 내가 하루도 편할 날이 없어."

"유진이가 누구를 닮아서 그렇겠어?"

"설마 나라고 말하려는 거예요?"

"그럼? 나라고?"

"솔직한 말로 유진이 저 갑갑함은 당신 닮은 거지."

"내가 어디가 그리 갑갑하다고 그래? 당신 지금 그거 모함이야, 모함."

"미련스럽고 갑갑한 게 딱 지 아빠데 뭔 소리래?"

"허허. 이 사람이 진짜."

"됐어요. 이만 자요. 내일 태안까지 운전해 가려면 피곤할 텐데."

선영이 다시 등을 돌려 누웠다. 영우는 그런 아내의 등을 흐뭇하게 바라보다 천천히 잠에 빠져들었다.

리조트 재오픈 기념식이 하루 앞으로 다가왔다. 도훈은 최종 점검을 위해 기념식이 열릴 행사장을 둘러보고 돌아오던 길에 용재의 연락을 받았다.

— 지사장님. 지금 로비로 잠깐 내려가 보셔야겠습니다.

"거긴 왜?"

— 반유진 씨 어머님이 와서 기다리고 계십니다.

"뭐라고?"

예상치 못했던 단어에 도훈은 심장이 터질 것 같았다. 그는 혹시 잘못 들은 건 아닐까 싶어 차분한 목소리로 다시 물었다.

"누가 와 계신다고?"

— 반유진 씨 어머님이요. 데스크의 박현아 씨가 지사장님께 전해 달라고 제게 직접 연락했어요.

"그럼 당장 집무실로 모셨어야지! 아, 됐어. 내가 갈게. 끊어."

도훈은 함께 둘러보던 직원들을 돌려보내고 다급히 엘리베이터로 향했다.

버튼을 눌러 놓고도 마음이 급해 가만히 서 있을 수가 없었다. 그는 생각을 바꿔 계단으로 향했다. 다급한 마음에 뛰듯이 계단을 내려가면서도 어떻게 된 일인지 짐작조차 가지 않아 머릿속이 멍하기만 했다.

선영은 로비 한쪽에 마련된 소파에 앉아 도훈을 기다리고 있었다. 영우와 함께 오려 했지만, 리조트 직원들의 눈도 생각하라는 여동생의 말에 혼자 걸음하였다. 리조트에 도착하자 현아와 효연이 그녀를 반갑게 맞았다. 특히나 현아는 데스크 밖으로 나와 그녀를 극진히 모시며 어쩐 일로 방문했는지를 물었다. 선영은 조심스럽게 도훈을 만날 수 있느냐고 물었다. 현아는 당연하다는 대답과 함께 어디론가 전화를 걸었고, 잠시만 기다리시라는 말과 함께 앉을 자리를 권유받았다.

지사장이라더니 많이 바쁘긴 한 모양인지 도훈은 쉽게 모습을 드러내지 않았다. 선영은 무작정 기다리고만 있기가 지루해 리조트 내부를 구경 삼아 둘러보았다. 최근 대대적인 공사가 있었다는 말을 듣긴 했지만 이렇게 달라질 줄은 몰랐다. 그중 특히 눈길을 끈 것은 옅은 바다색의 눈꽃이 흩날리는 것처럼 보이는 천장의 샹들리에였다. 그것을 홀린 듯 바라보고 있는 선영에게 현아가 다가와 음료 하나를 내밀었다.

"어머니. 지사장님 곧 내려온대요."

"그래?"

"네. 그리고 죄송해요. 더 조용한 곳으로 모셔야 하는데. 시끄러우시죠?"

현아가 주변의 다른 고객들 귀에 들리지 않을 정도로 작게 소곤거려 물었다. 그러자 선영이 온화하게 웃으며 고개를 저었다.

"아니야. 바쁜데 나까지 신경 쓰느라 현아가 고생이지."

"고생은요."

"가서 일 봐. 나 신경 쓰지 말고."

"네. 그럼 가 볼게요."

"으응. 고마워."

도훈은 현아가 건네준 음료 한 병을 다 비울 때까지도 나타나지 않았다. 곧 내려온다더니 일이 많이 바쁜가? 집에 갔다 다시 올까? 고민하던 그녀가 차라리 그게 낫겠다고 생각하고 자리에서 일어서려던 때였다.

그녀의 옆으로 어딘가 낯이 익은 여자 한 명이 빠르게 지나가는 것이 보였다. 선영은 그녀를 빤히 보며 생각했다.

어? 저 여자? 어디서 봤지? 낯이 많이 익은 것 같은데.

분명 어디서 본 게 확실한데 왜 이렇게 기억이 안 날까? 늙으니 기억력까지 떨어진다 싶어 속상하던 찰나 어떤 이미지 하나가 뇌리를 스치고 지나갔다.

기억났다. 도훈의 새어머니 진아정이다. 유리의 일로 얼굴을 마주한 적이 있었다. 그때 이후 여성지 등의 잡지에서 몇 번 더 본 적이 있었는데 그때의 기억이 각인되듯 뇌리에 박혀 있었던 것이다.

기억이라는 게 참으로 얄궂다는 생각이 들었다. 살면서 눈앞에서 직접 본 적은 딱 두 번밖에 없던 사람이 이렇게도 기억에 남을 수가 있을까? 게다가 왜 하필 이 타이밍일까?

그녀가 도훈을 만나러 온 바로 이 시점에 저 여자를 보았다는 사실 자체가 몹시도 불편하고 불쾌했다. 선영은 이럴 게 아니라 빨리 집으로 돌아가야겠다고 생각했다. 도훈과는 따로 약속을 잡아서 만나는 게 나을 것 같았다. 그래도 이렇게 말도 없이 가 버리는 건 예의가 아닌 것 같아 현아에게 일이 있어 집으로 돌아갔다는 말을 대신 전해 달라 부탁하려고 데스크로 향하려는데, 좌측의 계단을 뛰다시피 하며 내려오는 도훈의 모습이 보였다.

그를 발견하자마자 어이쿠, 소리가 절로 나왔다. 저러다 넘어지면 어쩌려고. 저도 모르게 그를 염려하던 중 계단을 내려와 로비를 둘러보던 그가 그녀를 발견하고는 반갑게 웃었다. 선영은 속으로 자신이 그를 얼마나 미워했는데 저리도 웃음이 날까? 참 실없는 사람이라고 생각하며 슬그머니 웃었다.

그렇게 망설임 없이 그녀를 향해 걸어오던 그의 앞에 아정이 다가섰다. 도훈은 갑작스러운 그녀의 등장에 놀라긴 했으나 지금은 선영을 모시는 게 더 급선무였다. 아정을 지나치기 전에, 뵈었으니 인사는 드려야 할 것 같아 도훈은 고개를 숙이며 입을 열었다.

"오셨습니까?"

찰싹.

순식간에 벌어진 일이었다. 인사를 마친 도훈이 고개를 들자마자 아정이 기다렸다는 듯 그의 뺨을 후려친 것이었다. 대체 이게 어떻게 된 일일까? 도훈은 화가 나기보다는 어처구니가 없어 고개를 치켜들었다. 그러자 매섭게 그를 노려보고 있던 아정이 분기에 찬 목소리로 말했다.

"어때? 기분 나쁘니?"

"맞고 기분 좋을 사람이 어디 있겠습니까?"

"내가 딱 그런 기분이었어. 내가 어떤 마음으로 도진이를 네게 보냈는데! 나라고 네가 좋아서 여기 보낸 것 같으니? 그렇게 부탁했는데 일을 이 지경으로 만들어? 그러고도 네가 우리 가족이고 도진이 형이니?"

"죄송합니다만 나중에 다시 찾아뵙겠습니다. 지금은 보다 시급한 용무가 있어서요."

도훈은 여전히 기다리고만 있을 선영이 걱정되어 한시가 급했다. 이렇게 아정과 마주하고 있는 짧은 시간마저 아깝게 느껴졌다.

그가 아정 뒤에 장승처럼 서 있는 그녀의 운전기사에게 일렀다.

"김 기사님, 체크인하고 룸으로 모셔요."

도훈이 자신을 무시했다고 생각한 아정이 다시 한 번 손바닥을 들어 올렸을 때였다.

"아악! 누구야?"

손목을 잡힌 아정이 꽥 소리를 질렀다. 누군가 도훈을 때리려던 그녀의 손목을 붙잡은 것이다. 아정은 자신을 방해하는 이가 누구인지 확인하려 고개를 획 돌렸다. 그곳엔 선영이 서 있었다. 아정보다 키가 몇 센티미터가 더 큰 선영이 아정의 손목을 더 세게 움켜쥐며 낮게 말했다.

"그만하세요."

"이거 못 놔?"

"더 이상 소란스럽게 하지 않겠다고 약속하면 놓지요."

갑작스러운 상황에 당황한 아정의 운전기사가 뒤늦게 다가와 선영을 떼 내려 하자 도훈이 엄포를 놓았다.

"김 기사님. 지금 그분께 손대시면 즉시 해고 처리될 겁니다."

아정은 부리는 사람일 뿐, 도훈이 그를 해고하겠다 마음먹으면 달리 손쓸 도리가 없다. 그만큼 그가 집안에 끼치는 영향력이 커진 탓이다. 아정은 그래서 도훈이 더 밉고 싫었다.

자존심이 한껏 구겨진 아정이 앙다문 잇새로 천천히 말을 내뱉었다.

"알았어. 아무 짓도 안 할 테니 이만 놔."

선영이 그제야 아정의 손목을 놓으며 사과했다.

"실례했습니다. 그런데 그냥 두고 볼 수만은 없어서요. 자식이 아무리 큰 잘못을 했다 하더라도 이러실 수는 없습니다. 이렇게 자식이 일하는 곳에 와서 민폐를 끼치는 건 부모 된 입장으로서 하지 말아야 할 행동 아닌가요? 하물며 지사장인데요."

그러자 아정이 기가 막힌다는 얼굴로 바라보다 코웃음을 치고는 말했다.

"말 잘했네요. 여기 있는 안도훈 지사장, 내 아들입니다. 내 아들 내가 훈계하겠다는데 대체 무슨 상관이에요? 괜히 남의 가정사에 끼어들 생각 말고 이제 그만 가던 길 가세요, 아주머니."

"끼어들 만하니까 끼어드는 겁니다. 그러니 그쪽이 정말 안도훈 씨 어머니라면 직원들 앞에서 아들 우습게 만들지 말고 그만하세요."

"아니, 이 여자가 진짜! 내가 누군 줄 알고 함부로 떠들어? 얘, 너도 아는 사람이니?"

도훈은 아정의 말은 무시한 채 선영을 향해 말했다.

"어머님. 우선 제 집무실로 가시죠."

도훈은 그사이 뒤에 와 서 있던 용재에게 지시했다.

"김 실장. 유진 씨 어머님 집무실로 모셔요."

"네. 지사장님."

"어머님. 조금만 기다려 주십시오. 곧 가겠습니다."

"그래요."

선영을 먼저 올려 보낸 도훈이 아정에게 말했다.

"제게 하실 말씀 있으시면 이렇게 무작정 찾아오시지 말고 제 비서실 통해 약속부터 잡으세요. 제가 요즘 많이 바빠서요."

"네가 단단히 미쳤구나? 하긴, 그러니 저런 질 낮은 사람들하고나 어울리는 거겠지. 대체 저 여잔 누구야?"

"저분에 관해 잘 알지도 못하면서 함부로 말씀하지 마세요. 한 번만 더 그러셨다가는 저도 제가 어떻게 할지 모르겠습니다. 특히 새어머니 같은 분께서 저런 귀한 분을 모욕하시는 것은 도저히 참을 수가 없거든요."

"뭐야?"

도훈이 전보다 한결 여유로워진 목소리로 말을 이었다.

"내일 오실 줄 알았는데 하루 일찍 오셨네요? 제가 직접 모시고 싶지만 그럴 여유는 없어서요. 대신 저희 직원 중 이곳 지리를 잘 아는 사람 보내서 수행하게 할 테니 내려오신 김에 태안 관광도 하시고, 홍성에서 한우도 드시고 오세요. 품질이 아주 좋습니다."

"하! 아주 고마워서 눈물이 나려고 하는구나?"

"이 정도 가지고 눈물 흘리셔서야 되겠습니까? 그럼 저는 이만 실례하겠습니다."

도훈은 프런트 데스크에 들러 아정에게 상급 객실을 배정하라는 말을 남기고 자리를 떴다. 아정이 분개하며 자신의 뒷모습을 노려보고 있었지만 지금은 그게 중요한 게 아니었다. 계속해서 그를 기다리고 있을 선영을 떠올리자 다른 무엇도 생각나지 않았다.

도훈은 선영이 따뜻한 녹차를 반 잔쯤 마셨을 때 모습을 드러냈다.

선영은 그냥 앉아 있기가 뭐해 소파에서 일어섰다. 그러자 도훈이 송구스러워하며 말했다.

"앉으시죠."

"그래요."

두 사람은 소파에 마주 앉았다. 선영의 눈이 그의 볼에 가서 머무른다. 아까 아정에게서 맞았던 볼이 아직까지도 발갛게 물들어 있었다. 선영은 그러지 말아야지, 하면서도 저도 모르게 계속해서 그의 볼을 살폈다. 그런 탓에 민망해진 도훈이 쑥스러워하며 손바닥으로 볼을 쓸어내렸다. 선영은 그제야 정신을 차리고 그의 볼에서 눈을 뗐다.

도훈이 말했다.

"오래 기다리시게 해서 죄송합니다."

"아니에요. 괜찮아요."

도훈이 어색하게 웃으며 입을 열었다.

"조금 전에는 실례했습니다. 저희 새어머니, 아."

도훈은 그에겐 익숙한 새어머니라는 말이 선영에게는 어떻게 들릴지 모른다는 생각이 들어 잠시 말을 멈추었다. 그것을 알아챈 선영이 담담한 어조로 말했다.

"괜찮아요. 편하게 말해요."

"새어머니께서 뭔가 오해를 하신 것 같습니다."

"그랬군요."

그 대답을 끝으로 선영은 잠시간 말이 없었다.

도훈은 그녀가 이곳을 찾은 이유가 무엇인지 궁금해 미칠 것 같았다. 가까운 거리도 아닌데 직접 찾아오신 것부터가 의아스러웠다. 유진에게 무슨 일이라도 생긴 걸까? 언뜻 생각해 보았지만 그건 아닐 것 같았다. 애써 침착함을 유지하는 선영의 얼굴에서 어두운 기색은 느껴지지 않았기 때문이다.

다시는 볼 수 없을 것 같았던 얼굴을 뵙게 되어선지 도훈은 왠지 모르게 희망적인 예감이 들었다. 그래서 더 간절해졌다. 선영이 그를 찾아온 이유가 그가 원하는 말을 해 주기 위해서라면 얼마나 좋을까?

잠시 후 선영이 침묵을 깨고 입을 열었다.

"내가 왜 왔는지 궁금하죠?"

"솔직히 그렇습니다."

"왜 왔을 것 같아요?"

도훈은 떨리는 마음에 아랫입술을 슬며시 물었다. 어떻게 답하는 게 좋을까 망설이고 있는데 선영이 다시 물어 왔다.

"우리 유진이 다시 만날 생각 있어요?"

"네?"

놀라서 되물은 도훈이 급하게 덧붙였다.

"네! 물론입니다."

너무 놀라면 대답이 안 나온다고 하지만, 너무 기뻐서 그런가? 아주 큰 소리로 대답을 하고야 말았다. 그러자 놀란 선영이 품 하고 웃음을 터뜨렸다. 그러곤 자신도 민망하였는지 재빠르게 얼굴에서 웃음기를 걷어 내고는 말했다.

"만나고 싶으면 만나요. 사랑인지 뭔지 그거, 하려면 하라고요."

감격에 찬 도훈이 할 말을 잃고 선영을 빤히 쳐다보았다.

"대신 우리는 이제 유진이 딸로 생각하지 않기로 했어요. 미련스럽게 남자하나 못 잊어 괴로워하는 건 내가 알던 내 딸이 아니거든요."

들떠 있던 도훈의 얼굴이 차갑게 식어 버렸다.

선영은 실망감으로 얼룩진 도훈의 표정을 보며 어제 집에서 밥을 먹다 말고 돌아간 유진의 얼굴을 떠올렸다. 둘이 닮은 구석 하나도 없는 줄 알았더니 미련스럽게 구는 건 똑같다는 생각이 들었다.

도훈이 마음을 결정하고 말했다.

"그렇다면 유진 씨 만나지 않겠습니다."

"왜죠?"

"유진 씨에게 가장 소중한 사람들을 잃게 하면서까지 제 사랑을 지킬 수는 없으니까요."

"그 정도로 우리 유진이가 간절하지는 않다는 뜻이군요?"

"유진 씨를 원하는 마음은 여전합니다. 다만 부모님의 사랑만큼 크다고 말씀드리지는 못할 것 같습니다."

도훈의 대답은 선영이 바라던 답이긴 했다. 그녀가 내 딸은 이제 없으니 둘이서 만나건 말건 알아서 하란다고 냅다 알겠다, 했다면 크게 실망했을 것이었다. 그래서 확인하고 싶었던 건지도 모른다. 그가 정말 유진을 원하는지. 또 그 애를 위해 뭘 할 수 있는지.

그녀는 이제야 내내 흐릿하던 무언가가 뚜렷해지는 느낌이 들었다. 선영은 고개를 떨군 도훈을 온화하게 바라보다 가슴속에 꾹꾹 담아만 두었던 얘기를 꺼냈다.

"어떤 부모가 자식을 잊겠어요? 가슴에 묻어 두고 사는 거지."

그녀의 말에 도훈이 천천히 고개를 들었다.

"유리 얘기예요. 유진이 동생. 우리 가족 지금처럼 되기까지 오래 걸렸어요. 처음엔 살아도 사는 것 같지가 않았지. 그래서 유진이를 제대로 못 챙겼어요. 그땐 내가 너무 힘들었거든. 유진 아빠도 그랬을 거야. 그때 우린 각자가 가진 상처를 이겨 내느라 상대방을 보지 못했던 것 같아."

오래전 기억을 떠올리는 선영의 눈이 처연하게 젖어 들었다. 그녀가 계속해서 말했다.

"생각해 보면 유진인 언제나 웃기만 했어. 저도 동생을 잃어 힘들었을 텐데 우리 생각해서 그랬던 것 같아. 아파하는 우리가 자신 때문에 더 힘들어할 일은 만들지 않아야겠다고 생각했을 거야. 그래, 그랬을 거야. 그래서 우리는 자만했던 것 같아요. 유리는 잃었지만 대신 유진이가 있다고. 유진이 하나는 잘 키워 냈다고. 그렇게 스스로를 위안하고 있었던 것 같아. 그런데 그게 아니었던 거지. 이제야 유진이가 조금씩 보여요. 얼마나 힘들었을까?"

"어머님."

"참 모자란 엄마였던 것 같아. 유진이 그 모질지 못한 게 못난 부모 때문에 혼자서 얼마나 긴 어둠 속을 걷고 있었을까? 그런 애가 처음으로 간절히 원하는 사람을 만났는데 우린 그마저도 안 된다고만 했으니."

선영이 깊은 한숨을 내뱉었다.

"유리를 저버릴 수가 없었어. 내 딸이 안도훈 씨와 인연이 닿아 가족이 되기라도 한다면, 그렇게 되면 우리 유리는? 그 어린것이 누구 때문에 그렇게 됐는데. 그러니 절대 안 된다고만 생각했었어. 그래서 반대했는데 이젠 모르겠어. 산 사람은 살아야 하잖아. 유진이가 더 망가지는 꼴을 보느니 차라리 이게 낫겠다 싶어 찾아왔어요. 그러니 아직 마음이 있다면 다시 만나 봐요. 사실 우리 유진이만 애달파하는 건 아닌가 궁금하기도 했는데 그쪽 보니 그건 또 아닌 것 같아 다행이네."

"그럼 저희 허락해 주시는 겁니까?"

"정말 솔직히 말하면 나 안도훈 씨를 완전히 받아들인 건 아니에요. 어제까지 미워했는데 오늘 갑자기 좋아할 수는 없는 거잖아? 게다가 우린 다른 사람들하고는 또 경우가 다르니까. 그러니까 천천히 노력해 보려고 해요. 미운 마음이 들면 예쁜 모습을 찾아보려고 하고, 그렇게 지내다 너무 예뻐 보여서 우리 유리에게 미안해지는 순간이 오면 또 그땐 조금쯤 미워도 해 보려고요."

"어머님."

"내가 두 사람 감정을 가지고 허락하니 마니 하는 것도 우습지만 지금 내 마음을 가장 잘 표현할 수 있는 단어는 그것뿐인 것 같네요. 그리고 유진이 아버지도 같은 생각이에요. 오늘 같이 오겠다는 거 내가 말렸어요. 남의 직장에 이렇게 불쑥 찾아오는 것도 실례인데, 두 사람이나 와서 번잡스럽게 하고 싶지 않았거든."

"감사합니다."

그를 흐뭇하게 바라보던 선영이 아까부터 말할까 말까 고민하던 것을 천천히 내놓았다.

"그리고 이건 내 오지랖 같지만."

"말씀하십시오."

"왜 맞고만 있어요?"

"네?"

"다른 직원들이 보고 있는 앞에서 그런 모욕을 당해도 될 정도의 잘못이라도 한 거예요? 그렇다 쳐도 가족이면서 어떻게 그렇게 행동할 수가 있지?"

내내 진중하던 선영이 흥분하여 말했다. 도훈이 설명했다.

"회사 일로 새어머니께서 약간의 오해가 있으셨던 것 같습니다."

"오해로 사람을 그렇게 때리나? 보는 내가 이렇게 화가 나는데 어쩜 그렇게 태연해요, 사람이? 설마 그런 대접 받으면서 자란 건 아니죠?"

선영은 당연히 아닐 거라 생각하며 물었는데 차마 대답하지 못하는 도훈을 보니 어이가 없고 화가 솟구쳤다. 도훈은 대답해야 할 타이밍을 놓치고 나서야 아닙니다, 하고 짧게 말했지만 이미 그녀에게 속내를 들킨 뒤였다.

"여기도 갑갑이가 하나 더 있었구먼."

"네?"

"아니에요. 내 할 말은 끝났으니 일 봐요."

도훈이 자리에서 일어서는 그녀를 따라 일어섰다.

"댁까지 모셔다드리겠습니다."

"어디? 서울까지?"

"네."

가까운 서산의 시내에 데려다주기라도 하겠다는 것처럼 가벼운 그의 대답에 선영이 그날 처음 제대로 웃음을 터뜨렸다. 그러고선 이내 멋쩍어 손을 젓는다.

"유진이 이모네에서 하루 묵고 가기로 했어요. 바쁠 텐데 일해요."

"그럼 이모님 댁까지만이라도 모셔다드리겠습니다."

"왜요? 내가 길이라도 잃을까 봐? 그래도 아직까진 내가 이쪽 지리에 더 훤할 것 같은데?"

"그런 뜻은 아니고요."

"전에 비해 내 관절이 많이 약해지긴 했지만 거기까지도 못 갈 정도로 문제 있는 건 아니에요. 그러니 이렇게 호들갑스럽게 굴지 말고 일 봐요."

"그래도 이렇게 보내 드리면 제 마음이 무거워서."

"어른 말이 우스워요?"

"아니요. 절대 그렇지 않습니다."

선영이 갑자기 정색하는 바람에 도훈이 당황하며 얼굴을 붉혔다.

"그럼 긴말 말아요. 참. 그리고 유진이에겐 아직 아무 말도 안 했어요. 아무리 내 딸이지만 너무 기뻐할 모습 생각하니까 얄미워서. 그간 부모 속 썩인 거 생각하니 미워서 말해 주기 싫더라고요."

"감사합니다."

"뭘 그렇게 감사하대? 그쪽도 아버지께는 귀한 아들일 테니 그렇게 아무 데서나 불쑥불쑥 고개 숙이지 말아요."

"네."

왈칵 눈물이 차오를 것 같았다. 그에게 그렇게 숙이지 말고 고개 빳빳이 들고 살라 말해 준 이는 선영이 처음이라 더 그랬다. 툭툭 세게 말하는 것 같지만 속에 담긴 마음은 한없이 따뜻하게 느껴져 속이 더 울컥거렸다.

"그럼 일 봐요."

"그럼 로비까지만 배웅하게 해 주십시오."

"어휴. 가만 보면 우리 딸보다 더 고집쟁이야."

"칭찬으로 듣겠습니다."

"좋아요. 지사장이 직접 배웅한다는데 나야 싫을 것 없지."

선영이 먼저 집무실을 나섰다. 뒤따라 배웅하는 도훈의 걸음이 날아갈 듯 가벼웠다.

야간조 근무인 유진은 유니폼으로 갈아입고 프런트 데스크로 나왔다. 그러곤 제자리에 서서 당일 예약자 중 레이트 체크인이 있는지 확인하려 마우스를 잡는데 매니저가 불쑥 다가와 물었다.

"유진 씨, 혹시 701호 고객님과 어떤 트러블 있었어?"

"701호요?"

701호라면 호텔 주변으로 넓게 펼쳐진 산세의 전경이 보기 좋은 객실이었다. 그 객실은 오늘 새벽까지 비어 있었던 게 기억이 나 의아해진 유진이 물었다.

"그 객실 체크인한 고객이 있었어요? 새벽까지 비어 있었는데. 잠깐만요."

유진은 투숙객 명단을 살펴보았다. 비어 있던 701호에 '차민규'라는 고객이 체크인한 기록이 있었다. 유진이 말했다.

"오늘 오후에 체크인하신 분이네요."

"그래? 약 30분 전? 그쯤이었을 거야. 객실 인터폰으로 연락이 왔었어. 그분이 지난번 투숙했을 때 반유진 씨 때문에 몹시 불쾌했던 일이 있었는데, 오늘 제대로 사과받고 싶다면서 말이야."

"네에?"

황당해하는 유진의 옆에서 같은 근무조인 미라가 말을 보탰다.

"유진 씨 아는 사람이에요?"

유진이 머릿속으로 차민규라는 이름을 되뇌며 천천히 고개를 저었다.

"아니요. 처음 보는 이름이에요. 이전 투숙 기록 확인해 봐야겠어요."

모니터를 보며 마우스를 만지작거리던 유진은 차민규라는 사람이 한 달 전 이곳에 묵었던 것을 확인할 수 있었다. 옆에서 함께 보던 미라가 놀라서 눈을 크게 키우며 말했다.

"이 사람 이전 투숙객이 맞긴 하네요? 유진 씨 뭐 기억나는 것 없어요?"

"전혀요."

황당하게도 정말 처음 보는 이름이었다. 한 달 전이면 그녀가 호텔 내에 근무할 때이긴 하지만 도무지 기억나는 게 단 하나도 없었다. 그녀와 접점이 있었다면 분명 이렇게까지 기억이 안 나진 않을 텐데. 누구지? 도무지 감을 잡기 어려워 혼란스러운 그녀의 마음을 대신하듯 미라가 말했다.

"그런데 매니저님은 이상하지 않으세요?"

"뭐가?"

"사람이 불쾌한 일이 있었으면 그때 말했어야죠. 지금껏 가만히 있다 이제 와 뜬금없이 사과를 받겠다니 황당하잖아요. 게다가 유진 씨는 전혀 기억 못 하는 것 같고. 정말 이상하지 않으세요?"

"나도 그렇긴 한데 콕 집어 반유진이라고 하니 이것 참. 있어 봐, 내가 가 볼게."

"아니에요, 매니저님. 제가 기억 못 하는 것일 수도 있잖아요. 제가 가 볼게요."

"유진 씨, 그러지 마요. 정말 이상한 사람이면 어쩌려고 그래요?"

미라가 말렸지만 유진은 이미 결심한 상태였다.

"별일은 아닐 거예요. 그리고 또 제 잘못이 분명한데 매니저님께서 나서 주셨다가 고객님 기분만 더 상하게 하면 어떡해요. 제가 다녀올게요. 매니저님, 잠시 제 자리 좀 맡아 주세요."

"으응. 그래. 그럼 유진 씨가 직접 다녀와. 혹시 조금이라도 이상한 기미가 보이면 바로 연락해. 달려갈 테니까."

"네."

유진은 곧바로 엘리베이터에 올랐다. 그리고 짧게는 지난주, 더 길게는 입사 직후부터 있었던 투숙객들과의 자잘한 해프닝들까지 떠올리며 이렇게 직접 사과를 해야 할 정도로 심각한 사안이 있었던 건지 생각해 봤지만 도무지 기억나는 게 없었다.

똑똑.

유진은 701호의 문을 노크하고 기다렸다. 그리고 몇 초간의 시간이 흘렀지만 안에선 아무런 인기척도 느껴지지 않았다. 유진이 다시 한 번 노크했다. 그러자 흠, 하는 남자의 헛기침 소리가 들려왔다. 유진이 닫힌 문에 대고 말했다.

"실례합니다, 고객님. 저는 프런트 데스크 직원 반유진이라고 하는데 잠깐 뵐 수 있을까요?"

나름 목소리를 키워 또렷하게 말했다고 생각했는데도 안에선 아무런 반응이 없었다. 유진이 목소리를 조금 더 높였다.

"고객님."

말을 마치기도 전에 문이 벌컥 열렸다. 초조한 마음에 문만 바라보고 서 있던 유진이 화들짝 놀라 고개를 들었다. 차민규라는 사람, 대체 어떤 사람일까? 궁금해 조바심이 날 지경이던 차에 모습을 드러낸 이는 전혀 뜻밖의 인물이었다.

그가 특유의 싱그러운 웃음으로 그녀를 맞았다.

"오랜만이네요. 반유진 씨."

당황한 유진이 몇 차례 눈만 끔뻑이다 이내 눈물을 쏟아 냈다. 굵은 눈물방울이 비처럼 후드득 쏟아지기 시작했다. 바보같이 왜 이렇게 눈물이 나오는 거야. 자신을 향해 너그럽게 웃어 보인 그처럼 함께 웃어 줘야 하는데. 멍청하게 말 한마디 못 하고 눈물만 쏟아 내고 있었다.

유진은 그의 가슴을 치며 소리치고도 싶었다. 왜 다른 사람인 척 연기했느냐고. 여기엔 어떻게 왔냐고. 대체 이게 어떻게 된 상황이냐고 묻고 싶은데 답답한 입술은 꿈쩍도 하지 않았다.

그런 유진을 사랑스럽게 내려다보던 그가 그녀의 허리를 팔로 감으며 안으로 끌어당겼다. 자연스럽게 객실 안으로 끌려 들어간 그녀의 등 뒤로 객실 문이 소리 없이 닫혔다.

도훈은 문이 닫히자마자 유진의 입술을 집어삼켰다. 줄곧 바라 왔던 순간을 맞으면 대체로 그 순간의 감동은 기대했던 것보다 덜하기 마련이었다. 그런데 오늘은 달랐다. 그녀를 바라보는 것만으로도 심장이 철렁 내려앉고, 품 안에 끌어안고서도 확신이 들지 않아 곧바로 입술을 찾았다. 사실 조금의 걱정도 있었다. 만약 그녀가 그와 같은 마음이 아니면 어쩌지? 이미 늦어 버린 거면 어떡해야 할까? 그래서 그의 키스를 거부하면, 그땐 어떻게 그녀의 마음을 돌려야 할까? 하지만 고민했던 게 무색할 정도로 그녀 역시 그와 같은 마음으로 호응해 왔다. 그리고 지금 이 순간 확실히 알았다. 유진이 아닌 세상 그 무엇도 자신을 이토록 충만하게 채울 수 없다는 것을.

한참 만에 그녀를 놓아준 도훈이 가만히 눈을 맞추고는 물었다.

"왜 이렇게 못나졌어요?"

유진이 슬며시 노려보았다. 그러자 도훈이 눈물로 얼룩진 그녀의 양 볼을 엄지로 쓸며 다시 물었다.

"우는 유진 씨는 못나서 싫다고 했던 거 기억 안 나요?"

유진이 여전히 대답 없이 노려보기만 하자 도훈이 그녀를 품 안으로 꼭 끌어안으며 안도의 숨을 쉬었다.

"보고 싶어 죽을 뻔했어요. 유진 씨는 나 안 보고 싶었어요?"

유진은 흐느낌으로 대답을 대신했다.

"한 번쯤 보러 와 주지. 나는 몇 번이나 찾아왔었는데."

설마, 현아를 배웅하고 들른 서점에서 보았던 그 사람도 도훈이었던 걸까?

"도훈 씨. 혹시 얼마 전 터미널 근처의 서점에도 왔어요?"

그가 부드러운 미소로 대답을 대신했다.

"그날 도훈 씨가 서점 밖으로 사라지는 모습을 봤어요. 닮은 사람일 거라고만 생각했는데."

유진의 목소리가 떨려 나왔다.

"왜 그렇게 생각했어요?"

"그 사람이 도훈 씨일 리 없다고 생각했거든요."

"유진 씨 집 앞에 갔다 아버님 뵌 적도 있었는데. 그것도 몰랐어요?"

"네……."

눈물이 멎었던 유진의 눈가가 다시금 촉촉하게 젖어 들었다.

"바보."

도훈이 그녀의 코끝을 장난스럽게 살짝 쥐었다 놓았다. 그가 부풀어 오른 그녀의 두 눈두덩에 차례로 입을 맞추곤 속삭였다.

"울지 마요. 여기서 더 부으면 아파서 안 돼."

"보고 싶었어요."

"그 말 듣고 싶었어요."

"그래서 찾아갈 수가 없었어요. 도훈 씨를 다시 만나면 돌아설 수 없을 것 같아서."

"거기까지만 해요. 더 했다간 내 심장이 남아날 것 같지가 않아."

"그런 간지러운 말들도 그리웠어요."

유진은 이 순간이 다신 없을 것처럼 쉴 새 없이 자신의 감정을 고백했다. 뭉클해진 도훈은 말을 잇지 못하고 그리웠던 얼굴을 뚫어져라 바라보고만 있었다.

"그런데 도훈 씨."

"응?"

"차민규 씨는 누구예요?"

도훈은 유진이 자신을 찾아올 수밖에 없게 만든 그 이름을 기억해 내고는 피식 웃었다.

"친구예요."

"친구요?"

"네."

그에게 그런 친구가 있었나? 기억을 더듬던 유진이 뭔가 생각나는 게 있어 물었다.

"혹시 전에 건오 씨가 언급했던 친구분들 중 한 사람 아니에요?"

"맞아요."

"나 정말 바보인가 봐요. 나를 찾는 고객이 누군가 싶어서 살면서 알게 된 민규라는 사람은 다 기억하려고 안간힘을 썼는데, 그 사람은 생각조차 못 했거든요. 그런데 그분, 여기 묵으셨던 적 있던데?"

"어? 그래요? 그건 몰랐어요. 건오 이름으로 하려다 그럼 금세 들킬 것 같아 민규로 했던 건데. 신기한 우연이군요."

함께 신기해하던 것도 잠시. 유진은 문득 의문이 들었다. 도훈은 그녀를 만나러 일부러 이곳에 투숙했던 것이다. 일부러 차민규라는 가명까지 써 가며 이렇게 찾아온 이유는 무엇일까? 유진은 묻기가 두려웠지만 모른 척할 수도 없었다.

"도훈 씨. 그런데 여긴 어쩐 일이에요?"

"말했잖아요. 보고 싶어서 왔다고요."

유진은 당당하게 사랑을 고백하는 그를 아련하게 바라보았다. 욕심이 났다. 안 될 걸 알면서도 그를 갖고 싶어 안달이 나 미칠 것 같았다.

유진이 나지막한 목소리로 물었다.

"이렇게라도 다시 만나고 싶다고 하면 제 욕심이 너무 큰 거겠죠?"

도훈은 자신의 귀를 의심했다. 유진은 지금 부모님 몰래 이렇게 숨어서라도 만나고 싶다고 말한 것이었다. 그가 알고 있던 그녀에게서는 바랄 수조차 없던 모습이 놀랍게 다가왔다. 그가 물었다.

“진심입니까?”

“네.”

쓸쓸하게 웃은 유진이 덧붙였다.

“그렇지만 그건 해서는 안 될 일이잖아요.”

“왜요?”

“저 때문에 도훈 씨가 떳떳하지 못하게 되는 건 바라지 않으니까요.”

“유진 씨가 떳떳해지지 못하는 건 상관없어요?”

“네.”

유진은 그쯤이야 아무래도 상관없었다. 그를 볼 수만 있다면 이젠 뭐든 할 수 있을 것 같았다. 그것이 이렇게 그를 등 뒤에 두고 몰래 숨어서 만나는 일일지라도. 하지만 다시 생각해 봐도 그건 도훈에게 못 할 짓이었다. 그래서 그냥 농담이었으니 못 들은 걸로 해 달라고 말하려던 참이었다.

그가 물었다.

“그럼 떳떳하게 만나는 건 어때요?”

“네?”

“부모님께 말씀드리고 제대로 사귀어 보자고요.”

도훈의 제안에 유진의 표정이 확연하게 일그러졌다. 이 남자는 지금까지 있었던 그녀의 부모님과의 일을 잊어버리기라도 한 건가 싶은 표정이었다.

도훈이 싱긋 웃었다.

“혹시 압니까? 지금은 또 생각이 바뀌셔서 우리 관계 인정해 주실 수도 있잖아요.”

“우리 부모님은 제가 더 잘 알아요. 절대 그럴 일 없을 거예요.”

“글쎄요. 인간관계에서 절대라는 게 있을 수 있나?”

“도훈 씨.”

도훈이 답답해하는 유진을 보며 씩 웃었다. 유진은 황당한 눈길로 그를 주시했다.

“유진 씨 부모님 허락 받았어요.”

"뭐라고요?"

"두 분 다 우리 사이 인정하겠다고 하셨다고요. 물론 완벽히는 아니에요. 대신 천천히 노력해 보겠다 하셨어요."

"말도 안 돼."

"그래서 나도 노력하려고요. 유진 씨 부모님께서 나를 더 예쁘게 보실 수 있게 더 잘하려고요."

"사실이에요?"

"다시 한 번 키스하면 실감이 나려나?"

도훈이 허리를 당기려 하자 그녀가 힘을 주어 안기기를 거부했다.

"잠깐만요!"

그녀를 품에 안지 못한 도훈이 짜증 섞인 목소리로 물었다.

"또 왜요?"

"진짜 우리 부모님이 그러셨어요? 노력해 보시겠다고?"

"네. 얼마 전 두 분이 직접 태안으로 오셨었어요. 유진 씨 어머님과 먼저 대화한 후에 아버님도 따로 찾아뵙고 허락받았어요. 이제 믿어져요?"

유진이 흐리멍덩한 시선으로 그를 보며 중얼거렸다.

"거짓말 같아. 실감이 안 나요."

"그렇지 않았으면 내가 어떻게 이 객실을 예약했겠습니까?"

그동안 그렇게 숨어서 지켜보기만 했는데. 도훈이 속으로 중얼거렸다.

"그래도 이건 너무 갑작스럽잖아요?"

"갑작스럽기만 한 거지, 싫은 건 아니죠? 혹시 싫은 겁니까? 이제 와 내가 지겨워져서 그런 허락은 필요 없어진 거예요?"

도훈이 유진을 몰아붙이기라도 할 기세로 빠르게 물었다.

"그럴 리가 있겠어요? 그게 아니라 저는 이 상황이 실감이 안 나서……."

"그럼 됐네요. 지금부터는 내가 알아서 할 테니 유진 씨는 그대로 따라오기만 해요."

도훈이 다시 그녀의 얼굴을 붙잡고 키스하려는 순간이었다. 유진의 주머니에 들어 있던 휴대폰이 시끄럽게 울려 댔다. 유진이 다급히 그의 품에서 벗어나며 설명했다.

"아마 매니저님일 거예요. 문제 있으면 전화하라고 하셨거든요."

"그럼 말해요. 객실에 문제가 있어서 조금 늦을 것 같다고."

"안 돼요. 지금은 근무 시간이라고요."

"그래서? 설마 나를 두고 다시 내려가겠다고?"

"당연하죠."

"진심이에요?"

"네!"

"하, 제길."

놀라게 해 주려고 일부러 근무 시간대에 맞춰 불렀던 게 화근이었다. 차라리 퇴근할 때 부를걸. 그런 그의 마음은 안중에도 없다는 듯 유진은 곧장 전화를 받았다.

"네. 매니저님. 아니요. 차민규 씨께서 잠깐 착오가 있으셨던 모양입니다. 인사드리고 곧 내려가겠습니다. 네."

전화를 끊은 유진이 말했다.

"남은 얘기는 저 퇴근 후에 하기로 해요."

유진은 자신의 부모님이 둘 사이를 허락했다는 사실만으로도 행복감으로 심장이 터져 버릴 것 같은 기분이었지만 도훈은 달랐다. 이제야 그녀를 만날 수 있게 됐는데 키스만으로는 부족했다. 그래서 그녀만 허락한다면 종일 함께 있고 싶었는데 그 바람이 단번에 깨져 버린 것이었다.

유진이 굳은 인상의 도훈에게 물었다.

"도훈 씨? 괜찮죠?"

"지금 괜찮겠습니까?"

"그러게. 왜 하필 제 근무 시간에 이런 일을 벌였어요."

도훈은 자신이 놓은 덫에 스스로가 걸려든 꼴이었다. 그렇다고 이대로 허무하게 그녀를 보낼 수만은 없었다. 그래서 단호하게 말했다.

"일이 있어서 조퇴하겠다고 해요."

"미쳤어요?"

"내가 정말 미칠 것 같은 건 안 보입니까?"

"호텔 사정 잘 아시는 분이 이러시면 어떡해요?"

"그딴 거 잘 모릅니다."

"뻔뻔해."

도훈이 기함한 유진에게 딱 잘라 말했다.

"어떻게 말해도 상관없어요. 지금 중요한 건 그게 아니니까."

"제발 여기서 더 이상 곤란하게 하지 말아요."

도훈이 한숨을 뱉었다.

"하아. 언제부터 이렇게 책임감이 강해졌습니까?"

"책임감이기 전에 기본적 예의라고요."

"그리고! 언제부터 이렇게 말을 잘했죠? 꼬박꼬박 한마디도 지지 않겠다는
이 강렬한 의지는 대체 어디서 나오는 거냐고요."

유진이 결국은 못 참고 까르르 웃었다.

"지금 웃음이 나옵니까?"

"투정은 그만 부리고 내일 아침까지 푹 자요. 자, 이건 내 선물."

그의 볼에 살짝 입만 맞추고 돌아서는 유진에게 도훈이 소리쳤다.

"내일 아침 근무 마치자마자 올라와요! 당장! 한숨도 안 자고 기다릴 테니
까."

유진이 그런 그를 향해 눈을 찡긋하고는 객실을 빠져나갔다.

새벽까지 한숨도 안 자고 기다린다던 도훈은 결국 잠에 못 이겨 쓰러지고 말
았다. 유진과 헤어진 후 일에 미친 사람처럼 매달린 결과였다.

한참 꿈나라를 헤매던 그가 정신을 차렸을 때 창밖은 이미 환해져 있었다.

잠에서 덜 깨 아직 현실 파악이 안 된 그는 오늘도 이렇게 시작하는구나, 하고 막연하게만 생각했다. 그러다 문득 여긴 어디지? 싶었다. 시야를 채우는 낯선 창문과 블라인드, 그리고 자신의 것이라고 보기엔 너무 딱딱한 침대. 뭔가 이상했다. 그때 그의 뇌리를 강타하고 지나가는 이미지들이 있었다. 어젯밤 그를 찾아온 유진. 그녀를 꽉 안고 진하게 입을 맞추었던 기억. 그리고,

"젠장."

그가 급히 손목시계를 찾아 시간을 확인했다. 벌써 오전 열 시가 넘어 있었다. 다급한 마음에 휴대폰을 터치해 보니 유진에게서 부재중 전화가 다섯 통이나 와 있었다. 그는 입에서 욕설이 튀어나오려는 것을 간신히 참으며 그녀에게서 남겨진 문자 메시지를 확인했다.

[저에 관한 안도훈 씨의 마음이 이 정도일 줄은 몰랐네요. 실망이에요.]

아침까지 기다릴 테니 끝나자마자 오라던 자신의 말에 대한 대답이었다.

자신이 생각해도 미친 것 같았다. 그러지 않고서야 어떻게 이런 실수를 할 수가 있을까?

도훈은 곧바로 유진에게 전화를 걸었다.

— 여보세요?

딱딱한 그녀의 목소리에 도훈이 손바닥으로 얼굴을 쓸어 올리며 사과했다.

"미안해요."

— 일어났어요?

"네."

그러고선 정적. 말이 없는 유진에게 어떻게 사과해야 하나 고민할 즈음, 수화기 너머에서 키득거리는 웃음소리가 들려왔다. 어이가 없었다. 자신은 이렇게 흘려보낸 시간이 아까워 미칠 것 같은데 그녀는 이 상황을 재밌어하는 것처럼 느껴졌다. 하지만 다 자신의 잘못이니 그녀를 탓할 수도 없는 노릇이었다.

그가 투덜대고 싶은 마음을 삼키며 물었다.

"반유진 씨? 지금 웃음이 나옵니까?"

— 지금 저 탓하시는 거예요?

"그런 건 아닌데."

— 쳇. 마치자마자 오라고 해서 직원들 눈 피해서 올라가느라 얼마나 힘들었는지 아세요? 잘 알지도 못하면서.

"노크라도 하지 그랬어요?"

— 그건 당연히 했죠.

"그런데도 못 일어난 거네? 내가?"

하아. 도훈은 다시 한 번 생각해도 어이가 없었다. 그가 물었다.

"그래서 지금 어딥니까?"

— 집이요.

"바로 갈 테니 메시지로 주소 보내 놔요."

— 음. 오늘은 안 되겠어요. 저도 자존심이라는 게 있어서요.

유진이 장난스럽게 구는 것이 느껴졌지만 도훈은 일분일초가 급하고 아까웠다.

"그럼 호텔 측에 문의해 보면 되겠군요."

미처 거기까진 생각지 못했는지 유진의 목소리가 커졌다.

— 호텔 측에 뭘 물어본다는 거예요?

"뭐긴 뭐겠어요? 유진 씨 주소지."

— 뭐라고요?

"어제 제대로 된 사과를 못 받았다고 해 보죠, 뭐."

— 그 정도 사안으로 직원의 개인 정보를 알려 주진 않을 텐데요.

"흐음. 그러면……"

잠시 고민하는 척하던 도훈이 말했다.

"솔직하게 말하는 것도 괜찮겠네요."

— 어떻게요?

"내가 반유진 씨 애인이다. 오늘 아침부터 호텔 침대에서 함께 뒹굴 예정이었는데 내가 깊이 잠들어 있느라 문을 못 열어 줬다. 못 믿겠으면 내가 머문 객실 근처의 CCTV에 반유진 씨가 찍혔을 테니 확인해 보는 것도 괜찮겠다. 그렇게 말해 보고 그거로도 안 된다면 내가 누구인지, 얼마나 믿을 만한 사람인지 다른 방법으로 알려 주는 것도 괜찮겠죠."

— 미쳤나 봐. 진짜 그럴 건 아니죠?

"그러기 전에 빨리 주소 보내요."

— 못됐어. 진짜.

"그만 끊어요. 씻어야겠어. 당신 보는 게 아무리 급해도 씻고 단장은 하고 가야 하잖아?"

— 그냥 와도 괜찮은데.

"그건 내가 용납이 안 돼요."

— 도훈 씨. 같이 밥 먹을래요?

"안 피곤해요? 잠이 더 고플 시간 아닌가?"

— 저 요즘 불면증 때문에 잠 잘 못 자서 괜찮아요.

생각지도 못한 불면증이라는 단어가 그의 마음을 건드렸다.

"불면증, 오래됐습니까? 전엔 잘 잤잖아요."

— 조금?

"기다려요. 내가 푹 자게 해 줄 테니까."

— 빨리 와요. 아까부터 기다리느라 목 빠지겠어요.

"알았어요. 이따 봐요."

그 시각. 통화가 끝나자마자 유진은 좀 전까지 뒤적이던 책을 덮고 엎드려 있던 침대에서 튕기듯 일어나 주방으로 향했다.

집 청소는 오자마자 끝낸 터라 손댈 것이 없었지만 음식은 아니었다. 엄마가 가져다 둔 밑반찬 몇 가지가 다여서 뭐라도 만들어야 했다.

요리를 잘하진 않지만 몇 가지는 할 줄 알았다. 그중 만만한 게 된장찌개라 그거로 준비하기로 했다. 된장찌개가 끓는 동안 그나마 있는 나물 한두 가지도 데치고 무쳤다. 부족한 솜씨였지만 도훈은 분명 잘 먹어 줄 거라는 확신이 있었다. 추천했던 그녀의 입장을 생각해 게국지의 시큼한 맛도 아무렇지 않은 척

먹으려고 했던 전적이 있는 남자니, 음식 투정을 걱정하진 않아도 될 것이다. 그렇다고 해도 진심으로 맛있게 먹으면 참 좋을 텐데. 유진은 아쉽지만 적당한 선에서 조리를 마쳤다.

그리고 30여 분 뒤.

초인종 소리와 함께 나타난 도훈의 손에는 싱그러운 장미 꽃다발이 들려 있었다. 언젠가 유진이 지나는 말로 장미는 언제 봐도 예쁘다고 한 것을 기억했던 것일까?

문 앞에 선 도훈이 그녀에게 꽃다발을 내밀었다.

"반유진보다는 못하지만 그래도 예뻐서 사 봤어요."

"예쁘다."

받아 든 유진이 환하게 웃으며 그를 환영했다.

"어서 와요. 기다렸어요."

유진의 짧은 인사에 도훈은 세상을 다 얻은 사람처럼 행복하게 웃으며 안으로 들어갔다.

도훈이 그녀와 하루를 꼬박 함께 지내고 돌아간 다음 날, 유진은 본가의 부모님을 찾아뵈러 집을 나섰다. 어제 도훈이 집으로 방문하기 전, 유진은 영우와의 짧은 통화를 통해 도훈이 했던 말이 다 사실임을 확인했었다. 영우가 감격에 차 말을 잇지 못하는 그녀에게 말했었다.

'우린 이제 아무것도 생각하지 않기로 했다. 네가 행복하다면 그걸로 족해.'

유진은 이런 결론을 낼 수밖에 없도록 한 못난 딸이라는 생각에 죄책감도 들었지만, 그보다 그와의 관계를 인정받았다는 기쁨이 더 컸다. 그래서 차마 죄송하다는 말도, 고맙다는 말도 꺼낼 수가 없었다. 먹먹한 마음에 조용히 수화기를 들고만 있었더니 영우가 겸연쩍은 듯 웃으며 말했었다.

'그렇다고 아직 결혼까지 허락한 건 아니다.'

유진이 칫, 아이처럼 토라진 소리를 내고는 픽 웃어 버렸다. 그러자 영우도 그녀를 따라 웃었다. 그녀는 더 늦기 전에 부모님께 감사 인사를 전하기 위해 집으로 향했다.

본가의 대문 앞에 도착한 유진이 초인종을 누르려는데 안에서 두 사람의 대화 소리가 들려왔다. 철로 된 높은 단조 대문의 빈틈 새로 안을 살펴보니 영우와 선영이 정원 청소를 하고 있었다.

선영이 불만 섞인 음성으로 말했다.

"아이 참. 그것 하나도 제대로 못 잡아요?"

"이 사람아. 뚜껑에 기름이 묻어 있어서 얼마나 미끄러운지나 알고 하는 말이야?"

"장독대 뚜껑에 기름이 묻긴 왜 묻어요? 아까운 거 깨 놓고 괜히 미안하니까 딴소리지."

"허허. 이 사람이 정말."

"딩동. 딩동딩동."

유진이 입으로 초인종 소리를 내자 두 사람이 대화를 멈추고 일시에 돌아보았다. 유진이 문틈 사이로 얼굴을 비치며 빙긋 웃었다.

"두 분 또 다투시네?"

"유진이 왔구나."

영우가 환히 웃으며 다가와 대문을 열어 주자, 유진이 정원으로 들어서며 한층 밝아진 목소리로 물었다.

"청소하고 계셨어요?"

"그래. 마당의 잡풀들도 제거하고, 빈 장독들도 손보고 있었다."

"어머. 엄마 이마에 땀 봐. 내가 닦아 줄까?"

선영은 오랜만에 듣는 딸의 애교 섞인 목소리가 반가우면서도 얄미워 입술이 불룩하게 튀어나왔다. 그래서 마음에도 없는 말을 꺼내 놓는다.

"됐다. 너 하나도 안 반가워."

"우리 선영 씨 오늘따라 왜 이렇게 저기압이실까아?"

유진이 선영의 팔에 매달리며 아양을 부려 댔다. 선영이 툴툴거렸다.

"남자 하나에 울었다 웃었다 아주 난리도 아니야, 진짜. 난 너처럼 이렇게 줏대 없는 딸은 둔 적 없다. 그러니 냉큼 떨어져!"

"엄마. 나한테 실망했지?"

"알긴 아니?"

"미안. 아빠, 죄송해요."

그러자 영우가 예의 그 너털웃음을 지으며 고개를 흔들었다.

유진은 생각했다. 만약, 아주 만약에 두 분 중 한 분이라도 두 사람의 관계를 이해하고 받아 주신다면 그 대상은 영우일 거라고. 소문난 딸 바보인 데다 아내인 선영보다 마음이 여린 터라 어쩌면 끝내는 받아 줄 수도 있지 않을까 미약한 희망은 가져 본 적 있었다.

하지만 선영은 아니었다. 유리의 일로 자신을 놓아 버리다시피 했던 그녀였기에 절대 바라서는 안 되는 일이었다. 유진은 그런 선영이 마음을 열었다는 것 자체가 고맙고 뭉클했다.

선영의 팔을 놓은 유진이 그녀의 뒤로 가 허리를 꼭 끌어안고 등에 기댔다.

"엄마. 정말 미안해. 앞으론 절대 이렇게 맘 아프시게 안 할게요."

"당연하지."

"그리고 도훈 씨 받아 줘서 고마워. 엄마, 아빠, 두 분 다 정말 고마워요."

"둘이 헤어진다, 어쩐다, 소리 하기만 해 봐. 아주 혼쭐을 내 줄 거야."

선영의 협박에 영우가 말을 보탰다.

"그럼, 그럼. 그땐 나도 가만있지 않을 거다."

"네. 사이좋게 잘 지낼게요."

"조만간 데리고 와."

"응?"

유진이 끌어안았던 팔을 풀어내고는 물었다.

"도훈 씨 데리고 오라고?"

"그래. 우리 집에서 식사나 한번 하자고 해."

"정말?"

유진이 진심인가 싶어 영우의 눈치를 살폈다. 그가 고개를 끄덕여 사실이 맞다고 확인시켜 주었다. 선영이 퉁명스러운 어투로 말했다.

"밥 한 끼일 뿐이야. 그렇게 놀랄 것 없다는 소리라고."

"알아. 도훈 씨하고 얘기해 볼게."

"오늘은? 이러고 또 쌩 가 버릴 거야?"

선영은 유진이 얼마 전처럼 얼굴만 비치고 휙 사라질까 걱정이 되어 물었다.

"아니. 제가 두 분 식사 대접할게요."

"네가 돈이 어디 있다고. 됐다. 우리가 살 테니 먹고 싶은 거 있음 말해 봐."

영우의 말에 유진이 손을 저었다.

"저 이번에 보너스 받았어요. 우리 오늘 아빠 좋아하시는 한우 먹을까? 아니면 엄마 좋아하시는 회?"

"그 돈은 모아 놨다 다음에 너 필요할 때 써. 오늘은 우리가,"

영우가 의견을 내놓는데 선영이 끼어들어 말했다.

"굳이 그럴 거 뭐 있어요? 지가 쓴다는데. 그래. 어디 비싸고 맛있는 게 뭐가 있을지 한번 생각해 보자."

"역시. 우리 엄마가 이렇게 화끈하시다니까?"

유진이 소리 내어 웃으며 다시 한 번 선영의 팔에 매달렸다. 선영은 어이가 없어 코웃음을 쳤지만 딸아이의 눈에 담긴 행복한 마음을 읽고서는 결국 따라 웃을 수밖에 없었다.

아직 완연한 더위가 찾아오지 않은 초여름 어느 날.

유진은 도훈의 어머니가 깊은 잠에 빠지셨던 그 언덕에 그와 함께 서 있었다. 그땐 이렇게 그를 사랑하게 될 줄은 꿈에도 몰랐는데. 감회가 새로웠다.

"우리가 같이 여기 왔던 그날로부터 벌써 1년이 다 되었다니 신기해요."

"가끔 여기 와서 유진 씨 생각 했었어요."

"혼자…… 왔었어요?"

"네."

도훈은 혼자 왔다는 말에 표정이 어두워진 그녀를 바라보며 말했다.

"그전처럼 혼자 오는 게 두렵진 않았어요. 오히려 더 가벼운 마음이었어요. 이제 여긴 어머니와의 추억뿐 아니라 유진 씨와 함께했던 기억도 남은 곳이니까."

"도훈 씨. 가끔 그런 생각 했어요. 나는 왜 조금 더 빨리 내 마음을 인정하지 않았을까? 그 아까운 시간을 왜 그렇게 허비하며 보냈을까?"

"유진 씨."

"이젠 안 그러려고요. 이렇게 옆에 딱 붙어서 도훈 씨가 나 싫어졌다고 할 때까지 절대 떨어지지 않을 생각이에요."

"듣던 중 반가운 소리군요."

"그리고 부모님께서 집에 한번 오라셨어요."

"그래요?"

도훈이 반기며 호응했다.

"도훈 씨에게 밥 한 끼 차려 주고 싶으신가 봐요."

"그럼 오늘 찾아뵐까요?"

"아니요. 천천히. 굳이 급하게 올 것 없이 바쁜 일 끝나고 한가해지면 그때 오라셨어요."

당장에라도 찾아뵈려 했던 도훈이 실망하여 대답했다.

"그러셨군요."

"네. 오늘은 이모 집에 가서 같이 밥 먹을래요?"

"아주머니 댁?"

도훈이 금세 반색하여 물었다.

"사실은 아까 이모와 잠깐 통화했는데, 저녁에 와서 밥 먹고 가라셨거든요."

"그래요?"

"네. 나가서 먹겠다고 하면 아주 혼을 낼 기세시더라고요."

"덕분에 저녁은 맛있게 먹겠군요. 그리고 유진 씨 집에 가는 건 언제라도 좋으니 날짜 정해서 말해 줘요. 시간 미리 빼 둘게요."

"알았어요."

"저기, 나도 할 말 있는데."

도훈이 자못 심각해진 목소리로 말을 꺼냈다.

"뭔데요?"

"미리 말해 둘게요. 전적으로 유진 씨 의견에 따를 거니까 싫으면 싫다고 솔직히 말해도 상관없어요."

"알았으니까 말해 봐요. 혹시 안도진 씨와 관련된 일이에요?"

유진은 그가 꺼내 놓기를 망설이는 일이라면 도진과 관련된 것 말고는 없을 것 같아 그렇게 물었다. 하지만 도훈은 다른 얘기를 꺼냈다.

"아버지가 유진 씨 만나고 싶어 해요."

그의 말에 유진은 꽤 놀랐다. 언젠가 그의 가족을 만나야 할지도 모른다는 생각을 하긴 했지만 이렇게 빠를 줄은 짐작하지 못했다. 게다가 그의 아버지 입장에서는 여러모로 그녀가 탐탁지 않을 수도 있을 텐데 이렇게 먼저 만나고 싶어 한다는 게 쉽게 이해되지 않았다.

도훈이 물었다.

"놀랐어요?"

"네. 조금이요."

"며칠 전에 아버지가 내려오셨어요. 같이 식사하던 중 유진 씨에게서 온 문자에 답하는 것을 보시곤 궁금해하셔서 솔직히 말씀드렸어요."

"혹시 우리 관계도 다 아세요?"

"네."

"그럼에도 절 보시겠다고 하신 거예요?"

"아버진 그 일 괘념치 않겠다고 하셨어요. 도진이의 일은 죄송하지만, 아들이 사랑하는 사람은 놓치지 않길 바란다고 하셨거든요."

"그러셨군요."

"유진 씨가 내키지 않으면 거절해도 괜찮아요. 내가 따로 잘 말씀드릴게요."

"아니요. 저도 뵙고 싶어요."

"정말이에요?"

"네. 도훈 씨 아버님이잖아요. 어떤 분이신지 궁금해요. 또, 아버님께 도훈 씨는 어떤 아들이었는지 여쭤보고 싶기도 하고요."

"고마워요."

감격한 도훈이 유진의 입술에 짧게 입을 맞추었다. 그녀가 아버지를 만나지 않겠다고 하면 언제까지고 그럴 생각이었다. 자신의 욕심 때문에 그녀가 불편할 상황은 만들고 싶지 않았다.

도훈이 어깨를 감싸 안자 유진이 자연스럽게 그의 품으로 안겨 왔다. 두 사람은 그렇게 서로를 꼭 끌어안은 채 아래로 펼쳐진 넓은 바다를 가만히 응시하였다.

외출 준비를 마친 유진은 집에서 나가기 전 다시 한 번 전신 거울 앞에 서서 매무새를 가다듬었다. 잠시 후 민기와 점심을 함께 하기로 약속이 되어 있었다. 긴장된 마음에 벌써부터 심장이 두근거렸다. 유진이 거울 속 자신을 보며 떨리는 마음을 다잡고 있을 때였다.

딩동.

초인종이 울렸다. 유진이 뛰듯이 나가 문을 열자 도훈이 서 있었다. 슈트 차림의 그의 눈이 생기롭게 빛나고 있었다. 유진이 생글거리며 말했다.

"딱 맞춰 왔네요?"

"사실 더 일찍 오려고 했는데 리조트에 일이 생겨서 잠깐 들렀다 오느라 늦었어요."

"안 좋은 일이에요?"

"아니. 그런 건 아니에요. 그런데 준비는 끝났어요?"

"네. 도훈 씨. 나 어때요? 이상하지 않아요?"

천천히 그녀의 모습을 훑어본 도훈이 짧게 말했다.

"예쁜데요?"

"도훈 씨 눈에 비치는 나 말고요. 도훈 씨 아버님 눈에도 예뻐 보일까요?"

그러자 도훈이 그녀를 꼭 끌어안으며 소곤거렸다.

"물론이죠."

서울 외곽에 자리한 일식당의 별실.

먼저 도착해 기다리고 있던 민기는 별실로 들어온 도훈과 유진을 보며 자리에서 일어섰다. 그가 몹시도 긴장한 기색이 역력한 유진을 향해 부드러운 목소리로 말을 건넸다.

"어서 와요."

유진이 떨리는 마음을 다잡으며 조신하게 인사를 건넸다.

"처음 뵙겠습니다. 반유진이라고 합니다."

"유진이라. 어여쁜 이름이군요."

"그렇게 말씀해 주시니 고맙습니다."

"우선 앉아요. 식사부터 해야지."

온화한 시선으로 그녀를 바라보던 민기가 도훈을 향해 말했다.

"너도 앉아라."

"네. 아버지."

도훈과 유진은 테이블을 사이에 두고 민기와 마주 앉았다. 도훈이 민기에게 물었다.

"오래 기다리셨어요?"

"아니. 나도 도착한 지 얼마 안 됐다."

도훈에게 다소 건조하게 대답한 민기가 애정이 담긴 목소리로 유진을 향해 말했다.

"두 사람 데이트해야 하는데 내가 눈치 없이 시간 뺏는 건 아닌지 모르겠군요."

"그렇지 않습니다. 그리고 말씀 낮춰 주세요. 아버님."

"아버님?"

민기의 되물음에 유진은 자신이 실수라도 한 건 아닐까 하고 바짝 긴장했다. 민기가 그런 그녀를 따스하게 바라보며 말했다.

"늘 아들 녀석들이 무뚝뚝하게 아버지라고 부르는 것만 듣다 유진 양이 아버님이라고 부르니 뭐랄까, 기분이 묘해."

"혹시 언짢으셨다면—"

"아니. 그 뜻이 아니라."

민기가 유진의 말을 자르며 고개를 저었다.

"듣기 좋다는 뜻이었어요."

"네."

"그러니 앞으로도 종종 그렇게 불러 줘. 그리고 유진 양 말대로 말은 편히 할게."

"네. 아버님."

잠시 후 주문한 음식이 나왔다. 조용하고 편안한 분위기에서 식사를 이어 가던 중 민기가 유진에게 물었다.

"우리 도훈이 참 재미없지?"

"네?"

"주위에서 들으니 유진 양 또래의 젊은 여자들은 유머러스한 남자를 좋아한다던데. 우리 도훈이는 무뚝뚝하기만 하고 재미없지 않을까 싶어서 말이야."

"아버지. 제가 꼭 그렇지만은 않은 것 같은데요?"

도훈이 억울해하며 목소리를 높였다. 유진이 그런 도훈의 옆모습을 슬쩍 보고는 방싯 웃었다. 도훈과 만나 오며 그가 재미없는 남자라는 생각은 한 번도 해 본 적 없었다. 그런데 돌이켜 보니 확실히 유머러스하다거나, 주위 사람을 즐겁게 해 주는 타입의 남자는 아니라는 생각이 들었다.

민기가 의자에 느긋하게 기대어 대연하게 물었다.

"도훈이 넌 뭘 그렇게까지 정색을 하고 그래? 네가 무뚝뚝한 편인 건 사실이잖아? 그리고 유진 양은 내 생각에 동의하는 것 같은데?"

민기가 동의를 구하는 표정으로 쳐다보자, 그녀가 차오르는 웃음을 삼키며 대답했다.

"아버님 말씀에 일정 부분 동의하는 건 사실이에요."

"어어?"

도훈이 기막혀하며 유진을 돌아보았지만, 그녀의 시선은 민기에게 닿아 있었다.

"솔직히 도훈 씨가 유머러스한 편은 아니긴 한데요, 그렇다고 무뚝뚝하진 않아요. 그리고 저는 지금껏 살아오면서 도훈 씨처럼 다정한 남자는 본 적이 없어요."

"정말이야?"

민기가 놀랍다는 표정으로 도훈을 쳐다보자 유진이 대답했다.

"네."

"그런데 왜 난 저 녀석의 그런 모습을 본 적이 없지? 너, 사람 차별하냐?"

"아버지도 참. 괜한 트집인 거 아시죠?"

민기가 뿌듯한 표정으로 도훈과 유진을 번갈아 보았다. 도훈이 처음 유진의 얘기를 입에 올렸을 때 겉으로는 덤덤한 척했지만 속으로는 꽤 놀랐다. 놀랐다는 말로는 부족했다. 경악스럽기까지 했다. 하지만 사랑을 잃고 고통스러워했던 경험이 있는 그는 아들의 사랑을 반대할 수가 없었다. 때문에 두 사람의 사랑을 응원하기보다는 반대해야 할 이유가 훨씬 더 많았지만, 그는 그러지 않기로 했다. 유진의 부모님 때문에 이미 많이 힘들었던 그들에게 더 큰 고통은 주고 싶지 않았다. 하지만 한 번쯤은 자신의 마음을 제대로 얘기해야 한다고 생각했다.

식사가 끝난 후 도훈이 걸려 온 전화를 받기 위해 잠시 자리를 비운 사이, 후식으로 과일과 매실차가 나왔다. 향이 좋은 매실차를 한 모금 삼킨 민기가 진지하게 말을 꺼냈다.

"유진 양 덕분에 오늘 아주 즐거운 식사 자리였어."

"아닙니다. 제가 더 즐거웠습니다."

"도훈이한테서 유진 양의 부모님께서 두 사람 사이를 반대했다는 얘기 들었어."

"저, 그건—"

"분명 나라도 반대했을 거야. 두 분 마음 충분히 이해돼. 그래서 하는 말인데, 이렇게 어렵게 얻은 사랑 절대 쉽게 놓지 마. 사랑이라는 게 누군가에겐 스쳐 가는 바람처럼 사라져 버릴 수도 있는 가벼운 존재일 수 있지만, 또 다른 누군가에겐 인생의 전부를 걸어서라도 되찾고 싶은 존재가 될 수도 있거든."

유진은 민기가 자신처럼 후회를 남기지 않기를 바란다는 것을 알아차렸다.

"아버님 말씀 깊이 새기고 명심하겠습니다."

"그래."

민기는 보면 볼수록 유진이 마음에 들었다. 처음엔 아들이 선택한 여자니까, 또 자신이 믿는 도훈이 사랑한다는 사람이니까 좋아 보였다. 하지만 지금은 거기에 더해 반유진이라는 사람 자체가 마음에 들었다. 그녀의 신중하고 조신한 언행은 물론이고, 상대방의 말에 귀 기울이고 공감해 주는 착한 마음씨도 예뻤다. 거기다 도훈을 향한 애정 어린 눈빛까지 가득하니 마음에 차지 않을 수가 없었다. 도훈이 이런 여자를 만나 다행이라는 생각이 들었다. 유진의 동생에게 일어난 사고만 생각하면 미안하고 죄스러워 고개를 들기 어려웠지만 그건 그가 감내해야 할 몫이었다. 그러니 부디 아무런 죄 없는 도훈과 유진은 행복하기를. 자신처럼 지난날을 후회하며 살아가지 않기를 간절히 바랐다.

두 달 뒤.

도훈을 집으로 초대한 선영은 식사 준비를 마무리하고 식탁 의자에 앉았다.

옆에서 돕던 영우가 주방 뒷정리를 마무리하고 커피 두 잔을 내왔다.

그가 의자를 당겨 앉으며 말했다.

"당신 고생했어."

"늘 하던 건데요, 뭘."

선영이 심상하게 대답하며 커피 한 모금을 마셨다.

영우가 문영을 통해 전해 들은 도훈의 식성에 관한 얘기를 꺼냈다.

"처제 말로는 싱겁게 먹는 편이라며?"

"그래서 조금 더 심심하게 하긴 했는데. 한 번도 같이 밥을 먹은 적이 없으니 알 턱이 있나."

"너무 걱정 마. 입맛이 까다로운 편도 아니라잖아?"

"하긴. 그런데 여보, 유진이 애 웃기지 않아요?"

"응? 뭐가?"

"밥 한 끼 하게 데려오라면 좋다고 냉큼 데려올 줄 알았는데, 몇 달이 지나서야 데리고 오겠다니. 무슨 생각인 거지?"

"리조트가 많이 바빴다잖아."

"아니, 시간 내서 오겠다는 사람을 못 오게까지 했다니까 그러지."

영우가 씩 웃었다. 지난주 도훈에게서 방문하겠다는 연락을 받았다. 오랜만의 통화에 반가운 마음도 잠시, 선영이 지나가는 말로 집에 오라 한 지가 언젠데 이제야 연락을 하냐며 짧게 툴툴거렸었다. 그랬더니 그가 더 당혹스러워하며 말했었다. 자신은 몇 차례나 찾아뵙고자 했지만 유진이 만류했다고 말이다.

후에 선영이 유진에게 이유를 따져 물으니 리조트 재오픈 이후로 업무가 바쁜 도훈에게서 시간을 뺏기가 미안해서 그랬다는 대답이 돌아왔다. 게다가 자신이 생각하기에 당장에 급하게 찾아뵙기보다는 조금 더 시간이 흐르고, 부모님 마음도 편안해졌을 때 찾아뵙는 게 낫겠다고 판단해 그리 했다고도 했다. 그렇지만 먼저 말을 꺼낸 선영의 입장에서는 그게 뭐 어려운 일이라고 이렇게까지 미뤘나 싶어 살짝 서운한 마음도 드는 게 사실이었다.

그런 그녀의 마음을 잘 아는 영우가 너그럽게 웃으며 말했다.

"유진이도 생각이 있어서 그런 거니 너무 서운해하지 마. 그나저나 유진이가 남자 친구를 다 데려오고. 나이가 들었다는 게 새삼 실감되는구먼."

영우가 지난날을 회상하며 감상에 젖은 목소리로 말했다.

"그럼. 언제까지고 청춘일 줄만 알았수?"

"설마 애들, 갑자기 결혼이라도 하겠다고 그러는 건 아니겠지?"

"벌써부터 무슨 결혼 걱정이에요? 아직 젊은 애들이니 천천히 결정하겠죠."

"당신, 괜찮아?"

"뭐가요?"

"두 아이 결혼이라도 하겠다고 하면."

그럼 도훈의 동생을 비롯한 가족들과 마주해야 할지도 모르는데. 영우는 선영이 그걸 견딜 수 있을까 걱정스러웠다. 하지만 선영은 다른 생각을 하고 있었나 보다.

"그러게요. 그 집에서 반대가 심하겠지?"

"뭐?"

"그 말 아니에요? 그 잘나신 분들께 우리 유진이 탐탁스럽기나 하겠냔 말에요."

영우는 거기까지는 생각지 못했던 터라 당혹스러웠지만, 생각해 보니 선영의 말에도 일리가 있었다.

"그렇기야 하지만."

"유리 일과는 별개잖아요. 서로 차이 나는 건 누가 봐도 빤한 건데."

"그래서? 그쪽에서 반대하면 어쩔 셈이야?"

"어쩌긴 뭘 어째요. 그것도 지들이 해결해야 할 일이지."

"그렇겠지? 아휴. 벌써부터 머리가 지끈거리는구먼."

"너무 걱정 마요. 그쪽에서도 오래 반대하진 못할 거야. 우리도 겪어 봤잖아요. 서로 죽니 사니 하면서 안달하는 그 징글징글한 꼴을 누가 오래 보려고 하겠어."

선영의 말에 동의한 영우가 허허 너털웃음을 짓자, 그녀가 짐짓 토라진 투로 말했다.

"유진이 고것이 요즘 얼마나 행복한지 목소리가 아주 째집디다."

"그래?"

"지는 티 안 내려고 하는데 티가 안 날 수가 있어요?"

"어지간히 좋은 모양이구먼."

"저런 애들을 갈라 두려 했으니."

휴우. 탄식한 선영이 물었다.

"우리 유리도 이해할 거야. 그렇지?"

"암. 착한 애였잖아. 제 언니가 행복하다면 그뿐이라고 생각할 거야."

"잘해 줘야겠어요."

"응?"

"도훈 군 말예요. 어려서부터 엄마 잃고 얼마나 힘들게 자랐겠어요? 그때 새어머니란 사람 보니 보통은 아니던데. 그런 집에서 편히 자랐을까 싶기도 하고."

영우가 따뜻한 눈길로 아내를 바라보았다. 종종 툭툭대며 말하긴 하지만 속내는 누구보다 깊은 사람이니 도훈에게도 분명 좋은 어머니가 되어 줄 것이었다.

유진과 도훈은 약속 시간인 한 시보다 30분 일찍 도착했다.

그들이 도훈을 보는 것은 태안에 찾아갔던 이후 처음이었다. 선영이 리조트에서 도훈을 만나고 온 그날 저녁, 그가 인사차 문영의 집에 들렀었다. 그때 함께 저녁을 먹으며 이런저런 대화를 나눈 이후 처음 보는 건데 그사이 얼굴이 좋아졌다.

딸 유진 역시 마찬가지였다. 생기 없이 창백하던 얼굴이 봄기운에 돋아나는 새싹처럼 싱그러워 보였다.

그런 그들을 반갑게 맞은 영우가 집 안으로 들어서는 도훈에게 물었다.

"태안에서 여기까지 오느라 고생 많았지?"

"아니요. 사실은……"

도훈이 유진의 눈치를 슬쩍 살핀 뒤 말했다.

"어제 일 마치고 올라왔습니다."

"그래? 허허. 장거리 연애 하느라 고생이 많구먼?"

"아닙니다."

"서로 좋아 죽겠다는데 장거리 연애가 대수겠어요?"

선영이 영우에게 당신은 그 정도 눈치도 없냐는 듯 묻고는 도훈에게 눈인사를 하였다.

영우가 멋쩍어하며 물었다.

"어허허, 그런가?"

"네. 어머님 말씀이 맞습니다."

어색함 없이 곧장 대답하는 도훈을 보며 유진이 도리어 낯부끄러워하며 볼을 붉혔다.

"그리고, 이것."

도훈이 양손에 들고 있던 것을 조심스럽게 내밀었다.

"한우와 한과입니다. 어떤 걸 준비해야 할지 몰라서 유진 씨의 조언을 참고했는데 마음에 드실지 모르겠습니다."

"잘했네. 우리 집사람이 한과 귀신이야. 말로만 늘 살찐다, 안 먹는다 하지. 갖다 두면 그 큰 상자에 든 것을 혼자 다 먹는다네."

"이이도 참."

선영이 쑥스러워 자신의 팔로 남편의 옆구리를 쿡 찔렀다.

옆에 서 있던 유진이 덧붙여 말했다.

"그리고 한우는 아빠 선물. 생선보다 육류를 더 좋아하신다고 말했더니 도훈 씨가 이렇게 준비했어요."

그러자 선영이 흐뭇하게 웃으며 도훈에게 고마운 마음을 표했다.

"고마워요. 잘 먹을게요."

"별것 아닙니다. 그리고 어머님, 말씀 놓으십시오."

"그래요. 그게 좋겠네요. 앞으로는 편하게 할게."

"네."

"들어와요. 밥 먹어야지."

선영의 제안에 네 사람은 주방의 식탁으로 자리를 옮겼다.

"와. 엄마, 준비 많이 하셨네?"

유진의 감탄에 선영이 손사래를 치며 답했다.

"별로 한 것도 없어."

"이게 왜 별로 한 게 없는 거야? 아침부터 내내 바쁘게 움직여 놓고선."

선영에게 한 소리 한 영우가 도훈을 보며 작게 말했다.

"자네도 미리 알아 두어야 할 걸세. 유진이 엄마 기준으로 이 정도면 엄청나게 차린 걸세. 잔칫상이 따로 없다고."

"고맙습니다. 어머님."

"고맙긴."

남편의 말에 민망해진 선영이 작게 중얼거리며 영우를 은근히 노려보았다. 그러곤 낮게 읊조리듯 말했다.

"여보. 우리 오늘만은 사이좋게 지내기로 한 거 아니었어요?"

"하하. 난 그냥 알고만 있으라고. 그래서 그런 거야."

"알았으니 그만하고 식사하세요."

"그래. 다들 먹지."

"잘 먹겠습니다."

"저도 잘 먹을게요."

영우의 말에 도훈과 유진이 잇따라 대답했다.

식사 자리는 즐거웠다. 선영은 틈틈이 도훈이 어떤 걸 잘 먹는지 등을 파악하며 부족한 건 곧바로 채워 주었고, 영우는 자신의 딸과 시시때때로 눈을 맞추며 웃는 도훈을 보면서 저렇게 좋을까? 신기하게 생각하기도 하였다.

식사를 마친 유진이 거실의 소파에 앉아 참외를 깎아 보기 좋게 접시에 놓았다. 잠깐 마당에 나갔다 온 영우가 마주한 소파에 앉으며 말했다.

"그 참외, 여주에 사는 너희 삼촌네에서 보내온 건데 꽤 맛이 좋아. 갈 때 담아 줄 테니 가져가서 먹어."

"이번에도 많이 보내 주셨어?"

"많다 뿐이냐? 세 박스나 보내왔어. 세 식구 먹으면 얼마나 먹는다고. 손이 커서 탈이야, 하여튼. 두 상자 꺼내 뒀으니 한 상자는 도훈 군 챙겨 줘라."

"두 상자씩이나? 됐어. 우리도 먹어 봤자 얼마나 먹는다고. 도훈 씨도 혼자 살아서 몇 알이면 충분할 거예요."

"둘 다 그렇게 안 먹으니 살이 안 찌는 거 아냐?"

"있지. 나 아빠한테만 얘기하는 건데."

유진이 목소리를 죽여 말했다.

"나 몇 달 새 2킬로나 쪘어."

"고작 2킬로 가지고 유난은."

"아빠가 몰라서 그래요. 배에, 허벅지에 살이 어마무시⋯⋯."

흥분해서 말하던 유진이 때마침 주방에서 나오는 도훈을 발견하고는 입을 꾹 닫았다. 그의 손엔 찻잔 네 개가 담긴 쟁반이 들려 있었다.

뒤에서 따라 나오던 선영이 익살스럽게 웃으며 말했다.

"얘! 우리 네 얘기 다 들었어. 너 2킬로나 쪘다고?"

놀란 유진이 헉 소리를 내며 입을 쩍 벌렸다.

옆의 영우가 빙긋이 웃었다.

"유진아. 우리 집 생각보다 좁다."

도훈이 들을까 봐 목소리를 낮추었던 유진이 속으로 망했다고 외치고 있는데, 그가 옆에 앉으며 말했다.

"참고로 난 유진 씨 지금보다 몇 킬로 더 쪘으면 좋겠어요."

"정말요?"

"네."

도훈은 진심으로 대답했다.

마지막으로 선영이 영우의 옆에 앉으며 유진에게 말했다.

"참외는 다 깎았니?"

"아니. 한 알 더 깎을게요."

"그래. 이번 참외 정말 맛있더라. 아빠께 얘기 들었지? 갈 때 가져가서 먹어."

"그런데 두 상자는 너무 많아. 도훈 씨도 들었을 테니까 대답해 봐요. 한 상자를 어떻게 다 먹어? 그죠?"

"주시면 감사히 먹겠습니다."

유진이 의아해하며 물었다.

"도훈 씨 그사이에 식욕이 늘었어요?"

"네. 식욕이 엄청나게 늘어서 참외 한 상자는 눈 깜짝할 새 먹어 치울 수 있을 것 같아요."

장난스럽게 대꾸한 그가 유진을 향해 눈을 찡긋거렸다. 그러고는 영우와 선영을 번갈아 보며 진중하게 말했다.

"방금 유진 씨에게 한 말은 농담이었습니다. 유진 씨 말처럼 저는 많이 안 먹으니 괜찮으시다면 승원이 할머님 댁에 가져다드리고 싶은데 괜찮을까요? 승원이가 참외를 잘 먹더라고요."

"어머. 우리도 그 생각은 못 했는데. 그럼 그렇게 해 줄래요?"

"네."

선영이 만족스럽게 웃었다.

도훈 역시 따라 웃으며 시선을 돌리다 마주한 벽의 정면에 붙은 사진에 잠시 멈칫하였다.

벽에는 유진의 가족이 함께 웃으며 찍은 가족사진이 걸려 있었다. 사진관에서 자세를 잡고 찍은 건 아니었다. 야외의 풀밭에서 한데 어울려 한 컷 찍은 것처럼 보이는 사진이었는데, 웃는 모습이 하나같이 닮아 있었다.

영우가 그런 그의 시선을 따라가다 사진을 발견하고는 설명해 주었다.

"유진이, 유리 중학교 졸업하고 갔던 수목원에서 찍은 사진이네."

"네. 그렇군요······."

선영이 그날의 기억을 상기하여 물었다.

"유리랑 유진이 둘이 머리채 쥔 날이 이날이었나?"

"아니. 그건 그다음 날."

유진이 다 깎은 참외에 포크를 꽂아 영우에게 건네곤 도훈을 향해 말했다.

"그날 유리가, 제가 사 놓고 아까워서 한 번도 안 입었던 옷을 몰래 입고 나갔다가 찢어 먹고 들어왔었거든요."

"그랬어요?"

도훈의 물음에 선영이 포크로 참외를 찍어 그에게 건네주며 말했다.

"둘이 생긴 건 비슷해도 성향은 완전 달랐거든. 유리는 꾸미기도 좋아했고 또 활발하고 사교적이었다면, 유진인 내성적이고 수줍음 많이 타는 성격이라 많이 부딪쳤어. 그런데 그날은 유진이가 정말 화가 많이 났나 봐. 처음으로 얘가 유리 머리채를 잡았었어."

선영은 그 일이 지금은 이렇게 웃으며 꺼낼 수 있는 옛일이 되었다는 게 씁쓸했지만 속내는 드러내지 않았다. 유리 때문에 많이 불편할 사람에게 더 부담 주고 싶지 않았기 때문이다.

도훈은 뒷얘기가 궁금해 유진에게 물었다.

"그래서 어떻게 됐어요?"

유진 대신 입을 연 영우가 아내를 향해 물었다.

"둘 다 무릎 꿇고 손 들고 벌섰지, 아마?"

"그때 유리를 크게 혼냈어야 했는데 그러질 못했어. 그때만 해도 난 언니가 동생한테 그러면 못쓴다고 생각했었거든. 그래서 둘 다 혼을 낸다고 그랬었는데 갑자기 유진이가 흥분하면서 소리를 치는 거야. 자기도 유리랑 같은 나이인데 왜 매번 자기만 양보해야 하냐고. 그러면서 엉엉 우는데 이걸 어째야 하나. 속으론 딱 미치겠는데 겉으로는 티도 못 내고. 그렇잖아? 애들 실컷 혼내 놓고 생각해 보니 이건 아니다, 라고 말하기가 어디 쉬워?"

선영이 동의를 구하는 눈으로 도훈을 보자 그가 씩 웃었다.

"그래서 그날 네 엄마 울었다?"

영우의 뜬금없는 고백에 유진의 눈이 휘둥그레졌다.

492

"정말?"

"그래. 많이 울었어. 너한테 너무 양보만 강요했었던 것 같다면서."

"그래서 다음 날 아침부터 식탁에 갈비찜이 올라왔었던 거야?"

유진이 이제야 그때의 상황들이 이해된다는 표정으로 물었다.

"그걸 다 기억해? 허허. 그런데 네가 한 입도 안 먹고 가 버렸잖아? 그래서 네 엄마가 얼마나 속상해했게."

"그랬구나."

"그래. 이것아. 네가 내 마음을 아니?"

"엄마. 미안."

"아니야. 생각해 보면 내가 미안한 일이지. 한날 태어난 애들인데 너한테는 유독 더 엄격했으니."

"아니야. 그래도 내가 언니잖아."

생긋 웃은 유진이 도훈을 보며 눈을 찡긋했다. 이야기를 듣느라 선영이 건네준 참외를 먹지 않고 들고만 있던 도훈이 그것을 자연스럽게 유진의 입 앞에 갖다 대 주었다. 그러자 그녀는 아무렇지도 않게 한 입 베어 문 뒤에야 부모님의 눈치를 살폈다. 도훈도, 유진도 자연스레 나온 행동에 머쓱해졌지만 그들을 바라보는 두 쌍의 눈은 그 어느 때보다 따스하기만 했다.

잠자코 두 사람의 모습을 흐뭇하게 바라보던 영우는 그들이 오기 전 아내와 상의했던 얘기를 해야겠다고 생각하고 마음속으로 신중하게 말을 골랐다.

잠시 뒤 그가 자못 심각해진 목소리로 말을 꺼냈다.

"이렇게들 좋아하니 두 사람이 결혼한다고 하면 우리는 반대하지 않을 생각이네."

"아빠?"

"분명 자네 집안에서 좋다고 환영할 만한 혼사는 아닐 테지."

"아버님."

"그러니 우리는 더 이상 두 사람 힘들게 하지 않기로 했어."

도훈은 유진과의 미래를 꿈꾼 것은 사실이나 이렇게 쉽게 허락이 떨어질 줄은 몰랐다. 연애와 결혼은 분명 다른 차원의 문제였기 때문이다.

만약 그가 유진과 결혼하겠다고 나서면 영우와 선영은 평생을 마주하고 싶지 않았던 그의 동생을 가까이해야 할지도 모른다. 그뿐일까? 보통의 사람들처럼 상견례를 하는 것부터가 고역스러울 것이었다.

도훈은 자신의 욕심만 차리자고 그런 결혼을 하겠다고 말할 수가 없었다. 그런데 뜻밖에도 영우와 선영이 먼저 나서서 미리 결혼을 허락하겠다고 말했다. 도훈은 믿기지가 않아 눈을 끔뻑였다.

유진 역시 놀란 건 마찬가지였다. 그녀는 부모님의 허락에 잠시 멍해졌다 이내 정신을 차리곤 확인하듯 신중하게 물었다.

"두 분 진심이세요?"

"그럼. 우리가 실없이 거짓말은 왜 하겠니? 그렇다고 당장 결혼하라는 건 아니야. 두 사람 우리 때문에 제대로 만난 건 몇 달 안 된다면서? 시간을 두고 더 만나 봐. 평생의 짝이 될지 안 될지는 천천히 결정해도 늦지 않을 테니까."

"엄마."

유진이 감격하여 엄마의 목을 꼭 끌어안았다. 선영은 도훈의 앞에서 어리광을 부리는 딸이 민망해서 좋으면서도 괜히 아닌 척 싫은 소리를 했다.

"애가 왜 안 하던 짓이야? 목 아파. 안 떨어져?"

"고맙습니다. 어머님. 아버님."

도훈의 대답에 영우가 흐뭇하게 웃으며 고개를 끄덕였다.

도훈과 유진은 장거리 연애에 점차 익숙해졌다. 자연스레 패턴도 정해졌다. 도훈이 휴무일 때 유진의 빌라를 찾아 함께 지내거나, 유진이 휴무일 때 태안을 찾아 같이 시간을 보내는 방식이었다.

유진은 두 가지 방식의 데이트에 불만을 가진 적 없었지만 도훈은 달랐다.

서울의 빌라에서는 한시도 떨어져 있지 않아도 됐지만, 태안에서는 유진이 문영의 눈을 의식해 이모 댁에서 많은 시간을 보낸다는 것이 그에겐 가장 큰 불만이었다. 그래서 일부러 유진이 온 날은 근처의 호텔을 예약해 함께 지내 보려고도 했지만 번번이 유진의 반대에 부딪쳐 모두 물거품이 되고야 말았다.

지금도 그랬다. 내일부터 이틀간 휴무인 유진이 태안으로 출발하겠다는 연락을 해 왔고, 도훈은 호텔을 예약하겠다고 선전 포고라도 하듯 단호하게 말했다.

"이번엔 양보 안 돼요. 내 마음대로 할 거야."

— 도훈 씨. 애처럼 또 왜 그래요?

"유진 씨가 뭐라든 상관없어요. 이번엔 내 고집대로 할 거라고."

— 그러다 직원 중 누가 보기라도 하면 어쩌려고요? 안 돼요.

도훈이 참지 못하고 기어코 큰 소리로 불만을 터뜨렸다.

"우리 불륜이야? 둘이서 호텔 들어가는 거 들키면 감옥 가? 지금 누가 더 애처럼 굴고 있는데!"

그의 황당한 표현에 유진이 키득거리는 게 전화기 너머에서 고스란히 들려왔다.

도훈이 화를 가라앉히며 말했다.

"이번엔 내 말 들어요."

— 호텔은 싫다고요.

"지금 나 미치는 꼴 보고 싶어서 이러는 거야?"

— 알았어요. 그럼 도훈 씨 집으로 가요.

그의 집이라는 단어가 화난 기세를 누그러뜨린 모양이다. 금세 꼬리를 내린 도훈이 자신이 제대로 들은 게 맞는지 확인하려 물었다.

"우리 집이요?"

— 네. 이모 몰래 들어가서 집에 콕 박혀 있을게요.

"정말입니까?"

— 그래요.

"알았어요. 그럼 나중에 터미널에서 봐요."

— 네.

"빨리 와요."

— 네.

"보고 싶어."

— 저도요.

"우리 계속 이렇게 통화할까?"

— 안 돼요. 버스 곧 출발해요. 그리고 회의 있다면서요?

"아니면 영상 통화 연결해 놓고 있을래요? 회의 중에 유진 씨 얼굴 틈틈이라도 보게."

— 다음부터 비서실장님께 집착이 어쩌니 그런 말 하지 마요. 요즘 도훈 씨 보면 실장님 집착은 장난 수준이니까.

"그러게 왜 말을 안 듣습니까? 다시 리조트로 복귀하라고 했잖아."

— 그건 안 된다고 했죠?

"왜."

— 남은 얘기는 만나서 해요. 이따 봐요.

도훈의 말이 끝나기도 전에 유진이 짧게 소곤거리곤 전화를 끊어 버렸다.

매정한 반유진. 앞으론 옆에 딱 붙어 있겠다고 한 지 얼마나 됐다고 이렇게나 사람을 애태우는지 모르겠다. 전에는 앞으로 못 본다는 생각에 힘들었지만, 요즘은 다른 이유로 더 힘이 들었다. 곁에 두고 보고 싶어 복직하라는 그의 말에 유진은 딱 잘라 거절했다. 그래서 이참에 태안 지사장 자리를 내놓고 서울로 옮겨 가 볼까 농담 반, 진담 반으로 말을 꺼냈더니 책임감 없는 남자는 사양이라며 그를 꼼짝달싹할 수 없게 만들기도 했다. 그래선지 부쩍 결혼 생각이 강해졌지만 시간을 두고 더 만나며 평생의 짝이 될지 안 될지를 결정하려던 선영의 말을 생각해서라도 당장은 그럴 수가 없었다.

그때 용재가 집무실 문을 열고 들어왔다.

"지사장님. 회의 시작 10분 전입니다."

"알아. 곧 나갈게."

대답한 도훈이 문을 닫으려는 용재를 붙잡았다.

"참. 용재야."

"네?"

"오후에 자리 비울 거야."

"네. 말씀하신 대로 일정 조율해 뒀습니다."

"알았어."

다시 문을 닫고 나가려던 용재가 마음을 바꾸어 집무실 안으로 들어왔다. 그가 등 뒤의 문을 소리 나지 않게 닫으며 은근하게 물었다.

"그렇게 좋으십니까?"

"뭐?"

"데이트하니까 좋으시냐고요."

"안 좋아."

"왜요?"

용재가 다소 의외라는 표정을 지었다.

"반유진이 이렇게 고집쟁이인 줄 몰랐다. 사소한 것 하나도 내 뜻대로 되는 게 없어."

"반유진 씨가 줄다리기에 소질이 있는 모양입니다?"

용재는 자신의 상사가 괴로워하는 것이 몹시도 즐거운지 표정이 전에 비해 확연하게 밝아져 있었다.

한껏 예민해진 도훈이 툴툴댔다.

"줄다리기? 계속 끌려다니기만 하는 것도 줄다리기냐?"

"그러게 제가 전부터 누누이 말씀드렸지 않습니까? 연인 관계에서는 밀고 당기기가 특히 중요하다고요."

"누가 그걸 몰라?"

"알면서도 못 하시는 걸 보면 지사장님은 어쩔 수 없나 봅니다."

"어쩔 수 없으면?"

"그대로 반유진 씨에게 끌려다니는 수밖에요."

"됐어. 영양가 없는 얘기 계속할 거면 나가."

"어차피 나가야 돼요. 지사장님도요. 곧 회의 시작입니다."

"그래. 가자, 가. 내가 일이나 해야지. 어휴."

속상한 숨을 내뱉은 도훈이 용재를 따라 회의실로 이동했다.

버스에서 내린 유진은 하차장 내에 선 도훈을 발견하고 활짝 웃었다. 눈빛은 선글라스에 가려져 볼 수 없었지만, 입매가 부드럽게 늘어진 것을 보니 그 역시 환히 웃고 있음이 분명해 보였다. 도훈의 앞으로 다가간 유진이 스스럼없이 그의 허리를 끌어안으며 속삭였다.

"많이 기다렸죠?"

"나도 도착한 지 얼마 안 됐어요. 회의가 길어지는 바람에 약속 시간에 늦을 뻔했거든."

"내가 좀 더 기다려도 되는데."

"그건 내가 싫어서."

유진이 그의 품에서 벗어났다. 도훈이 그녀의 옷가지가 든 가방을 앗아 들고 남은 손으로 그녀의 손을 잡았다. 두 사람은 늘 그래 왔던 것처럼 그의 차가 주차된 곳까지 함께 걸었다.

유진이 물었다.

"도훈 씨 점심 먹었어요?"

"아니요."

"나도 배고픈데 이 근처에서 식사하고 가요."

"배 많이 고파요?"

"아니요. 아직은 괜찮아요."

"그럼 조금만 참아요."

"알았어요."

유진은 그가 마음속으로 정해 둔 곳이 있겠거니, 생각하고 입을 닫았다.

터미널을 벗어난 도훈의 차가 향한 곳은 태안에 있는 그의 집 방향이 아니라 안면도 방향이었다. 이상하다고 여긴 유진이 물었다.

"우리 어디 가요? 집에 가는 거 아니었어요?"

"다시 생각해 봤는데 집은 안 되겠어요. 유진 씨가 거기 콕 박혀 있으리라는 보장도 없고, 또 아주머니 댁을 코앞에 두고 거짓말하는 건 나 스스로도 내키지가 않아서요."

"그래서요?"

도훈이 휘둥그레진 유진의 눈을 보며 픽 웃었다.

"눈이 왜 그렇게 커졌어요? 내가 또 막무가내로 호텔 잡았을까 봐 그래요?"

"아니요."

"있어 봐요. 곧 도착할 거예요."

유진은 곧 창밖의 풍경을 보고 도훈의 차가 어디로 향하고 있는지 알게 되었다. 차창 너머로 언젠가 보았던 모감주나무 군락의 풍경이 지나고 있었다. 그 뒤로도 한참을 달리던 차는 이전에 그랬듯 대문 앞에서 잠시 멈춰 섰다가, 그 너머 펼쳐져 있는 넓디넓은 정원을 얼마간 달리고 나서야 완전히 시동을 끌 수 있었다.

유진은 혹시? 하고 미루어 짐작해 보긴 했지만 그가 정말 이곳으로 올 줄은 몰랐기에 조금 당황했다. 더군다나 작년에 왔을 때를 떠올려 보면 잠깐 들르는 것은 문제 될 것 없겠지만 며칠씩 지내기에는 다소 무리가 있어 보였기 때문이다.

도훈이 먼저 차에서 내렸다. 그는 그녀가 앉은 조수석의 문을 열어 주고, 곧바로 뒷좌석에 놓아두었던 그녀의 가방을 꺼내 들었다. 이윽고 천천히 차에서 내린 유진은 그를 따라 2층 건물의 현관을 향해 걷다 사뭇 달라진 분위기에 걸음을 멈췄다.

그녀가 뒤따라오고 있는지 확인하려 뒤를 돌아보던 도훈이 자리에 멈춰 선 그녀를 발견하고는 물었다.

"왜 그러고 서 있어요?"

"기억이 잘못됐나 싶어서요."

"왜요? 전에 봤던 것과 달라서요?"

"네. 맞죠? 지난번엔 분명 페인트 색이 저 색이 아니었던 것 같은데. 그리고 창 위치도 좀 다른 것 같고. 또……."

유진이 자신의 기억 속에 자리하고 있던 건물의 모습과 현재의 모습을 비교하며 말했다. 그런 그녀의 모습을 흥미롭게 바라보던 도훈이 유진의 곁으로 다가와 같은 위치에서 건물을 바라보며 말했다.

"솔직히 이곳은 천천히 보여 주고 싶었어요."

유진의 의문스러운 눈길에 도훈이 설명했다.

"당신하고 함께 지내고 싶어서 내가 손을 좀 봐 뒀거든. 그런데 아직은 때가 아닌 것 같아 천천히 보여 주려 했었는데."

"언제 손을 본 거예요?"

"우리가 헤어져 있을 때."

유진은 감정이 벅차올라 차마 말을 잇지 못했다. 이곳을 보자마자 첫눈에 매료되었던 유진은 그와의 기억을 떠올릴 때마다 종종 이곳에서의 일도 떠올리곤 했었다. 두 사람이 서로의 마음을 처음으로 제대로 마주했던 곳이고, 또 인정했던 곳이기에 절대 잊을 수 없는 장소로 남았기 때문이다. 그런데 그때 그는 분명 이곳이 그의 외삼촌 소유라고 했었다. 또 곧 부동산 매물로 내놓을 거라 했었다. 대체 어떻게 된 일일까?

도훈이 유진의 생각을 들여다본 것처럼 바로 사정을 털어놓았다.

"유진 씨가 여길 마음에 들어 하는 것 같아서 외삼촌께 제가 매입하겠다고 말씀드렸어요."

"그렇게 된 거였군요."

"마음씨 좋은 외삼촌께서는 한 푼도 받지 않으시고 제게로 명의를 이전해 주셨고요."

"어머."

"물론 세상에 공짜는 없으니 언젠가는 갚게 될 날이 있을 거라는 무서운 말씀도 함께 남기셨죠."

"무서운 말씀이 아니라 당연한 말씀이네요. 그런데 왜 천천히 보여 주고 싶었어요?"

"그건 나중에. 우선 들어가요. 배고프다며? 내가 라면 끓여 줄게요."

"애걔? 여기까지 왔는데 겨우 라면이에요?"

그러자 다소 진지해진 모습의 도훈이 목소리를 낮춰 말했다.

"반유진 씨가 지금 내 상태를 몰라서 그러는 것 같은데, 라면이라도 끓여 준다는 거에 감사해야 할 거예요."

그의 말이 의미하는 바가 무엇인지 알아차린 유진의 심장이 갑자기 빠르게 뛰기 시작했다. 그도 남자였다. 남자가 사랑하는 여자에게 원하는 것이 무엇인지 모를 리 없었다. 그렇지만 최근 들어 점점 더 거세지는 그의 욕구를 감당하는 것이 솔직히 조금 힘들었다. 그래서 그녀는 태안에서 함께 지낼 때만이라도 거리를 두고 낮에만 만나려는 거였는데, 그는 그것을 늘 불만스럽게 여기곤 했었다.

잠시 고민하던 유진이 결심한 듯 단호하게 말했다.

"들어가기 전에 미리 말하는 건데요."

"뭘요?"

"오늘만은 분명 제 취침 시간이 자정을 넘기게 될 일은 없을 거예요."

그녀의 말을 이해한 도훈이 웃음을 터뜨렸다. 그러곤 더는 참지 못하고 그 자리에서 그녀를 끌어안고 깊고 진한 키스를 건넸다. 천천히 입술을 뗀 그가 거친 숨을 몰아쉬는 그녀의 콧등에 살며시 입을 맞춘 뒤 말했다.

"좋아요. 유진 씨 취침 시간은 지켜 줄게."

"정말이죠?"

"내가 약속 어기는 거 봤어요?"

도훈은 절대 한 입으로 두말하는 사람이 아니니 분명 이 말은 믿어도 될 것이다. 그렇게 생각하자 유진의 마음이 한결 가벼워졌다. 그녀가 먼저 앞으로 나아가며 말했다.

"라면 맛있게 끓여 줘요."

"물론이죠."

도훈이 주방에서 라면을 끓이는 동안 유진은 달라진 내부를 꼼꼼히 둘러보았다. 건물의 뼈대만 남기고 전체 수리를 진행했다던 그의 말처럼 이전과는 분위기가 확 달라졌다.

2층 계단을 걸어 내려오는 유진의 발걸음 소리에 도훈이 입을 열었다.

"설계는 건오가 했고, 나머지는 리조트 리모델링했던 업체에 맡겼어요. 민규가 강원도 출장으로 한동안 시간 내기 어렵다고 해서 그렇게 했는데 어때요? 마음에 들어요?"

"전에 왔을 때보다 집이 더 아늑하고 따뜻해 보인다고 느꼈는데 건오 씨 솜씨였군요?"

도훈이 다 끓인 라면 냄비를 식탁으로 옮기며 대답했다.

"네. 그 녀석이 실력이 좋거든요. 준비 다 됐어요. 앉아요."

도훈과 유진은 식탁에 마주 앉았다. 두 사람은 라면을 나눠 먹으며 대화를 이어 갔다.

"다 봤겠지만 방은 총 세 개예요. 1층에 하나, 2층에 둘."

"2층엔 전에 없던 테라스도 있던데요? 테이블도요."

"맞아요. 공사 끝난 후에 건오와 둘이 앉아서 와인 한잔 했어요. 굳이 필요도 없는 걸 왜 만들었나 했는데 거기 앉아서 밤하늘이며, 바다며, 바라보니까 좋더라고요."

도란도란 얘기를 나누다 보니 식사 시간이 어떻게 흘러가는지도 모르게 흘러갔다.

1층의 욕실에서 샤워를 끝마치고 나온 도훈은 용재에게서 걸려 온 부재중 전화를 확인하고 곧바로 통화 연결을 시도했다. 잠시 후 2층의 욕실에서 샤워를 마친 유진이 다시 모습을 드러냈을 때, 도훈은 창가에 서서 용재와 업무상의 통화를 이어 가고 있었다. 그가 다가오는 유진을 발견하고는 통화를 마무리

했다.

"남은 얘기는 출근해서 해. 그래. 알았다."

"김 실장님이세요?"

"네. 급한 일 아니면 전화하지 말라고 했는데 이렇게 또 말을 안 듣네요."

그러곤 두 손으로 그녀의 가느다란 허리를 감싸 가까이 당기며 그녀의 얼굴을 살폈다.

"어디 봐요. 더 예뻐진 것 같은데?"

"제발. 그런 간지러운 말 하지 말라고 했죠?"

"내 입을 막기보단 유진 씨가 적응하는 게 더 빠를걸요."

장난스럽게 눈을 찡긋한 도훈이 그녀의 입술에 자신의 입술을 겹쳤다. 혀가 얽히고 숨이 섞였다. 조심스럽게 시작된 입맞춤이 점점 짙어져만 간다. 키스의 농도가 짙어질수록 욕망은 거세져 도훈은 자연스럽게 그녀를 끌어당기며 손을 아래로 움직였다. 그런데 뭔가 이상했다. 얇지만 속이 비치지 않는 리넨 원피스 위 유진의 엉덩이를 만지는 손끝에 느껴지는 감촉이 이전과 달랐다. 설마? 그는 그럴 리가 있겠냐고 생각하면서도 기대감에 들떠 조심스럽게 원피스를 들춰 손을 넣었다. 그리고 아무것도 걸치지 않은 맨엉덩이를 만졌다. 그러자 유진이 화들짝 놀라 입술을 뗐다.

더 놀란 건 도훈이었다. 반유진에게 이런 깜찍한 면이 있었다니. 궁극의 발전이었다.

"반유진. 당신 정말."

"아니, 저기, 난."

유진은 그를 놀라게 하고 싶어 일부러 속옷을 안 입긴 했지만 이렇게 들킬 줄은 몰랐다. 그가 갑작스럽게 키스해 오는 바람에 말할 타이밍을 놓친 것도 이유였다. 다행히도 그는 꽤 기뻤는지 얼굴에서 웃음을 지우지 못했다. 그런 그를 보는 유진의 마음도 날아갈 것처럼 행복했다.

유진의 원피스 속에서 손을 꺼낸 그가 그녀를 단번에 들어 안았다. 엉겁결에 그의 목을 끌어안은 그녀가 발갛게 충혈된 그의 눈을 사랑스럽게 바라보다 입술에 짧게 입을 맞췄다. 다급해진 도훈의 걸음이 한층 더 빨라졌다.

자정 전에는 꼭 잠에 들겠다던 유진은 열한 시를 넘기지 못하고 기절하듯 잠에 빠져들었다. 도훈은 그녀를 깨우고 싶은 욕구를 간신히 달래며 침대에서 일어났다. 잠이 오질 않았다. 아직도 변함없이 뜨거운 몸을 좀 식힐 필요가 있었다.

침실 밖으로 나온 도훈은 냉장고를 열어 건오가 채워 두고 간 맥주를 꺼냈다. 긴긴밤 홀로 외로울 때마다 자신을 생각하라며 웃던 그는 냉장고의 절반을 맥주로 채워 놓는데, 그중의 반은 이미 도훈이 다 비워 버린 상태였다. 유진 없이 혼자 이곳에 머무를 때마다 하나둘씩 마셔 버린 때문이었다.

도훈은 정원의 테이블 앞에 앉았다. 작년 여름, 정원등 아래 수줍게 빛나던 유진의 모습이 떠오르자 자연스럽게 입가에 웃음이 스며들었다. 그때였다.

"혼자서 마시기예요? 치사하게."

도훈이 소스라치게 놀라 돌아보니 유진이 그의 카디건을 어깨에 걸치고 서 있었다. 도훈은 아까와 같은 원피스를 입은 그녀를 의미심장하게 쳐다보았다. 그러자 피식 웃은 유진이 그의 옆에 앉으며 소곤거렸다.

"괜한 기대 말아요. 지금은 속옷 입고 있으니까."

"안 자고 왜 나왔어요?"

"그러는 도훈 씨는요?"

"옆에 있다간 유진 씨 깨울 것 같아서."

"으휴, 짐승."

"유진 씨는 왜 나왔어요?"

"곁에 있고 싶어서요."

유진이 그의 어깨에 살며시 머리를 기대며 물었다.

"이제 대답해 봐요. 왜 여길 천천히 보여 주고 싶었어요? 이렇게 예쁘게 꾸며 놓고선.”

“언젠가 여기서 당신에게 프러포즈하고 싶었거든.”

고개를 든 유진이 자신을 다정하게 바라보는 그의 눈을 가만히 응시했다.

도훈이 말했다.

“우리가 이별한 후, 나는 우리가 헤어졌다는 사실을 한 번도 인정한 적이 없었던 것 같아요. 우린 분명 끝났는데, 당신은 떠났는데, 나는 당신과 다시 만날 날만을 손꼽아 기다리고 있었더라고. 이곳이 그 증거고.”

“도훈 씨.”

“건오가 별장을 어떻게 수리하고 싶은지 물었었어요. 잘 모르겠다는 내 대답에 그럼 여기서 누구와 함께 지내고 싶은지 묻더군요. 망설임 없이 유진 씨를 떠올렸어요. 그런데 대답할 수는 없었죠. 그때 녀석이 그러더군요. 네 표정만 봐도 잘 알겠다, 라고요. 그리고 물었죠. 언젠가 이 집에 당신이라는 사람의 의미를 부여한 일을 후회하지 않을 자신 있겠느냐고.”

그들이 정말 그렇게 영영 헤어졌다면 이곳은 그에게 분명 아프고 불편한 곳이 되었을 것이다. 유진이 물었다.

“도훈 씨는 뭐라고 대답했어요?”

“아무 말도 할 수가 없었어요. 사실 두려웠거든. 다시는 이곳에서 당신을 보지 못할까 봐. 그래서 이곳이 영원히 상처로 남을까 봐.”

그럼에도 그는 이곳을 수리하고 자신을 떠올렸던 것이다. 감격한 유진이 도훈의 목을 끌어안으며 그의 품에 안겼다. 울컥한 그녀가 코맹맹이 소리로 투정했다.

“바보.”

“이렇게 바보라는 소리에도 행복한 거 보면 내가 정말 제대로 미치긴 했나 봐요.”

“……사랑해요.”

“유진 씨, 그거 알아요? 당신 사랑이라는 말에 엄청 인색하다는 거.”

유진은 부끄러워서 그 말을 잘 하지 못하는 것뿐이었는데, 도훈은 꽤 섭섭했던 모양이다.

그가 말했다.

"그래서 가끔 미울 때도 있지만, 내가 많이 사랑해요."

여전히 그의 목을 꼭 끌어안은 그녀가 말했다.

"그래서 말인데요. 안도훈 씨. 우리 결혼할래요?"

도훈이 황급히 자신의 품에서 그녀를 떼어 냈다. 그러곤 자신이 제대로 들은 게 맞는지 확인하려 물었다.

"방금 뭐라고 했어요? 내가 잘못 들은 거 아니죠?"

"다시 말할까요? 우리 결혼해요."

"말도 안 돼."

"지금 제 청혼 거절한 거예요?"

유진이 장난스럽게 눈을 흘기자, 그가 고개를 마구 저었다.

"그럼 대답해 봐요. 안도훈 씨 생각은요?"

"내가 거절할 거라고 생각해요? 설마?"

도훈이 까르르 웃어 대는 유진을 꼭 끌어안으며 속삭였다.

"사랑해요."

"나보고 너무 인색하다고 하지 말아요. 사실은 도훈 씨가 그 말을 너무 헤프 게 쓰는 거야."

"반유진이 뭐라든 상관없어. 나 당신에게만은 세상 제일 헤픈 남자이고 싶 으니까."

그녀에게만은 아무것도 아끼고 싶지 않다는 남자. 유진 역시 그에게는 아무 것도 아깝지가 않은데, 이 남자의 사랑에 비하면 아직도 많이 부족하게만 느껴 졌다.

사실 결혼은 조금 늦게 하고 싶었다. 그의 사랑을 의심해서가 아니었다. 그 는 분명 좋은 남편이자 사위, 또 아이의 아빠가 되어 줄 것이었다. 단지 연애답 지 못한 연애를 했던 것이 마음에 걸려 시간을 더 보내려고 했던 건데 이젠 그 녀가 그러고 싶지 않았다.

이렇게 올곧은 마음으로 한결같이 자신만 바라보는 이 남자를 놓치게 될까봐 두려웠다. 그래서 급하게 청혼했다. 그가 분명히 받아들이리라는 확신은 있었지만 떨리는 건 마찬가지였다. 그리고 그는 그녀의 기대보다 더 행복한 얼굴로 청혼을 받아들였다.

유진이 그의 귓가에 대고 속삭여 물었다.

"결혼식은 아무리 빨라도 가을에 하는 게 좋겠죠? 지금은 리조트 성수기니까 도훈 씨 많이 바쁘잖아요. 그리고 저도 호텔 그만두려면 시간이 더 필요할 것 같은데."

"시월쯤이 좋겠어요. 늦여름 끝나고 선선한 바람 불어올 즈음에."

유진이 그에게서 몸을 떼 내며 조심스레 물었다.

"장소는 이곳 어때요?"

"여기서?"

"네. 난 결혼식 크게 하고 싶지 않아요. 양가 가족들만 모여서 식사 한 끼 하는 정도로 소박하게 하고 싶어요. 도훈 씨는요?"

그가 손을 들어 그녀의 볼을 쓰다듬으며 말했다.

"소박하게 하고 싶다는 의견에는 동의해요. 그런데, 유진 씨 부모님이 우리 가족하고 만나는 건 아직 무리가 아닐까 싶은데."

"도훈 씨 우리 집에 다녀간 후 부모님께 여쭤봤었어요. 우리가 결혼하면 반대하지 않겠다는 게 어떤 의미인지 알고 하신 말씀이냐고요. 상견례도 있고, 또 결혼식까지 하자면 도훈 씨네 가족 안 볼 수가 없는데 괜찮으신지도요."

"뭐라고 하셨어요?"

"야단만 잔뜩 들었어요. 엄마, 아빠를 바보로 아냐고요. 그 정도도 예상 안 하고 허락하겠다고 한 줄 아냐고요."

"정말이에요?"

"네. 그러니 우리 가족은 염려하지 말고 도훈 씨 부모님은 어떠실지 의견 여쭤봐 줘요."

"그럼 우리 쪽 가족은 아버지만 모실게요."

"왜요? 하지만……."

"유진 씨 때문도, 유진 씨 부모님 때문도 아니니까 오해 말아요. 새어머니와 도진인 우리 결혼을 축복해 줄 마음 없을 거예요. 그리고 평생 한 번뿐인 내 결혼식에 그 사람들을 초대하고 싶진 않아요."

"아버님께서 서운해하실 텐데."

"유진 씨도 전에 우리 아버지 만나 봤잖아요. 제 결정을 이해해 주실 거예요."

"그래요. 도훈 씨 의견에 따를게요."

"이제 그만 들어가서 잘까요? 유진 씨 계속 눈이 감기려는 것 같아."

"그게 아니라 밤 되면 이렇게 눈두덩이 곧잘 부어서 그래요. 칫. 잘 알지도 못하면서."

"어디 봐요."

"자세히 보려고 하지 마요. 흉해요."

"흉하긴. 귀엽기만 한데."

"됐어요."

부은 눈을 보여 주지 않으려 계속해서 가리기에만 급급하던 유진이 먼저 일어나 현관을 향해 빠르게 걸었다. 그런 그녀의 행동을 사랑스럽게 바라보던 도훈은 몇 걸음 만에 그녀를 따라잡아 뒤에서 꼭 끌어안았다. 유진은 잠자코 그의 품에 안겨 귓가를 채우는 그의 숨소리에 귀를 기울였다.

그가 나지막한 목소리로 말했다.

"문득 이렇게 행복해도 되나 싶어서 겁이 나요."

"왜 그런 생각을 해요."

"그러게. 당신 만나고 나서 부쩍 더 겁이 많아진 것 같아. 사실, 결혼은 내 인생에서는 없을 일이라 생각하며 살았어요. 적당히 즐기면서 혼자 사는 인생이 어울린다고 생각했지."

"그런데 왜 생각이 바뀌었어요?"

"불안해서."

유진은 그녀를 끌어안은 도훈의 손을 풀고 돌아섰다. 그가 축축해진 눈길로 시선을 맞춰 왔다.

"당신 또 잃어버릴까 봐 두려워서. 그것보다 더 큰 이유는, 반유진의 가족이 되고 싶어서."

그리고 이젠 좀 제대로 된 가정 안에서 편히 숨 쉬고 싶어서.

도훈은 그녀가 안타까워할까 봐 솔직한 심정은 가슴속에만 담아 두었다. 하지만 속 깊은 그녀가 그런 그의 마음을 모를 리 없었다. 울컥해진 유진은 차오르려는 눈물을 힘겹게 참아 내며 양팔로 그의 허리를 꼭 끌어안고 그에게 기댔다. 그리고 생각했다.

도훈 씨. 내가 언제까지나 당신 곁에 있을게요. 가족이어서가 아니라, 진심으로 당신을 사랑하는 반유진으로 곁에 머무를게요. 우리 앞에 남은 날들이 늘 지금처럼 달콤할 수만은 없겠죠. 그럴 때마다 이 순간, 그리고 지금의 마음을 떠올릴게요. 당신이 어떤 마음으로 나를 사랑하고 있는지. 또 내가 그런 당신을 얼마만큼 사랑하고 있는지.

유진은 그의 가슴에서 얼굴을 떼고 그를 올려다보았다. 그와 시선이 마주치자 작은 소리로 웃음을 터뜨렸다. 따라 웃은 도훈이 한쪽 팔로 그녀의 어깨를 감싸 안았다. 그리고 두 사람은 천천히 발 맞춰 나란히 걸으며 집 안으로 들어갔다.

— *The end*

에필로그

7월의 어느 날.

도훈이 영우의 집을 찾아왔다. 친구의 기원에서 시간을 보내고 돌아오던 영우는 대문 앞에 서 있는 도훈을 발견하고는 흠칫 놀라 물었다.

"자네가 여긴 어쩐 일인가?"

초인종을 누르려던 도훈이 그의 목소리에 화들짝 놀라 돌아보았다.

"아버님. 그간 잘 지내셨습니까?"

도훈의 인사에 영우가 부드럽게 웃으며 대답했다.

"그래. 우리야 잘 지내고 있지. 그런데 연락도 없이 어쩐 일이야? 혹시 유진이에게 무슨 일이라도 생긴 건가?"

"아닙니다. 서울 본사에 일이 있어 올라온 차에 잠깐 들렀습니다."

"그랬구먼. 자, 여기서 이러지 말고 안으로 들어가지."

"네."

두 사람은 집 안으로 들어갔다.

거실에선 선영이 얼굴에 마스크 팩을 한 채로 소파에 누워 있었다. 영우가 흠, 흠, 헛기침 소리로 인기척을 냈으나 도훈이 방문했을 거라고는 꿈에도 생각지 못한 선영은 나른한 목소리로 그를 나무랐다.

"기원에 숨겨 둔 여자 있어? 왜, 그냥 거기서 살림을 차리지 그래?"

"여보. 손님 왔어."

"손님?"

선영은 손님은 무슨, 하고 생각하며 슬쩍 눈을 떴다. 눈앞에 도훈이 난감한 표정을 지으며 서 있었다.

"어머님. 저 왔습니다."

"어머! 어머!"

기겁한 선영이 호들갑스럽게 소파에서 일어나며 괜히 남편에게 면박을 주었다.

"빨리 얘기했어야지!"

"얼굴에 그것부터 좀 떼."

"얼굴에?"

갑작스런 도훈의 등장에 놀라 마스크 팩의 존재를 잊고 있던 선영이 뒤늦게야 사실을 알아채고는 화장실로 후다닥 도망치듯 들어가 버렸다.

영우가 멋쩍어하며 말했다.

"자네가 이해하게. 저 나이에도 피부는 포기 못 하겠나 봐."

"네."

"앉게."

두 사람은 소파에 마주 앉았다.

"점심은 먹었나?"

"네. 아버님은요?"

"기원 앞에 유명한 설렁탕집이 있어서 거기서 먹고 오는 길이야. 자네도 설렁탕 좋아하나?"

"네. 좋아합니다."

"그럼 다음에 같이 가지."

"당신. 설렁탕은 핑계고, 도훈 군을 그 재미없는 기원에 끌어들이려는 거 아니야?"

화장실에서 마스크 팩을 떼고 얼굴을 정돈한 뒤 나오던 선영이 물었다. 그녀는 남편을 향해 슬그머니 눈을 흘기다 도훈을 보고는 이내 화사하게 웃었다. 도훈은 그런 선영이 귀여워 입술을 말고 표 나지 않게 웃었다.

영우가 변명했다.

"기원이 재미없는 곳이라는 건 당신 편견이야."

"흥."

콧김을 내뱉은 선영이 도훈에게 다정한 목소리로 물었다.

"뭐 마실 거라도 줄까? 주스 괜찮아?"

"네. 감사합니다, 어머님."

"그래. 잠깐 기다려."

주방으로 들어갔던 선영이 곧바로 주스 세 잔을 가지고 나와 테이블에 놓으며 물었다.

"그런데 정말 무슨 일이야? 온다는 연락도 없었잖아?"

"두 분께 드릴 말씀이 있어서요."

도훈의 대답에 선영과 영우가 약속이나 한 것처럼 시선을 교환했다. 두 사람 다 무슨 일인지 도무지 짐작이 안 가 의문스러운 마음이 가득했다.

영우가 입을 열었다.

"그래. 말해 보게."

"저, 유진 씨와 결혼하겠습니다."

"그래. 결혼은 해야지. 생각해 둔 시기가 있나?"

영우의 선언에 안도하며 도훈이 망설임 없이 대답했다.

"시월 둘째 주 금요일에 하고 싶습니다."

"시월? 어머. 몇 달 남지도 않았잖아?"

선영이 탁상 달력을 찾으려 부산스럽게 움직이자 영우가 제지했다.

"뭘 찾고 그래? 도훈 군이 요일까지 다 말해 줬잖아."

"그랬지. 참. 그런데 시월이면 너무 이른 거 아냐?"

"유진 씨와 상의해서 결정한 날입니다."

"유진이도 동의한 거란 말이지?"

"네. 아버님."

"그래. 그럼 우리는 두 사람 뜻 따를 테니 그렇게 하게."

"여보! 너무 이른 거 아닐까?"

선영이 아쉬움에 난색을 표하자 도훈이 말했다.

"어머님 아쉬운 마음 이해 못하는 건 아니지만 이대로는 제가 못 견디겠어서요."

"허허. 거, 사람 참."

영우가 입을 크게 벌리며 웃었다. 도훈은 유독 유진에 관한 마음에서만큼은 절대 숨김이 없었다. 자신의 딸이 좋은 정도가 아니라, 좋아 죽겠다는 말에 싫어할 아비는 아마 세상에 아무도 없을 것이었다.

선영이 아쉬운 마음을 접으며 물었다.

"금요일이라고 했지?"

"네. 어머님."

"최근 들어 평일에 결혼식 하는 사람들이 제법 있다는 얘긴 종종 듣긴 했지만, 아무래도 아직까지는 주말이 더 나을 것 같은데. 식장 잡기 괜찮을까?"

"그 부분에 관해서도 양해의 말씀을 드려야 할 것 같습니다. 저희 두 사람, 안면도에 자리한 저희 외할아버지 별장 정원에서 양가 부모님만 모시고 결혼하기로 했습니다."

"안면도?"

물은 영우가 아내에게 눈길을 보내자, 그녀 역시 당혹스러운 눈으로 그를 쳐다보았다.

도훈이 계속해서 말했다.

"지금 두 분 많이 당혹스러우실 거 알고 있습니다. 많은 지인, 친척들의 축하를 받으며 진행하는 보통의 예식도 분명 의미 있을 겁니다. 그렇지만 저희는 양가의 부모님만 모시고 조용한 분위기에서 함께하는 게 더 좋겠다고 생각해서로 뜻을 맞췄습니다."

"유진이도 같은 생각인가?"

"네. 유진 씨가 먼저 제안한 부분이기도 합니다."

영우가 선영에게로 시선을 움직였다. 선영은 남편이 어떤 생각을 하는지 눈빛만 봐도 알 수 있었다. 그녀가 동의의 뜻으로 고개를 끄덕였다.

영우가 말했다.

"우리야 두 사람이 어떤 선택을 하건 다 받아들일 수 있네. 하지만 자네 집에서는 다르지 않을까?"

"오늘 오전에 아버지 찾아뵙고 다 말씀드렸습니다."

"그래. 아버님께선 뭐라 하시던가?"

"저희의 결정에 무조건 찬성이라고 하셨습니다."

"우리가 누구인지도 다 아시나?"

"네. 그 사실은 진즉 말씀드렸습니다. 유진 씨에 관해 궁금해하셔서 얼마 전소개해 드리기도 했습니다."

"어머."

선영이 손으로 입술을 가렸다. 도훈의 집에서 반대가 만만치 않을 거라 생각했는데 뜻밖이었다.

"사실 저희 아버지는 어머니를 두고 외도하셨던 일로 아직까지 많이 괴로워하고 계십니다. 다시 돌아갈 수만 있다면 가진 모든 것을 버리실 수도 있다고 말씀하실 정도로요. 그래서 늘 제게 그렇게 말씀하셨습니다. 제 모든 걸 앗아가도 잃고 싶지 않은 사람이 생기면 그 사람은 꼭 놓치지 말고 붙잡으라고요. 또 사랑하고 살라고도 말씀하셨습니다. 그래서 그런 사람을 만났다는 제 말에 앞뒤 잴 것 없이 수긍해 주셨습니다."

"그랬구먼."

"그래서 드리는 말씀인데, 저희 결혼식에 유진 씨 부모님과 제 아버지만 모실까 합니다."

"다른 가족들은?"

선영의 물음에 도훈의 표정에 씁쓸한 미소가 스쳐 지나갔다.

"초대하지 않기로 했습니다."

영우와 선영은 그 이유에 관해선 묻지 않기로 했다. 이기적인 마음이라 할지라도 두 사람 모두 아직은 도진을 보고 싶지 않았다.

영우가 말했다.

"그래. 두 사람 일은 둘이서 알아서 하게. 우린 두 사람이 하자는 대로 따를 테니."

"감사합니다."

선영이 이전과 다르게 목소리를 낮추어 은근히 물었다.

"그런데 있지."

"네?"

"주책 같지만 궁금해서. 청혼은 어떻게 했어?"

선영은 자신이 청혼을 받는 입장인 것처럼 설레 보였다. 도훈이 난감한 기색으로 머뭇거리다 천천히 입을 열었다.

"청혼은 유진 씨가 했습니다."

"뭐?"

기함하여 소리친 선영이 가까스로 흥분을 가라앉히며 말했다.

"여보. 이 계집애 진짜 자존심도 없나 봐. 내가 그렇게 안달하는 모습 보이지 말라 했는데 뭐가 급해서 지가 먼저 청혼을 하고 난리래?"

"누가 먼저 청혼하는 게 뭐가 중요해? 그리고 유진이가 누구 딸이겠어? 다 당신 닮아 그렇지."

"이 사람 좀 봐. 왜 엄한 사람을 거기다 갖다 붙여?"

"기억 안 나? 당신도 우리 어머니 찾아가서 나하고 결혼하겠다고 선언했었잖아?"

"이 사람이 무슨 말도 안 되는 소리를."

도훈의 앞에서 옛일을 들킨 선영이 민망해하며 입술을 붙여 물었다. 도훈이 말했다.

"어머님. 오해하실까 봐 말씀드리는데 유진 씨 저에게 안달한 적 없습니다. 오히려 제가 더 매달리고 있어요. 그날 유진 씨가 결혼 얘기 안 꺼냈어도 제가 꺼냈을 겁니다."

"그렇게 말해 줘서 고맙네만 어미가 자식을 모르겠나? 유진이 그게 엄청 급했던 모양이야."

선영의 대답에 도훈이 싱긋 웃었다.

"어머님. 아버님. 저희 결혼 허락해 주셔서 진심으로 감사합니다."

"그래. 두 사람 여기까지 오느라 고생 많았어. 잘 살았으면 좋겠네. 그리고 자네 아버님께도 꼭 감사 인사 전해 드리게. 분명 유진이를 받아들이시는 게 쉽지 않으셨을 텐데 좋게 봐 주셨다니 우리로서도 감사할 일이지."

"네. 말씀 꼭 전해 드리겠습니다."

영우의 말에 도훈이 감사의 뜻으로 고개를 숙였다.

도훈의 집무실.

열어 둔 창 밖에서 서늘한 바람이 불어 들어왔다. 와이셔츠의 단추를 두 개 풀어 둔 상태로 업무에 매진하던 도훈은 문득 느껴지는 한기에 창문을 닫으려 창가로 향했다.

창 가까이 손을 뻗던 도훈이 잠시 움직임을 멈추고 건물 아래로 펼쳐진 야경을 경이롭게 쳐다보았다. 이렇게 제대로 바깥 풍경을 본 게 얼마 만인지 모르겠다. 성수기에 여러 행사들이 겹치는 바람에 눈코 뜰 새 없이 바빠 유진을 보지 못한 게 일주일이 넘었다. 결혼식 준비를 맡은 업체 대표와 잠깐 만나기로 했다며 태안에 왔던 그녀와 만나 함께 식사를 한 게 마지막이었다. 바쁜 그 때문에 결혼식 준비는 오롯이 그녀의 몫이 되었지만 유진은 불평 한마디 없이 묵묵히 처리해 내고 있었다.

이렇게 바쁜 것도 오늘이 마지막이다. 내일은 결혼식이고 이후엔 일주일간의 휴가가 기다리고 있었다. 그러나 아쉽게도 이 일주일간의 휴가도 완전한 휴가는 될 수 없을 것 같았다.

결혼식을 가족 모임으로 대체했다는 그의 말에 몹시 서운하던 친구들이 다음 날 곧바로 들이닥칠 것이라 미리 선전 포고를 해 왔고, 유진과 함께 일했던 리조트 동료 및 친구들도 아쉬운 마음을 표해 따로 시간을 내기로 했기 때문이다. 그뿐 아니라 문영을 비롯한 준희의 가족들도 결혼식에 참석하지 못한데도 축하는 해 주고 싶다고 해 또 시간을 내야 하니 어째 결혼식보다 이후 휴가가 더 피곤할 것 같은 불길한 예감이 들었다. 그렇지만 그 모든 것들이 유진과 함께할 미래를 위해서라면 충분히 감수할 수 있었다.

신혼여행은 봄이 오기 전 겨울의 끝자락에 가기로 했다. 그때가 리조트 비수기라 그가 긴 휴가를 내기에 적합했기 때문이다. 장소는 유진에게 생각해 보라고 했는데, 그녀는 혼자서는 결정하고 싶지 않다며 천천히 함께 고민해 보자고 답해 왔다.

이렇게 앞으로는 모든 일을 그녀와 함께 나누고 결정하게 될 것이고, 자신의 생각대로만 처리하던 일들도 유진의 의견을 묻고 결정하게 될 것이다. 먼저 결혼한 친구 민규와 남우는 그가 자유롭던 일상을 잃게 될 것이라며 우스개로 애도한다고 말했지만 도훈은 생각이 달랐다. 그의 일상의 자유를 뺏는 이가 유진이라면, 그래서 구속된 삶을 살아야 한다면 오히려 행복할 것 같았다.

결혼식 당일.

화려하게 꾸며진 별장 정원의 중간에 식사 자리가 차려졌다. 신랑과 신부는 시간이 조금 더 걸릴 것 같다는 식을 준비한 관계자의 안내에 영우 부부와 민기는 자리에 앉아 그들을 기다리기로 했다.

서로 가벼운 인사만 주고받았을 뿐 아직 어색하고 불편한 사이라 다들 어떤 말을 꺼내야 할지 망설이던 그때 민기가 먼저 말을 꺼냈다.

"두 아이 결혼 허락해 주셔서 고맙습니다."

"아닙니다. 우리 유진이 많이 부족할 텐데 좋게 봐 주셨다니 저희야말로 감사합니다."

영우의 대답에 민기가 웃으며 고개를 저었다.

"바쁘다는 핑계로 도훈이를 많이 외롭게 했습니다. 그래서 하루라도 빨리 좋은 짝 만나서 결혼하기를 바랐습니다. 그런데 이 녀석이 서른이 넘도록 결혼 생각이 없다는 겁니다. 날이 갈수록 갑갑함만 커지던 차에 유진이 얘기를 꺼내 더군요. 솔직히 두 집안 사이에 있었던 일을 생각하면 이건 아니다 싶기도 했었습니다."

"네. 이해합니다. 저희도 무작정 좋다고만은 하지 않았으니까요."

"네. 그러셨다고 들었습니다. 그래서 저도 도훈이를 조금 놀려 볼까 하는 마음에 반대하는 기색을 비치려 했는데 도훈이가 유진이를 얼마나 좋아하는지, 그 마음을 숨기질 못하더군요."

"하하. 그랬습니까?"

영우가 웃으며 호응하던 그때 준비를 마친 도훈과 유진이 그들 앞에 모습을 드러냈다.

두 사람은 민기가 직접 골라 선물한 검정색 슈트와 순백색의 심플한 이브닝 드레스를 입었다. 아름답게 변한 딸의 모습을 본 선영은 감격하여 눈시울을 적셨고, 영우는 그런 아내의 등을 토닥여 주었다.

유진을 따뜻하게 바라보던 민기가 감탄하여 말했다.

"유진이 정말 예쁘구나."

"고맙습니다. 아버님. 엄마. 나 예뻐?"

유진이 손끝으로 눈물을 훔치는 선영에게 아이처럼 물었다. 그러자 그녀가 따스하게 미소 지으며 고개를 끄덕였다.

"응. 우리 딸인지 못 알아볼 뻔했어."

"자. 이제 그만 앉지. 도훈 군, 아니, 안 서방도 앉아."

"네. 아버님."

다섯 사람이 착석한 뒤 준비된 음식들이 테이블 위에 차려졌다. 유진과 도훈은 긴 상의 끝에 부모님들의 식성을 배려해 한식 코스 요리로 준비했다. 달콤한 맛의 단호박죽을 시작으로 샐러드, 생선회 등을 비롯해 갈비구이가 연이어 나왔고, 마지막으로 보리굴비와 된장국을 곁들인 식사가 제공되었다. 메뉴 선정에 적극적으로 나섰던 유진이 민기에게 물었다.

"아버님. 식사는 입에 맞으세요?"

"그래. 그런데 이 보리굴비 말이다. 내가 자주 가는 식당에서 먹던 것과 맛이 흡사하구나."

민기의 말에 시선을 교환한 도훈과 유진이 씩 웃었다.

"거기서 가져온 거예요, 아버지."

"그래?"

민기의 눈이 휘둥그레졌다. 맛이 비슷하다고 느끼긴 했지만 그렇게까지 신경 써 준비한 줄은 몰랐기 때문이다. 유진이 덧붙여 말했다.

"사실 갈비는 저희 이모가 직접 양념한 것으로 준비했어요. 저희 엄마께서 늘 입버릇처럼 갈비 양념은 이모 손맛을 따라갈 수 없다고 말씀하셔서요. 그래서 아버님이 좋아하실 만한 메뉴도 한 가지 추가하고 싶어서 보리굴비를 준비했는데 입에 맞으셨다니 다행이에요."

"두 사람 신경 많이 썼구나. 고생했다."

영우의 칭찬에 유진이 물었다.

"아빠는 음식 가리지 않고 다 좋아하셔서 크게 신경 못 썼는데. 서운하지 않으세요?"

"서운하긴. 나는 오늘 나온 음식 죄다 너무 맛있어서 문제라고 생각하던 중인데?"

"하하하. 그 의견에 저도 동의합니다. 유진아, 이모님 갈비 양념이 최고라는 안사돈 의견에 나도 한 표 보태마. 잘 먹었다. 꼭 그렇게 말씀 전해 주렴."

"네. 아버님."

두 가족 간의 식사 시간은 생각보다 훨씬 좋았다. 누구도 유리와 도진의 일을 입에 올리지 않았으며, 그것이 서로를 위한 당연한 배려라고 생각했다.

식사를 마친 두 가족은 별장 건물 내에서 2차로 술자리를 가졌다. 가볍게 한 잔하려던 것이 분위기가 무르익으며 다들 거나하게 취할 때까지 술자리가 이어졌다. 때문에 낮 한 시경에 시작된 결혼식은 저녁 일곱 시가 넘어서야 끝이 났다.

도훈이 이제 출발해야 한다며 자리에서 일어서는 민기를 부축했다.

"오늘은 여기서 주무시고 가세요."

"아니다. 내일 새벽에 또 나가 봐야 해."

"너무 무리하시는 거 아니에요?"

걱정하는 아들의 말에 민기가 흐뭇하게 웃으며 고개를 저었다.

그때 민기의 비서실장 권기훈이 들어와 도훈 대신 민기를 부축하며 말했다.

"회장님. 지금 출발하시면 됩니다."

"그래."

대답한 민기가 그를 마중하려 일어선 영우와 선영을 보며 말했다.

"사돈. 오늘 즐거웠습니다."

"많이 취하셨는데 괜찮으시겠어요?"

선영이 염려하며 묻자 민기가 끄떡없다며 대답했다.

"이 정도 가지고는 문제없습니다. 내일 일만 아니면 두 분과 더 시간을 보내고 싶은데 그러지 못해서 안타까운 마음입니다."

"저희야 언제든 시간 낼 수 있으니 다음에 또 보면 되지요."

유진의 가족과 인사를 마친 민기는 사람들의 배웅을 받아 먼저 별장을 나섰다. 민기의 차가 정원 너머로 사라진 뒤 유진이 선영의 팔에 매달리며 말했다.

"엄마, 아빠는 주무시고 가실 거지?"

"아니. 우린 오늘 이모네서 자고 내일 집에 가기로 했어."

"그런 게 어디 있어?"

유진이 아쉬운 마음을 토로하자 영우가 대답했다.

"결혼식 당일에 불청객이 끼면 안 되지."

"아닙니다. 아버님. 두 분 주무시고 가실 수 있게 준비해 두었습니다."

"됐네. 우린 곧 박 서방이 태우러 오기로 했어. 그러니 두 사람 편히 쉬어."

"그래. 안 서방 바쁜 틈틈이 준비하느라 고생 많았지? 이제 다 끝났으니까 마음 편히 있어."

"어머님."

도훈이 선영을 붙잡으려 입을 열었다.

"자고 가라는 얘기면 그만하게. 우린 유진 이모네가 더 편해서 그래."

"그래도 이렇게 가시면 저희가 서운해요."

"앞으로도 종종 볼 텐데 서운하긴. 꼭 오늘만 날이야?"

선영의 말에 영우가 동의하며 말했다.

"그래. 결혼했다고 둘만 꼭 붙어 있지 말고 가끔 집에도 오고 또 자네 본가에도 들러 가족들하고도 자주 어울리게. 자네 아버님도 그걸 원할 거야."

"네. 아버님."

차분하게 대답하는 도훈을 기특하게 바라보던 선영이 주머니에서 진동을 느끼고 휴대폰을 꺼냈다. 발신자는 준희였다.

"여보. 준희네 도착했나 봐."

선영이 통화 버튼을 터치했다.

"그래. 준희니? 벌써? 아니야. 식은 다 끝났다고 했잖아. 응. 알았어. 곧 준비하고 나갈게."

영우가 통화가 끝난 선영에게 물었다.

"준희 다 왔대?"

"응. 곧 도착한대. 여보. 당신 들어가서 내 가방하고 좀 챙겨 와요."

"그래. 알았어."

영우가 다급히 안으로 들어가려 하자 도훈이 그를 제지하며 말했다.

"아버님. 제가 가지고 오겠습니다. 어머님 가방하고 아버님 재킷만 챙기면 되죠?"

"아니야. 내가."

"여기 계십시오. 유진 씨, 두 분 모시고 잠깐 있어요."

"네."

도훈이 집 안으로 가방과 재킷을 가지러 들어갔다. 유진이 아쉬운 마음에 발끝으로 바닥을 툭툭 건드리며 작게 말했다.

"주무시고 내일 가실 줄 알았는데."

"너무 아쉬워하지 마. 안 서방 섭섭해하겠다."

"그럴 사람 아니야."

"그래. 그렇긴 하다만."

선영이 유진의 손을 두 손으로 잡으며 나긋하게 당부했다.

"안 서방에게 잘해. 좋은 사람이잖아."

"응."

"사돈 되시는 분도 성품이 참 좋아 보이시더라."

"그렇지? 도훈 씨가 은근히 아버님을 많이 닮은 것 같아."

"그래. 잘 살아."

"엄마도 참."

뭉클해진 유진이 코를 훌쩍이자 영우가 다가와 등을 토닥여 주었다.

"아빠."

"되도록이면 자주 전화해. 결혼했다고 연락 뜸하고 소홀하면 화낼 거야."

"당연하지."

"그래. 그거면 됐다."

영우는 때마침 가방과 재킷을 챙겨 밖으로 나오는 도훈을 발견하고는 환히 웃었다.

"고맙네."

"아닙니다. 아버님. 어? 도착하신 것 같은데요?"

별장 입구를 밝히는 자동차의 전조등 빛을 발견한 도훈이 말했다. 사람들의 눈길이 동시에 그곳으로 향했다. 아니나 다를까 준희의 차가 그 앞에서 멈춰섰다.

"자. 그럼 우리는 이만 가지."

영우가 아내를 챙기던 그때 자동차 문이 열리고 그 속에서 승원이 튀어나왔다. 그러곤 작은 발로 총총 뛰어와 뜻밖에도 도훈의 품에 가 안겼다. 유진이 옅은 배신감에 소리쳤다.

"박승원! 지금 뭐 하는 거야? 이모한테 와서 안겨야지?"

아이를 안아 든 도훈이 흐뭇하게 웃으며 물었다.

"승원이 왔어?"

"네."

말이 늦던 아이는 점점 나아지고 있었다. 전처럼 어떤 말에든 응, 하고 답하지 않고 '네', '아니오'로 구분하여 답할 수도 있게 되었다. 거기다 간단한 단어 및 짧은 문장 등도 구사할 수 있게 되어 가족들의 시름을 한결 덜어 주었다.

그중 도훈은 승원의 가장 가까운 친구였다. 동네의 공터에서 함께 뛰어놀기도 하고, 또 도훈의 집 평상에서 블록 쌓기도 하는 등 함께 시간을 보내는 일이 잦았다. 그래서 승원은 자주 보지 못하는 영우와 선영 대신, 또 한동안 떨어져 지내느라 소원해진 유진 대신 도훈을 먼저 찾아 안긴 것이었다.

뒤이어 차에서 내린 준희가 그런 아들의 모습을 보며 말했다.

"쟤는 어째 우리보다 도훈 씨를 더 좋아하는 것 같아."

"솔직한 말로 당신보다 도훈 씨하고 보내는 시간이 더 많을걸?"

아내의 투정에 가볍게 말을 보탠 현욱이 영우 내외를 향해 고개를 숙였다.

"오랜만에 뵙습니다."

"그래. 박 서방. 전보다 얼굴이 더 좋아 보이는구먼."

"제가 잘 먹여서 그래요."

명랑하게 대답한 준희가 까르르 웃고는 뒤늦은 인사를 건넸다.

"두 분 오늘 많이 힘들지 않으셨어요?"

"고생은 유진이 내외가 했지."

"유진. 결혼 축하해."

준희가 유진을 한 번 가볍게 안았다 놓았다.

"고마워."

"처제. 오늘 그렇게 입고 결혼식 한 거야?"

유진은 셔츠와 데님 팬츠 차림인 자신의 모습을 훑어보고는 웃으며 고개를 저었다.

"아니요. 드레스는 불편해서 식사 끝나자마자 벗었어요."

"불편해도 좀 참지. 보고 싶었는데."

아쉬운 기색을 내비친 준희가 여전히 승원을 안고 있는 도훈을 향해 말했다.

"결혼 축하해요. 도훈 씨."

"고맙습니다."

"얘는. 도훈 씨가 뭐야? 앞으로는 제부라 불러야지."

선영의 훈계에 준희가 혀를 날름 내밀었다.

"이모. 나도 잘 아는데 그 말이 입에 안 익어. 되게 간질거린다고 할까?"

"그래도 지킬 건 지켜라."

"네. 이모부."

"여보. 우리는 이만 빠져 주자고."

"응."

이제 그만 눈치껏 자리를 피해 주자고 말한 현욱이 도훈의 품에 안긴 승원에게 손을 내밀었다.

"아들. 새로 생긴 이모부가 암만 좋아도 집에는 가야지?"

승원은 도훈과 놀고 싶어 하는 눈치였지만 어쩔 수가 없었다. 도훈이 떨어지지 않으려는 아이를 조심스레 현욱에게 넘겨주며 말했다.

"승원아. 우리 조만간 또 보자."

"네."

잠시 후 유진의 부모님을 태운 현욱의 차도 별장을 떠났다.

도훈이 지친 표정의 유진에게 물었다.

"많이 피곤했죠? 이제 들어갈까요?"

"네."

두 사람은 집 안으로 천천히 걸어 들어갔다.

"있죠. 도훈 씨. 우리가 결혼했다는 게 실감이 안 나요. 내일 도훈 씨 집에 가면 실감이 좀 날까요?"

"글쎄."

"친구들은 내일 언제쯤 오기로 했어요?"

"저녁에요. 제발 낮에 와서 밥만 먹고 가라고 했는데 그렇게는 못 하겠대요."

"부부 동반으로 오는 거죠?"

"네. 건오는 지원 씨와 함께 올 거고요."

"도훈 씨 친구들 다 같이 만나는 건 이번이 처음이네요."

문 앞에서 걸음을 멈춘 도훈이 물었다.

"솔직히 말해 봐요. 불편하지 않겠어요?"

"불편할 것 같긴 해요. 그렇지만 이것도 결혼의 한 과정이잖아요. 그리고 이런 기회가 아니면 그분들을 언제 또 이렇게 만나겠어요?"

"그렇게 생각해 줘서 고마워요."

"대신 내 친구들은 조금 더 나중에 초대하기로 했어요."

"왜요?"

"오해 말아요. 도훈 씨가 아니라 내가 피곤해서요."

"그래도 돼요?"

"네."

가볍게 웃은 유진이 먼저 문을 열고 들어서려 하자 도훈이 그녀를 붙잡았다. 그녀가 의아해하며 물었다.

"왜요?"

"남우가 그러던데 첫날엔 이렇게 신부를 안고 들어가야 한대요."

도훈이 두 팔을 뻗어 유진을 번쩍 들어 안았다. 한 번도 취해 본 적 없던 자세라 유진은 좋기보다는 불편했다. 도훈이 자신을 떨어뜨릴 것 같진 않았지만 불안한 마음이 들어 목을 세게 끌어안자 그가 소리를 내어 웃었다.

"유진 씨. 보기보다 꽤 무겁네요? 살 더 쪄도 좋겠다는 말 이제 취소해야 하려나?"

"남우 씨가 첫날밤에 그런 말은 실례라는 얘긴 안 해 줬나 보죠?"

"하하."

크게 웃은 도훈이 금세 표정을 정돈하고는 나직하게 말했다.

"그럼 이제 진짜 들어갈까요?"

은밀하게 물은 도훈의 눈빛이 그 어느 때보다 더 야릇하게 빛났다. 유진은 그의 볼에 입 맞추는 것으로 대답을 대신했다.

그날 밤. 도훈은 자신의 품 안에서 새근새근 숨소리를 뱉으며 잠이 든 유진을 사랑스럽게 바라보았다. 고작 1년여의 시간 속에서 그녀를 만나 사랑에 빠지고 이별도 경험했다. 그 후 다시 만날 날을 기대하며 무의미하게 보냈던 나날들을 떠올리면 지금도 아프지만, 먼 훗날 돌아보면 잊지 못할 추억의 한 페이지가 되어 있을 것이다.

우리는 여름이 끝날 때까지, 하늬바람이 불어오는 그때까지만 사랑하자던 약속을 결국 지키지 못했다. 그로 인해 많은 사람을 아프게 했지만, 그 고통의 시간들이 없었다면 지금의 우리는 존재하지 않았을 것이다.

앞으로의 인생이 어디로 흐를지는 알 수 없지만 분명한 건 더 이상 혼자 외로운 시간들을 보내지 않아도 된다는 것. 그걸 가능케 해 준 유진이 이렇게 자신의 품 안에서 곤히 잠들어 있다는 것. 도훈은 그 사실만으로도 세상 전부를 가진 것 같은 충만함에 가슴이 벅차올랐다.

그가 그녀의 이마에 살며시 입을 맞추고 속삭였다.

"사랑해."

그러자 유진이 아이처럼 웅얼거리며 그의 품으로 더 파고들어 왔다. 도훈은 다시금 끓어오르는 욕망을 식히려 마음속으로 백부터 하나까지, 아니, 천부터 하나까지 거꾸로 세기 시작했다.

하늬바람 불어오면

1판 1쇄 찍음 2020년 5월 19일
1판 1쇄 펴냄 2020년 5월 28일

지은이 | 김서연
펴낸이 | 정 필
펴낸곳 | (주)뿔미디어

기획·편집 | 박경희, 권지영, 문지현, 김신혜
표지 디자인 | 우 물

출판등록 | 2002년 9월 11일 (제1081-1-132호)
주소 | 경기도 부천시 소향로17, 303(두성프라자)
전화 | 032)651-6513 팩스 | 032)651-6094
E-mail | scarlets2012@hanmail.net
블로그 | http://blog.naver.com/dahyangs
비북스 | http://b-books.co.kr

값 12,000원

ISBN 979-11-6565-186-2 03810